Atlan

ATTACKE DER MAAHKS

Perry Rhodan

Atlan

ATTACKE DER MAAHKS

MOEWIG

www.moewig.de
Bearbeitung: Rainer Castor
Redaktion: Sabine Kropp / Klaus N. Frick
Titelillustration: Arndt Drechsler
Druck und Bindung: Ebner & Spiegel, Ulm
Printed in Germany 2004
www.perry-rhodan.net / www.atlan.de
ISBN 3-8118-1524-5

Vorwort

Kristallprinz Atlan ist der Sohn und designierte Erbe des ermordeten Imperators Gonozal VII. und hat das Ziel, den Brudermörder Orbanaschol III. vom Kristallthron Arkons zu stürzen. 8000 Jahre vor Beginn der irdischen Zeitrechnung steht das Große Imperium der Arkoniden zwar in der Blüte seiner Entwicklung, aber das aus vielen tausend Planeten bestehende Tai Ark'Tussan ist zunehmend von innen wie von außen bedroht.

Wachsende Korruption und Misswirtschaft der Clique rings um Orbanaschol, der von der Kristallwelt aus das Sternenreich mehr schlecht als recht regiert, verstärken die Wirkung der Angriffe jener Lebensformen, die die Arkoniden vereinfachend *Methanatmer* nennen. Hauptvolk dieser Angreifer sind die gefürchteten *Maahks* – Eier legende Intelligenzen mit extrem hoher Vermehrungsrate, die Wasserstoff mit geringen Methanverunreinigungen ein- und Ammoniak ausatmen sowie an Welten mit einer Schwerkraft von 2,7 bis 3,1 Gravos angepasst sind. Erste bewaffnete Auseinandersetzungen gab es bereits zur Regierungszeit von Atlans Vater. Inzwischen haben diese allerdings Ausmaße angenommen, dass von einem Krieg gesprochen werden muss.

Der Kristallprinz, durch den aktivierten Extrasinn mit einem inneren Ratgeber ausgestattet, hat auf der Welt Kraumon mit seiner wachsenden Zahl an Mitstreitern eine Basis geschaffen und erste erfolgreiche Nadelstichaktionen durchgeführt. Doch die Suche nach dem geheimnisvollen »Stein der Weisen« entwickelte sich zu einem Wettrennen mit dem Blinden Sofgart, dem Anführer der verhassten Kralasenen, und Orbanaschol, bei dem Atlans Widersacher stets einen Schritt voraus waren.

Dank der rätselhaften Varganin Ischtar, von der der Kristallprinz erstmals von dem Barbaren Ra gehört hatte, überlebte Atlan die Konfrontation mit Sofgart, bei der dieser umkam. Ischtar erwies sich weiterhin als eine Schlüsselfigur. Nachdem er durch eine posthypnotische Botschaft zu der Versunkenen Welt Margon gelockt worden war, bekam es der Kristallprinz mit dem Henker Magantilliken zu tun, der im Auftrag der Herren der *Eisigen Sphäre* die letzten Varganen und somit auch Ischtar gnadenlos verfolgte. Atlan lernte seinen und Ischtars ungeborenen Sohn *Chapat* kennen und musste mit ansehen, dass Chapat in die *Eisige Sphäre* entführt wurde.

Durch Magantillikens Versuch, Ischtar eine Falle zu stellen, gerät Atlan nun in die Fänge des varganischen *Kyriliane-Sehers Vrentizianex*, wird immer mehr in den Strudel der Ereignisse verwickelt und erlebt schließlich hautnah die *Attacke der Maahks …*

Im Rahmen der insgesamt 850 Romane umfassenden ATLAN-Heftserie erschienen zwischen 1973 und 1977 unter dem Titel *ATLAN-exklusiv – Der Held von Arkon* zunächst im vierwöchentlichen (Bände 88 bis 126), dann im zweiwöchentlichen Wechsel mit den Abenteuern *Im Auftrag der Menschheit* (Bände 128 bis 176), danach im normalen wöchentlichen Rhythmus (Bände 177 bis 299) insgesamt 160 Romane, die nun in bearbeiteter Form als »Blaubücher« veröffentlicht werden.

Mit Band 24 startete mittlerweile ein neuer Handlungsabschnitt der Jugendabenteuer des Kristallprinzen – der Zyklus *»Die Varganen«*.

In Band 25 flossen, ungeachtet der notwendigen und möglichst sanften Eingriffe, Korrekturen, Kürzungen und Ergänzungen, um aus fünf Einzelheften einen geschlossenen Roman zu machen, der dennoch dem ursprünglichen Flair möglichst nahe kommen soll, folgende Hefte ein: Band 181 *Der Kristallprinz und der Seher* von Peter Terrid, Band 182 *Das Wrack im Eis* von H. G. Ewers, Band 184 *In den Klauen der Maahks* von Hans Kneifel sowie von Marianne Sydow Band 185 *Flottenstützpunkt Trantagossa* und Band 186 *Die Schlacht von Trantagossa*. In die Kapitel-Vorspanntexte eingeflossen sind neben dem »Völkerdatenblatt Maahks« von Michael Thiesen auch bearbeitete Passagen des Rollenspiels »PERRY RHODAN Simulation« *Die Raumflotte der Maahks I*.

Wie stets auch der Dank an die Helfer im Hintergrund: Michael Beck, Andreas Boegner, Kurt Kobler, Heiko Langhans, Michael Thiesen – sowie Sabine Kropp und Klaus N. Frick.

Viel Spaß – ad astra!

Rainer Castor

Prolog

Aus: *Biographie Atlans – Anhang: Fragmente, Anmerkungen, Marginalien* (in vielen Bereichen noch lückenhaft), hier: *Ischtar spricht*; Professor Dr. hist. Dr. phil. Cyr Abaelard Aescunnar; Gäa, Provcon-Faust, 3565

Viele meines Volkes verfügen über starke paranormale Kräfte, doch der Kyriliane-Seher sah Dinge, die er niemals hätte sehen dürfen, denn er sah, was immer er sehen wollte – *deshalb wurde er bestraft. Vrentizianex' Augen wurden entnommen, durch Kristalle ersetzt und er selbst zu einer anderen Welt gebracht. Helpakanor, wenn ich mich richtig erinnere. Die Kristalle seiner neuen Augen wirkten als natürliche paranormale Sperre, so dass er niemals zu seinen eigenen zurückkehren konnte, die Kristalle andererseits aber auch nicht herauslösen konnte.*

Unsterblich wie alle Varganen, sollte er eine Ewigkeit leiden und tausend Tode sterben, ohne wirklich vergehen zu können – so lautete das Urteil. Ein Urteil, an das sogar Magantilliken gebunden sein dürfte. Wenn überhaupt, wird er Vrentizianex als Letzten töten. Ich sagte es schon Atlan: ein dunkles Kapitel aus weit zurückliegender Vergangenheit, dessen Einzelheiten ich nur am Rande mitbekam und ansonsten vom Hörensagen kenne …

Diese Augen, von denen du glaubst, dass sie wertlos seien, haben mehr gesehen als wir drei zusammen. Und sie können uns weit Entferntes wie auch Verborgenes zeigen, unabhängig von der Distanz. Man muss sich nur mental auf sie einstimmen.

Zercascholpek: 21. Prago des Ansoor 10.498 da Ark

»Wir werden Atlan finden«, versprach Fartuloon grimmig. »Und wenn wir den ganzen verfluchten Planeten durchwühlen müssten.«

Der Bauchaufschneider hatte es sich im Pilotensitz der F-1 bequem gemacht. Der anachronistisch wirkende Harnisch und das

Dagorschwert wirkten auf den ersten Augenblick skurril – und doch passten sie zu dem korpulenten Mann mit dem schwarzen Vollbart und der spiegelnden Glatze.

Neben ihm saß Ra mit einem fast versteinert wirkenden Gesicht. Unter dem leichten Kampfanzug zeichneten sich wahre Muskelpakete ab; er hatte dunkelbraune Haut, bis zum Nacken reichendes schwarzes Haar und schwarze Augen. Die Stirn war im Vergleich zu einem Arkoniden niedrig. Das wettergegerbte Gesicht mit den Stammesnarben auf der Stirn war das eines Mannes, der unter primitiven Verhältnissen auf einer Welt ohne echte Zivilisation aufgewachsen war. Seine Heimat umkreiste eine gelbe Sonne, irgendwo in den fremden Weiten der Öden Insel.

Obwohl Ra sich bemühte, möglichst gleichgültig dreinzusehen, war sich Fartuloon klar darüber, welche Gedanken hinter der Stirn des Barbaren abliefen: Außer den Männern hielt sich Ischtar in dem zwanzig Meter durchmessenden Leka-Diskus auf. Die bronzehäutige Varganin hatte die wallende Goldmähne hochgesteckt. Ihre metallisch blaue und eng sitzende Kombination ließ auf den ersten Blick nicht erkennen, dass es sich um ein hochwertiges Produkt der Varganentechnik handelte, das vermutlich jeden Arkon-Kampfanzug an Leistungsfähigkeit deutlich überstieg.

»Wir wissen nur, dass Atlan in den Würgeranken eines Vulkanbaums steckt«, brummte Ra und wies auf die in einem Antigravfeld schwebenden *Toten Augen* des *Kyriliane-Sehers Vrentizianex*.

Sie erreichten die Größe einer Kinderfaust und glichen inzwischen wieder weißgelben, von feinen Äderchen durchzogenen Gebilden, obwohl sich die Varganin weiterhin auf sie konzentrierte. Im *Baum der Erinnerungen* geborgen, hatten sie Szenen abgebildet – zunächst den mehrfach geteilten Kegel eines Vulkans, dazwischen Bruchstücke eines seltsam geformten Riesenbaums und schließlich Atlans Gesicht.

»… dessen Form unverkennbar war! Ich habe ihn schon auf den Höhenbildern gesehen. Bald sind wir dort.« Fartuloon wandte sich an Ischtar. »Etwas Neues?«

»Nein. Der Hypersturm stört, wird immer stärker.«

30.574 Lichtjahre von Kraumon entfernt, war die Sonne Zercascholpek, ein von vier Welten umlaufener blassgelber Stern, der zu einer dicht stehenden, nur 4,3 Lichtjahre durchmessenden Ballung aus fünfundzwanzig Sonnen gehörte. Die hyperphysikalischen Bedingungen der Konstellation begünstigten das Entstehen von Hyperstürmen – und genau ein solcher hatte seit ihrer Ankunft stetig an Kraft gewonnen. Wiederholt war es bereits zu Ausfällen der Hypertechnik gekommen, mit den Aggregaten der Schutzanzüge wenig oder gar nichts anzufangen gewesen.

Neben der FARNATHIA, einem zweihundert Meter durchmessenden Schweren Kreuzer, umkreiste Ischtars Oktaederraumer auf einer stabilen Bahn den zweiten Planeten; eine relativ junge Sauerstoffwelt mit einem Durchmesser von 15.682 Kilometern und einer Gravitation von 1,23 Gravos. Die beiden Monde, die trotz unterschiedlicher Kreisbahn einen weitgehend synchronen Umlauf aufwiesen und somit von Zercascholpek aus stets als nahe zusammenstehend erschienen, erreichten Durchmesser von 3894 und 3473 Kilometern.

Zercascholpeks Oberfläche war von einem fast durchgehenden grünen Dschungel bestimmt. Nur Vulkane und kleine Binnenmeere, die eher große Sumpfseen waren, unterbrachen die ungehemmt wuchernde Wildnis – Pflanzen, deren Ausmaß alles übertraf, was sie je gesehen hatten. Jeder der gigantischen schwarzstämmigen »Bäume« bedeckte viele Quadratkilometer Fläche. Die Atmosphäre war durch die vulkanische Tätigkeit getrübt und an vielen Stellen rauch- und ascheverhangen.

Fartuloon warf einen kurzen Seitenblick auf Ra; der Barbar trank förmlich die Worte von Ischtars Lippen. Es war erschütternd zu sehen, wie stark dieser Mann der Varganin verfallen war. Der Bauchaufschneider ahnte, dass sich in dem Beziehungsdreieck Ischtar-Atlan-Ra Kräfte und Spannungen ansammelten, die sich eines Tages mit verheerenden Folgen Bahn brechen mussten.

Wiederholt war es zwischen dem Kristallprinzen und dem Barbaren zu Handgreiflichkeiten gekommen; je länger Ischtar ihren Einfluss auf die beiden Männer ausüben konnte, desto größer wurde die Wahrscheinlichkeit, dass einer der beiden für seine Liebe zu der Varganin mit dem Leben bezahlen musste.

Ra wandte sich von den Toten Augen und Ischtar ab und deutete mit der Hand auf die schwarzgraue Landschaft, über die das Beiboot der FARNATHIA flog. Inzwischen war die markante Formation von exakt zwei Dutzend Vulkanen knapp nördlich des Äquators mit dem *Baum der Erinnerungen* viele Kilometer entfernt. Ausgedehnte Lavafelder an Vulkanhängen wurden wiederholt von Riesenbäumen unterbrochen, die in bizarren Formen den Ansturm des verflüssigten Gesteins überstanden hatten. Angesichts der Temperaturen, die nötig waren, um Stein zum Schmelzen zu bringen, erschien es fast unglaublich, dass relativ viele Bäume den Lavafluss offenbar ohne größere Schäden überstanden hatten. Immer wieder flog die F-1 über solche, deren Wurzelwerk zwar unter Lava begraben war, deren gigantische Kronen aber dicht belaubt waren.

Der Bauchaufschneider zog das Beiboot etwas höher, der Diskus schwebte mit hoher Fahrt knapp zwanzig Meter über eine Baumkrone hinweg und näherte sich dem mehrfach geteilten und abgestuften Kegel, aus dessen Krater eine dichte schwarze Rauchfahne stieg. Jede einzelne Pflanze an den zerklüfteten Hängen wurde von den drei so verschiedenen Wesen an Bord der F-1 fortan aufmerksam beobachtet, aber von Atlan war nichts sehen. Was Ras scharfen Augen entging, musste sich auf der Infrarotbeobachtung klar abzeichnen. Atlans Körper war erheblich wärmer als der Baum, der ihn gefangen hielt. Fartuloon wusste allerdings nur zu gut, dass diese Kalkulation nur dann zutraf, wenn der Kristallprinz noch lebte.

»Mehr nach rechts«, sagte Ra plötzlich. »Ich glaube, ich habe etwas gesehen.«

Der Bauchaufschneider zog skeptisch die Brauen in die Höhe, aber er lenkte die F-1 in die angegebene Richtung. Angestrengt starrte er auf den Bildschirm, der die Messungen der Infrarotoptik darstellte. Die Reichweite der Anlage war beträchtlich größer, als Ra sehen konnte, aber es zeichnete sich nichts ab, was auf einen lebenden Körper hätte hinweisen können.

Ra grinste zufrieden und streckte den Arm aus. »Dort!« Er deutete auf einen kleinen, kaum erkennbaren Fleck auf einem ausgedehnten, fast waagrechten Plateau etwa in halber Berghöhe. »Ich weiß, dass ich mich auf meine Augen verlassen kann.«

Fartuloon beschleunigte, das Beiboot raste auf den Körper zu, der bewegungslos auf dem Lavaboden lag. Nach kurzer Zeit sah Fartuloon mehr. Ein wallender Umhang von tiefblauer Färbung. Wie ein Leuchtzeichen blinkte es gelblich herüber, ein Streifen vor einem schwarzen Kreis. *Der verschlungene Streifen, Zeichen Magantillikens, des Henkers der Varganen!*

Fartuloon knirschte mit den Zähnen. Am liebsten hätte er den

Körper des Varganen sofort verdampft, aber Ischtar hielt die Hand fest, die nach dem Feuerknopf der Impulskanone tastete. »Noch nicht«, sagte die Varganin leise. »Ich will den Körper erst untersuchen.«

»Macht euch auf eine Falle gefasst«, knurrte Fartuloon.

Inzwischen war das Beiboot dem Körper so nahe gekommen, dass Zweifel ausgeschlossen waren. Der Umhang Magantillikens mit dem charakteristischen Symbol war Fartuloon nur zu gut bekannt. Aber noch war sich der Mann nicht völlig sicher, ob sich unter dem Umhang, der sich sacht in einer leisen Brise bewegte, tatsächlich der Körper des varganischen Henkers verbarg. Behutsam setzte Fartuloon das Beiboot auf dem Boden auf, die vier Landestützen wippten leicht nach, dann stand die F-1 sicher, knapp dreißig Meter von dem reglosen Körper entfernt.

Fartuloon dachte nicht daran, die Schleuse an der Unterseite der F-1 sofort zu öffnen, schaltete auch den Schutzschirm nicht ab. »Wir warten noch ein paar Zentitontas«, entschied er. »Ich traue diesem Burschen nicht.«

Ischtar lächelte unterdrückt. Fartuloon war höflich genug gewesen, nicht zu sagen, dass er grundsätzlich *allen* Varganen misstraute, sie ausdrücklich eingeschlossen. Die unglaubliche Anziehungskraft der Varganin, mit der sie Ra und Atlan förmlich hypnotisieren konnte, blieb bei Fartuloon wirkungslos. Der Bauchaufschneider wartete fünf Zentitontas, dann gab er das Zeichen zum Ausstieg. Ein leichter Wind wehte, gerade stark genug, um eine Strähne von Ischtars Goldhaar zu bewegen. Ein strenger, scharfer Geruch lag in der Luft. Fartuloon zückte das *Skarg* und ging langsam zu dem Körper, der noch immer von dem dunklen Umhang verdeckt wurde.

»Es ist Magantilliken«, sagte Ischtar leise, nachdem Fartuloon sein Schwert dazu benutzt hatte, die Gestalt auf den Rücken zu drehen. »Oder besser gesagt: Das *war* Magantilliken. Sein Körper.«

Der Henker der Varganen bot einen Schauder erregenden Anblick. Der Körper war fast schwarz, die Züge des Gesichts waren kaum mehr zu erkennen. Von der Leiche stieg der unangenehme Geruch auf, der Fartuloon schon beim Ausstieg aus der F-1 aufgefallen war. Magantillikens Körper war tot, daran gab es keinen Zweifel; eine schwarz verkohlte Mumie.

Sein Körper! Der Bauchaufschneider erinnerte sich an Atlans Bericht, laut dem Ischtar von einem *uralten Körper* gesprochen und sich gefragt hatte, wie der Henker an *dieses seltene Exemplar* gekommen war. »*… nach Ischtars Darstellung hat sich sein Geist in die Eisige Sphäre zurückgezogen, wo er offenbar neue Energie tankt*«, glaubte Fartuloon Atlans Stimme zu hören. *»Mit der kann er nach Belieben den alten Körper wieder übernehmen, sich aber auch den Körper eines anderen Varganen aussuchen, die in großer Zahl auf den Versunkenen Welten zu finden sein sollen. Die Varganen scheinen den* Vecorat *vergleichbare Fähigkeiten zu besitzen und wechseln nur rein geistig von der Eisigen Sphäre hierher …«*

Abermals hatte also mit großer Wahrscheinlichkeit der *eigentliche Magantilliken*, das Wesen, der Charakter der Person, überlebt. Schließlich hatte nur Magantillikens Geist die Eisige Sphäre verlassen, sich diesen Körper ausgesucht, ihn mit Energie gefüllt und ihn zum Henker bestimmt. Fröstelnd dachte der Bauchaufschneider an die insektoiden *Vecorat*, die als die »Erzfeinde« der Arkoniden galten. Sie konnten rein geistig den eigenen Individualkörper verlassen und auf einen anderen überspringen. Die Fähigkeit zumindest einiger Varganen schien mit jener der auch *Individualverformer* genannten Wesen vergleichbar zu sein.

»Wenn ein Vargane stirbt«, erkundigte sich Fartuloon bei Ischtar, »sieht er dann aus wie dieser Körper?«

Sie starrte aus weit aufgerissenen Augen auf die Leiche des Mannes, der sie zu fangen und zu töten versucht hatte. Ihr Entsetzen sagte dem Bauchaufschneider genug. Magantilliken war *keines* natürlichen Todes gestorben! Wie Ischtar kniete Fartuloon neben der Leiche auf den Boden, sah sich den Körper genauer an und machte ein sorgenvolles Gesicht, als er sich Zentitontas später langsam weder erhob. »Ich habe zuerst angenommen, dass er bei einem Kampf mit einer Thermowaffe getötet worden ist. Dieser Eindruck war falsch.«

Ra sah Fartuloon erstaunt an. »Und wie sonst ist er gestorben?«

»Magantilliken ist von *innen heraus* verglüht; es kann noch nicht sehr lange her sein. Ich nehme nicht an, dass dieser Prozess von Magantilliken selbst ausgelöst wurde.« Ischtar bestätigte Fartuloons Vermutung mit einem zögernden Nicken. »Irgendjemand hat den Henker auf diese Weise getötet. Irgendjemand, den wir nicht kennen und von dem wir nicht wissen, wo er steckt. Atlan und wir sind allem Anschein nach nicht allein auf diesem Planeten.«

Ischtar nahm das Vielzweckschaltgerät an sich, mit dem sie ihr Doppelpyramidenschiff fernsteuern konnte und das den Tod des Henkers schadlos überstanden hatte, und stand ebenfalls auf. Ihr Blick war starr auf den Leichnam des Henkers gerichtet, es war ihr anzusehen, dass sie Angst hatte. Es gab ringsum keinerlei Spuren eines Kampfes. Irgendjemand hatte Magantilliken töten wollen und offenbar ohne jede Anstrengung seinen Willen in die Tat umsetzen können. »Dieser Körper ist vernichtet, aber nicht *Magantilliken.* Der Henker befindet sich jetzt in der Eisigen Sphäre, aber er kann jederzeit zurückkehren. Er braucht dazu nur einen neuen Körper.«

»Und den kann er in nahezu jeder varganischen Station finden.« Fartuloon nickte grimmig. »Wir haben keine Ahnung, wie viele solcher Stationen es gibt oder wo sie sich befinden.«

Er knirschte mit den Zähnen. Der Gedanke, gegen einen Feind antreten zu müssen, der praktisch nicht zu töten war, hatte etwas Grauenvolles an sich. Was nützte ein Sieg, wenn der Besiegte sich in einen Bereich zurückziehen konnte, in dem er praktisch unangreifbar war?

Ra sah die kahlen Hänge zum rauchenden Vulkangipfel hinauf. Ein stetes Grollen erfüllte die Luft, wiederholt zischten und pfiffen Geysire. Aus einem kleinen Nebenkrater quoll glutrotes Gestein und mäandrierte über schwarze, vielfach verkantete Platten und Krusten. »Welche Art Falle wollte uns der Henker stellen?«, überlegte er halblaut. »Wo ist das Beiboot, mit dem er und Atlan hierher gekommen sein müssen?«

Ischtar berührte ihr Armbandgerät und lächelte kühl. »Das Beiboot ist ganz in der Nähe – unter einem Tarn- und Antiortungsfeld verborgen. Fernsteuerungskontakt bestätigt. Ich brauche es nur zu rufen.«

»Später. Halten wir uns nicht länger mit dem Kadaver auf. Wir müssen Atlan finden!«, knurrte Fartuloon und stapfte zum Diskus zurück. Insgeheim befürchtete er, dass er Atlan in ähnlichem Zustand vorfinden würde wie Magantilliken.

»Wir haben Magantilliken gefunden, wir werden auch Atlan aufstöbern.« Ra versuchte sich selbst Mut zu machen. Das offenkundige Eingreifen einer bislang noch unbekannten Macht hatte die Lage wesentlich komplizierter gemacht.

Fartuloon stellte die sich aufdrängenden Fragen laut, während die F-1 den Vulkankegel umkreiste. »Wer ist der Unbekannte, auf welcher Seite steht er? Solange wir das nicht wissen … Ich frage mich vor allem, was der Unbekannte möglicherweise mit Atlan angestellt hat.«

»Vielleicht sind es mehrere Unbekannte«, mutmaßte Ra. »Ein ganzes Volk, das wir noch nie zu Gesicht bekommen haben. Die Galaxis ist groß, viel zu groß, als dass wir alle raumfahrenden Intelligenzen kennen könnten.«

»Ich weiß. Aber ein völlig unbekanntes Volk hätte keinerlei Grund, den Henker der Varganen zu töten. Es fehlt das Motiv.«

»Es muss folglich eine Beziehung zwischen den Unbekannten und Magantilliken geben.« Während Ra laut überlegte, ließ er die Landschaft keinen Augenblick aus den Augen. »Orbanaschol?«

Fartuloon schüttelte den Kopf. »Arkoniden kennen kein Verfahren, eine Person dadurch zu töten, dass sie von innen heraus verglüht. Weit eher glaube ich an irgendeinen Einfluss der Varganen. Was uns zur schon von dir gestellten Frage bringt, welche Art Falle der Henker Ischtar stellen wollte. Zercascholpek ist die *Welt der Toten Augen* – spielt also der mysteriöse Kyriliane-Seher Vrentizianex eine Rolle, Ischtar?«

Die Varganin saß neben Ra, schien völlig in Gedanken versunken zu sein und antwortete nicht. Kannte sie den oder die Unbekannten, die den Körper Magantillikens getötet hatten? Oder war sie noch immer mit der grauenvollen Art und Weise beschäftigt, in der der Henker der Varganen sein Ende gefunden hatte? Gegen die Kräfte, die hier vermutlich eingesetzt worden waren, würde auch der Schutzanzug nicht viel helfen, den sie an Bord der F-1 trug.

»Dort vorn brennt etwas«, sagte Fartuloon. Der Infrarotbildschirm zeigte, dass in einigen Kilometern Entfernung der Wärmehaushalt an der Oberfläche stark gestört worden war. Um einen Seitenausbruch des Vulkans konnte es sich nicht handeln, dafür waren die Werte zu gering, obwohl es nicht weit entfernt sehr hell strahlte, da sich dort der abgestufte Kegelstumpf des Berges in voller Tätigkeit befand. *Ein spontan entstandenes Feuer? Spontan … wie beim Henker?* »Wir sehen uns die Stelle einmal an. Vielleicht stoßen wir auf einen Hinweis.«

Er änderte den Kurs des Beiboots geringfügig und hielt genau auf den hellen Fleck zu, der sich auf dem Bildschirm abzeichnete. »Wir müssen darauf vorbereitet sein, nötigenfalls mit einem ausgesprochenen Alarmstart zu verschwinden«, sagte der Bauchaufschneider grimmig und musterte sorgenvoll die Ortungsergebnisse, die abermals einen Anstieg des Hypersturms registriert hatten. »Der Vulkan sieht aus, als wolle er in jedem Augenblick spucken.«

»Dann spucken wir zurück«, witzelte Ra und grinste Fartuloon an, dessen Mimik deutlich verriet, dass er von dieser Art Humor nicht sonderlich viel hielt. »Ein verbrannter Vulkanbaum. Ziemlich bizarres Skelett. Wahrscheinlich hat ihn ein Blitz oder eine Magmabombe getroffen und in Brand setzt.«

Fartuloon schüttelte abwehrend den Kopf. »Kein Gewitter – das hätten wir schon weitaus früher wahrnehmen müssen. Die Reste qualmen noch.«

»Also ein aus dem Krater geschleudertes Stück Fels?«

»Das hätte nur einen lokal begrenzten Schaden angerichtet, kaum den gesamten Riesenbaum verkohlt«, widersprach Fartuloon auch dieser These. »Wir werden uns diese geheimnisvolle Pflanze näher ansehen.«

Er warf einen skeptischen Blick auf den nahen Vulkangipfel, bevor er die F-1 behutsam aufsetzte. Der Geruch, der nach dem Öffnen der Schleuse in das Innere des Beiboots drang, bewies deutlich, dass der Brand vor kurzem stattgefunden haben musste. Vorsichtig näherten sich die drei dem Baum, der nur noch aus dem nahezu völlig verkohlten Riesenstamm und ebenfalls geschwärzten Hauptästen bestand. Kleine Seitenäste und das Laub waren verschwunden. Aber auch ohne seine Krone wirkte das Gebilde noch beeindruckend, ragte mehr als hundert Meter auf. Als schwarze Brücken spannten sich die Hauptäste zu benachbarten Bäumen, Asche bedeckte den Boden.

Fartuloon musterte aufmerksam das Gelände. Er versuchte, sich an das Bild zu erinnern, das die Toten Augen des Vrentizianex gezeigt hatten. Aber er konnte nicht sagen, ob die Umgebung des Baumes mit dem Bild identisch war, das die Augen von der näheren Umgebung gezeigt hatten.

»Diesen Baum hat ganz bestimmt kein glühender Fels in Brand gesetzt«, stellte er nach kurzer Untersuchung der Überreste fest. »Hier wurden thermische Waffen eingesetzt! Der Baum war so voller Saft, dass ein Schwelbrand sofort erstickt wäre. Nur eine beständige Zufuhr größerer Mengen Wärmeenergie war fähig, ihn bis auf den Riesenstamm zu verkohlen. Irgendjemand hat diese Pflanze *beschossen.*«

»Warum?«, fragte Ra knapp.

»Ich kann mir nur eine halbwegs logische Erklärung denken. Wenn dies tatsächlich der Baum ist, den wir in den Toten Augen gesehen haben, wäre es denkbar, dass jemand Atlan zu Hilfe gekommen ist und zu diesem Zweck den Baum zerschossen hat.«

»Und wo ist dann Atlan?«, wollte Ischtar zweifelnd wissen, »Hat man ihn befreit? Oder wurde er zusammen …«

»Das Einzige, was ich mit Bestimmtheit sagen kann, ist, dass dieser Baum mit Thermowaffen beschossen wurde. Ob es der Baum ist, der Atlan gefangen gehalten hat, weiß ich beim besten Willen nicht.« Nervös kaute er auf der Unterlippe. Das Eingreifen der Unbekannten ließ jede Kalkulation zum Lotteriespiel werden. Solange nicht bekannt war, was die Unbekannten wollten, war auch unmöglich zu sagen, ob sie Atlan vielleicht geholfen oder ob sie ihn wie Magantilliken getötet hatten. Selbst die Tatsache, dass nirgendwo etwas von Atlans Leiche zu finden war, konnte nicht als Beweis dafür gelten, dass er noch lebte.

Plötzlich zuckte Ischtar zusammen. »Im Vulkan … Mein Armbandgerät hat angesprochen.«

»Bricht er aus?«, fragte Ra erschrocken.

»Nein, das nicht. Im Innern des Kraters hat es einen gewaltigen Energieschock gegeben. Der größte Teil hat sich im Hyperbereich entladen.«

Fartuloon machte ein Gesicht, das deutlich zeigte, wie sehr er an diesen Worten zweifelte. »Hyperenergieschocks aus dem Innern eines tätigen Vulkans?« Seine Hand wies auf die Rauchfahne, die aus dem Krater aufstieg und vom Wind zerfasert wurde. »Bist du sicher?«

»Völlig. Irgendein sehr großes Aggregat.«

»Bekannte Impulse? Raumschiffsanlagen? Schwerkrafterzeuger? Irgendetwas, das wir kennen?«

Ischtar hob die Schultern. »Genaues kann ich nicht sagen. Aber wenn wir überhaupt einen Hinweis auf Atlan finden können, dann vermutlich dort.«

»Ich bin zwar mehr als skeptisch«, knurrte Fartuloon, »aber wir sollten es immerhin versuchen.«

Es hätte zu lange gedauert, mit den Schutzanzügen zu der Quelle des Energieschocks vorzudringen, daher übernahm Fartuloon wieder die Steuerung der F-1. Da er weder den Energieausbrüchen noch dem Vulkan traute, ließ er das Beiboot mit langsamer Fahrt zum Krater des Kegelstumpfs schweben, bereit, in jedem Augenblick mit höchster Geschwindigkeit zu fliehen. Genau wie Ischtars Armbandgerät hatten die Orter und Taster des Leka-Diskus den hyperenergetischen Schock registriert, doch die Analyse bereitete Schwierigkeiten. Streustrahlung des in seiner Stärke anwachsenden Hypersturms hatte überdies die Daten verfälscht; verstärkt erklang Knattern von den Strukturtastern.

Der Funkkontakt zur FARNATHIA wurde von Störgeräuschen überlagert. »... ebenfalls angemessen ... sturm stärker ... Gefahr ... Aussetzer wahrscheinlich ...«

»Das hat uns noch gefehlt.« Während Fartuloon die F-1 steuerte, überprüfte Ra erneut die Ladungen der Waffen. Das hatte er zwar schon nach dem Besteigen des Beiboots getan, aber er war wie fast alle Raumfahrer der Meinung, dass eine Kontrolle mehr wesentlich besser sei als eine zu wenig, die das Leben kosten konnte.

»Es rührt sich etwas!«, rief Ischtar mit Blick auf ihr Armbandgerät. »Energie erzeugende Aggregate bewegen sich.«

Fartuloon zuckte die Achseln. Als er die ersten Robots sah, begriff er schlagartig, dass Ischtar die kleinen Kraftstationen gemeint hatte, die den Maschinen Antriebsenergie lieferten und die Energie für die Waffensysteme. Der Bauchaufschneider war sich nicht darüber im Klaren, wie er die Maschinen angesichts ihrer »eigenwilligen« Konstruktion einzustufen hatte. Die Maschinen waren wild zusammengestückelt, unterschiedlichste Baumuster kombiniert, die mehr als bizarr anmuteten. Hochmoderne Prallfelder neben primitiven Optiken, klobige Werkzeugarme neben archaischen Luftkissen; einige in Schutzschirme gehüllt, andere nicht einmal mit Waffen ausgestattet.

Als Fartuloon endlich eine Entscheidung traf, kam sie um Augenblicke zu spät: Die Roboter hoben fast synchron die Waffenarme und nahmen die F-1 unter konzentriertes Feuer. Die gebündelten Strahlen aus zwanzig Waffen konnten es fast mit einem kleinen Schiffsgeschütz aufnehmen. Mehr als diesen Beschuss konnte der Schirm der F-1 nicht absorbieren, weil die Grundbelastung wegen des Hypersturms bereits erhöht war. Als weitere Robots ihre metallisch glänzenden Körper über den Kraterrand schoben, zog Fartuloon die F-1 nach oben. Mühelos folgten die Robots dieser Bewegung.

»Aufpassen!«, brüllte er.

Die Belastungsanzeige des Schirmfelds flackerte in gefährlichen Rotwerten, dann gab es einen ohrenbetäubenden Krach, der den Zusammenbruch des Feldes ankündigte. Die Strahlen aus den Robotwaffen fraßen sich in die nun ungeschützte Hülle und bahnten sich einen Weg zu den Maschinen. Zwei Korrekturdüsen fielen abrupt aus, das Beiboot kippte zur Seite. Für einige Augenblicke geriet der Diskus aus dem Schussfeld der Angreifer, aber bevor Fartuloon den Absturz auffangen konnte, krachten bereits wieder Treffer in die Außenwand der F-1. Ein Schuss traf die Transparentkuppel; sofort legte sich ein dichtes Netz von Rissen und Sprüngen über das Material und beraubte Fartuloon der direkten Sicht. In dem Augenblick, den der Bauchaufschneider brauchte, um sich auf reinen Instrumentenflug umzustellen, prallte das Beiboot auf den Boden.

Fartuloon wurde nach vorne geschleudert; schmerzhaft fraßen sich die Gurte der Rettungsautomatik in den Körper. Mit fürchterlichem Kreischen verbog sich das Metall der Zelle, gefolgt von einem donnerndem Krachen. Eine grelle Stichflamme leckte durch den Raum, verdampfte einen Teil des Bodens und brachte die Transparentkugel endgültig zum Platzen. Hydraulikflüssigkeit spritzte, begann zu brennen und erfüllte den Innenraum der F-1 mit beißendem Qualm. Aus geborstenen Instrumenten schlängelten sich brennende Kabel ins Freie und versprühten eine Serie von Überschlagblitzen. Fartuloon spürte, nur noch halb bei Bewusstsein, wie das Beiboot über das Lavafeld schlitterte. Funkenkaskaden schossen umher.

Die F-1 überschlug sich. Fartuloon hatte es nur den rettenden Gurten zu verdanken, dass ihn die Trägheit nicht gegen die scharfkantigen Reste der Transparentkuppel schleuderte, die seinen Leib sofort zerfetzt hätten. Mit einem letzten, gewaltigen Ruck kam das Beiboot zum Stillstand. Fartuloons erster Gedanke galt der Flucht.

»Los, raus hier!«, brüllte er. Aus den Augenwinkeln heraus sah er, dass Ischtar bereits ihre Gurte gelöst hatte, hastig nach den Toten Augen griff und sie in einem aufklappenden Etui ihres Anzuggürtels verstaute. Geschickt schlängelte sich die Varganin durch das Gewirr verbogener Streben, sorgsam darauf bedacht, sich nicht an den messerscharfen Kanten zu schneiden. Ein durchdringendes Heulen bewies, dass einer der Reaktoren noch mit höchster Belastung arbeitete. Fartuloon tastete nach den Resten der Instrumente und fand tatsächlich den Knopf, mit dem sich die Leistung des Reaktors regulieren ließ.

Erleichtert stöhnte er auf, als das Heulen verstummte. Dennoch waren die Insassen der F-1 noch nicht in Sicherheit. Ein Fluch entfuhr ihm, als er bemerkte, dass der Hypersturm die hyperenergetischen Funktionen der vergleichsweise schwachen Gürtelaggregate massiv störte. Nach Ischtar zwängte sich Ra durch die Lücken, die der Angriff und der Aufprall in die F-1 gerissen hatten. Die Geräusche, die die Zentrale des Beiboots erfüllten, trieben ihn zu höchster Eile an. Am lautesten war das Knistern der zahlreichen Schwelbrände, die den Innenraum mit ihrem stickigen Rauch füllten und die Sicht nahmen. Dazwischen mischte sich das Krachen kleinerer Detonationen, Vorspiel für eine große Explosion, die das Beiboot und seine Besatzung in Stücke reißen würde.

Fartuloons Brustpanzer bekam einige Beulen und Schrammen hinzu, als sich der beleibte Bauchaufschneider nach draußen zwängte. Schnaufend und stöhnend kam er im Freien an. Ra deutete mit der Hand auf den Vulkankegel, während er mit der anderen seinen TZU-4-Kombistrahler entsicherte. »Die Robots kommen näher. Offenbar wollen sie sichergehen, dass sie uns umgebracht haben.«

Mit gerunzelter Stirn musterte Fartuloon die langsam näher kommende Phalanx und fand seine Beobachtung bestätigt, dass die Maschinen durchaus nicht dem modernsten Stand der Robottechnik entsprachen. »Eine kleine Chance. Wir gehen hinter dem Wrack in Deckung und setzen uns zur Wehr. Vielleicht gelingt es uns, die Roboter auszuschalten.«

»Sollten wir uns nicht besser zurückziehen?« Ra warf einen besorgten Seitenblick auf die qualmenden Überreste des Beiboots. »Die F-Eins kann jeden Augenblick explodieren.«

»Mag sein. Aber wenn wir einfach weglaufen, bieten wir den Robots die besten Zielscheiben, die man sich denken kann. Der Hypersturm stört unsere Gürtelaggregate, also kein IV-Schirm, kein Fliegen! Sieh die Maschinen an, sie halten mit unseren Kampfrobotern keinen Vergleich aus.«

»Hoffentlich hast du Recht.« Ra wusste zu gut, dass ein Mann gegen einen Kampfrobot keine Aussichten auf Erfolg hatte; diese hatten viel schnellere Reaktionen, zudem waren ihre Waffen meist von einem Kaliber, das an tragbare Energiegeschütze erinnerte. Nur die im Körperinnern steckenden Reaktoren eines Roboters konnten Schirmfelder aufbauen, die hinreichenden Schutz vor solchem Beschuss versprachen.

Fartuloon grinste zufrieden, als die Robots immer näher kamen. Von einem wohl geordneten Angriff konnte keine Rede sein, die Maschinen schienen unentschlossen zu sein, wie sie vorzugehen hatten. Planlos nahmen sie das Wrack und die herumliegenden Trümmerstücke unter Feuer. Vor allem die Zielauswahl schien den Maschinen ärgste Schwierigkeiten zu machen. Solange die F-1 das einzige erkennbare Zielobjekt gewesen war, hatten sie ihr Feuer koordinieren können. Davon war nun nichts mehr zu erkennen.

»Glück gehabt«, murmelte Ra, der die Probleme der angreifenden Robots ebenfalls erkannt hatte. Er hob seine Waffe, zielte kurz und feuerte. Der Strahl traf einen Robot an dem Gelenk, das Ras Hüfte entsprach, trennte das Laufglied ab und ließ die Maschine zur Seite kippen. Im Fallen feuerte sie noch einmal und setzte einen Kollegen außer Gefecht. Als die ersten Thermoschüsse an der Stelle einschlugen, von der aus Ra geschossen hatte, war der Barbar längst zur Seite gesprungen. Funken sprühten, als zwei Robots ein Stück der F-1 unter Beschuss nahmen und ein Schwall verflüssigten Stahls herabregnete.

Der Barbar schüttelte grinsend den Kopf. »Der Mann, der diese Maschinen zusammengebastelt hat, muss den größten Teil der Zeit volltrunken gewesen sein.«

Ohne funktionierende Aggregate der leichten Kampfanzüge sind selbst sie eine unübersehbare Gefahr, durchfuhr es den Bauchaufschneider, weil der erneute Versuch, den IV-Schirm zu aktivieren, abermals keinen Erfolg beschert hatte.

Mit zwei gut gezielten Schüssen setzte er einen weiteren Angreifer außer Gefecht und registrierte zufrieden, dass die Speicherbank im Körper des Robots detonierte und die Trümmerstücke einem nahe stehenden Kollegen an den Kopf flogen. Der Aufprall schien die positronischen Sinne der Maschine durcheinander gebracht zu haben – der beschädigte Robot drehte sich abrupt herum und marschierte den Weg zurück, den er gekommen war. Gleichzeitig feuerte er aus allen Waffen planlos in die Luft. Dass der Angriff der Robots keine Spielerei war, bekam Fartuloon wenig später zu spüren. Er hielt das synchrone Schießen zweier Robots für eine weitere positronische Fehlleistung und merkte fast zu spät, dass die Maschinen aus dem Wrack der F-1 ein Landebein herausschneiden wollten, das genau über seinem Kopf hing. Als Ra mit einem hastigen Schrei warnte, sprang Fartuloon zurück, die zentnerschwere Landestütze grub sich in den Boden.

»Die Blechköpfe sind heimtückisch«, stellte er erbittert fest. »Wir müssen aufpassen, dass sie uns nicht hereinlegen.«

Im Eifer des Gefechts hatte er nicht auf Ischtar geachtet. Erst jetzt fiel dem Bauchaufschneider auf, dass die Varganin seit mehreren Zentitontas keinen Schuss mehr abgegeben hatte. Infolgedessen waren die Robots langsam, aber unaufhaltsam näher gerückt. Zwar waren sie so leichter zu treffen, aber gleichzeitig wuchs auch das Risiko beträchtlich an.

»Ischtar!«, rief er, während er einem Robot mit einer Salve von Thermoschüssen den Garaus machte. Als die Varganin nicht antwortete, sah sich der Bauchaufschneider kurz um und stieß einen wütenden Fluch aus. »Das Biest hat uns im Stich gelassen«, fauchte er verärgert.

In beträchtlicher Entfernung sah er den Körper der Frau immer kleiner werden; Ischtar hatte die Flugfähigkeit ihrer Kombination dazu benutzt, sich vor den Robots in Sicherheit zu bringen. Vermutlich war es den Antiortungseinrichtungen zu verdanken, dass ihre Flucht nicht registriert worden war. »Man hätte sie in den Stützmassentank sperren und als Antriebsmasse verfeuern sollen. Dann hätte dieses Weib wenigstens einmal etwas Nutzbringendes geleistet.«

Er hätte seinen Wutausbruch fortgesetzt, wären ihm nicht Ras Reaktionen aufgefallen. Der Barbar hatte seine Waffe auf Fartuloon gerichtet und sagte leise: »Sie wird zurückkommen und uns helfen. Ich weiß es genau!«

Vor so viel Naivität konnte Fartuloon nur kapitulieren; vermutlich würde der Barbar noch an einen Liebesbeweis seiner über alles verehrten »Goldenen Göttin« glauben, wenn sie ihm eigenhändig die Gurgel durchschnitt. Ra war ein prachtvoller Kämpfer und Freund, aber sobald es um Ischtar ging, schien sein Denkvermögen schlagartig auszusetzen. Er war der Varganin verfallen wie ein Süchtiger seinem Rauschgift.

»Wie du meinst, alter Freund.« Fartuloon versuchte den wütenden Ra zu beruhigen. »Richte deine Waffe lieber auf die Robots, dort wird sie dringender gebraucht.«

Aus der Schar der Angreifer hatte sich eine Gruppe gelöst. Fünf einwandfrei flugfähige Maschinen stiegen auf und wollten offenkundig die Männer aus der Luft bekämpfen. Die Lage wurde allmählich brenzlig.

»Überwach die Luft!«, bestimmte Fartuloon. »Ich nehme mir die anderen vor.«

»Einverstanden.« Ra hatte bessere Augen als der Bauchaufschneider, das war hier wichtig. Es kam nicht nur darauf an, die Robots rechtzeitig zu erkennen und gezielt zu beschießen, Ra musste auch darauf achten, dass keine Trümmerstücke auf ihn oder Fartuloon prallten.

Der Kampf wurde heftiger und gefährlicher. Die Roboter waren inzwischen bedrohlich nahe gekommen, ihre Schüsse lagen immer dichter am Ziel. Wiederholt musste Fartuloon mit weiten Sätzen in neue Deckung springen, weil die Maschinen systematisch die Trümmerstücke zerschossen, hinter denen er Schutz gesucht hatte. Neben ihm krachte mit lautem Scheppern ein Robotschädel auf den Boden, in einiger Entfernung stürzte der Rest der Maschine ab.

»Verdammt knapp«, sagte Fartuloon tadelnd. Ra grinste nur. Die Robots hatten sich bis auf knapp fünfzig Meter genähert. Bisher hatten sie noch keinen Treffer erzielen können, eine Tatsache, die dem statistisch beschlagenen Fartuloon allmählich nicht mehr ganz geheuer erschien. Dann änderten die Robots plötzlich ihre Angriffstaktik und setzten Paralysatoren ein. »Sie wollen uns offenbar lebend.«

Fartuloon überlegte, während er sich weiterhin die Robots mit präzisen Feuerstößen vom Leibe hielt. War der Unbekannte, der Magantilliken getötet hatte, mit dem Befehlsgeber der Robots identisch? Angenommen, der Fremde stand auf der Seite Atlans und hatte dem Kristallprinzen mit der Tötung Magantillikens helfen wollen; würde er dann Atlans Freunde mit einer aggressiven Robotarmee willkommen heißen? Diese Möglichkeit schied nach Fartuloons Ansicht aus. Also stand ihnen Schlimmes bevor, fielen sie in die Hände der Fremden. Für Augenblicke hatte Fartuloon mit dem Gedanken gespielt, sich zu ergeben; immerhin zeigte der Wechsel der Waffen, dass der Befehlsgeber der Maschinen nicht daran interessiert war, die Mannschaft der F-1 sofort zu töten. Aber dieses Entgegenkommen erschien Fartuloon zu verdächtig.

Was während des Kampfes im Innern der abgestürzten F-1 vorgegangen war, wusste er nicht. Aber das Krachen und Donnern im Wrack verstärkte sich. Zwei Robots sahen eine günstige Gelegenheit, Fartuloons habhaft zu werden, verzichteten auf den Einsatz ihrer Paralysatoren und rückten dem Bauchaufschneider mit ihren Greifern zu Leibe. Rasch ließ er den Kombistrahler fallen – bei dieser kurzen Distanz hätte ihn der Rückschlag der Waffenenergie vom Schirmfeld der Roboter mit Sicherheit getötet.

Stattdessen zog er das *Skarg* und richtete die Spitze des Dagorschwertes auf den ersten Robot. Schlagartig verfärbte sich das Schirmfeld und brach dann plötzlich zusammen. Sofort blieben beide Robots stehen, aus dem Innern der ersten Maschine klang ein drohendes Rumoren. Der Schirmfeldgenerator war dem Einfluss des *Skarg* nicht gewachsen, in einem meterlangen Blitz schuf sich die gestaute Energie freie Bahn.

Fartuloon warf sich zur Seite, kaum dass das *Skarg* die Entladung aufgefangen und auf den zweiten Robot abgeleitet hatte. In einer donnernden Explosion verging die Maschine, die Einzelteile heulten durch die Luft und gruben sich in den Boden. Rasch hob Fartuloon seinen TZU-4 wieder auf und suchte hinter dem verstümmelten Diskusrumpf der F-1 Deckung. Gerade noch rechtzeitig schaffte er für Ra Luft, weil der gleichzeitig von drei Maschinen bedrängt wurde.

»Lange halten wir nicht mehr durch«, ächzte der Barbar und wischte sich den Schweiß von der Stirn. »Die Robots bekommen Verstärkung.«

Fartuloon nickte grimmig. Deutlich waren die Lichtreflexe zu erkennen, die am Rand des Vulkankraters aufblitzten. Jedes Mal, wenn sich ein neuer Robot über den Rand schwang, war es gleichsam eine Warnung. Fartuloon zählte flüchtig, nach seiner Schätzung wurden die Angreifer um mehr als vierzig Maschinen verstärkt. Von den knapp zwanzig Robotern, die den ersten Angriff auf die F-1 durchgeführt hatten, existierten nur noch drei, aber diese waren die technisch besten Maschinen aus der Gruppe und wogen mehrere andere Roboter auf.

»Es wird langsam Zeit, dass uns Ischtar zu Hilfe kommt«, brummte Ra.

Fartuloon wollte den Kopf schütteln, als diese Hilfe tatsächlich erschien: Über ihnen tauchte die charakteristische Form eines Varganenschiffs auf. Ischtar hatte also ihr Kombigerät benutzt, um das Beiboot herbeizurufen. Rasch wurde das wie pures Gold schimmernde Gebilde größer, das aussah wie zwei mit ihren Grundflächen verbundene Pyramiden. Ein Oktaeder, dessen Begrenzungsflächen aus acht gleichseitigen Dreiecken bestanden. Die Kantenlänge betrug rund 31, die Gesamthöhe 44 Meter.

Ra winkte begeistert, als er das Schiff sah, aber die Varganin dachte nicht daran, die Männer zu bergen, sondern eröffnete das Feuer auf die Robots. Den Waffen des varganischen Oktaeders hatten diese nichts entgegenzusetzen. Nacheinander verwandelten sich die Maschinen in Wolken verdampften Metalls. Sobald die ersten drei Robots abgeschossen waren, wandten sich die noch verbliebenen Maschinen zur Flucht. Aber die unbeholfenen Robots hatten keine Chance gegen das Varganenbeiboot. Ischtar begnügte sich nicht damit, die Robots in die Flucht geschlagen zu haben, sondern wollte sie vernichten, einen nach dem anderen.

»Ist diese Frau wahnsinnig geworden?«, brüllte Fartuloon verzweifelt, der sehr rasch begriff, welches Risiko Ischtar einging. Längst waren die Robots zerstört, die sich in unmittelbarer Nähe der F-1 befunden hatten. Nun beschoss sie die Verstärkung, die sich rasch in das Innere des Vulkankraters zurückzog. Entsetzt sah Fartuloon, wie Ischtar das Beiboot zum Krater lenkte und dabei ohne Pause auf die fliehenden Robots feuern ließ. »Nimm die Beine in die Hand!«, empfahl er dem Barbaren. »Renn los, mein Freund! Diese Närrin beschwört eine Katastrophe herauf.«

Er selbst setzte sich sofort in Bewegung, rannte so schnell, wie es sein Leibesumfang zuließ. Ra folgte ihm sofort, warf noch einen

Blick über die Schulter und begriff nun offenbar ebenfalls, welche Folgen das Verhalten der Varganin haben musste. Ohne an die Konsequenzen zu denken, nahm Ischtar die Roboter mit den Beibootgeschützen unter Feuer, wiederholt wurde das Innere des Vulkans von den Thermostrahlen getroffen.

»Es geht los«, keuchte Ra. Fartuloon nickte im Laufen.

Unter den Füßen bewegte sich der Boden. Zuerst war es nur ein leichtes Zittern, dann deutlich fühlbare Stöße. Das Rumoren des Vulkans verstärkte sich zu einem Brüllen von schmerzhafter Lautstärke. Ein heftiger Stoß warf Fartuloon um. In der kurzen Zeit, die er mit Ras Hilfe brauchte, um wieder auf die Beine zu kommen, sah er, wie das Doppelpyramidenschiff in einer gewaltigen schwarzen Wolke verschwand, die mit großer Geschwindigkeit aus der Öffnung des Vulkans schoss. Fahl leuchteten Blitze aus der dunklen Wolkenwand, die sich rasend nach allen Seiten ausdehnte.

»Weiter!« Fartuloon zerrte Ra mit, der entsetzt auf die Rauchsäule starrte, in der das Schiff verschwunden war. »Es geht uns an den Kragen.«

Ein neuer Stoß unterstrich seine Worte. Um fast zwei Handspannen hob sich der Boden und sackte sofort einen halben Meter tief ab. Fartuloon hatte Mühe, das Gleichgewicht nicht zu verlieren. Gewaltige Mengen Staub und Asche trieb der Ausbruch des Vulkans aus dem Krater, innerhalb einer Zentitonta war die Landschaft in weitem Umkreis mit einer Schicht feiner grauer Asche überzogen. Fartuloon rannte, ohne sich noch einmal umzusehen; bei jedem Schritt spürte er ein Stechen in der Seite, seine Lungen begannen zu schmerzen. Es war extrem anstrengend, sich auf dem bewegten Boden vorwärts zu bewegen. Der Ausbruch des Vulkans setzte den Fels in unregelmäßige Schwingungen, die jeden Schritt zu einem Abenteuer machten. Fartuloon konnte seine krampfhaften Atemzüge nicht mehr hören, das Toben des Vulkans überdeckte jedes andere Geräusch.

Ein Körper fiel in einiger Entfernung auf den Boden. Fartuloon erkannte einen großen Vogel, der noch einmal mit den Flügeln schlug und dann zuckend starb. *Stickgas*, lautete Fartuloons Erklärung. *Wann werden uns die Schwaden erreichen?*

Es wurde rasch dunkel, die Rauchsäule verdeckte die Sonne. Dafür schwoll das rote Leuchten stärker an, das von der Lava stammte, die sich inzwischen über den Rand des Kraters wälzte und an den Flanken des Berges hinablief. Der Boden riss an vielen Stellen auf, Dampf stieg in die Höhe, aus klaffenden Nebenkratern sprühte weiß glühendes, flüssiges Gestein in gewaltigen Kaskaden über die Landschaft.

Fartuloon stieß einen Schrei aus, als er plötzlich zu Boden geworfen wurde. Der Griff von Ras Hand um Fartuloons linkes Handgelenk wurde fester. Er brauchte einen erschreckend langen Augenblick, bis er begriffen hatte, was passiert war: Unmittelbar hinter ihm hatte sich der Boden geöffnet, Ra war in die plötzlich entstandene Spalte gestürzt. Nur dem Umstand, dass er im letzten Moment Fartuloons Hand gepackt hatte, verdankte der Barbar sein Leben. Fartuloon konnte kaum etwas sehen, an Rufe war angesichts des Brüllens des Vulkans nicht zu denken. Aber er spürte, dass Ra noch lebte; er hielt Fartuloons Hand umklammert und lockerte seinen Griff nicht. Fartuloon richtete sich ein Stück auf und fasste mit der freien Hand zu, stemmte sich mit aller Kraft gegen den Boden und erkannte erleichtert, dass Ra sich bewegte. Es dauerte nur wenige Augenblicke, dann stand der Barbar wieder neben Fartuloon, der gerade noch erkennen konnte, dass sich Ras Lippen bewegten. Von dem, was Ra sagte, war nichts zu verstehen.

An ein Fortsetzen der Flucht war nicht mehr zu denken. Während der Rettungsaktion hatte sich der Bodenriss zu einer Schlucht erweitert, gleichzeitig klaffte der Fels auch vor den Männern auseinander. Fartuloon sah, wie sich die Ränder der Felsspalte verbreiterten. Ohnmächtig beobachtete er, wie sie auf einer Felsinsel abgeschnitten wurden. Aus eigener Kraft konnten sie sich nicht mehr helfen.

»Der Boden wird heiß«, murmelte Fartuloon und hustete im Asche- und Staubdunst. Noch hielt die Isolation der Stiefel, aber es war nur eine Frage der Zeit, wann die Sohlen zu qualmen beginnen würden. Fartuloon fasste nach Ra und zog den Barbaren so nahe heran, dass sie sich an der Stirn berührten. »Wir haben noch eine Chance. Wenn es Ischtar gelungen ist, dem Ausbruch zu entkommen, wird sie uns retten. Trotz des Ausbruchs müsste sie das Feuer unserer Waffen anpeilen können.«

Fartuloon atmete erleichtert auf, als er sah, dass Ra nickte, sofort seine Waffe hob und damit in die Luft schoss. Der Strahl stieg senkrecht in die Höhe, in dem Licht des Strahlschusses sah Fartuloon Teile seiner Umgebung. Er und Ra standen auf einem Felsstück, das annähernd dreieckig und einige hundert Quadratmeter groß war. Ringsum waren die Spalten im Fels so breit, dass an ein Überspringen nicht zu denken war. An zwei Seiten fauchten Dampfsäulen in die Höhe.

Die Luft wurde stickiger, ein unangenehm stechender Geruch breitete sich aus. Der Boden ruckte, schüttelte sich, als würde er von Krämpfen geschüttelt. Es war schwierig, sich auf den Beinen zu halten. Fartuloon musste sich an Ra festhalten, um nicht umgeworfen zu werden. Mit gespreizten Beinen stand der Barbar auf dem schwankenden Untergrund und fing jeden Stoß geschickt auf. Er hatte seine Waffe auf Dauerfeuer geschaltet und starrte in die Höhe.

Fartuloon begann zu keuchen. Der Sauerstoff wurde langsam knapp, der Anteil gefährlicher Gase in der Luft größer. Der Bauchaufschneider war nahe daran zusammenzubrechen, als er plötzlich angehoben wurde. Etwas zerrte ihn mit unwiderstehlicher Kraft in die Höhe. Er seufzte erleichtert auf, dann versank er in einer wohltuenden Ohnmacht.

1.

Aus: *Biographie Atlans – Anhang: Fragmente, Anmerkungen, Marginalien* (in vielen Bereichen noch lückenhaft), hier: *Ischtar spricht*; Professor Dr. hist. Dr. phil. Cyr Abaelard Aescunnar; Gäa, Provcon-Faust, 3565

Du bist jung, neugierig, tatendurstig, ungeduldig. Hab Geduld mit mir, es ist nicht leicht für mich. Zu lange war ich allein, war nur mir selbst gegenüber verantwortlich. Jetzt gibt es Chapat – und dich, Kristallprinz. Ich weiß, dass dich viele Fragen plagen, und es wird die Zeit kommen, da ich sie beantworten werde. Aber im Gegensatz zu dir habe ich kein fotografisch exaktes Gedächtnis. Die Anfänge und was seither geschehen ist … Das alles ist so lange her, Jahrtausende! Viele davon habe ich im Tiefschlaf überbrückt. Dennoch sind es Jahrtausende, die ich bewusst erlebt habe. Längst sind viele Erinnerungen verblasst, andere habe ich verdrängt. Hab also Geduld, Liebster.

Nein, ich bin kein Geist, *den Bewusstseinstransfer beherrschen nur jene aus der Eisigen Sphäre. Und mein Körper ist kein künstliches Konstrukt – du darfst dich gern davon überzeugen …*

Es ist mehr als 675.000 Jahre deiner Zeitrechnung her! Damals kamen wir aus … hm, einem anderen Universum, *wie du es vermutlich umschreiben würdest. Niemand, der bei diesem Übergang dabei war, alterte fortan noch. Wir waren potenziell unsterblich geworden, alle!*

Nicht jeder verkraftete diese Erkenntnis, viele nahmen sich das Leben – etliche der konservierten Körper finden sich noch heute in den Stationen der Versunkenen Welten. Unser Reich zerfiel, die meisten gingen eigene Wege, wurden zu rastlosen Nomaden zwischen den Sternen. Irgendwann kam es zu einer Zusammenkunft, die meisten Überlebenden waren entschlossen, dieses Universum wieder zu verlassen, um heimzukehren. Ich gehörte zu jenen, die hier blieben – unter anderem, weil ich Spuren entdeckt hatte, die scheinbar varganischer Natur waren, aber nicht *von uns stammten. Ich nannte die Unbekannten deshalb die* verschollenen Varganen, *wollte unbedingt die Zusammenhänge herausfinden. Ein Bindeglied scheinen die Silberkugeln zu sein, doch auch nach Jahrzehntausenden der Suche habe ich leider nicht viel in Erfahrung gebracht.*

Eine halbe Ewigkeit verging, nie hatte ich mehr von den Heimkehrwilligen gehört, wusste nicht einmal, ob ihnen der Übergang gelungen war. Einige der Zurückgebliebenen unternahmen später vergleichbare Experimente, konnten mit geeigneten Mitteln hin und her wechseln, begegneten dabei aber keinem anderen Varganen. Von der Eisigen Sphäre erfuhr ich erst, als Magantilliken vor mehr als dreißigtausend Jahren deiner Zeitrechnung seine Jagd begann – einige seiner Opfer entkamen ihm, konnten den anderen berichten, was sie von dem Henker erfahren hatten. Viel war es nicht, aber wir waren gewarnt, verstreuten uns noch mehr, wechselten häufig den Aufenthaltsort, zogen uns in vermeintlich sicheren Verstecken in den Tiefschlaf zurück …

Ich schrie vor Schmerzen. Arkonidische Nervensysteme reagierten für gewöhnlich wesentlich intensiver auf Transitionsschmerzen, als die anderer Völker, aber dieser Entzerrungsschmerz hätte vermutlich auch Ra zum Schreien gebracht. Mein Schädel schien von innen heraus verglühen zu wollen, das Blut in meinen Adern fühlte sich an wie flüssiger Stahl. Ich stolperte vorwärts und stürzte. Ich konnte gerade noch meinen Fall mit den Armen abfangen, sonst hätte ich mir an dem stählernen Boden den Schädel angeschlagen.

Nur sehr langsam ließ der Schmerz nach, es dauerte fast fünf Zentitontas, bis ich wieder einigermaßen klar sehen und meine Muskeln planvoll bewegen konnte. Sofern der von Magantilliken angesprochene Hypersturm nicht auf den Transportvorgang eingewirkt und den Entzerrungsschmerz verstärkt hatte, musste ich eine beträchtliche Distanz zurückgelegt haben. Dass ich nicht mehr auf Zercascholpek war, erkannte ich an der geringeren Schwerkraft, etwa 0,8 Standard.

Ausrüstung hatte ich keine; Magantilliken hatte sämtliche Speicherzellen aus dem Aggregatgürtel entfernt, bevor er mich meinem Schicksal überließ. Durst plagte mich, der Aufenthalt in dem Riesenbaum war eine Tortur gewesen. Ich sah mich um, wollte wissen, wohin mich der merkwürdige Transmitter befördert hatte. Ich stand in einer kreisförmigen Halle, deren Durchmesser zweihundert Meter betragen mochte, im Saalmittelpunkt auf einem Podest, das eine vergrößerte Ausgabe jener Transmitterplattform war, die ich auf Zercascholpek gesehen hatte – vier hüfthohe Säulen, die die achteckige Metallplatte trugen.

»Hallo!«, rief ich. »Ist hier jemand?«

Es gab kein Echo, alles blieb still. Ich sah nicht einmal Roboter. Offenbar war ich ganz allein. Vorsichtig verließ ich die Plattform und sah mich genauer um. Die Kuppel, die sich über mir bis in hundert Meter Zenithöhe wölbte, machte den Eindruck, als sei sie von einigen Millionen faustgroßer Diamanten bedeckt. Von der eigentlichen Decke konnte ich nichts sehen, sie verbarg sich hinter den Lichtreflexen. Das Primärlicht kam scheinbar aus dem Nichts und wurde von den Edelsteinen so zurückgeworfen, dass ich sie selbst nicht sehen konnte. Es gehörte eine unerhört aufwendige, präzise Schlifftechnik dazu, chemisch reinen Kohlenstoff so zu bearbeiten, dass der Betrachter immer nur Lichtreflexe, niemals aber den Stein selbst sehen konnte.

»Beachtlich. Wem mag diese Halle gehören?«

Langsam ging ich zu der Wand, folgte der Krümmung. Es gab mehrere Meter hohe Panoramafenster, die etwa ein Viertel des

Umfangs einnahmen. Draußen bedeckte Schnee ein kleines Plateau, daran anschließende steile Hänge, ferne Gebirgsgipfel und den schmutzig grauen Verlauf eines Gletschers. Von lebenden Wesen war nichts zu entdecken. Zu der stillen Landschaft aus Schnee, Eis und Fels passte das fast unheimliche Schweigen in der Halle. Ich hörte keine Geräusche, nur den Klang meiner Schritte und meinen Atem.

Zwischen den großen Fenstern und entlang des übrigen Verlaufs waren die Wände verziert. Ich betrachtete die Reliefs und Halbstatuen auf Quadersockeln näher und versuchte, auf dem Weg über die Bilder einen Eindruck vom Schöpfer dieses Bauwerks zu bekommen. Ein Gefühl der Beklemmung befiel mich, als ich die Gestalten, Fratzen und Masken betrachtete. Der größte Teil der Figuren wies arkonidenähnliche Körperformen auf, aber diese waren auf seltsame Weise deformiert. Es war eine Galerie von Götzen, Dämonen und Sternenteufeln, die mit unvorstellbarem Hass auf mich herabstarrten. Da sich die Beleuchtung bei jedem Schritt veränderte, gewannen die Figuren auf beängstigende Art und Weise an Leben. Manchmal hatte ich den Eindruck, die schauerlichen Gestalten würden im nächsten Augenblick über mich herfallen.

»Wer auch immer diese Bilder geschaffen hat«, murmelte ich beeindruckt, »dürfte geistig nicht ganz in Ordnung gewesen sein.«

Eine Frage des Maßstabs, warf der Logiksektor ein.

Nach arkonidischen Vorstellungen war der Schöpfer der Basreliefs, Fresken und Stuckaturen zweifellos ein Genie, das sein Handwerk aufs Meisterhafte verstand. Aber ich war mir fast sicher, dass dieses Genie den kleinen Schritt, der es vom Wahnsinn trennte, schon gemacht hatte. Nur jemand mit krankhaft veränderter Psyche war fähig, solche Bildwerke zu schaffen und mit ihnen zu leben. Ein Teil der Bilder wies Schriftzeichen auf, aber ich suchte vergebens in meinem fotografischen Gedächtnis nach Erklärungen. Einige Symbole erinnerten mich an varganische Zeichen, aber diese Ähnlichkeit war nicht groß genug, um Deutungen zuzulassen.

Ich fühlte mich alles andere als wohl in der Gesellschaft der Bilder und Figuren. Es kam mir vor, als hätten die Robots auf Zercascholpek nach einem Programm gehandelt, dessen Schöpfer schon seit Jahrtausenden tot war. Denn hier in der Halle konnte ich kein Zeichen entdecken, das auf die Anwesenheit eines lebenden Wesens hätte schließen lassen. Ich ging zu dem Podest zurück und untersuchte die Anlage. Die Konstruktion glich der Anlage auf Zercascholpek. Irgendwelche Hinweise darauf, wie dieser Transmitter arbeitete, konnte ich nicht finden. Eine acht Meter durchmessende Platte auf vier Säulen, mehr war nicht zu sehen. Keine Projektoren, keine Reaktoren – die eigentlich wichtigen technischen Anlagen mussten sich unterhalb des Bodens befinden.

Einen Augenblick lang dachte ich daran, mich einfach auf die Plattform zu stellen und abzuwarten, was geschehen würde, aber dann entschloss ich mich anders. Zunächst einmal wollte ich versuchen, mir irgendeine Form von Ausrüstung zu beschaffen. Ich brauchte Wasser, Lebensmittel, Waffen und Speicherzellen für meine Gürtelaggregate. Ohne Hilfsmittel war an ein Entkommen nicht zu denken. Vor allem Wasser war jetzt wichtig; die Tontas im Vulkanbaum hatten meinen Körper ausgedörrt. Mein Suchen blieb jedoch ergebnislos. Ich fand nichts, was mir hätte weiterhelfen können – nicht einmal eine Tür, die aus der Halle herausführte.

Schon die Bilder verraten, dass der Schöpfer der Halle nicht mit normalen Maßstäben gemessen werden kann, wandte das Extrahirn ein.

»Mag sein«, murmelte ich.

Es tat gut, diese entnervende Stille unterbrochen zu sehen, und sei es lediglich durch den Klang der eigenen Stimme. Ich befühlte den Boden; das Metall war warm und völlig ruhig. Arbeiteten unter mir Maschinen, wurden ihre Arbeitsgeräusche hervorragend gedämpft. Mein Magen meldete sich mit einem lauten Knurren, mein Mund war trocken und rau. Langsam ging ich an der Wand des Kuppelbaus entlang. Irgendwo musste es doch einen Ausgang geben, eine Verbindung zu weiteren Gebäuden oder eine, die in die Tiefe führte.

Ich hatte knapp die Hälfte des Umfangs abgeschritten, als ich hinter mir ein Geräusch hörte. Ich fuhr herum und konnte gerade noch sehen, wie sich der rote Transmitterring um die Plattform aufbaute. Dann schloss ich geblendet die Augen. Aus dem Kreis schoss eine grellweiße Flammenzunge und zuckte mit betäubendem Donnern der Hallendecke entgegen. Der Boden vibrierte unter meinen Füßen, ich wurde von der Druckwelle zu Boden geschleudert. So rasch ich konnte, suchte ich hinter dem Sockel einer bizarren Skulptur Deckung.

Der Transmitterring spie Feuer und Rauch. Mannsgroße Felsbrocken rasten aus dem Transportfeld und schlugen in die Hallendecke ein. Es regnete Splitter, durch die von den Felsen geschlagenen Löcher blies eisiger Wind in die Halle herein. Das Heulen des Sturmes mischte sich mit dem Krachen der Explosionen. Knapp zwei Meter neben mir prallte ein Roboterkopf auf den metallenen Boden, von der Kuppelhalle zurückgeworfen. Eine Funkenkaskade stob auf, dann flog der Kopf weiter und krachte in die Wand. Das Geschoss durchschlug sie, sofort blies mir ein eisiger Wind in den Nacken.

Weiterhin tobte der Transmitter und zerstörte die Kuppelhalle. Immer größer wurden die Löcher und Risse. Ich sah mit Entsetzen, dass es nicht mehr lange dauern konnte, bis die gesamte Kuppel in sich zusammenfallen und mich unter sich begraben würde. Es war ein kleines Wunder, dass die Gegenstation des Transmitters immer noch arbeitete, obwohl es dort chaotisch zugehen musste. Brach etwa der Vulkan aus? Nach meiner Schätzung mussten auf der anderen Seite der hyperenergetischen Verbindung Kräfte toben, die ausgereicht hätten, ein Schlachtschiff mit Energie zu versorgen. Zu meinem Unglück brach die Transmitterstrecke dennoch unter dieser Belastung nicht zusammen.

Erneut materialisierten Trümmer, die als Geschosse durch die Halle flogen und das Bauwerk dem Einsturz näher brachten. Es handelte sich sehr häufig um Einzelteile von Robots, die mich an die skurrilen Konstruktionen erinnerten, die mich auf Zercascholpek verschleppt hatten. Während ich nur knapp einem kopfgroßen Stück der Kuppeldecke auswich, das herabstürzte, landete in meiner Nähe ein Teilstück eines Robots. Es handelte sich um einen Waffenarm.

Der Zufall wollte es, dass die Waffe kurz nach dem Aufprall zu feuern begann. Unter dem nur geringen Rückstoß des schweren Strahlers begann sich der Arm zu bewegen und kroch als Miniaturrakete in Schlangenlinien über den Boden. Ich sprang um mein Leben. Jedes Mal, wenn der sonnenheiße Strahl zu mir herüberwischte, sprang ich in die Höhe und hoffte inbrünstig, dass ich nicht eher wieder den Boden berührte, bis der Strahl auf ein anderes Ziel gerichtet war. Viel Zeit hatte ich nicht. Die Kälte des durch die Lücken hereinpfeifenden Windes ließ mich schmerzerfüllt aufstöhnen.

Erst als der Waffenarm von einem herabstürzenden Stück der Kuppel desaktiviert wurde, konnte ich kurz nach Luft schnappen. Das Bombardement von Trümmerstücken aus dem Transmitterring zwang mich sofort wieder in Deckung. Krampfhaft nach Luft ringend, starrte ich nach oben. Es konnte nur noch Zentitontas dauern, dann musste die Halle zusammenkrachen. Zu groß waren die Schäden, die von den Trümmerstücken angerichtet worden waren. Die sorgsam ausgetüftelte Statik des Bauwerks wurde durch die Lücken zusehends stärker gefährdet.

Du musst von hier verschwinden, riet der Logiksektor drängend.

Als einziger Ausweg blieb nur die Flucht ins Freie. Langsam robbte ich über den Boden, der unter den Treffern der Trümmer erzitterte. Der eisige Wind, der über meinen Rücken strich, zeigte mir deutlich, womit ich zu rechnen hatte, verließ ich den Schutz der Halle. Wahrscheinlich konnte ich es im Freien nur kurz aushalten, dann würde ich vermutlich erfrieren. Ohne entsprechende Schutzkleidung konnte dort draußen kein Wesen meiner Art lange leben.

Ich erreichte die Wand und kroch weiter, bis ich eine der Öffnungen erreicht hatte, die von den Explosionen geschaffen worden waren. Langsam zog ich mich an der Kante des Loches in die Höhe.

Kinder? Sie waren kaum einen Meter groß, aber überraschend arkonoid. Ihre Haut war fast so weiß wie der Schnee. Als Kleidung trugen sie ebenfalls weiße Kombinationen, die nur Hände und Kopf frei ließen. Die meisten der Kleinen waren haarlos, die Gesichter schmal.

Ich hatte sie nicht kommen sehen, erst als mich eines der Wesen berührte, wurde ich aufmerksam. Mindestens fünfzig dieser kleinen Wesen wieselten durch die Kuppelhalle, woher sie gekommen waren, wusste ich nicht. Besonders intelligent schienen sie nicht zu sein, fast ausdruckslos war ihr Blick. Was sie in der einsturzreifen Halle suchten, blieb mir verborgen. Ich war mir ziemlich sicher, dass die Kuppel nicht von diesen Wesen erbaut worden war, zumindest hatten sie das Bauwerk nicht konstruiert, bestenfalls nach Anleitung zusammengebaut.

»Helft mir!«, bat ich die kleinen Wesen, »Könnt ihr mich an einen sicheren Platz führen?«

Ich sprach instinktiv *Satron*, und es schien, als sei ich verstanden worden. Neugierig kamen die Eindringlinge näher, musterten mich. Bevor ich weitersprechen konnte, traf mich von hinten ein harter Schlag an den Kopf. Ich sackte in die Knie. Das Letzte, was ich bewusst wahrnehmen konnte, war die Berührung kleiner, kalter Hände.

Es dauerte einige Zeit, bis ich wieder vollkommen bei Bewusstsein war. Das Erste, was ich deutlich wahrnehmen konnte, war ein angenehmes Gefühl der Wärme. Ich lag auf einem weichen, langhaarigen Pelz, der ein verwirrendes Muster schwarzer Linien auf weißem Grund zeigte. Langsam richtete ich mich auf.

Mein erster Rundblick zeigte, dass ich mich in einer weiteren großen Halle befand. Diesmal war die Kuppel nicht mit Diamanten besetzt. Ich sah nur Schwarz; die Kuppel zeigte jene endlos erscheinende Schwärze, die der Weltraum in den Albträumen von Raumfahrern annehmen konnte, ein Schwarz, das alles Belebte in sich aufzusaugen schien, das Unheil und Bedrohung ausstrahlte. Ich fühlte, wie sich meine Nackenhaare aufstellten. *Wer will diesen Effekt erreichen, wer kann unter einem solchen Dach leben?* Die kleinen Weißen nicht, das wurde mir sofort klar. *Trotz ihrer geringen Intelligenz machen sie einen bedrückten Eindruck, diese Halle ist auch ihnen nicht geheuer.*

Die Halle war in ein intensiv rotes Dämmerlicht getaucht; Fenster gab es keine – vermutlich war der Saal eine Felskaverne. Eine leise, wehmütige Musik erklang, wie dazu geschaffen, einen Zuhörer nach und nach in schlimmste Depressionen zu treiben. Furcht keimte in mir auf, wenn ich versuchte, mir eine Person vorzustellen, die sich in einer solchen Atmosphäre wohl fühlen konnte. Der Blinde Sofgart fiel mir ein. Er hätte die Stimmung wahrscheinlich als anregend empfunden …

Der Blinde Sofgart ist tot, erinnerte mich der Extrasinn tadelnd.

Immerhin, so bedrückend der Eindruck der Halle auch war, sie war jedenfalls nicht vom Einsturz bedroht. Zwischen ihr und der

Empfangshalle musste eine beträchtliche Distanz liegen, denn ich konnte nichts mehr von den Explosionen hören, sofern diese noch immer in dem Gewölbe tobten.

Vorsichtig ging ich vorwärts, auf den Mittelpunkt des Saals zu. Schwarz wie die Hallendecke war das Material des hier aufragenden Thrones. Auf der Seitenwand erkannte ich ein großes stilisiertes Auge, das mich anstarrte. Mir fiel auf, dass das gesamte Auge weiß in weiß war. War dieser Eindruck beabsichtigt, oder hatte der Schöpfer des Thrones vergessen, das Relief zu färben?

Auf dem Thron saß ein Mann.

Er war groß, breit und massig gewachsen. Dort, wo die rote Kleidung die Haut frei ließ, schimmerte sie in einem metallischen Bronzeton. Ein Roboter? Auf zwei Knäufen der Lehnen ruhten die Hände – gefährliche Krallen, dicht mit schimmernden Schuppen besetzt. Haare hatte der Mann nicht, auch der Schädel war dicht mit Schuppen besetzt, die eine Art zylindrischen Hut bildeten, der fest mit dem Kopf verwachsen schien. Erschreckender noch waren die Augen: zwei kinderfaustgroß gewölbte Kristalle. Grelle, zuckende Reflexe der vielen Facetten strahlten mich an, schienen mich durchbohren zu wollen. Der Mann saß auf dem Thron und rührte sich nicht. Nur seine Lippen zeigten eine Bewegung. Leise, kaum hörbar, sprach der Mann mit einer Stimme, die von Leid durchtränkt wirkte. Es war ein Singsang der Qual, in einer Sprache, die ich zunächst nicht verstand.

Lebt diese Gestalt überhaupt?, dachte ich bedrückt und ging einmal um den Thron herum. Die Kristallaugen folgten meinen Bewegungen, erkennbar an den sich verändernden blitzenden Reflexen. Tatsächlich, der Mann lebte, schien auch zu wissen, wo ich mich befand, obwohl er durch die lichtsprühenden Kristalle vermutlich nichts sehen konnte – sofern er unter ihnen überhaupt normale Augen hatte. Oder waren es »Sehhilfen« einer unbekannten Technologie? Ich fragte bedächtig: »Wer bist du?«

Der Mann sprach weiter, vermutlich verstand er mich ebenso wenig wie ich ihn. *Hat er diese Bauten geschaffen? Die absonderlichen Bilder und Skulpturen hergestellt, die auch die Wände dieser Kuppelhalle bedecken?*

Plötzlich bewegte die Gestalt eine Hand. Sofort standen zwei meiner Retter neben mir. Sie warfen sich auf den Boden und nickten, als der Mann sie ansprach. Ich war mir nicht sicher, glaubte aber in der Sprache einen extrem verunstalteten »Dialekt« des *Varganischen* zu erkennen, das ich an Bord von Ischtars Raumer per Hypnoschulung erlernt hatte. Zweifellos hatten die Kleinen Anweisungen erhalten, denn sie standen abrupt auf und ergriffen meine Hände. Relativ sanft zogen sie mich von dem merkwürdigen Mann weg. Ich wusste nicht, was sie mit mir vorhatten, aber mir blieb keine Wahl. Natürlich hätte ich versuchen können zu fliehen, aber ich war mir sicher, dass noch Dutzende der kleinen Wesen in dieser Anlage lebten. Früher oder später hätte ich mich ihnen ergeben müssen.

Nach einigen Zentitontas erreichten wir durch einen Gang von achteckigem Querschnitt einen Raum, in dem ein großer, weiß lackierter Sessel stand. Mir genügte ein Blick, dann wusste ich, welche Befehle der Mann gegeben hatte. Die Hypnohaube entsprach äußerlich genau jener, die ich an Bord von Ischtars Schiff benutzt hatte. Deshalb war ich mir ziemlich sicher, dass mir mit diesem Gerät nicht der Schädel leer geräumt werden sollte, ganz im Gegenteil. Ich wehrte mich nicht, sondern setzte mich. Die Tatsache, dass die zwergenhaften Untertanen des Kristalläugigen darauf verzichteten, mich festzuschnallen, bewies mir endgültig, dass nicht geplant war, mich in einen lallenden Idioten zu verwandeln. Langsam senkte sich die Haube auf meinen Kopf; ich sah noch, wie der Hauptschalter betätigt wurde, dann versank die Welt um mich.

Dank der Hypnoschulung konnte ich den Varganen-Dialekt des Mannes nun ohne Mühe verstehen. Er war jener Vrentizianex, von dem mir Ischtar berichtet hatte! *Der Kyriliane-Seher!*

Ein Vargane, der einem »kleinen Stamm« angehörte, der bei der Mehrzahl der Varganen alles andere als beliebt war, obwohl – oder gerade weil? – viele zu den »Mondschattenpriestern« gehörten. Zu stark waren die paranormalen Fähigkeiten der Mitglieder dieses Clans, stärker als die der anderen Varganen. Und einige verfügten sogar über ganz besondere Fähigkeiten. *Wie Vrentizianex …*

»Ich war der Seher«, murmelte der Mann; seine Kristallaugen blitzten. »Meine Augen waren dort, wo ich sie haben wollte. Sie sahen alles, *nichts* entging ihnen. Was immer ich sehen *wollte*, ich sah es! Weder die Entfernung von Stern zu Stern noch höher geordnete Schutzfelder hinderten mich. *Kyriliane* – das Ganze! Alles! Und genau deshalb fürchteten und hassten sie mich.«

»Varganen …«, begann ich, aber Vrentizianex fiel mir ins Wort.

»Ja!«, schrie er plötzlich. »Sie waren es! Bestrafen wollten sie mich, verstehst du? Strafen? Was konnte ich dafür, dass ich das *Gesicht* besaß? Ist ein Wesen schuldig seiner Gene wegen? Sie aber nannten es eine Bestrafung. Sie nahmen mir meine Augen und gaben mir diese Kristalle dafür. Sie verhindern, dass ich meine eigenen Augen auf Zercascholpek im *Baum der Erinnerung* erreichen kann. Und ich werde sie nicht los, weil sie sich zu schützen wissen, weil sie mit mir, meinem Ich, untrennbar verschmolzen sind.«

Ich fühlte, wie etwas Kaltes langsam meinen Rücken in die Höhe kroch. Für seine angeborenen Fähigkeiten konnte man ihn schwerlich *strafen. Was hatte die Varganen zu dieser Grausamkeit getrieben – Hass, Neid, Eifersucht, Angst? War er den Mächtigen zu gefährlich geworden? Eben weil er Dinge sah, die er niemals hätte sehen dürfen – wie Ischtar es formuliert hatte? Oder spielte noch mehr hinein? Religiöse Dinge, wie die Umschreibung »Mondschattenpriester« nahe legte? Mondschatten? Der einer Sonnenfinsternis?*

Vielleicht ist der grausame Wesenszug der Varganen der Preis, den sie für den »Stein der Weisen« zu zahlen hatten, warf das Extrahirn ein. *Vielleicht musst auch du so werden wie die Varganen, wenn du ihr Erbe antreten willst.*

Diesen Preis würde ich niemals bezahlen, dessen war ich sicher – zumal mir der Logiksektor in einem kurzen Impuls mitteilte, dass diese Überlegung ohnehin nur eine sehr geringe Wahrscheinlichkeit hatte.

»Um das Maß an Grausamkeit voll zu machen«, fuhr Vrentizianex mit leidgequälter Stimme fort, »sollte ich für immer leiden, tausend Tode sterben, ohne wirklich vergehen zu können. Denn ich bin wie alle Varganen unsterblich.«

Auch das kannte ich bereits von Ischtar. Hatte sich der Ewige seine Unterkunft deshalb so und nicht anders eingerichtet? Hatte er versucht, sich mit seinem Leiden abzufinden, *eine* völlig neue Lebensform zu finden? Die sich über Jahrtausende erstreckenden Leiden hatten offensichtlich einen perfekten Masochisten aus ihm gemacht, seinen Verstand zu der fürchterlichen Maxime getrieben: »Wenn schon leiden, dann wenigstens mit Genuss.«

»Wieso lebst du hier?«, wollte ich wissen. Ich sah, wie sich die Krallen seiner Hände zusammenzogen.

»Sie stießen mich aus. Als sie heimkehren wollten, verbannten sie mich auf diesen Planeten. Sie haben mich allein gelassen, nur diese dümmlichen Sklaven blieben mir zur Zerstreuung.« Vrentizianex begann zu kichern, dann klatschte er in die Hände. »Allein«, kicherte er, stand auf und begann vor mir zu tanzen. »Jahrtausendelang allein. Jahrhunderttausende! Niemand, mit dem ich vernünftig sprechen konnte. Ich habe mir hier meine eigene Welt geschaffen, für mich allein, weil ich sie nicht verlassen kann. Sei mir willkommen. Wir werden viel Zeit miteinander verbringen.«

Bevor ich antworten konnte, änderte sich schlagartig seine Stimmung. Übergangslos begann der Seher zu schluchzen und schlug die Krallenhände vor die Kristallaugen. Es gab keinen Zweifel, dass Vrentizianex in den Jahrtausenden seines Leidens Schaden an seinem Geist genommen hatte. *Er ist wahnsinnig geworden!*, dachte ich. Mutanten oder ganz allgemein Wesen mit Parafähigkeiten galten stets als besonders sensibel, vor allem, wenn es um ihre speziellen Begabungen ging. Vrentizianex seiner Seherqualitäten zu berauben war grausamer gewesen, als ihn zu töten. Ihm zum Ausgleich für diesen Verlust aber das *ewige Leben* zu belassen zeigte einen Sadismus, der mich schaudern ließ. Die Erzählung Vrentizianex' wäre Wasser auf Fartuloons Mühlen gewesen. *Das Verhalten entspricht genau dem düsteren Bild, das der Bauchaufschneider von den Varganen hat. Auch Magantilliken und sein Auftrag passen dazu.*

»Geh!«, sagte der ehemalige Seher. »Geh und sieh dich um. Ich hoffe, es wird dir gefallen.«

Die Handbewegung des Varganen bedeutete, dass ich mich zurückziehen sollte. Ich war froh darüber, dem irren Seher für eine gewisse Zeit entrinnen zu können. Mein Entschluss stand fest: Ich wollte versuchen, so bald wie möglich diesen Mann und seine unheimliche Welt zu verlassen. Dazu brauchte ich Zeit und die entsprechende Ausrüstung, und die wollte ich mir von Vrentizianex holen. Für ein paar Augenblicke erwog ich die Möglichkeit, den Seher offen um Hilfe zu bitten, aber sofort erhob das Extrahirn Einspruch: *Die lange Zeit der Einsamkeit hat Vrentizianex unbere-*

chenbar gemacht. Vor allem dürfte er durch seine eigenen Leiden jegliches Mitgefühl für die Leiden und Sorgen anderer Wesen verloren haben. Charakteristisch dafür ist beispielsweise die Tatsache, dass er die einzigen Wesen, mit denen er verkehren kann, nicht als Freunde, sondern als Sklaven behandelt.

Ohne dass der Extrasinn den Gedanken formulieren musste, war mir klar geworden, dass ich mir, wollte ich erfolgreich sein, die Hilfe der kleinen weißen Geschöpfe sichern musste. So verblödet konnte kein Volk sein, dass es sich für alle Ewigkeit mit dem Dasein als Sklaven abfinden würde. *Zumindest die besonders intelligenten Exemplare müssten naturgemäß einen starken Freiheitswillen haben*, überlegte ich. *Das muss ich auszunutzen versuchen.*

Während ich mich langsam entfernte, hörte ich, wie der blinde Seher wieder seinen Klagegesang anstimmte. Vermutlich verbrachte das Opfer varganischer Grausamkeit den größten Teil seiner Zeit in einem depressiven Dämmerzustand, aus dem es nur selten erwachte. Ich fürchtete, dass es in den wenigen wachen Augenblicken immer noch so von Schmerzen gepeinigt wurde, dass es ihm gleichgültig war, ob andere ebenfalls litten. Vielleicht bildete das Zufügen von Qual und Schmerz sogar die einzige »Freude«, die Vrentizianex noch empfinden konnte.

Aus dem Dunkel der großen Kuppelhalle löste sich eine kleine Gestalt, die langsam näher kam. Sie reichte mir nur bis zur Hüfte. »Der Kyriliane-Seher hat mich angewiesen, dir zur Verfügung zu stehen. Befiehl, ich gehorche.«

»Wie heißt du? Und wie nennt sich dein Volk?«

Die dunklen Augen blieben ausdruckslos. »Nenne mich Drench. Und der Name meines Volkes … Wir sind Sklaven, das genügt.«

»Ich habe Hunger. Und großen Durst.«

»Ich werde dir helfen.«

Mir fiel auf, dass sich über Drenchs Stirn eine fingerbreite, bläulich verfärbte Narbe zog.

Sklaven verwenden normalerweise etwas devotere Anreden als das freundschaftliche Du, informierte mich der Extrasinn. *Drench versucht, dich zu testen; er will wissen, was du von ihm und seiner Lage denkst.*

Ich machte ein betont finsteres Gesicht und starrte den Kleinen drohend an.

»Was wollt Ihr essen, Herr?«, fragte Drench sofort unterwürfig.

Der Logiksektor hatte sich nicht geirrt, der Sklave versuchte tatsächlich herauszubekommen, was er von mir zu halten hatte. *Du bist nicht der erste Besucher,* folgerte meine innere Stimme. *Vermutlich kamen alle per Transmitter hierher, angeschleppt von den Robotern.*

Lächelnd antwortete ich: »Ich nehme alles, was du mir anzubieten hast, vorausgesetzt, die Speisen vertragen sich mit meinem Metabolismus.«

»Und wie ist Euer Metabolismus beschaffen, Herr?« Wenn ich den kaum erkennbaren Ausdruck seiner Augen richtig deutete, sah er mich unsicher, fast skeptisch an.

»Ich kann fast alles essen, was auch der Seher verzehrt.« Ich sah, wie Drench zusammenzuckte. Der Ausdruck tiefster Enttäuschung war nicht zu übersehen. Die Überlegungen, die er anstellte, waren klar und einfach: Ein Wesen, das von den gleichen Dingen lebte wie der irre Vrentizianex, musste sich folglich den Sklaven gegenüber auch gleich verhalten.

Drench führte mich aus der Kuppelhalle heraus, in einen der vielen Räume, die die Halle umgaben. Der Seher, seine Sklaven und die Roboter hatten Jahrtausende zur Verfügung gehabt, wahrscheinlich hatten sie eine Welt für sich aus dem Fels geschlagen. Irgendwo musste es auch Baumaschinen geben. Wie weitläufig und verwirrend diese Anlage war, konnte ich mir ohne Mühe vorstellen. Vermutlich hätte ich in den Kavernen, Höhlen und Felskammern alle meine auf Kraumon lebenden Freunde unterbringen können. Meine Unterkunft war durchaus modern eingerichtet; es gab ein Bett und eine kleine Nasszelle samt sanitären Einrichtungen. Die Metalltür verfügte über einen Handwärmesensor und bewegte sich hydraulisch, wie das leise Zischen bewiesen hatte.

Drench versorgte mich rasch, schweigsam und geschickt. Die Speisen rochen hervorragend und schmeckten vorzüglich. Nachdem ich ein Glas einer dunklen, rot schillernden Flüssigkeit getrunken hatte, fühlte ich mich wie neugeboren. »Weißt du, wo wir uns hier befinden? Wie heißt dieser Planet?«

»Planet? Was ist das?«

»Diese Welt.« Wie hatte Ischtar den Verbannungsort des Sehers genannt? »Helpakanor?«

Drechns Gesicht erhellte sich. »Ja, Herr.«

Dennoch war das die erste Enttäuschung. Offenbar war

Drenchs Volk ohne jegliche astronomische Erfahrung. Sie wussten nicht, was Planeten waren. Vermutlich hätten sie auch mit dem Begriff Sonne oder Stern nichts anzufangen gewusst. Der Versuch, meine galaktische Position herauszufinden, war schon im Ansatz gescheitert. Drench sah mich hoffnungsvoll an, schien neugierig zu sein, wollte wissen, was ein Planet war, aber ich sah keinen Sinn darin, ihm einen Vortrag zu halten. Bis er mich begriffen hätte, wären Tage vergangen. Seine Ahnungslosigkeit ließ auch andere Fragen sinnlos erscheinen.

Ich musste schon selbst herauszufinden versuchen, ob, und wenn ja, wo es in dieser weitläufigen Anlage eine astronomische Station, ein Observatorium oder dergleichen gab. Ich war mir sicher, dass der irre Seher technische Hilfsmittel hatte. Der Transmitter, die Leuchtplatten an den Decken, Klimatisierung und Heizung bewiesen, dass es zumindest ausreichend groß dimensionierte Energieerzeuger gab. Irgendwo mussten auch die skurrilen Roboter gefertigt worden sein, denen ich auf Zercascholpek in die Klauen gefallen war. Fabriken mit entsprechenden Maschinen und Werkzeugen? Dass es noch ein raumtüchtiges Schiff gab, bezweifelte ich, denn dieses hätte der Seher zweifellos benutzt.

Sofern seine Kristallaugen es nicht verhindern, ergänzte der Extrasinn und ließ einen Hoffnungsschimmer aufblitzen.

Ein Varganenraumer wäre natürlich optimal, dachte ich. Mit etwas List und Geduld musste zumindest herauszubekommen sein, in welchem Winkel der Öden Insel sich Vrentizianex' Planet um seine Sonne bewegte. Immerhin verfügte der Seher über eine leistungsfähige Transmitteranlage, sein Kontakt zur restlichen Galaxis konnte so gering nicht sein, wie es sein Jammern über seine Einsamkeit vermuten ließ.

Vermutlich sind die Transmitter von den Varganen so konstruiert worden, dass Vrentizianex sie nicht benutzen kann, gab der Logiksektor bekannt. *Und sollte es ein Varganenraumschiff geben, könnte es flugunfähig oder mit Fallen gespickt sein.*

Eine solche Handlung hätte sehr genau dem Charakterbild entsprochen, das der Seher von seinen Peinigern gezeichnet hatte. »Führ mich herum, Drench!«, befahl ich. »Ich will mir die Räumlichkeiten ansehen. Kennst du dich hier aus?«

»Ja, Herr. Was wollt Ihr sehen?«

»Alles. Jeden einzelnen Raum.«

Nach zwei Tontas hatte sich meine Neugierde bereits stark vermindert. Vrentizianex ließ alle Arbeiten von seinen Sklaven und Robotern erledigen, er selbst schien seine Halle kaum zu verlassen. Daher hatte er darauf verzichtet, die Bergfestung mit Laufbändern zu versehen. Folglich war ich zwei Tontas lang an der Seite Drenchs durch endlos erscheinende Gänge und Korridore marschiert. Einen Plan der ganzen Anlage hatte ich nicht finden können, die Räume, die ich gesehen hatte, ließen keinen Schluss auf die Konstruktion der übrigen Anlage zu. Wahrscheinlich hätte ich Perioden gebraucht, um alles kennen zu lernen, aber so viel Zeit hatte ich nicht. Ich wollte so schnell wie möglich zu meinen Freunden zurück.

Vor allem mein Extrasinn drängte zur Eile. Wahrscheinlich hielten mich meine Freunde für tot. Das konnte das Ende aller Arbeit bedeuten, die wir bislang geleistet hatten. Ohne einen rechtmäßigen Kristallprinzen an der Spitze des Widerstands würde es wahrscheinlich sehr schwierig, wenn nicht völlig unmöglich sein, unsere Pläne in die Tat umzusetzen. Eine Zeit lang würde Fartuloon die Kämpfer noch beieinander halten können, aber früher oder später würde unsere noch im Aufbau befindliche Organisation zusammenbrechen.

»Wie viel von der ganzen Anlage haben wir inzwischen gesehen?«, fragte ich schließlich. Das kleine Wesen hatte trotz seiner kurzen Beine meine Geschwindigkeit erreichen und auch durchhalten können. So zart und zerbrechlich diese Geschöpfe aussahen, sie schienen ziemlich zäh und ausdauernd zu sein.

Keine voreiligen Schlussfolgerungen, warnte der Logiksektor. *Wie viele von Drenchs Volk kennst du schon?*

»Es gibt mehr als hundertmal so viele Räume.«

Ich schluckte. Unter diesen Bedingungen musste ich mir Zeit lassen. Sicher würde ich ein paar Pragos brauchen, bevor ich mich ausreichend gut auskannte, dass ich an einen Fluchtversuch denken konnte. Dass ich mich als Gefangenen des Sehers zu betrachten hatte, stand für mich außer Zweifel. *Ich muss so schnell wie möglich von hier verschwinden, aber vorher muss ich mehr über diese Anlage erfahren.*

Inzwischen hatte ich durch hartnäckiges Befragen immerhin ein paar Tatsachen aus Drench herausholen können. Der Seher hatte sich in einem sehr gebirgigen Teil dieser Welt eingerichtet, rings umgeben von Schnee und Eis. Ob es in anderen Gebieten des Planeten noch weitere Anlagen dieser Art gab, hatte ich nicht erfahren können. Drench kannte nur diesen Komplex, in dem er und sein Volk lebten und Sklavendienste verrichteten. Seit Jahrtausenden waren die kleinen Wesen schon hier, waren vollständig an die eigentümlichen Verhältnisse von Vrentizianex' Höhlenwelt angepasst. Ich hatte meine Zweifel, ob sie je wieder fähig sein würden, auf ihrer eigener Welt unter natürlichen Bedingungen zu leben.

Immerhin, der wahnsinnige Seher sorgte für seine Sklaven. Zu hungern brauchten sie nicht, vor der mörderischen Kälte der Außenwelt schützte sie das System der Hallen, Höhlen und Gänge. Blutdurst zeigte Vrentizianex auch nur noch sehr selten. Er schien sich in den ersten Jahrhunderten seines Exils ausgetobt zu haben. Zwar ließ er ab und zu einen seiner Sklaven töten, aber zum letzten Mal war er vor mehr als fünfhundert Jahren bei der Exekution persönlich anwesend gewesen.

»Und was ist das hier?« Ich streckte die Hand aus.

Wir standen im Eingang einer weiteren Kuppelhalle. Vrentizianex' gesamtes Reich schien sich aus solchen Domen und vielen kleineren Räumen zusammenzusetzen, die jeweils zur Versorgung und Wartung der betreffenden Hauptkuppel notwendig waren. Diese Halle war hell erleuchtet, während sonst in den Räumen, die ich gesehen hatte, ein rötliches Dämmerlicht vorherrschte. Nach den vielen dunklen und bedrückenden Flächen sah ich mit Vergnügen die Pflanzen, die in dieser Halle wuchsen. Bäume waren zu sehen, teilweise in voller Blüte.

»Der Garten des Sehers. Es ist uns verboten, ihn zu betreten.« Das hätte er besser nicht gesagt, denn nichts konnte mich in diesem Augenblick mehr reizen als ein Verbot. Eine Warnung hätte ich vielleicht noch beachtet, aber ein solches Tabu konnte mich nur zum Widerstand anstacheln.

»Komm mit!«, befahl ich und machte die ersten Schritte.

Als ich stehen blieb und mich umdrehte, sah ich Drench noch immer am Eingang stehen. So ausdruckslos die Gesichter seiner Artgenossen auch sein mochten, jetzt stand in seinem Blick nackte Furcht geschrieben. Offenbar hatte ich mit meinem Befehl den Armen in eine grausige Zwickmühle gebracht, ihn praktisch vor die Wahl gestellt, entweder gegen Vrentizianex' Befehl zu verstoßen oder aber meinen Anweisungen nicht zu folgen. In dem System von Strafen und Werten, die der irre Seher aufgestellt hatte, bedeutete jede Reaktion des Sklaven vermutlich seinen sicheren Tod.

Ich lächelte Drench an, um ihm seine Angst zu nehmen. »Ich überlasse es dir. Du kannst dort bleiben oder mich begleiten. Wähle!«

Ich sah ihm an, dass er angestrengt nachdachte. Ich wusste, dass ich die jahrtausendealten Spielregeln durchbrach, wenn ich einem Sklaven eine Entscheidung überließ. Drench verzog das Gesicht zu einer Grimasse, die ich als furchtsames Lächeln deutete, dann machte er den ersten Schritt. Als er mich erreichte, stand der Angstschweiß in dicken Tropfen auf seiner Stirn. Er lächelte verzerrt, aber ich spürte genau, dass ihm ganz anders zumute war.

Ich nahm den Sklaven bei der winzigen Hand und marschierte weiter. Die Halle stand in krassem Widerspruch zu der Atmosphäre, die in Vrentizianex' Thronsaal herrschte. In der Luft hing der Geruch Tausender verschiedener Blumen und Pflanzen, ein künstlicher Wind bewegte die Blätter und erzeugte so ein sanftes, gleichmäßiges Rauschen. In einiger Entfernung sah ich ein halbes Dutzend Roboter bei der Arbeit; sie versorgten den Garten, tränkten die Pflanzen und vernichteten das Unkraut. Bei genauerem Hinsehen konnte ich erkennen, dass ein Teil der Pflanzen unter kaum erkennbaren Energiekuppeln wuchs. Vermutlich stammten sie von Welten mit einer anderen Atmosphäre.

Genau im Mittelpunkt der Halle erkannte ich einen zweiten Thron, diesmal aus makellos weißem Stein geschnitten. Ich trat langsam näher, fuhr mit der Hand über die Lehne. Der Staub lag zentimeterdick auf dem Thron. Ich sah Drench fragend an, und der Sklave sagte: »Diese Halle hat Vrentizianex seit mehr als zweitausend Jahren nicht mehr betreten.«

Immerhin deutete die Staubschicht darauf hin, dass sich der Seher dieses Parks ab und zu erinnerte, denn zwei Jahrtausende hätten den Thron anders aussehen lassen. Wahrscheinlich ließ der Seher seinen Sitz alle Jahrhunderte einmal säubern. Ich riss von einem nahe stehenden Baum ein großes Blatt und wischte den Thron damit sauber, dann setzte ich mich. Der Stein war warm und schien unter der Fläche meiner Hand zu pulsieren.

Der Schmerz kam plötzlich, überfallartig. Er tobte in meiner Stirn, fraß sich in die Augenhöhlen. In den Ohren klangen mein Schreien und das höhnische Lachen meiner Peiniger. *Sieh, Vrentizianex*, spottete eine Stimme. *Sieh, du kannst doch so viel sehen, selbst mit geschlossenen Augen.*

Der Hohn dieser Stimme schmerzte fast mehr als das Feuer, das meinen Schädel zu verbrennen schien. Sie wussten genau, wie sie mich zu quälen hatten. Diese Varganen waren perfekte Meister der Folterkunst, Genies, wenn es darum ging, andere leiden zu lassen. Sie lachten mich aus, amüsierten sich bestens, wenn sie mich schreien hörten. Und immer wieder forderten sie mich auf zu sehen. *Sieh, Vrentizianex*, höhnten sie. Sie, die mir gerade die Augen aus dem Leibe gerissen hatten. *Du bist doch der Kyriliane-Seher.*

Der Schmerz ließ langsam nach, ich spürte einen Druck in den Augenhöhlen. Die Stimmen wurden allmählich schwächer, waren bald nicht mehr vernehmbar. Dafür setzten die Depressionen in immer stärkerem Maße ein. Verzweiflung überschwemmte meinen Verstand, die Einsamkeit fraß sich in meine Gedanken, verstärkt von dem sicheren Wissen, dass es vor diesen Qualen kein Davonlaufen gab, dass sie niemals enden würden. Ich begann haltlos zu schluchzen. Irgendwo in der Ferne sprach eine leise, wispernde Stimme auf mich ein: *Aufstehen. Du musst aufstehen.*

Ich versuchte mich zu bewegen, aber die Muskeln folgten den Nervenimpulsen nicht. Es gelang mir nur mit den Füßen zu zucken. Langsam kam die Stimme näher, wurde drängender, fordernder. *Bewege dich! Du musst dich bewegen, sonst bist du verloren!*

Meine Gedanken wirbelten chaotisch durcheinander. Mit dem letzten wachen Funken meines Bewusstseins spürte ich, wie der Wahnsinn von mir Besitz ergriff. Ich konzentrierte mich, versuchte die wirbelnden Gedanken zurückzudrängen. Obwohl der Schmerz mich zu zerreißen schien, brachte ich es fertig, aufzustehen. *Nur ein Schritt, Kristallprinz*, rief mir die Stimme zu. *Ein Schritt, und du bist gerettet.*

Ich stöhnte auf, aber es gelang mir, den rechten Fuß ein Stück anzuheben …

Wie ein feiner Schleier zerriss die Illusion, ich sah, wie mir das Gras entgegenzustürzen schien. Ich konnte gerade noch die Arme ausstrecken und meinen Fall teilweise abfangen. Hart prallte ich mit dem Kopf auf eine Wurzel.

Du hast Glück gehabt, raunte der Logiksektor. *Wenig später, und du wärest wahnsinnig geworden wie Vrentizianex.*

Ich holte keuchend Luft. Obwohl die Schmerzen nur in meiner Einbildung existiert hatten, fühlte ich mich zerschlagen. Ich richtete mich mühsam auf und betrachtete den verfluchten Thron. Welche Vorgänge abgelaufen waren, wusste ich nicht, wohl aber, wie sich der irre Seher fühlte, zumindest konnte ich mir ein annäherndes Bild seines Zustandes machen.

Wahrscheinlich stehen dieser Thron und der zweite in der schwarzen Halle paramechanisch in Verbindung, raunte der Extrasinn. *Wo immer er auch ist, seine Gedanken und Erinnerungen lassen ihn nicht los, er hat keine Chance, jemals wieder normal denken und empfinden zu können.*

Mir tat der Kyriliane-Seher aufrichtig Leid, aber ich war mir bewusst, dass dieses Mitleid nicht zu weit gehen durfte. Der Mann war wahnsinnig, ich konnte nie völlig sicher seine Reaktionen abschätzen. Es war durchaus möglich, dass er von einem Augenblick zum anderen seine Stimmung ändern würde, vom Freund zum Feind wurde. *Ich muss vorsichtig sein, sehr vorsichtig.*

»Drench!«, rief ich, aber der Sklave antwortete nicht. Vermutlich hatte er in einem Anfall panischer Angst den Park verlassen. Immerhin wusste ich jetzt, dass das Verbot, den Park zu betreten, seine Berechtigung hatte. Ohne die Hilfe meines Logiksektors, der sich von den Illusionen des Thrones nicht hatte beeindrucken lassen, wäre ich unrettbar verloren gewesen. Erleichtert verließ ich den Saal. Nach den Erlebnissen auf dem Thron hatte der Garten viel von seinem Reiz verloren. Was half es dem Seher, wenn er den Garten betrat? Er konnte die Blumen nicht sehen, nur seine Erinnerungen blieben ihm.

Und wie findet Vrentizianex den Thron, wenn er nicht sehen kann?, erkundigte sich der Extrasinn. *Für seine Sklaven ist dieser Raum bekanntlich tabu. Der Seher muss also eine Möglichkeit haben, dennoch genau zu erkennen, was ringsum passiert.*

Ob Vrentizianex durch die Augen seiner Sklaven sehen konnte, wusste ich nicht, wohl aber war mir klar, dass ich wahrscheinlich von ihm beobachtet wurde. Ich hatte gehofft, die Blindheit des Mannes ausnutzen zu können, aber diese Aussicht war nun stark eingeschränkt.

Auf dem Gang stieß ich wieder auf Drench. Der Sklave sah mich mit einem undefinierbaren Gesichtsausdruck an, als ich auf ihn zuging. Er machte den Eindruck, als sei er einem Geist über den Weg gelaufen. Vermutlich hatte er geglaubt, ich sei der heimtückischen Falle des Sessels zum Opfer gefallen. »Wie du siehst, lebe ich noch. Führe mich bitte weiter.«

Drench verbeugte sich tief, dann ging er voran.

2.

Aus: *Biografie Atlans* (in vielen Bereichen noch lückenhaft); Professor Dr. hist. Dr. phil. Cyr Abaelard Aescunnar; Gäa, Provcon-Faust, 3565

Plötzlich hörte ich ein fernes Grollen. Ich nahm den Behälter mit dem Embryo und hielt ihn fest. Genau vor mir brach die Wand in der Mitte auseinander, als sei sie mit einem gigantischen Beil gespalten worden. Eine grelle Lichtflut überschwemmte die bisher dämmerige Kammer. Die gespaltene Wand blieb, das Licht ebenfalls – von ihm ging eine fast suggestive Verlockung aus. Ohne nachzudenken, ging ich los, glaubte, ein gleichmäßiges, weit entferntes Summen oder Brausen zu hören, das mir irgendwie bekannt schien, aber ich war mir nicht sicher. Das Brausen wurde deutlicher, erinnerte jetzt an den Gesang von vielen Kinderstimmen. Es wurde lauter und schriller, bis ich mir am liebsten die Ohren zugehalten hätte.

Vor mir war eine riesige Halle, die derart von Licht durchflutet war, dass ich im ersten Augenblick nichts erkennen konnte. Gleichzeitig verspürte ich eine eisige Kälte, die wie Nadelspitzen in meine Haut eindrang. Meine Hände wurden steif, fast konnte ich den Behälter nicht mehr halten. Ich sah, dass sich Reif niederschlug.

Dieses Licht und diese eisige Kälte … *Auf Margon war es eine Energiekugel gewesen, die eine rätselhafte Verbindung zur Eisigen Sphäre der letzten Varganen herstellte. Eine Verbindung, die offenbar auch hier und jetzt bestand. Ich stand gelähmt inmitten tanzender*

Eiskristalle, eingehüllt von dem eintönigen Singsang. Meine Augen hatten sich an die Helligkeit gewöhnt. Ich konnte nun besser sehen und auch Einzelheiten erkennen – Einzelheiten jedoch, mit denen ich nichts anzufangen wusste. Die Wände waren dick mit Eis überzogen. Auf dem Boden lag weißer Puder wie frisch gefallener Schnee.

Aus dem Licht heraus materialisierten plötzlich Gestalten – aber sie materialisierten nicht vollständig, sondern verharrten in einem halb verstofflichten Zustand. Ihre Füße berührten den Boden nicht, sonst hätte ich Spuren sehen müssen. Die Gestalten wirkten wie ätherische Wesen, durchaus arkonoid und fast fraulich zart. Durchsichtige Schleier umwehten sie wie eine Aura.

»Was ist das?«, fragte ich Chapat fassungslos.

Die Antwort kam sofort: Es sind die zwölf Erinnyen.

Erinnyen? Was ist das denn nun wieder?

Chapats Impulse verrieten Erregung, aber auch Verwirrung und Unentschlossenheit. Es würde wenig Sinn haben, ihm weitere Fragen zu stellen. Nochmals versuchte ich, die Halle zu verlassen, aber etwas hielt mich fest. Chapats Gedankenimpulse flüsterten: Seit undenkbaren Zeiten wurde kein Vargane mehr geboren … *Ich überlegte, was das mit dem Erscheinen der zwölf Gestalten zu tun hatte, die von Chapat »Erinnyen« genannt worden waren. Stellten sie die Verbindung zur Eisigen Sphäre her, in der angeblich die letzten Varganen lebten? Gleichzeitig erinnerte ich mich der seltsamen Betonung, mit der Magantilliken von Ischtars Sohn gesprochen hatte.* Ich bin wertvoll und unersetzbar!

Ich wusste, dass ich umkehren musste, aber ich konnte mich nicht von der Stelle rühren. Unbeweglich stand ich da und sah zu, wie die zwölf Gestalten näher heranschwebten, langsam und unaufhaltsam. Sie streckten ihre Arme aus, als wollten sie mich in ihr Reich der ewigen Kälte mitnehmen. Jetzt waren sie vor mir und kamen nicht mehr näher. Aber sie streckten ihre halb durchsichtigen Arme aus – und nahmen mir den Behälter mit Chapat aus den gefühllosen Händen. Während sie langsam zurückschwebten, von wirbelnden Flocken und Kristallen eingehüllt, erreichten mich wieder die Gedankenimpulse des Embryos. Diesmal verrieten sie Entsetzen und Todesangst.

Atlan! Informiere Mutter! Nur sie kann mich aus der Eisigen Sphäre befreien, in die man mich bringen will. Sie muss mich retten! Fliehe!

Ich versuchte laut zu antworten, konnte jedoch meine Lippen nicht bewegen. Ich kann nicht.

Bald wirst du frei sein, doch dann ist es zu spät, mir zu helfen. Tu, was ich dir …

Die zwölf Gestalten wurden undeutlicher. Auch der Behälter mit Chapat verlor an Substanz und wurde allmählich durchsichtig. Die Wolken der Eiskristalle waren nicht mehr so dicht, spürbar ließ die furchtbare Kälte nach, die mich an meinen Platz bannte und bewegungsunfähig machte. Als der seltsame Gesang schließlich verstummte, waren die zwölf Gestalten verschwunden – und mit ihnen auch der Behälter mit Chapat.

Helpakanor: 22. Prago des Ansoor 10.498 da Ark

Im Innern des Höhlensystems gab es naturgemäß keine Tageszeiten. Der Seher hatte darauf verzichtet, die Beleuchtungsanlage mit einer Uhr zu koppeln und so einen natürlichen Tag-Nacht-Rhythmus vorzutäuschen. Ich hatte nach dem Rundgang Erschöpfung geheuchelt. Bei dieser Gelegenheit hatte ich wieder etwas von Vrentizianex gehört. Er hatte sich über Lautsprecher gemeldet und Drench Anweisungen gegeben.

Bevor ich mich niedergelegt hatte, hatte ich Drench noch einen Auftrag erteilt. »Wenn alle anderen schlafen«, hatte ich ihm ins Ohr geflüstert, »komm zu mir. Wir müssen etwas besprechen.«

Drench hatte nur gegrinst.

Nun hockte er mit vier seiner Artgenossen auf dem Boden meines Zimmers und hatte große Mühe, seine Hände ruhig zu halten. Seine Gefährten machten einen noch nervöseren Eindruck. Drench und sein Volk waren für Verschwörungen keineswegs ideale Partner; andere Bundesgenossen standen mir jedoch nicht zur Verfügung.

»Also – seid ihr sicher, dass uns niemand hören kann?«

»Ja, Herr«, antwortete einer meiner Besucher.

Es war erschütternd. Diese Wesen hatten sich so vollständig an ihr Sklavenleben gewöhnt, wie es überhaupt denkbar war. Selbst Drench ließ sich von der Anrede »Herr« nicht mehr abbringen, obwohl er zumindest zu ahnen schien, was ich plante.

»Wollt ihr frei sein?«, fragte ich die schmächtigen Gestalten.

»Was ist das? Wir haben alles, was wir wollen. Nichts fehlt uns.«

Ich hielt ihm einen langen Vortrag über den Begriff Freiheit und musste am Ende feststellen, dass man mich bestenfalls zur Hälfte verstanden hatte. Ich hätte am liebsten aufgegeben, aber ohne diese Wesen hatte ich voraussichtlich keine Chance, mich aus Vrentizianex' Machtbereich zu entfernen. Immerhin gelang es mir mit beträchtlichem Aufwand an Überredungskraft, Drench und seinen Freunden zu erklären, dass ich nicht vorhatte, mich an die Stelle des Sehers zu setzen.

»Das gefällt mir gar nicht«, wandte einer schließlich ein. »Wenn du uns nicht sagen willst, was wir zu tun haben, wer soll es sonst machen?«

»Ihr selbst«, seufzte ich. »Ihr wählt den besten Mann aus, den ihr in eurem …«

»Das wäre Vrentizianex«, gab Drench zu bedenken. »Oder du.«

»Ihr müsst Leute eurer Art wählen.« Ich war nahe daran zu verzweifeln. Diese Wesen waren daran gewöhnt, das zu tun, was ihnen befohlen wurde. Aus eigenem Antrieb taten sie so gut wie nichts. Ich musste ihnen als Gegenstück zu diesem einfachen, unkomplizierten Leben die vielfältigen Wechselwirkungen, Kontrollen und Abhängigkeiten nahe bringen, aus denen eine funktionierende Demokratie bestand. Ob mir das gelungen war, wusste ich nicht, aber nach zwei Tontas hatte ich Drench und seine Freunde so weit, dass sie sich für eine Änderung der Verhältnisse entschieden. »Ihr kennt diese Anlage besser als ich. Wie sollen wir vorgehen?«

Drench machte ein bekümmertes Gesicht. »Das wissen wir nicht. Wir sind nur sechs Personen. Allein werden wir niemals … Wir müssten erst mit unseren Freunden reden, bevor wir etwas unternehmen.«

Gib es auf!, riet der Logiksektor. *Du wirst Jahre brauchen, bis du eine Mehrheit zur Verfügung hast. Und eine Revolution mit diesen Wesen …?*

Er hatte Recht, es war fast hoffnungslos, aus Geschöpfen von Drenchs Art Revolutionäre machen zu wollen. Ich musste auf eigene Faust handeln, wollte ich etwas erreichen. Ich sprach mit Drench ab, dass wir uns wieder treffen wollten, dann entließ ich meine Besucher. Die tiefen, unterwürfigen Verbeugungen beim Abschied zeigten mir mehr als deutlich, dass ich lediglich den

Wortschatz dieser Wesen um ein paar Begriffe erweitert hatte. Mit dem, was sich hinter den Wörtern – Freiheit, Gleichheit, Zusammenarbeit und dergleichen – verbarg, konnten sie einstweilen nichts anfangen. *Immerhin, vielleicht werden sie im Laufe der nächsten Jahre lernen, sich eigene Gedanken zu machen – und dann nach diesen Gedanken handeln.*

Wenn sie überhaupt je etwas unternehmen, prophezeite meine innere Stimme, *werden sie dich als Gottheit verehren und eine autoritäre Priesterkaste bilden, die deine Thesen als Offenbarungen gewaltsam dem Volk aufzwingt. Diese Wesen sind autoritätssüchtig.*

Nachdem sich Drench und seine Freunde entfernt hatten, machte ich mich auf den Weg. Energiewaffen hatte ich beim Rundgang zwar nicht gefunden, wohl aber eine Küche. Dort hatte ich die Gelegenheit genutzt und mich in den Besitz eines unterarmlangen Fleischermessers gesetzt. Es konnte zwar nicht mit einem Flottenmesser aus Arkonstahl konkurrieren, aber zweifellos würde ich es gut gebrauchen können.

Überdies hatte ich vorgegeben, sehr kälteempfindlich zu sein. Auf Geheiß des Sehers war für mich neue Kleidung angefertigt worden. Das Material war dick, wenig elastisch, aber dafür sehr gut als Wärmeisolation zu gebrauchen. Ein Seil hatte ich ebenfalls auftreiben können; damit war meine Ausrüstung komplett. Mehr würde ich wahrscheinlich erst nach tagelangem Suchen finden können. So lange aber wollte ich nicht warten. Niemand konnte wissen, auf welche Ideen der Irre in den nächsten Pragos kommen würde. Die Launen des wahnsinnigen Sehers konnten mich sehr wohl das Leben kosten. Deshalb war mein Plan so einfach, wie es die widrigen Umstände erforderten. Beim Rundgang hatte ich eine kleine Nebenhalle mit Fenstern entdeckt, die offenbar seit Ewigkeiten nicht mehr benutzt worden war und mir geeignet erschien.

Von dort wollte ich versuchen, das System von Höhlen und Gewölben im Innern des Gebirges zu verlassen. Im Freien wollte ich mir dann ein gutes Versteck suchen. Die Zeit bis zum Tagesanbruch würde hoffentlich reichen, um meinen Unterschlupf so auszustatten, dass ich es ein paar Tage lang in dem Versteck aushalten konnte. Vrentizianex würde zwar ohne Zweifel nach mir suchen lassen, durfte mich aber nicht finden. Nach einer gewissen Zeit würde er sicher sein, dass ich draußen umgekommen war. Dann konnte ich versuchen, mich wieder in das Reich des Sehers zurückzuschleichen, wo vermutlich niemand mehr nach mir suchen würde. Freiwillig würde mich der Seher wohl kaum ziehen lassen, deshalb musste es in der zweiten Stufe meines Plans auf die Ausschaltung des mutierten Varganen hinauslaufen. Ob mir Drench und seine Artgenossen dabei helfen konnten, musste sich noch herausstellen.

»Viel Glück!«, wünschte ich mir selbst, dann machte ich mich auf den Weg.

Die Seitenhalle hatte ich nach kurzer Zeit erreicht. Wozu dieser Raum einmal gedient haben mochte, ließ sich aus den Spuren nicht mehr ablesen. Ich konnte lediglich die verstaubten Befestigungen erkennen, mit denen vor langer Zeit einmal Maschinen mit dem Boden der Halle verbunden gewesen waren. Ich bewegte mich so geräuschlos wie möglich, als ich zu einem Fenster schlich. Ich wusste nicht, ob diese Halle akustisch überwacht wurde. Sehen würde Vrentizianex von mir nichts, denn es war so finster in der Halle, dass ich selbst nur mit Mühe die Fenster erkennen konnte.

Ich fasste den Griff des Messers fester und schlug damit zu. Das Material des Fensters gab einen lauten, glockenähnlichen Ton von sich, aber es hielt. Ich wartete einen Augenblick lang, dann schlug ich erneut zu, diesmal mit aller Kraft. Klirrend zerplatzte das durchsichtige Material; der größte Teil der Scherben fiel nach draußen und verursachte kein Geräusch.

Lautlos schlüpfte ich durch die Öffnung. Draußen war es windstill, aber entsetzlich kalt. Wie mit Messern schnitt die Kälte ins Fleisch, nach kurzer Zeit fühlten sich meine Wangen an, als stünden sie in Flammen. Ich sah hinauf zum Himmel. Die Bewölkung war nur gering, ich konnte die Sterne gut erkennen. Ich nahm mein fotografisches Gedächtnis zu Hilfe, aber ich konnte keine bekannte Konfiguration ausmachen. In diesem Teil der Öden Insel war ich noch nie gewesen; ich konnte nicht einmal schätzen, wo ungefähr ich mich befand, zu verschieden waren die Sternbilder von dem, was ich kannte oder mit Hilfe des Extrasinns aus bekannten Konstellationen hochrechnen konnte.

Mühsam stapfte ich durch den knietiefen Schnee. In einiger

Entfernung erkannte ich einen Berggipfel, ganz in Schnee und Eis gehüllt. Mir unmittelbar gegenüber war eine Steilwand, in wenigen Metern Höhe über dem Schnee sah ich die Öffnung einer Höhle. Es war natürlich möglich, dass sich dort nichts weiter befand als eine Nische im Fels, aber ich wollte versuchen, diese Öffnung zu erreichen. Der Weg dorthin war mühsam und beschwerlich. Die Kälte zwang mich dazu, die Hände tief in den Ärmeln zu vergraben, wollte ich nicht riskieren, mir die Finger abzufrieren. Es erwies sich als ziemlich schwierig, das Gleichgewicht zu bewahren, ohne dabei die Arme auszubreiten und so die Hände wieder der Kälte auszusetzen.

Vorsichtshalber suchte ich das Schneefeld im Sternenlicht vor mir sorgsam ab, hielt nach Spuren Ausschau. Ich wollte nicht irgendeiner gefräßigen Schneebestie vor die Fänge laufen. Es war anzunehmen, dass Drenchs Artgenossen nicht die einzigen Kreaturen waren, die dieser Planet im Laufe seiner Evolution hervorgebracht hatte.

Wenn Drenchs Volk überhaupt auf diesem Planeten entstanden ist, wandte der Extrasinn ein.

Auch damit musste ich rechnen. Dass sich der Seher in dieser Einöde förmlich einigelte, hatte sicher gute Gründe. Ich hätte wetten mögen, dass diese Eiswüste für ahnungslose Wanderer eine Menge unliebsamer Überraschungen aufzuweisen hatte. Nachdem ich wenige hundert Meter zurückgelegt hatte, sah ich mich um. Von Vrentizianex' Bergfeste war nichts mehr zu sehen. Der Seher hatte seinen Unterschlupf hervorragend der Landschaft angepasst. Ob er sich tarnen wollte oder diese Bauweise aus rein ästhetischen Gründen gewählt hatte, konnte mir gleichgültig sein. Was zählte, war der Umstand, dass ich aufpassen musste. Verirrte ich mich, war dies mein Ende.

Meine Uhr verriet mir, dass ich fast eine halbe Tonta gebraucht hatte, als ich endlich den Fuß der Steilwand erreicht hatte. Von diesem Standpunkt aus war die Höhle nicht mehr zu sehen, aber ich war mir sicher, dass ich sie nicht verfehlen würde. Sofern mich mein Ortssinn nicht trog, stand ich genau unterhalb der Öffnung.

Der Fels, der sich vor mir auftürmte, war stark zerklüftet. Ich stellte mit Erleichterung fest, dass der Aufstieg an sich keine besonderen Probleme aufwerfen würde. So begann ich recht zuversichtlich zu klettern. Nach meiner Schätzung lag der Eingang der

Höhle – falls es sich darum handelte – einige Meter über mir. Keine besonders große Höhe, aber das Klettern strengte doch an, weil mir die Kälte zusetzte. Die Anstrengung brachte mich ins Schwitzen, während die Kälte meine Augen zum Tränen brachte. Das Wasser lief mir über die Wangen, ein Tropfen, der sich an der Nasenspitze gebildet hatte, begann zu gefrieren. Ich kannte dieses Phänomen, das sich bei großer Kälte prompt einstellte, und hütete mich davor, den kleinen Eiszapfen an der Nase wegzuwischen. Dabei würde ich mir bestenfalls ein Stück meiner Haut abreißen, mit dem Erfolg, dass wenig später das salzige Tränenwasser auf dem nackten Fleisch gefrieren würde.

Auf halber Höhe legte ich eine kurze Pause ein und wärmte meine Hände. Die Kleidung, die man mir angefertigt hatte, war entschieden zu groß. Das erwies sich nun als Vorteil. Solange ich mich nicht bewegte, befand sich zwischen dem kalten Stoff und meiner Haut eine schützende Schicht warmer Luft. Erst wenn ich mich bewegte, konnte die Kälte weiter vordringen und den von den Anstrengungen erhitzten Körper abkühlen.

Fünf Zentitontas später kletterte ich weiter und erreicht bald die Höhlung. Ich seufzte erleichtert auf, als ich wieder mehr als nur eine Handbreit festen Boden unter den Füßen spürte. Diese Erleichterung hielt nur kurze Zeit an. Ich konnte nicht sehen, wer die Geräusche verursachte, aber nach der Lautstärke des Fauchens zu schließen, war es ein sehr großes Tier, in dessen Behausung ich eingedrungen war. Unwillkürlich zog ich mich einen Schritt zurück. Den Rand der Höhle erreichte ich dabei noch nicht, aber der Boden war glatt. Ich verlor den Halt, rutschte. Entsetzt schrie ich auf, als ich merkte, dass ich mich nicht mehr halten konnte. Wie ein Bleiklotz stürzte ich in die Tiefe.

Der Schnee unterhalb der Höhle dämpfte den Aufprall beträchtlich, aber an dieser Stelle war der Boden stark geneigt. Bevor ich irgendetwas zu meiner Rettung hätte unternehmen können, setzte sich der Schnee mit mir in Bewegung und glitt mit wachsender Geschwindigkeit Richtung Tal. Ich hörte, wie der Lärm um mich herum anschwoll, als die Lawine beschleunigte, schlug wild um mich, versuchte mich irgendwo festzuhalten, aber ringsum war alles in Bewegung. Ich wurde herumgewirbelt, verlor völlig die Kontrolle. Von allen Seiten schien der Schnee auf mich herabzustürzen, in diesem Chaos gab es keinen festen Punkt mehr.

Ewigkeiten schienen zu vergehen, bis ich endlich zum Stillstand kam. Ein harter Ruck ging durch die Schneemassen. Ich fühlte, wie der Schnee zusammengepresst wurde. Zentnerschwer lastete das Gewicht auf meiner Brust und machte mir das Atmen schwer. Ich versuchte mich zu bewegen, stellte entsetzt fest, dass ich kaum einen Muskel zu rühren vermochte. Von allen Seiten hielt mich der Schnee umfangen. Ich war mit dem Kopf nach unten eingekeilt, ein Arm war unter meinen Oberschenkel gerutscht; ich war nicht fähig, ihn hervorzuziehen. Nur die Hand konnte ich ein wenig bewegen.

Ruhig bleiben, empfahl der Logiksektor. Ich versuchte, dieser Aufforderung zu folgen; es fiel mir nicht leicht. Immerhin stellte ich rasch fest, dass ich genügend Luft bekam. Allzu fest gepackt konnte der Schnee demnach nicht sein. *Du musst warten. Deine Körperwärme wird einen Teil des Schnees auftauen. Vielleicht gewinnst du dadurch genügend Bewegungsfreiheit zurück.*

Unwillkürlich wollte ich nicken, aber auch mein Kopf steckte tief im Schnee. Ich spürte aber am fehlenden Widerstand, dass meine warme Atemluft schon eine beträchtliche Höhlung vor meinem Gesicht herausgeschmolzen hatte. Das ließ hoffen. Vielleicht konnte ich diesen Vorgang sogar beschleunigen und planvoll einsetzen. Ich spitzte die Lippen und versuchte mit dem Luftstrahl nacheinander eine möglichst große Fläche zu bestreichen. An dem Wasser, das mir über die geschlossenen Augen lief, erkannte ich, dass mein Plan funktionierte: Der Schnee vor meiner Stirn schmolz rasch weg.

Aufhören!, befahl der Logiksektor. *Für solche Experimente hast du nicht genügend Luft. Denke an die Hyperventilationsgefahr.*

Enttäuscht kehrte ich zur normalen Atemtechnik zurück. Der Extrasinn hatte mich gerade noch rechtzeitig erinnert. Hyperventilation, jenes Verfahren, den Körper förmlich mit Sauerstoff voll zu pumpen, konnte sehr leicht zu Ohnmachten führen. Bewusstlosigkeit war das Letzte, was ich mir in dieser Lage leisten konnte. Wer einmal in einer solchen Kälte einschlief, wachte nur in den seltensten Fällen wieder auf.

Die Tatsache, dass ich mir nicht selbst helfen konnte, zerrte an meinen Nerven. Ich versuchte, wenigstens mit den Fingern zu arbeiten, die Arme freizubekommen oder meine halb verknoteten Beine wieder in eine natürliche Lage zu bringen. So hatte ich mir das Versteck, in dem mich Vrentizianex nicht finden sollte, nicht vorgestellt. Wenn es mir nicht gelang, mich nach und nach aus eigener Kraft aus dieser Zwangslage zu befreien, würde mich der Seher erst wieder in einigen tausend Jahren wieder finden. Dann nämlich würde meine steif gefrorene Leiche am Ende des Gletschers auftauchen, der das Tal ausfüllte. Natürlich hätte er mich finden können: Die Wärmestrahlung meines Körpers musste leicht anzumessen sein. Aber ich war mir sicher, dass Vrentizianex erst in einigen Tontas merken würde, dass ich verschwunden war – und bis dahin konnte es zu spät sein.

Um wenigstens ein annäherndes Zeitmaß zu haben, wandte ich eine der Konzentrationsübungen an, die ich von Fartuloon gelernt hatte. Wenn mein Puls einigermaßen gleichmäßig ging, konnte ich dank meines fotografischen Gedächtnisses ziemlich genau abschätzen, wie viel Zeit verstrichen war.

Etwas mehr als eine halbe Tonta dieser Zeitrechnung dauerte es, bis ich endlich wieder meine Beine ausstrecken konnte. Die Muskulatur war wegen der unnormalen Lage völlig verkrampft und schmerzte. Eine Dezitonta später hatte ich auch den Arm befreit, auf dem ich zuvor gelegen hatte. Sofort vergrößerte ich mit den Händen die Höhlung vor meinem Kopf. Pausenlos tropfte mir das Schmelzwasser ins Gesicht; die Flüssigkeit war so kalt, dass die Tropfen auf der Haut brannten. Dennoch spürte ich jeden Tropfen mit Erleichterung, er zeigte mir an, dass meine Befreiung Fortschritte machte. War ich erst wieder im Freien, musste ich so schnell wie möglich wieder in Vrentizianex' Bergfestung zurück, denn meine Kleidung war völlig durchnässt. Ein längerer Aufenthalt im Freien wäre mein sicherer Tod gewesen. Hoffentlich erübrigte sich damit nicht meine ganze Planung.

Bald hatte ich die Höhlung vor meinem Gesicht so erweitert, dass meine Hände nichts mehr greifen konnten. Daraufhin versuchte ich, den Schnee wegzuräumen, der meinen Bauch und meine Beine umklammert hielt. Die Körperwärme hatte schon vorgearbeitet, der Schnee war locker und löste sich in der Lache unter meinem Körper rasch auf.

Du musst dich beeilen, warnte der Logiksektor. *Andernfalls sinkst du im Innern des Schneefeldes immer tiefer ab.*

Ich verstärkte meine Bemühungen. Bald war ich so weit, dass ich mich aufsetzen konnte; es dauerte nicht lange, dann hatte ich endlich meine Füße befreit. Ich stieß einen Seufzer der Erleichterung aus, als ich feststellte, dass ich trotz meines Sturzes und der Rutschpartie mit der Lawine das Messer noch nicht verloren hatte. Mit diesem Hilfsmittel würde es ein Leichtes sein, mich freizuschneiden. Verbissen hackte und grub ich mich in die Höhe.

Achtung!

Ich hielt inne, dann hörte ich das Geräusch. Irgendetwas wühlte sich durch den dichten Schnee. Ein anderes Lawinenopfer? Der Schnee war so fest, dass ich Stufen hineinschneiden konnte. Es war mir daher möglich, wieder in meine Höhle zurückzuklettern, ohne dass das Risiko bestanden hätte, dass mein Ausgang in sich zusammenbrach. Das Geräusch verstärkte sich. Der Fremde musste sich irgendwo rechts von mir, ungefähr in der Höhe meiner Höhle, einen Weg durch den Schnee bahnen. Befremdet stellte ich fest, dass sich der Fremde näherte. Was hatte ihn bewogen, sich einen waagerechten Gang durch den Schnee zu graben?

Nach meiner Schätzung musste sich der Unbekannte ganz in meiner Nähe aufhalten, als es langsam hell wurde. Ein fahles, grünliches Leuchten erfüllte den Hohlraum im Schnee; es kam von rechts und verstärkte sich im gleichen Maße, in dem die Arbeitsgeräusche lauter wurden. Es hätte des warnenden Impulses des Extrasinns nicht bedurft; mir war klar, dass der Unbekannte keineswegs ein Lawinenopfer war, das sich zu befreien suchte. Der zusammengepresste Schnee schien vielmehr das Lebenselement des Fremden zu sein. Die Schlussfolgerungen lagen auf der Hand. Von Schnee allein konnte sich der Fremde kaum am Leben erhalten, folglich ernährte er sich von dem, was er im Schnee fand.

Obwohl ich mir sicher war, dass der Unbekannte mir nach dem Leben trachtete, wartete ich noch einige Augenblicke, als der Fremde seinen Kopf mit einem hässlichen, schleifenden Geräusch durch den Schnee schob. Es handelte sich um eine Art Wurm. Der Kopf war ungefähr einen halben Meter groß, zwei große, grünliche Augen funkelten mich bösartig an. Das Körperlicht des Lawinenwurms war kräftig genug, um mich jeden der mindestens dreißig Greifer erkennen zu lassen, die ringförmig um den Kopf angeordnet waren und klappernd gegeneinander schlugen.

Der Lawinenwurm eröffnete den Kampf. Zum Glück war er

nicht besonders schnell; ich sah, wie der Kopf ein Stück zurückzuckte, bevor er zum Angriff ansetzte. Ich hielt das lange Messer wie ein Schwert und ließ die Klinge auf den nach vorne schnellenden Schädel sausen. Die Wucht des Rückpralls warf mich fast von den Beinen. Das Tier musste eine Haut wie Plastosyntex haben, jene Masse, aus der einige Zwischenschichten in Raumanzügen gefertigt wurden und der man nur mit Thermostrahlern oder chemischen Mitteln etwas anhaben konnte. Ich lehnte mich mit dem Rücken gegen den Schnee und schwang erneut das Messer. Diesmal hinterließ die Klinge eine deutliche, ebenfalls grüne Spur auf dem Schädel.

Das verletzte Tier schrie, ich musste die Zähne zusammenbeißen. Eine Laune des Zufalls hatte den Wurm mit Stimmwerkzeugen ausgerüstet, die nur zu einem Mitleid erregenden Piepsen ausreichten. Vermutlich war er so gefährlich wie zehn Kralasenen, aber er jammerte und klagte herzerweichend. Es half nichts, ich musste den Wurm unschädlich machen, zumindest vertreiben. Mein nächster Hieb trennte vier der Greifwerkzeuge ab; im Fallen schnappte eine der Zangen noch zu. Ich schluckte, als ich die Schnittfläche sah, so glatt wie mit einem Desintegratorschneider durchtrennt. Wenn der Wurm mich zu fassen bekam, war ich verloren.

Offenbar hatte er noch niemals Gegenwehr erlebt. Immer wieder ließ er seinen Kopf hervorschnellen, empfing eine Wunde nach der anderen und schrie. An eine Änderung seiner Angriffstaktik schien der Wurm nicht zu denken. Ich hatte schon zehn der Greifzangen abgehackt, als ich merkte, dass mich das Biest zum Narren gehalten hatte. Während ich mit aller Kraft auf den Schädel des Tieres einschlug, hatte es, ohne dass ich es gemerkt hatte, den restlichen Körper im Schnee bewegt. An dem nun von allen Seiten strahlenden Licht merkte ich, dass der Wurm mich eingeschlossen hatte. Er wollte mich offenbar umschlingen und erdrosseln.

Ich zielte auf die Augen des Lawinenwurms. Das Tier stieß einen gellenden Schrei aus, als sich die Klinge tief in den Schädel bohrte. Der Boden unter meinen Füßen begann zu zittern, als der Wurm vor Schmerz mit dem ganzen Körper zuckte. Ich stand inzwischen bis an die Knie im eisigen Schmelzwasser, das jetzt aufspritzte, als von allen Seiten große Brocken zusammengepressten

Schnees aus den Wänden brachen und auf mich hereinstürzten. Eine Ladung traf mein rechtes Handgelenk; ich stieß einen Schrei aus, das Messer fiel mir aus der Hand und verschwand im Wasser. Ich wusste sofort, dass ich keine Chance hatte, es wieder zu finden.

Aber auch der Lawinenwurm war sichtlich angeschlagen. Ich traf noch mit einem Fausthieb das andere Auge, dann begann das Vieh hemmungslos zu toben. Es verfärbte sich, zuckte unkontrolliert mit dem Kopf und schrie ohne Unterbrechung. Ich wurde umgeworfen und spürte, wie der schwere Leib über meine Brust glitt.

Zufassen!, signalisierte der Logiksektor.

Ich folgte der Aufforderung sofort und umklammerte den Wurm mit beiden Armen. Er war schwer angeschlagen und suchte das Heil in der Flucht. Wie ich befriedigt feststellte, flüchtete das Tier nach oben. Zwar prallte ich immer wieder gegen die Wände des Tunnels, den sich der Lawinenwurm grub, aber es ging nach oben, der Freiheit entgegen. Mein einziges Problem würde darin bestehen, so schnell wie möglich das Weite zu suchen. Ich wusste nicht, wie schnell sich der Wurm fortbewegen konnte, ich konnte nur hoffen, dass meine Beine schneller waren.

Ich stöhnte erleichtert auf, als mich der erste Windstoß traf. Sofort ließ ich den schuppigen Leib los und sprang auf die Füße. Der Wurm dachte nicht daran, mich noch einmal anzufallen; ich sah, wie er sich hastig davonschlängelte und allmählich von der Dunkelheit verschluckt wurde.

Ohne meinen Extrasinn wäre ich der Natur hilflos ausgeliefert gewesen. Die Lawine hatte meine Fußspuren verwischt, aber das fotografische Gedächtnis half mir weiter. Nach einigem Suchen fand ich zwei Stellen, an denen mir die Formen des Felsens bekannt vorkamen, wenig später stieß ich auf meine alte Fährte. Sie hörte abrupt auf, als sei der Hang mit einem Messer bearbeitet worden. Ich konnte von Glück sagen, dass ich nur von den Ausläufern der Lawine erfasst worden war. Wäre ich weiter unten am Hang in die rutschenden Schneemassen geraten, hätten mich mehrere Dutzend Meter zusammengepressten Schnees für immer begraben.

»Glück gehabt«, murmelte ich, dann machte ich mich auf den Weg zurück.

Es wurde höchste Zeit, denn am Horizont hinter schroffen Gipfeln erschien ein erster Helligkeitsstreifen. Eine Kreatur, die so von ihren Gedanken gepeinigt wurde wie der irre Seher, würde vermutlich nachts nicht sehr viel schlafen, daher stieg die Gefahr, entdeckt zu werden, mit jeder Zentitonta. Das letzte Stück Weg legte ich laufend zurück. Schwer atmend erreichte ich das zerschlagene Fenster und kletterte durch die Öffnung.

Nach der Kälte wirkte die Wärme im Innern des Berges wohltuend, allerdings erst nachdem die Schmerzanfälle abgeklungen waren, mit denen meine halb erfrorenen Gliedmaßen wieder auftauten. Rasch suchte ich den Raum auf, in dem ich angeblich die letzten Tontas schlafend verbracht hatte. Hoffentlich reichte die Zeit, die mir blieb, um meine Kleidung so weit trocknen zu lassen, dass niemand auffiel, wie nass sie geworden war. Ich stellte mich in die Duschkabine und ließ die Heißluftgebläse arbeiten, die nach dem Duschen den Körper zu trocknen hatten.

Der Sklave zeigte keine Anzeichen von Verwunderung, als er mich vollständig angezogen im Heißluftraum antraf. Er verneigte sich nur höflich und meldete: »Mein Herr wünscht Euch zu sehen, Herr.«

»Ich komme sofort«, antwortete ich schnell.

Der Kyriliane-Seher empfing mich wieder in der schwarzen Halle und lächelte, als ich zu ihm trat. »Du bist nass. Deine Kleidung tropft noch.«

»Ich habe ein Duschbad genommen.«

»In voller Kleidung?«, erkundigte er sich spöttisch.

»Ein kleiner Scherz. Ich bin überhaupt ein sehr humoriger Bursche.« Ich hatte tatsächlich vor, meinen ramponierten Aufzug einem Jux zuzuschreiben. Nötigenfalls wollte ich behaupten, die Ereignisse hätten mich geistig etwas durcheinander gebracht. Zu meiner Überraschung war dergleichen nicht nötig. Im Gegenteil, Vrentizianex schlug sich mit den Krallenhänden auf die Schenkel und wieherte förmlich vor Vergnügen.

»Ein prächtiger Spaß«, brüllte er lachend. »Wundervoll. Du bist genau das, was ich seit Jahrhunderten suche. Ein Bursche mit deinem Witz hat mir gefehlt.«

»Was kann ich für dich tun? Ich stehe tief in deiner Schuld – dein Wunsch wird mir Befehl sein.«

Vrentizianex wurde noch immer von seinem Lachanfall geschüttelt, der sich noch verstärkte, als ich einen Schritt zurücktrat, mit meinen nassen Schuhen auf dem glatten Boden ausrutschte und mit einem plumpsenden Geräusch auf den Boden landete.

Es gibt keinen Zweifel, sagte der Logiksektor trocken. *Vrentizianex hat dich zu seinem Unterhalter erkoren.*

Das war noch die mildeste Form, mit der man den Umstand ausdrücken konnte, dass ich mich als Hampelmann zu betrachten hatte. *Der Kristallprinz von Arkon als Hofnarr eines wahnsinnigen Varganen, Atlan aus dem Geschlecht der Gonozals, der zur Belustigung eines Irren sich selbst zum Hanswurst macht …*

Diese Vorstellung war mir so zuwider, dass ich protestieren wollte, aber sofort meldete sich wieder mein Logiksektor mit spöttischer Zweideutigkeit: *Sei kein Narr. Du bist einstweilen auf den Seher angewiesen. Willst du dich gegen ihn stellen? Was versprichst du dir davon?*

Zähneknirschend musste ich dem Zusatzorgan Recht geben. Also stand ich auf und nutzte die Gelegenheit, mich mit einer ungeschickten Bewegung selbst zu Fall zu bringen. Diesmal landete ich auf dem Bauch.

»Immerhin habe ich ein dankbares Publikum«, murmelte ich so leise, dass mich Vrentizianex nicht hören konnte. Er schien von meinen Kunststücken entzückt zu sein, immer wieder schlug er sich auf die Schenkel, sein massiger Körper schüttelte sich vor Lachen.

»Du bist wirklich köstlich, mein Freund«, kicherte er. »Ich hätte nicht übel Lust, dich mit einem Halsband zu versehen, damit du mir nicht fortlaufen kannst.«

Ich ignorierte auch das und antwortete: »Warum sollte ich fortlaufen? Dort draußen ist es bitterkalt, Wärme und Geborgenheit finde ich nur hier.«

»Das ist wahr.« Plötzlich war Vrentizianex wieder sehr ernst. »Ich will mehr von dir wissen. Woher kommst du, was willst du?«

Ich hockte mich, getreu meiner neuen Rolle, auf eine Stufe zu Füßen seines Thrones und begann zu erzählen. Da ich nicht wusste, wie weit der Seher über mich informiert war, blieb ich nahe an der Wahrheit. Mir war klar, was er von mir erwartete, und ich war selbst überrascht, wie hervorragend ich lügen konnte. Ich baute die wenigen echten Informationen, die ich an Vrentizianex verriet, in ein Gewebe von phantastischen Lügengeschichten. Ich konnte gar nicht dick genug auftragen; meine haarsträubenden Abenteuer standen im Widerspruch zu fast allen Naturgesetzen, aber Vrentizianex hörte mir hingerissen zu. Dass meine Geschichten teilweise völlig unlogisch waren, störte ihn nicht. Als ich dann noch dazu überging, meine Erlebnisse in möglichst gewundenen und geschraubten Satzkonstruktionen zu schildern, kannte sein Entzücken keine Grenze mehr.

Als ich nach mehr als zwei Tontas meine Rede beendete, war ich völlig erschöpft. Ich hatte keine Kraft mehr, und mein Erfindungsreichtum war aufgezehrt. Musste ich diese schauspielerischen Leistungen jeden Tag wiederholen, standen mir schlimme Zeiten bevor. Inzwischen hatten sich auch mehrere Dutzend Sklaven eingefunden, die von meinem Vortrag mindestens ebenso sehr begeistert waren, wie Vrentizianex. Zudem hatte der Seher die Heizung des Saales so hoch einstellen lassen, dass meine nasse Kleidung am Körper getrocknet wurde. Dass ich dabei in feine Dampfschleier eingehüllt worden war, brachte Vrentizianex immer wieder zum Lachen.

Es gab keinen Zweifel mehr, der Seher war tatsächlich wahnsinnig. Dass ein zweifelsohne hochintelligentes Geschöpf über meine dümmlichen Scherze in derartige Begeisterung verfallen konnte, ließ das Schlimmste befürchten. Irgendwann würde der rein geistige Witz ein Ende haben, dann standen vermutlich handfestere Späße auf dem Programm. Vrentizianex hatte jene krankhafte Ausprägung von Humor, bei der selbst blutige Auseinandersetzungen zum Spaß werden konnten. Wahrscheinlich konnte er lauthals lachen, wenn einer seiner Sklaven von wilden Tieren zerrissen wurde. Früher oder später würde es mir nicht mehr gelingen, ihn zum Lachen zu bringen. Was mir dann bevorstand, konnte ich mir ausmalen.

Für diesen Tag jedenfalls hatte der Kyriliane-Seher genug gehört. Er entließ mich, hörbar zufrieden, verließ vor mir den Saal. Mir fiel auf, dass er sich trotz des Verlustes seiner Augen erstaunlich zielsicher zu bewegen wusste. Von einem blinden Herumtappen und -tasten konnte keine Rede sein.

Ich muss aufpassen, durchzuckte es mich. *Der geblendete Seher sieht wahrscheinlich mehr, als mir lieb sein kann.*

Drei Tontas Schlaf hatten genügt, um mich wieder halbwegs zu erfrischen. Was Vrentizianex derzeit trieb, wusste ich nicht, aber ich hoffte inbrünstig, dass er nicht erfuhr, womit ich mich beschäftigte.

Drench und seine Freunde hatten sich wieder bei mir eingefunden. »Ich habe mit allen gesprochen, die hier leben und arbeiten. Alle sind bereit, das Joch der Sklaverei abzuschütteln. Wir werden dir folgen, Atlan.«

Es war eine harte Entscheidung gewesen, die ich hatte treffen müssen. Mir war klar, dass ich gegen Vrentizianex ohne die Hilfe von Drench und den anderen nichts unternehmen konnte. Die Frage war nur, was aus ihm und seinen Artgenossen werden sollte, wenn Vrentizianex nicht mehr in der Bergfeste regierte. Allein waren die Sklaven bestimmt nicht fähig, die komplizierten Abläufe des Lebens in einer solchen Anlage zu meistern. Ich hatte natürlich keine Lust, mich hier zum Herrscher aufzuschwingen, ich wollte das Felsennest so schnell wie möglich wieder verlassen. Es gab nur einen Ausweg.

Ich wollte den Seher überwältigen. Gelang es mir, mit Ischtar, Fartuloon oder irgendeinem anderen meiner Freunde Kontakt aufzunehmen, konnte ich von Kraumon ein paar Männer abziehen, die so lange die Station leiten konnten, bis Drenchs Volk so selbstbewusst geworden war, dass es sein Geschick in die eigenen Hände nehmen konnte. Natürlich hatte ich den vier Sklaven nichts von meinem Plan erzählt. Hätten sie geahnt, dass ich nicht bereit war, ihr neuer Diktator zu werden, wären sie nie auf meine Pläne eingegangen.

»Ich arbeite in den Kraftwerken«, berichtete einer der Sklaven. »Es wäre durchaus möglich, zu einem bestimmten Zeitpunkt den größten Teil der Anlagen stillzulegen. Meine Leute würden alles abschalten, bis auf das Licht.«

Ich nickte zufrieden. »Habt ihr Waffen?«

»Zweihundert von uns können wir mit Knüppeln und Ähnlichem ausrüsten. Wird das genügen?«

Vrentizianex trug anscheinend keine Waffe bei sich. Stimmte diese Beobachtung, waren Knüppel hoffentlich völlig ausreichend. Mir kam es nicht darauf an, den Kyriliane-Seher zu töten, ich wollte ihn gefangen setzen. Bearbeitete ich ihn geschickt genug, konnte ich wahrscheinlich die Informationen aus ihm herausholen, die ich brauchte, wollte ich meine Freunde wiedersehen. Mit ihm als Geisel ließen sich hoffentlich auch die Roboter ausschalten.

»Es müsste reichen. Wie viele Sklaven leben hier?«

»Knapp fünfhundert«, antwortete Drench nach einigem Überlegen.

Sehr geringe Population, raunte der Extrasinn. *Vielleicht handelt es sich bei ihnen sogar um Androiden.*

Ich unterdrückte das mit dieser Analyse verbundene Unbehagen. »Zweihundert werden für uns arbeiten. Was ist mit den anderen? Wie werden sie sich verhalten?«

Drench grinste mich an. »Die anderen werden so damit beschäftigt sein, sich zu wundern, dass sie zu nichts anderem mehr fähig sind. Ernsthaft, der Rest wird seine Arbeitsplätze nicht einen Augenblick verlassen, dafür haben sie viel zu viel Angst vor Strafen.«

»Wann wollen wir zuschlagen?«, wollte einer seiner Kameraden wissen.

»Morgen«, entschied ich. »Ich werde bei dem Seher sein. Ihr versammelt euch auf ein Zeichen von Drench hin und stürmt die schwarze Halle. Habt ihr noch Fragen?«

»Nein, Herr.« Drench war sichtlich stolz darauf, dass er das Zeichen für meine kleine Palastrevolte geben durfte.

Nachdenklich sah ich hinter meinen kleinen Freunden her, als sie eifrig redend mein Zimmer verließen. Es tat mir Leid, dass ich einstweilen nicht viel für sie tun konnte. Sie waren sicherlich nicht sonderlich intelligent, aber das minderte nicht ihren Anspruch auf ein Leben in Freiheit. Vielleicht würde es mir gelingen, ihnen zu diesem Leben zu verhelfen.

Erst nach weiteren fünf Tontas wollte Vrentizianex meine Dienste wieder in Anspruch nehmen. Was der Kyriliane-Seher in dieser Zeit trieb, war mir ein Rätsel. Ich vermutete, dass er in der schwarzen Halle auf dem Thron saß und sein Klagelied anstimmte.

Zu meiner Überraschung hatte sich über Nacht die schwarze Halle verwandelt. Der Saal war hell erleuchtet, die Decke schimmerte in einem intensiven, angenehmen Blauton. Auch die leise, beklemmende Musik war verschwunden. Sollte sich der Seher geändert haben? Es wäre durchaus möglich gewesen, dass mein Auftauchen eine solche Wandlung der Dinge zur Folge haben konnte, aber es erschien mir wenig wahrscheinlich. Immerhin sah ich mich gezwungen, meinen Plan noch einmal zu überdenken. Vielleicht ließen sich die Probleme auf gütliche Weise lösen.

Der Seher empfing mich in bester Laune. Ich hatte es nicht nötig, wieder auf dem Boden auszurutschen, um ihn heiter zu stimmen. »Ich will dir etwas zeigen«, sagte er. Sein Lächeln sah wenig angenehm aus. Ich konnte den Blick kaum von den reflexsprühenden Kristallen wenden, die in seinen Augenhöhlen saßen und sein Gesicht zu einer schauerlichen Maske werden ließen. Vrentizianex deutete mit seinen Krallen auf ein Bündel, einen Sack – ich konnte nichts Genaues erkennen, denn über dem unregelmäßig geformten Körper lag ein weißes Tuch, das die Konturen nur erahnen ließ. »Sieh es dir an.«

Ich verbeugte mich, dann ging ich hinüber und zog das Tuch weg. Was ich sah, war ein unförmiger, fast durchsichtiger Körper. In seinem Innern entdeckte ich kleinere, dunkel gefärbte Gebilde, die sich in einer Art Gallerte zu bewegen schienen. Der ganze Körper hatte ein Volumen von fast zehn Kubikmetern.

»Was ist das?«, fragte ich.

»Dein Vorgänger.« Der Seher kicherte laut. »Besser gesagt, das sind alle deine Vorgänger.«

Zurück!, befahl der Extrasinn mit einem Impuls von schmerzhafter Stärke.

Ich machte einen Satz zur Seite. Im gleichen Augenblick begann sich der Körper zu bewegen. Die riesenhafte *Amöbe* veränderte ihr Aussehen, wandelte ihre Form. Erschrocken sah ich, wie das Wesen langsam eine annähernd arkonoide Form annahm, nur stark verzerrt und ins Riesenhafte vergrößert. Der Wahnsinnige kicherte. »Spaßig, nicht wahr?«

Ich wich langsam Schritt für Schritt zurück. Vor meinen Augen wurden die Körperkonturen immer deutlicher, die Gestalt begann ein Gesicht zu bekommen – *mein Gesicht.* »Was soll das bedeuten?«

»Dieses Wesen ist die organische Synthese aller Spaßmacher, die sich bislang zu mir verirrt haben. Du wirst mir Recht geben, dass ein solches Sammelwesen viel spaßiger ist als ein einzelner Narr.«

»Und wie hast du ...«

»Du wirst es erleben.« Er lachte laut, während die Amöbe mein Gesicht zu verändern begann. Den Seher mochte es amüsieren, zuzusehen, wie das Wesen mir eine lange Nase und Hängeohren wachsen ließ. Mir lief es kalt über den Rücken.

Abermals nahm die Amöbe eine neue Form an. Wesentlich schneller als beim ersten Mal veränderte sie ihre Gestalt. Es dauerte nur eine halbe Zentitonta, dann stand ein peinlich genaues Abbild des Sehers vor mir. Sogar die Kristalle waren täuschend ähnlich nachgebildet worden, allerdings wirkten sie bei der Kopie stumpf und glanzlos und verliehen dem Gesicht einen angewiderten Ausdruck. Vrentizianex II streckte die Hand nach mir aus. Sofort sprang ich zurück.

»Aber, aber – du wirst dich doch meinen Befehlen nicht widersetzen wollen?«

Er stand neben mir; als ich mich noch weiter von der fürchterlichen Amöbe entfernen wollte, stellte mir der Seher ein Bein. Ich war auf solche Heimtücke nicht vorbereitet, stürzte. Bevor ich mich wieder aufrichten konnte, hatten mich die ersten Pseudofüße erreicht. Eine kalte, glatte Masse schob sich über meine Füße und kroch dann langsam an mir in die Höhe. Ich versuchte, die Beine anzuziehen, aber der Erfolg bestand nur darin, dass ich meinen Körper näher an die Bestie heranzog, die meine Beine fest umklammert hielt.

»Du wirst dich freuen, wenn du deine neuen Freunde begrüßen kannst«, kicherte Vrentizianex, es klang nicht einmal höhnisch. »Sie sind alle sehr spaßig, fast so gut wie du.«

Er begann zu lachen, es gab ein Echo in der Kuppelhalle, ein Echo, das dieses Lachen verstärkte und ins Monströse verzerrte. Ich schlug mit den Händen um mich, versuchte etwas zu ergreifen, mit dessen Hilfe ich mich gegen das Monstrum hätte zur Wehr setzen können. Aber meine Hände griffen ins Leere. Das Einzige, was ich erreichte, war ein erneuter Heiterkeitsausbruch bei Vrentizianex.

Ich hatte gesehen, wie schnell sich die Amöbe bewegen konnte; jetzt aber, da sie mich verschlingen wollte, ging sie sehr langsam vor. Ich erkannte die Absicht, die darin steckte. Meine Angst sollte möglichst verlängert werden. Vrentizianex wollte mich zappeln sehen, es genügte ihm nicht, dass ich von der Amöbe absorbiert werden sollte, er wollte diesen Vorgang in allen Einzelheiten auskosten.

»Warum freust du dich nicht? Es sind alles sehr spaßige Wesen, die deine Freunde werden sollen. Und sie sehen alle verschieden aus, keiner gleicht dem anderen. Merkwürdig, was meine Transmitter mir so in meine Einsamkeit spülen, sehr merkwürdig.« Er rief einen Namen, den ich nicht verstand. Aber die Amöbe reagierte sofort auf den Zuruf. Ohne mich loszulassen oder den Griff auch nur zu lockern, nahm ein Teil der Masse langsam die Gestalt eines riesenhaften Insekts an. Zwei rote Facettenaugen starrten auf mich herab. »Das ist einer deiner neuen Freunde. In Wirklichkeit ist er knapp eine Handspanne groß. Willst du noch andere Gestalten sehen?«

»Ich will frei sein. Was habe ich getan, dass du mich so bestrafst?«

»Mein Freund, wie kommst du auf den Gedanken, ich wollte dich strafen? Ich will dich beschenken.« Dem Tonfall seiner Stimme nach zu schließen, meinte er diese Worte sogar ernst. »Ich will deine Gesellschaft nicht missen. Deshalb sorge ich so dafür, dass auch du ewig leben wirst. In dieser Form werden wir uns zusammen in den nächsten Jahrtausenden die Zeit vertreiben.«

Ich war vor Entsetzen fast gelähmt. Widerstand hätte mir ohnedies nichts genutzt, denn meine Körperkräfte reichten nicht annähernd aus, um gegen die Amöbe bestehen zu können. Wahrscheinlich war sie ein Kunstprodukt – Vergleichbares hatten wir schon etliche Male als »Biokonstrukte« der Varganen zu Gesicht bekommen, auf Za'Ibbish und anderen Versunkenen Welten. Ich dachte an das Quaddin-Zentralorgan, an die aus Plasma geschaffenen riesenhaften Tierwesen, an Androiden, den Weisen Dovreen und …

Immer höher stieg die Amöbe, ich konnte spüren, wie sie sich über meine Brust schob. Dann bewegte sich die glatte, kalte Masse weiter, überschwemmte mein Gesicht, gleichzeitig kroch sie unter meinen Körper und hob mich in die Höhe. Nur ein Schlauch blieb offen, er sollte mich wohl mit der Atemluft verbinden, bis die Verschmelzung vollzogen war. Körperlich war ich außer Gefecht gesetzt, ich konnte buchstäblich keinen Finger mehr rühren.

Jetzt musste die Phase zwei kommen, die geistige Übernahme. Ich spürte, wie sich ein fremder Geist in meinen Verstand vortastete, langsam zuerst, dann immer stärker. Die Abwehr des Monoschirms wurde förmlich hinweggefegt. Ich nahm mein fotografisches Gedächtnis zu Hilfe und suchte in meinen Erinnerungen ein möglichst unwichtiges Ereignis hervor. An diesen Vorgang dachte ich und fühlte, wie der fremde Geist von diesen Informationen Besitz ergriff. Plötzlich war die Information verschwunden, ich konnte mich nur noch erinnern, *dass* ich mich erinnert hatte, nicht aber an welches Ereignis. Ich begriff. Es ging nicht darum, meine Persönlichkeit in den Quallenkörper zu integrieren. Die Amöbe formte vielmehr aus ihren Opfern einen völlig neuen Charakter. Nichts würde mehr an mich erinnern, meine Individualität sollte für immer aufgelöst werden.

Ich werde dir helfen, sagte der Extrasinn.

Das war meine einzige Chance. Der bei der ARK SUMMIA aktivierte Gehirnbereich mit dem Logiksektor, seinem besonderen Ahnungsvermögen, dem fotografischen Gedächtnis und wahrscheinlich noch anderen Fähigkeiten, die ich nicht kannte, gehörte zwar zu mir, war aber in gewisser Weise *eigenständig.* Ich hatte nur dann eine Chance, mich gegen die drohende Auflösung zu wehren, wenn es der Amöbe nicht gelang, den Extrasinn ebenfalls zu absorbieren.

Ich spürte, wie die Amöbe meinen Verstand förmlich ausleerte. Dann wurde mein Körper an den Metabolismus der Amöbe »angeschlossen«. Ich konnte nichts tun, nur fühlen, erleben, empfinden. Meinen Körper hatte ich nach wenigen Augenblicken verloren. Nur meine Persönlichkeit existierte noch als Bündel von Informationen, als ein Verbund von Daten, Erinnerungen und Wahrnehmungen, die dadurch, dass sie auf engstem Raum zusammengeballt waren, den Übergang von Quantität zu Qualität geschafft hatten.

Ziel der Amöbe war es, dieses Datenbündel aufzulösen, in Einzelteile zu zersplittern. Gelang das, hatte Vrentizianex sein Ziel erreicht. Als Information würde jeder Witz, jeder lustige Ausspruch in der Amöbe enthalten sein. Nur meine Persönlichkeit, die aus der Menge und der inneren, ganz individuellen Vernetzung dieser Informationen entstanden war, würde sich verflüchtigen.

Ich konnte nichts dagegen unternehmen. Ich konnte nur spüren, dass mir immer mehr Erinnerungen fehlten, dass »ich« immer dümmer wurde – was immer dieses »Ich« auch genau sein mochte. Jede noch so kleine Information wurde aufgesogen, meine Restpersönlichkeit immer mehr verkleinert. Ich hatte das Gefühl, jung und unerfahren zu sein, vor völlig neuartigen Schwierigkeiten und Problemen zu stehen. Und immer weiter ging der Prozess, ich verwandelte mich in einen lallenden Säugling zurück. Und dann … hörte »ich« auf zu existieren …

»Atlan« war verschwunden. Schlagartig unterschritt der Informationsgehalt seiner Persönlichkeit den Grenzwert. Zu diesem Zeitpunkt war die Amöbe damit beschäftigt, die einzelnen Informationen, die sie bis zu diesem Zeitpunkt der Persönlichkeit des Kristallprinzen entnommen hatte, in den Informationsverbund ihrer Gesamtpersönlichkeit zu integrieren. Die Atlan-Daten mussten biochemisch neu kodiert und in neue Zusammenhänge gestellt werden.

Diesen Augenblick hatte der Extrasinn abgewartet. Mit unerhörter Geschwindigkeit lieferte das fotografische Gedächtnis die Informationen und speicherte die Daten »wieder ein«. Sie wurden zu einer Persönlichkeitsstruktur zusammengestellt, die mit dem Identitätsmuster der eliminierten Atlan-Persönlichkeit identisch war …

Der Vorgang lief so rasend schnell ab, dass ich ihn nicht wirklich erleben konnte. In einer Zeitspanne, die knapp eine Millitonta dauerte – der Extrasinn gab mir diese Information –, wurde ich praktisch neu geschaffen. Was mit mir passiert war, hatte ich nicht erlebt, aber der Extrasinn lieferte mir sofort alle Informationen, die während meiner Nicht-Existenz angefallen waren. So weitgehend war die Rekonstruktion, dass mein Gehirn den Impuls eines erleichterten Seufzers formte.

Der Extrasinn nutzte seine Fähigkeiten rücksichtslos aus. Der Logiksektor lieferte den Plan, das fotografische Gedächtnis die Informationen – in wenigen Augenblicken hatte ich alle Daten, die ich brauchte, um den Kollektivgeist der Riesenamöbe mit den gleichen Waffen zu bekämpfen, die sie zuvor gegen mich gewandt hatte. Ich verzichtete darauf, mir die gesammelten Erinnerungen der einzelnen Opfer anzueignen. Selbst mein Logiksektor wäre nicht imstande gewesen, aus diesen Informationssammlungen wieder die Einzelpersönlichkeiten zu rekonstruieren. Deshalb beschränkte ich mich darauf, den Körper der Amöbe zu übernehmen.

Sie wurde von meinem Gegenschlag so überrascht, dass sie keine Chance hatte, sich gegen meinen Übernahmeversuch zu wehren. Bevor sie überhaupt begriffen hatte, was mit ihr vorging, hatte der Extrasinn bereits so viele Informationsbrücken der Amöbe durchtrennt, dass ein vernünftiges Handeln des Kollektivs ausgeschlossen war. Ich konnte zwar spüren, dass Teile des Gesamtverstandes tobten, aber die Impulse wurden nicht mehr weitergeleitet. Da der Extrasinn die Steuerung übernommen hatte, konnte ich nur ahnen, wie er mit dem Amöbenkörper umging.

Aber plötzlich sah ich wieder! Vor mir stand Vrentizianex, der gebannt zu mir heraufsah. Übergangslos schaltete mich der Logiksektor wieder an ein Sprechorgan an und gab gleichzeitig jenen Bezirk meines Geistes frei, der zum Sprechen erforderlich war – erweitert um die zusätzlichen Informationen, die ich brauchte, um die speziellen klangbildenden Organe der Amöbe beherrschen zu können.

»Hier spricht Atlan«, formulierte ich. Es war ein merkwürdiges Gefühl, denn ich spürte, dass ich meinem eigenen Mund Befehle gab, die erst umgeformt werden mussten. Auch meine neue Stimme hörte sich befremdlich an.

»Wieso Atlan? Hast du ihn nicht integriert?«

»Dein Spielgefährte hat versagt. Es ist ihm nicht gelungen, meine Persönlichkeit zu vernichten. Ich bin Atlan, mein Bewusstsein hat jetzt die Amöbe unter Kontrolle. Mein Körper wurde noch nicht aufgelöst!«

»Das glaube ich nicht.« In seiner Stimme war der Zweifel nicht zu überhören. »Das ist ein neuer Spaß von dir, ein Scherz. Du hast mich erschreckt, mein Freund.«

Ich überlegte, wie ich vorgehen sollte.

Achtung, meldete sich der Extrasinn. *Erstens: Ich habe die Amöbe unter Kontrolle. Zweitens: In wenigen Augenblicken wird Drench mit seinen Freunden eintreffen.*

Ich will meine Körperkontrolle so schnell wie möglich zurück. Ich bekam keine Antwort, aber ich spürte, wie ich wieder von den Sprechorganen der Amöbe abgeschaltet wurde. Eine Weile war ich auf meinen Geist zurückgeworfen, ohne jedes Körpergefühl. Dann endlich kehrte schlagartig das Gefühl für meinen Körper zurück, ich spürte wieder, dass ich Arme und Beine hatte. Mit Genuss füllte ich meine Lungen wieder mit Sauerstoff.

Was soll aus der Amöbe werden?, wollte der Extrasinn wissen.

Kannst du eine Verbindung herstellen?

Die Antwort ließ nicht lange auf sich warten. *Ich will sterben. Ich will nicht weiter mit dem Irren zusammenleben. Ich spüre, dass du mich nicht töten willst, aber ich bitte dich darum.* Der Geist der Amöbe hatte meine Gefühle richtig gedeutet. *Ich verstehe dich. Du denkst, du hättest nicht das Recht, ein lebendes Wesen zu töten, gleichgültig wie es beschaffen ist. Aber hast du auch das Recht, mir den Tod vorzuenthalten?*

An den Kollektivgeist können Informationen abgegeben werden, die ihn zur Selbstvernichtung befähigen, gab der Extrasinn durch.

Danke, hörte ich den Kollektivgeist flüstern, dann wurde die Verbindung unterbrochen.

Ich spürte, wie sich der Körper der Amöbe von meinem Leib wälzte; Augenblicke später stand ich auf den Füßen und starrte in das Gesicht eines wütenden Vrentizianex. Ich war zu spät gekommen. Zwischen dem Seher und mir lag der leblose Körper von Drench, in der Halle lagen mindestens fünfzig seiner Gefährten.

»Das war dein Werk«, sagte der Seher fauchend. »Du hast sie zu dieser törichten Revolution angestiftet. Du hättest dir denken können, dass mich meine Roboter beschützen.«

In der Kuppelhalle sah ich dreißig Maschinen, jene merkwürdigen Konstruktionen, die ich bereits von Zercascholpek her kannte. Mit ihren Waffen hatten sie den Aufstand blutig niedergeschlagen, ich hatte es nicht verhindern können.

»Du gefällst mir nicht. Ich habe dich gerettet, bot dir Kleidung, Nahrung und meine Freundschaft. Ist das dein Dank?« Er deutete auf die Leichen. »War das nötig? Was willst du eigentlich?«

Ich sagte ihm die Wahrheit, offen und ohne Rücksicht.

»Du willst nach Kraumon. Du willst zu deinen Freunden zurück. Und mich willst du in dieser Einsamkeit allein lassen.« Es klang wie ein Vorwurf; der Irre schien tatsächlich der Meinung zu sein, er hätte mir einen Gefallen damit getan, wäre ich in die Riesenamöbe eingebaut worden. Der Kyriliane-Seher dachte angestrengt nach, als sich der Amöbenkörper plötzlich verfärbte. Das

Gewebe wurde milchig, immer dunklere Blasen entstanden im Innern des Körpers, stiegen auf und zerplatzten, als sie die Haut erreicht hatten. Ein ekelhafter, fauliger Geruch stieg auf und verbreitete sich.

Der Kollektivgeist hat sich und den Trägerkörper zerstört, sagte der Logiksektor.

Der Seher wandte den Kopf, betrachtete offenbar mit seinen versteckten, mir unbegreiflichen Sinnen den stinkenden Leichnam seines Spaßmachers. »Das warst auch du, nicht wahr?« In seiner Stimme schwang Trauer mit. Für einen Augenblick tat mir der Mann Leid, dann aber erinnerte ich mich seiner Wahnsinnsausbrüche, die mich fast meine Persönlichkeit gekostet hätten. Was er brauchte, war Hilfe – sofern ein Wahnsinn dieses Ausmaßes überhaupt zu heilen war. »Ich muss nachdenken. Sehr gründlich nachdenken. Bis zu einer Entscheidung werde ich dich sicher unterbringen lassen.« Zu drei Robots gewandt, fuhr er fort: »Paralysiert ihn und sperrt ihn ein!«

Das war das Letzte, was ich noch hören konnte, dann schlugen die Paralysatorschüsse in meinen Körper ein und stießen mich in die Finsternis der Bewusstlosigkeit.

3.

Aus: *Biografie Atlans* (in vielen Bereichen noch lückenhaft), hier: *Vorstoß nach Andromeda* (Auszug vom 23. Januar 2401); Professor Dr. hist. Dr. phil. Cyr Abaelard Aescunnar; Gäa, Provcon-Faust, 3565

Meine Hände zitterten. Ich richtete mich auf die Knie auf und suchte nach einem Halt. Mein Extrasinn meldete sich auch nicht. Ich ahnte, dass der Logiksektor verzweifelt nach einer Erklärung suchte. Ich spähte nach vorn. Ja – das waren sie! Das waren die unerbittlichsten, hartnäckigsten, fähigsten, intelligentesten und widerstandsfähigsten Feinde, die das Große Imperium der alten Arkoniden jemals gehabt hatte.

Das waren die Wesen, mit denen wir den größten Raumkrieg der arkonidischen Frühgeschichte ausgefochten hatten. Das waren jene

Eier legenden Monstren, die ihren ausgeschlüpften Nachwuchs anschließend säugten und die deshalb eine biologische Sonderstellung unter den Völkern der Galaxis eingenommen hatten. Das waren die Lebewesen, die wir einfach Methans genannt hatten, obwohl sie in Wirklichkeit Wasserstoff mit methanhaltigen Verunreinigungen ein- und Ammoniak ausatmeten.

Ich hatte als Chef einer arkonidischen Eliteflotte viele Jahre lang gegen sie gekämpft. Die Methans hatten uns erst dezimiert und schließlich noch nachhaltiger geschlagen, weil wir als humanoide Lebewesen nicht in der Lage gewesen waren, unseren Bedarf an Raumschiffsbesatzungen so schnell zu ersetzen wie diese Wesen, die nach einer Reifezeit von nur dreieinhalb Monaten bis zu neun Eier produzieren konnten. Einen anderen Begriff als »produzieren« hatten unsere Wissenschaftler nie gebraucht. Es war vielleicht biologisch nicht zutreffend gewesen, wohl aber in der Praxis, denn die Methans hatten ihre schweren Ausfälle immer schnell genug ergänzen können.

Sie hatten auf Wasserstoff-Methan-Ammoniak-Welten mit Temperaturen zwischen fünfundsiebzig und sechsundneunzig Grad Celsius gelebt. Ihre Körperchemie beruhte auf Siliziumbasis, und den Oxidanten zu ihrer überwiegenden Wasserstoffatmung bezogen sie aus ihrer Nahrung.

Woher kamen sie? Wie waren die Methans in die Festung gekommen, und wer hatte dieses Gigantenschiff erbaut? Ich kannte jeden, selbst den kleinsten Typ der damaligen Methanraumschiffe. Solche Fahrzeuge waren niemals gebaut worden. Wie waren sie in den kosmischen Leerraum gekommen – und weshalb fungierten sie als Wächter über der Oberfläche einer unfasslichen Welt in einem noch unfasslicheren System?

Als man mich vor zehntausend Jahren irdischer Zeitrechnung mit einem schlagkräftigen Einsatzverband aus der Front abgezogen und mir den Befehl erteilt hatte, das irdische Sonnensystem anzufliegen, um die Unruhen unter den dortigen Arkonidenkolonisten zu bereinigen, hatte das Große Imperium schon zu wanken begonnen. Anschließend war es mir gelungen, die Unterlagen für die geheimnisvollste Waffe unserer Geschichte zu beschaffen und sie mit einem Kurierkreuzer nach Arkon zu schicken. Es hatte sich um die so genannte Konverterkanone gehandelt.

Mein Verband war von den Wesen der zweiten Zeitebene vernichtet worden. Ich hatte in eine Unterseekuppel fliehen und meine zehntau-

sendjährige Wanderung durch die Geschichte des Planeten Erde beginnen müssen. Wie ich später erfuhr, war die Konverterkanone von arkonidischen Wissenschaftlern gebaut und so erfolgreich gegen die Methans eingesetzt worden, dass wir sie im letzten Augenblick vernichtend geschlagen hatten.

Zur Zeit des arkonidischen Robotregenten hatte ich Unterlagen erhalten, aus denen ersichtlich wurde, dass die Methans von unseren Flottenverbänden ausgelöscht worden waren. Nun tauchten sie plötzlich wieder auf! Mir wurde schwindelig, wenn ich nur an die ungeheure Gefahr dachte, die der Galaxis durch diese unwahrscheinlich kampfkräftigen und intelligenten Wesen drohte.

Die Lähmung fiel allmählich von mir ab. Ich konnte mich so bewegen, dass ich wieder in der Lage war, meine Umgebung zu überschauen. Als Erstes sah ich durch eine transparente Wandung hindurch dichte schneeweiße Wolken und einen hellen gelblichen Fleck, der hindurchschien. Dann erblickte ich einen Roboter und zwei Lebewesen. Das eine war einer der hellhäutigen Sklaven. Und das andere war Vrentizianex selbst, groß und massig, mit einem mit dem Kopf verwachsenen Schuppenhut. Er trug noch immer sein rotes Gewand. Irgendwie musste er trotz seiner Blindheit gemerkt haben, dass die Paralyse von mir abgefallen war, denn er wandte mir plötzlich sein Gesicht zu. Ich blickte in die beiden funkelnden Kristalle, mit denen seine Augenhöhlen ausgefüllt waren.

Ein trauriges Lächeln huschte über das entstellte Gesicht, dann sagte der Varganen-Mutant mit leiser Stimme: »Du wolltest nicht in meinem Palast bleiben. Gut, du sollst deinen Willen haben. Ich bringe dich fort.«

»Wohin bringst du mich?«

Er machte eine umfassende Bewegung mit einer Hand; mit der anderen steuerte er das Fahrzeug, das, wie ich erkannte, ein Gleiter war. »Ich setze dich im Gebirge aus. Dort wirst du frei sein, wie du es wolltest.« Ich richtete mich auf, ignorierte die fest zupackende Hand des Roboters und warf einen Blick durch die teilweise durchsichtige Wandung des Gleiters nach unten. Was ich sah, ließ mich erschaudern. Unter uns erstreckte sich, so weit das Auge zu blicken vermochte, ein schnee- und eisbedecktes Gebirge. »Alles hat seinen Preis. Auch die Freiheit. Aber du wirst nicht allein sein müssen. Ich gebe dir Woogie …«, er deutete mit einer schwachen Kopfbewegung auf das hellhäutige Wesen, »… als Begleiter mit. Außerdem erhaltet ihr Nahrung für einen Tag.«

Ich warf einen skeptischen Blick auf den Sklaven, der nur etwa einen Meter groß und wie alle seine Artgenossen vermutlich nicht sehr intelligent war. Er würde mir bestimmt keine große Hilfe sein. Dann sah ich an mir hinab. Ich trug nur eine einfache Kombination. Es war sehr unwahrscheinlich, dass ich in dieser Kleidung und mit Nahrungsmitteln für nur einen Tag in der eisigen Schneewüste dort unten länger als zwei planetarische Tage überleben würde.

»Damit verurteilst du mich zum Tode«, protestierte ich. »Warum gibst du mir nicht eine bessere, eine echte Chance?«

Die kristallenen Augen des Sehers funkelten und glitzerten, als seien sie auf geheimnisvolle Art am Leben. »Du hast noch eine Chance. In der Nähe des Platzes, an dem ich dich und Woogie aussetzen werde, liegt ein altes varganisches Raumschiff – mein Raumschiff. Ich habe es seit undenklichen Zeiten nicht mehr benutzt, aber wenn du es erreichst, wirst du dort überleben können.«

Die Chance, das Raumschiff zu erreichen und dort zu überleben, kann nicht sehr groß sein, raunte der Logiksektor. *Vrentizianex ist psychisch krank, und seinem kranken Hirn kann nur eine neue Teufelei eingefallen sein. Wenn du seine Geschichte bedenkst, ist es sehr wahrscheinlich, dass der Raumer fluguntauglich ist – die Varganen wollten verhindern, dass er diese Welt verlässt!*

Ich überdachte den Einwand und nickte. Trotz des Wachroboters musste ich in einem günstigen Augenblick versuchen, den Kyriliane-Seher zu überwältigen; es würde mehr als schwierig werden. Scheinbar jedoch ergab ich mich in mein Schicksal. Ich blickte resigniert vor mich hin und warf ab und zu einen flüchtigen Blick auf die Schneelandschaft unter uns.

Nach kurzer Zeit setzte der Vargane zur Landung an. Ein Hügel wuchs uns scheinbar entgegen, dann setzte das Fahrzeug auf. Vrentizianex deutete mit einer Krallenhand auf die Tür, die sich geöffnet hatte und durch die eisige Luft hereinwehte. »Geht!«

Halb von dem Roboter gestoßen, tat ich so, als wolle ich auf die Tür zugehen. Im letzten Augenblick wirbelte ich herum und sprang den Seher an. Dummerweise lief mir Woogie in den Weg. Wir stießen zusammen, ich stürzte. Als ich mich wieder aufrichtete, traf die zur Faust geballte Krallenhand des Sehers mein Gesicht. Ich flog zurück, prallte gegen den Türrahmen und wollte mich erneut auf den Varganen stürzen. Doch der Roboter hatte inzwischen Woogie gepackt und schleuderte ihn mit voller Wucht gegen mich. Der Anprall des lebenden Wurfgeschosses fegte mich aus dem Gleiter. Ich fiel in den Schnee und versank bis zu den Knien darin. Bevor ich mich wieder aufgerappelt hatte, landete Woogie auf mir, dann folgte der Rucksack mit der versprochenen Notverpflegung.

Die Tür des Gleiters schloss sich, das Fahrzeug startete senkrecht und tauchte in die Wolkendecke ein. Zitternd vor Zorn und Enttäuschung, blickte ich nach oben, drehte mich um und unterzog das Gelände einer genauen Musterung. Dabei beruhigte ich mich allmählich wieder. Neben mir wühlte sich Woogie aus dem Schnee. Tränen liefen über sein bleiches Gesicht.

»Noch leben wir«, versuchte ich ihn zu trösten. »Solange man lebt, darf man nicht aufgeben. Vielleicht sollten wir zu Fuß zur Station des Sehers zurückkehren.«

»Nein, nein! Der Herr würde uns töten. Und ... zu weit entfernt!«

Damit war zu rechnen, teilte mir mein Extrasinn mit. *Ihr würdet unterwegs zusammenbrechen und erfrieren.*

Ich holte tief Luft und merkte, dass es hier und jetzt nicht so kalt war, dass wir erfrieren könnten – jedenfalls nicht, solange wir Nahrung besaßen, um unseren Stoffwechsel aufzuheizen. Allerdings würde es nachts viel kälter werden. »Wir brauchen einen Platz, von dem aus wir das Gelände übersehen könnten.« Ich deutete auf einen Berg, der in der Nähe aufragte. »Diesen Berg beispielsweise. Verlieren wir keine Zeit.«

Als wir den Fuß des Berges erreicht hatten, hielt ich nach der besten Aufstiegsmöglichkeit Ausschau. Woogie stand teilnahmslos neben mir. Er war die ganze Zeit über schweigend hinter mir hergetrottet. Wahrscheinlich war er durch sein Sklavendasein zu abgestumpft und hatte sich damit abgefunden, in Schnee und Eis zu sterben. Aber ich war nicht gewillt, mich damit abzufinden. Ich würde bis zum letzten Atemzug gegen den weißen Tod kämpfen.

Endlich glaubte ich, eine günstige Aufstiegsmöglichkeit entdeckt zu haben. Ich setzte mich in Bewegung und stieg den schneebedeckten Hang hinauf. Es war beschwerlich, da ich bei jedem Schritt bis zum Knie im Schnee versank. Auf halber Höhe drehte ich mich um und blickte zurück. Woogie stand noch immer dort, wo ich ihn verlassen hatte. Er war wirklich keine große Hilfe für mich. Doch ich durfte ihn nicht einfach seinem Schicksal überlassen. »Woogie! Worauf wartest du? Komm endlich!«

Er schrak auf und setzte sich in Bewegung. Ohne direkten Befehl schien er zu keiner eigenen Initiative fähig. *Ich werde ihn als Sklaven behandeln müssen*, dachte ich bekümmert, *wenn ich will, dass er nicht elend zugrunde geht.*

Woogie arbeitete sich den Hang herauf und hatte mich bald erreicht. Ich nickte ihm zu, dann ging ich weiter. Nach einiger Zeit erreichten wir einen Steilhang, den wir nicht bewältigt hätten, hätte sich nicht ein schräg aufwärts führendes schmales Felsband an ihm entlanggewunden. Allerdings war es uneben und eisbedeckt – schon nach wenigen Metern glitt ich aus und wäre um ein Haar abgestürzt. Im letzten Augenblick konnte Woogie mich festhalten.

»Danke«, sagte ich, nachdem ich mich vom ersten Schreck erholt hatte. Der kleine Bursche war also doch ein brauchbarer Gefährte.

Auch im weiteren Verlauf des Aufstiegs bewies Woogie, dass ich ihm zu wenig zugetraut hatte. Er bewegte sich sehr geschickt über das Felsband. Ich lernte sogar von ihm, dass es günstiger war, auf allen vieren über das glatte Band zu kriechen, statt aufrecht zu gehen. Dennoch waren wir froh, als wir den Steilhang bewältigt hatten. Vor uns lag eine nur schwach ansteigende Felsschulter, dahinter kam die eigentliche Gipfelregion des Berges. Unsere Freude währte nicht lange. Auf der Felsschulter lag, was zu erwarten gewesen war, eine viel höhere Schneedecke als auf den Hängen. Ich versank oft bis zur Hüfte und musste mich sehr mühsam vorankämpfen. Woogie erging es noch schlechter, verschwand manchmal fast ganz im Schnee. Als ich mich nach dem ersten Drittel der Strecke umdrehte, war der kleine Bursche sogar gar nicht mehr zu sehen.

»Woogie?« Keine Antwort. Ich rief noch einige Male, dann sah ich ein, dass ich es auf mich nehmen musste, den beschwerlichen

Weg bis zu ihm zurückzugehen. Zwischendurch rief ich immer wieder nach meinem Gefährten, aber er antwortete nicht.

Als ich plötzlich ein Loch im Schnee entdeckte, ahnte ich, was geschehen war. Äußerst vorsichtig tastete ich mich an das Loch heran, das sich nur ein paar Schritte weit neben meiner alten Spur befand. Als mein linker Fuß keinen Halt mehr fand, warf ich mich zurück. Schwer atmend hockte ich im tiefen Schnee und überlegte. Woogie musste in eine Spalte gestürzt sein, als er von meiner Spur abgewichen war. Ich dachte daran, dass ich ebenso dort unten liegen könnte, weil von der Fels- oder Eisspalte ja nichts zu sehen gewesen war.

Vielleicht ist er tot? Aber sicher konnte ich dessen nicht sein, obwohl er mir nicht antwortete. Er mochte nur das Bewusstsein verloren haben. *Aber wie soll ich ihm helfen? Ich habe weder ein Seil noch Kletterhaken, nicht einmal eine Stange, mit der ich ihn – vielleicht – erreichen kann. Darf ich es riskieren, ohne Hilfsmittel den Abstieg in die Spalte zu wagen und dabei ebenfalls abzustürzen? Ist nicht die Mission, die noch vor mir liegt, weitaus wichtiger?*

Die Erhaltung deines eigenen Lebens hat den Vorrang, raunte mein Logiksektor.

Aber ich hatte nicht vor, auf diesen Rat zu hören. Er war zwar logisch begründbar, aber auch nur dann, wenn ich den großen Rahmen übersah, in dem die Ursachen und Wirkungen aller kosmischen Dinge eingesponnen sind. Den aber konnte ich infolge meiner Bildung nicht übersehen. Eine der Folgerungen, die sich aus diesem Überblick ergaben, war die, dass intelligente Lebewesen einander halfen, da Einzelwesen nicht ohne die Gemeinschaft existieren konnten und sich purer Egoismus schädlich auf die Gemeinschaft auswirken musste.

Ich machte mich daran, zuerst den Schnee mit den Händen wegzuschaufeln, bis ich den felsigen Rand des Loches selbst erkennen konnte. Er war gezackt, die Wandung darunter wies zahlreiche Vorsprünge auf, die ich als Kletterhilfen benutzen konnte. Allerdings konnte ich nur etwa drei Meter weit sehen. Der Rest verschwand in Dunkelheit.

Wieder rief ich – und diesmal antwortete er, allerdings nur mit einem schmerzlichen Stöhnen. Immerhin bewies es mir, dass der Kleine noch lebte. Das spornte mich zu noch größerer Leistung an. Dennoch nahm ich mir viel Zeit, denn ich konnte ihm nur helfen, wenn ich unverletzt unten ankam. Behutsam arbeitete ich mich in die Tiefe. Die Öffnung über mir wurde zu einem immer kleineren Lichtfleck – und plötzlich ertasteten meine Füße festen Grund. Vorsichtig stellte ich beide Füße auf, wartete einen Moment und ließ erst dann die Vorsprünge los, die ich noch mit beiden Händen umklammert hatte.

Danach tat ich einen vorsichtigen Schritt. Ich stieß gegen etwas Weiches, bückte mich und konnte Woogies Körper ertasten. »Bist du verletzt?«

Er stöhnte abermals. »Mein Kopf.«

Ich tastete nach seinem Kopf, fühlte das Gesicht, den Schädel und entdeckte bald darauf eine mächtige Beule, die sich am kahlen Hinterkopf gebildet hatte. Dann tastete ich seine schmächtigen Arme und Beine ab, die jedoch nicht gebrochen waren. »Du hast eine Beule. Wenn du hier nicht erfrieren willst, musst du dich schon aufraffen. Ich helfe dir, aus der Spalte zu kommen.«

Es dauerte eine Weile, bis er sich so weit erholt hatte, dass er meinem Rat folgen konnte. Dann aber brauchte er meine Hilfe kaum. Wir erreichten den Rand der Spalte gleichzeitig, krochen ein Stück weiter und befanden uns wieder in Sicherheit. Besorgt musterte ich Woogie. Doch der kleine Bursche schien einen harten Schädel zu haben, hatte sich von dem Sturz erstaunlich gut und schnell erholt.

Nach kurzer Rast marschierten wir weiter. Wir erreichten den Gipfelaufstieg, als die Sonne versank. Kurz darauf fegte eisiger Wind übers Gelände, wenig später begann es zu schneien. Aus dem Schneefall wurde ein Schneesturm. Es war unmöglich geworden, den Gipfel zu besteigen. Stattdessen mussten wir befürchten, im Sturm zu erfrieren, da er unsere Kleidung durchdrang und uns stark auskühlte. Glücklicherweise hatte ich bei Tageslicht einen Schneewall gesehen, der sich etwa fünfzig Schritte weiter links auftürmte. Wenn es uns gelang, ihn zu erreichen und uns darin einen Unterschlupf zu bauen, überlebten wir die Nacht vielleicht. Ich teilte meine Überlegungen Woogie mit. Er fasste sie als Befehl auf, was ich stillschweigend akzeptierte, denn es erleichterte in diesem Fall unsere Situation erheblich.

Um uns tobte und brauste der Sturm, peitschte uns Schneekristalle ins Gesicht und nahm uns den Atem. Wir hielten uns an den Händen, um uns nicht zu verlieren. Endlich war der Wall erreicht.

Wir stürzten uns auf den weißen Hügel, der nur deshalb nicht vom Sturm weggeblasen worden war, weil ihn eine fingerdicke Eiskruste überzog. Nachdem wir diese durchbrochen hatten, wühlten wir uns einen mehrere Meter langen Gang. Danach waren wir so ausgepumpt, dass wir uns einfach fallen ließen.

Als ich erwachte, war das das Letzte, an das ich mich erinnerte. Ich setzte mich auf und lauschte eine Weile dem Heulen des Sturms, dann fiel mir auf, dass ich außer meinen eigenen keine Atemzüge hörte. Ich tastete um mich, fand Woogie aber nicht, obwohl die Höhle so eng war, dass er nicht aus meiner Reichweite gekrochen sein konnte. *Es sei denn, Richtung Ausgang.*

»Woogie?« Niemand antwortete. Ich stieß eine Verwünschung aus. Sollte er die Höhle verlassen haben, war er verloren. *Diesmal*, nahm ich mir vor, *riskiere ich nicht mein Leben, um ihm zu helfen.* Dennoch hielt ich die Ungewissheit nicht lange aus. Ich kroch durch den Stollen. Der Eingang war zur Hälfte zugeschneit, in der Wehe fand sich tatsächlich die Spur des Kleinen. Er musste aus unerfindlichen Gründen ins Freie gekrochen sein, war möglicherweise längst erfroren. Ich kroch ein Stück weiter und bemerkte, dass es nicht mehr schneite. Nur der Sturm tobte mit unverminderter Heftigkeit und erfüllte die Luft mit winzigen Eiskristallen.

Ich verließ die Schneehöhle und wäre beinahe von der Gewalt des Sturmes umgerissen worden. Seltsamerweise war es nicht mehr stockdunkel. Als ich aufblickte, erkannte ich den Grund: Der Sturm hatte die Wolken hinweggefegt, der Himmel war völlig klar, Tausende von Sternen funkelten und glitzerten in klarer Pracht. Lange hielt ich mich mit dem Anblick allerdings nicht auf, denn es war eisig kalt. Ich schaute mich um, ohne große Hoffnung, Woogie zu finden. Er war so gut wie verloren, denn ich konnte bei diesem eiskalten Wind nicht lange im Freien bleiben, ohne zu einem Eiszapfen zu erstarren. Sehr verwundert war ich, als ich den reglosen Körper meines Begleiters nur wenige Schritte entfernt im Schnee liegen sah.

Mit klappernden Zähnen stapfte ich hinüber, packte den Burschen unter den Schultern und schleifte ihn in die relative Wärme und Geborgenheit der Schneehöhle zurück. Als ich nach seinem Puls tastete, spürte ich ihn zwar langsam, aber doch regelmäßig schlagen. Ich nahm Schnee und rieb sein Gesicht kräftig damit ein. Nach einiger Zeit kam der kleine Kerl wieder zu sich.

»Was hattest du dir dabei gedacht, einfach hinauszugehen?«, fuhr ich ihn zornig an. »Wäre ich nicht rechtzeitig erwacht, wärst du schon tot.« Aber er antwortete nicht, blickte mich nur ängstlich aus seinen großen Augen an. »Ab sofort handelst du nur noch mit meiner ausdrücklichen Erlaubnis! Ist das klar?«

»Ja, Herr.«

Ich war überzeugt davon, dass er gehorchen würde, deshalb versuchte ich, wieder einzuschlafen, denn ich würde morgen alle Energiereserven brauchen, die mein Körper aufzubieten hatte. Doch es gelang mir nicht. Die Ereignisse, die dazu geführt hatten, dass ich schließlich in einer engen Schneehöhle auf dem unbekannten Planeten Helpakanor gelandet war, zogen wie ein Trividfilm an meinem geistigen Auge vorbei.

Ich grübelte darüber nach, was aus Ischtar, aus Fartuloon und meinen anderen Gefährten geworden war. Waren sie in Magantillikens Falle gelaufen? Lebten sie noch? Hatte sie der Henker der Varganen überlisten können? Oder war von ihnen der Transmitter im Vulkan angemessen worden? Es war eine äußerst geringe Hoffnung, aber sofern Ischtar ihr Oktaeder erreicht hatte und die Transmission hatte anpeilen können …

Da ich keine Antwort fand, wurde ich so unruhig, dass ich am liebsten gleich aufgebrochen wäre. Aber noch immer tobte der eisige Sturm. Solange er wehte, würde ich draußen innerhalb kurzer Zeit erfrieren. Ich musste meine Ungeduld bezähmen und warten, bis der Sturm nachließ und es Tag geworden war. Wenn die Sonne schien, würde es wenigstens ein bisschen wärmer werden. Etwas neidisch horchte ich auf Woogie, der fest eingeschlafen war und tief und ruhig atmete.

Manchmal, dachte ich ironisch, *haben fehlendes Wissen und geringe Intelligenz auch ihre unbestreitbaren Vorteile. Wer nicht über den Rahmen der eigenen Existenz hinausblicken kann, dem werden viel Unruhe, Ungeduld und Ängste erspart.*

Aber trotz allem willst du nicht mit Woogie tauschen, fügte der Extrasinn hinzu.

Endlich wurde das schrille Heulen des Sturmes leiser, sank zu einem Winseln ab und erstarb schließlich ganz. Als ich aus der Höhle trat und mich umschaute, sah ich die Sonne aufgehen und die Gipfel wie in roter Glut baden. Aber ich sah auch die riesige Weite der Gebirgslandschaft. Kein anderes Lebewesen ließ sich sehen. Wahrscheinlich gab es außer Woogie und mir nur den varganischen Seher und seine Sklaven auf diesem Planeten. *Von mehr oder weniger räuberischen Tieren wie dem Lawinenwurm einmal abgesehen.*

Zitternd kehrte ich in die Höhle zurück und weckte Woogie. Wir aßen etwas von den Vorräten, die Vrentizianex uns überlassen hatte, und tranken eine teeähnliche Flüssigkeit aus dem Isolierbehälter. Danach brachen wir auf und ich schulterte wieder den Rucksack.

Der Aufstieg zum Gipfel erwies sich als schwieriger, als es am Tage zuvor ausgesehen hatte. Der Sturm hatte hohe Schneewälle an den flachen Stellen des Hanges zusammengetrieben, die sich unter der Sonnenbestrahlung erwärmten und sich nicht halten konnten. Einmal donnerte eine mächtige Lawine dicht an uns vorüber und hüllte uns in eine Wolke von Schneestaub. Wir mussten die Gesichter zwischen den Armen bergen, um nicht zu ersticken. Später krochen wir aus der staubfeinen Schneewehe, die uns zugedeckt hatte, und setzten unverdrossen den Aufstieg fort.

Und endlich hatten wir den Gipfel erreicht. Ich reckte und dehnte mich in der frostklaren Luft, die angenehm durch die wärmenden Sonnenstrahlen gemildert wurde. Vom Gipfel aus blickte ich weit über die eisige Gebirgslandschaft. So weit das Auge reichte, sah ich eisbedeckte Gipfel, dazwischen Täler, Gletscher und schneebedeckte Hochebenen. Dann fiel mein Blick in das Tal auf der anderen Seite – und ich spürte, wie sich alles in mir zusammenkrampfte. Denn auf der Oberfläche des gewaltigen Gletschers, der sich breit durch das Tal wälzte, lag nahe der Mittelmoräne ein walzenförmiges Gebilde von rund 1000 Metern Länge, dessen Form mir nur zu gut bekannt waren.

Ein Raumschiff der Maahks!

Ich stand fast eine Zentitonta lang wie erstarrt auf dem Berggipfel und starrte unbewegt auf die riesige schwarze Walze. Ein Kampfschiff der Maahks, der Erzfeinde des Großen Imperiums, war das Letzte, was ich auf diesem Planeten zu sehen erwartet hatte. Ich spürte, wie der Hass auf diese Wasserstoff atmenden Intelligenzen in mir hochstieg und die klare Überlegung zurückzudrängen drohte. Der Hass verstärkte sich noch, als ich die Gestalten sah, die von hier oben insektenhaft klein wirkten und um das Schiff wimmelten: Die Besatzungsmitglieder des Raumers. Hinzu kamen große Desintegratorfräsen und Saugstrahlbagger mit Druckkabinen.

Ein scharfer Impuls des Logiksektors erreichte mich; diesmal war ich dankbar für die Gefühlskälte des bei der ARK SUMMIA geweckten Gehirnteils. Der aufbrandende Hass wurde – wenigstens für eine Weile – zurückgedrängt, das klare Denkvermögen kehrte zurück. *Ist es Zufall, dass die Methans hier sind?*, fragte ich mich. *Oder wurden sie vielleicht von der Transmitteraktivität angelockt?*

Teilweise von dem Walzenraumer verdeckt war … ein varganisches Doppelpyramidenschiff! Dicke Eiskrusten überzogen noch die Spitze der vierkantigen Pyramide, die ich nicht sofort als solche erkannt hatte. Sofern das Oktaeder mit seiner unteren Hälfte nicht in einer tiefen Mulde steckte, musste der Gletscher hier mindestens 700 Meter dick sein, denn der sichtbare Teil des Schiffs ragte bestenfalls hundert Meter auf. Die Maahks machten sich an der riesigen Ausgrabungsstelle zu schaffen, breite und tiefe Gräben waren ringsum ausgehoben worden. *Das Raumschiff des Sehers?*

Es ist anzunehmen, dass es sich um sein Raumschiff handelt, teilte mir mein Extrasinn mit. *Vrentizianex dürfte nur dieses eine haben; seit dem Beginn seiner Verbannung müssen mehr als 600.000 Arkonjahre vergangen sein – eine sehr lange Zeit, in der der Gletscher gleich mehrfach entstanden, gewachsen und wieder verschwunden sein kann. Und es ist auch davon auszugehen, dass der Seher von der Anwesenheit der Maahks wusste.*

Das leuchtete mir ein. Er hatte mir also doch eine Falle gestellt. Es erschien mir typisch für den Seher. Aber es wäre sinnlos gewesen, sich darüber aufzuregen. Dieses Raumschiff bedeutete für Woogie und mich die einzige Möglichkeit zum Überleben. Folglich mussten wir versuchen, in das Varganenschiff einzudringen. Und das, obwohl es dort unten von Maahks wimmelte, die bestimmt nicht zimperlich mit einem Arkoniden umgehen würden.

Immerhin befanden sich das Große Imperium und das Sternenreich der Maahks im Kriegszustand – und dieser Krieg entwickelte sich zum erbittertsten und erbarmungslosesten, der je zwischen den Sternen geführt worden war. Längst hatten wir einen mörderischen Hass auf den Todfeind entwickelt, der allein uns dazu befähigte, im Kampf notfalls den eigenen Tod einzukalkulieren, wenn ihm nur dadurch Verluste zugefügt werden konnten.

In deinem Fall ist Hass ein schlechter Ratgeber. Ein einzelner Mann kann mit Hass gegen ein ganzes Raumschiff voller Feinde nichts erreichen, noch dazu, wenn er die Pflicht hat, dafür zu sorgen, dass er selbst überlebt.

Diese Argumentation war von so zwingender Logik, dass ich mit aller Kraft gegen meinen Hass ankämpfte und ihn schließlich überwand und meine klare Überlegung endgültig zurückgewann. Ich drehte mich um und sah, dass Woogie ebenfalls auf das Raumschiff im Gletschertal starrte. Als er meinen Blick bemerkte, erwiderte er ihn und fragte: »Freunde?«

»Nein, Feinde. Wenn sie uns entdecken, werden sie uns töten. Dennoch müssen wir hinunter, denn das alte Raumschiff ist unsere einzige Möglichkeit zum Überleben.«

Er zog ein ängstliches Gesicht. »Aber wenn wir dorthin gehen, muss man uns entdecken.«

»Nur, wenn wir offen an die Ausgrabungsstelle gehen. Wir müssen bei Tag hinab ins Tal, aber an eine Stelle, wo die Maahks – so heißen die Lebewesen aus dem schwarzen Walzenschiff – uns nicht sehen können. Dort warten wir den Einbruch der Dunkelheit ab, dann schleichen wir uns an.« Ich deutete auf die diesseitige Wallmoräne, die sich neben dem Gletscher hinzog und einen hohen Wall aus Geröll bildete. »Hinter diesem Wall können wir uns verborgen halten. Allerdings dürfen wir nicht an dieser Seite des Berges absteigen, sondern müssen den Weg zurückgehen, den wir gekommen sind. Dann umgehen wir den Berg und pirschen uns an die Seitenmoräne heran.«

Ich überlegte, ob ich den Kleinen überhaupt mitnehmen sollte, denn dort unten würde er genauso in Gefahr sein wie ich. Er würde mir gegenüber sogar im Nachteil sein, da er keinerlei Kampferfahrung hatte und erst recht nicht wusste, was bei der Annäherung an Maahks besonders zu beachten war. Doch ich hatte keine Wahl. Ließ ich Woogie hier zurück, kam er niemals in das varganische Raumschiff und würde die nächste Nacht vermutlich nicht überleben.

Er erhob keinerlei Einwände, sondern folgte mir, als ich mich an den Abstieg machte. Hinab ging es etwas leichter als hinauf, da wir auf den flachen Eisfeldern rutschen konnten. Dennoch schwitzten wir, als wir den Fuß des Berges erreicht hatten. Aber von nun an ging es besser voran. Wir marschierten durch ein schmales Tal, das teilweise vom Sturm schneefrei geblasen worden war, kämpften uns durch einige hohe Schneewehen und erreichten am frühen Nachmittag den Steinwall der Seitenmoräne. Als ich mich vorsichtig über den Wall schob und zu den Maahks spähte, sah ich, dass sie ihre Ausgrabungsarbeiten intensiviert hatten. Noch mehr Energiefräsen, Saugstrahlbagger und Antigravheber waren aus dem Walzenschiff zur Ausgrabungsstelle gebracht worden. Ihr Arbeitslärm dröhnte bis zu uns herüber, die Gräben waren inzwischen noch breiter und tiefer.

Die Maahks wollen das Varganenschiff bergen, raunte der Extrasinn.

Ich starrte hinüber und kämpfte erneut gegen den aufsteigenden Hass an, gefolgt von einer neuen Überlegung. Sollte den Wasserstoffatmern das Raumschiff des Sehers in die Hände fallen und ihnen gelingen, die technischen Anlagen, die sowohl denen der Maahks als auch denen der Arkoniden hoch überlegen waren, zu ergründen, würden sie diese Technik in großem Maßstab einsetzen. Damit aber würde der Untergang des Großen Imperiums langfristig besiegelt sein. Er kam also nicht mehr allein darauf an, dass Woogie und ich in dem Varganenschiff die Möglichkeit fanden, selbst zu überleben. Wir mussten auch verhindern, dass die Maahks die Technik der Varganen untersuchten und für ihre Zwecke nutzten.

Das bedeutete, ich musste kämpfen. Nach Möglichkeit hatte ich das Walzenschiff der Maahks so zu beschädigen, dass es mit Bordmitteln nicht mehr repariert werden konnte, und auch die Hyperfunkanlage musste ich unbrauchbar machen. Noch besser würde es natürlich sein, wenn es mir gelang, das Schiff mitsamt allen Maahks in die Luft sprengen. Überlebten sie, bestand immer die Gefahr, dass sie die Station des Sehers entdeckten und dort die Möglichkeit fanden, über Hyperkom einen Notruf auszustrahlen.

Sicher befanden sich andere Maahkschiffe in Funkreichweite. Ich kannte die Taktik der Maahks. Sie schickten ständig Aufklärungsverbände in Regionen der Öden Insel, die von ihnen noch nicht erforscht waren. Diese Verbände teilten sich einen bestimmten Raumsektor in Suchkuben auf, dann flogen die einzelnen Schiffe einige Dutzend Sonnensysteme an, um auf eventuellen Sauerstoffplaneten nach arkonidischen Stationen oder Stützpunkten zu suchen. Fand eins der Schiffe einen Stützpunkt, den es nicht allein vernichten konnte, rief es über Funk die anderen herbei. Das bedingte natürlich, dass diese über Hyperfunk erreichbar sein mussten.

Bei dem im Tal gelandeten Walzenschiff konnte es sich nur um ein solches Suchschiff handeln. Es war ein weit verbreiteter Typ, von uns *Grauwal* genannt. Zweifellos war es in den Orbit eingeschwenkt – vielleicht angelockt von der Transmitterverbindung –, um mit seinen Ortungsgeräten nach eventuellen arkonidischen Stützpunkten zu suchen; dabei war das uralte Varganenschiff entdeckt worden. Dass die Station des Sehers selbst bislang unbehelligt geblieben war, lag vermutlich am hervorragenden Ortungsschutz der varganischen Technik.

Ich seufzte. Es spielte in diesem Zusammenhang überhaupt keine Rolle, dass ich dem Brudermörder Orbanaschol und seiner korrupten Regierung den Kampf angesagt hatte. Obwohl Orbanaschol und ich auf verschiedenen Seiten standen, war ich dennoch voll und ganz auf der Seite meines, des arkonidischen Volkes. In diesem Fall hatte ich mich notfalls zu opfern, wenn es mir dadurch gelang, den Maahks das technische Erbe der Varganen vorzuenthalten.

»Hast *du* Angst, Herr?«

Ich lächelte kühl. »Nein, jetzt nicht mehr.«

Nachdem wir den Rest unserer Lebensmittel gegessen hatten, warteten und beobachteten wir weiter. Erneut bewölkte sich der Himmel. Die Luft roch förmlich nach neuem Schneefall. Ich hoffte, dass nicht auch diesmal bei Einbruch der Dunkelheit ein Schneesturm losbrach. In ihm hätten wir den Weg zur Ausgrabungsstelle nicht geschafft. Es wurde kälter, da die Kraft der Sonne nicht genügte, um durch die Wolken ausreichend Wärme zu spenden.

Woogie und ich zitterten heftig und verschafften uns notgedrungen Bewegung, um unseren Kreislauf anzuheizen, obwohl wir damit kostbare Energie verbrauchten, ohne sie durch Nachschub an Nahrungsmitteln ersetzen zu können. Ich schätzte, dass wir den nächsten Tag nicht mehr erlebten, wenn es uns nicht im Verlauf dieser Nacht gelang, in das varganische Schiff einzudringen und damit der Kälte zu entfliehen.

Kaum war die Sonne versunken, fing es wieder an zu schneien. Glücklicherweise fielen die Flocken spärlich, und es gab keinen Sturm. Überall im Tal flammten die Scheinwerfer auf, die die Maahks an ihre Ausgrabungsgeräte montiert hatten. Auch beim Walzenschiff leuchteten starke Lichtquellen. In den Kegeln bewegten sich die Maahks in ihren schweren Schutzanzügen. Für sie war die Sauerstoffatmosphäre dieses Planeten hochgiftig. Außerdem hätten sie die Kälte keine Zentitonta lang ausgehalten, denn ihr Stoffwechsel benötigte viel höhere Temperaturen und Dichten, als sie selbst auf tropischen Sauerstoffplaneten herrschten.

Wir warteten noch zwei Tontas, dann brachen wir auf. Der Schneefall schützte uns vorläufig noch gegen direkte Beobachtung. Das änderte sich, als wir an die Grenze des erhellten Bereichs kamen. Wir schützten uns, indem wir noch innerhalb der Dunkelzone auf die Seite der Mittelmoräne gingen, die vom Walzenschiff der Maahks abgewandt war. Dieser Wall aus rund geschliffenen Steinen und Felsblöcken zog sich ungefähr in der Mitte des Gletschers entlang und wurde durch den Druck des Eises auf beiden Seiten hochgeschoben, so dass er wie eine riesige Mauer wirkte.

Als wir noch ungefähr zweihundert Meter von der Ausgrabungsstelle entfernt waren, hielten wir an. Es wurde höchste Zeit, dass ich mir einen Plan zurechtlegte, wie wir direkt an die Ausgrabungsstelle und durch sie an das Varganenschiff kommen konnten, ohne von den Maahks entdeckt zu werden. Ich hatte mir schon die ganze Zeit über den Kopf zerbrochen, um eine brauchbare Möglichkeit zu finden, aber erfolglos. Sobald wir auf den Rücken der Mittelmoräne stiegen, würden wir von den Lichtkegeln der Scheinwerfer erfasst werden. Dann war es aus, denn wir hatten keine Waffen, mit denen wir uns gegen die Maahks verteidigen konnten.

Ich erwog kurz die Möglichkeit, mich den Maahks offen zu nähern und mich von ihnen gefangen nehmen zu lassen, um dann in ihrem eigenen Schiff nach einer Gelegenheit zu suchen, etwas gegen sie zu unternehmen. Doch zu vieles sprach dagegen.

Erstens war es gar nicht sicher, ob die Maahks überhaupt Wert darauf legten, mich lebend in ihre Gewalt zu bringen. Meist töteten sie jeden Arkoniden, den sie antrafen, sofort. Das war ja gerade das Grauenhafte an diesem Krieg. Die Wasserstoffatmer kämpften nach bisherigen Erkenntnissen nicht, um das Große Imperium zu besiegen; sie kämpften vielmehr, um jeden intelligenten Sauerstoffatmer zu töten. Nicht zuletzt deshalb hatten wir Arkoniden diesen unbändigen Hass entwickelt. Nur in Ausnahmefällen machten die Maahks Gefangene – und wir verhielten uns ebenso.

Zweitens war zu bedenken, dass ein Sauerstoffatmer sich in dem Raumschiff von Wasserstoffatmern nicht frei bewegen konnte – selbst wenn es ihm gelang, sich aus seiner Zelle zu befreien. Der erste Atemzug hätte mich umgebracht, denn selbstverständlich würden die Maahks mir keinen Druckanzug mit Sauerstoffversorgung überlassen.

Ich musste mir etwas anderes einfallen lassen. Es waren die Maahks selbst, die mich auf eine Idee brachten. Das lag natürlich nicht in ihrer Absicht, sondern rein zufällig veränderte eine Desintegratorfräse ihren Standort an der Ausgrabungsstelle genau in dem Augenblick, als die Maahks einige größere Felsblöcke sprengten. Dabei strichen die Lichtkegel über das Firnfeld auf unserer Seite der Mittelmoräne – und in ihrem hellen Lichtschein sah ich eine Gletscherspalte, aus der im Takt der Explosionen Wölkchen von Eisstaub wirbelten. Augenblicke später waren die Scheinwerfer wieder auf die Ausgrabungsstelle gerichtet. Die Gletscherspalte entzog sich meinen Blicken.

Doch ich hatte genug gesehen, um mir einen Reim darauf machen zu können. Erstens: Dort vorn war eine Spalte. Das war an sich weder etwas Ungewöhnliches noch für mich Bedeutsames. Bedeutsam wurde es erst durch den Umstand, dass die Eisstaubwölkchen im gleichen Takt hochgeschleudert worden waren, wie die Explosionen erfolgten. Es musste folglich etwas geben, ein Medium, das die Erschütterungen besonders gut leitete und das bis direkt unter die Gletscherspalte reichte, so dass sie den Schneestaub aufwirbeln konnten. *Und welches Medium eignet sich besser als die stählerne und mit zahlreichen Hohlräumen versehene Zelle eines Raumschiffs …?*

Ich rief mir die Position und sichtbare Größe des Oktaeders in Erinnerung, verglich beides mit dem Gelände und versuchte den Verlauf des noch verborgenen Teils abzuschätzen. Der Extrasinn bestätigte meine Überlegungen. Maximal zweihundert Meter unter uns musste sich ein Abschnitt der geneigten Außenwandung befinden. Reichte das Schiff bis unter die Gletscherspalte, brauchten Woogie und ich nicht bis zur Ausgrabungsstelle zu schleichen, um an es heranzukommen, sondern mussten nur in die Gletscherspalte hinabsteigen.

Ob wir dort dann eine Möglichkeit finden würden, in den Raumer zu gelangen, stand natürlich wieder auf einem anderen Blatt. Zumindest aber war die Chance, die sich uns überraschend bot, einen Versuch wert. Ich unterrichtete Woogie über meinen Plan, dann brachen wir auf und marschierten im Sichtschutz des Moränenwalls zur Spalte.

Wir erreichten sie, ohne dass die Maahks uns entdeckten. Nur einmal huschte ein Scheinwerferkegel über uns hinweg. Da er aber nicht dazu bestimmt war, nach jemandem zu suchen, sondern nur zufällig während eines Positionswechsels diese Gegend überstrichen hatte, achteten die Maahks naturgemäß nicht darauf, was von dem Lichtkegel erfasst wurde. Wir hatten uns hingeworfen, als uns das Licht traf, und blieben auch danach noch eine Weile bewegungslos liegen. Doch nichts geschah. Erleichtert setzten wir unseren Weg fort.

An der Gletscherspalte angekommen, sah ich, dass sie etwa achtzig Meter lang und durchschnittlich drei Meter breit war. Wie tief sie war, konnte ich nicht erkennen. Ich wusste, wie gefährlich es war, sich ohne Seil oder andere Sicherheitsvorkehrungen in eine Gletscherspalte zu wagen, deren Eiswände naturgemäß glatt waren. Wir hatten nur eine Chance, heil hinabzukommen, wenn es ausreichend Risse gab, in denen wir uns festkrallen konnten. Aber uns blieb keine andere Wahl, wollten wir nicht erfrieren. Die Nachtkälte machte sich ohnehin schon bedenklich bemerkbar. Wir waren schon halb irr und steckten unsere bloßen Hände immer wieder in die Achselhöhlen, damit uns die Finger nicht abfroren. In meinen Ohren schien ein höllisches Feuer zu brennen, meine Nase war schon ganz gefühllos geworden.

Woogie schnüffelte am Rand des finsteren Abgrunds. »Ich rieche etwas Fremdes, Herr.«

»Das wird das Raumschiff sein«, erwiderte ich, obwohl ich nichts »Fremdes« roch.

»Woogie steigt zuerst hinunter. Er kann besser klettern als Atlan.«

Das stimmte zwar, aber mir widerstrebte es, meinen Gefährten vor mir die gefährliche Eiswand hinabklettern zu lassen. *Er hat Recht*, raunte mein Logiksektor. *Eure Chancen vergrößern sich, wenn du in diesem Fall auf ihn hörst.*

»Einverstanden. Aber nimm dich in Acht! Geh kein unnötiges Risiko ein! Es spielt keine Rolle, ob wir etwas früher oder später unten sind.«

»Woogie ist geschickt und vorsichtig.«

Ich sah, wie er sich auf den Bauch legte und sich rücklings in die Gletscherspalte hinabließ. Seine Hände krallten sich in den Rand, während seine Füße weiter unten nach einem Halt suchten.

»Gut«, sagte er nach einer Weile zufrieden, nahm eine Hand vom Rand der Spalte und tastete mit ihr die Wand ab. Dann nahm er auch die andere Hand weg. Bald darauf tauchte er in die Finsternis ein. Nur sein keuchendes Atmen und das gelegentliche Scharren seiner Stiefel am Eis verrieten, dass er sich noch unter mir befand.

Ich legte mich ebenfalls auf den Bauch und ließ meinen Unterkörper in die Spalte gleiten. Meine Hände krallten sich in den Rand, der so kalt war, dass mir die Finger zu erstarren drohten. Ich fragte mich, ob ich mich unter diesen Umständen lange genug würde halten können, um den Grund der Spalte zu erreichen. Doch ich schob diese Bedenken wieder zur Seite. Es gab nur zwei Möglichkeiten: Entweder ich kam heil oder mit zerschmetterten Gliedern unten an.

Mehrmals glaubte ich, dass ich mich nicht länger halten konnte. Meine Finger wurden immer gefühlloser. Ich riss mir die Haut an scharfen Eiskanten auf. Das herausquellende Blut gefror an der eisigen Luft fast sofort; den Schmerz spürte ich nicht.

Nur mit äußerster Willensanstrengung zwang ich mich immer wieder dazu, nach neuen Möglichkeiten zu suchen, Halt für Füße und Hände zu finden. Einmal brach ein Riss im Eis, in den ich meine Stiefelspitzen gezwängt hatte, weg, und ich sackte ab. Hätten meine Hände sich nicht durch den Ruck in einer anderen Spalte verklemmt, wäre ich abgestürzt. Verzweifelt suchte ich mit den Füßen nach einem neuen Halt, fand ihn und stemmte mich einige Zentimeter hoch. Als ich die Hände aus dem Eisspalt zog, riss die Haut in Fetzen ab. Diesmal spürte ich den Schmerz und musste die Zähne zusammenbeißen, um nicht laut aufzuschreien. Und noch immer war ich nicht unten.

Als Woogie mir zurief, dass er am Grund der Gletscherspalte angekommen sei, wurde mir vor Erleichterung so schwach, dass ich mich nicht mehr halten konnte. Ich rutschte an der Eiswand hinab, prallte nach einer scheinbaren Ewigkeit mit den Füßen auf etwas Hartes und wurde im nächsten Moment von Woogie festgehalten, damit ich nicht nach hinten kippte und mir den Schädel aufschlug. Nach einer Weile machte ich mich los, kauerte nieder und betastete den Grund der Gletscherspalte.

Im ersten Augenblick war ich enttäuscht, weil meine Finger nicht auf Metall stießen, sondern auf Eisstaub, unter dem eine grobkörnige Eisschicht lag. Aber dann machte ich mir klar, dass ich nicht erwarten durfte, dass die Außenhaut des Varganenschiffs frei lag. Selbst wenn die Spalte bis direkt an das Schiff reichte, war dieses doch mit der Zeit immer wieder von abbröckelndem Eis und hereinwehendem Staub bedeckt worden.

Ich wollte mit den Fingern im Eis wühlen, als sich mein Extrasinn meldete: *Es wäre zwecklos, nach der geschlossenen Außenhaut des Schiffes zu suchen. Du könntest sie mit bloßen Händen doch nicht durchdringen. Eure einzige Chance besteht darin, ein Leck zu finden – und das müsste sich durch eine Einsenkung bemerkbar machen.*

Das war absolut logisch, aber es machte unsere Lage so gut wie hoffnungslos. Es wäre ein zu großer Zufall gewesen, hätten wir ausgerechnet in dem uns zugänglichen Teil der Außenhülle ein Leck entdeckt. Die Wahrscheinlichkeit dafür war nach meiner Schätzung so verschwindend gering, dass sie als vernachlässigbar angesehen werden musste. Ich kalkulierte sie dennoch mit ein, weil mir nichts anderes übrig blieb. Fanden wir kein Leck, konnten wir uns hinlegen und auf den Tod warten, und wir würden nicht lange warten müssen. Ich spürte bereits die Müdigkeit, den ersten

Vorboten des Todes durch Unterkühlung. Bald würden meine Stoffwechselvorgänge so stark herabgesetzt sein, dass ich mich nicht mehr gegen die Müdigkeit auflehnen konnte, sondern einschlief. Es würde ein Schlaf werden, aus dem es kein Erwachen gab.

Nachdem ich meinem Gefährten erklärt hatte, wonach wir suchen mussten, gingen wir in verschiedene Richtungen auseinander. Ich wankte mit vorgestreckten Händen durch die Finsternis und bemühte mich, an der linken Seitenwand der Spalte zu bleiben. Sobald ich ihr Ende erreicht hatte, wollte ich umkehren und an der rechten Seitenwand entlang zurückgehen. Danach musste ich mich in der Mitte halten – und dann brauchte ich überhaupt nichts mehr zu tun, falls Woogie oder ich keine Vertiefung gefunden hatten, die vielleicht ein Leck markierte.

Ich hatte an der rechten Seitenwand ungefähr zwanzig Meter zurückgelegt, als ich einen unterdrückten Schrei Woogies vernahm. Ich wollte rufen, brachte aber nur ein heiseres Krächzen zuwege.

»Herr?«

»Ja?«

»Ich habe gefunden, was du suchst, Herr.«

Die Erleichterung raubte mir den letzten Rest meiner Kraft. Ich knickte in den Knien ein, aber mein kleiner Gefährte kam und half mir wieder auf die Beine. Gemeinsam wankten wir zu der Stelle, an der er eine Vertiefung entdeckt hatte. Wir hatten nicht mehr die Kraft, stehen zu bleiben, sondern stolperten einfach weiter. Ich merkte, wie ich auf eine abschüssige Fläche geriet, konnte mich aber nicht halten. Kraftlos stürzte ich nach vorn, brach durch eine dünne Eiskruste und schlug unsanft auf einem harten Boden auf.

Eine Weile blieb ich liegen, dann tastete ich mit den Händen umher, bekam ein Handrad zu fassen und drehte daran. Es ließ sich spielend leicht bewegen, denn die Handradgewinde moderner Raumschiffe waren unempfindlich gegen Temperatureinflüsse. Ihre Beschichtung garantierte unter allen Bedingungen eine einwandfreie »Schmierung« und damit auch Beweglichkeit aller Teile.

Schräg vor mir bildete sich ein Spalt, durch den der matte Lichtschimmer einer Notbeleuchtung drang. Ich hätte am liebsten laut gejubelt, doch dazu fehlte mir die Kraft. Meine Energie reichte gerade noch aus, das Handrad zu drehen, bis der Spalt groß genug war, um mich durchzulassen. Ich kroch auf allen vieren hinein, spürte, wie mich Wärme umgab, und brachte es gerade noch fertig, nach Woogie zu rufen, als mich die Erschöpfung übermannte.

4.

Aus: *Zahlen, Zenturien, Ziele und Zeugnisse – aus der Arbeit des Historischen Korps der USO*, Chamiel Senethi. In: *Kompendium von Sekundärveröffentlichungen diverser Archive*, hier: *Die Methankriege*; Sonthrax-Bonning-Verlagsgruppe, Lepso, 1310 Galaktikum-Normzeit (NGZ)

Maahks: *Die bis zu 2,20 Meter großen und bis zu 1,50 Meter breiten, an eine Schwerkraft zwischen 2,9 und 3,1 Gravos angepassten Wesen atmen in erster Linie Wasserstoff ein und Ammoniak aus; dieses Gas ist unter dem auf Maahkwelten herrschenden Druck sowie Temperaturen von 70 bis 100 Grad Celsius noch nicht flüssig.*

Die beiden kurzen, kräftigen Beine weisen vier Zehen auf. Im Gegensatz zu den Beinen haben die bis zu den Knien reichenden, außerordentlich beweglichen, tentakelhaften Arme kein Knochengerüst. Sie enthalten vielmehr kräftige Sehnen- und Muskelbündel. Die Arme beginnen an den Schultern stark und massig und laufen zu den Händen hin trichterförmig zu. Die ebenfalls knochenlosen Hände weisen sechs hoch elastische, sehr bewegliche, feinfühlige und doch enorm starke Finger auf. Die vier mittleren Finger sind gleich lang. Links und rechts sitzen die beiden Daumen.

Der Kopf gleicht einem halbmondförmigen Wulst und ist starr und halslos mit dem Rumpf verbunden. Er reicht von einer Schulter zur anderen und ist daher bis zu 1,50 Meter breit. An seinem Scheitelpunkt erreicht er eine Höhe von etwa vierzig Zentimetern. Von der Seite gesehen läuft der Kopf nach oben hin zu einem spitzen Grat zu. Auf diesem sitzen die vier runden, sechs Zentimeter durchmessenden, meist grün schillernden Augen. Da sie jeweils zwei halbkreisförmige Schlitzpupillen aufweisen, die nach vorne und nach hinten gerichtet sind, verfügen die Maahks trotz ihres starren Kopfes über eine lückenlose 360-Grad-Rundumsicht. Durch zwei getrennte Lidklappen können die Augen hinten und vorn separat geschlossen werden.

Die Geruchs-, Gehör- und sonstigen Sinnesorgane sind fast unsichtbar an der Vorder- und Hinterseite des Kopfes angebracht. Der Mund befindet sich vorne an der etwas faltigen Übergangsstelle zwischen Wulstkopf und Rumpf. Er dient dem Sprechen und der Nahrungsaufnahme, ist zwanzig Zentimeter breit und weist sehr dünne, hornartige Lippen auf. Obwohl die Nahrung der Maahks sowohl aus pflanzlichem als auch aus tierischem Material besteht, erinnert ihr Allesfressergebiss mit seinen scharfen und spitzen Zähnen eher an die Reißzähne von Raubtieren. Die Maahks benötigen diese, um die derben Silikatkrusten der Ammoniakpflanzen zu zerschneiden.

Die blassgraue, fast farblose Haut der Maahks, die von fingernagelgroßen, ebenfalls blassgrauen Schuppen bedeckt ist, enthält einen großen Anteil an molekular hochvernetzten, kautschukartigen Silikonharzen. Auch das Knochengerüst der Maahks besteht zum größten Teil aus Silizium-Verbindungen, vor allem Silikaten. Proteinfasern geben dem spröden Material eine ausreichende Elastizität. Im intrazellulären Bereich spielt Silizium jedoch nur eine untergeordnete Rolle. Hier dominiert wie bei den Sauerstoffatmern der chemisch vielseitigere Kohlenstoff.

Die stimmbildenden Organe ähneln denen eines Arkoniden. Die Atmungsorgane weichen dagegen deutlich ab. Die Bronchien verästeln sich in eine Unzahl kleiner Schläuche, die zusammen mit der auffällig verdickten Wand des Magen-Darm-Traktes ein komplexes, schwammartiges Organ bilden, die so genannte Maahk-Leber. Die Lungenschläuche enden in elastischen, von einer Muskelschicht umhüllten Blasen, die wie kleine Blasebälge funktionieren und den Ein- und Ausstrom der Atemgase bewirken.

Helpakanor: 23. Prago des Ansoor 10.498 da Ark

Als ich erwachte, waren meine Glieder immer noch bleischwer vor Erschöpfung. Dennoch fühlte ich mich schon erheblich besser, denn ich wusste, dass es mir – aller Wahrscheinlichkeitsschätzungen zum Trotz – gelungen war, in das Varganenschiff einzudringen.

Da ich diese Oktaeder inzwischen ganz gut kannte, wusste ich, dass ich nicht erfrieren würde, obwohl die Energieaggregate zweifellos seit undenklichen Zeiten desaktiviert waren. Aber die Varganen hatten Notvorrichtungen in ihre Raumschiffe eingebaut. So beispielsweise bioaktive Schichten unter der transparenten Innenwandlackierung, die aus Mikrolebewesen bestanden, die mit Hilfe spezieller Enzyme in der Lage waren, sich von der ebenfalls vorhandenen Versorgungsmasse sehr langsam zu ernähren, wobei die Ausscheidungen ihrer Stoffwechselprozesse Licht erzeugten. Zwar reichte die auf diese wunderbare Weise entstehende Helligkeit gerade aus, um ein ungewisses Halbdunkel zu schaffen, aber wenigstens konnte man sich dabei orientieren.

Ich erkannte, dass ich mich in einer Schleusenkammer befand. Es war demnach doch kein Zufall gewesen, der mich ins Innere des Varganenschiffs gebracht hatte. Jemand – vielleicht Vrentizianex – hatte, bevor er das Schiff verließ, das Außenschott einer Mannschleuse geöffnet oder nur vergessen, es zu schließen. Es wäre auch zu unwahrscheinlich gewesen, dass sich gerade am Grund der Gletscherspalte ein Leck in der Außenhülle befand, die so fest war, dass sie selbst starkem Strahlbeschuss eine gewisse Zeitspanne widerstand.

Woogie, der mir gegenüberlag und fest schlief, schreckte hoch, als ich mich erhob. »Es ist alles in Ordnung«, sagte ich. »Wir sind im Raumschiff des Sehers und werden wenigstens nicht erfrieren. Allerdings dürfen wir es nicht dabei bewenden lassen. Wir brauchen Waffen und Ausrüstung. Vielleicht finden wir noch brauchbare Nahrungskonzentrate und können unseren Hunger stillen.«

Und das, überlegte ich, *kommt an erster Stelle.* Ich fühlte mich trotz des erholsamen Schlafes sehr schwach. Die Strapazen und die Kälte hatten an den Reserven meines Körpers gezehrt. Wollte ich etwas gegen die Maahks unternehmen, musste ich diese Reserven erst wieder auffüllen. Ich war ziemlich sicher, dass es mit den an Bord befindlichen Schutzanzügen kein Problem sein würde, unseren Hunger zu stillen. Zu jedem Schutzanzug gehörte auch bei den Varganen eine Notration biosynthetischer Nahrungskonzentrate und versiegelter Wasserkonserven. Beides hatte eine praktisch unbegrenzte Haltbarkeit.

Woogie stand ebenfalls auf, dann bewegten wir uns durch den Korridor tiefer in das Schiff hinein. Von irgendwo waren Geräusche zu hören; es konnten nur die Geräusche der Ausgrabungsmaschinen sein, die von der Schiffszelle weitergeleitet wurden. Ob sich bereits Maahks an Bord befanden, war von unserem Standort aus nicht feststellen. Aber vorsichtshalber bewegten wir uns so leise wie möglich vorwärts.

Unser Korridor war ein Stichkorridor, der in einen Ringkorridor mündete. Die energetischen Transportbänder waren desaktiviert. Ich erkannte lediglich die Abstrahlprojektoren für die Gleitenergie, die sich wie festes Material bewegte und sehr tragfähig war. Da ich den Bauplan dieses Schiffstyps im Kopf hatte – Ischtars Hypnoschulung sei Dank –, bereitete es mir keinerlei Schwierigkeiten, mich zu orientieren, nachdem ich erst einmal in einem Raum festgestellt hatte, in welcher Schiffssektion wir uns befanden. Es handelte sich um einen Kontrollstand für die Klimaanlage. Er wurde bei den Varganenschiffen normalerweise niemals benutzt, denn alle Systeme funktionierten vollautomatisch, wurden durch ein Positronengehirn gesteuert und überwacht und konnten von der Hauptzentrale aus von einer einzigen Person kontrolliert werden. Praktisch wurden derartige Kontrollstände nur benötigt, wenn nach einer Überholung des Schiffes alle Funktionen an Ort und Stelle durchgecheckt wurden – oder wenn durch irgendwelche Einwirkungen die Hauptpositronik und die Einrichtungen der Zentrale gleichzeitig beschädigt worden waren.

Ich hätte also von hier aus die Klimaanlage einschalten können, denn ich sah, dass augenscheinlich nichts beschädigt war. Falls nicht der Brennstoff restlos aufgebraucht war, was mir sehr unwahrscheinlich erschien, würden die Kraftwerke des Schiffes arbeiten und Energie liefern. Allerdings hütete ich mich davor, auch nur einen Schalter zu berühren. Den Energieortern des Maahkschiffs wäre die Aktivität der Kraftwerke nicht entgangen. Immerhin wusste ich jetzt, dass eins der Ausrüstungsmagazine des Varganenschiffs sich nur zwei Decks tiefer und rund fünfzig Meter weiter rechts befand. Das war unser nächstes Ziel.

Wir stiegen die Nottreppe des nächsten Antigravschachts hinab, verließen den Schacht zwei Decks tiefer und eilten auf die Ausrüstungskammer zu. Das Schott öffnete sich selbstverständlich ebenso wenig wie die Schotten der Schleuse und des Kontrollstandes, da sie von der zentralen Energieversorgung abhängig waren. Ich betätigte deshalb auch hier das für Notfälle vorhandene Handrad.

Lautlos glitten die beiden Schotthälften auseinander. Der rechteckige Raum lag ebenso im Halbdunkel wie das gesamte Innere des Varganenschiffs.

Meine Augen hatten sich inzwischen an die kärgliche Beleuchtung gewöhnt, so dass ich die sechs Reihen geschlossener, metallisch glänzender Schränke erkannte, die bis an die Decke reichten. Als ich den ersten öffnete, fand ich, säuberlich an Magnethalterungen aufgehängt, sieben varganische Kampfanzüge mitsamt goldfarbenen Helmen, aus denen jeweils ein halb transparenter Kamm ragte. Mein Herz schlug höher, als ich die typisch varganischen Energieaggregate auf den gewölbten Rückenteilen erblickte.

Es handelte sich demnach um flugfähige Konstruktionen von unterschiedlicher Größe, die auch einen hochwertigen energetischen Schutzschirm aufbauen konnten. Ich suchte mir einen heraus, der wie für mich gemacht zu sein schien. Leider gab es keinen, der Woogie gepasst hätte. Kein erwachsener Vargane war so klein wie mein hellhäutiger Gefährte; er musste also wohl oder übel ohne Anzug auskommen. Ich streifte mir den über, den ich ausgesucht hatte. Er passte wie angegossen. Allerdings wagte ich nicht, das Energieaggregat einzuschalten, denn die Maahks hätten die entsprechende energetische Aktivität sofort angemessen. Doch vorerst benötigte ich das Energieaggregat ja noch nicht.

Dafür konnten wir uns mit den Konzentraten sättigen, die wir in allen Anzügen fanden. Es handelte sich, wie ich wusste, um hochwertige Nahrung, die alle Vitamine und Mineralstoffe enthielt, die ein auf Eiweißbasis aufgebauter Organismus benötigte. Auch die hermetisch versiegelten Wasserkonserven waren brauchbar. Das Wasser war so klar und schmeckte so frisch, als hätten wir es eben aus einem Bergquell geschöpft.

Nachdem wir Hunger und Durst gestillt hatten, steckten wir so viele Konzentrate aus anderen Anzügen ein, dass wir damit mindestens vierzehn Tage leben konnten. Anschließend machte ich mich auf die Suche nach Waffen. Ich fand die stabförmigen Energiestrahler in einem versiegelten Stahlplastikschrank, den ich erst mühsam aufbrechen musste. Es handelte sich um relativ leichte Waffen, die genau in die länglichen Außentaschen passten, die – unter anderem – an den Außenseiten der Schenkel an den Anzügen angebracht waren. Ich steckte zwei der Strahler sowie einige

Energiemagazine ein und wollte Woogie im Gebrauch unterweisen, als plötzlich eine harte Erschütterung durch das Schiff lief. Die Zelle schüttelte sich förmlich, so dass wir das Gleichgewicht verloren und stürzten.

»Bleib liegen!«, rief ich. Meine Vermutung bestätigte sich. Noch siebenmal schüttelte sich die Schiffszelle, dann trat für kurze Zeit Ruhe ein, bevor das Schiff mit einem lauten Krach irgendwo aufsetzte. Ich wusste sofort, was das bedeutete. Die Maahks hatten das Oktaeder mit Traktorstrahlen und Antigravprojektoren angehoben und wieder abgesetzt. Ob es ihnen gelungen war, das Schiff bereits an die Oberfläche zu bringen, oder ob sie nur einen ersten Versuch zur vollständigen Bergung unternommen hatten, konnte ich freilich nicht sagen.

Aber ich musste damit rechnen, dass die Doppelpyramide gehoben worden war. Traf das zu, würde es nicht mehr lange dauern, bis die ersten Untersuchungskommandos an Bord kamen. Mit knappen Worten unterrichtete ich meinen kleinen Begleiter über die veränderte Lage, dann brachen wir auf, um uns davon zu überzeugen, ob ich richtig vermutet hatte.

Ungefähr hundert Meter vor einer Hauptschleuse versteckten wir uns in einer Korridornische. Ich hatte gezögert, Woogie bei meinem Aufklärungsunternehmen mitzunehmen, denn bei einem Zusammenstoß mit Maahks war er infolge seiner mangelnden Kampferfahrung und ohne Schutzanzug vielfach stärker gefährdet als ich. Andererseits konnte ich den kleinen Kerl nicht irgendwo im Schiff verstecken: Wenn die Maahks das Schiff gründlich durchsuchten, würden sie ihn finden – und ohne mich wusste er nicht, wie er sich verhalten sollte. Mir war nichts weiter übrig geblieben, als ihn mitzunehmen und dafür zu sorgen, dass er sich nicht versehentlich in Gefahr begab.

Wir brauchten nicht lange zu warten, dann vernahmen wir einen dumpfen Schlag. Die Maahks hatten das Außenschott der Schleuse aufgesprengt. Ich bedeutete Woogie, sich still zu verhalten, und zog mich mit ihm zur Mündung des nächsten Stichkorridors zurück, durch den wir einen Nebenliftschacht erreichen und auf ein beliebiges anderes Deck überwechseln konnten.

Kurz darauf wurde das Innenschott der Hauptschleuse von einer Explosion aufgerissen. Eine Weile war es still, dann ertönten polternde Geräusche. Mehrere Scheinwerfer warfen ihr Licht in den Korridor. Wenig später tauchten einige Gestalten in schweren Schutzanzügen auf. Ich presste die Lippen zusammen, als ich unter den transparenten Druckhelmen die für Maahks charakteristischen wulstförmigen Sichelköpfe mit den oben aufgesetzten Augen erkannte.

Das waren die Todfeinde meines Volkes, alles in mir drängte darauf, sie anzugreifen. Ich hätte diesem inneren Zwang nur zu gern nachgegeben und musste alle Willenskräfte mobilisieren, um ihm zu widerstehen. Mir war klar, dass die leichten Handwaffen kaum ausreichten, um damit gegen mehrere schwer bewaffnete Maahks zu bestehen. Ich hätte vielleicht einen von ihnen töten können, aber die anderen hätten das Feuer sofort erwidert und uns umgebracht.

Deshalb zogen wir uns ein Stück weiter zurück, als sich die Maahks unserem Versteck näherten. An die Nottreppe des nächsten Antigravschachts gepresst, warteten wir, bis sie im Hauptkorridor vorbeigestampft waren. Ich zählte fünf Wasserstoffatmer; außer ihren Waffen trugen sie Geräte, mit denen sie wahrscheinlich die Einrichtung des Varganenschiffs überprüfen wollten. Der ersten Gruppe folgten vier weitere Gruppen zu je fünf Maahks, danach trat Ruhe ein. Wir hatten es also mit insgesamt fünfundzwanzig Maahks zu tun, die sich im Schiff aufhielten.

Ich überlegte, was ich unternehmen konnte. Viel war es nicht, das wurde mir sofort klar. Offen konnte ich nicht gegen die Maahks vorgehen. Blieb nur die Möglichkeit, sie zu beobachten, ohne selbst entdeckt zu werden. Ich gab Woogie durch Zeichen zu verstehen, was ich vorhatte, dann schlichen wir der letzten Gruppe nach. Die fünf Wasserstoffatmer stiegen die Nottreppe eines Liftschachts hoch. Wir kauerten uns neben den Einstieg und blickten ihnen nach. Als ich sah, dass sie auf dem Deck ausstiegen, auf dem sich die Hauptzentrale befand, schwang ich mich ebenfalls in den Schacht und stieg ihnen lautlos nach. Woogie folgte mir. Wir stiegen nicht aus, als wir das Hauptdeck erreichten, sondern spähten nur aus dem Ausstieg.

Die fünf Maahks standen vor dem Panzerschott der Hauptzentrale und beratschlagten anscheinend, wie sie weiter vorgehen sollten. Leider war es mir nicht möglich, mich in ihr Gespräch einzuschalten und zu hören, was sie sagten. Dazu hätte ich das Helmfunkgerät meines Anzugs aktivieren müssen und mich der Ortungsgefahr ausgesetzt.

Nach einiger Zeit streckte einer der Maahks seine Tentakelarme nach dem Handrad aus, das auch neben dem Panzerschott der Hauptzentrale vorhanden war. Er brachte etwa drei Umdrehungen zuwege, dann füllte sich der Korridor mit einem grellblauen Leuchten, das nicht länger als einen Herzschlag anhielt. Als das Leuchten erlosch, waren alle fünf Maahks verschwunden.

Woogie schrie auf – ich musste ihm die Hand auf den Mund pressen, um ihn zum Schweigen zu bringen, war selbst allerdings ebenfalls entsetzt über das, was wir gesehen hatten. Nicht, dass ich das Verschwinden der fünf Maahks bedauert hätte. Jeder tote oder verschwundene Maahk bedeutete einige tote Arkoniden weniger. Nein, ich war entsetzt darüber, dass ich keine Ahnung von der Falle gehabt hatte, die die Hauptzentrale vor dem Eindringen Fremder schützte. Wären die Maahks nicht schon jetzt an Bord gekommen, hätte ich wahrscheinlich ebenfalls versucht, in die Zentrale einzudringen – und es wäre uns zweifellos ebenso ergangen wie den Maahks. Hatte Vrentizianex das Fallensystem nachträglich in sein Raumschiff eingebaut, oder stammte es von den Varganen, die ihn auf diesem Planeten ausgesetzt hatten?

Aber wir hatten keine Zeit, lange nachzudenken. Ich nahm an, dass alle Maahks in ständiger Funkverbindung mit ihrem Raumschiff standen oder gestanden hatten. Traf das zu, musste es dem Kommandanten verdächtig erscheinen, dass die Verbindung zu einer der Gruppen abgebrochen war. Er würde eine andere Gruppe hinterherschicken, um die Sache aufzuklären. Blieben wir hier, würden wir entdeckt werden. Deshalb mussten wir ein besseres Versteck suchen.

Ich entschloss mich, in die Kabine des Kommandanten zu gehen, denn es war eine der wenigen Kabinen auf Schiffen dieses Typs, die zum darunter und darüber liegenden Deck führende Notausgänge aufwies. Falls die nächsten Maahks auf den Gedanken kommen sollten, in diese Kabine einzudringen, würden wir uns immer noch zurückziehen können. Als ich das Handrad neben dem Schott der Kabine drehte, verspürte ich ein Prickeln im Genick. Es war Angst, Angst davor, die Kabine könnte genauso oder ähnlich abgesichert sein wie die Zentrale. Doch nichts geschah. Das Schott öffnete sich.

Wir schlüpften in die Kabine und verschlossen das Schott hinter uns bis auf einen winzigen Spalt. Durch diesen vernahm ich wenig später das Stampfen schwerer Stiefel aus dem Nottreppenschacht. Fünf Maahks mit eingeschalteten Brustscheinwerfern blickten sich im Korridor um. Zwei nahmen kleine Geräte aus Magnethaltungen ihrer Gürtel und untersuchten damit peinlich genau das Panzerschott der Zentrale sowie Boden, Wände und Decke des Korridors unmittelbar davor.

Als sie fertig waren, standen sie still. Zweifellos unterhielten sie sich über die Helmfunkgeräte mit ihren Gefährten und sicher auch mit ihrem Kommandanten. Hatten sie etwas Verdächtiges festgestellt? Ich wusste es nicht, aber ich nahm es an, denn kurz darauf zogen sie sich in den Nottreppenschacht zurück. Einer nahm das Panzerschott mit einem schweren Desintegrator unter Beschuss. Wieder flammte das grellblaue Leuchten auf, aber diesmal wurde kein Maahk davon erfasst.

Als das Panzerschott unter der Wirkung des anhaltenden Beschusses förmlich zerbarst, erlosch das grellblaue Leuchten. Die Maahks verhielten sich eine Weile still, dann stieg einer aus dem Nottreppenschacht und ging auf das geborstene Panzerschott zu. Ich konnte nicht umhin, seine Tapferkeit anzuerkennen. Er musste wissen, dass er sich in größte Gefahr begab, denn es war nicht ausgeschlossen, dass die Falle auch bei zerstörtem Panzerschott noch funktionierte. Er stellte sich praktisch als Testperson zur Verfügung, doch er hatte Glück. Ich ertappte mich dabei, dass ich unwillkürlich aufatmete, als der Maahk das zerstörte Schott unbehelligt passierte und die Zentrale betrat.

Verwirrt versuchte ich, meine Gefühle zu analysieren. Wie hatte ich erleichtert darüber sein können, dass einer der Todfeinde meines Volkes nicht zu Schaden gekommen war? Hätte ich ihm nicht auf alle Fälle den Tod wünschen müssen?

Ja und nein, meldete sich mein Logiksektor. *Ja, weil alle Maahks die Todfeinde deines Volkes sind. Nein, weil es neben allem Hass, der ein vergängliches Phänomen ist, ein natürliches Verbundenheitsgefühl zwischen allen Angehörigen intelligenter Arten gibt, vor allem, wenn sie die Entwicklungsstufe erreicht haben, auf der sie in großem Maße Weltraumforschung betreiben. Die Entwicklung strebt zweifel-*

los auf einen Zusammenschluss aller Intelligenzen jeder Galaxis zu einer Art Gesamtorganismus. Diese Tendenz ist deshalb schon heute fühlbar, weil sie in einer viel früheren Stufe der Evolution erworben und im genetischen Gedächtnis verankert wurde.

Ich runzelte die Stirn. Die Behauptungen irritierten mich. Verbundenheitsgefühl zwischen Maahks und Arkoniden zu konstatieren kam mir so ungeheuerlich vor, dass ich es kaum zu fassen vermochte. Befanden wir uns nicht in einem Krieg, bei dem entweder sie oder wir untergehen mussten? Wieso sollte ich da Verbundenheit mit einem Maahk fühlen? Und doch hatte ich dieses Gefühl gespürt. Vielleicht war es die Ankündigung gewesen, dass es irgendwann einmal – allen Prognosen zum Trotz – doch eine Annäherung und Verständigung geben würde.

Aber ich durfte nicht vergessen, dass eine solche hypothetische Annäherung noch weit außerhalb der Realitäten lag. Diese Maahks waren die Todfeinde meines Volkes – entsprechend musste ich mich verhalten.

Ich hatte mit dem inneren Handrad den Spalt der Schotthälften vergrößert und sah, dass die übrigen vier Maahks ihrem Gefährten in die Hauptzentrale folgten.

»Warte hier auf mich!«, befahl ich, dann verließ ich die Kabine und schlich den Maahks nach. Durch das zerstörte Panzerschott sah ich, wie die Wasserstoffatmer die Kontrollen und Pulte systematisch mit den Geräten untersuchten. Offenbar handelte es sich bei den an Bord gegangenen Gruppen um hoch qualifizierte Wissenschaftler und Techniker. Das schloss ich jedenfalls aus der Art ihres systematischen Vorgehens.

Nach rund zwei Tontas hatten die Maahks erst drei Kontrollpulte untersucht. Sie stellten ihre Arbeiten ein und berieten sich, ohne dass ich etwas hören konnte. Etwas später setzten sie ihre Untersuchungen fort. Ich war so beschäftigt damit, sie genau zu beobachten, dass ich die Geräusche hinter mir beinahe zu spät gehört hätte.

Als es im Liftschacht polterte, wurde ich aufmerksam. Ich lief sofort zurück in die Kabine, drehte am Handrad und schloss die Schotthälften wieder bis auf einen ganz schmalen Spalt. Kurz darauf kamen vier Maahks. Jeder saß auf einer Antigravplattform, die er aus dem stillgelegten Antigravschacht in den Korridor steuerte. Das verräterische Poltern musste entstanden sein, als eine der Plattformen an die Liftschachtwandung gestoßen war. Andernfalls hätten die Maahks mich überrascht – und das wäre das Ende gewesen.

Ich brauchte nicht lange herumzurätseln, aus welchem Grund sie vier Antigravplattformen in die Zentrale des Varganenschiffs brachten. Sie wollten alle wichtigen Kontrollsysteme, die sich ausbauen ließen, abmontieren und in ihr Walzenschiff bringen, um sie dort in aller Ruhe untersuchen zu können. Das gefiel mir ganz und gar nicht, denn es bedeutete, dass die Maahks die Funktionsprinzipien einer vergleichsweise höherwertigen Raumschiffstechnik ergründen und in absehbarer Zeit in großem Maßstab anwenden würden.

Eine grauenhafte Vision bildete sich vor meinem geistigen Auge: die drei Arkonplaneten verwüstet und entvölkert, die Flotte des Großen Imperiums zerschlagen und die wenigen Überlebenden meines Volkes gnadenlos von einer Welt zur anderen gehetzt, bis sie schließlich alle zugrunde gegangen waren. Ich konnte und wollte nicht zulassen, dass diese Vision Wirklichkeit wurde. Was in meiner Macht lag, musste ich tun, um zu verhindern, dass die Maahks sich des technischen Erbes der Varganen bemächtigten.

In der Zentrale allerdings vermochte ich vorläufig nichts auszurichten. Die Maahks würden mit den dort vorhandenen Kontrollsystemen allerdings so lange nichts anfangen können, wie sie nicht auch die dazugehörigen Aggregate demontiert und in ihr Schiff gebracht hatten. Folglich musste ich so viele wie nur möglich zerstören.

Es war mir klar, dass die Maahks sehr bald merken würden, dass sich jemand an den Mechanismen zu schaffen machte. Aber das musste ich in Kauf nehmen. Konnte ich nur genügend Schaden anrichten, bevor ich gestellt und getötet wurde, hatte sich mein Opfer bezahlt gemacht. Nur darauf kam es an. Flüsternd machte ich Woogie klar, was ich vorhatte. Ich verschwieg ihm auch die Gefahren nicht, in die wir uns damit bringen würden. Doch der kleine Bursche versuchte nicht, mich von meinem Vorhaben abzubringen. Er erklärte, dass er bei mir bleiben und notfalls mit mir zusammen sterben wollte. Im Grunde genommen blieb ihm auch nichts anderes übrig. Schickte ich ihn weg, würden ihn entweder die Maahks entdecken und töten, oder er würde in der Eiswüste umkommen. Dann war es schon besser, dass er mir half, so gut er konnte.

Wir verließen die Kabine durch den Notausgang und drangen zuerst zum vollautomatischen Feuerleitsystem des Varganenschiffs vor. Der Zugang war auch hier durch ein Panzerschott versperrt, das sich mit Hilfe eines Handrads öffnen ließ. Ich zögerte eine Weile, das Handrad zu betätigen. Noch zu deutlich stand mir das Bild der fünf Maahks vor Augen, die in einer blauen Leuchterscheinung verschwunden waren. Möglicherweise war auch die zweitwichtigste Schiffssektion besonders abgesichert, dann vergingen oder verschwanden wir ebenfalls.

Da wir jedoch über keine schweren Waffen verfügten, mit denen sich das starkwandige Panzerschott in einer vertretbaren Zeitspanne zerstören ließ, blieb mir nichts weiter übrig, als das Risiko einzugehen. Ich schob Woogie zur Seite, bevor ich das Handrad anfasste. Wir brauchten uns schließlich nicht beide mutwillig in Gefahr zu begeben. Ich transpirierte, als ich das Handrad bewegte. Aber kein blaues Leuchten flammte auf, auch sonst erfolgte keine feindselige Reaktion. Als die Öffnung groß genug war, winkte ich Woogie zu mir. Wir drangen in die Feuerleitzentrale ein. Ich sah mich aufmerksam in dem auch hier herrschenden Halbdunkel um.

Es war jammerschade, diese wertvollen technischen Anlagen zerstören zu müssen. Wie viele Jahrtausende mochte die varganische Technik gebraucht haben, um etwas wie das hier hervorzubringen? Vielleicht mehr als zehntausend Jahre. Die arkonidische Technik jedenfalls war noch weit von diesem Entwicklungsstand entfernt. Ich unterdrückte mein Bedauern und wies meinen kleinen Begleiter an, mit seinen Waffen die eine Hälfte der Einrichtung zu zerschießen. Ich nahm mir die andere Hälfte vor. Die Energiestrahlen unserer kleinen Waffen fraßen sich durch die Verkleidungsplatten und vernichteten unschätzbare Werte. Wir hatten etwa drei Viertel der Einrichtung zerstört, als das Poltern und Stampfen schwerer Schritte zu hören war.

»Aufhören!«, rief ich. »Wir müssen weg.«

Wir liefen zum Schott, blickten auf den Korridor – und prallten erschrocken zurück. Von rechts rannten drei schwer bewaffnete

Maahks herbei. Sie waren schon zu nahe, als dass wir ungesehen hätten entkommen können. Wir wären abgeschossen worden, hätten wir uns in den deckungslosen Korridor gewagt. Kurz entschlossen packte ich Woogies Arm und zog ihn hinter den einzigen noch unbeschädigten Schaltblock. »Du bleibst in Deckung!«

Ich warf mich hinter einen halb zusammengeschmolzenen Schaltblock, um das Feuer der Maahks nicht auf Woogies Deckung zu lenken. Allerdings gab ich mich keinen Illusionen darüber hin, dass wir lebend hier herauskommen würden. Wir konnten nur versuchen, so lange wie möglich Widerstand zu leisten und so viele Maahks wie möglich zu töten. Das hieß, eigentlich fiel diese Aufgabe mir allein zu. Woogie war wohl nicht in der Lage, einen einzigen Schuss abzugeben, ohne selbst getroffen zu werden.

Als die drei Maahks mit angeschlagenen Waffen vor dem offenen Schott erschienen, hob ich meine Waffe und schoss. Aber der Energiestrahl traf nur die gegenüberliegende Korridorwandung, denn die Maahks waren plötzlich verschwunden. Zuerst vermutete ich, sie hätten sich so schnell hingeworfen, dass mir die Bewegung entgangen war, aber das erschien mir bei genauerem Nachdenken unmöglich.

Ich riskierte es, meine Deckung zu verlassen, und rannte im Zickzack auf das Schott zu. Doch niemand schoss auf mich. Als ich durch die Schottöffnung blickte, lag der Gang völlig verlassen da. Auch rechts und links war kein Maahk zu sehen. Nachdenklich blickte ich auf den Gangboden, auf dem die drei Wasserstoffatmer kurz zuvor gestanden hatten. Verblüfft erkannte ich die kaum sichtbaren feinen Linien.

Was tatsächlich geschehen war, konnte ich allerdings nur grob rekonstruieren. Die Feuerleitzentrale musste durch ein Fallensystem abgesichert sein. Bei uns hatte es jedoch nicht funktioniert, was nur den einen Schluss erlaubte, dass es ausschließlich auf artfremde Lebewesen ansprach, deren Metabolismus von dem von Varganen und Arkoniden grundverschieden war. Da es zu keiner Leuchterscheinung gekommen war, musste sich, wie die feinen Linien andeuteten, unter den Maahks eine Öffnung gebildet haben. Da sie blitzartig verschwunden waren, konnte das nur durch ein starkes Saugfeld bewerkstelligt worden sein. Grauenhaft für die Betroffenen, aber vorteilhaft für uns. Wir waren noch einmal davongekommen und konnten unser Zerstörungswerk an anderer

Stelle fortsetzen – allerdings kaum ungestört, denn das Auftauchen der Maahks bewies, dass die Wasserstoffatmer gemerkt hatten, dass sich jemand in ihrem Beuteschiff aufhielt.

»Komm«, sagte ich. »Wir machen weiter.«

Während wir durch die Gänge und Schächte des Varganenschiffs eilten, nahm der von den Maahks verursachte Lärm ständig an Lautstärke zu. Sie suchten nach uns. Glücklicherweise kannte ich mich gut genug aus, während die Maahks erst angefangen hatten, ihre Erfahrungen mit diesem Schiffstyp zu sammeln. So wussten sie noch nichts von den separaten Gängen für Hilfsroboter, die die starken Innenwandungen des Schiffes durchzogen. Von Ischtar wusste ich, dass die alten Varganen zum Teil eine Aversion gegen Roboter entwickelt hatten, aber gleichzeitig nicht ohne ihre Hilfe ausgekommen waren. Also hatten sie als Kompromisslösung dafür gesorgt, dass ihnen ihre robotischen Hilfskräfte so wenig wie möglich begegneten.

Das kam uns zugute, als wir uns zur nächsten wichtigen Schiffssektion begaben, den Aggregaten des Überlichtantriebs. Es war einigermaßen mühsam, in den engen Gängen und Schächten vorwärts zu kommen. Zeitweise blieb mir nichts anderes übrig, als das Flugaggregat meines Kampfanzugs einzuschalten, Woogie auf die Arme zu nehmen und so durch senkrecht verlaufende Schächte zu schweben. Natürlich wurde dabei Streuenergie freigegeben. Doch da es wegen der aufwendigen Lebenserhaltungssysteme der maahkschen Schutzanzüge inzwischen eine ganze Menge energetische Aktivität gab, brauchte ich eine Anmessung der geringfügigen Streustrahlung kaum zu befürchten.

Endlich hatten wir die gesuchte Sektion erreicht. Ein einzelner Maahk bewachte den relativ großen Raum. Mehr hatten die Wasserstoffatmer wohl vorerst nicht abstellen können, da sie naturgemäß versuchen mussten, möglichst alle Sektionen zu untersuchen und zu bewachen. Flüsternd instruierte ich Woogie, wie er sich verhalten sollte, dann schlüpfte ich auf den Robotergang und huschte zwischen zwei Blöcken hindurch neben ein pyramidenförmiges Aggregat.

Der Maahk hatte mich nicht bemerkt. Dennoch konnte ich das Feuer noch nicht eröffnen, weil sein Schutzschirm aktiviert war und ich einige Zeit brauchen würde, um ihn mit Strahlschüssen aufzureißen. Nur Woogie konnte mir die benötigte Zeit verschaffen. Der Maahk marschierte in dem Raum hin und her. Die Augen auf seinem sichelförmigen Kopfwulst beobachteten die Umgebung aufmerksam und sehr präzise. Als Woogie aus seinem Versteck feuerte, sprang der Maahk mit einem gewaltigen Satz zur Seite, warf sich hin und zielte auf das Versteck des kleinen Burschen. Ich wartete, bis er seinen Strahler abfeuerte; er war nicht gefährdet, wenn er meine Anweisung beachtet und sich sofort zurückgezogen hatte. Als aus dem Strahler des Maahks ein sonnenheller Energiestrahl brach, feuerte ich mit zwei Stabwaffen.

Der Maahk reagierte nicht schnell genug, weil er sich auf den anderen Gegner konzentriert hatte. Bevor er sich herumwerfen konnte, hatte mein Dauerfeuer seinen Schutzschirm so stark belastet, dass er in einer flimmernden Leuchterscheinung zusammenbrach. Meine Energiestrahler zerstörten den Schutzanzug; der einströmende Sauerstoff tötete das Wesen beim ersten Atemzug.

»Du kannst kommen!«, rief ich. Mein kleiner Gefährte kam zögernd aus seiner Deckung hervor. Furchtsam musterte er den riesigen Maahk in dem unförmigen Schutzanzug. Er sah ein solches Wesen zum ersten Mal aus unmittelbarer Nähe. »Fangen wir an.«

Wieder schossen wir mit unseren varganischen Energiewaffen auf die Aggregate. Doch diesmal konnten wir nur knapp die Hälfte davon zerstören, bevor die Maahks es bemerkten und einen Einsatztrupp schickten. Wir kamen nur mit dem Leben davon, weil in dem Augenblick, in dem die Maahks in den Raum stürmten, direkt vor ihnen ein Block explodierte und die ersten tötete. Das gab Woogie und mir die winzige Zeitspanne, die wir brauchten, um uns in den Robotergang zurückzuziehen.

Wir waren schon mindestens zwanzig Meter tief in den Gang eingedrungen, als die ersten Strahlschüsse hineinfuhren und die Wände zerschmolzen. Ich packte Woogie, stieß ihn in einen schräg abwärts führenden Schacht und sprang hinterher. Fürs Erste waren wir außer Gefahr. Die Maahks wussten zwar, auf welchem Wege wir gekommen waren, aber sie konnten uns nicht folgen, da die Robotergänge für diese riesigen Lebewesen zu eng waren.

Nach einer Weile legten wir eine Rast ein. Der Kleine zitterte an allen Gliedern. Für dieses friedfertige Wesen waren die Kämpfe einfach zu viel. Ich überlegte, wohin wir uns als Nächstes wenden konnten. Sicher schickten die Maahks immer mehr Leute aus ihrem Schiff herüber; es würde immer schwieriger und gefährlicher werden, irgendwo Schaden anzurichten. Doch das spielte längst keine Rolle mehr. Ich war sicher, dass uns die Maahks sowieso töten würden – und da wir in dem Varganenschiff nicht für alle Zeiten untertauchen konnten, würde das früher oder später eintreten.

»Wir nehmen uns die Astronomische Speichersektion vor«, überlegte ich laut. »Dort werden die Maahks uns am wenigsten erwarten. Sie dürfen die gespeicherten astronomischen Daten nicht bekommen. Sie würden Hinweise auf andere varganische Welten und Stützpunkte erhalten und damit die Chance, weitere technische Geheimnisse dieses uralten Volkes zu finden.«

»Ja, Herr.«

»Sag nicht ›Herr‹ zu mir. Ich bin dein Freund, Woogie. Nenn mich Atlan.«

Aber der Kleine getraute sich nicht, von meinem Angebot Gebrauch zu machen. Zu tief war das Sklavenbewusstsein in seiner Psyche verwurzelt. Ich klopfte ihm auf die Schulter, dann machte ich mich auf den Weg zur Astronomischen Speichersektion. Unterwegs entschloss ich mich, einen Vorstoß in ein anderes Ausrüstungsmagazin zu wagen. Dort waren, jedenfalls in Ischtars Raumschiff, schwere Waffen und handliche Bomben gelagert. Vor allem die Bomben würden uns sehr nützlich sein.

Es gelang uns tatsächlich, das Magazin zu betreten, denn es war unbewacht. Schnell raffte ich zusammen, was ich erreichen konnte, dann wandte ich mich wieder dem Robotergang zu. Plötzlich hörte ich vor dem geschlossenen Schott das Stampfen maahkscher Raumstiefel. Ich stieß meinen Gefährten vorwärts, nahm eine große Mikrofusionsbombe mit verzögerter Reaktionsdauer, stellte sie auf eine Zünderlaufzeit von zwei Zentitontas und warf sie hinter ein Regal. Dann eilte ich Woogie hinterher.

Wir waren kaum mehr als zehn Meter in den Robotergang eingedrungen, als wir hörten, dass die Maahks in das Depot stürmten. Ich schaltete mein Flugaggregat ein, packte Woogie und steuerte durch den stark gewundenen Gang, ohne Rücksicht darauf, dass ich immer wieder mit den Schultern und den Armen gegen die Wandung stieß und mir schmerzhafte Prellungen zuzog. Wir schwebten gerade einen kurzen senkrechten Schacht nach oben, als uns eine Welle kochender Luft traf und gleich einem Korken durch den Schacht trieb. Wir wurden in eine runde Kammer gewirbelt, ich schaltete das Flugaggregat aus.

Um uns orgelte und pfiff hoch erhitzte Luft, dann explodierten Waffenmagazine und andere Bomben und verwandelten einen Teil des Schiffes in ein Inferno. Als der Lärm aufhörte und die Luft allmählich wieder abkühlte, wartete ich darauf, dass die Maahks mit massierten Kräften nach uns suchen würden. Doch nichts dergleichen geschah. Es blieb still, beinahe unheimlich still. Nur von fern vernahm ich manchmal lautes Poltern, das sich aber mehr und mehr abschwächte.

Die Maahks verlassen das Schiff, teilte mir mein Logiksektor mit.

Ich überlegte noch, ob die Wasserstoffatmer riskieren würden, das Oktaeder mit den Geschützen des Walzenschiffes zu beschießen und dabei die Zerstörung wertvollster technischer Anlagen in Kauf zu nehmen, als ich plötzlich eine rasch zunehmende Schwäche fühlte.

Narkosestrahlen, konnte ich noch denken, dann erlosch mein Bewusstsein.

Es war, als hätte ich lange auf dem Grund eines tiefen Sees gelegen und schwebte jetzt zur Oberfläche empor. Als mein Kopf die Oberfläche des imaginären Sees durchbrach, kam ich wieder voll zu Bewusstsein. Bevor ich irgendwie reagieren konnte, raunte mein Extrasinn: *Vorsicht! Passiv verhalten, bis die Lage geklärt ist. Die Maahks haben das Varganenschiff mit Narkosestrahlen beschossen; folglich sind sie hier, um nachzusehen, wer ihnen so sehr zusetzte.*

Ich richtete mich nach dem Rat, doch die Maahks hielten wohl nicht viel von meiner Passivität, denn ich wurde von starken Händen gepackt, hochgerissen und auf die Füße gestellt. Dabei sah ich Woogie – beziehungsweise das, was von dem armen Kerl übrig geblieben war. Die Maahks hatten ihn mit einem Desintegrator getötet, wahrscheinlich, als er noch bewusstlos gewesen war. Wenigstens hatte er weder Furcht noch Schmerzen verspüren können. Sie hatten den Kleinen wohl als unbedeutende Hilfskraft eingestuft, die für sie ohne Wert war, und Maahks nahmen niemanden gefangen, der ihnen nicht irgendwie von Nutzen sein konnte.

Bei mir lagen die Dinge anders. Ich war unverkennbar ein Arkonide. Außerdem hatte ich durch meine Aktionen verraten, dass ich Kampferfahrung hatte und ein guter Taktiker war, woraus die Wasserstoffatmer schließen mussten, dass ich vermutlich ein hoch gestellter Arkonide im Offiziersrang war. Es spielte vorerst keine Rolle, dass sie sich in dieser Beziehung irrten. Wichtig war nur, dass ich noch lebte und überlegen konnte, wie den Maahks so viel Schaden wie nur möglich zuzufügen war. Allerdings würden sie das voraussehen und sich entsprechend verhalten. *Aber ich werde nicht aufgeben, solange ich lebe.*

Ein Maahk hielt mich fest, während ein anderer mich entwaffnete. Dann stießen mich die Wasserstoffatmer vorwärts. Es war klar, dass sie mich aus dem Varganenschiff bringen wollten. Ich leistete keinen Widerstand, da ich, unbewaffnet, wie ich war, gegen die überlegenen Körperkräfte nichts ausrichten konnte.

Unterwegs zur Hauptschleuse begegneten wir weiteren Maahks. Manche transportierten auf Antigravplattformen demontierte Maschinenteile und Kontrollinstrumente, andere schleppten Spezialwerkzeuge. Ich wurde nicht sonderlich beachtet, auch meine Wächter behandelten mich nicht ausgesprochen brutal. Ob sie überhaupt hassen konnten, war von unseren Kosmopsychologen noch nicht genau herausgefunden worden. Viele Wissenschaftler behaupteten, die Maahks wären überhaupt keines Gefühls fähig, also auch nicht des Hasses. Sie töteten und vernichteten nur, weil es ihnen logisch erschien, einen Feind völlig zugrunde zu richten, da ein toter Feind sich nicht wieder gegen sie erheben konnte.

Als wir das Varganenschiff verließen, war es draußen heller Tag. Die Sonne schien als gelblicher Fleck durch eine geschlossene Wolkendecke. Es schneite nicht, es war auch nicht unerträglich kalt. Das Walzenraumschiff der Maahks ragte als riesiges schwarzes Gebilde aus dem Schnee, ein 1000 Meter langes und 200 Meter durchmessendes Schlachtschiff mit Zusatztriebwerken zur Erzielung höherer Beschleunigungswerte und normaler Bewaffnung.

Meine Bewacher trieben mich auf ihr Raumschiff zu. Wir betraten es durch eine Nebenschleuse. Vorher musste ich meinen

Druckhelm zuklappen und den Schutzanzug schließen, denn in der Wasserstoff-Methan-Ammoniak-Atmosphäre wäre ich umgekommen, ganz abgesehen vom hohen Druck und der hohen Temperatur der Atmosphäre, die von den Maahks geatmet wurde. Überdies herrschte an Bord des Walzenschiffs eine konstante Schwerkraft von fast drei Gravos, die allerdings vom Neutralisator des Schutzanzugs bis auf den varganischen Normalwert kompensiert wurde.

Als wir eine kleine Halle betraten, die durch eine transparente Stahlwand unterteilt war, wusste ich, dass die Maahks mich in eine Niederdruckkammer mit Sauerstoffatmosphäre und den übrigen für Arkoniden zuträglichen Bedingungen sperren würden. Allerdings hatte ich erwartet, dass man mir befehlen würde, in der ebenfalls transparenten Übergangsschleuse den Schutzanzug abzulegen. Zu meinem Erstaunen verzichteten die Maahks jedoch darauf. Ich hütete mich selbstverständlich, sie auf ihr Versäumnis aufmerksam zu machen, denn im Schutzanzug würde ich mich gefahrlos innerhalb des Maahkschiffes bewegen können, falls ich mich aus meinem Gefängnis befreien konnte – und darauf wollte ich mit aller Energie hinarbeiten.

Nachdem meine Bewacher die Schleuse per Kodewort verriegelt hatten, ließen sie mich allein in der Zelle. Ich prüfte die Anzeigen meines Anzugs, dann erst klappte ich den Helm zurück und holte vorsichtig Luft. Die Luft war sauber und enthielt etwas mehr Sauerstoff als die Atmosphäre der drei Arkonwelten. Doch das machte mir nicht viel aus. Ich war es gewohnt, mich an die abweichenden Umweltbedingungen unterschiedlicher Sauerstoffwelten rasch anzupassen.

Meine Zelle von vielleicht dreißig Quadratmetern Grundfläche enthielt links eine Konturliege und einen Plastikhocker arkonidischer Bauweise, wahrscheinlich Beutestücke. Rechts gab es ein gegen Sicht abgeschirmtes Abteil mit hygienischen Einrichtungen. Zwischen Bett und Nasszelle waren über einer Schreibplatte mit Bedienungskonsole drei Bildschirme in die Wand eingebaut. Das war beinahe mehr Komfort, als Arkoniden maahkschen Gefangenen zukommen ließen.

Drei Wände, Decke und Boden bestanden aus einem hellgrauen Material. Zwei Leuchtplatten an der Decke spendeten bläuliches Licht. Der Raum hinter der transparenten Trennwand war völlig kahl und leer. Obwohl ich auch nach genauer Musterung keine Überwachungsanlagen entdecken konnte, musste ich davon ausgehen, dass es sie gab. Davon unberührt kontrollierte ich sorgfältig meinen Schutzanzug, checkte Dichtungen und die Aggregate und vergewisserte mich der übrigen Ausrüstung. Die Stabwaffen hatten mir die Maahks selbstverständlich abgenommen, die zum Anzug gehörenden Nahrungskonzentrate, der Wasservorrat sowie diverse Ampullen und Gallertkügelchen des Medosystems dagegen waren unberührt.

Ich erinnerte mich daran, dass Ischtar mir einmal etwas von einer Droge namens *Achtyl-Hachat* erzählt hatte, die die Varganen einzunehmen pflegten, wenn sie Belastungen ausgesetzt waren, die ihre normalen Kräfte überstiegen. Möglich, dass ich darauf zurückgreifen musste, sofern der Gravoneutralisator ausfiel oder ich gezwungen war, ihn wegen der Ortungsgefahr auszuschalten. Ich schloss den Helm und rief die Basisinformationen auf, die auf die Innenseite eingespiegelt wurden. Tatsächlich gab es im Medovorrat die Droge mit der von Ischtar genannten Bezeichnung. Wie die meisten anderen Medikamente konnte sie vom Anzug per Hochdruckinjektion verabreicht werden.

Ich öffnete den Helm wieder, setzte mich auf den Hocker und dachte nach. Eins war mir klar: Die Maahks wollten mich verhören und hofften, wertvolle Informationen zu erhalten. Sie nahmen logischerweise an, dass ich nicht der einzige Arkonide auf diesem Planeten war, sondern vermuteten, dass es irgendwo einen Stützpunkt gab – oder doch zumindest das Schiff, mit dem ich ihrer Ansicht nach hergekommen war. Ich fragte mich, wie lange ich sie hinhalten konnte, denn sobald sie merkten, dass es hier weder einen Stützpunkt noch ein Raumschiff des Tai Ark'Tussan gab und ich ihnen keine Informationen über militärische Details der Flotte des Großen Imperiums geben konnte, würden sie mich als unbedeutend einstufen und genau wie Woogie töten.

Als zwei maahksche Techniker auf der anderen Seite der transparenten Trennwand erschienen und einen Translator installierten, wusste ich, dass mein Verhör bevorstand. Kaum waren die Techniker verschwunden, als auch schon ein Maahk eintrat, der, den Symbolen auf seinem Kampfanzug nach zu urteilen, der Kommandant dieses Schiffes sein musste.

Das 2,20 Meter große und 1,50 Meter breite Lebewesen musterte mich kalt aus seinen vier grünlich schillernden Doppelaugen auf dem Grat seines Kopfwulstes. Ich erwiderte den Blick mit äußerlicher Gelassenheit, erhob mich jedoch, da ich nicht als unhöflich erscheinen wollte. Nach einiger Zeit schaltete der Maahk den Translator ein und bewegte seinen Mund. Ich konnte nicht direkt hören, was er sagte. Das Translatorgerät übersetzte die in *Kraahmak* gesprochenen Worte meines Gegenübers in *Satron*: »Ich bin der Grek Eins dieses Raumschiffs.«

Ich wusste, dass der jeweilige Kommandant jeder beliebigen maahkschen Einheit – ob es sich nun um ein Raumschiff, einen Stützpunkt oder eine ganze Raumflotte handelte – immer den Titel Grek 1 trug. Mein Gegenüber war also, was ich schon vermutet hatte, der Kommandant des Walzenschiffs. Dass ich im Rahmen der ARK SUMMIA auf Largamenia das Kraahmak erlernt hatte, würde ich vorläufig verschweigen. Vielleicht wurden die Maahks bei ausgeschaltetem Translator unvorsichtig und lieferten Informationen, die mit zugute kamen.

»Ich habe verstanden.«

Der Translator funktionierte selbstverständlich in umgekehrter Richtung ebenso gut.

»Das ist gut. Als arkonidischer Orbton werden Sie sicher begreifen, dass Sie mit mir kooperieren müssen, wollen Sie am Leben bleiben.«

Das war logisch. Aus meinen Handlungen an Bord des Varganenschiffs und aus meinem ganzen Benehmen mussten die Maahks zu dem Schluss gekommen sein, dass ich ein hoch gestellter Arkonide war. Allerdings konnten die Maahks nicht ahnen, *wie hoch* gestellt ich tatsächlich war, da Orbanaschol bisher verhindert hatte, dass ich den mir zustehenden Rang im Großen Imperium einnahm. *Und das ist etwas, das ich ihnen auf gar keinen Fall verraten werde.*

»Als Orbton des Tai Ark'Tussan habe ich mich unter Eid verpflichtet, keinem Feind unseres Reiches militärische Geheimnisse preiszugeben. Solange Sie diesen Punkt nicht berühren, will ich versuchen, mit Ihnen zu kooperieren. Warum haben Sie mich überhaupt am Leben gelassen?«

»Das erfahren Sie später, Arkonide. Sie sehen Ihre Lage noch nicht völlig klar. Da Sie sich in unserer Gewalt befinden, könnten wir Mittel anwenden, um Ihnen militärische Geheimnisse zu entreißen.«

»Ich werde lieber sterben, als Ihnen Informationen zu liefern, mit deren Hilfe Sie dem Großen Imperium schaden könnten«, entgegnete ich mit der typischen Arroganz, die die meisten hoch gestellten Offiziere des Tai Ark'Tussan an den Tag gelegt hätten.

»Wir erkennen Tapferkeit an. Aber wir wissen auch, ohne dass Sie etwas darüber sagen, dass es auf diesem Planeten einen arkonidischen Stützpunkt geben muss. Wir wissen auch, dass das Raumschiff, in dem Sie gefangen genommen wurden, kein arkonidisches Raumschiff ist. Sie begehen keinen Verrat, wenn Sie mir sagen, welches Volk dieses Schiff gebaut hat.«

»Sie haben dieses Raumschiff vor mir entdeckt«, antwortete ich wahrheitsgemäß. Dann allerdings log ich, denn wenn es auch kein Verrat arkonidischer Geheimnisse gewesen wäre, dem Maahk etwas über die Varganen zu sagen, so hätte es ihm doch genützt – und alles, was den Maahks nützte, schadete direkt oder indirekt meinem Volk. »Folglich wissen Sie mehr darüber als ich. Ich stieß mit meinem Begleiter, den Ihre Leute erschossen haben, auf Ihr Schiff und danach erst auf den fremden Raumer.«

»Das klingt logisch. Und es ist auch logisch, dass Sie versuchten, uns daran zu hindern, die wichtigsten technischen Anlagen zu demontieren und zu bergen. Ihr taktisches Geschick, Ihr Mut und Ihr Erfolg verdienen Anerkennung. Ich denke, dass Sie für unser Volk noch von großem Nutzen sein werden. Man wird Ihnen Nahrung bringen. Später komme ich wieder. Ich gestatte Ihnen, die Bildschirme der Außenbeobachtung zu benutzen, die sich in Ihrer Niederdruckkabine befinden. Informieren Sie sich über den Fortgang unserer Bergungsarbeiten.«

Der Maahk drehte sich um und stapfte hinaus. Als sich das Schott hinter ihm geschlossen hatte, ging ich zur Bedienungskonsole und aktivierte die Anlage. Die drei Bildschirme zeigten deutlich die Umgebung des Walzenschiffs. Ich sah, dass das Oktaeder inzwischen etwa zur Hälfte gehoben worden war. Zwischen ihm und dem Walzenraumer pendelten laufend Antigravplattformen und transportierten Material aus dem Schiff des Kyriliane-Sehers in das der Maahks.

Grek 1 legte offenbar Wert darauf, dass ich erkannte, wie groß die technische Ausbeute der Maahks trotz meiner Sabotageaktionen war. Er musste erkannt haben, dass diese Anlagen für jedes Raumfahrt treibende Volk von unermesslichem Wert waren – und ich sollte wahrscheinlich zu der Überzeugung kommen, dass das Große Imperium sich vom heutigen Tag an auf der Bahn des Verlierers befand.

Psychologische Zermürbungstaktik, raunte der Logiksektor. *Du sollst einsehen, dass du an der aussichtslosen Lage deines Volkes nichts änderst, wenn du schweigst.*

Ich setzte mich wieder und dachte nach. Zweifellos war das Vorgehen als psychologische Zermürbungstaktik zu werten. Aber da ein Maahk streng logisch dachte, konnte er nicht mit hundertprozentiger Gewissheit darauf zählen, dass ich unter der Last der Einsicht zusammenbrach. Die Wahrscheinlichkeit, dass ich fest blieb, war ebenso groß. Somit musste Grek 1 noch einen anderen Zweck verfolgen. Vielleicht hatte es mit dem Grund zu tun, aus dem die Maahks mich nicht getötet, sondern gefangen genommen hatten. Für gewöhnlich reichte bei den Wasserstoffatmern die Möglichkeit, durch Verhöre Informationen zu bekommen, nicht aus, um eine Gefangennahme zu motivieren. Aber sosehr ich auch darüber nachdachte, ich kam zu keinem befriedigenden Ergebnis.

Zu wenig Informationen, wisperte der Extrasinn.

Kurz darauf erschienen zwei Maahks. Einer von ihnen öffnete das Außenschott der transparenten Durchgangsschleuse, stellte ein Tablett in die kleine Kammer und schloss per Kodewort wieder ab, während der andere Maahk mit schussbereitem Desintegrator im Bereich hinter der Trennwand darüber wachte, dass ich keinen verzweifelten Ausbruchsversuch unternahm. Ich verhielt mich friedlich und nahm eine Haltung ein, aus der die Maahks, wenn sie etwas von arkonidischer Psychologie verstanden, schließen würden, dass ich es für unter meiner Würde hielt, einen ihres Volkes mit bloßen Händen anzugreifen und dadurch sozusagen körperlichen Kontakt herzustellen.

Erst nachdem die beiden Maahks wieder gegangen waren, öffnete ich das unverschlossene Innenschott der Schleuse und holte das Tablett in meine Zelle. Ich stellte es auf den Hocker, setzte mich auf den Rand der Konturliege, hob die Abdeckung und musterte die Speisen und Getränke. Die Maahks behandelten mich bemerkenswert gut, wahrscheinlich, weil ich durch den Kampf, den ich ihnen in dem Varganenschiff geliefert hatte, ihre Achtung und ihren Respekt gewonnen hatte. Derart kämpferisch veranlagte Naturen wie die Maahks respektierten zweifellos nichts mehr als den persönlichen Mut und den kämpferischen Erfolg eines Wesens, selbst wenn es sich um einen Feind handelte.

Was sie mir gebracht hatten, gehörte zwar zum Bereich »verpackte Notfallverpflegung« – luftdicht verschlossene Behälter mit diverser Synthonahrung und mineralreichen Fruchtsäften –, war jedoch unter den jetzigen Bedingungen durchaus eine höfliche Aufmerksamkeit, denn mein Anzug war schließlich ebenfalls mit Nahrung und Flüssigkeit ausgestattet, so dass sich die Verpflegungsfrage eigentlich noch nicht stellte.

Ich aß so viel, dass ich gesättigt war, aber nicht so viel, dass mein Organismus dadurch zu sehr belastet wurde, denn ich wusste, dass ich bald ausbrechen musste. Hatten mir die Maahks mir erst meinen varganischen Schutzanzug weggenommen, war es damit vorbei. Während der Mahlzeit legte ich mir meinen Plan zurecht. Eine Möglichkeit, aus meinem Gefängnis zu entkommen, hatte ich inzwischen entdeckt. Nun kam es nur noch darauf an, mich nach dem Ausbruch so zu verhalten, dass ich innerhalb kürzester Zeit größtmöglichen Schaden anrichten konnte.

Natürlich ging ich davon aus, dass es in meinem Gefängnis getarnte Teleaugen und Mikrofone gab, doch dieses Risiko musste ich eingehen. Grek 1 hatte, als er mich verließ, den Translator nicht abgeschaltet. Das war sein entscheidender Fehler gewesen, denn so unglaubhaft es klingen mochte, der Translator stellte für mich ein Mittel dar, aus meiner Zelle zu entkommen. Die Methode war so einfach, dass die Maahks wohl nur deshalb nicht an diese Möglichkeit gedacht hatten. Für sie, die logische und taktische Winkelzüge geradezu liebten, waren simple Gedankengänge fast schon unter ihrer Würde.

Eine Bestätigung hatten mir die beiden Maahks geliefert, die das Essen gebracht hatten. Schon vorher hatte ich bemerkt, dass die elektronische Ver- und Entriegelung des Außenschotts der Durchgangsschleuse mittels eines gesprochenen Kodeworts in Verbindung mit dem Befehlen »verriegeln« und »öffnen« erfolgte. Es hieß auf *Satron* »Sechseck-Sternkonstellation«, und ich brauchte es nur auszusprechen, um das Außenschott zu öffnen. Vom Schleuseninneren funktionierte das natürlich nicht – so einfach machte man es mir nicht. Weil aber der Translator nach beiden Seiten funktionierte, übersetzte er den Begriff »Sechseck-Sternkonstellation« – und auf genau diese akustische Komposition sprach die Verriegelung des Außenschotts an, sobald sie auf der anderen Seite der Trennwand erklang.

Ich zögerte nicht, meinen Plan in die Tat umzusetzen, und betrat die Durchgangsschleuse über das unverriegelte Innenschott. Nachdem ich meinen Druckhelm und den varganischen Schutzanzug geschlossen hatte, aktivierte ich den Anzugaußenlautsprecher und sprach das Kodewort. Vom Translator übersetzt, reagierte die Entriegelung des Außenschotts augenblicklich. Ich schloss das Innenschott, indem ich die Schaltleiste in Schulterhöhe berührte, verließ die Durchgangsschleuse und eilte zu dem auf den Schiffskorridor führenden Schott.

Ich unwillkürlich den Atem an, doch es öffnete sich ebenfalls problemlos. Die nächste Hürde: Mir war klar, dass mein Plan so gut wie gescheitert war, befanden sich draußen Maahks – seien es Wärter oder andere Besatzungsmitglieder. Der rein äußerliche Unterschied zwischen einem Maahk und einem Arkoniden war so groß, dass er niemals übersehen werden konnte. Doch ich hatte Glück. Kein einziger Wasserstoffatmer war zu sehen. Wahrscheinlich hielten sich die meisten im Raumschiff des Sehers auf, während der Rest der Besatzung auf den Stationen war, damit das Walzenschiff beim eventuellen Auftauchen von Feinden ohne Verzögerung gefechtsbereit gemacht werden konnte.

Mein Ziel stand fest. Ich wollte in den Maschinenraum eindringen und die Leitsysteme so umschalten, dass beim Start ein Energierückstau eintrat, der unweigerlich zur Explosion der Maschinen und damit zur Zerstörung des Schiffes führen musste. Gelang mir das, wollte ich versuchen, aus dem Walzenschiff zu entkommen und in die Berge zu fliehen. Meine Überlebenschancen würden zwar dort auch nicht groß sein, aber wenn ich an Bord blieb, waren sie gleich null.

Falls die Maahks meine Flucht verhinderten, würden sie mich entweder sofort erschießen oder mich wieder einsperren. Das gefiel mir zwar nicht, aber viel wichtiger war, dass das Walzenschiff mitsamt dem technischen Erbe der Varganen zerstört wurde. Kam ich bei der Explosion mit um, hatte ich meinem Volk dadurch ebenfalls schon sehr geholfen. Ich wusste, in welche Richtung ich mich wenden musste, um in die Maschinensektion zu gelangen. Deshalb stieg ich auf das Transportband, das sich in die betreffende Richtung bewegte.

Nach kurzer Zeit erreichte ich das Maschinendeck, ohne einem Maahk zu begegnen. Allerdings durfte ich nicht erwarten, auch im Maschinenraum selbst keinen vorzufinden. Selbstverständlich würden die Techniker und Ingenieure auf ihrer Station sein. Ich konnte vielleicht ungesehen in den Maschinenraum gelangen, aber sobald ich mich an den Maschinen zu schaffen machte, würde ich mit Sicherheit entdeckt werden. Es kam darauf an, die Maahks über meine wahre Identität zu täuschen. Das aber konnte ich nur, wenn ich wenigstens rein äußerlich so aussah wie einer der Wasserstoffatmer.

Ich atmete auf, als ich feststellte, dass sich eine weitere Voraussetzung meines Plans erfüllte. Zwar hatte ich es nicht genau gewusst, aber ich hatte angenommen, dass auch die Maahks bei den wichtigen und besonders gefährdeten Schiffssektionen Schutzanzüge bereitgestellt hatten, die im Alarmfall schnell erreicht werden konnten. Meine Annahme bestätigte sich: In einer rechteckigen Korridornische waren an Magnetklammern neun schwere maahksche Schutzanzüge aufgehängt. Ich brauchte nur einen an mich zu nehmen und über meinen eigenen Schutzanzug zu streifen, um aus einiger Entfernung wie ein Maahk auszusehen.

Allerdings war das nicht so leicht, wie es sich anhörte. Ich merkte es, als ich den Schutzanzug übergestreift hatte. Er war für Lebewesen konstruiert, deren Körperkräfte die von Arkoniden um ein Mehrfaches überstiegen. Entsprechend starkwandig und schwer waren die einzelnen Teile gearbeitet. Jeder Schritt kostete mich genauso viel Kraft wie das Anheben eines Geräts von fünfzig Kilogramm Masse unter Standardgravitation. Ich justierte zwar den Gravoneutralisator des Varganenanzugs so, dass das zusätzliche Gewicht weitgehend aufgehoben war, doch die Klobigkeit ließ sich auf diese Weise nicht beseitigen. Hinzu kam, dass ich den Brustteil nicht ganz verschließen durfte, um aus dem Inneren des deutlich größeren Maahkanzugs – immerhin 2,20 Meter groß und 1,50 Meter breit – meine Umgebung noch sehen zu können.

Nach drei Schritten war ich nahe daran, wieder aufzugeben. Es erschien mir unmöglich, überhaupt bis in den Maschinenraum zu gelangen, ganz zu schweigen davon, mich darin so wie ein echter Maahk zu bewegen. Aber hatte ich überhaupt noch eine Wahl? Wenn es mir nicht gelang, etwas Wirksames gegen die Maahks zu unternehmen, war es sicher besser, gleich zu sterben. In diesem Fall konnte Grek 1 mich nicht benutzen, wofür auch immer.

Ich dachte an das Achtyl-Hachat. Konnte mir die varganische Droge helfen? Ich musste es wagen. Dennoch brach mir der kalte Schweiß aus, als ich sie vom Anzug injizieren ließ. Der Selbsterhaltungstrieb war auch bei hoch entwickelten Lebewesen immer noch der stärkste Trieb. Wenige Augenblicke später wurde mir übel. Ich fror plötzlich und zitterte an allen Gliedern, während ich gegen das Erbrechen ankämpfte. Doch ebenso plötzlich schwanden diese Erscheinungen wieder. Ich spürte, dass ungeahnte Kräfte meinen Körper durchpulsten und ich von großer Zuversicht erfüllt wurde, beinahe von Euphorie. *Das Achtyl-Hachat hat gewirkt!*

Als sich das Schott vor mir öffnete, blickte ich in eine große Maschinenhalle. Insgesamt neun Maahks waren weit genug voneinander entfernt, dass ich zwischen ihnen hindurchgehen konnte, ohne sofort erkannt zu werden – immerhin war der transparente Druckhelm von maahktypischer Halbmond-Wulstform leer, und die Ärmel hingen schlaff herab. Es war wundervoll, wie leicht ich mich in dem Schutzanzug bewegte. Ich fühlte mich, als könne ich Bäume ausreißen.

Du Narr, raunte mein Logiksektor. *Vergiss über dem Triumph nicht deine Aufgabe.*

Beschämt erkannte ich, dass ich tatsächlich für einen Moment vergessen hatte, weshalb ich in den Maschinenraum gekommen war. Die Varganendroge hatte offenbar eine Nebenwirkung, die die Kritikfähigkeit stark herabsetzte. Vielleicht traf das nur bei mir zu, weil sich mein Metabolismus vom Metabolismus eines Varganen unterschied.

Langsam stapfte ich durch die Halle. Ich suchte nach den Maschinen, an denen ich die entscheidenden Schaltungen vornehmen musste. Da sie zurzeit nicht aktiviert waren, standen auch keine Maahks dort. Ich trat vor die erste Maschine, öffnete die

Normverschlüsse der Abdeckplatte über den Schaltungen und studierte das Innenleben. Natürlich unterschied es sich von dem arkonidischer Aggregate, aber nur in Details, denn die Systeme auf Maahkraumern und Arkonidenschiffen funktionierten nach den gleichen Prinzipien, da wir uns in etwa auf dem gleichen technischen Entwicklungsstand befanden. Trotzdem gaben mir diese Details mehr als genug Rätsel auf. Ich brauchte etwa dreimal so lange, wie ich an einer entsprechenden arkonidischen Maschine gebraucht hätte, um die Umschaltung vorzunehmen.

Dennoch verlor ich meine Zuversicht nicht. Ich warf einen Blick auf meine »Kollegen« und registrierte erleichtert, dass sie sich nicht um mich kümmerten. Begünstig wurde das wohl durch die strenge Disziplin der Maahks, die kaum Spielraum für Eigeninitiative ließ, jedenfalls nicht während der Dienstzeit und nicht bei untergeordneten Kräften. Die Maahks hatten mich bestimmt gesehen, aber sie mussten annehmen, dass ich mit einem speziellen Auftrag eines anderen Vorgesetzten in die Maschinenhalle gekommen war, und sahen keinen Anlass, sich um mich zu kümmern.

Ich wandte mich der nächsten Maschine zu. Diesmal ging es erheblich schneller, da ich bei der ersten Maschinenschaltung Erfahrungen gesammelt und aus ihnen gelernt hatte. Aber mitten in der Arbeit wurde mir schwarz vor Augen. Ich musste mich an den Rand der Maschine klammern, um nicht umzufallen, denn meine Knie schienen plötzlich aus Weichplastik zu bestehen.

Die Wirkung der Droge lässt nach, zischte der Extrasinn.

Zum gleichen Schluss kam ich ebenfalls. Ich entschloss mich, nur noch dieses eine Aggregat umzuschalten, führte meine Arbeit zu Ende und verließ den Maschinensaal wieder. Draußen blickte ich mich um. Immer noch lag der Korridor verlassen da. Sollten die Maahks noch nicht entdeckt haben, dass ihr Gefangener ausgebrochen war? Es war kaum vorstellbar – und doch musste es so sein, sonst wäre längst Alarm gegeben worden und im Schiff würde es von Suchtrupps wimmeln. Wahrscheinlich waren die führendem Maahks so stark von der Auswertung des Fundes beansprucht, dass sie sich um nichts anderes kümmerten.

Hastig streifte ich den maahkschen Schutzanzug wieder ab und stellte mich auf das Transportband, das in Richtung meines Gefängnisses führte. Mir war klar geworden, dass mir eine Flucht aus dem Walzenschiff nicht gelingen konnte. Jeden Augenblick musste die Wirkung der Droge enden, ich entkräftet zusammenbrechen. Es war deshalb besser, wenn die Maahks gar nicht erst bemerkten, dass ich mich für einige Zeit unerlaubt aus meinem Gefängnis entfernt hatte. Dann würden sie auch nicht nachforschen, was ich während dieser Zeit in ihrem Schiff getrieben hatte.

Vor dem Schott zum Doppelraum sprang ich vom Band. Als es sich öffnete, rannte ich hindurch. Aber auf halbem Wege zum offenen Außenschott der Durchgangsschleuse verließen mich meine Kräfte. Es war, als sei ich ein Ballon, aus dem schlagartig das Gas entwich. Ich konnte mich nicht mehr halten und brach zusammen. Vor meinen Augen wogten rötliche Schleier, dahinter erkannte ich undeutlich die Öffnung. Unter Aufbietung meiner ganzen Willenskraft kroch ich darauf zu. Eine halbe Ewigkeit schien zu vergehen. Ich war so schwach, dass ich am liebsten aufgegeben und mich der Bewusstlosigkeit überlassen hätte, die mein Hirn zu vernebeln drohte.

Doch mein Extrasinn half mir über die kritischen Phasen hinweg, indem er mich immer wieder anspornte. Woher mein aktivierter Hirnteil die Energie nahm, die er dazu benötigte, war mir schleierhaft, allerdings auch gleichgültig. Endlich hatte ich die Öffnung erreicht. Das Außenschott schloss sich nicht automatisch und auch nicht mit Hilfe des Kodeworts. Ich musste die schmale Schaltleiste berühren, die sich etwa in Schulterhöhe befand. Da ich kaum noch etwas sah, tastete ich verzweifelt nach dem Rand der Öffnung, versuchte mich hochzuziehen. Die ersten Versuche schlugen fehl. Ich kam kaum kniehoch, bevor ich kraftlos zurücksank.

Endlich gelang es mir, mich weit genug hochzuziehen. Ich tastete blind nach der Schaltleiste, bekam sie zu fassen, drückte darauf und ließ mich nach vorn fallen. Die zufahrenden Schotthälften streiften meinen rechten Fuß. *Weiter, weiter!*, drängte mein Extrasinn. *Du darfst jetzt nicht aufgeben! Gleich hast du es geschafft!*

Ich dachte eine Verwünschung – aussprechen konnte ich sie nicht, dazu war ich zu schwach – und kroch weiter. Das Innenschott. Druckausgleich. Zischende Sauerstoff-Stickstoff-Atmosphäre. Meine Muskeln und Sehnen arbeiteten mechanisch weiter, während mein Geist fast völlig von Bewusstlosigkeit überschattet wurde. Ich hielt erst an, als ich gegen ein Hindernis stieß. Es musste die Konturliege sein. Mit dem letzten Rest meiner Kräfte zog ich mich hinauf, dann wurde es endgültig dunkel.

5.

Aus: *Zahlen, Zenturien, Ziele und Zeugnisse – aus der Arbeit des Historischen Korps der USO*, Chamiel Senethi. In: *Kompendium von Sekundärveröffentlichungen diverser Archive*, hier: *Die Methankriege*; Sonthrax-Bonning-Verlagsgruppe, Lepso, 1310 Galaktikum-Normzeit (NGZ)

Der von den Maahks eingeatmete Wasserstoff wird bereits in der Maahk-Leber mit Bestandteilen der Nahrung zur Reaktion gebracht. Dies ist offenbar eine evolutionäre Anpassung daran, dass sich Wasserstoff nicht wie Sauerstoff reversibel und locker an ein Trägermolekül binden lässt. Entsprechend dient die grünliche Blutflüssigkeit nicht wie die der Sauerstoffatmer dem Transport von komplex gebundenen Atemgasen und Nährstoffen, sondern führt den übrigen Teilen des Körpers Energie speichernde Moleküle zu, die in der Maahk-Leber gebildet werden und in ihrer Funktion dem ATP der arkonidischen Physiologie entsprechen.

Die Nahrung der Maahks enthält ein vielfältiges Gemisch organischer und anorganischer Stickstoffverbindungen, darunter insbesondere Amine, Imine, Azoverbindungen, Stickstoffwasserstoffsäure, Hydrazin und Schwefelnitrid. Aus ihnen werden in enzymatisch kontrollierten Reaktionsfolgen vor allem Imin- (NH) oder Aminradikale (NH_2) abgespalten, die als oxidierende Partner mit dem eingeatmeten Wasserstoff reagieren. Dabei entstehen Ammoniak sowie in Spuren Methan, die von den Maahks ausgeatmet werden.

Die bei der Reaktion frei werdende Energie wird in der Maahk-Leber auf ein energiereiches Molekül (»Maahk-ATP«) übertragen, das vom Blutkreislauf verteilt wird. Selbst bei einem energiereichen Nährstoff wie Hydrazin gewinnt ein Maahk pro eingeatmetes Molekül Wasserstoff allerdings deutlich weniger Energie als ein Sauerstoffatmer pro Molekül Sauerstoff. Dies wird jedoch durch einen höheren Stoffumsatz und nicht zuletzt durch die im Vergleich zum Sauerstoff viermal so große Diffusionsgeschwindigkeit des kleinen Wasserstoffmoleküls kompensiert.

Die von den Maahks verzehrten Stickstoffverbindungen werden von fotoautotrophen Organismen (»Ammoniak-Pflanzen«) erzeugt, die das von den Maahks ausgeatmete Ammoniak mit Hilfe von Lichtenergie in die genannten Stoffe umwandeln. Da die Ammoniak-Pflanzen in der

Regel ausgeprägte Silikatwände haben und ihre Nährstoffe in mikroporösem Kieselgur speichern, nehmen die Maahks mit ihrer Nahrung stets auch große Mengen an Siliziumverbindungen zu sich, die sie zum Aufbau und zur Erhaltung ihrer Haut- und Skelettstrukturen benutzen. Die Überschüsse werden zusammen mit den übrigen Stoffwechselüberresten ausgeschieden.

Als ich wieder zu mir kam, fühlte ich mich außerordentlich schwach, aber auch zufrieden. Es war mir gelungen, einige Maschinen des Maahkraumers zu präparieren und anschließend meine Spuren wieder zu verwischen. Außerdem lebte ich noch, so dass ich, versuchten die Maahks zu starten, für einen kurzen und letzten Augenblick mitbekommen würde, dass mein Anschlag geglückt war.

Ich schlug die Augen auf. Mein Blick fiel auf die graue Decke meines Gefängnisses. Dann bewegte ich meine Arme – und plötzlich verspürte ich eisigen Schrecken. Der varganische Schutzanzug war weg! Ich trug nur noch meine einfache Kombination. Also mussten die Maahks mich während meiner Bewusstlosigkeit entkleidet haben. Doch ich beruhigte mich schnell wieder. Schließlich konnten die Wasserstoffatmer ja nicht wissen, warum ich bewusstlos gewesen war. Sie hatten mich sicher nur entkleidet, um mich zu untersuchen.

Ich setzte mich auf und blickte auf die Bildschirme. Die Maahks transportieren noch immer Material aus dem Raumschiff des Sehers in ihren Walzenraumer. Aber das würde ihnen nichts nützen. Im Gegenteil. Je mehr sie von den technischen Einrichtungen des Varganenschiffes herüberschleppten, desto weniger konnten die Maahks, die eventuell die Explosion der Antriebsmaschinen und die Zerstörung ihres Schiffes überlebten, mit dem in dem Oktaeder verbliebenen Rest anfangen.

Lächelnd schwang ich mich herum, um die Füße auf den Boden zu stellen. Mitten in der Bewegung erstarrte ich – und mein Lächeln gefror zu einer Maske des Schreckens. Denn im anderen Teil des Doppelraums stand Grek 1, und neben ihm lag der varganische Schutzanzug. Rein intuitiv erfasste ich, was ich konkret überhaupt noch nicht erkennen konnte, dass nämlich die Maahks mein Spiel durchschaut hatten. Und die ersten Worte verrieten, dass ich mit meiner Intuition Recht gehabt hatte.

»Das war eine beachtliche Leistung, Arkonide. Wären Sie ein Maahk, würde ich Sie zur Beförderung vorschlagen. Dennoch war Ihre Aktion von vornherein zum Scheitern verurteilt. Ich wusste, dass Sie etwas unternehmen würden, und habe Sie ständig beobachtet.«

Ich war wie betäubt. Aber ich ließ mich nicht überrumpeln. Es konnte durchaus sein, dass der Kommandant des Maahkraumers nur bluffte, um aus mir herauszulocken, was ich wirklich unternommen hatte. Vielleicht wusste er lediglich, dass ich für einige Zeit mein Gefängnis verlassen hatte, und musste natürlich versuchen, den Rest aus mir herauszulocken.

Doch so leicht wollte ich es ihm nicht machen. »Schade, dass mein Schutzanzug plötzlich undicht wurde. Dadurch wurde ich gezwungen, überstürzt zurückzukehren. Sonst hätte ich Ihnen einen Besuch abgestattet und Sie getötet.«

Das Gesicht des Maahks verriet keine Regung. Nur die Augen funkelten. »Ich habe nicht geblufft. Ich hatte den Translator keineswegs versehentlich nicht ausgeschaltet. Sie sollten vorübergehend entkommen, denn ich wollte feststellen, was Sie unternehmen würden und welcher Hilfsmittel Sie sich bedienten. Das ist mir gelungen. Glauben Sie nur nicht, dass Sie im Maschinensaal unbehelligt die Umschaltungen hätten vornehmen können, hätte ich das Personal nicht vorher entsprechend unterrichtet.«

Ich seufzte erbittert. Nachträglich sah ich ein, wie unwahrscheinlich alle Zufälle gewesen waren, die es mir erst ermöglicht hatten, meine Sabotageaktion scheinbar erfolgreich durchzuführen und wieder in mein Gefängnis zurückzukehren. Sie ließen sich tatsächlich nur damit erklären, dass mir Grek 1 alle Hindernisse aus dem Weg geräumt hatte.

»Ich hatte Sie unterschätzt«, sagte ich matt, aber auch respektvoll. »Entschuldigen Sie, bitte, dass ich Ihren Intelligenzquotienten zu gering einschätzte.«

»Sie brauchen sich nicht zu entschuldigen. Befände ich mich in Ihrer Lage, hätte ich auch die geringste Chance wahrgenommen, meine Feinde zu töten und damit die Auswertung der Beute zu verhindern. Immerhin nahmen Sie in Kauf, dabei ebenfalls umzukommen; das war sehr logisch gedacht.«

Ich zuckte die Achseln. »Sie haben Recht. Ich würde es wieder versuchen, sähe ich ebenfalls nur die kleinste Möglichkeit. Diesmal haben leider Sie gewonnen. Aber das Garrabospiel ist erst zu Ende, wenn ich tot bin.«

»Richtig. Wie ich sagte, wollten wir unter anderem feststellen, welcher Hilfsmittel Sie sich bedienen würden, um Ihren Plan auszuführen.« Er wies auf den Schutzanzug. »Wir haben festgestellt, dass sich in Ihrer Rückenmarksflüssigkeit noch Spuren der Substanz befanden, die Sie verwendet haben. Es handelt sich um einen Wirkstoff, der die schlafende Energie eines Organismus weckt, sofern dieser Organismus Sauerstoff atmet und auf Eiweiß basiert.«

Ich ahnte, was noch kommen würde, und musste mich anstrengen, um mir nicht anmerken zu lassen, wie sehr mich die Feststellungen des Maahks erschreckten.

»Wie Sie sich denken können«, fuhr Grek 1 fort, »haben wir auch die anderen Schutzanzüge untersucht, die sich an Bord des fremden Raumschiffs befanden. Deshalb muss ich annehmen, dass es sich bei dem Wirkstoff, den Sie gezielt benutzten, um das Produkt des Volkes handelte, dem das fremde Schiff gehörte. Daraus folgt, dass Sie mehr über dieses Volk und seine Zivilisation wissen, als Sie bisher zugegeben haben, denn sonst hätten Sie nicht gewusst, dass die betreffende Droge Ihre schlafende Energie mobilisiert.«

Er hatte natürlich Recht – und er konnte es beweisen. Dennoch entschloss ich mich dazu, weiterhin alles abzustreiten. »Ich gebe zu, dass Ihre Argumentation logisch ist. Aber sie basiert auf einer Annahme, die nicht zutrifft. Ich hoffte nur, dass es ein Aufputschmittel war, und ging das Risiko aus Verzweiflung ein.«

»Verzweiflung ist keine logische Motivation.«

»Natürlich nicht. Es ist eine emotionale Regung, die von einem Maahk nicht nachvollzogen werden kann.«

»Sie irren sich, Arkonide. Wir Maahks haben ein sehr starkes Zusammengehörigkeitsgefühl. Das ist auch der Grund, weshalb wir den Krieg gewinnen werden, denn dieses Gefühl ist bei Arkoniden nur sehr schwach ausgeprägt. Mir ist bekannt, dass es innerhalb der höchsten Befehlsstellen des Großen Imperiums immer wieder zu Machtkämpfen kommt, obwohl die Bedrohung von außen groß genug ist, um alle internen Streitigkeiten auszusetzen. Ihr Arkoniden seid nicht diszipliniert genug und deshalb eine Sackgasse der Evolution.«

»Warum sagen Sie mir das, Maahk? Es könnte Ihnen doch nur recht sein, würde unsere militärische Stärke durch interne Machtkämpfe geschwächt – was aber bestimmt nicht der Fall ist. Im Gegenteil. Sie sind nur die äußeren Zeichen unserer ausgeprägten Individualität, und das ist ein entscheidender Vorteil gegenüber einem Volk von gleichgeschalteten Individuen.«

»Sie begreifen nicht, wie wir wirklich denken und wie wir uns verwirklichen. Ich habe Ihnen das alles nur gesagt, damit Sie einsehen, dass Arkon diesen Krieg niemals gewinnen kann. Sobald wir das Material aus dem fremden Raumschiff ausgewertet und in großem Maßstab für unsere Zwecke dienstbar gemacht haben, werden wir das Große Imperium noch schneller zerschlagen. Wäre ich Sie, würde ich meinen Freunden raten, mit mir und mit möglichst vielen Raumschiffen voller qualifizierter Männer und Frauen in einen entlegenen Winkel der Galaxis zu fliehen, wo sie die nächsten Jahrtausende sicher wären.«

Ich horchte auf. Bestimmt sagte Grek 1 so etwas nicht nur so daher. Er verfolgte einen logisch fundierten Zweck, sonst hätte er nicht seine knappe Zeit geopfert. »Dazu werde ich wohl keine Gelegenheit haben, da ich ja doch getötet werde, sobald Sie mich nicht mehr brauchen.«

»Nein. Wir beabsichtigen, Sie gegen einen wichtigen Grek auszutauschen, der sich in arkonidischer Gefangenschaft befindet. Da Sie ein hoch stehender Arkonide sind – unsere Untersuchung zeigte auch, dass Sie über einen aktivierten Extrasinn verfügen! –, wird das Oberkommando Ihrer Raumflotte auf unser entsprechendes Angebot eingehen. Ruhen Sie sich aus. Wir werden bald starten.«

Er verließ den Raum, ich blickte ihm grübelnd hinterher. Es gefiel mir ganz und gar nicht, dass die Maahks mich austauschen wollten. In maahkscher Gefangenschaft gab es immerhin eine geringe Wahrscheinlichkeit, dass ich überleben würde. Befand ich mich aber in der Gewalt des Flottenzentralkommandos, würde ich über kurz oder lang als gesuchter Kristallprinz identifiziert werden – und Orbanaschol würde dafür sorgen, dass ich ihm nie mehr Schwierigkeiten bereitete. Ich konnte es drehen und wenden, wie ich wollte: Meine Zukunftsaussichten waren so schlecht wie die eines Todeskandidaten.

Auf den Bildschirmen konnte ich beobachten, wie die Maahks weiter Material aus dem Varganenschiff holten. Erbittert starrte ich auf ein Geschehen, das ich nicht verhindern konnte. Mir war inzwischen vieles klar geworden, was ich vor dem letzten Gespräch mit dem Kommandanten des Maahkschiffes noch nicht verstanden hatte.

Sie ließen mich deshalb bei der Bergung der varganischen Aggregate zuschauen, weil sie wollten, dass ich nach meinem Austausch darüber berichtete. Sie versprachen sich davon Erschrecken und Resignation beim Flottenzentralkommando des Tai Ark'Tussan und daraus resultierend eine Erlahmung unseres Widerstandswillens. Außerdem hofften sie wohl, dass ich die Anregung von Grek 1 aufnahm und aufgrund meiner angenommenen hohen Stellung in der Lage sein würde, einen erheblichen Teil der arkonidischen Flotte dazu zu missbrauchen, mit einem ausgewählten Teil meines Volkes in einen entlegenen Winkel der Öden Insel zu fliehen.

Dadurch würde nicht nur die Kampfkraft der arkonidischen Flotte entscheidend geschwächt werden, sondern es würde auch die Elite der Soldaten, Offiziere, Techniker und Wissenschaftler aus der Verfügungsgewalt der Kriegsmaschinerie abgezogen werden, da die Maahks annahmen, dass ich nur die besten Kräfte mitnehmen würde. Die unmittelbare Folge wäre der baldige Zusammenbruch der arkonidischen Verteidigung, so dass die Flotten der Maahks bis zu den Arkonwelten vorstoßen und sie vernichten konnten.

Was Grek 1 nicht wissen konnte, war, dass ich niemals in der Lage sein würde, mit einem Teil der Arkonflotte zu desertieren. Ich hätte es selbstverständlich selbst dann nicht getan, wäre es mir möglich gewesen. Wahrscheinlich würde das Flottenzentralkommando auch nichts darüber erfahren, dass die Maahks sich in den Besitz eines Teils des varganischen Erbes gesetzt hatten. Orbanaschols Schergen würden mich sofort nach dem Austausch verhaften und sicherlich am gleichen Tag ermorden. *Der psychologisch an sich raffinierte Plan des Maahks kann also gar nicht aufgehen.*

Allerdings würde ich ihm das nicht verraten. Sollte er ruhig glauben, mich psychologisch zermürbt zu haben. Ich konnte den Trost mit in den Tod nehmen, dass die Raumflotten der Maahks, griffen sie in der Hoffnung an, einen geschwächten Gegner vor sich zu haben, zurückgeschlagen werden würden.

So schnell konnten sie nämlich das varganische Erbe nicht verwerten, das würde Jahre dauern. Vielleicht gelang es Fartuloon und seinen Getreuen unterdessen, Orbanaschol zu stürzen und die wirtschaftlichen und militärischen Ressourcen straffer und konsequenter zu organisieren. Vielleicht half Ischtar ihm dabei, indem sie dem Großen Imperium die Technik ihres Volkes zur Verfügung stellte. Nein, ich brauchte nicht verzweifelt zu sein. Dennoch ärgerte es mich sehr, dass der Mörder meines Vaters die Genugtuung bekommen sollte, auch den Sohn und rechtmäßigen Erben des Imperator-Throns zu ermorden.

Mein Grübeln wurde unterbrochen, als erneut zwei Maahks erschienen und mir etwas zu essen brachten. Ich stürzte mich heißhungrig auf die Mahlzeit, denn die Wirkung der Droge hatte an den Energiereserven meines Körpers verheerend gezehrt. Nach dem Essen fühlte ich mich nicht nur kräftiger, sondern auch seelisch wieder wohler. Ich streckte mich auf der Konturliege aus und versuchte ein wenig zu schlafen. Die Lage wirkte zwar aussichtslos, aber ich hatte schon zu oft Situationen erlebt, die absolut aussichtslos erschienen, und hatte sie schließlich doch irgendwie gemeistert. Deshalb wusste ich, dass es ein Fehler gewesen wäre, die Hoffnung aufzugeben. Ich musste abwarten und konsequent zupacken, wenn sich eine Gelegenheit zum Handeln ergab.

Mit diesen Gedanken schlief ich tatsächlich ein.

Ich erwachte vom Rumoren schwerer Aggregate und einem stetigen Vibrieren. Als ich auf die Bildschirme sah, erkannte ich, dass sich draußen weder Maahks noch Bergungsgeräte befanden. Das Varganenschiff lag verlassen da. Demnach bereiteten die Maahks den Start ihres Raumers vor. Ich machte mir keine Illusionen darüber, dass meine Sabotage wirken könnte. Da die Maahks genau wussten, wo ich Umschaltungen vorgenommen hatte, würden sie den Fehler behoben haben, kaum dass ich den Maschinensaal wieder verlassen hatte.

Das Rumoren nahm an Lautstärke zu, die Schiffszelle erbebte unter den Erschütterungen, die sich durch den ganzen Walzenraumer fortpflanzten. Ich fragte mich, wohin die Maahks von hier aus fliegen würden. Es war kaum anzunehmen, dass sie mich sofort zu einem Planeten brachten, auf dem der Austausch stattfinden sollte. Darüber musste erst zwischen den beiden Oberkommandos verhandelt werden, und das dauerte erfahrungsgemäß viele Pragos oder gar Perioden.

Sehnsüchtig blickte ich zu dem Schutzanzug, der immer noch in der anderen Hälfte des Raumes lag. Ich musste versuchen, ihn irgendwann wieder in die Hände zu bekommen, denn ohne ihn konnte ich mich nicht aus meinem Gefängnis herauswagen. Ohne Hoffnung, damit Erfolg zu haben, sprach ich das Kodewort »Sechseck-Sternkonstellation« aus. Aber nicht einmal der Translator reagierte darauf, geschweige denn die Verriegelung des Außenschotts. Immerhin hatte ich es versuchen müssen.

Endlich wurde das Rumoren leiser und gleichmäßiger. Die Erschütterungen klangen ab. Auf den Bildschirmen wurde die Umgebung von einem grellen Leuchten und Wabern überschwemmt, als das Walzenschiff mit voller Leistung der Impulstriebwerke startete. Schon nach einem Augenblick schwächte sich das Leuchten so stark ab, dass ich das Tal mit dem Varganenschiff einige Kilometer unter uns erkannte. Das Maahkschiff schien stillzustehen.

Plötzlich zuckten grelle Strahlbahnen hinab, trafen das Varganenschiff und ließen es an mehreren Stellen aufglühen. Nach fünf schweren Energiesalven brodelte anstelle des Oktaeders Magma in einem länglichen Krater. Es erschien mir logisch, dass die Maahks das fremde Raumschiff vernichteten, nachdem sie es ausgeplündert hatten. Sie mussten verhindern, dass Arkoniden das Schiff fanden und die darin verbliebenen technischen Anlagen untersuchten. Allerdings hatte es keinen logischen Grund gegeben, die Vernichtung so spektakulär zu gestalten. Normalerweise wäre eine Bombe installiert und später über Funk gezündet worden. Ich konnte mir das von der Norm abweichende Verhalten der Wasserstoffatmer nur so erklären, dass sie mir ihre Kampfkraft demonstrieren wollten.

Aber auch das erschien mir nicht ganz logisch, denn eigentlich kannte ein hoch gestellter Orbton der Arkonflotte die Kampfkraft aller maahkschen Raumschiffstypen genau. Da man mich für einen solchen hielt, wäre es überflüssig gewesen, mir die eigene Kampfkraft zu beweisen.

Ich schob diese Gedanken beiseite, als das Walzenschiff erneut beschleunigte, wie ich an den Arbeitsgeräuschen und an den kleiner werdenden Details der Landschaft erkannte. Es schien, als wollten die Maahks diesen Planeten verlassen. Doch der Schein trog. Ich merkte es, als das Walzenschiff bei einer geschätzten Höhe von dreihundert Kilometern in einen Orbit schwenkte – eine Pol-zu-Pol-Bahn, so dass durch die Kombination von Umkreisung und planetarer Eigenrotation bald jeder Punkt der Oberfläche überflogen sein würde. Was das bedeutete, war mir sofort klar: *Die Maahks suchen nach der angeblichen arkonidischen Station, aus der ich ihrer Meinung nach gekommen sein muss.*

Nachdem das Schiff den Planeten sechzehnmal umkreist hatte, ohne die Station zu finden, war ich mir sicher, dass Vrentizianex' Anlagen hervorragend gegen Ortung aus dem Raum getarnt waren.

Das war von Anfang an klar, teilte mir der Logiksektor säuerlich mit. *Ohne diese Antiortungseinrichtung wäre die Station von den Maahks gefunden worden, bevor sie das unter Eis- und Geröllmassen liegende, energetisch tote Varganenschiff entdeckten. Vermutlich hat er inzwischen sogar die Energieerzeuger heruntergefahren.*

Nach der dreiundzwanzigsten Umkreisung – längst war der 25. Prago des Ansoor angebrochen – schienen die Maahks einzusehen, dass sie so den Stützpunkt nicht finden würden. Aber sie gaben nicht auf, das lag nicht in der Natur dieser Lebewesen. Ich bemerkte, dass das Walzenschiff tiefer ging. Zwar konnte ich auf den Bildschirmen nicht erkennen, ob der Kommandant die Schutzschirme aktiviert hatte. Ich nahm es jedoch an, denn ging er mit dem Schiff tiefer, erhöhte sich die Gefahr, von planetarischen Abwehrbatterien beschossen und getroffen zu werden.

Verfügte der Kyriliane-Seher über eine Raumabwehr? Immerhin gab es beachtliche Teile der Station, die ich nie betreten hatte. Doch wir wurden nicht beschossen. Als wir nur noch etwa fünfzig Kilometer hoch waren, erkannte ich, dass das Walzenschiff sich wieder dem Gebirge näherte, in dem die Maahks das Varganenschiff entdeckt hatten. An der Stelle von Grek 1 hatte ich genauso gehandelt: Da ich zu Fuß unterwegs gewesen war, konnte mein vermeintlicher Stützpunkt nicht sehr weit vom Fundort des Varganenschiffes entfernt sein. Wir waren noch ungefähr zwanzig Kilometer hoch, als ich an mehreren aufblinkenden Lichtreflexen erkannte, dass die Maahks Flugsonden abgeschossen hatten.

Sie waren ferngesteuerte kleine Diskuskörper, die mit ihren Impulstastern und Weitwinkelobjektiven eine genaue Untersuchung begrenzter Geländeabschnitte ermöglichten und im Konturenflug über das Gelände gesteuert werden konnten, was praktisch die einzige Möglichkeit war, Objekte aufzuspüren, die unter einem Antiortungs- und Tarnfeld lagen. Das erforderte allerdings große Ausdauer, denn ein getarntes Objekt war nur aufzuspüren, wenn eine Sonde unter das Tarnfeld geriet. Doch die Maahks waren bekanntlich sehr zäh und ausdauernd. Ich nahm an, dass Grek 1 notfalls einige Tage über dem verdächtigen Oberflächenabschnitt geblieben wäre.

Aber so lange dauerte es nicht. Offenbar hatte eine Flugsonde ein Tarnfeld durchflogen und die Aufnahmen übermittelt, denn der Maahkraumer stoppte plötzlich. Kurz darauf dröhnte es laut. Eine Breitseite aus den schweren Impulsgeschützen schoss auf etwas zu, was auf den Bildschirmen ein Berggipfel war. Dann überzogen die Entladungen die Bildschirme mit grellem Leuchten. Als es verschwand, entdeckte ich auf dem mittleren Bildschirm ein Kuppelgebäude und die Verwüstungen, die die erste Breitseite angerichtet hatte.

In mir krampfte sich alles zusammen. Ich musste an die vielen hellhäutigen Sklaven denken, die sich in der riesigen Station aufhielten. Sie würden alle umkommen, setzten die Maahks ihren Beschuss fort. Und ich hatte keine Möglichkeit, das zu verhindern. Ich konnte nicht einmal Verbindung mit Grek 1 aufnehmen und ihn darum bitten, das Leben der Kleinen zu schonen. Er hätte ohnehin nicht auf mich gehört.

Das Walzenschiff schoss Breitseite auf Breitseite ab. Jede riss eine neue Bresche in die Station und verwandelte sie in ein glühendes Trümmermeer. Endlich stellten die Maahks das Feuer ein. Auf den Bildschirmen sah ich, dass das Walzenschiff in einem Tal unterhalb der zerstörten Varganenstation landete. Kleine Trupps von schwer bewaffneten Maahks schleusten sich aus und tauchten im Gelände unter.

Ich fragte mich, ob der Kyriliane-Seher noch lebte. Die Maahks hatten längst nicht alle Teile seiner Station zerstört; tief unter der Oberfläche gab es Regionen, die auch durch massiven Beschuss nicht zu erreichen waren. Hatte sich Vrentizianex dorthin zurückgezogen, lebte er noch. Aber die meisten seiner Sklaven mussten bei dem Bombardement den Tod gefunden haben. Es war wie bei jeder bewaffneten Auseinandersetzung: Am schlimmsten betroffen waren stets die Unbeteiligten.

Als sich nach weiteren sieben Tontas das Schott auf der anderen Seite der Trennwand öffnete, blickte ich hoch. Grek 1 betrat den Raum, begleitet von zwei schwer bewaffneten Raumlandesoldaten. Der Kommandant schaltete den Translator ein und sagte: »Wie Sie sehen konnten, haben wir Ihren Stützpunkt trotz des Tarnfelds entdeckt und zerstört. Es interessiert mich, wie das Tarnfeld erzeugt wurde.«

»Sie hätten den Stützpunkt nicht zu zerstören brauchen, Maahk. Die Besatzung hätte sich wahrscheinlich kampflos ergeben.«

»Ich brauche weder den Stützpunkt noch seine Besatzung oder die Roboter. Aber unsere Hohlraumtaster haben unter den Trümmern ausgedehnte Hohlräume festgestellt. Ich sehe mir diese Anlagen persönlich an – und Sie begleiten mich.«

»Ich bin nicht daran interessiert«, behauptete ich scheinbar leichgültig und kratzte den Mehrtagebart, den ich mir in einem etwas hilflosen Verkleidungsversuch angesichts des angekündigten Gefangenenaustauschs hatte wachsen lassen.

»Es ist sinnlos, sich zu sträuben. Entweder kommen Sie freiwillig mit, dann erhalten Sie Ihren Schutzanzug zurück – oder meine Leute bringen Sie gewaltsam nach draußen und nehmen Ihnen dort den Schutzanzug wieder ab.«

Ich erhob mich langsam. »Ihre Argumente sind von so zwingender Logik, dass ich nicht länger widerstehen kann. Reichen Sie mir den Anzug herein. Aber vergessen Sie nicht, mir meine Energiewaffen zurückzugeben.«

»Die letzte Forderung ist unerfüllbar.«

Beinahe hätte ich laut gelacht, obwohl mir gar nicht danach zumute war. Es war typisch für einen Maahk, dass er nicht in der Lage war, zwischen etwas ernst Gemeintem und einem Scherz zu unterscheiden. »Schon gut.«

Einer der Raumsoldaten öffnete das Außenschott der Durchgangsschleuse, warf meinen Schutzanzug hinein und verschloss es wieder. Ich wartete, bis in der Schleusenkammer eine für mich atembare Atmosphäre herrschte, dann holte ich den Schutzanzug und streifte ihn über. Vorläufig war mir noch völlig unklar, aus welchem Grund der Kommandant mich dabeihaben wollte, wenn er die tieferen Regionen des Stützpunktes untersuchte. Falls er dachte, mich als Geisel vorzeigen zu wollen, um »meine Untergebenen« zur Kapitulation zu zwingen, würde er eine Überraschung erleben. Lebte Vrentizianex noch, würde dieser ganz bestimmt keine Rücksicht auf mein Leben nehmen.

Doch vielleicht ergab sich in der Station eine Möglichkeit zur Flucht. Ich würde sie auf jeden Fall nutzen.

Als wir ins Freie traten, war es dunkel; zehn Tontas des 25. Prago des Ansoor nach Arkon-Zeitmaß waren verstrichen. Starke Scheinwerfer erhellten die Umgebung des Walzenschiffs, zahlreiche Lichtkegelpaare krochen die Berghänge hinauf. Wahrscheinlich handelte es sich um die Scheinwerfer schwerer Gleiskettenfahrzeuge, mit denen die Maahks den Unterschlupf des Sehers umzingelten. Eins der Gleiskettenfahrzeuge hielt neben uns. Es war fast doppelt so groß wie arkonidische Flugpanzer, aus seiner drehbaren Turmkuppel ragten eine schwere Impulskanone und ein schweres Desintegratorgeschütz.

Grek 1 winkte, aus dem Außenlautsprecher erklang der Befehl: »Aufsteigen!«

Ich gehorchte, kletterte auf die Heckladefläche und packte mit beiden Händen einen der stählernen Haltegriffe, die am Aufbau unter dem Turm befestigt waren. Grek 1 und die beiden maahkschen Raumlandesoldaten folgten mir. Ich sah, dass die Soldaten mich im Auge behielten. Doch keiner richtete eine Waffe auf mich. Sie wussten genau, dass sie mit einem unbewaffneten Arkoniden jederzeit spielend fertig werden würden. Sie waren nicht nur viel kräftiger als ich, sondern auch viel schneller, so dass ich ihnen nicht fortlaufen konnte.

Das Gleiskettenfahrzeug ruckte so hart an, dass ich beinahe den Halt verloren hätte. Ich stieß eine Verwünschung aus und klammerte mich fest. In schneller Fahrt ging es den nächsten Hang hinauf. Die zwei Meter breiten Gleisketten wirbelten Eis und Schnee hoch, das Fahrzeug schaukelte heftig. Ich schwankte hin und her, aber Grek 1 und die Soldaten standen reglos auf dem Heck des Panzers und hielten sich lässig nur mit je einer Hand fest.

Oben schwenkte das Fahrzeug scharf nach rechts, wühlte sich eine Geröllhalde empor und hielt stark wippend zwischen zwei anderen Panzern, deren Kanonenrohre auf einen glühenden Trümmerhaufen gerichtet waren – die Überreste eines Seitenflügels der Station. In der Rückwand klaffte ein torgroßes Loch. Die davonwehenden Schleier grünlichen Gases verrieten mir, dass die beiden anderen Panzer es mit Hilfe ihrer Desintegratorgeschütze geschaffen hatten.

Eine Weile geschah nichts. Grek 1 hatte seinen Translator ausgeschaltet und unterhielt sich offenbar über Helmfunk mit den Besatzungen der drei Panzer. Nach einiger Zeit schaltete er den Translator wieder ein und sagte: »Hinter der Öffnung liegt einer der angemessenen Hohlräume. Falls dort Abwehreinrichtungen sein sollten, sagen Sie es uns, denn wir werden zuerst hineinfahren.«

»Dort gibt es keine Abwehreinrichtungen«, sagte ich, nachdem ich die Außenlautsprecher meines Schutzanzugs eingeschaltet hatte.

Allerdings wusste ich nicht, ob es stimmte, was ich gesagt hatte. Stimmte es nicht, würde ich eventuell mit den Maahks sterben. Das musste ich jedoch riskieren, denn es bestand eine kleine Chance, im Durcheinander eines Gefechts zu entkommen.

»Sie müssen es ja wissen.« Er schaltete den Translator wieder aus. Wahrscheinlich sollte ich nicht mithören, welche Befehle er über Helmfunk durchgab.

Unser Panzer rollte an. Die Lichtkegel der starken Bugscheinwerfer stachen in die Finsternis der Höhlung und hellten sie auf. Vorerst enthüllten sie jedoch nichts Besonderes. Als wir einfuhren, blickte ich zurück und sah, dass uns die anderen Panzer folgten. Ich nahm an, dass die Maahks an vielen weiteren Stellen ähnliche Einbruchsöffnungen geschaffen hatten und gleichzeitig eindrangen, um eine eventuelle Restbesatzung des vermeintlichen Stützpunkts niederzukämpfen.

Der von den Desintegratoren geschaffene Stollen war etwa fünfzig Meter lang. An seinem Ende lag eine stählerne Wand, die von den Desintegratoren nur oberflächlich aufgelöst worden war. Das Material musste molekularverdichtet sein, verfügte vielleicht sogar über eine Kristallfeldintensivierung. Die Panzer hielten an, dann feuerte unser Fahrzeug. Der grünlich flirrende Energiestrahl, der die molekulare Bindungsenergie jeder Materie neutralisierte, hätte eine normale Metallplastikwand schnell völlig aufgelöst. Bei dieser Wand gelang das erst nach einigen Zentitontas und verlief so langsam, dass ich sehr genau hinsehen musste, um die hauchdünnen Feinstaubwolken überhaupt zu bemerken, die von der Wand aufstiegen.

Also doch Kristallfeldintensivierung.

Aber die Maahks waren ausdauernd und zäh. Was sie sich einmal vorgenommen hatten, das führten sie zum Ende. Ununterbrochen schoss der desintegrierende Strahl gegen die Wandung und löste eine hauchdünne Schicht nach der anderen auf. Die anderen Panzer konnten sich an dem Beschuss nicht beteiligen, da der Stollen nicht breit genug war. Sie warteten mit laufenden Antriebsaggregaten. Nach mehrmaligem Wechsel der Panzer – um die heiß geschossenen Waffen abkühlen zu lassen – brach der Desintegratorstrahl durch und vollführte einige kreisförmige Bewegungen, um auch die Ränder aufzulösen und die Öffnung groß genug werden zu lassen, dann erlosch er. Unser Panzer ruckte an und erreichte eine riesige Halle, deren Wände und Decke mit Millionen großer Kristalle besetzt waren, die im Licht der Scheinwerfer irisierend funkelten und glitzerten.

Unser Fahrzeug rollte bis zur Hallenmitte und blieb stehen. Die anderen Panzer folgten und stoppten neben uns. Dann geschah etwas Seltsames: Alle Maahks verließen ihre Fahrzeuge. Auch Grek 1 und die Soldaten stiegen ab, gingen langsam und wie in Trance zu den Wänden, streckten ihre Arme aus und berührten mit den behandschuhten Händen die Kristalle. Danach blieben sie reglos stehen.

Ich wusste nicht, was ich davon halten sollte. Die Maahks verhielten sich so, als seien sie einer Art hypnotischem Einfluss erlegen. Ich dagegen spürte absolut nichts. War es möglich, dass der unbekannte Einfluss, der von den Kristallen ausging, nur den Gehirnen Wasserstoff atmender Lebewesen zusetzte, nicht jedoch denen von Sauerstoffatmern?

Das spielt keine Rolle, flüsterte der Logiksektor. *Wichtig ist nur, dass du eine Gelegenheit zur Flucht erhalten hast, wie sie so bald nicht wiederkehren wird. Nutze sie!*

Ich holte tief Luft. *Und wie ich diese Gelegenheit nutzen werde!* Ich kletterte zum offenen Einstieg des Panzers, setzte mich in den riesigen Sessel des Piloten und musterte die Schaltungen, mit denen das ungefüge Fahrzeug gesteuert werden konnte. Danach schloss ich das Luk, schaltete den Antrieb ein und steuerte den Panzer auf das andere Ende der Halle zu.

Die Maahks standen immer noch reglos an den Kristallwänden. Es sah unheimlich aus, und ich fragte mich, was in diesen Wesen wohl vorgehen mochte. Gaukelten ihnen die Kristalle eine imaginäre Aktivität in einer imaginären Umgebung vor? Steuerte der Kyriliane-Seher die Kristalle und damit indirekt auch die Maahks mit Hilfe seiner Augenkristalle? Konnte er mich über die Kristalle in der Halle sehen? Und wie würde er darauf reagieren, dass ich tiefer in sein geheimes Reich eindrang? Hatte er noch einige seiner wild zusammengebastelten Roboter?

Vorerst jedoch sah es nicht so aus, als würde ich in Schwierigkeiten geraten. Am anderen Ende der mehrere hundert Meter langen Halle befand sich ein offenes Tor. Ich ließ den Panzer langsam durch die Öffnung rollen und beobachtete auf dem Sichtschirm die Lichtkegel, die in die Dunkelheit stachen. Als sie mehrere seltsame Gestalten erfassten, hielt ich das Fahrzeug an.

Doch die Gestalten bewegten sich nicht. Sie standen nicht nur still wie Statuen, sie waren offenbar tatsächlich Statuen, die unbekannte Wesen von ebenso unbekannten Planeten darstellten. Ich ließ die Scheinwerfer kreisen und entdeckte noch mehr dieser seltsamen Statuen. Einige sahen überhaupt nicht wie die Nachbildungen von Lebewesen aus, sondern eher wie die Gebilde einer ins Extrem gesteigerten abstrakten Kunst. Bei ihnen versagte die Fähigkeit, sie zu beschreiben.

Nach einiger Zeit fuhr ich wieder an und steuerte zwischen den Statuen hindurch. Doch diese standen immer dichter beisammen, je weiter ich in die zweite Halle hineinfuhr. Bald steckte ich fest. Ich überlegte, ob ich zurückfahren sollte. Aber wohin konnte ich mich draußen schon wenden? Der Panzer würde von den Ortungsgeräten des Walzenschiffs sofort erfasst werden, und auch zu Fuß würde ich nicht weit kommen. Inzwischen war im Maahkschiff wegen der abgebrochenen Funkverbindung mit Grek 1 und den anderen Soldaten sicher schon Verdacht geschöpft worden. Wahrscheinlich schwärmten draußen weitere Soldaten aus. *Die Möglichkeiten, ihnen zu entgehen, sind verschwindend klein.*

Natürlich hätte ich die im Weg stehenden Statuen einfach mit dem Desintegratorgeschütz des Panzers in Staub verwandeln können. Da ich jedoch nicht wusste, welche Reaktionen ich dadurch auslösen würde, verzichtete ich lieber darauf. Die Möglichkeiten des Kyriliane-Sehers, seinen Schlupfwinkel zu verteidigen, schienen vielfältig zu sein. Erzürnte ich ihn, war ich verloren. Gelang es mir dagegen, ihn als Verbündeten zu gewinnen, hatte ich vielleicht doch noch eine Chance, das Maahkschiff zu vernichten.

Ich entschloss mich, den Panzer zu verlassen und zu Fuß weiterzugehen. Nun wirkten die unheimlichen Statuen noch viel größer. Gab es tatsächlich irgendwo in unserer Sterneninsel Planeten, auf denen solche Lebewesen existierten, wie sie hier dargestellt wurden? Und wenn, warum waren wir bisher nicht auf eine einzige dieser Spezies gestoßen? War zu viel Zeit vergangen – immerhin lag laut Ischtar die Ankunft der Varganen mehr als 675.000 Arkonjahre zurück? Oder lebten sie nur in den riesigen, noch unerforschten Sektoren der Öden Insel?

Konzentriere dich darauf, zu überleben, mahnte mein Extrasinn. *Alles andere hat Zeit bis später.*

Ich glaubte zwar nicht, dass ich später Zeit finden würde, mich mit dem Rätsel der Statuen zu befassen, sah allerdings ein, dass ich mich nicht selbst mit gegenwartsfernen Gedankengängen ablenken durfte, wollte ich den Maahks entkommen und überleben. Und das war nicht alles. Ich musste nach einer Möglichkeit suchen, die Maahks am Start zu hindern und möglichst ihr Raumschiff zu zerstören. So schnell wie möglich bewegte ich mich vorwärts, zwischen den Statuen hindurch, deren Anblick mir beinahe unerträglich wurde. Gerade wollte ich meine Handlampe einschalten, da ich den Lichtkreis der Panzerscheinwerfer verließ, als ich den Eindruck hatte, dass sich eine der Statuen bewegte. Ich blieb stehen und wagte kaum zu atmen. Erst jetzt wurde mir bewusst, dass ich noch immer unbewaffnet war. Ich hätte mir vielleicht eine der maahkschen Handwaffen aneignen sollen, obwohl sie eigentlich viel zu schwer für einen Arkoniden waren. Aber dieser Einfall kam zu spät. Im Panzer hatte ich keine Handwaffen entdeckt.

Einen Augenblick später erkannte ich, dass sich tatsächlich eine der Statuen bewegte – ein Gebilde von der doppelten Größe eines Maahks ohne Kopf, Arme und Beine. Eigentlich war überhaupt nichts zu sehen, was an Extremitäten erinnerte. Dennoch bewegte sich das Gebilde vorwärts – in meine Richtung.

Ich überlegte, was ich tun konnte. *In den Panzer zurückkehren?* Dort war ich bestimmt sicher vor dieser »zum Leben« erwachten Statue. *Doch dann bin ich dazu verurteilt, in dem Fahrzeug zu bleiben.*

Passivität löst keins deiner Probleme, bestätigte der Extrasinn.

Ich beschloss, dem »Wesen« auszuweichen. Rasch eilte ich zwischen anderen Statuen hindurch nach rechts, da der Gestalt gewordene Albtraum von links kam. Danach schlug ich wieder die Richtung zur gegenüberliegenden Seite der Halle ein. Es nützte mir nichts. Rechts vorn bewegte sich ebenfalls etwas. Als ich die Handlampe einschaltete und den Lichtkegel dorthin richtete, entdeckte ich eine weitere zum Leben erwachte Statue. Und sie bewegte sich ebenfalls in meine Richtung. Beide Wesen bewegten sich völlig lautlos. *Aber wie können Statuen zum Leben erwachen?*

Statuen nicht, sagte der Logiksektor grimmig. *Wohl aber beispielsweise energetisch konservierte Lebewesen – oder solche, die mit Hilfe individuell abgestimmter Projektoren in eine Zeitstarre versetzt wurden. Erinnere dich an den Ring des Schreckens, die Station der Zwillinge!*

Ich nickte unwillkürlich. Aber egal, wie diese Lebewesen in Statuen verwandelt worden waren, sie würden nicht von selbst zu neuem Leben erwacht sein. Wenn es jemanden gab, der sie erweckt hatte, dann nur Vrentizianex. Und er musste sie mit der Absicht wiedererweckt haben, mich zu töten! Ich klappte den Druckhelm meines Schutzanzugs zurück, holte tief Luft und rief: »Vrentizianex! Hier spricht Atlan! Du begehst einen schweren Fehler, wenn du mich bekämpfst. Wir sollten uns verbünden, denn draußen ist ein gemeinsamer Feind, der uns beiden zum Verhängnis werden kann. Halte deine Kreaturen zurück und nimm Kontakt mit mir auf!«

Aber der Kyriliane-Seher antwortete nicht. Er ging auch nicht auf mein Angebot ein, wie ich an den beiden Wesen bemerkte, die sich weiterhin auf mich zubewegten. Ich hatte keine andere Wahl mehr, als mich in den maahkschen Panzer zurückzuziehen. Entkam ich den beiden Kreaturen, aktivierte der Seher bestimmt andere Statuen. Ich rannte zu dem Panzer zurück und wunderte mich, dass Vrentizianex nicht weitere Statuen weckte. Er musste doch bemerken, dass die beiden mich nicht aufzuhalten vermochten. Sie bewegten sich zu langsam. Warum auch immer, er schickte keine weiteren Statuen los.

Ungehindert erreichte ich den Panzer, kletterte durch das offene Luk und verriegelte es. Dann setzte ich mich in den Sessel vor der Steuerung, aktivierte die Bildschirme der Rundum-Beobachtung und schaltete den Antrieb an. Die beiden unheimlichen Geschöpfe hatten ihre Bewegungsrichtung geändert und kamen nun genau auf den Panzer zu. Ich wusste, dass ich mich bald entscheiden musste. Obwohl ich wusste, wie meine Entscheidung auszusehen hatte, zögerte ich, denn sie barg neue Gefahren. Aber ich hatte keine Wahl. Der Panzer ruckte an, als ich meinen Finger auf die Plus-Taste der Beschleunigungsschaltung drückte. Die erste der im Wege stehenden Statuen barst beim Aufprall auseinander, Trümmer flogen beiseite.

Unaufhaltsam rollte der Panzer weiter, schleuderte Statuen beiseite, die Gleisketten zermalmten Trümmer. Es schmerzte mich, Leben vernichten zu müssen, wenngleich der Zustand, in dem sich diese Wesen befanden, vermutlich kaum noch als Leben zu bezeichnen war. Ich fragte mich, warum Vrentizianex diese Entwicklung nicht vorausgesehen und entsprechend gehandelt hatte. Er hätte verhindern können, dass seine Sammlung – oder wie immer er die zu Statuen Erstarrten nannte – dezimiert wurde. Stattdessen hatte er ihre teilweise Zerstörung geradezu herausgefordert. Die beiden Wiedererweckten trafen keine Anstalten, dem stählernen Ungetüm auszuweichen. Im Gegenteil, sie bewegten sich weiter auf den Panzer zu.

Vernichte sie, bevor sie ihn erreichen, warnte mich mein Extrasinn. *Vielleicht haben sie in belebtem Zustand Möglichkeiten, das Fahrzeug wirksam anzugreifen.*

Ich sah ein, dass eine solche Möglichkeit bestand. Ich durfte kein Risiko eingehen, wenn es sich irgendwie vermeiden ließ. Ich musste überleben, um das Schiff der Maahks und mit ihm das technische Erbe der Varganen zerstören zu können. Widerwillig betätigte ich die Waffenschaltungen. Die vollautomatische Zieleinrichtung erfasste die beiden Kreaturen und richtete die positronisch gesteuerten Geschütze auf sie. Ich brauchte nur noch den Feuerknopf zu drücken. Beide Turmgeschütze schickten ihre todbringende Energie los. Ein armstarker Impulsstrahl erfasste das eine Wesen und ließ es aufglühen. Das andere wurde vom Desintegrator getroffen, und ich erwartete, dass es sich in eine Gas- und Staubwolke verwandelte. Doch nichts dergleichen geschah. Von dem grünlich leuchtenden Strahlenkegel getroffen, bewegte es sich dennoch mit unverminderter Geschwindigkeit auf den Panzer zu.

Das gibt es doch nicht!

Trotz meines Erschreckens reagierte ich mit der Routine eines Mannes, dem so gut wie alle Gefechtssituationen vertraut waren. Ich drückte die Minus-Taste der Beschleunigungsschaltung. Der Panzer kam ruckartig zum Stehen, dann wirbelte er Trümmer und Staub auf, als sich die Gleisketten in umgekehrter Richtung bewegten und das Fahrzeug zurückrissen. Dadurch verhinderte ich, dass die überlebende Kreatur in den toten Winkel der Turmgeschütze geriet – und ich gewann Zeit, um das Impulsgeschütz auf den Gegner zu richten.

Auf dem vorderen Bildschirm sah ich, wie der sonnenhelle Energiestrahl dort einschlug, wo das Wesen eben noch gewesen war. Aber er brannte nur einen Krater in den Boden, weil es verschwunden war, sich versteckt haben musste, obwohl ich ihm die Schnelligkeit, mit der das geschehen war, niemals zugetraut hätte. Wieder reagierte ich beinahe automatisch auf die veränderte Situation. Ich stellte beide Geschütze auf Dauerfeuer und ließ den Turm so weit nach links und rechts herumschwenken, dass die Energiestrahlen auf jeden Fall auch das Versteck der Kreatur erfassen mussten. Vor dem Panzer brach die Hölle aus.

Als ich den Finger vom Feuerknopf nahm, brodelte und kochte vor mir ein Lavameer, in dem sich nichts regte. Von der Kreatur war nichts zu sehen, sie konnte dieses Inferno nicht überlebt haben. Dennoch wartete ich noch eine Weile, bis das Brodeln erstarrt war, schaltete wieder auf Vortrieb und hielt den Finger so lange auf dem Knopf, bis der Panzer mit voller Beschleunigung durch die Überreste der Statuen raste.

Ich erreichte die Hallenwand – und auch in ihr befand sich wieder ein offenes Tor. Ich hatte das Gefühl, dass alles zu leicht gewesen war, deshalb bremste ich den Panzer so weit ab, dass er nur mit mäßiger Geschwindigkeit durch die Öffnung rollte. Auf den Bildschirmen erschien eine weitere Halle. Diesmal entdeckte ich weder Kristalle noch Statuen, sondern nur eine verwirrende Vielfalt unbekannter Pflanzen, die einen üppigen Dschungel bildeten.

Ich hielt das Fahrzeug an, musterte die neue Umgebung und überlegte, wie ich vorgehen sollte. Im Grunde genommen wusste ich, dass es gar keine andere Möglichkeit gab, als mit den Geschützen eine Gasse durch den Dschungel zu brennen. Er war zu dicht, als dass ich ihn zu Fuß hätte durchqueren können, und ich wollte auch nicht riskieren, dass sich so viele Schlingpflanzen im Rollenlaufwerk und in den Gleisketten verfingen, dass sie sie blockierten.

Wieder betätigte ich die Waffenschaltungen. Da es diesmal kein fest umrissenes Einzelziel gab, war die vollautomatische Zieleinrichtung unbrauchbar, und ich musste die Geschütze mit Hilfe der Servosteuerung selbst ausrichten. Doch als ich die entsprechenden Tasten drückte, geschah überhaupt nichts. Weder der Turm noch die Geschütze bewegten sich. Während ich noch überlegte, ob es bei den Panzern der Maahks vielleicht eine Zusatzschaltung gab, mit der die Geschützsteuerung zuerst aktiviert werden musste, erstarb das Rumoren des Antriebs mit einem Laut, der wie das Röcheln eines sterbenden Sauriers klang. Ich suchte und fand die Taste, mit der sich die Reparaturschaltung aktivieren ließ. Wie bei arkonidischen Geräten verfügten auch die maahkschen Geräte über Einrichtungen, die unter positronischer Steuerung zahlreiche Schäden beheben konnten.

Die Anzeige leuchtete auf, aber schon nach kurzer Zeit flackerte sie mehrmals und erlosch dann ganz, was nur bedeuten konnte, dass die Reparaturschaltung selbst wegen eines Defekts ausgefallen war. Als ich auf den Feuerknopf drückte, geschah es eigentlich nur, weil ich die Bestätigung dafür haben wollte, dass nacheinander alle Systeme des Panzers ausfielen. Und ich erhielt die Bestätigung. Keins der Geschütze strahlte auch nur ein Quäntchen Energie ab. Ich unterdrückte die aufsteigende Panik und versuchte, ruhig zu überlegen. So viele Ausfälle konnte es bei einem technisch derart hochwertigen Gerät wie dem Panzer gar nicht geben – es sei denn, äußere Einflüsse waren dafür verantwortlich. Davon aber hätte ich etwas merken müssen.

Plötzlich gab es einen Ruck. Danach lag der Panzer schief, hing nach links über. Ich musterte auf den Bildschirmen das Gelände. Aber es gab keinen Sumpf, in den die linke Gleiskette vielleicht gesunken sein könnte. Im Gegenteil, der Boden bestand aus solidem Fels.

Merkst du noch immer nicht, dass sich etwas an dem Panzer zu schaffen macht?, meldete sich der Logiksektor. *Etwas ist in das Fahrzeug eingedrungen und zerfrisst es förmlich.*

Unwillkürlich dachte ich an die Kreatur, die sich als unempfindlich gegen Desintegratorbeschuss erwiesen hatte und dann spurlos verschwunden war. Ein Lebewesen, das einem schweren Geschütz standhielt, verfügte zweifellos über außergewöhnliche Fähigkeiten. Warum sollte eine dieser Fähigkeiten nicht darin bestehen, eine Wand aus Stahlplastik zu durchdringen und einen Panzer von innen heraus aufzufressen?

Noch während ich darüber nachdachte, wurden die Bildschirme dunkel. Ich entschloss mich, das Fahrzeug zu verlassen, denn es war nicht nur nutzlos geworden, sondern machte mich auch blind, solange ich mich in seinem Innern aufhielt. Was mich draußen erwartete, wusste ich nicht. Blieb ich aber in dem Panzer, wurde ich vielleicht ebenso wie er von der unheimlichen Kreatur aufgefressen.

Ich entriegelte den Lukendeckel und kletterte hinaus. Als ich auf dem Felsboden stand, ging ich einmal um das Fahrzeug herum und sah, dass sich die linke Gleiskette zu einem Drittel in eine von Schaum durchsetzte gelbe Gallertmasse verwandelt hatte. Und dieser Zersetzungsprozess erfasste immer mehr von dem Fahrzeug. Ich entfernte mich einige Schritte, blickte wieder zu dem Dschungel hinüber. Wäre mein varganischer Schutzanzug noch vollständig gewesen, wäre ich natürlich einfach über den Dschungel geflogen. Aber die Maahks hatten, bevor sie mir den Anzug zurückgaben, dafür gesorgt, dass sich der Gravoneutralisator nur noch dazu gebrauchen ließ, die hohe Schwerkraft an Bord des maahkschen Raumschiffs auf Werte zu reduzieren, die für einen Arkoniden erträglich waren. Unter den normalen Schwerkraftbedingungen, wie sie auf diesem Planeten herrschten, hätte ich einige hohe und weite Luftsprünge vollführen können, mehr aber nicht.

Ich durfte es selbstverständlich nicht riskieren, etwa zehn Meter weit über den Rand des Dschungels zu springen und an einem Platz zu landen, den ich mir nicht aussuchen konnte. Vielleicht landete ich dann genau auf einer Giftpflanze oder in der Falle einer Fleisch fressenden Pflanze. Ich konnte den Dschungel auch nirgends umgehen. Er reichte beiderseits bis an die glatte Wandung der Halle. Wenigstens aber spendete eine an der Decke schwebende Kunstsonne so reichlich Licht, dass ich im Unterholz und Gestrüpp ohne meine Lampe auskommen würde. Entschlossen ging ich auf den wuchernden Urwald zu.

Es war still, unheimlich still. Wider Erwarten kam ich gut vorwärts. Es schien, als seien mir die Gewächse des Dschungels wohlgesinnt. Das mochte versponnen klingen, aber ich wusste, dass es viele pflanzliche Lebensformen gab, die nicht nur fühlen, sondern auch die Gehirnströme oder Individualschwingungen anderer Lebewesen erfassen und deren Gefühle erkennen konnten. Manche waren sogar intelligent.

Da ich mich, unbewaffnet, wie ich war, notgedrungen sehr behutsam durch das Gewirr arbeiten musste, reagierten die Pflanzen möglicherweise darauf, dass sie ihren Widerstand verringerten und sich mühelos beiseite schieben ließen. Allerdings ließ ich mich nicht dazu verleiten, meine Wachsamkeit zu verringern. Sah ich eine Pflanze, deren Anblick durch Farbenpracht oder prächtige Gestalt besonders anziehend war, wich ich ihr geflissentlich aus. Ich hatte keine Lust, den Verlockungen Fleisch fressender Pflanzen zu erliegen, denn war eine Pflanze auf Fleisch als Nahrung angewiesen, nahm sie auf meine Behutsamkeit oder positiven Gefühle ebenso wenig Rücksicht wie wir Arkoniden auf die Sanftmut unserer Schlachttiere.

Auf diese Weise erreichte ich ungefähr die Mitte der Urwaldhalle, als ich eine Stimme hörte, die mich zur Reglosigkeit erstarren ließ. Es war die Stimme von Vrentizianex, von einem Lautsprecher verstärkt: »Du bist verloren, obwohl du versuchst, die Pflanzen auf deine Seite zu ziehen!«

Unwillkürlich musste ich lächeln. Der Kyriliane-Seher hatte also gehofft, dass ich mich im Rankengewirr verfangen würde, weil ich die Pflanzen durch meine negativen Gefühle zum Widerstand reizte. Inzwischen musste er erkannt haben, dass er sich geirrt hatte – und das versetzte ihn in Wut.

»Wir müssen uns nicht bekämpfen, Vrentizianex! Die Maahks sind sowohl deine als auch meine Feinde. Wenn wir uns verbünden, haben wir vielleicht beide noch eine Chance, wenn nicht, werden sie uns früher oder später beide fangen oder töten.«

Der Seher lachte höhnisch. »Die Maahks sind von meinen *Kyra-thon*-Kristallen eingefangen worden. Ihr Geist wird sich so lange in imaginären Welten bewegen, bis ihre Körper tot sind.«

»Du hast nur wenige Maahks fangen können. Die anderen werden bald Mittel und Wege finden, mit deinen Kristallen ebenso fertig zu werden wie mit deinen Robotern. Du irrst dich, wenn du meinst, sie so einfach besiegen zu können. Warum orientierst du dich nicht an den Realitäten?«

Das kann er nicht, weil sein Geist verwirrt ist, brummte mein Logiksektor. Ich musste trotzdem versuchen, mich irgendwie mit Vrentizianex zu verständigen. Bekämpften wir uns, zogen nur die Maahks Vorteile daraus.

»Ich werde zuerst dich vernichten und dann die Maahks!«, schrie der Seher mit überschnappender Stimme. »Niemand kann mich, den Kyriliane-Seher, besiegen.«

Ich seufzte. Der Geist von Vrentizianex war durch die lange Verbannung auf diesen Planeten zu extrem verwirrt worden. Der Mann konnte nicht mehr zwischen Einbildung und Realität unterscheiden, sonst hätte er erkannt, dass sich eine derart geschulte und erfahrene Kampftruppe wie die Besatzung eines Maahkraumschiffs nicht von ein paar hypnotischen Kristallen aufhalten ließ – jedenfalls nicht auf Dauer. »Dann versuch doch, mich zu besiegen, du alter Narr.«

Ein Wutschrei ertönte, gefolgt von der Entladung einer Energiewaffe. Aber der Schuss hatte offenbar nicht mir gegolten, denn ich sah nicht einmal ein schwaches Aufblitzen. Wahrscheinlich versuchte der Seher, sich eine Gasse in den Dschungel zu brennen, um mich zu stellen und zu erschießen. Ich wandte mich nach links und glitt geschmeidig durch das nachgiebige Gewirr der zahllosen unterschiedlichen Pflanzen. Gelang es mir, Vrentizianex in großem Bogen zu umgehen, hatte ich schon viel gewonnen.

Wieder hörte ich die Entladung einer Energiewaffe. Ich musste einer riesigen Pflanze ausweichen, die in allen Farben des Spektrums schillerte. Dabei merkte ich, dass die anderen Pflanzen mir zu helfen versuchten. Ihr Widerstand erhöhte sich in Richtung der bunt schillernden Pflanze; es war, als versteiften sich die sonst biegsamen Zweige und Lianen, um mich von dem gefährlichen Weg abzubringen.

Plötzlich erstarrte ich mitten in der Bewegung. Ein anhaltendes dumpfes Donnern und Tosen erschütterte die Luft. Ich spürte, wie die Pflanzen, die ich berührte, schwach vibrierten, als zitterten sie vor einer drohenden Gefahr. Und ich ahnte, dass das Gespür der Pflanzen sie nicht trog, denn das Donnern und Tosen kam von den Entladungen zahlreicher starker Energiewaffen. Die Maahks hatten demnach die Kristallhöhle und ihre Gefahren überwunden, drangen tiefer in die Hohlräume der Station ein und zerstörten vorsichtshalber alles, was ihnen irgendwie verdächtig erschien.

Ungeachtet der Gefahr, dass Vrentizianex dadurch meinen neuen Standort erkennen musste, rief ich: »Das sind die Maahks, die du vernichten wolltest. Wenn wir jetzt nicht zusammenarbeiten, sind wir beide verloren. Wir haben keine Zeit mehr zu verlieren.«

Diesmal antwortete der Seher gar nicht, sondern feuerte einen Strahlschuss ab. Wenige Augenblicke später stieß er einen schrillen Schrei aus. Wahrscheinlich war er von einigen Pflanzen gefangen worden. Wie sie das bewerkstelligt hatten, konnte ich mir allerdings nur in meiner Phantasie ausmalen. Vielleicht hatten sie einer beweglichen Fangpflanze geholfen, an ihn heranzukommen. Vielleicht war er auch nur durch sein eigenes Ungestüm zu nahe an eine gefährliche Pflanze geraten. Ich überlegte, ob ich ihm helfen sollte.

Denk jetzt nicht an andere, sondern nur an dich selbst, raunte mein Extrasinn kalt. *Die Maahks können jeden Augenblick auftauchen.*

Eine weitere Entladung aus Vrentizianex' Richtung bewies mir, dass sich der Seher schon selbst geholfen hatte. Deshalb zögerte ich nicht länger, sondern arbeitete mich zur gegenüberliegenden Seite der Dschungelhalle vor. Aber es war zu spät. Als ich das Dröhnen schwerer Triebwerke hörte, wusste ich, dass die Maahks eingedrungen waren. Wahrscheinlich würden sie den Dschungel mit ihren Energiewaffen niederbrennen und dabei sowohl den Seher als auch mich töten.

Rasch kletterte ich auf einen seltsam geformten Baum, um mir einen Überblick zu verschaffen. Mindestens zwanzig Flugpanzer kreisten über dem Urwald. Aber noch hatten sie das Feuer nicht eröffnet. Plötzlich zuckte eine sonnenhelle Energiebahn aus einem anderen Teil des Dschungels nach oben, traf einen Flugpanzer und beschädigte ihn schwer. Das Fahrzeug schmierte ab und landete in berstenden und krachenden Pflanzen.

Die übrigen Flugpanzer formierten sich sofort zum Angriff. Aber seltsamerweise feuerten sie nicht auf die Stelle, von der aus Vrentizianex geschossen hatte. Ich erkannte meinen Irrtum, als zahlreiche Maahks mit ihren Fluggeräten aus den Fahrzeugen sprangen und landeten, ohne dass sie beschossen wurden. Das konnte nur bedeuten, dass sie Vrentizianex mit Narkosewaffen betäubt hatten.

Wenig später sah ich, dass zwei Maahks den Seher gepackt hatten und mit ihm zu einem der schwebenden Panzer flogen. Aber meine Hoffnung, dass der Fall damit für mich ausgestanden sei und ich nur noch den Abzug der Maahks abzuwarten brauchte, erfüllte sich nicht. Aus einem Lautsprecher ertönte eine von einem Translator übersetzte Stimme. »Hier spricht Grek Eins. Ich denke, dass Sie sich ebenfalls hier verkrochen haben, Arkonide. Da ich daran interessiert bin, Ihr Leben zu erhalten, gebe ich Ihnen eine Frist von zwei Zentitontas Ihrer Zeitrechnung. Haben Sie sich bis dahin nicht ergeben, lasse ich die Halle vernichten. Sie würden umkommen und hätten nichts gewonnen. Die Zeit läuft ab jetzt.«

Ich zermarterte mir mein Hirn, aber ich wusste auch so, dass ich verloren hatte. Grek 1 hatte Recht, wenn er sagte, dass ich nichts gewinnen würde, wenn ich mich töten ließ. Ich konnte den Maahks zwar nichts mehr nützen, aber auch nicht schaden. Resigniert richtete ich mich auf dem Baumwipfel auf und winkte. Kurz darauf erschienen zwei Maahks, ergriffen mich und flogen mit mir zum Führungspanzer.

Während man mich wie Frachtgut festband, sah ich, dass drei gelandete Panzer wieder starteten. Ich konnte mir denken, was das zu bedeuten hatte. Doch ich sagte nichts, weil ich wusste, dass ich mit meinen Argumenten bei einem Maahk niemals durchgekommen wäre. Überdies drehte »mein« Flugpanzer ab, sobald ich festgebunden war, und flog durch die nunmehr vollständig verwüstete Statuenhalle zurück.

Als wir die Kristallhöhle erreichten, sah ich, dass die Kristalle blind waren und wie beschlagen wirkten. Ich vermutete, dass die Maahks, als sie erst einmal erkannten, dass die Kristalle eine hypnotische Wirkung auf sie ausübten, die Halle mit einem Gas geflutet hatten, das die Kristalle abstumpfte und ihnen dadurch ihre Wirkung nahm. Sie waren eben nicht nur tapfere, sondern auch intelligente Kämpfer, diese Maahks.

Zu meiner Verwunderung brachte man mich nicht sofort ins Raumschiff zurück, sondern auf eine einigermaßen ebene Geröllfläche, die von starken Scheinwerfern in helles Licht getaucht wurde. Als ich losgebunden und auf die Fläche gestoßen wurde, sah ich, dass neben dem bewusstlosen Vrentizianex etliche tote Sklaven auf dem Geröll lagen, das von einer nur dünnen Schicht Schnee bedeckt war. Nicht weit entfernt rauchten noch einige Robotertorsos.

Sicher fragten die Maahks sich, warum sie keine toten Arkoniden gefunden hatten. Und von mir würden sie wissen wollen, wer dieses Lebewesen war, das sie gefangen genommen hatten. Als ich Grek 1 auf mich zustapfen sah, bereitete ich mich innerlich auf einige peinliche Fragen vor – und ich legte mir die passenden Lügen zurecht. Der Kommandant des Maahkraumschiffs kam jedoch nicht sofort zu mir, sondern ging erst zu Vrentizianex und musterte die massige Gestalt, die bronzefarbene Haut, den Schuppenhut und die Krallenhände. Besonders intensiv musste die Maahks natürlich interessieren, dass ihr Gefangener statt Augen zwei große Kristalle hatte. Als Grek 1 sich mir zuwandte, glaubte ich, seine Augen flackern zu sehen. *Ist es möglich, dass der Anblick dieses seltsamen Varganen-Mutanten sogar einen kalten Maahk erregt hat?*

»Wer ist dieses Wesen mit den Kristallaugen?«, tönte es aus dem Translator. »Haben die Arkoniden neue Verbündete gefunden?«

»Dieses Wesen ist relativ unbedeutend für uns. Wir haben es mit seiner Station auf dieser Welt gefunden und uns mit ihm geeinigt, Teile der Station benutzen zu dürfen. Mehr weiß ich auch nicht.«

»Ich glaube Ihnen nicht. Wo ist die arkonidische Besatzung? Wir haben die Trümmer untersucht, aber nur die Leichen dieser hellhäutigen kleinen Lebewesen gefunden.«

»Sie müssen noch unter den Trümmern liegen«, log ich. »Die Kleinen waren nur die Sklaven dieses Wesens.« Ich streckte die Hand aus und deutete auf Vrentizianex.

»Und warum haben Sie uns nichts über die Halle mit den hypnotischen Kristallen gesagt?«

»Ich wusste nichts davon. Aber selbstverständlich hätte ich auch dann nichts gesagt, wäre ich informiert gewesen. Ich bedaure nur, dass mir die Flucht nicht gelungen ist.«

»Sie hätten uns niemals auf die Dauer entkommen können.« Es klang fast, als versuche er mich zu trösten.

Ich zuckte die Achseln und bemerkte, dass Vrentizianex wieder zu sich kam. Die Kristalle in seinen Augenhöhlen funkelten. Ich ahnte, dass er eine Unbesonnenheit plante. Blitzartig schnellte er sich hoch, stemmte sich ab und sprang Grek 1 an. Der Maahk taumelte zwar unter der Wucht des Anpralls, aber er schleuderte den Seher von sich – und als Vrentizianex in den Schnee fiel, zog Grek 1 seinen Impulsstrahler und drückte ab.

Der unsterbliche Kyriliane-Seher war augenblicklich *tot.* Doch mit seinen Augenkristallen geschah etwas Grauenhaftes – sie lösten sich selbstständig vom Schädel, zersprangen förmlich. Die Bruchstücke fielen weit verstreut in den Schnee, leuchteten grell auf und verwandelten sich in sprühende Funkenfontänen, die erst nach einer Weile erloschen.

Grek 1 schob seine Waffe ins Gürtelhalfter und wandte sich an mich. »Ein Lebewesen, das so unüberlegt handelt, kann keine große Bedeutung haben, Arkonide. Deshalb habe ich es getötet. Aber wahrscheinlich hätte ich sowieso seinen Tod befohlen.« Als ich nichts darauf erwiderte, fuhr er fort: »Wir bringen Sie wieder ins Schiff und verlassen diesen Planeten. Später zünden wir die atomaren Sprengsätze, die wir in den Höhlen der Station zurückgelassen haben. Es wird nichts von ihr übrig bleiben.«

Auch darauf erwiderte ich nichts. Was hätte ich schon sagen sollen? Als zwei Maahks mich an den Schultern packten und in Richtung Raumschiff schoben, schloss ich den Helm des Schutzanzugs.

Vor mir lag eine ungewisse Zukunft, vermutlich würde mir kaum gelingen, dieses Schiff mitsamt dem Erbe der varganischen Technik zu zerstören. Dennoch war ich fest entschlossen, nicht aufzugeben. Sobald sich erneut eine Gelegenheit ergab, würde ich wieder handeln, denn ich hatte ein Ziel, für das ich kämpfen und mich notfalls opfern konnte.

6.

Aus: *Zahlen, Zenturien, Ziele und Zeugnisse – aus der Arbeit des Historischen Korps der USO*, Chamiel Senethi. In: *Kompendium von Sekundärveröffentlichungen diverser Archive*, hier: *Die Methankriege*; Sonthrax-Bonning-Verlagsgruppe, Lepso, 1310 Galaktikum-Normzeit (NGZ)

... sehr fruchtbar. Bei jedem Geburtsvorgang legt eine Maahkfrau bis zu neun Eier, die innerhalb von nur dreieinhalb Monaten reifen. Die geschlüpften Nachkommen werden von ihren Müttern gesäugt. Die Intelligenz der Maahks entspricht derjenigen von Arkoniden. Das Verhalten der gefühlsarmen Maahks wird jedoch von nüchterner Logik dominiert, so dass sie auf die meisten Sauerstoffatmer kalt und grausam wirken.

In einem seltsamen Kontrast zu diesem Pragmatismus steht der erbittert geführte Krieg gegen die Arkoniden, die für die Maahks eigentlich aufgrund ihrer völlig anderen Lebensbedürfnisse keine echten Konkurrenten darstellen. Die selbstzerstörerische Unerbittlichkeit, mit der die Maahks in diesem Krieg vorgingen, kann nur als späte Nachwirkung ihrer Vertreibung aus Andromeda durch die Lemurer verstanden werden.

Über das Privatleben der Maahks ist so gut wie nichts bekannt. Raumfahrer und Soldaten tragen Kombinationen, die aus einem Stück gefertigt sind. Die Sichelköpfe können gegebenenfalls durch Falthelme geschützt werden. Bei einfachen Dienstgraden entspricht die Farbe der Kombination im Regelfall dem blassen Grau maahkscher Haut. Diese Schlichtheit spiegelt den nüchtern-logischen Pragmatismus der Maahks wider. Dennoch sind auch bei den Maahks Orden und Tapferkeitsauszeichnungen sowie andere Uni-

formfarben bekannt. Rangsymbol ist unter anderem das des geteilten Dotters, das Zeichen von Stärke und Fruchtbarkeit.

Obwohl die Maahks durchaus Eigennamen kennen, benutzen sie in hierarchischen Systemen die Einheitsbezeichnung Grek, *wobei* Grek 1 *das jeweils höchstrangige Individuum der Gruppe ist. Die Bezeichnung Grek wurde ursprünglich von den Arkoniden eingeführt, die dadurch vor allem ausdrückten, dass die Maahks in ihren Augen ununterscheidbar waren. Dass die Nomenklatur des Gegners von den Maahks selbst übernommen wurde, ist ein weiterer Hinweis auf deren weitgehend emotionslose Logik.*

Die Regierung der vereinten Methanvölker bildet das Gremium der Neunväter. Die Zahl Neun, die Maximalgröße eines maahkschen Eigeleges, stellt für die Maahks etwas Heiliges, Verehrungswürdiges dar. Jeder Angehörige der Neunväter ist ein Spitzenkönner auf wissenschaftlichem, militärischem oder politischem Gebiet. Die Versammlungshalle der Neunväter hat traditionell die verehrungswürdige Form eines Eies.

An Bord des Maahkraumers: 31. Prago des Ansoor 10.498 da Ark

Ich wusste, dass ich auf dem Flug in den Tod war. Es war nur noch eine Frage der Zeit. Unruhe, Nervosität und Furcht beherrschten mich seit dem Augenblick, da ich in die Gefangenschaft der Maahks geraten war … Nur mein scheinbarer Wert als Tauschobjekt hatte mich bis jetzt am Leben erhalten. Die Maahks überließen mich in der Niederdruckkabine meinen Ängsten und Visionen. Denn ich hatte seit Pragos Visionen. Vielleicht wurden sie von einer Droge oder einem Stoff hervorgerufen, der sich in winzigen Mengen in der Atemluft dieser Überlebenszelle befand, vielleicht wegen schlechter Filter oder einer schadhaften Dichtung. Vielleicht war es auch eine Spätwirkung des varganischen *Achtyl-Hachat*, das ich benutzt hatte. Jedenfalls beschäftigten sich sämtliche Visionen nur mit einem Thema: *Dem geheimnisvollen Mond.*

Der Logiksektor raunte: *Auch ich kann nicht hinter den Vorhang blicken, der sich vor dem Morgen befindet. Auch mir ist die Zukunft verschlossen. Eins jedoch ist sicher: Du hattest und hast genug Zeit, um deine Position in dieser verwirrenden Welt genau zu überdenken. Deine Lage ist jetzt nicht besonders gut, aber noch lebst du.*

Richtig. Ich konnte sogar durch lange, ermüdende Dagor-Übungen meinen Körper in Form halten. Ich konnte den Tagesablauf gestalten, wie immer ich wollte. Es gab nicht einmal Papier und Stift. Die einzige Beschäftigung war gewesen, den arkonidischen Druckanzug zu testen und zu kontrollieren – den Varganenanzug hatten mir die Maahks abgenommen. Ich hob den Kopf – dort drüben hing die Schutzhülle. Sie würde, wenn die Übergabe stattfand, so gut funktionieren wie immer.

Ich, der angeblich so wichtige Orbton, saß auf der harten Unterlage der Konturliege. Je länger ich hier war, desto mehr wuchs meine Furcht vor dem Zeitpunkt, an dem ich die Kabine verlassen musste. Und so träumte ich meine Visionen.

Außerdem hast du Angst vor dem Zeitpunkt, an dem du ausgetauscht werden sollst, sagte mein Extrasinn. Richtig! Ich fürchtete mich. Ich war Gefangener der Maahks, und ich hatte keinerlei Informationen. Ich kannte das Ziel nicht. *Aber in Wirklichkeit bist du überzeugt, dass das Ziel der geheimnisvolle Mond ist.*

Ich hob die Schultern. Es gab keinerlei Informationen. Die Nahrung, die mir auf einem Tablett in die Durchgangsschleuse geschoben wurde, war eintönig, aber schmeckte nicht einmal schlecht. Ich hatte die Maahks im Glauben gelassen, ich sei ein wichtiger Orbton. In dieser Eigenschaft wollten sie mich gegen einen ihrer Greks eintauschen, der für sie ebenso wichtig war. Ich tat nichts, um sie über meine Person aufzuklären. In diesem Fall wäre ich schon hier im Maahkschiff getötet worden.

Du solltest deine Zeit nutzen, dich auf deine Rolle vorzubereiten.

Ich brauchte auch dafür Informationen. Aber es gab keine Informationen. Lediglich die Zeit verging. Die Augenblicke reihten sich aneinander zu einem endlosen Strang. Das Schiff legte eine unbekannte Entfernung zurück, drei Transitionen wurden bislang absolviert, einem Ziel entgegen, das ich mir nicht einmal vorstellen konnte. *Oder doch? Gibt es einen derartig unglaublichen Zufall, der das Ziel des Schiffes mit meinen wirren, phantastischen Träumen identisch werden lässt? Wo ist die Welt, die angesteuert wird? Ist es ein driftender kosmischer Körper, geheimnisvoll leer und von den subplanetaren Bauwerken durchzogen, die ich aus meinen Visionen kenne?*

Ich hockte hier, spürte mit den Knochen meiner Wirbelsäule die Vibrationen der fremden Maschinen und schloss die Augen. Ich war allein. Allein mit meiner Furcht, den Visionen, die sich schnell einstellen würden, mit den korrigierenden Aussagen der Logik meines Extrasinns, allein mit der nie verlöschenden Beleuchtung dieser stählernen Zelle, allein mit der Erwartung eines bestimmten Augenblicks. Ich begann zu träumen. Ich schlief nicht wirklich, sondern dieses Gift – oder was immer es auslöste – betäubte meine direkte Wahrnehmung. Ich schwebte wie eine Flaumfeder zwischen Wirklichkeit und Traum, zwischen der tödlichen Realität und der Fluchtwelt der Visionen. Vor meinem inneren Auge wurde es dunkel. Es gab nur noch eine unfassbar tiefe, kosmische Schwärze.

Wie ein abgefeuertes Projektil schoss mein Verstand geradeaus in dieses Medium hinein und schien sich zwischen den winzigen, stechend scharfen Lichtpunkten zu verirren. Die Vision begann erneut. Sie begann immer mit diesem ersten Eindruck. Ich hatte mich scheinbar von meinem Körper gelöst und bewegte mich als Phantom auf meine Phantasiewelt zu. Gleich würde sie erscheinen. Gleich würden mich die Geheimnisse des Mondes gefangen nehmen und mich von meinen Ängsten befreien. Aus der großen Dunkelheit schälte sich eine halbmondartige Form aus Lichtreflexen hervor, und dann …

Plötzlich gab es Licht. Es ging von einer unerträglich grell strahlenden Kugel aus, einer Sonne, die zur rechten Seite im Dunkel des Weltraums erschien. Irgendwo in der Weite der Öden Insel gab es diesen Satelliten, der jetzt immer deutlicher wurde. Ein Mond, dessen Oberfläche in vielen schillernden Farben prunkte. Ebenen und Krater, Flussbetten und Höhenzüge, weich modelliert und Schatten werfend, schälten sich aus der Masse der verwirrenden Eindrücke heraus.

Ich näherte mich der Oberfläche, tauchte hinunter und stand plötzlich körperlich auf dem Boden dieser galaktischen Einöde. Ich besaß meinen Körper wieder. Aber ich konnte mich ohne Schutzanzug bewegen. Unter meinen Schritten stoben kleine Sandwolken und Staubschleier hoch, die von einem deutlichen Luftzug zur Seite geblasen wurden. Aber es war keine Atemluft, es waren vielmehr bewegte Gasmassen, die eruptiv aus der Tiefe des Bodens aufstiegen, sich eine Zeit lang hielten und dann in den Weltraum abdrifteten, weil die Oberflächenschwerebeschleunigung dieser Welt zu gering war, bestenfalls halben Standardwert erreichte.

Vor mir lag wieder die Ebene. Zwanzig Kilometer groß, mit verschwimmenden Grenzen, von goldgelb leuchtenden Bergzügen eingerahmt. Felsen ragten wie gichtig verkrümmte Finger aus dem Boden. Ich ging weiter und befand mich nach einer nicht messbaren Zeitspanne am oberen Rand eines schrägen, mit silbernem Staub bedeckten Hanges.

Wo wird heute der Eingang in das sublunare Reich zu finden sein?

Der große, hellgrau und golden gemusterte Platz der runden Ebene lag klar unter dem Licht der Sterne. Hinter dem Gebirge war die ferne Sonne versteckt. Die säulenartigen Felsen vor mir hatten eine braune Schattenfärbung. Langsam ging ich den Hang hinunter und an den Spuren vorbei, die ein Schiff hinterlassen hatte. Tief, bis auf den Fels und das Geröll hinunter, hatten sich die Landestützen eingegraben. Vor Äonen musste hier eine Stadt gewesen sein. Während ich dem fernen Gebirge entgegenschritt und den wirbelnden Staub hinter mir ließ, schob sich immer mehr und deutlicher erkennbar im Sternenlicht die »Burg« zwischen den Felssäulen hervor. Ich hatte diesem Gebäuderest diese Bezeichnung gegeben. Die Würfel und Zylinder deuteten darauf hin, dass es ein riesiges Bauwerk gewesen sein musste, das sich über die Stadt mit ihren weiten Straßen und fast unkenntlichen Hausfronten und die Ebene erhoben hatte.

Vorübergehend verdrängte eine zweite Vision die erste. Es war ein Sprung in der Zeit. Ich sah plötzlich die Stadt und die Ebene in den Jahren, da die Bewohner lebten und mächtig waren. Der Mond war damals noch eine riesige bewohnte Welt in der Bahn um einen Planeten gewesen, dessen riesige Sichel am Himmel stand. In diese Welt drang ich nun ein.

Weiße Gebäude entstanden plötzlich vor meinen Augen auf der großen Fläche aus Bäumen und flacher Vegetation, die bis zu den Hängen der Gebirge hinaufreichte. Eine runde Stadt, die dicht vor mir mit kleineren Gebäuden neben breiten Prunkstraßen begann, die in die Richtung des Zentrums immer mehr in die Höhe wuchs und schließlich ihren absoluten Mittelpunkt mit einem runden Hügel und der Burg darauf hatte. Die Burg war wirklich ein faszinierender Bau: groß, strahlend weiß, mit metallenen Verzierungen und leuchtenden silbernen Dächern und Kuppeln.

War sie die Zentrale der Stadt? Wurden von ihr aus sämtliche Einrichtungen gesteuert, die ich aus meinen anderen Visionen kannte? Jene Gänge und Hallen, voll von lautlosen grauen Maschinenquadern und reichen Schatzkammern?

Ich befand mich plötzlich am Hauptplatz der Stadt, hatte mit einem einzigen Sprung die Mitte der riesigen Ebene erreicht. Hier teilte sich ein Flusslauf und zweigte in hundert kleine Wasseradern auseinander, die zwischen den Gebäuden bizarre und harmonisch eingefügte Kanäle, Wasserfälle und Teiche bildeten. Ein Krüppel saß auf einer Brücke, hielt die Füße ins Wasser und drehte sich halb um, als er meine Schritte hörte. Merkwürdig – heute trug er unverkennbar die Züge Fartuloons. Gestern hatte er anders ausgesehen. Alle Einwohner der Stadt, die in meinen Visionen aufgetaucht waren, sahen arkonoid aus. Sie trugen die Gesichter von Arkii aller Planeten, die ich jemals gekannt hatte. Der Krüppel zuckte seine buckligen Schultern und wandte sich, als ich über die weiße Brücke ging, wieder dem murmelnden Wasserspiel zu.

Drei große weiße Vögel glitten mit unhörbarem Flügelschlag über den weiten Platz und landeten in der Krone eines riesigen Baumes. Die Stadt lag verlassen unter dem Sternenlicht, aber es gab genügend Licht. Die Luft schien zu glühen wie Gas in einer elektrischen Röhre. Ich sah keine Schatten, aber durch diese vage Helligkeit schimmerten starr die Sterne und die Planetensichel.

Ich ging weiter, suchte den Eingang ins sublunare Reich. Jetzt, in meiner Vision, sagte mir eine innere Stimme, dass ich diesen Eingang einmal brauchen würde. Er konnte mir das Leben retten. *Wann? Wie? Auf welche Weise? Und wann werde ich die Stadt wieder betreten?*

»Antwortet doch! Zeigt mir, was ich tun soll!«, rief ich laut und bewegte mich weiter auf die Burg zu. Ohne Echo verhallte meine Stimme. Niemand kam und fasste mich an der Hand.

Über den Platz kam ein Mann in einem langen, golden schimmernden Umhang. Er sah mich und deutete nach links, in die Richtung der Kolonnaden. Ich wollte etwas rufen, aber der Fremde, der wie Ra aussah, schüttelte lächelnd den Kopf und eilte zurück in die Schatten.

Ich muss den Eingang suchen, sagte ich mir. Während ich auf die lange Reihe der Säulen zuging, die sich über einigen Stufen erhoben, belebte sich der Platz. Über die vielen Brücken kamen Arkoniden und Arkonabkömmlinge jeden Alters. Sie waren prächtig und abwechslungsreich gekleidet. Sie kamen auf mich zu, schritten aneinander vorbei und bogen dann schnell ab, ehe sie mich erreicht hatten.

Andere ritten auf Tieren, die einem Fabelbuch entsprungen waren, über den Platz. Sie trugen seltsame Gegenstände in den Händen, die entfernt an bizarre Waffen erinnerten. Aber alles ging lautlos vor sich. Vögel rührten sich und zwitscherten in den Zweigen, die vielen Bäche und Fälle plätscherten und brausten, der Wind summte zwischen den Gebäuden, und die Blätter der Vegetation rauschten. Aber keiner der Menschen, die wiederum bekannte Gesichter trugen, sprach ein Wort. Und sie bewegten sich völlig lautlos.

Ich erreichte die Säulen und ging durch die Streifen von Licht und Schatten auf ein Tor zu, das sich am Ende der Allee befand. Lautlos schwang vor mir ein hölzernes, mit schweren Metallbeschlägen versehenes Türblatt auf. Nach wenigen Schritten befand ich mich in einem zauberhaften Hof, der von einem Kreuzgang umgeben war. Hinter mir schloss sich die Pforte. Ich war allein. Dieser Teil der Stadt war neu in meinen Visionen. So weit war ich noch niemals vorgedrungen.

Ich ging bis zu einer Stelle zwischen Rundbögen, durchbrochenen Mauern und Pfeilern, von der aus ich das Zentrum des rechteckigen Hofs genau sehen konnte. Dort war ein Miniaturgarten angelegt. Rasen und geharkte Sandflächen, Ziersteine und ein winziges Rinnsal, etwa ein halbes Dutzend Bäume und schmale Pfade aus weißem Kies – alle diese Teile verbanden sich zu einem kleinen Park von betäubender Schönheit. Auf Säulen hockten die Statuen von Fabelwesen, eins war eine Mischung aus Raubkatzenkopf und Saurier. Noch während meine Augen geblendet über diese Schönheit glitten, hörte ich Schritte vor mir. Plötzlich erfüllte beruhigende Musik den Hof und hallte zwischen den Kreuzgewölben wider. Hinter den Büschen sah ich die Bewegungen einer schlanken Gestalt in einem weißen Kleid.

Ich schwang mich über eine kniehohe Mauer in den Garten und sagte laut: »Ich bin hier. Ich habe Fragen. Ich bin fremd.«

Ich hörte eine bekannte Stimme, blieb ruckartig stehen, als ich erkannte, wer auf mich zukam. Es war Ischtar, meine Geliebte,

Mutter des in die Eisige Sphäre entführten Chapat. Die »Goldene Göttin«.

»Isch… Ischtar«, stammelte ich.

Sie lächelte und legte den Finger an die Lippen …

Dann zerriss das Geräusch eines schnarrenden Summers die Ruhe. Sämtliche Gedanken und Visionen zerstoben wie Rauch im Sturm. Das Bild riss auf und zeigte die Wirklichkeit. Eine Tür fiel knallend zu. Die Sterne verschwanden, alles wurde hell. Ich war allein. Ein Blick zeigte mir, dass ich mich wieder in der Niederdruckkabine befand. Mein zweiter Blick zeigte mir, dass der Bildschirm noch immer stumpf und ohne Informationen war, und dann sah ich das Essenstablett.

Der Summer riss dich aus deinen Visionen, meldete sich der Extrasinn.

»Ich weiß«, knurrte ich, schwang mich von der Liege und ging zur transparenten Schleuse. Dort stand wie immer zweimal am Tag das Tablett mit dem Wegwerfbesteck und den Verpackungen, die *Satron*-Aufschriften trugen. Ich kannte den Inhalt inzwischen und hatte seinen Geschmack auf der Zunge. Ich setzte mich schweigend auf die Konturliege und begann zu essen. Es gab für mich keinerlei Möglichkeit, aus diesem Raum zu entfliehen. Ich aß und wartete weiter.

Die Zeit verging. Zentitontas summierten sich unmerklich zu Tontas. *Wie viele Pragos seit dem Start?*

Nach meiner Berechnung sechs Pragos unseres Zeitmaßes, antwortete mein Extrasinn.

Ich beendete das Essen und legte mich wieder auf die dünne Matratze. Da es in der Zelle genügend warm war, rollte ich die Decke zusammen und schob sie unter meinen Kopf. Ich schloss die Augen und atmete regelmäßig. Ich fühlte mich allein und in Gefahr. Vermutlich produzierte mein Unterbewusstsein die übereinander und ineinander gestaffelten Visionen. Vielleicht war es auch ganz anders. Aber es glückte mir – zum ersten Mal! –, genau dort weiterzumachen, wo ich hatte aufhören müssen.

Ich erwachte wieder in der fremden Stadt. Die Gräser funkelten von großen Tautropfen. Eine schläfrige Betäubung erfüllte die Szene, in der Ischtar auf mich zukam. Sie war jünger, an der

Schwelle zwischen Mädchen und Frau. Aber es war unverkennbar Ischtar. Ich blieb stehen und hörte nur den Lärm der Vögel und meinen eigenen Herzschlag. Von einer Blüte flatterte ein riesiger Schmetterling auf. Er sah aus wie ein prunkvolles Stück Geschmeide.

»Wo bin ich hier?«, fragte ich leise, als Ischtar vor mir stehen blieb und mich anblickte.

»Ich kenne den Namen dieses Mondes auch nicht.«

Ich runzelte die Stirn. »Ich weiß, dass ich dich nur in einer Vision sehe. Alles hier ist Vision und Wachtraum. Aber hinter dem Schein muss irgendwo die Realität verborgen sein. Ich schlafe nicht, ich war schon mindestens zwanzigmal in dieser Stadt. Das muss etwas zu bedeuten haben. Du bist heute zum ersten Mal Bestandteil der Vision.«

»Du versuchst nur, deine Ängste zu unterdrücken. Du flüchtest mit deiner Phantasie hierher, um einen Ausweg zu suchen.« Sie lächelte, streckte die Hand aus und streichelte weich meine Wange.

»Das mag richtig sein«, sagte ich beharrlich und deutete nach unten. »Aber ich kenne Dinge von dieser Stadt, die ich niemals gesehen habe. Unter der Stadt gibt es Höhlen, Gänge und Hallen, in denen Maschinen arbeiten.«

»Das weiß ich nicht. Ich weiß nur, dass wir nicht real sind. Und du weißt es auch.«

Ich nickte. Sie hatte Recht, aber ich wollte versuchen, die Welt meiner Visionen zu ergründen. Vielleicht waren meine Kenntnisse einmal wirklich lebensrettend. Mein Extrasinn schwieg und mischte sich nicht ein, als ich mich erkundigte: »Kennst du diese Stadt?«

»Ebenso wenig wie du. Ich weiß nur, dass sie nicht wirklich ist.«

»Du sagtest es bereits. Aber warum gerade immer wieder diese geheimnisvolle Welt? Warum immer dieselbe Vision? Es hat etwas zu bedeuten. Komm, gehen wir und versuchen wir, mehr Geheimnisse aufzuspüren.«

Sie lächelte und erwiderte ernst: »Du bist noch jung und ungeduldig. Du glaubst, dass alles mit den Erfahrungen der Logik und der Naturwissenschaft zu lösen oder zu erklären ist. Vielleicht siehst du wirklich ein wenig in die Zukunft. Oder deine Visionen treiben dich auf eine Parallelebene. Oder du bewegst dich in der Vision entlang des Fadens der Zeit, wer weiß?«

»Ich weiß es nicht.« Ich fasste sie an der Hand und zog sie mit auf die Stelle zu, an der ich den Garten betreten hatte. Sie folgte wortlos. Unsere Schritte knirschten auf dem weißen Kies. Wir gingen in den überdachten Raum hinein, ich suchte eine andere Tür. Eine schlanke, hohe Platte zog meine Blicke und auch mich selbst magisch an.

»Wohin gehst du, Atlan?«

Ich drückte die Hand zwischen meinen Fingern. Einen langen Augenblick wurde die Illusion derart vollkommen, dass ich Ischtars Gegenwart und ihre Hand körperlich spürte. Stechend traf der Pfeil der Erinnerung. Ich flüsterte zurück: »Etwas ist hinter dieser Tür. Etwas, das ich suche.«

Die Tür schwang lautlos nach innen auf, als wir vor ihr standen. Ich zog Ischtar mit und betrat den Raum. Während meine Augen über den stumpfen Bildschirm, die Schreibplatte und den eingebauten Sitz glitten, sagte Ischtar: »Jemand muss hier gewesen sein. Dort sind Essensreste.«

Sie deutete auf die Platte. Ich erkannte ein Tablett und gebrauchtes Geschirr. Dann bewegte sich plötzlich ein Stück der Wand, die Platte kippte, das gesamte Tablett rutschte in eine dunkle Öffnung. Langsam schloss sich die Wand wieder, dann fühlten wir unter unseren Sohlen die Vibrationen des Bodens. Schwere, metallische Geräusche erschütterten den Raum. Er bebte plötzlich wie ein Teil eines Raumschiffes, das seine Lage veränderte.

»Ich gehe dort hinein.« Sie riss sich los und ging auf eine kleine Öffnung zu, hinter der sie verschwand. Winselnd arbeiteten hinter den hellen, metallenen Wänden schwere Maschinen. Stimmen schrien Kommandos, Lautsprecher schalteten sich ein. Die Vibrationen des Raumes wurden stärker. Ich starrte auf den Bildschirm, der noch immer nicht in Tätigkeit war. Langsam drehte ich meinen Kopf.

Komm zu dir! Das Raumschiff setzt zur Landung an, sagte scharf eine Stimme in meinen Überlegungen und Gedanken. Ich drehte den Kopf und suchte nach dem Sprecher. *Ich bin es, der Extrasinn!* Während die Erschütterungen und der Lärm außerhalb der Kabine zunahmen, während ich bemerkte, dass ich mitten in der Zelle stand und das Gleichgewicht zu halten versuchte, meldete sich der Extrasinn abermals und mit deutlicher Intensität. *Das Schiff landet. Es ist so weit, Kristallprinz. Komm zurück aus deinen Visionen. Die Maahks haben den Übergabeort erreicht.*

Ich erwachte. Ischtar und die fremde Stadt waren verschwunden. Meine Visionen hatten mich in ihrer widersinnigen Logik genau wieder in das Gefängnis zurückgeführt. Ich bekam die Kontrolle über die Gegenwart wieder und orientierte mich schnell. Ich wusste, dass der Extrasinn Recht hatte – wie immer. Mit einem schnellen Satz war ich auf der Liege und lehnte mich gegen die Wand.

Bereite dich auf deine neue Rolle vor.

Meine neue Rolle als wichtiger Orbton. Hoffentlich ließen sich die Arkoniden, denen ich übergeben werden sollte, täuschen. Wenigstens so lange, bis ich eine Fluchtmöglichkeit fand. Ich musste zurück zu Fartuloon und meinen Kampf um den Kristallthron wieder aufnehmen. Der mir inzwischen gewachsene Bart war wenigstens ein bisschen Tarnung.

»Ich habe verstanden«, sagte ich laut. Die Geräusche außerhalb der Zelle waren jetzt deutlich. Sie waren identisch mit den Vorgängen in jedem Schiff eines jeden raumfahrenden Volkes, das auf einem luftlosen Mond zur Landung ansetzte. Denn ich merkte, dass das Heulen einer vom Prallschirm abgestoßenen Lufthülle fehlte, während ich eindeutig spürte, dass das Schiff mit langen Bremsschüben die Fahrt verringerte.

Ich wartete … Was blieb mir anderes übrig? Ich verdrängte alle Gedanken der letzten Tontas aus meinem Kopf. Ischtar, die anderen Gesichter, der geheimnisvolle Mond und die farbenleuchtende Stadt in der Ebene. Alles war nur Vision gewesen, hervorgerufen durch meine Ängste und ein Gas in der Atemluft oder den Rest einer varganischen Droge in meinem Körper. Wieder bremste der Maahkpilot ab.

Landung.

Der Raumer verringerte die Sinkgeschwindigkeit. Jetzt war ich sicher, dass wir auf einem kleinen Planeten oder einem großen Mond landen würden, der keine oder fast keine Gashülle hatte. Dann kam der Ruck, mit dem das Schiff den Boden berührte. Stufenweise wurden die Maschinengeräusche leiser, der mittlere Bildschirm schaltete sich ein. Ich beugte mich gespannt vor. Das

Bild stabilisierte sich. Die Optik musste an ein bewegliches System angeschlossen sein, denn ich sah eine geschwenkte Aufnahme des Ortes, an dem wir gelandet waren.

Ein gestochen scharfes, farbiges Bild einer unbekannten, öden Welt. An der Art des Horizonts erkannte ich, dass es tatsächlich ein Weltkörper mit geringerem Durchmesser als ein Planet war; also ein Mond oder großer Planetoid. Ich blickte die Szenerie an und glaubte nicht, was ich sah. Die weiße Sonne stand rechts im Bild. Die harten Schatten fielen nach links. Ich sah von einem Hügel oder dem höchsten Punkt eines Hanges auf eine Ebene von vielleicht zwanzig Kilometern Ausdehnung. Sie breitete sich wie eine flache Schüssel zwischen Gebirgszügen aus, die nur aus Schwarz-Weiß-Gegensätzen zu bestehen schienen, aus kalkig weißen Felsen und nachtschwarzen Schatten. Deutlich waren unbekannte Sterne über der Ebene zu sehen. *Der geheimnisvolle Mond! Überlege sorgfältig. Lass dich nicht von deinen Visionen übertölpeln. Glaube nicht, weil du es glauben willst!*, schrie der Extrasinn warnend auf.

Aber je mehr ich sah, je deutlicher die Optiken Vergrößerungen auf den Bildschirm brachten, desto mehr wuchsen meine Überzeugung und mein Erstaunen. Gewaltsam musste ich mich bemühen, nicht in Panik zu verfallen. Diese Bilder hatte ich unablässig in den letzten Tagen gesehen. Es waren die ersten Bilder meiner Visionen gewesen. Dort waren die Gebirge, die die Tiefebene umschlossen. Nur die Farben fehlten. Dort waren die Staubfahnen, von Gasstößen aus der Kruste dieses Mondes hochgeweht. Dort waren die flimmernden Schleier um die schrägen, geknickten Felssäulen in der Ebene. Dort war auch der Hügel mit Felstrümmern, die aussahen wie die Reste meiner visionären Burg.

»Das kann nicht wahr sein«, stöhnte ich auf.

Es ist nur der Treffpunkt beider Schiffe. Ein neutraler Platz irgendwo zwischen den Sternen, warnte der Extrasinn.

Ich riss mich zusammen und begann die Szene mit kühler Überlegung zu betrachten. Zweifellos war die Ähnlichkeit so groß, dass ich einem Trugschluss meiner durch die lange Einsamkeit überreizten Nerven erlegen war. Ich hatte einen Rundblick um das Schiff angesehen, jetzt schwenkten die Linsen zurück und richteten sich ungefähr auf die genau entgegengesetzte Position; zwischen dem Maahkschiff und den Bergen lag das Rund der tiefen Staubebene. Die Geräusche verstummten. Nur noch das fast unhörbare Zuschlagen von Schotten war zu hören.

Sie warten. Ich versuchte, mich zu beruhigen. Langsam schaffte ich es, mir selbst gegenüber die Ähnlichkeit der Vision mit der Wirklichkeit dem Zufall zuzuschreiben, wurde abermals abgelenkt. Wieder schlug die Angst nach mir, als ich sah, wie sich etwa zehn Kilometer entfernt ein Schiff näherte. Die Linsen erfassten es in der letzten Phase des Landeanflugs. Ich starrte den Schirm an und wusste, dass das Verhängnis nahte. *Sie werden mich erkennen! Oder sie werden mich abweisen, weil ich für sie völlig unwichtig bin.*

Keine Panik! Du hast schon schlimmere Situationen durchstanden. Aber jetzt ist Fartuloon nicht da, der dich unterstützen könnte, flüsterte eindringlich der Extrasinn.

Das Kugelraumschiff war unverkennbar arkonidischer Bauart. Setzte ich die Größe in Beziehung zur Umgebung, betrug der Durchmesser vermutlich fünfhundert Meter. Das fotografische Gedächtnis reproduzierte unwillkürlich die bekannten Hauptdaten: achtzehn Ringwulst-Impulstriebwerke. Zwölf Teleskop-Landestützen. Besatzung: 900 Mann – davon 380 für Beiboote; je nach Einsatzaufgabe auch bis zu 5000, von denen dann der Hauptteil als Raum-Landungstruppen eingesetzt wurde. Diese Einheiten stellten das Rückgrat der Arkonflotten dar, Typenvielfalt und Verwendungsmöglichkeiten waren groß: zum Beispiel als »bewaffnete Transporter« der *Carracon-Klasse* oder als »reduziertes Schlachtschiff«.

Mit ausgefahrenen Landestützen und feuernden Impulstriebwerken landete das Schiff in einer gewaltigen Wolke aufgewirbelten Staubes und blieb dann ruhig stehen. Der Staub senkte sich und wurde zur Seite getrieben. Die Distanz betrug nur wenige Kilometer.

Zu wenig, um die Schutzfelder bei voller Leistung auf maximalen Durchmesser hochfahren zu können, raunte der Logiksektor. *Die Energieschirme beider Raumer würden überlappen und sich gegenseitig stören und auslöschen. Eine beiderseitige Absicherung, um Angriffe auszuschließen.*

Wahrscheinlich verhandelten jetzt beide Parteien über Funk. Jetzt und hier herrschte zwischen zwei Schiffen Waffenstillstand im Methankrieg. Noch während dieser Überlegung knackte ein

Lautsprecher der Kabine. Das Bild wechselte. Ich blickte in einen mit technischem Gerät voll gestopften Raum hinein und sah einen Maahk, der ins Mikrofon sprach und mich anstarrte. Natürlich kannte ich nicht einmal seinen Namen oder seine Bedeutung an Bord, wusste nicht, ob es Grek 1 war, mit dem ich es bislang zu tun gehabt hatte. Ein Translator übersetzte seine Worte.

»Machen Sie sich fertig, Arkonide. Ziehen Sie Ihren Schutzanzug an! In einiger Zeit werden Sie geholt und übergeben.«

Ich nickte und sprang auf. »Wo sind wir hier?«

»Das ist unwichtig. Es ist neutrales Territorium. Alles andere können Sie selbst feststellen.«

Wieder wechselten die Bilder, ich blickte wieder hinaus auf den öden Mond, auf die Landschaft aus meinen Visionen. Beim arkonidischen Schiff wurden jetzt Scheinwerfer eingeschaltet. Konnte ich der Aktion entkommen? Sollte ich versuchen zu flüchten? Aber auf diesem Mond dauerte mein Leben nur so lange, wie meine Vorräte an komprimierter Atemluft reichten. Langsam begann ich, meinen Schutzanzug anzuziehen. Mit einem erneuten Versuch, die Zeit hinauszuschieben, begann ich zum zwölften Mal, den Anzug durchzusehen.

Es nützte nichts. Ich saß schließlich da, mit angezogenem und durchgetestetem Schutzanzug, den Helm noch nicht geschlossen. Ich sah den Schlachtkreuzer an und bemerkte den Gleiter, der ausgeschleust wurde. Weil plötzlich die Linsen wieder auf Vergrößerung geschaltet wurden, sah ich auch den Maahk in seinem charakteristischen Anzug. Der Grek, gegen den ich ausgetauscht werden sollte. Ich war äußerlich von maskenhafter Ruhe und Starre, aber innerlich fühlte ich mich krank. Mein Magen schmerzte, ich begann zu schwitzen, eine Art inneres Zittern stellte sich ein, zart kribbelnd und nervend. Das Furchtbare war, dass ich nicht handeln konnte. Sie gaben mir keine Chance.

Ohne dass das Bild wechselte, erklang der Lautsprecher: »Schließen Sie den Helm. Wir kommen, um Sie abzuholen.«

Dann wurden Bildschirm und Lautsprecher ausgeschaltet. Ich schloss den Anzug, schaltete die Innenversorgung ein und wartete einige Zentitontas, bis sich langsam das Schott öffnete. Ich erkannte zwei Maahks, die ihre schweren Waffen auf mich richteten. Sie traten zur Seite, ein dritter Wasserstoffatmer winkte mir. Ich passierte die Durchgangsschleuse, verließ das Gefängnis und wurde von den beiden bewaffneten Fremden in die Mitte genommen. Wir bewegten uns schnell einen Korridor entlang. Ein vierter Maahk kam auf uns zu. Seine Augen glühten düster, als er mich anblickte. Niemand konnte die Wesen unterscheiden, und alles, was wir Arkoniden über ihre Gesellschaftsform wussten, war keineswegs geeignet, in ihnen faire Gegner zu sehen. Sie waren Feinde und wurden gehasst! Aber offensichtlich hielten sie sich an gegebene Versprechen. Im Lift kamen zwei weitere schwer bewaffnete Wasserstoffatmer dazu.

Als wir in der Außenschleuse standen, schloss sich der siebte Maahk unserer Gruppe an. Wir warteten auf den Druckausgleich, schließlich bewegten wir uns schweigend auf der Rampe dem Boden entgegen. Die Maahks trugen kleine Translatoren. Ich schaltete die Außenmikrofone ein, aber die Lufthülle des Mondes war tatsächlich hauchdünn. Ich hörte meine Schritte nur über die Vibrationen des Anzugmaterials.

Zwanzig Meter entfernt stand ein alter, zerbeulter Materialgleiter. Mit weiten Schritten, fast mit Sprüngen gingen wir in der geringen Schwerkraft auf das Fahrzeug zu. »Wir hoffen, dass Sie keinen Schaden erlitten haben«, erklang eine kalte Stimme im Helm. »Sagen Sie das Ihren Leuten.«

Der andere muss wichtig sein. Sie sind besorgt, dass sie ihn vielleicht nicht bekommen, sagte der Extrasinn.

»Ich bin gut behandelt worden.« Meine Stimme klang rau. Der Gleiter setzte sich in Bewegung und schwebte den Hang hinunter. An den stechenden Scheinwerfern konnte ich erkennen, dass sich auch das Fahrzeug der Arkoniden näherte. Der Augenblick der Wahrheit kam unaufhaltsam näher. Konnte ich bluffen?

Es ist dir bisher noch immer gelungen, versicherte meine innere Stimme.

Die Gleiter schwebten aufeinander zu. Ich war sicher, dass sämtliche Geschütze beider Schiffe aufeinander gerichtet waren. Arkoniden und Maahks waren Feinde in einem furchtbaren Krieg. Und auch die Männer, die mich abholten und den Maahk mit sich brachten, würden so schwer bewaffnet sein wie meine Begleitung. Der Moment, an dem ich wusste, ob ich starb oder weiterlebte, stand unmittelbar bevor. Die Scheinwerfer blinkten auf, dann schwebten die Gleiter aufeinander zu, drehten sich und verharrten in einem Abstand von mehr als dreißig Metern.

Die Maahks standen auf, einer sagte über Helmfunk und vom Translator übersetzt: »Kommen Sie. In wenigen Augenblicken sind Sie frei. Losgehen, langsam!«

Ich antwortete nicht, aber ich ging auf den Arkoniden im Schutzanzug zu, der jetzt ebenfalls zur Seite trat und sich in den Halbkreis aus schwer bewaffneten Raumfahrern einreihte, von dessen Mittelpunkt der Maahk ohne sichtbare Veränderung seiner Gestik – die vielleicht Freude hatte ausdrücken können – auf seine Leute zuging. Unter den wuchtigen Stiefeln seines Raumanzugs wolkte Staub hoch und wurde von Gasströmen zur Seite geblasen. Ich bewegte mich rechts an dem Maahk vorbei. Der arkonidische Anführer winkte. Dann hörte ich seine Worte. Er sprach *Kraahmak.* Nach einigen Sätzen erwiderte der Grek 1 »meiner« Gruppe, dass er seine Verpflichtungen ebenfalls erfüllt und mich, den hohen Orbton der Arkoniden, mitgebracht habe. Unversehrt und ohne Beschädigungen, wie er wisse. Tatsächlich verwendete er dieses Wort: *ohne Beschädigungen.*

Aus der Gruppe der Arkoniden löste sich ein Orbton. Ich sah die Rangabzeichen auf seinem Anzug. Ein Moas-Nos'ianta, ein einfacher Mondträger im Rang eines Tharg'athor, gleichbedeutend mit einem Kommandanten Sechster Klasse. Er kam auf mich zu. Ich sah seine Augen hinter dem Helmvisier. Er musterte mich lange und gründlich und ließ mich nicht aus den Augen, bis er dicht vor mir stand. Sein Anzugscheinwerfer flammte auf und leuchtete in mein Gesicht; das Helmvisier dunkelte ein und verhinderte, dass ich geblendet wurde.

Behalte die Nerven. Keinerlei Reaktion! Warte, was jetzt geschieht, erst dann reagieren, flüsterte der Extrasinn eindringlich.

Ich blinzelte in der plötzlichen Dunkelheit, als der Scheinwerfer abgeschaltet wurde. Dann hörte ich mit steigendem Entsetzen, wie der Mondträger sagte: »Wir sind offensichtlich betrogen worden. Nicht von Ihnen, Maahk, sondern überhaupt. Jedenfalls ...« Er machte eine Pause. »Das ist alles andere als ein wichtiger Mann für uns. Ich kenne ihn nicht einmal.«

Ich holte tief Luft. In meinen Ohren summte es; über die Funkverbindung hörte ich die Atemzüge der Maahks und der Arkoniden. Durch die vierzehn bewaffneten Raumfahrer lief wie ein

Schauer eine Bewegung. Nervös griffen ihre Hände nach den Waffen und hoben sie an. Plötzlich war eine unverkennbar feindselige Stimmung aufgekommen. Ich sagte heiser und aufgeregt: »Aber, Mondträger! Sie müssen sich irren. Sie wissen, dass ich ...«

»Schweigen Sie! Sie sind ein Betrüger«, schnarrte er.

Nicht aufgeben! Die Situation ist unstabil, sagte der Extrasinn scharf.

Der Translator funktionierte einwandfrei. Ich sah mit einem Seitenblick, dass sowohl die Maahks als auch die Arkoniden die kleinen Geräte an die Funkgeräte gekoppelt hatten. Was konnte ich tun? Der Orbton drehte sich uninteressiert um und sagte dann, auf den Grek deutend: »Wir sind an diesem Mann nicht interessiert. Nehmen Sie ihn wieder mit und geben Sie uns Ihren Grek.«

»Nein!« Die Maahkstimme klang endgültig.

»Wir denken nicht daran«, knurrte der Anführer meiner Artgenossen, »diesen Austausch vorzunehmen. Wir fühlen uns betrogen und werden den Grek wieder mitnehmen, um ihn gegebenenfalls gegen einen wirklich wichtigen Gefangenen auszutauschen. Wir brechen die Verhandlungen ab. Es tut mir Leid.«

»Wir denken nicht daran, *Grek Eins* zurückzugeben. Wir sind mit diesem Tausch zufrieden und einverstanden.«

»Mir widerstrebt es, Ihnen zu drohen.« Der Arkonide packte mich an den Schultern, drehte mich halb herum und schob mich auf die wartende und regungslose Gruppe der Wasserstoffatmer zu.

Verwirrt stolperte ich einige Schritte, fing mich wieder und rief: »Seid ihr wahnsinnig? Ihr könnt mich doch nicht in der Gefangenschaft der Methans lassen.«

Ich fürchtete mich wirklich. Zwar lebte ich noch und schien eine Gnadenfrist herausgeschunden zu haben, aber jetzt spitzte sich die Lage zu.

»Sie werden sehen, dass wir es können.«

Die laute Stimme eines Maahks unterbrach mich. Ich taumelte in der geringen Schwerkraft des Mondes seitlich an der Gruppe der Methans vorbei. Ich war wirklich bedeutungslos. Niemand schien mich im Augenblick zu beachten.

»Wir haben keinerlei Verständnis für diesen Vertragsbruch. Wir haben Ihren Gefangenen. Sie haben Ihren Arkoniden bekommen, und jetzt fliegen wir zu unserem Schiff zurück und starten. Die Verhandlungen sind beendet.«

»Nicht für uns!«, rief der Tharg'athor. Gleichzeitig mit ihm hoben die anderen Raumfahrer ihre Waffen und zielten damit auf die Maahks. Einige Arkoniden glitten in die Deckung einer Felsengruppe. Auch die Maahks reagierten mit rasender Geschwindigkeit. Ihre Kette zog sich weiter auseinander, ihre Waffenmündungen suchten sich jetzt Ziele. Aber noch immer sprachen die beiden Parteien miteinander.

»Nehmen Sie Ihren Mann! Gehen Sie! Wir haben unseren Teil des Vertrags erfüllt!«, rief ein Maahk, deutete auf den Gleiter; der ehemalige Gefangene der Arkoniden eilte in einer Reihe von langen Sprüngen auf das Fahrzeug zu. Die anderen Methans zogen sich langsam zurück.

Der Mondträger stand hoch aufgerichtet da, deutete auf mich und schrie wütend in sein Funkgerät: »Sie! Unbekannter Arkonide! Gehen Sie zurück zum Maahkschiff. Wir brauchen Sie nicht. Und sagen Sie Ihren Freunden, dass wir ihr Schiff vernichten, wenn sie den Gefangenen nicht augenblicklich zurückschicken.«

»Ich werde nichts dergleichen tun«, erwiderte ich fest. Ich hatte eine Fluchtmöglichkeit ins Auge gefasst, denn ich rechnete damit, dass die Feindseligkeiten unmittelbar bevorstanden.

»Sie werden gehorchen, oder ...«

»Ich gehorche Ihnen, wenn Sie mich an Bord nehmen. Aber nicht unter diesen Voraussetzungen.«

Durch die Helmlautsprecher erscholl Stimmengewirr. Direkte arkonidische Stimmen, übersetzte Texte meiner Landsleute, die wilden, aufgeregten Stimmen der Maahks, ins *Satron* übersetzt. Dann schälte sich aus dem Chaos eine dröhnende Maahkstimme und übertönte alles. »Sie bringen uns dazu, Arkonide. Wir lassen uns von Ihnen nicht übertölpeln.«

Der Mondträger erwiderte nichts, aber aus seiner schussbereiten Luccot zuckte ein Glutstrahl und verwandelte das Gestein und den Staub vor den Füßen des einstigen Gefangenen in kochende Lava und umherspritzende Tropfen aus weiß glühendem Gestein.

»Stehen bleiben!« Der Arkonide meinte den Gefangenen. Ich drehte den Kopf und blickte von einer Gruppe zur anderen, war für einen langen Moment völlig ratlos.

Flüchte! Du bist waffenlos und ungeschützt!, schrie mein Extrasinn alarmiert. Ich warf mich herum und sprang in die Richtung eines Felsblocks, der groß genug war, um mich zu schützen. Ein zweiter Schuss wurde abgefeuert, als ich mich zu Boden warf. Einer der Maahks hatte geschossen und den Arkoniden getroffen. Der Offizier wurde von einer gewaltigen Kraft gepackt, hochgerissen und zurückgeworfen.

»Seid ihr wahnsinnig! Hört auf!«, schrie jemand.

Das Gefecht eskalierte binnen weniger Augenblicke. Der Körper des Arkoniden war gerade auf dem Boden aufgeschlagen, als die Gruppe der sieben Maahks fast gleichzeitig das Feuer eröffnete. Der Schuss des Arkoniden war nur eine Warnung gewesen, aber er war der zündende Funke. Von sieben verschiedenen Stellen schossen Impulsstrahlen auf die Arkoniden zu. Ununterbrochen zuckten die Blitzschläge hin und her. Die Außenmikrofone übertrugen nur leise, undeutliche Geräusche, seltsam hoch und verzerrt. Aber rund um die Felsen splitterte Gestein, surrten die Querschläger zerfetzter Steine umher, verglühte der Mondstaub und kochten kleine, runde Krater. Ein Arkonide taumelte schreiend aus dem Versteck hoch und rannte davon. Sein Schrei riss ab, als ihn ein Schuss in den Rücken traf und den Aggregattornister detonieren ließ.

Ein Maahk-Schutzanzug explodierte und tötete seinen Besitzer, als ihn die Glutstrahlen von einigen Schüssen trafen. Der Gefangene der Arkoniden rannte auf der entgegengesetzten Seite – wie auch ich – auf den Gleiter zu und warf sich immer wieder zu Boden, während lange Glutbalken über ihn hinwegfuhren und in den Boden schlugen. Ich erreichte eine Gruppe der schräg auseinander stehenden, fingerähnlichen Felsen, wand mich mit grotesken Verrenkungen hindurch und hechtete, als ein Schuss einen Felsen traf und ihn in Hunderte kopfgroßer, scharfzackiger Trümmer zerfetzte, nach links. Hier schien ich in Sicherheit zu sein, denn die Felsen konnten nur mit einem Schiffsgeschütz zerstört werden. *Schiffsgeschütz!*

Sie bringen sich gegenseitig um. Das kann deine Chance sein, kommentierte der Logiksektor nüchtern.

Ich war wie gelähmt. Während hundert Meter vor mir das erbitterte Gefecht in gespenstischer Lautlosigkeit vor sich ging, hörte ich nur noch einzelne Stimmen und keuchende Atemzüge über Funk. »Meine Chance?«

Noch griffen die Schiffe nicht ein. Ich begann zu zittern. Wenn sie sich mit den Schiffsgeschützen bekämpften, bedeutete das für mich, dass ich einsam und mit schwindenden Luftvorräten auf diesem Mond gefangen war. Ich hob den Kopf hinter der massiven Felsplatte hoch und spähte aufgeregt nach vorn. Der Kampf der vierzehn so verschiedenen Wesen ging seinem Ende zu. Vier oder mehr Arkoniden waren tot oder wehrten sich nicht mehr. Die Maahks waren nicht zu sehen, aber aus mindestens vier Deckungslöchern oder Felsen brachen die Strahlen der schweren Waffen hervor. Ein Feuerball, der als winzige Sonne zwischen den Gebirgen aufging, verwandelte den flüchtenden Arkoniden, den Gleiter und einige tausend Kubikmeter der Mondkruste in eine Wolke aus leuchtendem Gas, aus der Entladungen nach allen Seiten zuckten.

Dann, ganz plötzlich, erschien in meinem rechten Blickfeld ein gewaltiger Feuerball. Ich blinzelte genauer hin und sah den schweren Treffer, der einen Teil der Maahkwalze zerfetzt hatte. Eine lodernde Gassäule brandete für einen Augenblick senkrecht in den schwarzen Sternenhimmel hinauf und erlosch augenblicklich. Ein zweiter Feuerball detonierte vor mir. Der Boden bebte. Von den halb zerstörten Felsen hagelte es Splitter und Staub auf mich. Und dann blendete mich ein dritter Feuerball, der die obere Hälfte des Schlachtkreuzers nahezu komplett einhüllte …

Die Schiffe beschießen sich!, rief der Extrasinn aufgeregt.

Als ich mich wieder aus der Deckung wagte, sah ich, dass die Gruppe der Maahks nicht mehr existierte. Wo die Verwundeten, die Toten und diejenigen gelegen hatten, die noch feuerten, gähnte ein gewaltiger Trichter. Eine Wolke aus Gas und glühendem Nebel schwebte über dem Loch. Hier lebte niemand mehr. Der Gleiter brannte mit winzigen, weiß glühenden Flammenzungen. Er war mindestens hundert Meter weit durch das Beinahevakuum gewirbelt und gegen einen hausgroßen Monolithen geworfen worden. Ein einzelner Arkonide floh mit langen Sätzen in die Richtung seines Fahrzeugs. Die Geschütze beider Schiffe hatten das Feuer aufeinander eröffnet. Ununterbrochen zuckten die Feuerstrahlen von rechts nach links und von links nach rechts.

Die hyperenergetischen Schutzschirme waren nicht eingeschaltet worden, konventionelle Prallfelder geringerer Ausdehnung widerstanden den eingesetzten Geschützen keinen Augenblick – die

Absicherung für den Gefangenenaustausch wurde zur Todesfalle! So gut wie jeder Schuss traf das jeweils gegnerische Schiff. Riesige Fetzen der Schale wirbelten weiß glühend davon. Kochendes Metall zeichnete sich scharf gegen den dunklen Hintergrund ab. Zuerst waren es fünfzehn oder mehr Geschütze und Projektoren in jedem Raumer gewesen, jetzt feuerten nur noch acht, vier, dann drei, dann schwieg auch das zweite, und als ich langsam aufstand und mich schwitzend gegen einen Felsen lehnte, kämpften die beiden letzten Geschütze.

Dann brachen die letzten Landestützen des Maahkraumers, das Schiff knickte ein und schlug schwer in das Geröll. Aber noch ehe es unendlich langsam weiterrollte, lösten sich schnell hintereinander mehrere Schüsse und trafen den beschädigten Schlachtkreuzer. Die ersten Treffer rissen ebenfalls Landestützen weg, weitere folgten, schlugen in die in Zeitlupe überkippende Kugel ein, und der letzte sprengte genau die Sektion auf, in der sich das letzte Geschütz und dessen Mannschaft befunden haben mussten. Dumpfe Explosionen, die den Boden erschütterten und einen Vulkan glühenden Gases unweit des nächsten Kraters ausbrechen ließen, pflanzten sich nach allen Richtungen fort, als in den Schiffen die Energiebänke und Reaktoren detonierten.

Fassungslos sah ich zur einen, dann zur anderen Seite.

Die tausend Meter lange Maahkwalze zerbrach in drei Stücke; Sonnenglut wogte aus den Bruchstellen, Risse überzogen das schwarze Heck, aus denen ebenfalls grelle Helligkeit hervorbrach, sich ausweitete und den Zylinder einhüllte. Brodelndes Feuer dehnte sich, wuchs, wurde von einer ganzen Serie Sekundärdetonationen aufgerissen und zerfetzt.

Und beim Schlachtkreuzer hatte einer der ersten Treffer fast die gesamte obere Halbkugel schlagartig verdampft! Das Wrack, von den Landestützen gerissen und umgeworfen, war, eine riesige Staubwolke aufwirbelnd, heftig mit dem Ringwulst aufgeschlagen und rollte auf diesem hin und her. Die Anziehungskraft war nicht sehr groß; das Schiff kullerte mindestens ein Drittel des Ringwulstumfangs durch den Staub und über riesige Felsen, kam schließlich zum Stillstand und richtete sich langsam wieder weitgehend auf. Die Glut der Schnittfläche oberhalb des Ringwulstes entschwand aus meinem Blickfeld, im unteren Bereich der Restkugel blitzten Explosionen.

Irgendwann erloschen die Feuer beider Schiffe, die weiß glühenden Flächen kühlten sich ab, und eine Ruhe herrschte, die mich zittern ließ. Auf einem Planeten mit dichter Atmosphäre wären die Auswirkungen auf die Umgebung viel gewaltiger gewesen, die Druckwellen hätten mich getötet; so aber …

Du bist allein hier. Du bist vom Keller des Henkers in das Verlies des Scharfrichters gekommen, wandelte mein Extrahirn ein arkonidisches Sprichwort ab. *Aber noch lebst du. Geh und handle!*

»Verdammter Krieg!« Ich hörte nur meine eigene Stimme. Vorsichtig und zögernd schob ich mich zwischen den Felsen hervor. Sie hatten einander umgebracht, waren vernichtet, niemand lebte mehr. Ich war auf dem kosmischen Irrläufer allein und hatte nur meinen Schutzanzug und für etwa vierzig, fünfundvierzig Tontas Luftvorrat. *Nicht mehr …*

Meine Stimmung sank nach der kurzen, tödlichen Aufregung des Kampfes zwischen Arkoniden und Maahks hinunter in einen schwarzen Abgrund. Ein leerer Mond, der einer Welt meiner Visionen glich. Zwei ausgeglühte Wracks. Zwei Gleiter, die bis zur Unkenntlichkeit zerschmolzen waren. Verstreute Waffen und Fetzen gesprengter Schutzanzüge. Kein Hyperfunkgerät, keine Vorräte, nichts.

Ich war im Augenblick des einsamste Wesen des Universums. »Fartuloon«, keuchte ich auf, als mir die tödliche Wahrheit immer klarer wurde. »Farnathia!«

Der Bauchaufschneider ist nicht da, und Farnathia wurde von einer deiner anderen Geliebten umgebracht.

Nichts rührte sich. Nur die Sterne und die Helligkeit hinter den Bergen bildeten Punkte, an denen das Auge ausruhen konnte. Ich ging langsam und mit seltsam weiten und hüpfenden Schritten auf die Stelle zu, an der sich die Arkoniden versteckt hatten. Ich suchte irgendetwas im Staub der Ebene. Zuerst fand ich einen Arm im Raumanzug, abgerissen, versengt und grotesk in seiner zusammenhanglosen Vernichtung. Dann fand ich die erste Leiche. Das Namensschild war unbeschädigt; *Vregh Brathon.*

Die Vorräte, wisperte der Extrasinn.

Ich fand in den Anzugfächern des Toten Luftpatronen für rund hundert Tontas. Dazu einige Packungen Rationen, die von außen in den Schutzanzug eingeschoben werden konnten. Dem Toten nahm ich einen mittelschweren Kombistrahler ab, den er nicht benutzt hatte. Ich schnallte den Gurt mit den Energiemagazinen um meine Hüften und suchte weiter. Eine namenlose Traurigkeit hatte mich befallen. Vielleicht – aber diese Chance war mikroskopisch gering! – gab es in dem arkonidischen Schiff noch ein brauchbares Beiboot, aber dieser Gedanke war reines Wunschdenken. Abermals fand ich einen Torso, Patronen für weitere fünfzig Tontas Luft und einen Wassertank. Ich steckte die Teile in die Taschen des Anzugs oder hängte sie über meinen Rücken.

Im Zickzack ging ich all die Stellen ab, an denen ich die Arkoniden feuernd und in Deckung gesehen hatte. Nach etwa einer Tonta hatte ich einen Vorrat an Nahrungsmitteln, der mich rund zwanzig Pragos am Leben erhalten würde. Das Wasser oder die verschiedenen Flüssigkeiten in den Kampfanzugfächern reichten schätzungsweise elf Pragos.

»Und jetzt?«, murmelte ich, obwohl ich mein Ziel kannte.

Es gibt nur ein Ziel. Suche im Raumschiff. Vielleicht gibt es ein Hyperfunkgerät, dann kannst du Hilfe herbeirufen. Noch lebst du, drängte der Extrasinn.

Das war richtig. Noch lebte ich. Jedenfalls konnte ich endlich handeln, konnte suchen. Und vielleicht fand ich die Reste der Stadt, die in meinen Visionen aufgetaucht war. Ich schulterte mein Bündel und machte mich auf den Weg durch die Ebene. Mein Ziel war das Wrack des Kugelraumers. Es gab eine winzige Chance, dass ich mit Hilfe dieses Schiffes überleben konnte. Ich merkte, wie ganz langsam, mit jedem Schritt ein bisschen mehr, mein Lebensmut zurückkehrte.

Einen Vorteil hat der Kampf gehabt, dachte ich erschüttert. *Die Maahks können die erbeutete Varganentechnik nicht mehr untersuchen und gegen uns einsetzen!*

7.

Aus: *Zahlen, Zenturien, Ziele und Zeugnisse – aus der Arbeit des Historischen Korps der USO*, Chamiel Senethi. In: *Kompendium von Sekundärveröffentlichungen diverser Archive*, hier: *Die Methankriege*; Sonthrax-Bonning-Verlagsgruppe, Lepso, 1310 Galaktikum-Normzeit (NGZ)

Methankrieg(e): *Bezeichnung für die kriegerischen Auseinandersetzungen mit den Methans (Maahks). Schon zur Regierungszeit von Imperator Arthamin I. gab es im Jahr 10.382 da Ark erste militärische Zusammenstöße im Taponar-Sektor. Die später* Methankrieg *genannte, vielfach zwischen heißen und kalten Phasen wechselnde Eskalation begann offiziell am 34. Prago der Prikur 10.457 da Ark, als das Iskolart-System im Bereich der gleichnamigen Dunkelwolken von Methans erobert wurde. Die Monde der Gasriesen waren reich an Hyperkristallfundstätten und wurden von beiden Seiten beansprucht; es war die erste Niederlage der Arkoniden gegen diese Wesen, die im Kampf als wahre Ungeheuer galten, fast unverwundbar, wenn man sie nicht richtig traf.*

Auch als die Arkoniden die Konverterkanone einsetzen konnten, lösten einander heiße und kalte Kriegsphasen ab, ein endgültiger Sieg war nicht in Reichweite. Zeitweise verfügten die Methans über 800.000 und mehr Schiffe, mindestens 300.000 davon im durchgehenden Einsatz. Die Dauer der Auseinandersetzung erklärte sich unter anderem durch die gewaltige Größe des Handlungsschauplatzes und die extreme Vermehrungsrate der Maahks. Schon ein einziges geflohenes Raumschiff konnte Basis für weitere Kriegsphasen nach einigen Jahrhunderten sein.

Hinzu kam ein anderer, innenpolitischer Aspekt: Mit Hilfe der Konverterkanone und zunehmend robotisierten und automatisierten Raumschiffen wäre ein endgültiger Sieg der Arkoniden vielleicht sogar greifbar gewesen, doch nachdem die Hauptbedrohung einmal beseitigt war, sprich der eigene Untergang, kam eine Langzeitstrategie zum Einsatz. In der offiziellen Geschichtsschreibung ist davon selbstverständlich nichts zu finden, aber vom Grundgedanken her war klar: Solange die Bedrohung im Außen akut blieb, war auch der innere Zusammenhalt groß! Niemand weiß, wie viele Maahkraumer damals ganz bewusst entkommen konnten, obwohl klar war, dass damit das Kriegsende weiter hinausgeschoben wurde.

Mit diversen Unterbrechungen dauerten die Kämpfe, wenn auch mit abnehmender Stärke, bis in die Zeit von Ka'Marentis Epetran, *dem Erbauer des späteren Robotregenten, der um 13.900 da Ark lebte (um 3900 vor Christus).*

Ich drehte mich um und blickte zurück, sah eine fast gerade, flache Spur in dem dicken Teppich aus Staub und mehlfeinem schwarzem Sand. Sie führte von den Felsen fort und deutete, wenn ich sie verlängerte, genau auf den Platz der prächtigen Stadt. *Der Stadt meiner Visionen …*

Im Gegensatz zu den Pragos in der Zelle kannst du handeln. Versuch, aus den Trümmern des Schiffes etwas zu retten!, flüsterte der Extrasinn.

»Ich versuche es ja schon …« Ich ging weiter. Mit riesigen Schritten sprang ich in flachen, weiten Bögen durch den Staub. Jetzt kam ich am ausgeglühten Wrack des arkonidischen Gleiters vorbei und richtete meine Augen auf den Boden. Vielleicht fand ich Dinge, die mein Überleben erleichtern oder verlängern konnten. Aber – nichts. Nur Trümmer und zerfetztes Material.

Halb im Staub begraben, sah ich ein geringeltes Kabel. Ich zog an ihm und sah, dass es auf der einen Seite in einem schweren Batteriekasten verschwand, durch den Sand und Staub zog ich einen großen Handscheinwerfer hervor und schüttelte ihn. Mein Handschuh war mit stumpfgrauem Staub überpudert, als ich den Kontakt drückte. Der Boden erhellte sich in einem scharf begrenzten Kreis, aber es gab so gut wie keinen Lichtstrahl. Das Gas, das allerorten aus dem Boden strömte, war zu dünn, der Rest stammte von aufgewirbelten Staubpartikeln, die im Licht flirrten.

Immerhin. Ein Scheinwerfer. Ich schaltete ihn probeweise ein und aus, ging weiter. Wieder erstaunte mich die Ähnlichkeit der Wege und der Bilder auf diesen Wegen. Die Wirklichkeit war hier, auf diesem kosmischen Irrläufer, einem riesigen Mond oder einem ehemaligen winzigen Planeten, der sich losgerissen hatte und in eine Bahn um die ferne, jetzt nicht sichtbare Sonne geschwenkt war. Oder nur an dieser Sonne vorbeizog wie ein Komet, der für seine Bahn ein paar Jahrtausende brauchte. Ich kam schneller vorwärts. Weit vor mir ragten kantige Felsen auf dem Zentralberg empor. Oder waren es doch Ruinen? Ab und zu blieb ich stehen und verglich die Wirklichkeit mit den Ereignissen und Erinnerungen meiner Visionen. Sie waren so gut wie identisch.

Vielleicht findest du tatsächlich einen der Eingänge ins sublunare Reich, sagte der Extrasinn spöttisch.

Vielleicht. Jetzt befand ich mich auf einer »Straße«, die zwischen zwei langen Reihen von Gebäuderesten hindurchführte. Ich hatte sie gesehen, damals, im Traum: Wuchtige Bäume säumten die Fahrbahn, dahinter erhoben sich die weißen, farbigen und metallenen Fronten lang gezogener, halbhoher Gebäude. Die Straße war jetzt nur eine breite, mit Trümmern übersäte Bahn. Aber deutlich waren die Begrenzungslinien. Sie vereinigten sich am Fuß des Zentralhügels. Alles konnte ein Zufall sein, aber meine Phantasie ergänzte, was die Augen sahen.

Noch waren es etwa zwei Kilometer bis zum arkonidischen Schiffswrack. Ringsum entdeckte ich kein Lebenszeichen. Auch der einzelne Maahk, der Gefangene der Arkoniden, war sicher tot. Ihn musste einer der ersten Schüsse aus »unserem« Schiff getroffen haben. Wie in Trance setzte ich einen Fuß vor den anderen und ging weiter, musterte die abgerundeten Trümmer an den Seiten meiner Traumstraße. Waren es Reste der Gebäude, von einer dicken Staubschicht bedeckt? Oder nur Felsbrocken, Geröll, Trümmer von Felsen und Steinen, die vor Jahrtausenden zersprungen waren?

Es gibt nur eine Methode, dies herauszufinden, wisperte der Extrasinn. Ich grinste kurz. Dann ging ich nicht mehr stur geradeaus, sondern fasste eine besonders große, interessant aussehende Anhäufung von Trümmerstücken ins Auge. Auch sie waren fast unkenntlich unter einer dicken Staubschicht verborgen. Im Staub sah ich, als ich näher kam, tiefe, aber kleine Krater. Sie stammten von Einschlägen winziger Partikel, die in den vergangenen Äonen diesen Mond getroffen haben mochten. *Du suchst noch immer die Teile deiner Visionen. Immerhin – vielleicht wirst du wieder enttäuscht.*

Es war schwer, mich jetzt noch zu enttäuschen. Aber ich stolperte weiter, erreichte die Formation und blieb stehen. Das Licht des Handscheinwerfers glitt über den schweren Belag aus Staub, von dem ich nicht wusste, wie alt er wirklich war. Dann kauerte ich mich nieder und fing an, mit den Händen den Staub zur Seite zu schieben. Schließlich berührten meine Fingerspitzen unter dem geschmeidigen Material des Handschuhs eine Kerbe im Stein. Meine Bewegungen wurden hastiger, ich fegte den letzten Staub von einer großen, anscheinend runden Platte. Dann trat ich drei Schritte zurück und hob die Lampe. Das Licht fiel schräg auf die Platte. Licht und Schatten bildeten undeutliche Muster. Ich starrte, während ich die Lampe unruhig bewegte, auf das Spiel der Rillen und der Reflexe. Dann wurde das Bild langsam deutlicher, die Linien summierten sich zu einem Bild.

»Also doch«, keuchte ich auf.

Du scheinst die richtigen Visionen gehabt zu haben, versicherte der Logiksektor grämlich.

Ich erkannte das Bild. Es war ein Eindruck, der sich unauslöschlich in meinem Gedächtnis eingebrannt hatte und aus der letzten Vision stammte. Aus jener Vision, in der zum ersten Mal Ischtar aufgetaucht war. Auf einem runden Stein, der annähernd halbkugelig geformt und an den Rändern sehr verwittert war, entstand vor meinen Augen das Bild eines Phantasietierkopfes. Für mich war es ein Tier der Phantasie; vielleicht hatte es einst zu der Fauna dieses Mondes gehört. Eine Mischung zwischen Raubkatzenkopf und Saurier, mit vogelartigen Elementen und Augen, die wie die eines Arkoniden aussahen. Der Kopf war aus Stein und verschiedenen Metallen zusammengesetzt. Ich beugte mich wieder vor und reinigte die letzten Vertiefungen in der Plastik.

Wie es schien, starrte mich das Fabelwesen aus uralten Augen abschätzend und nachdenklich an, als mache es sich Gedanken über meine Lage. Ich warf einen langen Blick auf den Kopf des Tieres, der einmal von einer Säule auf mich heruntergestarrt hatte. Dann wandte ich mich ab und ging weiter. Was änderte es an meiner Lage, wenn ich wusste, dass der Mond einst bewohnt gewesen war?

Nichts, sagte der Extrasinn.

Mit meinen geringen Vorräten, dem Scheinwerfer und dem nutzlosen Gerät des Translators bewegte ich mich auf mein Ziel zu. Etwa eineinhalb Tontas waren seit dem Gefecht vergangen. Meine Einstellung änderte sich unmerklich. Das Wrack, dem ich immer näher kam, wurde zu einem Zeichen der Hoffnung. Es konnte, durfte nicht so gründlich zerstört sein, als dass ich mich dort nicht längere Zeit am Leben erhalten konnte. Vielleicht gab es noch ein unbeschädigtes Beiboot, mit dem ich in den Weltraum starten konnte. Standardausstattung waren drei 60-Meter-Kugelraumer, zwanzig Leka-Disken bis maximal 35 Meter Durchmesser, fünfzig Flugpanzer …

Und vielleicht erfahre ich, wo ich mich eigentlich befinde, in welchem Teil der Oden Insel.

Mach dir nicht zu viele Hoffnungen!, warnte der Extrasinn.

Durch die verschütteten Straßen, über staub- und trümmerbedeckte Plätze, vorbei an Brunnen, die nur in meiner Vorstellung existierten und über tiefe Spalten führten, kletternd durch ehemalige Bachbetten oder Kanäle, über Trümmer und immer durch eine hohe Schicht aus Verwitterungsresten, eine nur kurz sichtbare Wolke aus Staub hinter mir herschleppend, stapfte ich auf das Wrack zu.

Schließlich erreichte ich die ersten Trümmer des vormals kugelförmigen Schiffes. Vorsichtig umrundete ich ein hausgroßes, verbeultes und wie Papier zerfetztes Stück stählerner Masse, die irgendwo herausgerissen und hierher geschleudert worden war: Teile von Schotten und Streben, Einrichtungsteile und Rohrstücke hingen daran, ebenfalls verformt und zerglüht. Durch den Staub hatte sich eine tiefe Rille gezogen. Als Nächstes sprang ich über das Fragment einer Landestütze, schließlich befand ich mich unmittelbar vor dem zerschrammten und geschwärzten Metall der Schiffszelle. Sie schwang überhängend und konvex hoch und verdeckte die Sterne.

Such einen Einstieg!

Ich stapfte nach rechts, kletterte zwischen scharfkantigen Arkonstahlfetzen und Felsen herum, schaltete meine Lampe ein und leuchtete immer wieder das ausgeglühte Metall an. Ich sah Schrammen und Risse, Explosionskrater und die Gebiete, in denen das Metall bis über Weißglut erhitzt worden war. Aber die Luken waren entweder zu weit entfernt oder durch die unglaubliche Hitze zugeschweißt.

Wie ein Käfer im Vergleich zu den fünfhundert Metern Durchmesser des Wracks krabbelte ich im Zickzack um den Körper. Immer wieder blitzte der Scheinwerfer auf, beleuchtete eine zerknitterte und zerfetzte Fläche, aber ich entdeckte keine Möglichkeit, das Schiff zu betreten. Die Mechaniken der ausgerissenen Landestützen waren zu hoch über mir, die Bodenschleuse am unteren Pol war komplett eingedrückt. Ich sah keinen der getöteten Arkoniden. 900 Mann als Standardbesatzung! Alle tot! Ich wich einem Felsen aus, dann einem Maschinenteil von beachtlichen Dimensionen. Ich beugte mich nach hinten und blickte, mich abstützend, nach oben. Ein riesiges Loch. Man konnte mit einem Gleiter hindurchfliegen – wenn man einen Gleiter hatte.

Such weiter. Die Wahrscheinlichkeit spricht dafür, dass du das Wrack betreten kannst.

Auf dieser Seite schien sich das Schiff geleert zu haben wie ein gewaltiger Organismus, dessen Umhüllung man zerfetzt hatte. Hier lagen, bis zur völligen Unkenntlichkeit ineinander verkeilt, verdreht und zerrissen, geschwärzt und verglüht, alle nur denkbaren Teile der Ausstattung und Ausrüstung eines arkonidischen Kampfschiffs. Ich konnte nichts davon gebrauchen. Langsam stieg ich durch diesen Schrotthaufen. Immer wieder suchte ich nach einer Einstiegsmöglichkeit in erreichbarer Höhe. Nichts. Jetzt suchte ich schon die zweite Tonta. Ich war trotz der Klimaanlage in Schweiß gebadet, langsam kletterte die Panik in mir hoch. Ich fand mich in der Lage eines Mannes, der angesichts eines riesigen Sees verdursten musste, weil er nicht an das Wasser herankriechen konnte.

Wieder schoben sich zwei spitze Felsen in meinen Weg. Sie hatten sich tief in zuvor verflüssigtes Metall der Schiffszelle gebohrt. Aber zwischen dem Felsen und dem Metall gab es keinerlei Stellen, die größer waren als eine Handbreit. Ich rutschte halb einen Abhang hinunter und kam wieder auf die Füße. Und dann sah ich die Luke.

»Endlich«, murmelte ich erschöpft. Es war eine Schleuse, die über eine etwa sechs Quadratmeter große Öffnung verfügte. Das Außenschott war aufgerissen und zerbeult worden beziehungsweise die Verformung hatte die Riegel aufgerissen und das Schott nach außen kippen lassen. Eine der Kanten hatte sich tief in den Mondboden gebohrt. Ich erreichte die verformte Platte und packte einen der gekrümmten Riegel des Manuellbetriebs.

Sichere zuerst dein Überleben.

Ich leuchtete den Schleusenraum aus und glaubte zu erkennen, dass das innere Schott nicht verformt oder durch die Treffer verschweißt war. Ich spannte meine Muskeln und schwang mich hoch, versuchte, das Innenschott zu öffnen, zerrte an den langen Hebeln, hängte mich mit meinem ganzen Gewicht daran und beseitigte schließlich dieses Hindernis mit einer letzten Kraftanstrengung. Das Innenschott erzeugte einen Ton wie eine Glocke, ich spürte ihn durch meine Sohlen.

Du bist im Schiff. Wende an, was du über diese riesige Konstruktion weißt, sagte der Logiksektor. Ich ging hinter dem Lichtkreis meiner Lampe in einen Korridor und erkannte, dass ich mich in einem Bereich des Raumers befand, der Geschütze, einige Magazine und einen Teil der Mannschaftsquartiere beherbergt hatte. Das Schiff war ohne Luft; sie war erhitzt worden und durch die riesigen Öffnungen in den Weltraum entwichen. Ich entdeckte einen Indikator auf dem Boden. Er zeigte Nullwert an. *Weiter! Such einen verschließbaren Raum.*

Ich begann das Schiff zu durchstreifen. Ich sah Hunderte von toten Raumfahrern. Nur wenige trugen Schutzanzüge. Von dieser Gruppe wiederum hatten nur einige die Helme geschlossen gehabt, als das Gefecht begann. Und selbst jene, die Raumanzüge getragen hatten, waren in den Flammen und den Glutströmen, die sich trotz des automatischen Verschlusszustands durch das System der Gänge, Kammern und Hallen gepresst hatten, umgekommen. Sie alle waren qualvoll gestorben, genau wie die Maahks im anderen Wrack. Zu viele Sekundärexplosionen nach den ersten Haupttreffern und ihren Schäden! Ich brauchte zehn Tontas, bis ich aus den Resten dieses Schiffes einen Platz geschaffen hatte, der für mindestens einige Arkonperioden mein Leben verlängerte.

Ich befand mich in einer Kabine, die offensichtlich niemals bewohnt gewesen war. Einen Riss in der Wand der Toilette hatte ich mit Klebestreifen abgedichtet, die ich in dem Reparatursatz eines ungebrauchten Raumanzugs gefunden hatte. Aus Rettungszubehör hatte ich ein Notschleuse vor dem Eingang errichtet. Zusammengetragene Magazine waren an die Notanlage des Raumes angeschlossen, der Wasserbehälter für dieses Deck war nicht leckgeschlagen. Ich hatte jetzt eine kleine, funktionierende Umwälzanlage, einen prall gefüllten, schweren Sack voller verschiedener Nahrungsmittel, ich konnte mich sogar waschen.

Und es war mir gelungen, den Bildschirm dieses Raumes auf die Anlage der verwüsteten Zentrale zu schalten. Systematisch hatte ich in der Zentrale sämtliche Schaltungen betätigt. Nur ein einziger Linsensatz funktionierte noch. Es lag einige Ironie in dem Umstand, dass es ausgerechnet die Zieloptik war, mit deren Hilfe die Arkoniden auf das Maahkschiff gefeuert hatten. Ich konnte also die Ebene beobachten. Wozu, wusste ich selbst nicht, aber wenigstens verhinderte dieses Bild, dass ich mich eingeschlossen fühlte.

Schlaf zunächst aus, dann erst starte den nächsten Versuch, sagte eindringlich der Extrasinn.

Genau das tat ich. Ich erhitzte Konserven, zog mich aus, wusch mich mit lauwarmem Wasser und zog Kleidung an, die ich irgendwo gefunden hatte. Dann dichtete ich zur Sicherheit die Kabine noch einmal ab, schaltete die Warneinrichtungen von drei Raumanzügen ein und schlief etwa zehn Tontas.

Nach einem Frühstück aus arkonidischer Flottenverpflegung konzentrierte ich mich auf mein nächstes Vorhaben. Es gab drei Beiboote in dem Schlachtkreuzer, die aussahen, als würden sie noch funktionieren. Ich hatte viel Zeit und wenige Werkzeuge, um zu versuchen, eins startklar zu machen. Mit einiger Sicherheit wussten andere arkonidische Verbände, dass der Schlachtkreuzer hier gelandet war. Sie würden vermutlich kommen und nachsehen, warum sich das Schiff nicht mehr meldete.

Dies gilt auch für die Maahks, brummte der Logiksektor.

»Wahrscheinlich«, antwortete ich ebenso brummig und machte mich an die Arbeit. Ich zog den Raumanzug an, steckte genügend Tanks als Luftvorrat ein und warf die schwere, mit zwei Händen zu bedienende Waffe über die Schulter. Ich würde sie als Schneidbrenner benutzen müssen. Bevor ich das Notschott des einzigen Raumes schloss, der noch als Asyl dienen konnte, warf ich einen Blick auf den Bildschirm. Er zeigte das Bild der Ebene im fahlen Dunkel des Sternenlichts und der Reflexion der Sonnenstrahlen, die jenseits der Ebene auf die höchsten Berggipfel auftrafen. Unverändert lag der Kessel da …

Rechts von den Felsen – Bewegung! Der Extrasinn hatte eine Bewegung erfasst, die meine Augen zwar gesehen, mein Bewusstsein aber nicht verarbeitet hatte. Ich sah genauer hin, sprang durch die gesamte Länge des Raumes und drückte einen Knopf, der innerhalb bestimmter Grenzen eine Vergrößerung erlaubte. Die Grenzen des Bildes lösten sich auf, der Mittelpunkt kam näher, wurde größer. Dann stabilisierte sich das Bild wieder. Ich war erschrocken: Bewegung bedeutete Leben, und Leben konnte in diesem Zusammenhang nur *Gefahr* bedeuten. Gefahr für mich.

Ich sah einen Maahk, der meinen Spuren folgte und etwa tausend Schritte entfernt war. Dieses Wesen, das an eine Schwerkraft bis zum dreifachen Standardwert gewohnt war, bewegte sich mit spielerischer Leichtigkeit und in weiten Sprüngen vorwärts. Bald würde der Methan am Schiff sein; seine Spuren verschmolzen mit den tiefen Abdrücken meiner Schritte. Die langen, bis zu den Knien des hellen Schutzanzugs reichenden Arme schwangen vor und zurück. In jeder Hand trug das Wesen eine Waffe.

Einmal blieb es stehen, erkletterte einen Steinbrocken und drehte sich um. Ich erkannte das Zeichen auf dem Rücken des breiten Raumanzugs; mein fotografisch genaues Gedächtnis identifizierte das Symbol augenblicklich – eine arkonidische Ziffern-Buchstaben-Kombination; »Grek 1«. *Es ist der Gefangene der Arkoniden*, sagte der Logiksektor mit Bestimmtheit. *Er weiß, dass du im Schiff sein musst. Aber er weiß nicht, dass du ihn siehst.*

Ich sagte dumpf: »Er trägt zwei schwere Waffen. Also scheint er auch damit zu rechnen, dass ich ihn zu töten versuchen werde. Oder er kommt, um mich zu töten. Weiß er wirklich, dass ich der ehemalige Gefangene des Maahkraumers bin?«

Mit einiger Sicherheit.

Ich wusste nicht, warum sich dieses Wesen umgedreht hatte. Zweifellos war ein Grund dafür vorhanden, denn diese Wesen waren dank der in ihrem Kopfwulst liegenden vier Augen in der Lage, nach allen Seiten mit der gleichen Schärfe sehen zu können. Ich zuckte die Achseln und warf einen weiteren Blick auf den Bildschirm, der mir zeigte, dass sich der Maahk wieder in Bewegung gesetzt hatte.

Ich verließ die Kabine. Während ich durch das Wrack eilte, um nach unten zu kommen, sagte ich mir, dass es besser wäre, zuerst zu verhandeln. Würde der Maahk auch diese Einstellung haben? Vorbei an gitterförmigen, verbogenen Stahlträgern, vorbei an löchrigen Platten und an würfelförmigen Raumelementen, in denen sämtliche Gegenstände verschmort und unkenntlich waren, über schiefe Böden und zerbeulte Wände, vorbei auch an den Überresten der Besatzungsmitglieder rannte ich mit langen Sprüngen durch das Schiff. Einmal wurde ich mitten in einem

Sprung zur Seite gerissen und an die Wand geschleudert: ein Anlagenelement der künstlichen Schwerkraft funktionierte noch.

Ich dachte, während ich mich durch dieses ausgeglühte Labyrinth tastete, darüber nach, warum ausgerechnet drei Beiboote dem Feuersturm widerstanden hatten. Erstens befanden sie sich auf der den gegnerischen Geschützen abgewandten Seite, als die ersten schweren Treffer einschlugen. Zweitens lagen zwischen zweien von ihnen und der Aufschlagstelle der meisten Strahlenschüsse die Wassertanks oder gewaltige Maschinen, so dass die Energie sie nicht voll oder gar nicht erreicht hatte. Und drittens befanden sie sich während der letzten Schüsse des Maahkraumers unmittelbar über dem Boden des Mondes.

Ich erreichte eine offene Hangarschleuse. Genauer waren es vier nebeneinander liegende Schleusen, in denen die Wracks von Beibooten standen. Die Außenschotten waren weggesprengt worden. Als ich zwischen Trümmern und den geplatzten Blasen der Wände die Schleuse links außen betrat, sah ich schräg unter mir den Maahk heranstürmen.

Nimm dich in Acht. Er ist ebenso verzweifelt, wie du es warst, warnte mein Extrasinn.

Ich sah ihn kommen, schaltete mein Funkgerät ein, drehte die Einstellung auf die richtige Frequenz, holte tief Luft und bemühte mich, ruhig zu sein. »Ich rufe dich, Maahk. Ich sehe dich«, sagte ich langsam und deutlich in *Kraahmak.* »Ich will keinen Kampf. Sie sind alle getötet worden, in beiden Schiffen.«

Er hielt an, als sei er gegen ein unsichtbares Hindernis gestoßen. Dann handelte er mit überraschender Schnelligkeit. Während er auf die Deckung einer Gruppe aus Felsen und Trümmern zuspurtete, warf er eine seiner Waffen auf den Rücken und packte die zweite, hielt sie in der linken Hand seines langen Armes und feuerte auf mich. Noch während er flog und den rechten Arm vorstreckte, um sich aufzufangen, schlugen armdicke Glutstrahlen rund um mich in das stählerne Gerippe und in die relativ unversehrten Flächen ein. Ich duckte mich hinter eine Beiboot-Landestütze und schrie: »Hör auf! Ich bin der Gefangene aus eurem Schiff!«

»Ihr habt alle umgebracht. Beim Ei, ich werde dich ebenfalls töten!« Er hob seine Waffe. Ich sah nur den Raumhelm über seinem Sichelkamm und die Projektormündung, die in meine Richtung deutete.

»Ich habe nichts damit zu tun.«

Kein Argument für ihn. Er weiß er, dass er sterben muss. Die Vorräte im Maahkraumer …

Wieder schoss er, ausgezeichnet gezielt. Die Einschläge trafen dicht hinter meinem Kopf die Verstrebungen. Ich sprang zurück in den Schutz einer verwinkelten Platte. Aber die Funken und die glühenden Tropfen schwirrten durch den Hangar wie Querschläger. Zwischen den Streben und den ausgerissenen Platten schimmerten die Sterne.

»Ihr habt angefangen, Arkonide.«

Ich robbte langsam zurück und trat, sobald ich aus der Reichweite der noch immer einschlagenden Impulsstrahlen war, in den Korridor. »Ich komme aus dem Schiff«, sagte ich keuchend und blieb abwartend hinter der Trennwand stehen. »Und ich hoffe, die beiden letzten lebenden Wesen auf diesem Mond können sich vernünftig unterhalten.«

»Ich zertrete die Schale deines Eies. Es ist nur logisch, dass wir uns bis zum Ende bekämpfen.«

»Du wirst es nicht als logisch empfinden«, erwiderte ich, »wenn du bei dem Versuch stirbst.«

»Du wirst sterben.«

»Meinetwegen.«

Ich eilte zur Schleuse, durch die ich das Wrack betreten hatte, erreichte nach einem vorsichtigen Satz den staubigen Boden des Mondes. Ich rannte in eine Richtung, von der ich wusste, dass sie mich in die Deckung schwerer Maschinenteile bringen würde. Der Methan konnte mich nicht sehen, noch nicht.

Sei vorsichtig!, flüsterte der Extrasinn.

Ich hastete in meinen alten Spuren an eine Stelle, von der ich aus besserer Position dorthin blicken konnte, wo sich der Maahk verbarg. Aber als ich hinter dem vorletzten Felsen hervortrat, sah er mich und schoss augenblicklich. Ich prallte zurück.

»Hör auf!« Ich hob die Waffe. Irgendwie musste ich ihn zur Vernunft bringen. Ich glaubte nicht an meine Fähigkeit, dies mit dürren Worten tun zu können. Vielleicht schaffte ich es auf andere Weise.

»Ich werde dich töten. So, wie die Arkoniden meine Leute getötet haben«, war die hervorgestoßene Antwort. Ich hob vorsichtig den Kopf und sah den Maahk, aber noch deutlicher waren der lange Lauf und die Projektormündung an dessen Ende. Ich hob meine Waffe, stützte Handballen und Kolben auf den Felsen und zielte konzentriert, drückte ab. Der Schuss traf genau die Waffe, die in einer Explosion verging. Ich sah nicht einmal mehr die Trümmer, sondern nur eine blendende Stichflamme. Vielleicht brachte dies den Methan zur Vernunft.

»Du …« Ich verstand das lange Wort nicht, aber es war sicher keine Freundlichkeit. Ein fluchender Methan?

Ich grinste matt und sagte leise: »Ich habe ein Beiboot. Und ich brauche dich, weil du mehr Kraft hast. Ich biete dir Waffenstillstand an, Maahk.«

Er erwiderte nichts, aber er verließ seine Deckung und sprang etwa fünf Meter in meine Richtung. Ich schoss dreimal und brachte den Staub rings um ihn zum Glühen. Er rollte durch den schwarzen Sand, warf den nutzlosen Rest der Waffe weg und schoss mit der anderen, sobald er sich in günstiger Position befand. Ich kauerte jetzt, nach einer kurzen Pause, zwischen den Trümmern unbekannter Maschinenblöcke. Deutlich sah ich den Maahk, der zwischen den Felsen hervorkam und sich unruhig, aber schnell bewegte. Er lief auf die Stelle zu, an der ich mich eben noch befunden hatte. Ich hob die Waffe und zielte erneut.

»Ich könnte dich töten!« Ich feuerte. Eine Handbreit vor seinem Kopf zerspritzten Felsen. Weiße Glut breitete sich an der Aufschlagstelle aus. Der schwere Körper hielt an und drehte sich. Wenn ich wollte, würde mein nächster Schuss in die Brust des Anzugs einschlagen und den zweiten Gefangenen dieses Mondes vernichten. »Bleib stehen!«

Ich schoss abermals und verglühte eine andere Stelle. Jetzt sah er ein, dass ich ihn töten konnte. Zwischen zwei schrägen Felsnadeln bot sein Körper, massig und größer als zwei Meter, gegen die funkelnden Sterne ein Ziel, das nicht zu verfehlen war.

»Warum tötest du mich nicht?«, fragte er stockend.

»Weil ich dich brauche, um uns beide zu retten. In dem Wrack hier gibt es mindestens ein Beiboot.«

»Du bist ein Narr.«

»Bisweilen fühle ich mich auch so«, knurrte ich, aber ich zeigte mich noch nicht. »Wirf deine Waffe weg und geh geradeaus. Ich kann dich auch jetzt noch in einem Augenblick umbringen.«

Ich wartete gespannt darauf, was er tun würde. Er kämpfte mit sich. Vermutlich – meine Kenntnis der Psyche der Methans berechtigte mich zu dieser Annahme – würde sich sein logisches Verhaltensmuster durchsetzen und zu einer klaren Einsicht führen. Schließlich schwang sein Arm herum, die schwere Waffe flog in meine Richtung. Ich stand auf und ging auf ihn zu, die Waffe noch immer auf ihn gerichtet. Mein Zeigefinger lag locker auf dem Abzug. Ich sah, als ich näher kam, dass der Maahk keine weitere Waffe hatte. Mit Sicherheit war dies ein hoch qualifizierter Offizier, denn sonst hätten ihn seine Artgenossen nicht austauschen wollen.

»Keine Dummheiten. Waffenstillstand, bis wir diesen Mond verlassen haben.«

Bleib misstrauisch!, warnte der Extrasinn.

Als ich ihn erreicht hatte, sagte ich: »Wir können uns befreien. Ich habe noch Luftvorräte, aber mit deinen ist es vermutlich nicht mehr weit her. Lebt in deinem Schiff noch jemand?«

»Sie sind alle tot.«

Ich konnte im Gesicht unter der gewölbten Helmscheibe keinen Ausdruck erkennen. »Hör zu. Wir müssen hier weg. Wenn die Arkoniden zuerst hier landen, werden sie dich töten, was auch immer passiert ist. Hilf mir, dann haben wir in ein paar Tontas das Beiboot frei und können an einen neutralen Ort fliegen.«

Mir war es unmöglich, aus dem Ausdruck dieses halbmondförmigen Schädels mit dem riesigen Mund und den vier Doppelaugen etwas herauszulesen. Wir standen zwei Meter voneinander entfernt. Noch immer hielt ich die Waffe im Anschlag und deutete auf die breite Brust des Fremden. »Warum tust du das? Dieser Ort war neutral. Und was habt ihr Arkoniden gemacht?«

Ich schüttelte den Kopf. »Mach nicht mich dafür verantwortlich. Ich bin in derselben Lage wie du. Hilfst du mir?«

Er schwieg. Seine vier Augen an der Vorderseite des Kopfes starrten mich unbeweglich an. Ich ging zwei Schritte rückwärts, um ganz aus der Reichweite der langen Arme zu kommen, falls er selbstmörderische Absichten hatte.

Er kann diesen Vorschlag schlecht annehmen. Es widerspricht seiner Mentalität, behauptete der Extrasinn. Ich wartete gespannt.

Zu meiner Überraschung sagte der Maahk: »In dem anderen Wrack ist ein Hyperfunkgerät. Nur halb zerstört. Ich könnte es reparieren.«

Ich deutete nach oben. »Wenn wir erst in dem Beiboot sind, haben wir vielleicht ein Gerät, das wir nicht erst zu reparieren brauchen. Hilf mir – und du hilfst uns beiden, Grek Eins.«

Wieder entstand ein langes Schweigen. »Ich traue dir nicht. Aber ich helfe dir. Du hättest mich umbringen können.«

»Ich kann dich auch jetzt noch umbringen, habe dies aber nicht im Sinn. Wir werden keine Freunde werden, aber wir sollten den Waffenstillstand schließen. Wie lange reicht dein Luftvorrat noch?«

»Es gibt Vorräte im Walzenschiff.«

»Dann können wir an die Arbeit gehen. Machen wir das Beiboot frei.«

»Ja.«

Ich steckte die Waffe ein, merkwürdigerweise vertraute ich ihm jetzt, wenigstens für die Dauer unserer Arbeiten. Der nächste schwierige Augenblick würde kommen, wenn das Beiboot startbereit war oder kurz danach. Ich deutete nach oben und ging voraus. Wir erreichten das geöffnete Schott.

»Der einzige Eingang.«

Der Maahk schwang sich hinauf, indem er die Kraft seines Körpers und besonders die der gelenklosen Arme einsetzte. »Leben noch andere Arkoniden?«

»Nein.«

Wir betraten wieder das Schiffsinnere. Ich führte den Maahk durch das Labyrinth des Wracks und hielt an, als wir vor der ersten, halb zerstörten Hangarschleuse standen. Das kleine, diskusförmige Beiboot hatte sich losgerissen und stand schräg in einer Ecke. Die Hälfte der Landestützen ragte in den Raum wie seltsame Stahlträger, die übrigen waren abgeknickt. Ich schaltete die Lampe ein und richtete den Lichtkreis aufwärts. »Versuchen wir es. Und möglichst schnell.«

»Ich helfe dir.«

Wir gingen in die Hangarschleuse. Das Licht zeigte uns binnen einer Dezitonta, dass es keinerlei Möglichkeit gab, die Außenschleuse zu erreichen, die zu allem Überfluss noch verschlossen war. Auch keine Luke in erreichbarer Nähe ließ sich öffnen; keine einzige der Schaltungen, angefangen von den Servomotoren und aufgehört bei den Wartungsrobotern, funktionierte mehr.

Ich musste keuchend vor Anstrengung zugeben: »Dieses Beiboot starten wir nicht. Versuchen wir es bei den anderen.«

Der Maahk schwieg. Sein Schweigen drückte sein Misstrauen aus und seine Furcht, dass ich ihn nur benutzte und dann überlisten würde. Wenn aber Maahks als Erste hier landeten, war ich derjenige, der getötet wurde oder erneut in Gefangenschaft geriet. Wir betraten den zweiten Hangar. Er bestand nur noch aus einem Metallgitter, das stark verformt war. Wir machten uns an die Arbeit.

Während ich eine zweite Lampe suchte oder einen anderen Beleuchtungskörper, strahlte der Maahk mit dem Scheinwerfer seines Anzugs die Wände und die Zelle des kleinen Bootes an. Je länger wir uns bemühten, desto genauer sahen wir, dass wir einer optischen Täuschung zum Opfer gefallen waren. Einer der Schüsse hatte die Schleuse und ihren Inhalt aus einem Winkel getroffen, aus dem wir das Loch nicht erkennen konnten. Tonnen von Material waren mit der Zelle des Leka-Diskus zusammengeschweißt worden.

Jetzt entdeckte ich, dass auch ein Teil des Schotts zerstört und mit dem Boot verschweißt war. Ohne Hoffnung ließ ich die Lampe sinken. »Wir versuchen es in der dritten Schleuse. Dieses Boot bekommen wir niemals frei.«

»In meinem Schiff ist ein Funkgerät. Ich kann es vielleicht instand setzen. Sollen wir nicht …?«

»Noch nicht. Versuchen wir erst hier unser Glück.«

Seit einiger Zeit verhielt er sich zwar misstrauisch, aber keineswegs hysterisch, schien zu glauben, dass ich ihn nicht betrügen wollte. Aber ebenso wie wir Arkoniden war auch er in dem Freund-Feind-Schema gefangen und konnte nichts anderes denken. Wir tasteten uns aus der finsteren Halle hinaus, durch deren Löcher und Risse die Sterne sichtbar waren.

»Meine Leute werden zuerst kommen«, sagte der Maahk plötzlich völlig zusammenhanglos, als wir uns einen Weg in den letzten Hangar bahnten.

»Vielleicht. Vielleicht auch nicht. Vielleicht verhungern wir hier. Hast du Nahrungsmittel drüben im Wrack?«

»Ja. Aber ich brauche sie noch nicht. Wir können dorthin fliegen, wenn wir Glück haben.«

»Einverstanden.«

Bei der ersten, flüchtigen Kontrolle waren mir die Schäden in den beiden anderen Hangars nicht aufgefallen. Jetzt kroch die Angst in mir hoch, auch dieses Beiboot könne zerstört sein. Aber wir bewegten uns in eine Zone des Schiffes, die heller war – genauer: Sie war weniger dunkel. Die Schleuse bestand nur noch aus Verstrebungen, zwischen denen einzelne Fetzen Arkonstahlblech hingen. Ich drehte den Scheinwerfer und begann, von oben nach unten alles systematisch abzuleuchten. In den Helmlautsprechern erklangen die pfeifenden Atemzüge des Wasserstoffatmers. Er war offenbar ebenso aufgeregt wie ich. Das Diskusboot war ebenfalls herumgeschleudert worden. Aber jedes Rettungsboot war dafür konstruiert, aus nahezu allen Winkeln starten zu können. Das war es nicht, was mir Sorgen machte.

Es sieht gut aus, versicherte der Extrasinn.

Die Polschleuse war offen, die Einstiegsleiter ein Stück ausgefahren. Sie befand sich etwa zwei Meter über dem Boden. Aber die Schleusentore und deren Rahmen bildeten eine Art Gitter. »Grek«, sagte ich. »Wir müssen versuchen, mindestens zehn dieser Träger dort durchzuschneiden. Ich habe genügend schwere Waffen. Holen wir sie.« Ich leuchtete nacheinander die Stellen an, die ich meinte. Keiner der Träger war mit dem Boot verschweißt, und die Hülle des Diskus sah unversehrt aus. »Versuchen wir es.«

Nimm dich in Acht. Wenn er bewaffnet ist, wird er dich erpressen oder töten, warnte der Extrasinn. Ich bedachte auch dies, aber er konnte die Träger nicht mit den Händen auseinander biegen. Ich gab ihm die Lampe, zog meinen Strahler und stützte das Handgelenk auf. Dann feuerte ich einen ununterbrochenen Strahl ab und versuchte, die Waffe wie einen Schneidbrenner zu verwenden. Aus dem Träger regneten Funken herunter, aber ich erkannte an den beiden weiß glühenden Linien gegen die Kulisse des schwarzen Weltraums, dass sich der Strahl der Waffe relativ schnell durch den Stahl fraß.

»Es funktioniert. Holen wir die Waffen und mehr Energiemagazine.« Ich steckte die heiß geschossene Waffe zurück. Wir tappten wieder auf den langen Weg durch das Schiff, in dem kein einziges Licht mehr brannte außer dem Notaggregat meiner provisorischen Kabine. Außerdem hatte ich Hunger, aber ich unterdrückte ihn und zog nur Konzentratnahrung in flüssigem Zustand durch einen der Helmschläuche. Wir brauchten mehr als eine Tonta, um wieder den Hangar zu erreichen und damit zu beginnen, die jeweils äußersten Punkte in dem verformten Metallgitter in Angriff zu nehmen.

Von zwei verschiedenen Standorten feuerten wir immer wieder auf die Stellen und schnitten, Fingerbreit nach Fingerbreit, die Träger in unterschiedlicher Dicke auseinander, setzten im Wechsel Thermo- und Desintegratorwirkung ein. Die erste Verbindung war zerschnitten, die letzten Tropfen fielen abwärts und kühlten noch während des Fluges von weißer Glut bis zur völligen Schwärze ab. Auch der Grek hatte seinen ersten Träger zerschnitten. Ein Ruck ging durch die Konstruktion.

»Weiter so!«, sagte ich.

»Es ist auch in meinem Interesse.«

»Glaubst du mir jetzt, dass ich den Waffenstillstand einhalte?«

»Nein.«

Ich hob die Schultern und richtete meinen schweren Kombistrahler auf das nächste Stück. Wir arbeiteten ununterbrochen. Nach und nach trennten wir sämtliche Verbindungen auf, und irgendwann waren wir fertig. Wieder hatte sich die Sonne einige Millimeter höher geschoben, die Bergspitzen leuchteten in einer fahlen Aura gelbweiß auf. Ich war müde, die Schultermuskeln schmerzten. Ich setzte den Kombistrahler ab. »Fertig auf deiner Seite?«

»Ja. Aber nichts bewegt sich.«

Ich ging näher heran und griff nach dem Scheinwerfer. Nachdem ich abermals sämtliche Trennungen kontrolliert hatte, erkannte ich, dass die hinderliche Konstruktion durch ihr eigenes Gewicht festsaß. »Ich weiß, dass jeder Maahk um vieles stärker ist als ein Arkonide. Ist das richtig?«

Eine recht rhetorische Frage.

»Es ist so, Arkonide. Was soll ich tun?«

»Versuche, das Gitter nach außen zu drücken. Ich bin sicher, dass ich zu schwach bin.«

»In Ordnung. Leuchte mir!«

Wie ein fremdartig aussehender Roboter schob sich Grek 1 zwischen Metallfetzen und Schrott durch und blieb vor mir stehen. Ich deutete nach links. »Dort ist der beste Ansatzpunkt. Oder soll ich eine hydraulische Anlage suchen?«

Der Maahk ging auf das riesige, unregelmäßige Gitter zu und rüttelte prüfend daran. »Nein. Warte noch.«

Hoffentlich waren die Maschinen und die Einrichtungen des Beiboots nicht völlig zerstört. Vielleicht gab es in ihm auch ein funktionierendes Funkgerät, mit dem ich gegebenenfalls Hilfe herbeirufen konnte. Sämtliche anderen Funkanlagen des Wracks waren nicht mehr zu reparieren. Der Maahk suchte sich, während ich leuchtete, einen guten Platz und stemmte seine gewaltigen, säulenartigen Beine gegen den Boden. Er griff mit den Händen um einen mehr als schenkeldicken Träger, dann hörte ich, wie er pfeifend einatmete. Zwei, drei Wimpernschläge vergingen ereignislos und schweigend. In den Lautsprechern waren nur meine flachen Atemzüge und die keuchenden Laute des Methans zu hören. Dann ertönte ein unterdrückter Schrei, wie ihn Kämpfer oder Athleten bei einer gewaltigen Kraftanstrengung ausstießen.

Der Lichtkreis huschte eine Wand hinauf und heftete sich auf die durchgetrennten Verbindungen. Sie bewegten sich langsam, scheuerten aneinander, dann glitten die netzartigen Teile langsam nach außen, Zentimeter um Zentimeter. Das schwere Gitter löste sich zuerst von den obersten Verbindungen und neigte sich fast unmerklich nach außen. Die Bewegung wurde schneller, die Schnittstellen klafften mehr und mehr, dann kippte die ganze Konstruktion lautlos nach außen und schlug, nachdem der Maahk dem Stahl noch einen gewaltigen Tritt versetzt hatte, in den schwarzen Sand des geheimnisvollen Mondes.

»Wir sind frei. Wenigstens halb.« Ich richtete das Licht auf den Boden, um ihn nicht zu blenden. Wir gingen schweigend nebeneinanderher und blieben genau zwischen den vier Landebeinen stehen. Der Handscheinwerfer leuchtete die Leiter an.

»Schaffst du es?« Der Maahk deutete nach oben.

»Ich denke schon.«

Er scheint dir gegenwärtig zu trauen. Aber dies kann sich schnell ändern, sagte der Extrasinn.

Ich klemmte die Lampe an ein Stück Schrott und richtete sie auf die Polschleuse und einen Teil der Leiter aus. Dann stellte ich mich in Position. Meine ausgestreckten Hände schlugen gegen den Rand einer Sprosse. Ich krümmte die Finger und zog mich auf die Leiter, die sich federnd um einige Zentimeter durchbog.

»Gut – ich bin oben.« Ich zog die Waffe, stellte einen Fuß in die Luke und den anderen auf die Leiter und verlagerte mein Gewicht nach außen, während der feinst eingestellte Strahl der Waffe den Arkonstahl erhitzte. Die Leiter bog sich unregelmäßig, ich wechselte von rechts nach links, langsam kippte die Metallkonstruktion tiefer herunter. Schließlich ergriff sie der Maahk und bog die Leiter durch, bis sie fast auf dem Boden stand. »Komm ins Schiff! Und bring die Lampe mit.«

Wieder ein Schritt weiter. Ich konnte ein solches Beiboot steuern. Einen Start unter diesen Umständen war schwierig, aber es blieb mir nichts anderes übrig. Ich wartete, während mein ehemaliger Todfeind die Leiter hinaufturnte. Der Logiksektor flüsterte: *Vorsicht. Er hat eine Waffe eingesteckt.*

Ich sah, dass Grek 1 eine der mittelschweren Waffen in seinem Gürtel trug. Mit Sicherheit hatte er ein frisches Energiemagazin eingeschoben. Ich musste zugeben, dass er ebenso hoch spielte wie ich und versuchte, nicht das geringste Risiko einzugehen. Ich tat so, als sähe ich die Waffe nicht, nahm ihm die Lampe ab und leuchtete die Schleuse aus. Nachdem ich den Schalter gefunden hatte, war die Schleusenkammer hell erleuchtet. Wir blickten uns schweigend an.

Der Maahk sagte, wie mir schien, in etwas versöhnlicherem Tonfall: »Bis hierher sind wir erfolgreich gewesen. Kannst du das Boot aus der Schleuse steuern?«

»Ich werde es jedenfalls versuchen. Es geht ebenso um meinen Kopf.«

Die Tatsache, dass die Beleuchtung funktionierte, gab mir neue Hoffnung. Aber ich konnte daraus nicht schließen, dass sämtliche Anlagen der Leka einwandfrei arbeiteten. Es gab mehr Fehlermöglichkeiten, als ich mir vorstellen konnte. Immerhin war das Diskusboot mehrmals hart umhergeschleudert und mit voller Wucht gegen die Wände und die Decke gerammt worden. Wir gingen weiter und zwängten uns in den normalerweise senkrechten Antigravschacht, der jetzt ein steiler Tunnel war. Schließlich standen wir in der dunklen Zentrale. Es dauerte nicht lange, dann flammten auch hier die indirekten Leuchtkörper auf.

»Wenn jetzt auch noch die Triebwerke, das Funkgerät …«

Ich ging vorsichtig auf das Pult zu, erkletterte den Sockel des Pilotensitzes und orientierte mich am Instrumentenpaneel. Nacheinander schaltete ich die Energieversorgung ein. Abwartend stand der Maahk dabei. Er studierte mit geradezu wissenschaftlicher Gründlichkeit jede meiner Bewegungen und Schaltungen. Ich suchte und fand die Schaltungen für die Antigravprojektoren des Antriebs.

Nacheinander gab ich Leistung auf die einzelnen Sektoren. Der Diskus bewegte sich. Ich verstärkte vier Sektoren, hatte das deutliche Gefühl, dass sich die Leka hob. Dann hatte ich alle Hände voll damit zu tun, um durch abwechselndes Betätigen der rechten, linken und der steuerbaren Projektoren das Boot so zu drehen, dass der Boden der Zentrale annähernd gerade zum Boden des Mondes schwebte. Ich stellte den künstlichen Horizont ein. Probeweise liefen die schweren Servomotoren an, dann zeigten die harten Erschütterungen, dass die Landeteller den Schrott zur Seite schoben und sich in die Vertiefungen der Außenhülle pressten. Ich ließ die Landestützen wieder halb herausfahren. Die Teller berührten den Grund, die Automatik glich die Neigung aus, denn es gab keine absolute Waagrechte in dem Wrack. Ich schaltete die Geräte wieder ab und setzte mich in den Pilotensessel. Der Maahk kam auf das Pult zu.

»Zufrieden?«, fragte ich leise. Wieder war ich einen Schritt näher an meinem Ziel. Aber bis zu einem guten Start von der Mondoberfläche gab es noch eine Reihe Hindernisse.

»Bis jetzt ja.« Er beugte sich vor, um die Anzeigen zu studieren. Schließlich deutete er auf ein breites rotes Leuchtfeld und fragte: »Was bedeutet das?«

Ich warf einen Blick darauf und schluckte einen langen Fluch hinunter. Warum waren diese Geräte so anfällig? »Störung im Funknetz. Außenantenne zerstört. Vielleicht kann ich es reparieren, vielleicht nicht. Aber zuerst kommt der Start aus dem Wrack heraus.«

»Ich muss in mein Schiff. Luft, Flüssigkeit und Nahrung – du verstehst?«

Erstmals eine leichte Reaktion darauf, dass ich *Kraahmak* sprach.

»Ich verstehe.« Ich begann, systematisch die Anlagen zu testen. Nacheinander erwachten sämtliche Bereiche der Leka in einem vielfarbigen Lichterspiel zum Leben. Der Antrieb würde funktionieren, wenigstens schien keine Störung vorzuliegen. Sämtliche Versorgungssysteme des Beibootes funktionierten auch, aber noch ließ ich die Luftumwälzanlage desaktiviert. Ich schaltete die künstliche Schwerkraft ein, die für mich normale Verhältnisse an Bord herstellte.

»Ich versuche es.« Ich machte mich bereit, die Leka aus der Schleuse zu bugsieren und auf dem Mond zu landen, schaltete die Antigraveinheiten wieder ein, hob das Schiff und ließ es auf dem hyperenergetischen Polster nach außen schweben. Dreimal ging ein grauenhafter, knirschender Laut durch den Schiffskörper. Die niederfrequenten Schwingungen setzten sich durch das Metall fort. Ich schaltete sämtliche Landescheinwerfer ein und sah endlich etwas auf den Bildschirmen. Vorsichtig, Meter um Meter, schob sich den Diskus aus dem Wrack heraus, glitt einige Meter weit weg und wurde von mir in eine weite Kurve gesteuert.

»Wo willst du landen?«

»Ich suche einen flachen, ungefährlichen Platz. In der Ebene.«

Das Boot schwebte um das Wrack, glitt in niedriger Höhe über zerstörte Maschinen. Einige rote Leuchtfelder begannen alarmierend heftig zu flackern, aber ich hatte jetzt keine Zeit, mich darum zu kümmern. Ich fuhr die Landestützen ganz aus und fand ein ebenes Stück, etwa hundert Meter vom Schiffswrack entfernt. Dort ließ ich den Diskus landen. Weich federten die Stützen nach. Ich fuhr sie zwei Drittel weit ein, denn dann lag die Bodenschleuse so dicht über dem Boden, dass wir sie mühelos erreichen konnten. Bis auf den Scheinwerfer, der den Bereich direkt unter der Schleuse anstrahlte, schaltete ich alle anderen Lichtquellen wieder aus. Dann fuhr ich probeweise die Energieerzeuger hoch – sie funktionierten tadellos.

»Die roten Anzeigen, Arkonide«, erinnerte mich der Maahk, der durch die Transparentkuppel sein Schiff sah oder vielmehr das andere Wrack.

Ich prüfte, was die einzelnen Lichter bedeuteten. Die Antigravprojektoren arbeiteten unregelmäßig. Ich blockierte diejenigen, die defekt waren. Jedes Mal, wenn ich einen Sektor desaktivierte, erlosch die betreffende Warnlampe. »Dieses verdammte Funkgerät.« Ich versuchte eine Reihe von Schaltungen. Die Lampe flackerte, ging einmal ganz aus, dann erschien das Leuchten wieder. »Das Funkgerät ist ausgefallen. Aber ich bin sicher, dass wir mit diesem Boot starten können. Soll ich dich zur Walze bringen?«

Der Maahk schwieg, starrte mich mit seinen vier Augen an, während die rückwärtigen Teile die Zentrale musterten. Er schien zu überlegen. Noch immer dachte er wohl, ich würde ohne ihn starten. Ich kontrollierte weiter die wichtigen Teile der Leka, aktivierte zusätzliche Bildschirme, verriegelte die Schleuse und öffnete sie wieder, testete sorgfältig alle Systeme, die ich brauchen würde, denn ich rechnete mit einem mindestens einige Pragos, wenn nicht länger dauernden Flug im All. Der Versuch einer automatischen Lagebestimmung schlug fehl; offensichtlich waren die galaktischen Koordinaten des Mondes nur in den KSOL-Rechnern des Schlachtkreuzerwracks gespeichert worden. Zwei der Impulstriebwerke waren beschädigt, arbeiteten unregelmäßig, aber ich konnte ohne ihren Schub starten.

»Maahk?«

»Arkonide?«

»Ich fliege dich zur Walze. Aber erst, nachdem ich festgestellt habe, ob ich hier überleben kann. Einverstanden?«

»Meinetwegen. Du sagtest, du hättest noch Vorräte und Nahrungsmittel im Wrack?«

Das kann eine Falle sein, um dich aus dem Boot zu treiben, warnte sofort der Extrasinn.

»Ich kann sie nicht allein tragen. Ich bin auch misstrauisch, was dich betrifft – ebenso wie du mir gegenüber. Komm mit und hilf mir tragen. Dann fliegen wir zu deinem Schiff. Ist dies ein logischer Vorschlag?«

»Ich kann ihn akzeptieren.« Er ließ die Hand wie unbeabsichtigt auf den Griff seiner Waffe fallen.

»Dann … gehen wir.«

Ich durchsuchte die einzelnen Abteilungen des 20 Meter durchmessenden Diskus. Er hätte zur Not etwa zwanzig oder fünfundzwanzig Arkoniden Platz geboten. Die regulären Kabinen waren ausgesprochen winzig, aber eine kleine Automatik sagte mir, dass sämtliche Notvorräte eingelagert und mit der Gründlichkeit, die der Flotte Arkons eigen war, überprüft und vor einer Periode erneuert worden waren. Ich würde hier ziemlich lange überleben können. Trotzdem war es sinnvoll, die Lufttanks zu holen und alles, was ich mühsam im Wrack gesammelt hatte. Wir verließen den Diskus, schnitten die Leiter ganz ab und stellten sie in die offene Schleuse, nahmen den Scheinwerfer und stapften zurück zum Wrack.

Eine Tonta später befanden wir uns wieder in dem Beiboot. Ich erkundigte mich: »Hast du etwas dagegen, wenn ich die Schleuse schließe und *meine* Atemluft im Schiff zirkulieren lasse?«

»Nein. Du hast keine Druckkammer mit meiner Atmosphäre?«

Ich machte eine umfassende, eindeutige Handbewegung. »Du hast es selbst gesehen. Nur Überlebenssysteme für Arkoniden.«

Ich setzte mich zurecht und plante in meinen Überlegungen die einzelnen Schaltungen für den kurzen Flug über die Ebene. Während ich die Bildschirme betrachtete und Instrumente bediente – ich hatte die Innenklimatisierung aktiviert –, ertönte das Summen der hochgefahrenen Reaktoren. Wieder blinkten die Lichter am Schaltpult. Nur zwei rote waren darunter. Ein plötzlicher Blick auf eine Metallfläche, die schwach spiegelte, zeigte mir den Maahk. Ich erschrak nicht einmal mehr

Er deutete mit seiner Waffe auf meinen Rücken. »Ich muss sicher sein. Du startest zum Walzenschiff?«

Ich lachte kurz und versicherte: »Mit und ohne deine Waffe – ja. Ich starte nur dorthin. Du bist zu misstrauisch.«

»Nicht ohne Grund. Meine Freunde waren weniger misstrauisch, sie sind alle tot.«

»So wie die Arkoniden.« Ich gab volle Energie auf die Antigraveinheiten. Die Leiter fiel um, das Schott schloss sich, der Diskus schwebte rund fünfzig Meter in die Höhe. Dann erwachte heulend eine Impulsdüse und trieb das Beiboot über die Ebene. Auf dem Bildschirm sah ich die Strukturen unter mir deutlicher. Sie waren kantig und eckig, bildeten ein undeutliches Raster, in dem die Phantasie die fehlenden Linien und Ecken ersetzte. Ohne jeden Zweifel: Hier war einst die Stadt gewesen, die ich in meinen Visionen gesehen hatte. Das Boot wurde schneller, fast zu schnell, ich reduzierte die Leistung, bis wir genau neben dem riesigen Walzenwrack schwebten. Langsam senkte ich den Leka-Diskus ab.

Ich stand auf. »Geh in das Schiff und suche zusammen, was du brauchst. Ich lege mich in einer Kabine schlafen.«

Aber der Maahk rührte sich nicht und zielte noch immer auf mich. »Du kommst ebenso mit wie ich vorhin. Du könntest starten, wenn ich nicht an Bord bin.«

Ich ließ erschöpft die Schultern sinken und murmelte wütend: »Ich hätte dich mehrmals erschießen können.«

»Das ist etwas anderes.«

»Warum?«

»Weil du mich und meine Kraft gebraucht hast. Jetzt bin ich für dich überflüssig. Komm mit ins Schiff, dann können wir ausruhen. Aber ich muss sicher sein.«

»Einverstanden.« Er war ein gerissener Kerl. Ich kontrollierte meine Vorräte und stellte mich neben ihn in die Schleuse. Die innere Schottür schloss sich, die äußere glitt auf. Wir sprangen in den schwarzen Staub hinunter, gingen auf das Wrack zu, das ebenso zerstört war wie das Kugelschiff. Ich hatte eben einen Beweis für die logische und kalkulierte Denkweise der Methans bekommen, und ich musste sagen, dass er mich verblüfft hatte.

Aber alle diese Tricks und Winkelzüge halfen nicht entscheidend. Außerdem waren vermutlich noch immer die Schiffe beider Völker im Anflug. Welches würde zuerst über diesem »neutralen Übergabeplatz« erscheinen? Ich wusste es nicht, war müde, hungrig und durstig. Und der Raumanzug drückte mich. Und wenn ich auch nur einen Augenblick lang daran dachte, wie weit ich von meinen Freunden und meinem Ziel entfernt war, wurde mir buchstäblich schlecht.

Ich folgte Grek 1 in das Schiff und half ihm bei seinen Verrichtungen, die ebenfalls nichts anderes waren als die Versuche, zu überleben und ein bestimmtes Ziel vielleicht doch noch zu erreichen …

8.

Aus: *Zahlen, Zenturien, Ziele und Zeugnisse – aus der Arbeit des Historischen Korps der USO*, Chamiel Senethi. In: *Kompendium von Sekundärveröffentlichungen diverser Archive*, hier: *Die Methankriege*; Sonthrax-Bonning-Verlagsgruppe, Lepso, 1310 Galaktikum-Normzeit (NGZ)

Anfänglich war der Vormarsch kaum aufzuhalten gewesen; die innenpolitische Schwäche zur Zeit der tyrannischen Herrschaft von Imperator Orbanaschol III., geprägt von Vetternwirtschaft, Korruption und Unfähigkeit, gesellte sich zu der äußeren Bedrohung, die vor allem in nahezu grenzenlos erscheinender Materialüberlegenheit, gepaart mit einer immensen Geburtenrate, Ausdruck gewann.

Zu den fast einhundert Volksgruppen der Methans zählten neben den führenden Maahks vor allem die Kagaarer und die Lomgaaner, aber es gab auch Verbündete, die nicht dieser Spezies entstammten, gleichfalls aber Wasserstoffatmer waren – zu ihnen gehörten zum Beispiel die Thaafs oder die Motuner. Fürchterliche Gefechte hatten in der Öden Insel getobt, vor allem in den Bereichen des Nebelsektors, und zeitweise sah es so aus, als würde die Arkoniden als Ganzes ausbluten.

Erst mit Einsatz der Konverterkanone kam die Wende, ohne jedoch einen vollständigen Sieg zu bedeuten …

Namenloser Mond: 33. Prago des Ansoor 10.498 da Ark

Die Pause war lang genug. Es gab keine unmittelbaren, vordergründigen Probleme mehr, die Lage war sowohl Grek 1 als auch mir klar. Wir waren ausgeruht, der Maahk hatte alle seine Vorräte an Bord des kleinen Diskusboots gebracht, so wie ich auch. Wir würden hier ziemlich lange Zeit verbringen können. Mir war es unmöglich, das starke Misstrauen des Maahks zu brechen. Ich fand auch keinen Weg, normal und entspannt mit ihm zu verkehren. Er war Raumfahrer wie ich, außerdem wusste er, welche Risiken wir eingingen.

Wir konnten von einem Maahkschiff entdeckt und aufgenommen werden – das war weiteres Pech für mich. Oder von einem Schiff der Arkonflotte. Das würde ihn in die schlechtere Lage bringen. Mich allerdings auch, denn alles, was offiziell zu diesem Planeten kam, war zunächst einmal eine Gefahr für mich, der ich versuchte, den Mörder meines Vaters vom Kristallthron zu stürzen. Damit, dass Fartuloon oder Ischtar hier auftauchte, rechnete ich besser erst gar nicht; es wäre ein reines Wunder gewesen.

Ich beugte mich vor und betätigte einen Schalter, der das Schott und sämtliche Luken schloss und verriegelte. Ich blickte auf den Bildschirm, der den zentralen Berg in der Ebene zeigte. »Hier gab es vor Urzeiten eine Stadt. Sie ist verfallen, aber ich glaube, dass sich unter dem Boden noch erhaltene Räume und vielleicht auch Aggregate befinden. Wir starten jetzt. Bereit?«

Ich trug den Raumanzug, hatte aber den Helm zurückgeklappt. Die Luft aus der Umwälz- und Klimaanlage war kühl und frisch. Nach der Zeit in dem engen Bezugssystem des Anzugs war allein dieser Effekt ein Mittel, meine Stimmung um einen guten Betrag zu heben.

»Ich bin bereit. Wohin fliegen wir?«

»Auf Erkundung.« Ich fuhr die Reaktoren hoch. »Erst einmal weg von dem Mond. Vielleicht hat die Sonne, die wir sehen, einen bewohnbaren Planeten?«

»Einverstanden.«

Wir beide trugen die entsicherten Waffen. Für den Augenblick war die Situation stabil. Der Maahk brauchte mich, so, wie ich ihn in einem Rettungsboot seines Schiffes gebraucht hätte. Aber jeden Augenklick konnte wieder sein Misstrauen durchbrechen, konnte er sich auf mich stürzen. Ich musste ausgesprochen behutsam handeln und ihn von jeder Änderung unterrichten. Die Triebwerke heulten auf, die intakten Antigravprojektoren fuhren hoch, ich schob langsam die Regler nach vorn und beobachtete die Instrumente und die Bildschirme. Halbdunkel herrschte in der kleinen Zentrale.

Bis jetzt geht es gut. Achte auf die Anzeigen! Die Wahrscheinlichkeit, dass wichtige Blöcke nicht hundertprozentig funktionieren, ist groß, warnte mich der Logiksektor.

Das Boot hob ab und stieg langsam höher. Ich scheute mich, mit voller Geschwindigkeit zu starten, denn ich kannte die Belastungsgrenzen der vielleicht doch beschädigten Maschinen nicht. Es war sehr wahrscheinlich, dass irgendwelche Teile oder Verbindungen durch die schweren Erschütterungen in ihrer Funktion eingeschränkt waren. Aber der Diskus stieg hervorragend über die Ebene und wurde schneller. Ich war konzentriert, beachtete alle Anzeigen und schob langsam die Regler weiter und weiter. Die Ziffern in den Anzeigenfeldern wechselten schneller.

Bodenabstand viertausend, flüsterte der Extrasinn.

Ich gab mehr Leistung zu, fuhr die Impulsdüsen mit einem Drittel der Maximalbelastung und schaltete, als die notwendige Geschwindigkeit erreicht war, die Antigravprojektoren ab.

»Werden wir den Orbit erreichen?«, fragte der Maahk über Außenlautsprecher.

»Ich habe die Hoffnung.« Ich war gespannt und etwas nervös. Die Zelle vibrierte leise, als ich mit fünfzig Prozent der Leistung operierte. Einige Zentitontas vergingen, dann flackerte das Warnlicht der Andruckabsorber alarmierend auf. Blitzschnell kippte ich den leichtgängigen Schalter und hob die Hand. »Achtung! Die künstliche Schwerkraft. Festhalten!«

Die geringe Anziehungskraft des Mondes erleichterte den Start. Wir brauchten weniger Leistung. Aber während die Antriebseinheiten arbeiteten und uns ins Weltall schleuderten, leuchteten immer mehr Warnlampen auf. Einige strahlten bereits in höchster Intensität.

Achtung! Die Systeme brechen zusammen!, tobte der Extrasinn.

Meine Finger huschten über das Paneel. Ich schaltete ein Impulstriebwerk ab, eine Warnlampe erlosch. Die anderen Ausfälle betrafen Hilfsaggregate, ohne die wir fliegen konnten. Klickend rasteten die Schalter und Regler ein. Das Boot flog noch immer und beschleunigte mit den eingestellten Werten. Ich merkte, dass meine Finger zu zittern begannen. *Was ist mit dem Ding los?* »Verdammt! Ich sehe uns schon explodieren!«

Ich fühlte mich, als säße ich auf einer tickenden Bombe. Mein Optimismus schwand im selben Maß, wie die Entfernung vom Mond zunahm. Das Ziel, einen Planeten zu finden, war nicht mehr sicher. Aber noch immer beschleunigten die Maschinen. Ungeduldig warteten wir. Meine Unruhe steigerte sich. Wieder brachen zwei Systeme zusammen. Dann ging ein harter Schlag durch den Diskus, ein Summer quäkte auf.

»Ein Triebwerk.« Mit einer Hand schob ich die Regler der anderen Impulsströme weiter, mit der anderen kippte ich einen Schalter. Die torkelnde Bewegung des Leka-Diskus stabilisierte sich wieder, aber jetzt ließ der Maahk die Haltegriffe los und schob sich an das Pult heran. Ich hielt mich krampfhaft fest und sagte scharf: »Ich weiß nicht, ob wir den Start abbrechen sollen. Das Boot scheint langsam auseinander zu fallen.«

»Was ist los?«

Du musst ihn beruhigen. Er glaubt, du willst den Start sabotieren, wisperte der Extrasinn.

Ich deutete auf die Leuchtfelder, die immer wieder aufflammten. »Bisher waren es meist nur unwichtige Servoaggregate.« Ich drosselte die Leistung der Triebwerke. »Aber jetzt fallen die wichtigen Maschinen aus. Nach und nach. Ich kann nichts ändern.«

Der Maahk betrachtete das Pult starr und ohne Ausdruck. Dann öffnete er seinen breiten Mund und sagte langsam: »Ich glaube, wir sollten zurückfliegen. Wir sind dort unten sicherer, wenn wir warten. Dort haben wir auch ein Funkgerät, das ich reparieren kann.«

Ich lehnte mich zurück und schaute zu ihm auf. *Was ist klüger?*, dachte ich. *Was verspricht mehr Überlebenschancen?*

»Zurück zum Mond, Arkonide. Fällt der Antrieb ganz aus, sind wir verloren. Schaffen wir es noch?«

Ich sagte dumpf: »Ich habe keine Ahnung. Du hast Recht – versuchen wir die Landung. Es wird gefährlich werden, so oder so.«

»Haben wir die Wahl?«

»Nein.« Ich zog die Regler zurück, leitete eine Kurve ein, verringerte die Geschwindigkeit weiter und wartete, bis ich den halb ausgeleuchteten Mond auf dem Voraus-Bildschirm sah. Wir hatten uns nicht weiter als rund zehntausend Kilometer von dem Satelliten entfernt. Im Augenblick gab es keinerlei alarmierende Leuchtanzeigen. Ich stand auf und blickte den Maahk an. »Die Schwierigkeiten kommen erst bei der Landung. Und zwar in Bodennähe. Der Mond zieht uns an, wir brauchen keinen Antrieb für den Flug dorthin. Aber dann … Es ist eine Frage der Zeit.«

»So ernst?«

Ich lachte humorlos. Wieder flammte ein Warnlicht auf. Ich konnte es mir nicht anders erklären: Ein Verteiler musste halb zerstört sein. Die Maschinen liefen einwandfrei, die Projektoren und die Düsen hatten bisher reibungslos funktioniert, aber die Steuersysteme schienen alles andere als in Ordnung zu sein. »Ziemlich sicher.«

Die Geschwindigkeit blieb konstant. Wir warteten schweigend. Ich starrte auf den Schirm. Das Gebiet, auf das wir zufällig zusteuerten, war genau das, das wir verlassen hatten. Ich entdeckte wieder die riesige Ruinenstadt. Von hier aus sah sie ausgesprochen geheimnisvoll aus. Auch der Zentralberg mit den Trümmern der Burg war zu sehen. Vielleicht gelang es mir, so glatt zu landen, wie ich gestartet war. Noch trieben wir ohne Antrieb auf den Mond zu. Schweigend und mit steigender Spannung musterten wir die Bildschirme und die Anzeigen des Pultes.

Dann holte ich tief Luft und sagte: »Wir müssen uns auf eine Katastrophe vorbereiten, Grek Eins.«

Er war Raumfahrer, wusste sofort, was ich meinte. »Genügt es, wenn ich im Raumanzug bleibe?«

»Nein. Festschnallen. Ich schließe den Helm. Vielleicht kann ich das Boot auf der Ebene landen.«

Noch immer strahlte die Sonne auf dem seitlichen Schirm, im Moment leuchtete keine der Warnlampen. Eine gespannte Ruhe herrschte. Der Versuch, den Mond zu verlassen, war fehlgeschlagen. Beim Versuch der Landung konnten wir sterben, aber das lag nicht einmal mehr an meinem Geschick. Es lag einzig und allein bei den nicht intakten Maschinen oder Reglern des Diskus. Und an einem Faktor, der durch keine Macht des Universums zu beeinflussen war: *Glück.*

Ich warf einen Blick auf den Entfernungsmesser, winkte und deutete darauf. Der Maahk starrte die Felder an, in denen sich die Zahlen änderten. Im Augenblick waren wir noch hundertneun Kilometer von der Ebene entfernt. »Mach dich fertig!«, sagte ich fatalistisch. »Es wird vermutlich ziemlich viel Schrott geben, wenn wir nicht seidenweich aufsetzen. Halte dich lieber schon jetzt fest.«

Der Maahk war nicht in der Lage, meinen Galgenhumor zu würdigen. Ich kippte einen Schalter und aktivierte sämtliche Antigraveinheiten. Sie schienen noch am wenigsten Ausfälle zu haben. Mit einem weichen Ruck setzte die negative Beschleunigung ein. Der Maahk taumelte, fing sich wieder und stieß hervor: »Ich muss dir vertrauen.«

»Du kannst mir vertrauen. Mein Leben ist mir mindestens so wichtig wie deins. Ich gebe mein Bestes.«

»Ich hoffe es.«

Die Geschwindigkeit verminderte sich. Trotzdem bedingte die optische Täuschung, dass der Boden des Mondes, jene ereignisreiche Ebene, rasend schnell näher kam. Die Linien zogen sich auseinander, die Landschaft im Mittelpunkt des Bildschirms blieb deutlich und wurde größer. Ich klappte meinen Helm nach vorn, sicherte den Verschluss und regulierte die Anzugversorgung. Dann griff ich nach den Gurten und schnallte mich sorgfältig an.

Grek 1 versuchte es ebenfalls, aber der Sessel war zu schmal für ihn. Er klappte den Sessel in die günstigste Position, schnallte sich trotzdem fest und kontrollierte seinen Anzug. Das Gepäck – Gasvorräte, Nahrungsmittel und Flüssigkeiten in verschiedenen Verpackungen – befand sich gesichert in einem stabilen Schrank.

»Wie weit entfernt?«

»Zwanzig Kilometer.« Ich drosselte die Leistung eines unregelmäßig arbeitenden Antigravprojektors, dessen Warnlampe flackerte. Das Signal wurde schwächer, verschwand aber nicht.

»Kannst du die Geschwindigkeit nicht drosseln?«

»Noch nicht. Ich muss mit voller Leistung abbremsen, und ich glaube, dass die Triebwerke nicht so lange durchhalten.«

»Ich verstehe.«

Wieder Schweigen. Wir warteten. Ich beobachtete wie hypnotisiert die Höhenanzeige. Mit ziemlich hoher Geschwindigkeit sank das Boot nun fast senkrecht abwärts. Ich konzentrierte mich auf den zentralen Hügel als Zielpunkt – dort wollte ich landen. Noch elf Kilometer. Ich begann mich zu fürchten, denn wieder flammten Anzeigen auf.

Nimm dich zusammen. Du musst alles versuchen, sagte der Logiksektor.

Plötzlich ging alles rasend schnell. Ich holte Luft, versuchte, entkrampft zu arbeiten, und ließ die Impulstriebwerke aufflammen. Noch arbeiteten sie mit geringer Leistung, ich ignorierte die flackernden Warnlichter. Dann gab ich volle Kraft auf die Antigravs, bremste mit einem langen Stoß der Triebwerke die Geschwindigkeit herunter. Wir waren vier Kilometer von der Oberfläche entfernt. Während die Lichter flackerten, die Warnsummer schrien, während die Staubschicht in beängstigendem Tempo näher kam, schob ich die Regler der Triebwerke voll nach vorn.

Das Dröhnen wurde lauter, als wir den Bereich der dünnen Gasschicht über dem Mondboden erreichten. Der Diskus schüttelte sich, noch mehr Warnlampen blinkten auf, als wir nur noch fünfhundert Meter vom Grund entfernt waren. Volle Kraft auf die Triebwerke, volle Leistung auch auf die Antigravprojektoren. Der Fall verlangsamte sich, aber nicht entscheidend. Zwei Triebwerke fielen mit knallenden Erschütterungen aus. Lange Flammenzungen leckten aus den Düsen und wirbelten den Staub auf. Das Boot schüttelte sich, als würde es über Felsen rollen. Die Gurte rissen an meiner Brust.

Das Rettungsboot trieb infolge der unregelmäßigen Leistung der Triebwerke in die Richtung des Maahkschiffes davon. Ich drückte einen Schalter, zischend schoben sich wieder die Landebeine aus. Noch immer fielen wir. Ich schob die Regler ganz nach vorn, holte das Letzte aus den Maschinen heraus und registrierte verkrampft, dass sich die Zahlen der Abstandsanzeige nicht mehr so rasend schnell veränderten. Ein Triebwerk, das ebenfalls aussetzte, ließ den Diskus torkeln und weiter nach links abtreiben. Jetzt gab es zwischen den Landetellern und dem Staub nur noch einen Abstand von zehn Metern. Sämtliche Geräte arbeiteten auf höchsten Touren. Ununterbrochen jaulten die Sirenen und tobten die Summer. Die Schiffszelle schwankte wie im Sturm. Ich sah, wie der Kurs des Bootes genau auf eine Felsengruppe zuführte, die abseits von einer der »Straßen« aus dem Staub aufragte.

Ich versuchte, das Boot daran vorbeizusteuern. Einige Augenblicken gehorchte es mir, dann kippte es, eine Landestütze schrammte an den Felsen entlang, riss eine Staubwolke hoch und schleuderte das Boot herum. Es begann zu kreiseln, sackte einige Meter tiefer und kam ein zweites Mal mit einer Landestütze auf. Dann kippte es nach vorn und wurde schwer in den Staub gerammt. Ich schaffte es gerade noch, sämtliche Hebel herunterzureißen und die Systeme auszuschalten.

Die Summer und Sirenen verstummten, aber in die abschwellenden Laute hinein dröhnten die schweren, krachenden Stöße, mit denen das Boot aufschlug, in die Höhe geworfen wurde, sich überschlug, wieder aufprallte, gegen kleinere Felsen oder Bruchstücke prallte und dann auf der gewölbten Unterseite zu schlittern begann, nachdem mit kreischenden, knirschenden Geräuschen die Landestützen geknickt und ausgebrochen waren.

Ich klammerte mich mit einer Hand am Pult fest, mit der anderen an der Sessellehne. Die Kabine drehte sich, die Beleuchtung begann zu flackern. Ich hörte einen Schrei, wieder ein mahlendes Geräusch, schließlich gab es einen dröhnenden Krach. Die Bewegung hörte auf. Ironischerweise war der Boden der Zentrale im Augenblick völlig waagrecht.

»Wir sind gelandet«, knurrte ich und löste meine verkrampften Finger. Eine totenähnliche Stille breitete sich aus. Ich hörte nur die röchelnden Atemzüge des Maahks. Dann fingen meine Außenmikrofone ein zischendes Geräusch auf, ein anderes, tickendes, ein dumpfes, immer wieder unterbrochenes Summen und ein scharfes Knacken. Ich stemmte mich aus dem Sessel hoch und blickte hinüber zu meinem seltsamen Gast. Auch der Maahk lebte noch, befreite sich gerade aus den breiten Gurten und stand auf. Ich hörte so etwas wie ein Stöhnen.

»Wie fühlst du dich?«, erkundigte ich mich.

»Schlecht. Aber ich kann mich bewegen. Die Gurte …«

Ich stellte fest, dass ich mir nichts gebrochen hatte. Nur die Stellen, an denen die Gurte eingeschnitten hatten, schmerzten ein wenig. Die Raumanzüge hatten uns geschützt. Wir sahen uns in der Zentrale um. Nur noch ein paar Leuchtkörper funktionierten, aber sämtliche anderen Geräte waren tot, ausgefallen oder ausgeschaltet.

Der Versuch ist fehlgeschlagen. Repariert das Funkgerät, sagte der Extrasinn.

Ich hob die Hand. »Verlassen wir das dritte Wrack. Wir können nicht aus der Bodenschleuse, weil das Boot genau darauf steht. Wir müssen den oberen Notausstieg nehmen. Ich hoffe, er ist nicht verklemmt.«

»Einverstanden. Aber wenn ich das Funkgerät repariert habe, werde ich versuchen, ein Maahkschiff herbeizurufen. Das bedeutet erneut Gefangennahme für dich.«

Ich breitete die Arme aus. »Besser gefangen als tot oder verletzt. Bringen wir es hinter uns. Jedenfalls ist sicher, dass ich nicht mehr allein flüchten kann.«

Mit unbewegter Stimme versicherte der Methanatmer: »Du hast Recht. Diese Möglichkeit besteht nicht mehr.«

Das Schott klemmte tatsächlich, aber als sich der Grek mit der Schulter dagegen warf, brach es nach außen auf. Ich brauchte nicht einmal die Detonationsladungen zu betätigen. Dafür setzte in diesem Augenblick wieder die künstliche Schwerkraft an Bord aus, so dass der Maahk sich überschlug und vier Meter weit durch die Luft sprang, schwer aufprallte und auf die stämmigen Beine zurückgefedert wurde. Der Kreis hatte sich geschlossen. Wir befanden uns wieder auf dem Mond. Als ich mich umsah, stellte ich fest, dass wir uns ziemlich genau zwischen dem Zentralberg und dem Wrack des Methanraumers befanden.

Noch lebst du, tröstete mich der Logiksektor.

Ich lebte. Inzwischen waren vermutlich Schiffe hierher unterwegs. Entweder die der Maahks oder arkonidische Kreuzer. Vermutlich sogar beide. Auf alle Fälle würden wir hier nicht langsam verhungern müssen. Ich wartete, bis sich Grek 1 wieder genähert hatte. Wir hätten uns alle Anstrengungen und allen Ärger sparen können. Sie hatten absolut nichts eingebracht. Ich dachte an die Gefangennahme oder an das Problem, meine Identität als Kristallprinz vor den Artgenossen verbergen zu müssen.

Ich warf einen langen Blick auf die zerbeulte Zelle des Diskusboots und folgte dann dem Maahk. Inzwischen war die Sonne abermals um wenige Millimeter höher geklettert. Sie strahlte das Oberteil des ausgeglühten und zerfetzten Maahkraumers an, der einen langen Schatten warf. Ich fühlte mich plötzlich unsagbar müde und verzweifelt.

Resignation ist Unsinn. Du bist nicht erschöpft! Tu etwas, um deine Gedanken abzulenken und zu beschäftigen, sagte der Extrasinn drängend.

Ich saß auf dem weichen Staub über einem Steinbrocken und sah dem Wassertstoffatmer nach, der langsam auf die Walzenreste zuging. Ich konnte nicht viel anderes tun als warten. Auf eins der Schiffe, einen Maahkraumer oder ein arkonidisches Kriegsschiff. Wieder war ich gelähmt, wieder war ich handlungsunfähig. Ich ließ meine Blicke über die Landschaft schweifen, die ich genau kannte – aus den Visionen, die seit dem Verlassen der Niederdruckkammer aufgehört hatten, und aus der eigenen Erfahrung. Vermutlich war der Klotz, auf dem ich saß, ebenfalls Teil eines zusammengebrochenen Gebäudes.

»Maahk?«, fragte ich halblaut.

»Ja?« Er meldete sich sofort. Wir hatten einen Waffenstillstand geschlossen, der keinem von uns Vorteile bringen konnte. Ich würde ihm nachfolgen und versuchen, ihm zu helfen.

»Brauchst du mich?«

»Nein. Noch nicht. Ich muss erst genau nachsehen, was ich habe und was ich brauche. Bleibe im Rettungsboot, vielleicht komme ich nach und hole Lufttanks oder Nahrung.«

»Geht in Ordnung.«

Der geheimnisvolle Mond. Ich stand gedankenlos auf und ging ein paar Schritte auf den Zentralberg zu. Ich betrachtete den Boden und sah links die Spur, die das abgestürzte Boot gezogen hatte. Eine Bahn der Verwüstung, durchsetzt mit den Teilen der abgerissenen Landebeine, einigen Blechfetzen und den Steinen, die vom Staub befreit worden waren. Zehn oder fünfzehn Schritte weiter entdeckte ich einen runden Krater. Als ich genauer hinblickte, sah ich, wie von den Rändern schmale Bäche von Staub nach unten rieselten. Ein gespenstischer Anblick; er wurde noch verwirrender, als ich den Scheinwerfer einschaltete und darauf richtete. Das Loch in der Mitte des Kraters war etwa zwei Meter groß. Vorsichtig ging ich näher und prüfte zuerst, ob der Boden tragfähig war.

Deine Visionen! Vielleicht hast du die sublunare Stadt entdeckt, flüsterte der Extrasinn.

Vermutlich war eine dünne Decke eingestürzt, als das Boot aufprallte. Ich blickte in das Loch. Noch immer rieselten Sand und Staub nach unten. Das Licht des Scheinwerfers verlor sich in einer pechschwarzen Tiefe. Zögernd ging ich näher, bis ich mich vorbeugen konnte. Ich sah noch immer nichts, nur, dass der Staub auseinander fächerte und in eine größere Tiefe fiel. *Was soll ich tun?*

Auf keinen Fall näher heran. Du begibst dich in Gefahr.

Ich überlegte, was ich an Hilfsmitteln hatte. Ich brauchte ein Seil und eine Seilwinde oder einen flugfähigen Anzug, ein Flugaggregat. In der Leka? Ich drehte mich um und ging zurück zum Diskus. Mit einem Klimmzug schwang ich mich ins Innere, suchte einige Zentitontas und fand drei aufgerollte dünne Taue. Kunststoff mit einer dünnen Stahlsehne. Ich begann, in die Seile Knoten und Schlaufen zu knüpfen. Dann vergewisserte ich mich, dass ich genügend Vorräte bei mir hatte, nahm zwei kleine Lampen aus den Halterungen und verließ das Schiff wieder. Einen flugfähigen Transportanzug hatte ich leider nicht gefunden.

Ein Ende des ersten Seiles hakte ich an einem Haltegriff ein, spulte das Tau hinter mir ab und zog es probeweise straff. Dann war ich an dem Loch, rollte die Taue von den Trommeln, verband sie und warf einen Teil locker nach unten. Ich hakte eine eingeschaltete Lampe mit dem Reflektor nach unten an meinen Gürtel und griff nach dem Tau. Langsam trat ich den Abstieg an, rutschte im schwarzen Staub, der in einer kleinen Lawine nach unten stob, dann hing ich frei und pendelte hin und her.

Der Strahl der kleinen Lampe verlor sich in der Finsternis. Ich suchte, bis die Spitze meines Stiefels eine Schlaufe fand, behutsam griff ich tiefer. Hin und wieder klinkte ich einen Karabinerhaken des Gürtels in eine Schlaufe und schaltete, mich drehend und pendelnd, die schwere Lampe ein. Endlich sah ich unter mir den Boden. Ich befand mich in einer Höhle oder Kammer, die nicht weniger als fünfzehn oder mehr Meter hoch war. Der Abstieg war leicht, der Aufstieg würde es auch sein, denn meine Muskeln hatten nur die Hälfte meines normalen Körpergewichts zu tragen. Ich kletterte die letzten Schlaufen hinunter und stand auf dem Boden.

Wieder blitzte die Lampe auf und beleuchtete die Umgebung. Neben den Stellen, an denen zahllose Rinnsale aus Staub und Sand kleine Hügel gebildet hatten, schimmerte es auf. Ich ging darauf zu, bewegte die Hand mit dem Scheinwerfer und erkannte ein Muster. Komplizierte Mosaikarbeiten zeigten sich im Licht. Glänzende Metalle, geschliffene Steine in allen möglichen Farben, Linien und stilisierte Bilder.

Die Visionen waren also Wahrheit. Es gab doch eine Stadt in dieser Ebene, sagte der Logiksektor. Langsam und vorsichtig ging ich weiter. Ich fürchtete mich sogar, die Sohlen auf diese rätselhaften Figuren zu setzen. Ich glaubte, Tierköpfe zu sehen, heraldische Symbole, Blätter und Ranken. Silberne und goldene Schleifen bildeten arabeske Muster. Ich ging etwa hundert Schritte, bis ich in dem dunklen Gewölbe an eine Wand kam. Auch hier entdeckte ich Dinge aus der Zeit, in der die Stadt bewohnt gewesen war. Prunkvolle Wandmalereien, farbensprühend und mit Metallen eingelegt. Fremdartige Tiere und unbekannte Wesen schienen einmal miteinander zu kämpfen, im nächsten Teil des Bildes aber in einer phantastischen Landschaft friedlich miteinander zu verkehren. *Du kennst den Schlüssel nicht. Du wirst die Bedeutung nicht herausfinden.*

Ich hatte ganz vergessen, dass ich nicht allein war. Aber diese Entdeckungen hatten mich derartig gefesselt, dass ich die Atemzüge und das gemurmelte Selbstgespräch des Maahks überhört hatte. Er kletterte offenbar durch das Wrack und suchte Werkzeuge und Ersatzteile. Oder er kauerte vor dem Funkgerät und hatte es wohl halbwegs auseinander genommen. Unablässig murmelte er, dazwischen hörte ich die Laute der Anstrengung. Ich überlegte kurz, ob ich ihn anfunken sollte, aber dann ließ ich es bleiben.

Der weiße, stechende Kreis des Lichtes bewegte sich über die hohe, breite Wand. Immer neue Bilder tauchten auf, begannen zu leuchten und zu leben und sanken wieder in das Dunkel zurück. Sie wirkten plastisch, waren aber nicht wirklich dreidimensional. Immer phantastischere Szenen schoben sich vor meine Augen. Ohne die Quelle zu kennen, entstand in meinem Kopf ein Begriff: *Vassantor.*

Der Name dieser Stadt, dieser Welt? Ich wusste es nicht, grübelte erneut über die Visionen. Hatte das varganische *Achtyl-Hachat* eine Rolle gespielt? Oder die Hypnoschulung in der Station des Kyriliane-Seher Informationen übermittelt, die zunächst im Unterbewusstsein verborgen blieben? Handelte es sich bei dem Mond also gar um eine der Versunkenen Welten der Varganen? Ein Überbleibsel aus der lange zurückliegenden Zeit ihres Reiches? Gab es noch funktionierende Technik? Gar ein Funkgerät, wie ich es auf Sogantvort verwendet hatte, um Ischtar zu rufen? Verwirrt blieb ich stehen, als ich nach etwa zwei Dritteln der Wand einen Durchgang sah und misstrauisch die breiten Risse in der Decke betrachtete. »Soll ich weitersuchen?«

Nein. Zu riskant. Die Decke kann einstürzen und dich begraben.

Das war ein Argument. Ich ging weiter, unschlüssig, was ich tun sollte. Ich ahnte, dass sich viele Entdeckungen und Geheimnisse hier unter der Kruste verbargen. Warum ich während der langen Tage im Maahkschiff gerade diese Stadt »geträumt« hatte, würde ich vermutlich niemals erfahren. Ich tappte durch den leeren Saal und suchte weiter. Ununterbrochen sah ich neue Bilder, neue und immer faszinierendere Eindrücke.

Und plötzlich rissen das Murmeln und die Atemzüge in meinen Helmlautsprechern ab, die Stimme von Grek 1 war deutlich zu hören: »Arkonide!«

»Ich höre dich.«

»Du musst mir helfen. Wo bist du?«

Ich lachte kurz auf. »Ich habe ein Höhlensystem entdeckt. Vielmehr einen Teil der Stadt dieses Mondes.«

»Uninteressant. Ich brauche Hilfe bei dem Funkgerät.«

»Ich komme.«

Ich drehte mich um und ging auf die Lampe zu, die eingeschaltet neben dem Seil stand. Ob das Höhlensystem eine lebensnotwendige Bedeutung hatte, wusste ich nicht zu sagen, aber es würde in jedem Fall reizvoll sein, einmal mit einer großen Truppe und dem entsprechenden Gerät hier zu landen und diese Kavernen zu erforschen. Später. Falls es ein Später gab. Ich kletterte langsam aus dem Saal hinaus, riss einige Kubikmeter Staub herunter und stand dann neben dem Krater.

Ich hatte wenig Vorstellungen, wie ich dem Maahk helfen konnte, aber offensichtlich sah er eine Möglichkeit. Ohne Eile ging ich neben seinen Spuren auf das Wrack zu. Hin und wieder warf ich einen Blick auf die Landschaft, starrte zu den Sternen und vermochte noch immer keine bekannte Konstellation zu entdecken. Ich wusste nicht im Entferntesten, wo wir uns befanden. Irgendwann blickte ich zufällig in die Richtung der Sonne, die sich noch immer hinter den Bergen verbarg und nur mit ihrem obersten Rand zu sehen war. Ich blinzelte, etwas geblendet, aber dann riss ich beide Hände hoch. Ein Stern hatte sich bewegt. Ich schirmte die Augen ab und blickte genauer hin. Tatsächlich. Ich schrak zusammen: Es war natürlich kein Stern, sondern ein Schiff, das sich näherte. Noch war es nicht genau zu erkennen.

Ich sagte alarmiert: »Ein Schiff kommt! Richtung Sonne, links davon.«

Grek 1 schrie auf. »Ein Maahkschiff?«

»Keine Ahnung. Ich kann es noch nicht genau erkennen«, versicherte ich wahrheitsgemäß. Er war aufgeregt, darüber bestand kein Zweifel. Der glänzende Punkt beschrieb eine Kurve, kam näher und wurde deutlicher. Etwa zwei Millitontas lang verfolgte ich die Flugbahn, dann erst erkannte ich die Form des Schiffes.

Arkoniden!, sagte der Extrasinn. Es war unzweifelhaft ein arkonidischer Schlachtkreuzer. Die glänzende Kugel wurde jetzt abgebremst, flog zielsicher in die Richtung des Wracks des Schlachtkreuzers, dort stoppte sie hoch über dem Mondboden.

»Es ist ein arkonidisches Kriegsschiff. Das bedeutet Gefangenschaft für dich.«

»Nein. Ich werde das Schiff abschießen. Keine Gefangenschaft! Ich wehre mich …«

»Du hast keine Chance gegen die Schiffsgeschütze. Du bringst dich um, Grek Eins.«

»Ich bringe die Arkoniden um. Alle!«

Ich selbst wusste nicht, ob ich über das Erscheinen des Schiffes besonders glücklich sein sollte. Zweifellos würden sie mich an Bord nehmen – aber dann? Das Schiff bewegte sich, blieb aber in achtungsvollem Bodenabstand, überflog die Ebene und schwebte nun über dem Wrack.

»Grek Eins! Das Schiff ist über dir. Mach keinen Blödsinn«, beschwor ich ihn.

Es wird nichts nützen.

Ich blieb stehen, eine winzige Gestalt in der Ebene, zufällig geschützt durch einige kleine Felsen, mit einem Energiedetektor jedoch spielend leicht anzumessen. Ich wartete darauf, dass etwas geschah. Schließlich mussten die Männer in der Ortungszentrale auch den abgestürzten Leka-Diskus sehen.

»Ich bringe sie um!«, schrie der Maahk. Er musste eine schwere, tragbare Waffe in den Trümmern des Schiffes gefunden haben, denn plötzlich sah ich einen dicken, weiß glühenden Strahl aus dem Wrack schräg nach oben zucken. Der Maahk schoss mit einer Handwaffe nach einem Kriegsschiff, das einen Durchmesser von einem halben Kilometer hatte. Natürlich richtete er nichts aus.

»Hör auf! Ein Schuss aus dem Schiff, und du bist tot.«

Aus den Lautsprechern hörte ich sein Keuchen. Bis jetzt schien – was ich für unmöglich hielt – die Besatzung nichts von dem Beschuss gemerkt zu haben. Ich rechnete jeden Augenblick mit einem Gegenschlag. Sie wussten ja nicht, dass es ein einzelner, verzweifelter Maahk war, der offenbar halb wahnsinnig war. Ich stand da, unfähig, mich zu rühren. Das Schiff trieb jetzt langsam nach rechts. Noch immer feuerte der Maahk seine lächerlichen Impulsstrahlen ab, die wirkungslos verpufften. Ich sah keine Bewegung, aber in Gedanken war ich im arkonidischen Schiff. Dort lief soeben die Maschinerie der Zerstörung an.

Das Schiff wich abermals um ein paar hundert Meter aus. Noch immer schoss Grek 1 wie ein Irrer, die Strahlen seiner Waffe folgten der Bewegung des Raumers. Dann blitzten plötzlich und in schneller Folge drei gewaltige Feuerbälle mitten in dem ausgebrannten Stahlgeflecht des Maahkschiffs auf. Sie entflammten, verwandelten sich in eine riesige Kugel, die zuerst weiß, dann sämtliche Farben des Spektrums hinunter bis rot glühte, schließlich verwehte. Diese drei Treffer zerfetzten den Rest des Wracks völlig.

In meinen Ohren gellte der letzte Schrei des Wasserstoffatmers. Ich schloss die geblendeten Augen, griff mechanisch zum Regler und schaltete mein Funkgerät auf die gebräuchliche Frequenz, sagte erschöpft: »Achtung! Hier spricht Vregh Brathon, Angehöriger des Schlachtkreuzers, der dort hinten als Wrack steht. Ich bin der letzte Überlebende. Ich bitte, an Bord genommen zu werden.«

Ich wartete nur wenige Augenblicke. Sicher nicht länger. Dann sagte eine aufgeregte Stimme: »Wir hören Sie. Wo befinden Sie sich? Können Sie uns erklären, was hier vorgefallen ist?«

»Ich kann alles erklären«, sagte ich leise. »Sie finden mich neben dem zerstörten Diskus, ziemlich genau in der Mitte der Ebene. Ich bin der letzte Überlebende.«

»Wir kommen. Wir schicken ein Boot.«

Mein Extrasinn schaltete sich ein und sagte scharf: *Ein gewagtes Spiel. Spiel es gut. Und denk daran, deine Rolle perfekt auszufüllen.*

Ich konnte nicht genau analysieren, warum ich mich schlecht fühlte und enttäuscht war. Mein Schicksalsgenosse, mit dem ich nicht viel gemein hatte und den ich »eigentlich« hasste, war eben getötet worden. Eine unstabile und fragwürdige Partnerschaft hatte eine kurze Zeit lang bestanden. Nicht mehr. Aber auch nicht weniger. Ich hatte soeben begonnen, eine bestimmte Rolle zu spielen, musste mich jetzt wieder auf mein Glück verlassen. Der Name, den ich genannt hatte, war ein sehr häufiger arkonidischer Name; ein Vregh Brathon war tatsächlich an Bord des Raumers gewesen. Ich musste mich so verhalten, als sei ich nichts als ein einfacher, müder und halb verhungerter Raumfahrer.

Ich sah, wie das Schiff sich näherte und ein Boot ausschleuste. Als ich auf den demolierten Diskus zustolperte und sicher sein konnte, dass sie mich gesehen hatten, stöhnte ich mehrmals auf und ließ mich in den Staub fallen. Dann retteten sie mich …

Gut so. Stell dich bewusstlos! Du entgehst erst einmal unbequemen Fragen, befahl der Logiksektor. Ich blieb regungslos liegen, den Helm im Staub. In den Lautsprechern hörte ich die knappen Kommandos der kleinen Bergungstruppe. Sie kamen heran, blieben kurz stehen und hoben mich hoch.

»Armer Kerl. Muss knapp davongekommen sein.«

»Die Maahks haben sein Schiff total vernichtet.«

»Er wird es uns erklären.«

»Verdammt. Bringt ihn erst einmal an Bord.«

Sie trugen mich, nachdem sie mich umgedreht hatten, davon. Ich hielt die Augen geschlossen und überlegte die nächsten Schritte meines Überlebensplans. Langsam brachten sie mich ins Boot, legten mich dort auf die Liege und starteten. Es bereitete mir keinerlei Schwierigkeiten, weiterhin den Entkräfteten zu spielen. Das Boot wurde weich in einem Hangar des Schlachtkreuzers gelandet. Zentitontas später brachten mich die Männer ins Bordlazarett.

Ich sagte, als ich auf einem Bett saß und mich ein Roboter aus dem Raumanzug schälte: »Es geht schon wieder, Freunde. Habt ihr was zu trinken? Ich habe Hunger und Durst, mir zittern noch immer die Knie.«

»Begreiflich. Was ist geschehen?«

Ich senkte den Kopf und murmelte: »Sie haben sich gegenseitig vernichtet. Ein Kommando war draußen, mit dem Maahk. Sollte ausgetauscht werden. Und plötzlich schossen sie alle aufeinander. Mehr weiß ich auch nicht.«

Eine Robotuntersuchung schloss sich an. Die Maschinen schleppten mich in eine Duschkabine, ich erhielt Essen und ein Getränk, das mich augenblicklich stärkte und auf die Beine brachte. Man stattete mich mit Kleidung aus Bordvorräten aus, schließlich erklärte der untersuchende Medorobot, dass ich gesund, wenngleich etwas geschwächt und aufgeregt sei.

»Können wir ihn befragen?«

»Selbstverständlich«, antwortete die Maschine. »Er braucht nur Ruhe.«

Ich lehnte mich zurück. Die Männer des Bergungskommandos blieben hier, dann kamen einige Orbtonen, schließlich umgab ein Kreis von etwa zwanzig Personen das Bett. Ich machte ein Gesicht, das meine Unsicherheit und eine Portion Unbehagen ausdrückte.

»Sie sind Brathon? Vregh Brathon?«, fragte ein Orbton.

»Ja. Ich bin in der Schleusenmannschaft … war in der Schleusenmannschaft.«

»Wir haben einen Funkspruch empfangen«, warf ein anderer Offizier ein. »Er riss plötzlich ab. Was ist passiert?«

Ich krümmte die Schultern nach vorn und begann stockend zu berichten, was ich wusste. Was ich als Brathon wissen konnte. Es war nicht viel. »Zuerst bekamen wir Kontakt mit den Maahks. Dieser Platz dort unten wurde als Treffpunkt ausgemacht.«

Gut, bisher. Sie glauben dir.

»Dann ging ein Team hinaus, mit dem gefangenen Maahk. Ich habe es im Interkom gesehen. Sie nahmen einen Gleiter.«

»Dasselbe passierte beim Maahkschiff?«

Ich nickte. »Ja. Sie trafen sich in der Mitte. Neben dem Berg. Plötzlich feuerte jemand. Dann ... Es war so sinnlos. Sie schossen aufeinander, dann schossen die Schiffsgeschütze.«

»Und was geschah weiter?«

Ich zuckte die Achseln und breitete ratlos die Hände aus. »Ich war beim Schleusenkommando. Wir sollten den Gleiter einschleusen. Als die ersten Schüsse einschlugen ... riesige Explosion, Landebeine zerbrochen. Ich wurde hochgehoben, über den Boden geschleudert.«

»Die Luke war offen?«

Vorsicht! Erinnere dich richtig!, tobte der Extrasinn.

»Ja. Sie war offen. Das Schiff war zerstört und rollte den Ringwulst entlang hin und her. Ich wurde herausgeschleudert, landete im Staub.«

»Was dann?«

Ich schilderte ihnen, wie ich versucht hatte, mich in dem Schiff auf eine längere Überlebenszeit einzurichten. Ab jetzt berichtete ich die nachkontrollierbare Wahrheit. Ich erzählte vom Kampf mit dem Maahk, von unserer brüchigen Partnerschaft, vom Startversuch und der Notlandung. Bis zu der Stelle, an der ich während des Reparaturversuchs das Schiff gesehen hatte, und schloss: »Zweifellos sind auch Maahkschiffe hierher unterwegs. Sie wurden ebenso alarmiert wie Sie. Und wenn ich den Grek richtig verstanden habe, kommt zweifellos ein kleiner Flottenverband der Methans.«

Ich nickte mehrmals und simulierte dann Schwäche und Müdigkeit. An den Vibrationen und Geräuschen merkte ich, dass sich der Schlachtkreuzer von dem geheimnisvollen Mond entfernte. Ich hatte sie offensichtlich überzeugt, denn ein Orbton schob sich durch den Ring der Zuhörer und sagte langsam: »Schlafen Sie sich erst einmal aus. Dann sehen wir weiter. Jedenfalls kommen Sie jetzt nicht mehr in die Gefangenschaft der Methanbestien.«

»Danke, Erhabener.«

Langsam leerte sich der Raum. Die Medoroboter und ein Bauchaufschneider versorgten mich. Ich legte mich hin und deckte mich zu. Ich schlief nicht, keineswegs, aber ich musste meine neue Lage richtig durchdenken. Bisher hatte ich es geschafft. Ich war auf dem Weg zu irgendeinem Planeten und vorläufig in Sicherheit. Aber ich rechnete damit, in ganz kurzer Zeit von der Besatzung in schwierige Lagen gebracht zu werden; vielleicht kannten sie einige der Arkoniden, die zur Mannschaft des Wracks gehört hatten. Ich kannte sie nicht.

Für diesen Zweck gibt es ein einfaches Verfahren, das dir Fartuloon beigebracht hat, sagte der Logiksektor. Die schwierigste Frage würden sie mir noch stellen. Das war sicher.

Kurze Zeit später heulte Alarm durch das Schiff. *Maahk-Alarm!* Ein infernalischer Heulton in an- und abschwellendem Rhythmus – jeder im Tai Ark'Tussan kannte dieses besondere Geräusch und fürchtete es. Ein Lautsprecher schrie immer wieder: »Ein Flottenverband der Maahks! Sie greifen an! Ein Flottenverband …«

Einen Raumanzug. Zur Sicherheit!, befahl der Extrasinn.

Ich stand auf, suchte nach den charakteristischen Einbauschränken und zerrte einen Anzug hervor, der mir passte. Meinen ramponierten Raumanzug hatten Roboter mitgenommen, um ihn zu untersuchen und zu reinigen. Die Befehle quollen in schneller Folge aus den Lautsprechern, überall rannten Männer an ihre Stationen, Pforten schlugen krachend zu. Verschlusszustand!

»Sie waren fast zu schnell, die Maahks«, murmelte ich, während ich mich umzog. Es hätte ebenso gut sein können, dass zuerst die Schiffe der Methanatmer landeten. Keine Tonta war seit dem letzten Feuergefecht auf dem Mond vergangen.

Angriff!

Ich schaltete beide Interkome ein und betrachtete die Bilder, die dort ständig wechselten. Mindestens fünf Schiffe kamen von allen Seiten auf unser Schiff zu und feuerten. Die Schutzschirme neutralisierten die ersten Treffer. Die Geschwindigkeit des Schlachtkreuzers nahm zu. *Eine aussichtslose Lage*, fand ich, und wieder wurde ich unruhig. Dann erschütterten die ersten Abschüsse unserer Geschütze den Raumer. *Was soll ich tun? Einen Schleusenspezialisten brauchen sie jetzt auf keinen Fall.*

Warte ab.

Ich setzte mich auf ein Bett, von dem aus ich beide Schirme gleich gut betrachten konnte. Die Schiffe der Maahks griffen mit einer todesverachtenden Wut an und schienen uns keine Chance zu lassen. Aber unsere Geschwindigkeit war höher, die Soldaten in der Feuerleitzentrale schossen besser. Während unser Schiff einen Fluchtkurs einschlug, wehrte es sich verbissen. Der Raumer raste durch das All, weg von der Sonne und dem Mond, den ich auf den Schirmen nicht mehr entdecken konnte. Mit ihm blieben die Geheimnisse der versunkenen Stadt zurück in der Weite des Weltraums. Strahlenbahnen ließen Schutzschirme aufleuchten, die Feuerbälle der Detonationen dehnten sich aus und verglühten in der Schwärze des Alls. Ein Maahkschiff drehte ab, nachdem es einen schweren Treffer erhalten hatte. Dann erschütterten zwei Einschläge unser Schiff. Wieder schrillten die Alarmsirenen.

»Maschinenraum abschotten! Treffer im Umsetzer!«, schrie jemand.

Abermals hörte ich rennende Füße außerhalb des weißen Raumes. Das Licht begann zu flackern. Erneut traf ein harter Schlag das Schiff. Über die Bildschirme tanzten Funken und farbige Linien.

»Treffer im Laderaum vier.«

Die Maschinen arbeiteten mit höchster Kraft. Ich wurde unangenehm an unseren Fluchtversuch vom Mond erinnert. Dann heulte draußen ein Lautsprecher auf; zwischen den einzelnen krachenden und knisternden Störungen sagte eine kalte, leidenschaftslose Stimme: »Achtung … Transition … in …«

Ich schüttelte den Kopf, sah, wie ein zweiter Maahkraumer abdrehte und flüchtete. Ein Teil der Hülle war aufgerissen, hinter dem riesigen Loch konnte ich Glut und Rauch erkennen. Ununterbrochen feuerten nun unsere Geschütze. Vermutlich legten sie einen Sperrriegel zwischen die Verfolger und das flüchtende Schiff. Endlich schwenkten die Linsen herum und zeigten dieses Bild. Es stimmte: Wir flüchteten mit höchster Beschleunigung, die meisten Geschütze feuerten riesige Entladungen nicht nur auf die feindlichen Schiffe ab, sondern auch in die Flugbahn der Verfolger.

Und schließlich erfasste mich der Schock der Transition. Ich sank über dem Bett zusammen und wusste, dass wieder eine Gefahr überstanden war.

Nur Ruhe. Sie sind keineswegs misstrauisch, flüsterte der Extrasinn eindringlich.

Es war etwa einen Prago später. Die Techniker versuchten, die Schäden zu beheben, der Schlachtkreuzer raste im Sublichtflug weiter; bis zur nächsten Transition würde es noch etwas dauern. Ich hatte inzwischen erfahren, dass Trantagossa unser Ziel war. Zum wiederholten Mal dachte ich: *Ausgerechnet Trantagossa!*

Beherrsche dich!, tobte meine innere Stimme.

Ich musste mich zusammenreißen. *Amarkavor Heng* beherrschte als Mascant den Hauptflottenstützpunkt Trantagossa. *Einer der Mörder meines Vaters!* In meinem Kopf tanzten die Gedanken einen Reigen des Wahnsinns. Damals, als mein Vater starb, war Heng als Vere'athor der Kommandant der PERKANOR gewesen, ein Dreiplanetenträger – heute war er *Mascant* und dafür berüchtigt, dass er Schiffe sinnlos opferte, weil sein taktisches Geschick nicht mit seinem Ehrgeiz Schritt gehalten hatte. Doch Orbanaschol konnte es sich nicht leisten, ihn abzusetzen oder auszuschalten – sie hatten sich gegenseitig in der Hand.

Jetzt stand ich in der Kabine des Kommandanten. Er saß hinter der Schreibplatte, neben ihm standen drei Orbtonen mit harten Gesichtern.

»Wie fühlen Sie sich?«, eröffnete der Zweiplanetenträger die Unterhaltung. Er war ein massiger Mann mit kurzem Haar und einem kantigen Gesicht voller Falten.

»Danke. Inzwischen ausgezeichnet. Sie haben mich holen lassen, Erhabener?«

Er nahm einige Notizen vom Tisch, sah sie kurz an und hob den Blick. Er musterte mich schweigend. Seine Stimme war ruhig wie seine Augen. »Wir haben noch einige Fragen an Sie, Vregh Brathon.«

Ich blieb ruhig und entgegnete: »Was ich weiß, sage ich, Pal'athor.«

Er lehnte sich zurück, betrachtete seine Fingerspitzen. »Wir standen kurz mit dem verlorenen Schiff in Verbindung. Der Kommandant sagte, dass er einen gefangenen Maahk habe und ihn gegen einen wichtigen Arkoniden austauschen wollte.«

»Erhabener, ich muss korrigieren. Wir wussten nicht, wer der wichtige Arkonide war. Die Maahks sagten, dass er ihnen berichtet habe, er sei wichtig. Ich habe ihn nicht gesehen, und ehe wir ihn in Händen hatten, begann die unheilvolle Schießerei.«

»Sie wissen seinen Namen nicht?«

»Nein.«

»Dieser Maahk, mit dem Sie die Leka freigemacht haben – er wusste auch nichts?«

»Nein. Wie schon gesagt, er hatte einen Translator, sonst hätten wir uns überhaupt nicht verständigen können. Er war ein Gefangener, befand sich offensichtlich abseits der Gruppe und wurde von den Schüssen nicht getroffen. Alles andere habe ich bereits berichtet.«

Inzwischen war ich der Überzeugung, dass der getötete Gefangene für die Methans überaus wichtig gewesen sein musste, sonst wären sie nie das Risiko des Austauschs eingegangen. Einzelindividuen zählten bei den Maahks nicht viel. Wer also war dieser Grek 1 gewesen? Was hatte er gewusst? Zweifellos mehr, als ich ahnte. Konnte es sein, dass die Maahks etwas planten, einen Angriff? Der Austausch schien jedenfalls vergleichsweise überstürzt vereinbart worden zu sein – die Methans hatten nicht einmal Gelegenheit gehabt, ihre varganische Beute aus dem Schiff des Kyriliane-Sehers in Sicherheit zu bringen. Weil ich der einzige »hohe Arkonide« in diesem Sektor der Insel gewesen war, den sie anbieten konnten?

Einer der Offiziere hob die Hand und knurrte: »Warum hat der Offizier, unser Offizier, mit dem Schießen angefangen?«

»Ich weiß es wirklich nicht. Die Mannschaften hörten die Unterhaltung der beiden Gruppe nicht mit. Und ich fand im Wrack keine Aufzeichnung. Das heißt, ich konnte kein Gerät finden, das noch funktionierte. Außerdem bin ich nicht qualifiziert genug, um die Geräte bedienen zu können.«

Fartuloon ist ein guter Lehrer, bemerkte der Logiksektor.

»Sie können uns also nicht mehr über die Person des gefangenen Arkoniden sagen?«

»Nein, Erhabener.« Die Männer sahen sich an. Sie misstrauten mir nicht, das erkannte ich. Aber ich entspannte mich nicht und versuchte, meine Rolle so gut wie möglich weiterzuspielen. Ich blieb stehen und wartete. Nach einer Weile fragte ich halblaut: »Erhabener?«

Der Kommandant blickte mich nicht unfreundlich an. »Ja?«

»Darf ich eine Frage stellen?«

»Ja, natürlich.«

»Wie lange werden wir auf Trantagossa bleiben?«

»Nun, im Augenblick kann ich das nicht genau sagen. Dort wird versucht werden, unser Schiff so schnell wie möglich instand zu setzen. Das kann bedeuten, dass die Mannschaft Urlaub erhält, aber auch, dass sie auf andere Schiffe verteilt wird. Warum fragen Sie?«

Ich versuchte ein schüchternes Lächeln. »Private Interessen, Erhabener.«

»Ich weiß es nicht. Sie erfahren es rechtzeitig, wie alle anderen auch. Danke, wir brauchen Sie nicht mehr. Fühlen Sie sich dienstfähig?«

»Ohne weiteres.« Ich sagte es genau mit der geringen Menge an Begeisterung, die ein einfaches Mannschaftsmitglied aufbrachte, wenn es Arbeit witterte. Die Männer grinsten verständnisvoll.

»Melden Sie sich bei Varitan, Deck Sieben. Er wird Ihnen eine Kabine und Arbeit in der Schleuse anweisen.«

»Danke, Erhabener.«

Ich verließ den Raum und befragte an einem Terminal den Schiffscomputer. Ich erfuhr alles über Trantagossa, was ich noch nicht wusste, und als ich so schnell wie möglich die Auskünfte gelesen hatte, wusste ich, dass mich der Weg genau dorthin führte, wo ich unter keinen Umständen hätte landen wollen.

Trantagossa war einer der größten Flottenstützpunkte der Arkoniden. Dort wimmelte es vermutlich von Leuten, die mich als Kristallprinzen erkennen würden. Jedenfalls war ich, kaum dort gelandet, schon wieder auf der Flucht, würde mich verstellen und verstecken müssen. Der sicherste Platz war im Augenblick dieses Schiff, und als ich in der Messe erfuhr, dass wir noch drei Pragos zu fliegen hatten, beschloss ich, die Zeit zu nutzen. Hier kümmerte sich niemand mehr um meine Identität. Aber im Stützpunkt würde eine Untersuchung stattfinden, der meine Maske keineswegs gewachsen war. Und von dort bis zu Orbanaschol war es dann nur noch ein kurzer Weg. Ein Weg in den Tod …

Ich benutzte alle Möglichkeiten an Bord, um mein Wissen aufzufrischen und meinen Körper in Form zu halten. Ich versuchte, nicht aufzufallen. Niemand hatte mich erkannt, ich war anscheinend sicher. Aber schon nach einem Prago begann meine Nervosität stärker zu werden, meine Unruhe wuchs. Trantagossa näherte sich mit jeder Transition.

Am 36. Prago des Ansoor verminderte das Schiff völlig unerwartet seine Fahrt. Kurz darauf informierte die Zentrale die Schiffsbesatzung. »Wir haben Kontakt mit einem Flottenverband unserer Schiffe. Wir erwarten den Besuch einer Inspektion.«

Das kann dir gelten, warnte der Logiksektor.

Wir sahen auf den Schirmen drei Schlachtschiffe, die sich näherten. Die Geschwindigkeiten wurden angeglichen, ein Beiboot löste sich, dann kam der Befehl, eine Schleuse vorzubereiten. Sechs hochrangige Orbtonen würden uns besuchen. Ich sah zu, wie das Boot eingeschleust wurde. Dann sah ich die Abordnung, die an Bord gekommen war. Fünf Männer in prächtigen Uniformen, vor denen eine junge und sehr gut aussehende Frau neben unserem Kommandanten zur Zentrale ging. Sie alle sahen so aus, als trügen sie Staatsgeheimnisse mit sich.

Die Inspektion konnte Gründe haben, die mich absolut nichts angingen, aber mit einiger Wahrscheinlichkeit drehte es sich noch immer um die Person des hohen Arkoniden, den man hatte austauschen wollen. Ein solcher Vorgang schien im bisherigen Kriegsverlauf eine ziemliche Seltenheit darzustellen. Möglicherweise war den Verantwortlichen inzwischen auch klar geworden, dass sie mit dem gefangenen Maahk einen Fang gemacht hatten, der besser nicht ausgetauscht worden wäre. Jetzt war er tot.

Ich wartete und machte mich bereit, die Geschichte abermals zu erzählen, und wollte dabei keinen Fehler machen.

Vermutlich geht es um den Offizier, raunte der Extrasinn.

Ich wartete in meiner winzigen Kabine. Seit einer Tonta hatte ich keinen Dienst mehr. Ein deutliches Gefühl zwischen Nervenanspannung und reiner Angst sagte mir, dass ich der Grund dieses Aufenthaltes im freien Raum war. Sicher waren sie nicht wegen des einzigen Zeugen der Katastrophe gleich mit drei Riesenschiffen gekommen, aber wegen des gleichen Grundes hatten sie zumindest ihren Flug unterbrochen. Ich war bereit; ich rechnete damit, festgenommen und weggeschleppt zu werden. Merkwürdig – im Augenblick berührte es mich nicht sonderlich. Offensichtlich hatte ich einen Punkt erreicht, an dem mich nichts mehr wirklich traf. Oder war ich nur deswegen so kühl und relativ unbeteiligt, weil ich ahnte, dass ich auch hier einen Ausweg finden konnte?

Ich wusste es nicht.

Etwa eine halbe Tonta verging, dann wurde das Schott meiner Kabine aufgerissen. Zwei bewaffnete Mannschaftsmitglieder standen auf dem Korridor. »Brathon – Sie sollen in die Zentrale kommen. Has'athor Zaroia will Sie unbedingt sehen.«

»Meinetwegen«, murmelte ich und folgte ihnen. Ich besaß nichts, aber absolut nichts, was ich hätte mitnehmen können. Wir bewegten uns schnell in Richtung der Zentrale. Als ich mich auf dem Hauptkorridor befand, fragte ich mürrisch: »Was soll das eigentlich? Warum lassen sie mich kommen?«

»Keine Ahnung. Wir wissen es auch nicht. Vermutlich ist noch einiges unklar.«

Ich lachte sarkastisch. »Eine Menge ist unklar, jedenfalls für meinen schwachen Verstand.«

Wir passierten die wuchtigen Schleusenpforten. Abseits des Zentrums saßen um einen versenkbaren Tisch die Gäste aus dem Schlachtschiff. Die junge Frau wandte mir den Rücken zu. Unser Kommandant stand auf, winkte meinen Begleitern und deutete auf einen Platz vor ihm. Ich blieb stehen, als ich den offenen Sitzkreis erreicht hatte, und salutierte.

»Kommandant?«, fragte ich höflich und setzte wieder mein verwirrtes Gesicht auf. Ich betrachtete die fremden Offiziere. Sie wirkten alle sehr bedeutend. Die junge Frau musterte mich mit einer Mischung aus Interesse, Spott und Neugierde. Sie war sehr schön, saß völlig entspannt und im Gefühl ihrer Schönheit und ihrer Bedeutung in dem schweren Sessel. Das Rangsymbol auf der linken Brustseite ihrer weißen Uniform war eine gelbe Sonnenscheibe mit zwölfzackigem Rand. Eine She'ianta! Die einfache Sonnenträgerin war die Admiralin des Schlachtschiffverbands!

»Sie sind also Brathon, der einzige Augenzeuge?« Ihre Stimme war leise, aber durchdringend. Sie benutzte sie wie ein Virtuose ein Instrument.

»Jawohl, Erlauchte. Arbtan Vregh Brathon«, sagte ich etwas linkisch. Ein deutliches Gefühl sagte mir, dass Zaroia misstrauisch war. Sie lächelte mich an, und sicher bildete ich mir nicht ein, dass weibliches Interesse in ihren Augen zu erkennen war.

»Sie sind angeblich Spezialist für mechanische Teile in Schiffsschleusen? Sie machen den Eindruck, als seien Sie alles andere als nur ein einfaches Mannschaftsmitglied.« Sie zwinkerte mir zu.

Ich zuckte die Achseln und sah an mir hinunter, dann machte ich eine Bewegung, die andeuten sollte, dass ich hier in Bordkleidung dastand, über keinerlei Besitz und sicher nicht über hervorragende Ausbildung verfügte. Ich überlegte mir eine passende Antwort. »Ich bin, was ich bin. Nicht mehr. Ich glaube, Sie irren sich, Has'athor.«

»Ich irre mich selten, Arbtan. Sie haben alles gesehen? Sie können uns genau berichten, was auf dem Mond geschehen ist?«

Ich sagte unschlüssig: »Alles, was ich weiß, habe ich bereits unserem Kommandanten und den Offizieren gesagt. Es ist ein Zufall, dass ich noch am Leben bin. Alle anderen sind tot.«

»Und das wissen Sie genau?«

»Ich hatte genügend Zeit, um nach Überlebenden zu suchen. Ich fand nur Leichen im Schutzanzug oder ohne. Und einen lebenden Maahk.«

Sie blickte mich so an, wie es Mädchen oder Frauen tun, wenn sie daran interessiert sind, dass ich ihnen versichere, sie begehrenswert, schön und reizvoll zu finden. Nicht anders! Diesmal war ich misstrauisch, aber an den verwunderten Gesichtern der sechs anderen Männer in diesem Kreis sah ich, dass auch sie es gemerkt hatten. Langsam stand die Sonnenträgerin auf und ging in meine Richtung, blieb auf Armlänge vor mir stehen und blickte mir tief in die Augen.

»Ich habe keinerlei Beweise, meine Herren«, sagte sie, und ich glaubte mich verhört zu haben, »aber dieser Mann scheint mir alles andere als ein einfacher Raumfahrer zu sein. Wie gesagt: keine Beweise. Aber ich werde es herausfinden. Haben Sie etwas, das Sie mitnehmen müssten?«

Diesmal war meine Verwirrung echt. »Mitnehmen? Was? Wohin?«

Sie glaubt dir nicht. Bereite dich auf ein gefährliches Spiel vor. Sie könnte in dir den gesuchten Kristallprinzen erkannt haben!

»Auf mein Schiff. Ich habe es eilig; dort kann ich mich um diesen jungen Mann kümmern. Außerdem enthebe ich Sie, Kommandant, Ihrer Verantwortung. Er ist zumindest als Zeuge wichtig.«

Er stand auf und nickte unsicher. »Ich habe keinerlei Bedenken. Nehmen Sie Brathon mit, ich melde den Vorfall ordnungsgemäß weiter.«

Sie verständigten sich mit einem Kopfnicken. Die Frau sah auf die Uhr. »Wir müssen weiter. Ich habe einen wichtigen Auftrag, kann nun beides miteinander verbinden. Die Angelegenheit mit diesem wichtigen Tauschobjekt wird immer mysteriöser. Kommen Sie, Arbtan.«

Einer der Offiziere fügte hinzu: »Sie brauchen keinen Schutzanzug.«

»Jawohl.«

Ich salutierte, indem ich die rechte Hand gegen die linke Brustseite presste. Selbst jetzt versuchte ich, meine Rolle so perfekt wie möglich zu spielen. Ich trottete verwirrt und unsicher hinter den Offizieren her, blieb in der Polschleuse des Verbindungsbootes stehen und stieß mit einem Raumfahrer zusammen, der mich anbrüllte. Dann schloss sich die Schleuse, das Boot wurde gestartet und schwebte hinüber zu den Schlachtschiffen.

Noch während wir uns in der Schleuse befanden, nahmen die Raumer Fahrt auf und rasten davon. Bisher hatte ich noch einigermaßen geahnt, was mich erwartete. Jetzt aber hatte sich alles geändert. Ich wusste nichts mehr. Ich war *wirklich* verwirrt und unsicher.

Ich blieb neben dem farbig gepolsterten Innenteil des großen Schotts stehen und sah mich in der luxuriösen Kabine um. Sie war nicht sehr groß, aber gegenüber allen anderen Schiffskabinen geradezu verschwenderisch eingerichtet. Edle Hölzer, Bilder, eine genau abgestufte Beleuchtung und ungewöhnlich viele Stoffe. Zwischen zwei Sesseln stand ein niedriger Tisch, auf dessen Platte ich das runde Brett eines Quarny-Spieles sah, einer exotischen Variante des Garrabo. Ich kannte dieses Spiel. Ich stand da und sah zu, wie Zaroia durch den Raum ging, eine Tür aufrollen ließ und im angrenzenden Raum verschwand. Vermutlich wollte sie mich allein lassen und zu einer untypischen Reaktion verleiten. Ich war vorsichtig.

Eine ziemlich lange Zeit verging. Ich wartete scheinbar geduldig. Ich war bereit, ihren Plan – den sie zweifellos hatte – zu durchkreuzen. Die Tür glitt auf. Zaroia kam zurück, aber sie hatte sich umgezogen und trug einen Anzug, der aus dünnen, kostbaren Fellen gefertigt war und ihre Figur herausfordernd betonte. Langsam ging sie über die dicken Teppiche auf mich zu. Ihr Parfüm roch verheißungsvoll. Schweigend betrachtete sie mich, aber ich wurde nicht verlegen. Noch nicht.

»Sie sind ein außergewöhnlicher Bursche, Vregh«, sagte sie leise. »Und das wissen Sie genau, nicht wahr?«

Ich versteckte meine Hände hinter meinem Rücken und lehnte mich leicht gegen die Täfelung. Lächelnd und verführerisch stand die Frau vor mir.

»Ich … ich weiß nicht, wie Sie das meinen, Has'athor«, erwiderte ich linkisch. »Ich weiß überhaupt nicht, was ich hier soll.«

Sie hatte ihr Haar, das sie noch vor kurzem straff an den Kopf gekämmt getragen hatte, geöffnet. Es fiel bis auf die Schultern. Sie lächelte und tippte mir mit zwei Fingern gegen die Brust. »Möchten Sie etwas trinken? Dort drüben – holen Sie sich, was Sie mögen. Für mich …« Sie nannte eine exotische Mischung, die ich natürlich kannte.

Ich grinste innerlich. »Aber … im Dienst? Das, was Sie befohlen haben – was ist das, Erlauchte?«

Jetzt musterte sie mich mit einem niederträchtigen Lächeln und winkte mit dem Zeigefinger. Ich löste mich von der Wand und folgte ihr zu einer eingebauten Bar, in der sich mindestens fünfzig Flaschen befanden. Die meisten waren nicht angebrochen. »Was möchten Sie?«

Ich hob die Schultern. »Ein Bier. Nur ein Bier. Ich war noch nie in einer solchen Kabine.«

Sie blickte mich ungläubig an und stellte zwei Flaschen auf die Ablage. Der Servo schob zwei eiskalte Gläser aus dem Vorratsfach, die augenblicklich beschlugen. Zaroia goss aus zwei verschiedenen Flaschen die Gläser halb voll, dann gab sie mir eins. Sie tat es so, dass sich unsere Finger berührten. »Sie können nicht annähernd so primitiv sein und hier ein Bier verlangen. Geben Sie Ihre Maskerade auf, setzen Sie sich. Dorthin. Das ist mein Platz.«

Ich hob das Glas, verschüttete absichtlich ein paar Tropfen und stolperte zum Sessel. Zwischen uns stand jetzt das Quarny-Spiel. Derjenige, der hier spielte, wo ich saß, würde nach elf Zügen den anderen besiegen. Er hatte eben eine exotische Zugvariante eingeleitet. Fartuloon hätte der Gegner sein können.

Ich fiel in den Sessel, der leicht zu schaukeln begann, trank einen Schluck und stellte das Glas ab. »Maskerade? Was meinen Sie mit Maskerade? Ich weiß nicht …«

Sie winkte ab. »Sie können vielleicht ein Raumschiff voller Männer hinters Licht führen. Was Sie denen erzählt haben, stimmt sicher – bis auf einen Punkt. Ich habe für besondere Männer ein ziemlich gutes Gespür, sonst wäre ich heute nicht hier.«

Sie hat dieses Gespür hiermit bewiesen, sagte der Extrasinn.

»Ich verstehe nicht, Erlauchte …«

Sie strahlte mich an, nippte an ihrem Glas und strich in einer aufreizenden Bewegung das Haar zurück. »Sie sind etwas ganz Besonderes, Raumfahrer. Sie sind genau der Typ Mann, in den sich Frauen wie ich verlieben müssen. Fast nur aus diesem Grund habe ich Sie hierher geholt. Übrigens – ich bin Zaroia. Einfach Zaroia.«

Wieder eine Falle? Ich wand mich im Sessel und versuchte, eine Antwort zu geben, die meiner Rolle entsprach. »Erlauchte … eh, Zaroia, ich bin ein einfacher Arkonide, ein Essoya – und Sie sind ein Admiral und Sonnenträger … Ich glaube Ihnen nicht. Was erwarten Sie von mir?«

»Was sich seit Anfang der Geschichte alle Frauen von allen Männern erwarten.« Sie hob das Glas. »Du trinkst nicht?«

Ich griff verwirrt nach dem bernsteinfarbenen Getränk, das ein ausgezeichneter, mindestens ein Jahrzehnt alter Fruchtschnaps war. Er wurde teuer gehandelt und galt als das Getränk der oberen Klassen. »Das ist kein Bier.«

Sie starrte mich wild an, dann schluckte sie, schließlich begann sie laut zu lachen. Das Lachen war überaus echt und herzlich. Sie trank einen weiteren Schluck und stand auf, noch immer lachend.

»Du übertreibst.« Sie zog mich aus dem Sessel hoch. »Du bist absolut überperfekt. Eine solche Antwort hätte ein primitiver Schleusenmann gegeben, aber gerade deshalb bin ich überzeugt, dass du keiner bist. Was soll's – ich habe noch etwas Zeit, mich mit dir zu beschäftigen. Bin ich so hässlich?«

Ich schüttelte den Kopf. »Keineswegs. Aber ich bin nur ein einfacher …«

Sie legte ihre Arme auf meine Schultern und faltete die Hände in meinem Nacken. Zaroia war in hohen Absätzen fast so groß wie ich, ihre Augen und ihre Lippen kamen immer näher. Ihr Blick wirkte fast magisch, aber ich war keineswegs echt verwirrt. Sie war nicht die erste Frau, die ich küsste, sie würde mich nur dann verführen können, wenn ich es wirklich zuließ.

»Niemand soll sagen«, hauchte sie an meinem Ohr, »dass ich keine deutliche Einladung ausgesprochen habe. Außerdem habe ich Sinn für Qualität!«

Dann küsste sie mich. Sie küsste mich mit heißen Lippen und mit ihrem Körper. Zuerst war ich, wie es meine Rolle vorschrieb, abwartend und zurückhaltend, dann ließ ich mich hinreißen und musste fühlen, dass sie so heißblütig war, wie sie aussah. Wir standen in der Mitte des Raumes, unsere Körper verschmolzen miteinander, unbestimmte Zeit verging. Schließlich löste sich Zaroia und ging vier Schritte zurück. Sie ließ mich stehen, nahm ihr Glas und fragte mit völlig veränderter Stimme: »Wer bist du wirklich? Der Name Vregh Brathon ist natürlich nicht echt.«

Die warnenden Impulse des Extrasinns verstärkten sich. Als Kristallprinzen hatte sie mich nicht erkannt, aber sie hatte meine Maske durchschaut. Dennoch blieb ich hartnäckig, murmelte atemlos: »Ich bin Vregh Brathon. Der Name ist mein Name.«

Sie sah mich an, als wollte sie Maß für die Henkersschlinge nehmen. Ihr Lächeln war ausgesprochen kalt, trotzdem war es diesmal *ihre* Maske. Denn sie hatte mich nicht wie eine professionelle Verführerin geküsst, sondern wie eine Frau, die Liebe und Zärtlichkeit brauchte. Aber wir schienen ebenso wie die schweren Zylinder dort drüben Figuren in einem wichtigen Garrabospiel zu sein.

»Ich bin Zaroia aus dem Khasurn der Kentigmilan, eine Sonnenträgerin, wie du richtig erkannt hast, mein Lieber. Kein einziger aller einfachen Raumfahrer Arkons hätte es riskiert, mich zu küssen. Es sind deswegen schon viele Männer gestorben. Also bist du kein einfacher Raumfahrer. Ich nehme an, jetzt ist unser Spiel vorbei.«

Ich überlegte rasend schnell, wog meine Chancen ab. Ihr Interesse an mir hatte anscheinend nur zu einem geringen Teil professionelle Motive, die ihrem Rang als Has'athor entsprochen hätten. Das persönliche Interesse überwog, Interesse an mir als *Mann*. Sie war eine Adlige, eine Kentigmilan. Sagte das schon alles? Aufgewachsen im Prunk der Kristallwelt, gewohnt, sich zu nehmen, was ihr gefiel und sie reizte? Auf der Suche nach einem Abenteuer, weil die Gelegenheit günstig war? Meine Maske des einfachen Raumfahrers jedenfalls half mir nicht mehr weiter, weiteres Leugnen hatte wenig Sinn. Was immer Zaroia auch in mir nun genau sah – es würde hilfreicher sein, in diese Rolle zu schlüpfen.

Mein Entschluss war spontan, ich lächelte matt. »Du hast Recht. Ich bin kein einfacher Raumfahrer. Aber wenn ich dies sage, ist es schon fast vollzogener Selbstmord.«

»Warum?«

»Weil ich in einem Auftrag unterwegs bin, der über das Schicksal von einer ganzen Hand voll Planeten entscheidet. Niemand darf etwas wissen. Ich habe mich dir ausgeliefert. Wenn du den Mund aufmachst, sterbe ich. Aber mit mir sterben einige Welten.«

Jetzt blickten wir uns offen in die Augen. Ich musste mir gestehen, dass ich froh war, nicht mehr weiterspielen zu müssen. Wenigstens nicht in diesem Raum, nicht die Rolle des Essoya. Ich schnippte mit den Fingern, ging zur Bar und wählte ein anderes Glas. Das richtige Glas zu dem anerkannt teuersten und besten Alkohol, den ich hier finden konnte. Ich kam zurück, es war, als seien die Masken von uns beiden abgefallen wie steife Mäntel.

»Du bist der Orbton, den die Maahks austauschen wollten?«

»Ja. Die Bar ist ausgezeichnet sortiert. Auf deine Schönheit und auf deinen langen, erinnerungswürdigen Kuss. Ja, ich bin jener Mann. Alles andere über diese Aktion auf dem Mond ist die reine Wahrheit. Ich lebe noch, weil ich viel zu viel Glück hatte.«

»Kann ich dir glauben?« Sie sah mich zweifelnd an, bewegte sich aber zur Bar. Ich stand auf, nahm ihr das Glas aus der Hand und schenkte nach. Jetzt waren auch meine Bewegungen nicht mehr die eines linkischen Raumfahrers, sondern die eines Mannes, der die schwersten Prüfungen hinter sich hatte, die ein Arkonide bestehen konnte.

»Du solltest mir glauben«, sagte ich ruhig, in gänzlich anderem Tonfall. Meine neue Selbstsicherheit schien sie zu irritieren. Würde sie mir glauben? »Wenn ich sterbe, ist der Schaden gering, abgesehen von meiner eigenen Person. Dann stirbt nur einer. Aber wenn meine Mission misslingt, sterben Milliarden. Es geht nicht gerade um Lappalien. Du als Kentigmilan solltest die Bedeutung kennen.«

Sie schwieg, schaute mich an, trank langsam, begann eine Wanderung durch ihre Kabine und blieb neben dem Sessel stehen.

»Also war meine Ahnung doch richtig.« Sie lächelte versonnen. »Ich weiß auch jetzt nicht, was mich an dir faszinierte, aber da war etwas. Und noch immer weiß ich nicht, ob ich dich melden oder ob ich schweigen soll.«

Ich hob die Schultern an. »Ich kann dich zu nichts zwingen, aber ich weiß, dass Arkon mehr damit gedient ist, wenn niemand weiß, wer ich bin und was ich zu tun habe. Immerhin habe ich die halbe Mission bereits überlebt.«

Sie überlegte noch immer – und sie würde noch überlegen, wenn ich schon längst von Bord war, auf welchem Weg auch immer. Schließlich fragte sie leise, fast behutsam: »Du musst nach Trantagossa?«

»Ich muss nicht, aber es ist eine gute Zwischenstation.«

»Ich werde dir eine wichtige Botschaft mitgeben. Trantagossa liegt auf unserem Kurs. Du wirst ein Boot bekommen und dort landen, während wir weiterfliegen. Einverstanden?«

»Natürlich. Ich schlage mich schon durch.«

»Mit meiner Nachricht wirst du dich nicht durchzuschlagen brauchen. Wir haben noch einen Prago Zeit.« Sie deutete auf das Spiel. »Ich bin verwirrt, muss mich ablenken – spielst du weiter?«

Ich schüttelte den Kopf. »Wenn ich von hier aus spiele, schlage ich dich in elf Zügen mit der Königsmörder-Variante. Wir brauchen erst gar nicht anzufangen. Es gibt angenehmere Ablenkungen.«

Sie hob den Kopf und blickte mich prüfend an. Jetzt war sie verwirrt und überrascht. Ich hingegen war meiner Sache ziemlich sicher und sagte, während ich ihr das Glas aus der Hand nahm und sie an mich zog: »Nun, da du und ich wissen, dass ich kein lebensgefährliches Risiko eingehe, kann ich dich küssen, ohne standrechtlich erschossen zu werden. Derlei Dinge sollte man mit Hingabe und Begeisterung tun; mir widerstrebt es, von dir nur aus Testgründen geküsst zu werden.«

Sie lächelte. Diesmal gab es nichts, was uns zurückhielt. Binnen weniger Tontas verwandelte sie sich von der Adligen in eine zärtliche Frau und von dort, als unsere knappe Zeit zu Ende ging, wieder zurück in eine unnahbare, überlegene und unantastbare Kentigmilan.

Mit einer Eskorte wurde ich, nachdem das Schiff im Normalraum materialisiert war, in den Hangar gebracht. Die Mannschaft war bereits an Bord und wusste, was zu tun war. Auch ich hatte mich wieder verwandelt, war wieder der einfache Raumfahrer Vregh Brathon.

»Sie fliegen nach Enorketron«, sagte Zaroia beherrscht und in dem Tonfall, den alle anderen an ihr kannten. In der Tasche meiner Kombination befand sich der kleine Speicherkristall mit ihrer persönlichen Nachricht.

»Selbstverständlich. Für wen ist die Botschaft?« Jedermann war klar, dass ich mit diesem Auftrag halbwegs überfordert war.

»Lassen Sie sich zu Mascant Amarkavor Heng bringen. Übergeben Sie ihm meine Botschaft.«

»Zu Befehl.« Ich bemühte mich eisern, meiner Stimme einen einigermaßen festen Klang zu geben. »Ich werde tun, was mir aufgetragen wurde.«

Wieder sah ich Misstrauen und Unsicherheit in Zaroias Augen; ich war mir sicher, dass sie, kaum dass ich das Schlachtschiff verlassen hatte, den Hypersender benutzen würde, um auf persönlichen Wunsch eine Überprüfung meiner Person einzuleiten. Ich drehte mich um, nachdem ich vorschriftsmäßig gegrüßt hatte. Wir hatten uns in ihrer Kabine verabschiedet, vielleicht würden sich unsere Wege wieder einmal kreuzen. Dann musste dies aber unter völlig anderen Umständen geschehen, denn sonst wäre es tatsächlich mein Todesurteil. Ich ging die kurze Rampe hinauf und verschwand in der Schleuse. Das Boot nahm Kurs auf die Planeten des Trantagossa-Systems. Ich schaffte es, äußerlich ruhig zu bleiben.

Diesmal fliege ich offenen Auges in den Tod!, durchfuhr es mich wieder und wieder. Entweder starb ich, oder ich brachte Amarkavor Heng um: Ausgerechnet *ich* sollte ihn treffen und ihm eine vertrauliche Botschaft überbringen, von der ich nicht wusste, was sie enthielt …

9.

Magantilliken: *Er wusste sofort, dass etwas falsch war. Das Gefühl der Angst, ihm sonst nahezu unbekannt, betäubte ihn fast. Er war schon oft in die Eisige Sphäre zurückgekehrt. Nur hier konnte sein Bewusstsein jene Energie aufnehmen, die es benötigte, um die uralten Körper mit Leben zu erfüllen, deren er sich bediente. Es hatte sich immer nur um kurze Aufenthalte gehandelt, aber er war zumindest für einen Augenblick in seine normale Daseinsform zurückgekehrt. Das war ein äußerst wichtiger Punkt. Gerade der direkte Kontakt mit der Wirklichkeit dieses Ortes gab dem Henker positive Impulse.*

Diesmal fühlte er sich isoliert und gefangen. Es dauerte lange, ehe er erkannte, was der Grund für seine Beunruhigung war. Er erinnerte sich nur mühsam daran, dass sein letzter Körper vernichtet worden war. Durch eine von innen wirkende Kraft. War seine Schwäche auf das völlig überraschende Todeserlebnis zurückzuführen? Er wusste es nicht, hatte jedoch den vagen Gedanken, gegen etwas ankämpfen zu müssen. Aber als er es versuchte, merkte er, dass er erstens kein Ziel und zweitens keine Kraft dazu hatte. Wer oder was hatte ihn angegriffen und den alten Körper vernichtet? Die Erinnerung an die plötzliche Hitze blieb vage und ungenau.

Nun hing er im Nichts, körperlos. Sein Bewusstsein vermittelte ihm ein verschwommenes Bild der Umgebung, von dem er jedoch wusste, dass er sich auf keinen Fall darauf verlassen durfte. Er glaubte Bäume zu sehen, graziöse Tiere neben einem glitzernden Bach, schneebedeckte Berge – und dann erkannte er, dass es sich nur um Spiegelungen handelte, um Reste von Erinnerungen, die er aus dem letzten Körper übernommen hatte.

Was hat das zu bedeuten?, *dachte er. Gleichzeitig warf die Umgebung den Gedanken auf ihn zurück, wiederholte ihn in einer wirren Form von Echos, die schmerzhaft auf die jetzige körperlose Struktur wirkten. Magantilliken spürte den Drang, die Hände gegen die Ohren zu pressen, und lachte hysterisch, als er sich bei dem Versuch ertappte, diese Bewegung auch auszuführen. Er hatte sich noch nicht mit der Vernichtung des alten Körpers abgefunden. Solche Anpassungsschwierigkeiten waren ungewöhnlich.*

Seine Unsicherheit wuchs. Er wusste nicht, wie viel Zeit verging. Er hing in dieser Leere, umgeben von den Traumbildern und Illusionen.

Die Zeit der rein geistigen Gefangenschaft erschien ihm äußerst lang, aber er wusste aus Erfahrung, dass das ein subjektiver Eindruck war, der mit der Wirklichkeit nicht übereinstimmen musste. Plötzlich gab es einen Ruck. Magantilliken merkte, dass ihn etwas samt dieser unwirklichen Leere weitertransportierte. Und auch das wunderte ihn, denn im körperlosen Zustand hatte er so etwas noch nicht erlebt.

Wie ein scharfer Speer durchdrang ein Gedanke die Isolierung von der Außenwelt: Du hast versagt!

Magantilliken war verwirrt. Dann keimte Ärger in ihm auf. Allmählich glaubte er zu durchschauen, welches Spiel man mit ihm trieb. Er hatte die Eisige Sphäre noch gar nicht betreten, sondern war an oder in ihrer Begrenzung hängen geblieben. Die ihm zur Verfügung stehende Energie reichte nicht aus, um aus eigener Kraft den Rest des Weges zu überwinden. Ich verlange Zutritt!

Der Gedanke eines Lachens echote in seinem Bewusstsein, seine Wut wuchs. Ich bin Magantilliken, der Henker, *schrien seine Gedanken den Unbekannten an.* Sagt dir das etwas?

Nein, *behauptete der andere prompt.* Ich kenne zwar einen Magantilliken, aber der ist kein Henker, sondern ein Versager, eine Null.

Magantilliken hätte den Atem angehalten, wäre er dazu imstande gewesen. Was ging hier vor? Was geschah mit ihm? Ein neues Gedankenmuster mischte sich in die verwirrende Unterhaltung: Magantilliken, ich weiß, dass du mich verstehst. Antworte auf meine Frage: Hast du deine Aufgabe erfüllt?

Der Henker zuckte zusammen. Mein Körper ... wurde vernichtet, *stammelten seine Gedanken. Ganz langsam begann er wirklich zu begreifen.* Ich ...

Also nein, *stellte die Stimme fest.* Wir wissen das bereits, aber wir legten Wert auf eine persönliche Bestätigung deinerseits. Du nennst dich den varganischen Henker. Das ist eine stolze Bezeichnung. Führst du sie zu Recht? Wir glauben es nicht. Du hast dich wie einer dieser Primitiven verhalten, denen du dort begegnest. Du hast wertvolle Zeit verschwendet. Ischtar lebt immer noch – und mit ihr viele andere Varganen, die zwar weniger wichtig, für uns aber dennoch eine Gefahr sind. Warum hast du sie noch nicht getötet?

Es ist schwierig, an sie heranzukommen. *Magantilliken wand sich innerlich vor Verlegenheit.* Sie überhaupt zu finden ...

Du weißt, dass das nicht stimmt, *behauptete ein anderer Vargane, dessen Gedankenmuster der Henker noch nicht kannte.*

Die Erkenntnis, dass sich mehrere Bewohner der Eisigen Sphäre mit ihm befassten, wirkte wie ein Schock. Stehe ich vor einem Gericht?

Noch nicht. Aber es ist möglich, dass du bald in einer solchen Situation sein wirst. Der Aufenthalt in der Nullzeitblase soll lediglich dazu dienen, dir den Zustand der Verbannung begreiflich zu machen. Zurück zum Thema.

Halt, *bat Magantilliken rasch.* Ich habe ein Recht darauf, die Eisige Sphäre zu betreten.

Jetzt ist es aber genug, *mischte sich ein weiterer Vargane ein; das Bewusstsein des Henkers schrak vor der Autorität dieser Stimme zurück. Kreton? Kandro? Oder Vargo?* Noch ein paar Bemerkungen dieser Art, und die endgültige Verbannung wird auch ohne Gerichtsbeschluss wirksam. Als wir dich aussandten, um die Rebellen hinzurichten, wurden deine Rechte eingeschränkt. Wir können dir jederzeit den Zutritt verweigern; erst mit Erfüllung deines Auftrags wirst du rehabilitiert, das weißt du. An deinem Bewusstsein wurden Korrekturen vorgenommen, um dich besser auf deine Aufgabe vorzubereiten. Ich verzeihe dir deine Anmaßung und nehme an, dass einige Erinnerungen infolge des langen Aufenthalts in der … *Außenwelt* verwischt wurden. Aber ich will nichts mehr hören, was meine Geduld überfordern könnte.

Magantilliken schwieg verwirrt. Funktionierte sein Gedächtnis wirklich nicht mehr einwandfrei? Hingen damit die Fehler zusammen, die er machte?

Möglich, *antwortete eine Gedankenstimme versöhnlich auf die lautlose Frage.* Wir werden dich neu konditionieren, ehe wir dich wieder hinausschicken.

Der plötzliche Schock der Erkenntnis erschütterte das Bewusstsein des Henkers. Versagt! Noch immer war seine Aufgabe ungelöst. Deshalb hatten die Varganen eingegriffen. Sie *waren es gewesen, die den alten Körper vernichtet hatten! Wie hatte es so weit kommen können?*

Du hast dich verwirren lassen, *wurde er streng zurechtgewiesen.* Am Anfang waren deine Handlungen so zielbewusst und sicher, wie wir es erwartet hatten. Aber irgendwann mischten sich egoistische Motive in deine Handlungen. Du wurdest überheblich – und irrationaler. Vielleicht ist es auf die Körper zurückzuführen, in die du geschlüpft bist. Die unbewussten Resterinnerungen scheinen stärkere Auswirkungen auf dich zu haben, als wir dachten. Wichtig ist, dass du in Zukunft aufhörst, eine persönliche Beziehung zu deinen Opfern herzustellen. Kein Hass. Keine Suche nach Befriedigung durch primitiven Jagdtrieb. Es spielt keine Rolle, *wie* du Ischtar tötest. Wichtig ist nur, *dass* sie stirbt. Und zwar bald. Die Gefahr wächst unaufhörlich.

Dir standen alle Zeit und Mittel zur Verfügung, die du brauchtest, *setzte eine andere Gedankenstimme den Vortrag fort.* Deine Entschuldigungen sind also lächerlich. Dass du dein Ziel bisher nicht erreicht hast, liegt daran, dass du unkonzentriert warst. Du hattest Ischtar bereits gestellt – und du hast versagt. Du hast sie entkommen lassen. Überdies hast du den Fehler begangen, zu viel Zeit mit diesem Barbaren zu verschwenden.

Er ist Ischtars Geliebter, *versuchte Magantilliken sich zu verteidigen.* Er weiß zu viel. Und …

Er weiß gar nichts.

Magantilliken riss sich zusammen. Nach wie vor war er der Meinung, dass der leichteste Weg zu Ischtar über diesen Atlan führte. Sie hatte zweifellos einen Narren an ihm gefressen, sich durch diese Geisel in die Falle locken lassen. Alles war vorbereitet gewesen. Magantilliken hatte damit gerechnet, dass Ischtar auf Zercascholpek zuerst versuchen würde, die Toten Augen des Kyriliane-Sehers zu erreichen. Kam sie dabei schon durch die Androidenwächterin um – umso besser. Der eigentliche Schlag hatte jedoch eben durch diese Augen stattfinden sollen, in denen ein beachtliches Potenzial paranormaler Kraft gespeichert war. Ein Potenzial, das durch den heraufziehenden Hypersturm noch verstärkt und weiter aufgeladen werden sollte.

Durch einen »Zündimpuls« schlagartig freigesetzt, hätte es das Ende der Varganin bedeutet. Nicht einmal sie hätte diese auf engsten Raum fokussierte Eruption abwehren können. Doch so weit war es gar nicht gekommen, die Varganen der Eisigen Sphäre hatten eingegriffen, Magantillikens Körper verglühen lassen. In ihrer Ungeduld hatten sie Magantillikens Plan vereitelt. Letztlich waren sie dafür verantwortlich, dass er versagt hatte. Aber er hütete sich, diesen Gedanken so zu formulieren, dass die anderen ihn erfassten.

Du wirst jetzt wieder gehen, *sagte jemand.* Die Korrektur deines Bewusstseins ist abgeschlossen. Nach unseren Berechnungen wirst du nach deinem Eintritt in die Außenwelt wieder genauso zielstrebig handeln wie am Beginn deines Weges. Wir haben dich mit einer ausreichenden Energiemenge ausgestattet, so dass du die Reise gut überstehen wirst. Geh, töte Ischtar!

Nein! *Der Gedanke brach wie eine winzige, aber strahlend helle Flamme durch die Begrenzung des unwirklichen Raumes. Magantilliken spürte die Verwirrung, die jenseits der Wand aus Zeit herrschte.*

Wer war das?

Wer wagt es, sich hier einzumischen?

Still, ich höre etwas.

Gedankenstimmen schwirrten durcheinander, für einen Moment überwog die Verwirrung die Achtsamkeit derer, die über den Henker wachten. Er tat fast unabsichtlich einen Blick durch dieses sich für unmessbar kurze Zeit öffnende Fenster und sah seine Welt, die Eisige Sphäre – dann schlug die Tür wieder zu, Magantilliken zuckte verwirrt zurück. Der Augenblick hatte nicht ausgereicht, ihn erkennen zu lassen, wo er sich befand. Was blieb, war nur ein Gefühl der Trauer und der Sehnsucht. Er musste einen Weg finden, um bald wieder direkten Zutritt zu erhalten. Er spürte, wie sich die Erinnerung allmählich abschwächte. Die Eindrücke, die er in dem wilden Sternendschungel der Außenwelt aufnahm, drängten sich immer stärker in den Vordergrund.

Es war das Kind, *bemerkte jemand. Erstaunen, Ratlosigkeit. Schließlich eine Frage:* Was willst du?

Diesmal war nicht Magantilliken gemeint. Es hätte auch niemand eine solche Fülle von Zärtlichkeit in eine Frage an den Henker gelegt.

Ich bitte euch, Ischtar am Leben zu lassen. Sie ist meine Mutter!

Das wissen wir, Chapat, und es tut uns unendlich Leid. Sie muss sterben, daran können auch wir nichts ändern. *Bedauern lag in diesem Gedanken, Mitleid, Wärme, Verständnis.*

Ich glaube euch nicht!, *schrien Chapats Gedanken verzweifelt.* Ihr seid allmächtig. Ein Wort von euch genügt, um Ischtar zu retten. Lasst es nicht zu, dass Magantilliken sie tötet.

Magantilliken zuckte vor dieser maßlosen Verzweiflung zurück. Auch die anderen schienen Mühe zu haben, mit Chapats wilder Anklage fertig zu werden. Aber das dauerte nur Augenblicke. Der Henker wusste, welche Antwort der Embryo erhalten würde. Niemand ist allmächtig. Auch wir nicht. Du wirst es später begreifen lernen …

Der größte Teil der Varganen, die sich unsichtbar für den Henker versammelt hatten, richtete seine Aufmerksamkeit auf den Ungeborenen. Ihre Gedanken wurden für Magantilliken unverständlich. Hilflos hing er in der Ungewissheit und wartete. Bald würden sie sich wieder an ihn erinnern. Er fürchtete sich vor diesem Augenblick, wusste, wie wichtig seine Aufgabe war. Er kannte die Gefahr, die die Varganen-Rebellen für die Bewohner der Eisigen Sphäre bedeuteten. Sie durften keinen Weg in diese Zufluchtsstätte finden. Gelang es einem von ihnen, bis an diesen Ort vorzudringen, konnte er alles vernichten, selbst wenn er das bewusst gar nicht beabsichtigte.

Es war notwendig, dass Magantilliken seinen Auftrag erfüllte. Dazu musste er die Eisige Sphäre verlassen. Aber der Henker hätte es vorgezogen, endlich Frieden zu finden ...

Enorketron: 1. Prago der Prikur 10.498 da Ark

Tharmiron Obos gehörte zu jenen Leuten, die sich ständig wegen irgendetwas Gedanken machten. Allerdings war er klug genug, seine Gedanken für sich zu behalten, solange er keine Anhaltspunkte dafür hatte, dass sie mit den Überlegungen seiner Vorgesetzten übereinstimmten. Dieser Taktik hatte er seine bisherige Karriere zu verdanken. Im Augenblick stand er vor dem Panoramaschirm der Einsatzzentrale für das Landefeld sieben. Um ihn herrschte Hochbetrieb, aber das störte ihn nicht. Er hatte seinen Teil der Vorbereitungen abgeschlossen. Selbstverständlich dachte er über den Sinn der bevorstehenden Aktion nach, aber er hütete sich, sich an der angeregten Diskussion der anderen Offiziere zu beteiligen.

»Untergegangene Kulturen«, hörte er Zavors tiefe, stets missmutige Stimme. »Wenn ich das schon höre! Ja, ich weiß, dass es eine Menge Ruinen auf allen möglichen Planeten gibt. Aber da haben sich schon Horden von Glückssuchern betätigt. Was man jetzt noch finden kann, ist doch nicht der Rede wert. Ich glaube einfach nicht daran, dass die Leute von der BARGONNA mehr gefunden haben als ein paar halb zerfallene Knochengerüste. Wozu also der Aufwand?«

Tharmiron pflichtete ihm im Stillen bei, betrachtete jedoch weiterhin das Bild auf dem Schirm, als ginge ihn das alles nichts an.

»Glaube von mir aus, was du willst«, hörte er Thorur knurrig antworten. »Aber setz endlich deine Leute in Marsch. Wir haben Anweisung, die BARGONNA wie ein rohes Ei zu behandeln – und genau das werden wir auch tun. Oder hast du Lust, dich vor Mascant Heng persönlich zu rechtfertigen, wenn etwas schief geht?«

Tharmiron grinste vor sich hin. Der Witz war gut. Da der Kommandeur von Trantagossa niemals in Erscheinung trat – jedenfalls nicht persönlich –, brauchte Zavor eine solche Gegenüberstellung kaum zu fürchten. Allerdings – man munkelte, dass Heng sich bisweilen wirklich einen Mann selbst anzusehen beliebte. Diejenigen, die von diesem Schicksal betroffen wurden, konnten jedoch nicht mehr darüber berichten, denn sie blieben für alle Zeiten spurlos verschwunden.

Unwillkürlich sah Tharmiron Obos in den blassblauen Himmel hinauf. Zum Glück war das SKORGON nicht zu sehen. Er glaubte zwar nicht den Übertreibungen, die im Laufe der Jahre über diesen Flugkörper in Umlauf gekommen waren, aber es entsprach seiner Mentalität, dass er jeder möglichen Gefahr aus dem Wege ging. Der Anblick des SKORGONS sollte angeblich Unglück bringen.

Er hörte, wie Zavor den Raum verließ. Der Veteran brummelte noch einige Unfreundlichkeiten vor sich hin, aber niemand hörte ihm zu. Zavor war für seine schroffe Haltung den anderen Orbtonen gegenüber bekannt. Er bildete sich viel darauf ein, dass er mehrere Kampfeinsätze gegen die Maahks geleitet hatte, und sah deshalb verächtlich auf alle herab, die hier ihren Dienst in den Bodenstationen versahen. Es hatte ihn hart getroffen, dass er nach einer schweren Verwundung nicht mehr in den Raum hinausgeschickt worden war. Zweifellos hielt er es für eine indirekte Degradierung, dass er sich jetzt auch noch mit einem Forschungsschiff befassen musste.

»Sind die Wacheinheiten informiert?«, erkundigte Thorur sich mit unnötiger Schärfe.

Tharmiron drehte sich um und nickte flüchtig. Er nahm dem anderen diesen Tonfall nicht übel. Sie waren alle nervös. Das war auch kein Wunder, denn der Befehl, der die zurückkehrende BARGONNA betraf, kam direkt von Mascant Heng. Und wenn sich der Dreisonnenträger mit besonderer Auszeichnung im Rang eines Reichsadmirals in eine Sache einmischte, war es nicht ratsam, auch nur den kleinsten Fehler zu machen. Heng witterte überall Ungehorsamkeit, Auflehnung und Sabotage; er schlug erbarmungslos zu, wenn er einen begründeten Verdacht zu haben glaubte.

»Niemand wird an die Ladung des Schiffes herankommen«, sagte Tharmiron, als er merkte, dass Thorur sich nicht so schnell zufrieden geben wollte. »Der Landeplatz wird hermetisch abgeriegelt. Die Entladearbeiten übernehmen Roboter. Die Ladung der BARGONNA wird noch innerhalb der Frachträume in abgesicherte Transportbehälter umgepackt. Die Spezialfahrzeuge für den Weitertransport stehen bereit; jedes von einer zehnköpfigen Wachmannschaft begleitet. Der Weg zu den Labors auf Sohle dreiundzwanzig ist für die Dauer des Unternehmens für den normalen Verkehr gesperrt. Überdies patrouillieren fünfzig bewaffnete Kommandogruppen in der Umgebung und passen auf, dass sich niemand in die Nähe der Fahrzeuge verirrt.«

Thorur glaubte, einen schwachen Punkt entdeckt zu haben, und hakte sofort ein. »Was ist mit den Antigravschächten?«

»Sie wurden generalüberprüft. Obwohl kein Ausfall zu erwarten ist, sind erstens die Fahrzeuge, zweitens auch die Transportbehälter mit eigenen, voneinander unabhängigen Generatoren ausgestattet. Keine Sorge, Thorur, die Fracht der BARGONNA wird in jedem Fall ihr Ziel unbeschädigt erreichen.«

Die ganze Angelegenheit langweilte Tharmiron. Was sollte das alles? Selbst wenn das, was die Forscher auf einem bisher unbekannten Planeten entdeckt hatten, wirklich so bedeutungsvoll war, brauchte seiner Meinung nach hier, auf Enorketron, keine solche Staatsaffäre daraus gemacht zu werden. Gewiss, manche Dinge mussten den gewöhnlichen Raumsoldaten vorenthalten werden, aber keiner von ihnen würde sich für die Fracht eines Forschungsschiffes interessieren. Spione im Trantagossa-System – darüber konnte Tharmiron nur lachen. Selbst die ärgsten Feinde des Großen Imperiums würden es kaum wagen, einen Agenten in diesen riesigen Flottenstützpunkt zu schmuggeln. Und selbst wenn aufrührerische Kolonial- oder Fremdvölker so vermessen waren, es doch zu versuchen, würde sich ein solcher Spion schnell in den engen Maschen der Überwachung verfangen.

Vom Stützpunkt des Trantagossa-Systems aus wurde ein Drittel der gewaltigen Nebelsektorflotte befehligt, die die Maahks davon abzuhalten versuchte, das Tai Ark'Tussan samt seinen Kolonien zu vernichten. Wer also die Funktion dieser ungeheuren Kriegsmaschinerie zu stören wagte, der grub sich indirekt sein eigenes Grab. *So betrachtet ist es reine Zeitverschwendung, die eben aufgezählten Sicherheitsmaßnahmen zu treffen, nur um einige mysteriöse Kisten zu schützen.*

Tharmiron sprach diese Gedanken selbstverständlich nicht aus. Mascant Heng hatte seine positronischen Augen und Ohren überall. Man wusste nie, ob er nicht gerade in diesem Augenblick zuhörte. Zweifel am Sinn eines seiner Befehle wäre für ihn mit einer Kritik an seiner eigenen Person gleichgekommen. Und Tharmiron hatte nicht die Absicht, seine bisher zügig verlaufende Karriere vorzeitig zu beenden. Er war sich klar darüber, warum Thorur eine ausführliche Antwort verlangt hatte. Auch er wollte sich absichern. Thorur wandte sich dem nächsten Orbton zu, Tharmiron widmete sich wieder der Aussicht und seinen Gedanken.

Die Oberfläche Enorketrons war bis auf die wenigen Wohngebiete für die höchsten Offiziere ein einziges Gewirr von Raumhäfen, Werften, Reparaturwerkstätten, Verbindungsstraßen, Tunneleingängen, Hangars und Lagerhallen. Einen unbebauten Flecken gab es eigentlich nicht. Selbst unter den seichten Meeren zogen sich Werkshallen und Transportröhren hin. Bis tief in die Kruste des Planeten hatten sich Maschinen vorgefressen und ein System von Gängen und Hallen geschaffen. Unaufhörlich landeten und starteten Raumschiffe aller Größen. Das endlose Dröhnen der Triebwerke war auf Enorketron allgegenwärtig. Tharmiron hörte es längst nicht mehr bewusst.

Thorur hatte sich inzwischen in das Kommunikationsnetz des Landefeldes sieben eingeschaltet. Ein Gewirr von Stimmen, Peilsignalen und Impulssendungen drang aus dem Lautsprecher, ehe der Offizier sich endlich für den richtigen Kanal entschied.

»Hier BARGONNA«, dröhnte plötzlich eine laute Stimme auf. »Was ist eigentlich los? Wir warten seit einer halben Ewigkeit darauf, dass wir endlich genaue Anweisungen für die Landung erhalten. Schlaft ihr da unten denn alle?«

Tharmiron trat neben Thorur, der sich eben in das Gespräch einschalten wollte. »Moment.«

»Basis Landefeld sieben an BARGONNA«, erklang da auch schon die Stimme des Kontrolloffiziers. »Falls Sie es noch nicht bemerkt haben sollten, möchte ich Sie darauf aufmerksam machen, dass wir uns im Kriegszustand befinden. Ein schwer angeschlagenes Schlachtschiff befindet sich im Anflug auf unser Landegebiet. In Anbetracht der Tatsache, dass Sie eine wertvolle Fracht an Bord haben, wollen wir Sie keiner unnötigen Gefahr aussetzen. Warten Sie also, bis wir Ihnen eine sichere Landung gewährleisten können. Sonst fällt Ihnen das Schlachtschiff am Ende noch auf den Kopf.«

Die Verärgerung des Kontrolloffiziers war verständlich. Die Kommandanten der Forschungsschiffe benahmen sich oft ziemlich arrogant gegenüber den Angehörigen des Militärs. Aber ein beschädigtes Schiff hatte immer Vorrang. Dennoch fragte sich Tharmiron zu Recht, warum der Raumer nicht schon weiter draußen auf einer der Plattformen abgefangen geworden war. Er eilte an seinen Platz und nahm einige Schaltungen vor.

»Was ist das für eine Geschichte mit diesem Schlachtschiff?«, fragte er scharf, als er das Bild eines seiner Untergebenen auf dem Schirm sah. »Das Ding bringt unsere ganze Planung durcheinander. Warum wurde es nicht rechtzeitig umgeleitet?«

»Der Kommandant der ENTHARA ist ein gewisser Machavor da Sarhagon«, lautete die lakonische Antwort.

Tharmiron ersparte sich weitere Fragen. Die da Sarhagons waren ein sehr hoch gestellter Khasurn, mit dem man sich besser nicht anlegte. Äußerte dieser Mann den Wunsch, auf Enorketron direkt zu landen, ließ sich nicht viel dagegen machen, selbst wenn die Gefahr einer Bruchlandung bestand. Während Tharmiron in aller Eile seine Leute informierte, hörte er aus dem Lautsprecher die bissigen Bemerkungen des Kommandanten der BARGONNA. Dem Kontrolloffizier blieb nichts anderes übrig, als alles über sich ergehen zu lassen, denn er hatte alle Hände voll zu tun, um die notwendigen Anweisungen für die eventuell recht harte Landung der ENTHARA zu geben.

Thorur war derjenige, der von den plötzlichen Änderungen am wenigsten betroffen wurde. Dennoch benahm er sich, als laste eine ungeheure Verantwortung auf seinen Schultern. Er warf mit völlig unsinnigen Befehlen und Bemerkungen um sich und ärgerte sich darüber, dass niemand ihn beachtete.

Als Zavor in die Einsatzzentrale zurückkehrte, glaubte Thorur, endlich ein Opfer gefunden zu haben, und schrie den verdutzten

Veteranen an: »Wo hast du dich die ganze Zeit über herumgetrieben?«

Zavor musterte seinen Vorgesetzten verdattert, dann grinste er breit. »Halt die Luft an!«, empfahl er und stapfte an ihm vorbei. Tharmiron hatte sich unwillkürlich umgedreht, sah das Gesicht des Offiziers dunkelrot anlaufen und wandte sich hastig wieder ab.

Aber der erwartete Ausbruch Thorurs blieb aus, weil plötzlich eine quäkende Stimme aus den Lautsprechern drang: »Alarm für Landefeld sieben ...«

Draußen heulten die Sirenen auf. Schutzschirme bauten sich auf und bargen die empfindlichsten Gebäude und die Eingänge zu den subplanetarischen Anlagen unter schimmernden Energieblasen. Arkoniden rannten in die Unterstände, die überall auf dem Feld verteilt waren. Der Himmel über der weiten Fläche war plötzlich wie leer gefegt.

»Ich habe draußen von der ENTHARA gehört.« Zavor legte Tharmiron die Hand auf die Schulter. »Das Robotkommando ist unterrichtet und steht abrufbereit.«

Tharmiron nickte ihm kurz zu und wandte sich wieder seiner Arbeit zu. Der Veteran war ihm nicht besonders sympathisch, aber er arbeitete gut und zuverlässig. Tharmiron gab die Meldung an die Wachtruppe weiter. Die kurze Pause nutzte er, um nach der ENTHARA Ausschau zu halten. Als das Schiff in Sicht kam, hielt er die Luft an und fühlte sich versucht, einige sehr unfreundliche Dinge in das nächstbeste Mikrofon zu brüllen. Aber er riss sich zusammen. Die Hülle der ENTHARA wies zwar ein paar deutlich erkennbare Beschädigungen auf, aber das Schiff war allem Anschein nach voll flugtauglich. Es setzte sauber und einwandfrei auf dem ihm zugewiesenen Platz auf.

»Idiot!«, murmelte Zavor, der hinter Tharmiron stand, aber selbst er sprach sehr leise. »So etwas kann sich nur ein Sarhagon erlauben. Wegen der paar Kratzer hält er den ganzen Betrieb auf.«

Tharmiron nickte zustimmend und wunderte sich über die Selbstbeherrschung des Kontrolloffiziers, der von den Ereignissen weit stärker betroffen war. Tharmiron wartete die Klarmeldung gar nicht mehr ab, sondern gab seinen Leuten den Befehl, umgehend auf die vorgesehenen Positionen zurückzukehren. Hinter ihm erklang das Stimmengewirr der anderen, die sich über die Mehrarbeit beschwerten. Dann kam die offizielle Durchsage, dass der Alarmzustand aufgehoben sei. Tharmiron lächelte schadenfroh. Während seine Kollegen sich erst jetzt wieder auf ihre eigentliche Aufgabe besannen, hatte er seine Arbeit schon so gut wie erledigt.

»Jetzt geht es los«, kommentierte Zavor trocken, als die BARGONNA endlich ihre Anweisungen bekam. Wenige Zentitontas später senkte sich das Forschungsschiff herab.

»Weißt du eigentlich, worauf wir hier warten?«

Bros wandte sich überrascht um. Es kam selten vor, dass Velos ihn ansprach. Velos stammte nämlich direkt von Arkon I, der Kristallwelt, worauf er sich viel einbildete. Dabei war seine Familie so unbedeutend, dass der junge Mann nicht den leisesten Grund für seine Arroganz hatte. Bros war zwar ebenfalls Arkonide, aber er kam von einem Kolonialplaneten, war also ein *Bras'cooi*. Normalerweise übersah Velos Leute, die nicht auf den drei Synchronwelten geboren waren.

Da die mitunter körperlich veränderten Kolonial-Nachkommen von den »echten« Arkoniden stets mehr oder weniger »von oben herab« betrachtet wurden, war die aufziehend gemeinte, ironische bis boshafte Zweitbedeutung von *Bras'cooi* im Sinne von »unangenehme Verwandtschaft« bis hin zu »Halunke« zu sehen – und konnte durchaus auch als Schimpfwort Verwendung finden. Weil das Herabblicken auf »die Kolonialarkoniden« weit verbreitet war, konnte man den zum geflügelten Wort gewordenen Ausspruch »Das kann ja nur ein Kolonialer gemacht, verursacht, verschuldet haben« demzufolge häufig hören.

»Auf die BARGONNA«, sagte Bros lakonisch.

»Willst du mich für dumm verkaufen? Das weiß ich selbst.«

Bros grinste und lümmelte sich gegen das Fahrzeug, dem er zugeteilt war. »Ich habe gestern im Kasino etwas läuten hören.«

Er wusste, dass Velos sich schwarz ärgerte, weil Bros Zutritt zu einem den Offizieren vorbehaltenen Ort hatte. Allerdings entstammte er auch einer Familie, die auf seinem Heimatplaneten von einiger Bedeutung war. Er genoss deshalb eine Reihe von bescheidenen Privilegien, auf die Velos weit mehr Anspruch zu haben glaubte.

»Die BARGONNA war auf einem sehr abgelegenen Planeten«, fuhr er nach einer längeren Pause fort, die er einlegte, um Velos noch ein bisschen zu reizen. »Man hat dort die Überreste einer uralten Kultur entdeckt. Man munkelt, dass diesem längst ausgestorbenen Volk ungeheure technische Mittel zur Verfügung standen. Einige Offiziere behaupten sogar, die Forscher hätten unbekannte Waffen gefunden. Sie sollen besser sein als alles, was wir besitzen.«

Velos grunzte verächtlich. »Du spinnst! So etwas gibt es gar nicht. Hätten diese Phantasiegestalten bessere Waffen als wir von Arkon gehabt, wären sie erst gar nicht ausgestorben.« Bros lächelte friedlich, und das machte Velos nur noch ärgerlicher. »Nun sag schon, was du noch weißt.«

»Der Befehl, aufgrund dessen wir uns hier langweilen, stammt vom Hochedlen Amarkavor Heng persönlich«, ließ Bros seine sensationellste Information los.

Velos fuhr sichtbar zusammen. »Du meinst …«

»Nein, der Hochedle hat sich nicht aus seinem Versteck gewagt. So wichtig scheint ihm die BARGONNA nun auch wieder nicht zu sein.«

Velos schwieg, und Bros dachte bereits, der andere hätte sich wieder hinter sein übliches Schweigen zurückgezogen. Aber plötzlich sagte Velos: »Irgendwie ist mir Trantagossa unheimlich. Überleg doch mal: Es gibt nur noch zwei andere Stützpunkte in der Öden Insel, die diesem hier gleichwertig sind. Jeder von ihnen ist so wichtig, dass nur Arkon über ihnen steht. Und ein solches System wird von einem Mann regiert, den niemand zu sehen bekommt. Du bist noch nicht lange hier, aber du hast bestimmt schon etliche Gerüchte gehört. Ich sage dir, da stimmt etwas nicht. Manchmal glaube ich, dass ›Amarkavor Heng‹ gar nicht existiert. Vielleicht sitzt ein ganz anderer in diesen geheimnisvollen Zentralen, oder der Kommandeur ist tot, und ein Positronengehirn hat seinen Platz übernommen.«

»Du siehst Gespenster«, gab Bros gelangweilt zurück. »Glaubst du, das hätte niemand bemerkt? Vielleicht ist wirklich ein anderer an seine Stelle getreten, ohne dass man es offiziell bekannt geben wollte. Na und? Was bedeutet das für uns schon? Wir müssen unseren Dienst versehen, das ist alles.«

»Du hast eben kein Verantwortungsgefühl, Bras'cooi«, knurrte Velos bissig.

Auch Bros musste zugeben, dass ihm die Verhältnisse im Trantagossa-System merkwürdig erschienen. Der Mascant war angeblich überall anwesend – allerdings nur mittels Abhörgeräten und Spionaugen. Er hatte von den Orbtonen erfahren, dass der Kommandeur sich selbst auf den Bildschirmen nur selten zeigte. Kaum jemand wusste, wie dieser Mann aussah. Ab und zu raste aber ein Flugkörper aus einem hermetisch abgeriegelten Hangar. Das Ding war oval, etwa sechzig Meter hoch und vierzig Meter dick – ein riesiges graues Ei. Heng hatte den Befehl erteilt, dass das SKORGON, wie es auf Enorketron genannt wurde, unter keinen Umständen aufgehalten werden durfte. Daher glaubten manche Leute, der Kommandeur persönlich benutze dieses Raumschiff, um den Stützpunkt zu inspizieren. Andere behaupteten, dass sich an Bord nur Roboter befanden. SKORGON – das hieß »Der Verschleierte«.

Und einen undurchdringlichen Schleier hatte Amarkavor Heng tatsächlich um sich und sein Leben gezogen, obwohl er als *Sonnenkur* nicht nur der militärische Kommandeur war, sondern auch den zivilen Titel eines Sektorenbeauftragten mit seinem Titel als Dreisonnenträger verband. Es gab nicht viele Personen im riesigen Tai Ark'Tussan, die vom Imperator mit einer derartigen Machtfülle ausgestattet wurden. Bros hegte nicht den geringsten Zweifel daran, dass Heng mehr als nur einen sehr guten Draht zum millionenäugigen Höchstedlen, Seiner Erhabenheit Orbanaschol III., haben musste.

Er wurde unsanft aus seinen Gedanken gerissen, als Velos ihm einen groben Stoß versetzte. »Aufwachen!«, knurrte der grobschlächtige Mann wütend. »Typisch Kolonist. Träumt am hellen Tag vor sich hin, während Männer wie ich die ganze Arbeit machen müssen.«

Bros verzichtete auf die geharnischte Antwort, die ihm auf der Zunge lag. Die BARGONNA war gelandet. Er sah das Fahrzeug mit den Robotern aus dem Zufahrtstunnel huschen. Der Transporter mit den Kisten, in die das geheimnisvolle Frachtgut umgeladen werden sollte, folgte, dann kam auch schon der Befehl, den Spezialwagen zu besteigen. Bros seufzte tief auf. Ihm konnte es egal sein, welche Arbeit er verrichtete, aber er hielt das hier dennoch für ausgemachten Unsinn.

Vier Fahrzeuge waren es, die unter der Schleuse der BAR-

GONNA hielten. Auf jedem hockten zehn Soldaten mit schussbereiten Waffen. Bros sah die Kette der Wächter vor dem Tunneleingang, durch den sie später schweben sollten. Er grinste innerlich bei dem Gedanken, dass das ganze Theater vermutlich sehr dazu angetan war, jeden Spion erst recht aufmerksam zu machen. Hätte man den Expeditionsraumer nicht anders behandelt als jedes andere Schiff, wäre seiner Meinung nach die Geheimhaltung weit besser gewährleistet gewesen. Aber wer von den ehrenwerten Offizieren kümmerte sich schon um die Meinung eines gewöhnlichen Soldaten, der überdies ein Bras'cooi war?

Die ersten Roboter schwebten herab und transportierten die schweren Spezialbehälter aus der Schleuse. Die Wachen standen mit den Impulsstrahlern in der Hand eher gelangweilt herum und bemühten sich um einen wachsamen Gesichtsausdruck. Bros atmete hörbar auf, als endlich die letzten Behälter auf den Ladeflächen verankert waren. Eins der Fahrzeuge blieb halb leer – sehr umfangreich waren die Funde der Forscher anscheinend nicht. Während der Fahrt durch das Tunnelsystem unter der Landefläche streifte Bros ab und zu die Kisten mit neugierigen Blicken. Aber keiner der Männer erhielt auch nur die geringste Chance, den Inhalt zu betrachten. Sie wurden im Labortrakt von den Robotern weggeschafft.

Durch eine offene Tür sah Bros für einige Augenblicke komplizierte Geräte. Ein paar Männer in hellgrünen Umhängen hantierten daran herum. Im Übrigen sah es hier unten auf Sohle dreiundzwanzig nicht viel anders aus als in den Teilen der Anlage, die Bros bereits kannte. Der junge Mann war enttäuscht. Er hatte gehofft, wenigstens ein paar Sätze aufschnappen zu können, die sich mit dem Inhalt der Kisten befassten.

Der einsame Mann blickte gespannt auf die Bildschirme, die sich direkt vor seinem fahrbaren Sessel befanden. Er verfolgte die Entladearbeiten mit großer Aufmerksamkeit. Nur ab und zu wandte er den Blick zur Seite und beobachtete die zahllosen Roboter, die vor der Wand hin und her huschten.

Der Saal war kreisrund. Vier mit Sicherheitsvorrichtungen gespickte Arkonstahlpforten unterbrachen die Gleichförmigkeit der Wände. Vom Boden bis etwa in Hüfthöhe schwang sich ein langes

Schaltpult mit einer schier unübersehbaren Menge von Bedienungselementen die Rundung entlang. Darüber bildeten Tausende von kleinen Bildschirmen ein wahres Mosaik. Alle waren in Betrieb und zeigten Bilder aus den verschiedensten Gegenden von Enorketron. Ein Bildschirm bildete auch die Gewölbedecke des Raumes. Auf der riesigen Fläche wechselten Ansichten aus dem Weltraum. Plattformen, Planeten, Pulks von Raumschiffen, Satelliten ...

Mascant Amarkavor Heng verspürte beim Anblick dieser hervorragend eingerichteten Beobachtungszentrale immer wieder Stolz. Das alles hatte er selbst geplant. Und dieser Saal, dessen Durchmesser nahezu einhundert Meter betrug, war nur einer von vielen. Ein Netz geheimer Verbindungsröhren, zu denen nur er persönlich Zutritt hatte, verband die subplanetarischen Anlagen des Kommandeurs miteinander. Nur eins störte ihn manchmal: Er konnte diese Pracht niemandem zeigen. Zweifellos wäre sein Prestige noch viel größer gewesen, hätten alle gewusst, auf welch geschickte Weise er das Problem der totalen Überwachung gelöst hatte.

Selbstverständlich konnte er nicht persönlich jeden Bildschirm einzeln beobachten. Aber die mobilen Roboter – von hervorragenden Spezialisten für diesen Zweck programmiert – ordneten die einzelnen Vorgänge ihrer Bedeutung nach ein und veranlassten, dass alles, was wichtig werden konnte, gespeichert wurde. Sie trafen eine Vorauswahl, und Heng entschied dann zu gegebener Zeit, was für ihn aus den Speichern noch einmal überspielt werden sollte. Er war sich des gewissen Anachronismus durchaus bewusst, mobile Roboter zur Bildschirmüberwachung einzusetzen, statt ausschließlich eine Groß-KSOL mit der Überwachung zu beauftragen. Dieses Positronengehirn gab es selbstverständlich ebenfalls, sogar in mehrfach redundanter Ausführung. Aber der Mascant wollte ganz sichergehen, zumal die Roboter in ihren grob arkonoiden Gestalten die fehlende Gesellschaft echter Lebewesen ersetzten.

Es wäre für Heng eine große Befriedigung gewesen, wenigstens einmal die verdiente Anerkennung für dieses gewaltige Werk zu bekommen. Aber das war etwas, worauf er notgedrungen verzichten musste. In den letzten Jahren waren nur zehn Arkoniden in dieses unumschränkte Reich des Kommandeurs geholt worden.

Sie waren leider nicht in der Stimmung gewesen, Hengs Werk zu würdigen. Denn diese zehn Eindringlinge waren Verräter und potenzielle Mörder gewesen, die nach Hengs Leben trachteten. Nur aus diesem Grunde hatte er sie zu sich bringen lassen. Denn so gefährliche Feinde sollten in seiner Gegenwart sterben. Sonst wäre er sich niemals sicher gewesen, dass sie auch wirklich tot waren.

Der Gedanke an die vielen Verschwörungen, gegen die er zu kämpfen hatte, machte Heng unruhig. Obwohl die Fracht der BARGONNA ihn nach wie vor faszinierte, wandte er sich ab und rollte an der Reihe der Bildschirme entlang. Einer der Roboter, die Heng als persönliche Diener programmiert hatte, näherte sich unterwürfig seinem Herrn.

»Was gibt es?«, fuhr Heng die Maschine grob an.

»Der Gefangene namens Ütr'ang hat sich in seiner Zelle getötet, Gebieter.«

Heng fuhr hoch, eine ungeheure Wut erfüllte ihn. Er hatte Mühe, sich wenigstens einigermaßen zu beherrschen, folgte dem Roboter zu einem der Bildschirme und betrachtete dann düster das Bild, das sich ihm bot. Ütr'ang war kein Arkonide, sondern ein kleines, zerbrechlich wirkendes Wesen, dessen stabförmiger Leib von einigen Dutzend schlangenartiger Gliedmaßen förmlich umhüllt wurde. Der Kopf des Fremdwesens, eine mit zwei Augenpaaren und einer Atemöffnung ausgestattete Kugel, war jetzt nur noch eine breiige Masse. Die Spuren an der Wand zeigten, auf welche Weise Ütr'ang nach sechsjähriger Gefangenschaft Selbstmord verübt hatte: Das kleine Geschöpf hatte sich buchstäblich den Kopf eingerannt.

Heng betrachtete die Leiche und wandte sich an den Roboter: »Ich will die Aufzeichnung sehen.«

Während der Roboter die Schaltungen vornahm, dachte Heng voller Wut daran, dass er von nun an noch wachsamer sein musste. Er hatte Ütr'ang durch einen puren Zufall aufgespürt. Einer der Soldaten hatte das kleine Wesen als Maskottchen mit sich herumgeschleppt. Niemand wusste genau, woher es stammte. Der Soldat behauptete, es auf einem Sklavenmarkt erstanden zu haben. Dieses unscheinbare Geschöpf hatte jedoch eine erstaunliche Fähigkeit: Es fühlte Gefahren.

Der Soldat hatte Ütr'ang in einer Kneipe als Attraktion vorgeführt, Heng war zufällig Zeuge dieser Szene geworden. Selbst auf den Verdacht hin, dass der Soldat übertrieb, hatte er dafür gesorgt, dass Ütr'ang in eine seiner Zentralen gebracht wurde. Das Wesen hatte sich in erstaunlicher Weise bewährt. Die zehn Verräter waren nur mit seiner Hilfe entdeckt worden. Heng hatte nie eine Möglichkeit gefunden, sich mit dem kleinen Fremden direkt zu verständigen, aber das war auch gar nicht notwendig gewesen; sobald Ütr'ang eine Gefahr spürte, nahm er eine eindeutige Schreckhaltung ein. Ständig von den Robotern beobachtet, wurde Heng sofort verständigt, sobald er ungewöhnlich reagierte.

Der Mascant wunderte sich darüber, dass das diesmal nicht geschehen war. Noch mehr wunderte er sich darüber, dass Ütr'ang tot war. Heng hatte im Laufe der Jahre fast so etwas wie Zuneigung zu diesem Geschöpf entwickelt. Zuerst hatte er es tatsächlich nur wie einen Gefangenen behandelt, bis er herausfand, dass Ütr'ang in einer ihm unangenehmen Umgebung häufig falschen Alarm gab. Deshalb hatte Heng sich gezwungen gesehen, dafür zu sorgen, dass sich der kleine Fremde wohl fühlte. Die Zelle, die Ütr'ang bis jetzt bewohnt hatte, war sehr groß und glich eher einem Gewächshaus als einem Gefängnis. In einer dicken Schicht feuchten Humus wurzelten exotische Pflanzen. Es gab ein Wasserbecken mit kleinen Fischen und eine Hütte aus Steinen, die Ütr'ang selbst errichtet hatte. Heng hatte immer geglaubt, der Fremde fühle sich wohl in dieser Umgebung. Und nun ...

Der Roboter machte ihn darauf aufmerksam, dass die Aufzeichnung lief. Gespannt verfolgte Amarkavor Heng den Film. Er sah den Kleinen bei seinen üblichen Beschäftigungen und stellte nichts Ungewöhnliches fest. Am unteren Rand des Schirmes zeigten schnell durchlaufende Ziffern die Uhrzeit an, zu der die Aufnahmen entstanden waren. Die Wende kam sehr plötzlich. Ütr'ang, der gerade eine Wurzel ausgrub, die er neben seiner Hütte züchtete, erstarrte mitten in der Bewegung. Heng schrak zusammen, als er sah, wie das Wesen die typische Schreckhaltung annahm. Es hatte also Gefahr gedroht.

Die Verkrampfung der Gliedmaßen wurde innerhalb von Augenblicken so stark, dass der Kleine sich überhaupt nicht mehr rühren konnte. Unwillkürlich warf Heng einen Blick auf die Zeitangabe. Der Augenblick, in dem die Verkrampfung begann, stimmte genau mit der Landung der BARGONNA überein! Zufall? Heng hatte das Gefühl, als hätte ihn ein kalter Lufthauch gestreift. Welche Gefahr kam da auf ihn zu?

Nur verschwommen sah er noch, dass Ütr'ang plötzlich zum Leben erwachte und wie von Sinnen losraste, genau gegen die Wand. Das Ende kam schnell. Das zarte kleine Geschöpf war dem harten Anprall nicht gewachsen. Heng ließ den Bildschirm abschalten und blieb lange Zeit bewegungslos davor sitzen. Er wusste nicht, wie er das Verhalten des Fremdwesens deuten sollte. Hatte Ütr'ang tatsächlich eine Gefahr gespürt? Oder hatte sein überraschendes Ende andere Gründe? Niemand wusste, wie lange diese Wesen lebten. Vielleicht war das ihre ganz natürliche Art zu sterben. Heng grübelte, bis ihm klar wurde, dass der Roboter immer noch neben ihm stand.

»Warum wurde ich nicht sofort benachrichtigt?«, fragte er zornig. Im gleichen Moment fiel ihm ein, dass er selbst den Befehl gegeben hatte, man solle ihn nicht stören, weil er die Landung der BARGONNA hatte verfolgen wollen … Deshalb schnitt er die Antwort des Roboters mit einer herrischen Handbewegung ab und befahl: »Säubert die Zelle und vernichtet den Körper!«

Dann rollte er an seinen ursprünglichen Platz zurück, war aber nicht mehr bei der Sache. Er glaubte nicht, dass Ütr'angs Tod mit dem landenden Schiff zusammenhing. Es musste etwas anderes dahinter stecken. Eine Verschwörung? Obwohl der Mascant gewissenhaft alles unter Kontrolle hatte, fanden die Verräter doch immer wieder Mittel und Wege, selbst zwischen den eng geknüpften Maschen der Überwachungsnetze eine Lücke zu entdecken. Er durfte sich niemals sicher fühlen. Und jetzt, da der kleine Fremde tot war, würde es noch schwieriger werden, die drohenden Gefahren rechtzeitig zu bemerken.

Heng entschied sich, die Beobachtung der BARGONNA abzubrechen und zunächst einige Nachforschungen anzustellen. Erst musste er sicher sein, dass ihm die Mörder noch nicht zu nahe gekommen waren. Kurz darauf summte die Zentrale vor Geschäftigkeit. Das Heer der mechanischen Diener durchforschte mit maschineller Sturheit die Umgebung aller geheimen Zentralen, fand jedoch nichts …

Bher Gobon war noch sehr jung. Es war fast eine Auszeichnung, dass er in das Team der Experten berufen worden war. Er war sich dieser Tatsache durchaus bewusst. Im Augenblick allerdings wünschte er sich sehnlichst zu seiner Routinearbeit zurück, denn das, was vor seinen Augen stattfand, barg höchst unangenehme Perspektiven. Schon die erste Kiste von der BARGONNA barg einen Inhalt, der den gespannten Wissenschaftlern einen ziemlichen Schock versetzte. Zwar waren sie von ihren Kollegen an Bord des Expeditionsraumers auf diesen Anblick vorbereitet worden, aber sie hatten den enthusiastischen Äußerungen wenig Glauben geschenkt.

Private Forscher, die auf unbekannten Planeten nach untergegangenen Kulturen suchten, wühlten sich in neunundneunzig Prozent der Fälle lediglich durch riesige Schuttberge. Sie waren häufig schon außer sich vor Freude, wenn sie zufällig auf ein paar alte Scherben oder vergleichbare Artefakte stießen. Sprachen sie von deutlichen Hinweisen auf die Herkunft eines Volkes, waren in der Praxis meistens nur einige verwaschene Wandzeichnungen vorhanden, und ein Skelett, bei dem nicht mehr als die Hälfte der Knochen fehlte, galt als »hervorragend erhalten«. So war zu erklären, dass niemand auf Sohle dreiundzwanzig auf die Idee gekommen war, die Äußerungen der raumfahrenden Kollegen wörtlich zu nehmen.

Sicher, es gab viele Welten mit außergewöhnlichen Hinterlassenschaften, aber diese wurden stets schnell der Aufsicht der Behörden des Großen Imperiums unterstellt und fielen unter die Rubrik »imperiales Interesse«. Halbstaatliche oder gar Private hatten da nichts zu suchen. Die Wissenschaftler auf Enorketron dagegen unterstanden Amarkavor Heng in seiner Eigenschaft als Sonnenkur und waren schon deshalb nur ihm verpflichtet, andererseits aber auf seinen Wirkungsbereich beschränkt.

Mit einer Art sorgloser Skepsis beseitigten sie deshalb die komplizierten Verschlüsse der Behälter, klappten die Deckel hoch – und standen dann für die nächsten Zentitontas sprachlos da. Bhers erster Eindruck war, dass sich die Leute auf der BARGONNA mit Hilfe eines dummen Tricks über ihre Kollegen lustig machen wollten. Der Methankrieg brachte es mit sich, dass es nicht sonderlich schwer war, sich einige Leichen zu beschaffen. Sie zurechtzuschminken, würde einem Fachmann nicht schwer fallen.

Allerdings – die Wesen in diesem Behälter wiesen keinerlei Verletzungen auf. Auf den ersten Blick wirkten sie wie lebensgroße, kunstvoll angefertigte Puppen. Bei näherem Hinsehen wurde aber deutlich, dass es sich nicht um angemalte Arkoniden handeln konnte. Die Arme waren etwas zu lang, und es gab noch einige weitere anatomische Unterschiede. Überdies waren die bronzefarbene Haut und die goldenen Haare der insgesamt zwölf unbekleideten Körper zu echt. Es bedurfte keinerlei medizinischer Kenntnisse, um festzustellen, dass drei der Leichen weiblichen Geschlechts waren. Bher schluckte unwillkürlich. Wären die drei Frauen noch am Leben gewesen, hätte jede Arkonidin im Vergleich zu ihnen sehr farblos gewirkt.

Das war die zweite Erkenntnis, die Bher zu schaffen machte. Die Fremden waren nicht nur völlig einwandfrei erhalten, sondern sie waren auch ungewöhnlich schön und in einer erschreckenden Weise *perfekt*. Die Körper waren ebenmäßig und makellos. Unter der glatten Haut zeichneten sich gut ausgebildete Muskeln ab. Die Gesichter der Männer waren scharf geschnitten und verrieten ein fast beängstigendes Maß an Persönlichkeit und Willenskraft. Die Frauen wirkten etwas sanfter und weicher. Aber auch bei ihnen hatte Bher den Eindruck, es sei zu ihren Lebzeiten sicherer gewesen, sie nicht zu Feindinnen zu haben. Sowohl die männlichen als auch die weiblichen Leichen trugen ihr Haupthaar schulter- bis hüftlang. Es glänzte, als hätte es durch den Tod dieser Wesen überhaupt nicht gelitten.

»Unglaublich«, hörte Bher neben sich eine flüsternde Stimme. Als wäre damit der Bann gebrochen, begannen nun auch die anderen, ihren Kommentar abzugeben.

»Die Leute von der BARGONNA müssen übergeschnappt sein«, behauptete einer, und ein anderer stöhnte: »Die wollen uns doch wohl nicht ein paar tiefgekühlte Barbaren als Angehörige eines uralten Volkes unterschieben. Die Kerle sind mit Sicherheit nicht länger als ein paar Pragos tot.«

Bher zuckte zusammen, als ihm bewusst wurde, dass er in seinen Gedanken sogar noch einen Schritt weiter ging. Er war instinktiv davon überzeugt, dass diese Wesen *lebten*, auf eine rätselhafte, nicht näher zu beschreibende Weise. Sie machten auf ihn den Eindruck, als lägen sie in einem sehr tiefen Schlaf, so dass es nur eines auslösenden Impulses bedurfte, sie zum Leben zu erwecken.

»Meine Herren!« Barilla, der Chef des Teams, trat energisch einen Schritt vor und hob die Hand. Das Gemurmel wurde leiser. Erst als auch die letzte Bemerkung verklungen war, sprach der alte Wissenschaftler weiter: »Ich kann Ihre Reaktionen verstehen. Mir ging es im ersten Moment ähnlich, auch ich dachte, dass es sich um einen dummen Scherz handelt. Aber gehen wir logisch vor! Unsere Kollegen auf der BARGONNA haben einen gefährliche Flug hinter sich. Sie alle wissen, wie draußen die Lage aussieht. Unter diesen Umständen dürfen wir wohl annehmen, dass ernsthafte Wissenschaftler sich nicht wie kleine Jungen aufführen. Die Ergebnisse, die sie uns haben zukommen lassen, sprechen eindeutig für ein sehr hohes Alter der Anlagen, in denen diese Körper gefunden wurden. Es wurde keine wie auch immer gearteten Konservierungseinrichtung vorgefunden; dennoch sind die Toten in keiner Weise beschädigt. Ich glaube, wir sollten daher die Diskussion darüber, ob diese Leichen echt sind, abbrechen und uns endlich unserer Arbeit zuwenden.«

Barilla hatte die Situation jetzt wieder fest im Griff und teilte verschiedene Gruppen ein. Da sowieso jeder wusste, was er zu tun hatte, funktionierte der weitere Ablauf nahezu reibungslos. Innerhalb von Zentitontas war der Inhalt der Kisten auf die verschiedenen Abteilungen des Großraumlabors verteilt. Auch Bher erhielt Arbeit zugewiesen. Er war erleichtert darüber, dass die Körper der Fremden zunächst nur äußerlichen Untersuchungen unterzogen wurden. Mit routinierten Handgriffen untersuchte er die Leiche, aber eine gewisse Scheu konnte er dennoch nicht unterdrücken.

Einige Tontas später versammelten sich die Teamchefs, um die gewonnenen Fakten miteinander zu vergleichen und die Arbeiten für den nächsten Prago zu koordinieren. Normalerweise fanden diese Besprechungen in einer ziemlich unterkühlten Atmosphäre in einem der Konferenzräume statt. Heute dagegen war die Verwirrung so groß, dass Barilla Mühe hatte, ein Schema in die Berichterstattung zu bringen, die formlos bereits auf dem Korridor begann und dort dann auch im Stehen fortgesetzt wurde.

Der Einzige der Runde, der mit dem Erfolg leidlich zufrieden sein konnte, war Karatos, der Chef der Abteilung Biologie und

Medizin. »Die Fremden gleichen vom Äußeren und in ihrer anatomischen Beschaffenheit weitgehend uns Arkoniden. Es gibt Abweichungen, aber sie scheinen relativ gering zu sein.«

»Kann es sich um die Nachkommen einer verschollenen Kolonistengruppe handeln?«, wollte Barilla wissen.

»Unwahrscheinlich«, widersprach Karatos spontan. »Die Körper sind wirklich uralt. Genaue Zahlen kann ich Ihnen erst liefern, wenn wir den ersten seziert und Organteile, vor allem aber die Knochen, ausführlichen Tests unterzogen haben. Aber eins lässt sich schon jetzt sagen: Diese Fremden waren schon Jahrzehntausende tot, als Arkon noch am Beginn der Kolonisierung fremder Planeten stand.«

»Es ist unwahrscheinlich, dass es sich um Arkonidenabkömmlinge handelt«, stimmte der Physiker Herran zu. »Eine so überragende Technik entsteht nicht spontan.« Barilla sah ihn fragend an. Herran zog unbehaglich die Schultern hoch. Auch er war schon sehr alt, hatte ein runzeliges Gesicht und einen glänzend kahlen Schädel. »Wir wissen noch nichts Genaues«, gab er seine Niederlage unumwunden zu und breitete vielsagend die Hände aus. »Aber die Angaben der Kollegen deuten auf eine Technologie hin, die in einigen Bereichen sogar die unsere zu übertreffen scheint.«

Barilla wandte sich Psorro zu, dem Außenseiter des Teams. Der Techniker war ein Genie der Praxis. Der grobschlächtig aussehende Mann mit den viel zu kleinen, hellroten Augen und den plump wirkenden Fingern hatte schon manches Problem gelöst, an dem andere fast verzweifelt waren.

»Nichts«, sagte er lakonisch.

Barilla seufzte, sah auf die Unterlagen und stellte fest, dass es in der Tat schlecht stand. Die Geräte der Fremden waren fremd und unverständlich. Man hatte noch nicht einmal herausbekommen, nach welchem Prinzip sie arbeiteten, geschweige denn welchem Zweck sie dienten. Dabei brannte ihnen die Zeit unter den Nägeln. Amarkavor Heng wartete auf Ergebnisse. Und er konnte sehr ungeduldig werden, verlief etwas nicht nach seinen Vorstellungen.

»Was nun?« Der alte Wissenschaftler wusste, dass niemand ihm auf diese Frage eine Antwort geben konnte. Sie würden weiterforschen und hoffen, dass sie morgen mehr Glück hatten.

»Eins der Geräte sieht aus, als sei es eine Waffe«, sagte Psorro zu seiner Überraschung. »Ich kann nicht genau sagen, wie ich auf diese Idee komme, aber vielleicht …«

Er sprach nicht weiter, aber Barilla hatte verstanden. Eine Waffe! Das war die Rettung! Hastig wollte er wissen: »Aussicht, sie in Betrieb zu setzen?«

Psorro zuckte die Achseln. »Wenn wir lange genug probieren, passiert bestimmt etwas. Aber ich würde einen solchen Versuch niemals hier im Labor oder überhaupt auf Enorketron wagen.«

Barilla nickte zufrieden. Er wusste jetzt, was er Amarkavor Heng sagen konnte, wenn er ihm Bericht erstattete.

Der Mascant war verwirrt und beunruhigt. Die Suche nach der Gefahr, die Ütr'ang zum Selbstmord getrieben hatte, war vergeblich verlaufen. Gerade dieser Umstand steigerte jedoch seine Angst. Mühsam versuchte er, sich auf andere Dinge zu konzentrieren. Dazu gehörte, dass eine Meldung eingegangen war. Sie stammte von Sonnenträgerin Zaroia da Kentigmilan, die dringend empfahl, einen jungen Mann namens Vregh Brathon zu überprüfen, der mit einer persönlichen Nachricht der Frau unterwegs nach Enorketron war. Heng warf einen Blick auf die Fotografie, die der Hyperfunknachricht beilag, und runzelte nachdenklich die Stirn. Er war sich sicher, dass er diesen Brathon nie zuvor gesehen hatte. Dennoch erinnerte ihn das Bild an jemanden. Er durchforschte seine Erinnerung, kam jedoch nicht darauf, mit wem der junge Arkonide Ähnlichkeit hatte, und legte das Bild unschlüssig zur Seite. Das Gefühl einer nahenden Gefahr betäubte ihn fast. Er fühlte sich unfähig, klar und folgerichtig zu denken.

»Ich muss mich ablenken.« Er hatte es sich infolge seiner Einsamkeit angewöhnt, halblaut Selbstgespräche zu führen. Manchmal verbrachte er Tontas damit, mit Personen scharf zu diskutieren, die nur in seiner Einbildung anwesend waren. Solche Gespräche taten ihm gut und halfen, die ständige Spannung zu bewältigen, in der er lebte.

Er befahl einen der Roboter herbei und erteilte ihm den Befehl, eine Verbindung zur Zentrale des Geheimdienstes herzustellen. Zufrieden beobachtete er, wie die Maschine die nötigen Schaltungen vornahm. Der Anblick des mechanischen Dieners gab ihm einen Teil seiner Ruhe zurück. Wenn er sich auf niemanden mehr verlassen konnte – diese Gestalten aus unbelebter Materie würden jeden seiner Befehle befolgen. Er erteilte den Befehl, Vregh Brathon zu verhören, und beschloss dann, sich endlich wieder um die geheimnisvolle Fracht zu kümmern, die die BARGONNA nach Enorketron gebracht hatte. An den jungen Arkoniden verschwendete er keinen Gedanken mehr. Er war bei Kiran Thas' Leuten bestens aufgehoben.

Heng glaubte ohnehin nicht, dass Brathon eine schwerwiegende Bedeutung zukam. Wahrscheinlich wollte Zaroia da Kentigmilan sich nur wichtig machen. Er hasste sie und ihresgleichen. Andererseits durfte er diese Hochedlen nicht verärgern. Die Roboter waren ihm weitaus lieber als alle Adligen von Arkon zusammengenommen – sie kamen wenigstens nicht darauf, sich gegen ihn zu verschwören. Nur am Rande seines Wachbewusstseins blitzte kurz die Erinnerung an *den Prago* auf, als er noch Vere'athor der PERKANOR gewesen war und …

Eine Schaltung brachte unterdessen alles das auf die Bildschirme, was Spionaugen Tontas zuvor aus den Labors auf Sohle dreiundzwanzig übertragen hatten. Heng sah die Leichen der Fremden, eine große Anzahl seltsamer Geräte, Wissenschaftler, die Versuche anstellten. Das Bild stimmte ihn friedlich. Zumindest in dieser Abteilung wurde gearbeitet. Sein Stimmungsbarometer sank indessen schnell wieder, als er feststellte, dass von der anschließend stattgefundenen Besprechung der Experten keine Aufzeichnung existierte. Trotz aller Bemühungen wies das Überwachungssystem immer noch Lücken auf. Er musste das unbedingt ändern, sollte er seine Herrschaft über das Trantagossa-System nicht eines Tages durch eine plötzliche Revolte verlieren.

Aber es war gar nicht so einfach, das Netz noch besser und dichter auszubauen. Schon jetzt beanspruchte er einen größeren Teil der positronischen Speicher für seine privaten Zwecke, als eigentlich zulässig oder vertretbar war. Etliche Leute, die deswegen misstrauisch geworden waren, hatte er in den sicheren Tod schicken müssen. Weitere Aktionen dieser Art würden noch mehr böses Blut schaffen und irgendwann sogar Orbanaschols Aufmerksamkeit erregen. Heng verfluchte längst den Prago, an dem er sich der Verschwörung angeschlossen hatte. Er hatte sich Reichtum, Macht und eine glänzende Karriere versprochen. Nur aus Ehrgeiz hatte er Orbanaschol geholfen, sich Gonozals VII. zu entledigen. Und was war der Dank dafür?

Er war hierher versetzt worden, in diesen Stützpunkt in den Weiten der Öden Insel fernab von Thantur-Lok und dem Arkonsystem, wo täglich Tausende von Verrätern auf ihn lauerten. Überall waren die Agenten, die nach seinem Blut lechzten. Orbanaschol tat nichts, um den einstigen Freund zu schützen und ihm den Rücken zu stärken. Der persönliche Kontakt zum Imperator war längst abgerissen. Manchmal fürchtete Heng, dass Orbanaschol selbst die Mörder auf ihn hetzte, um einen lästigen Mitwisser loszuwerden.

Gewaltsam unterdrückte er die Angst, die in ihm hochstieg und ihm die Kehle zuschnürte. Längst war ihm klar geworden, dass er in seinem ganzen Leben keine Ruhe mehr finden würde. Die Rächer Gonozals jagten ihn, davon war er überzeugt – das Schicksal des Blinden Sofgart war eine deutliche Warnung gewesen. Sein Tod war medienwirksam publik gemacht worden. Die Vorbereitungen mussten eine logistische Meisterleistung gewesen sein – aber es war den Unbekannten gelungen, den konservierten Leichnam bis ins Arkonsystem nach Arkon II zu schaffen und so zu »platzieren«, dass am 24. Prago des Messon die Sensationsmeldung verbreitet wurde, ehe Orbanaschol oder die Geheimdienste es hatten verhindern können.

Und diese Leutewaren nicht die Einzigen, die Heng nach dem Leben trachteten. Der Imperator mit seinen neuen Freunden verfolgte zweifellos das gleiche Ziel. Der Mascant stand zwischen den Fronten. Eines Tages würde er nicht mehr die Kraft haben, sich gegen so viele Feinde gleichzeitig zur Wehr zu setzen. Aber vielleicht gab es ein Mittel, wenigstens Orbanaschol wieder gnädig zu stimmen. Wenn es ihm gelang, dem Imperator neue, bessere Waffen zu liefern, würde der ihm vielleicht auch die dringend benötigte Hilfe schicken oder ihn gar wieder seines Wohlwollens versichern …

Heng stellte entschlossen die Verbindung zu Barilla her. Was er zu hören bekam, rief neue Hoffnung wach. Ohne Bedenken erteilte er dem Chef des Forschungsteams die Genehmigung, groß angelegte Versuche im Weltraum zu starten, gab ihm die nötigen Vollmachten und lehnte sich dann müde zurück. Zum ersten Mal seit dem Tode Ütr'angs fühlte er sich wieder halbwegs beruhigt. Verliefen die Versuche günstig … Er schloss die Augen und versank unversehens in äußerst angenehmen Träumen.

10.

Aus: *Die Methans – Hintergründe, Fakten, Auswertungen*, hier: *Die Methankriege der Arkoniden; Kap. 1 – Iskolart-Schmach*, Felted Kilznew Agema. In: *The Cambridge History of Mankind*; Cambridge, Terra, 2994

… gibt es auch in den Archiven auf Arkon eine Reihe unterschiedlicher Angaben und Versionen. Manchmal kamen die Verantwortlichen nicht mehr dazu, ihre Berichte einzureichen, während woanders Fehler, die von den adligen Schiffsoffizieren gemacht wurden, geschönt wurden oder gar unter den Tisch fielen. In den Votanii der ersten heißen Kriegsphase kam es im Tai Ark'Tussan und den Grenzgebieten zu wiederholten Auseinandersetzungen mit den zunächst fremden Walzenraumern. Nicht nur die Methans hatten Verluste zu beklagen, sondern auch die auf Einzelaktionen versessenen Arkoniden. Oft fanden die später ausgesandten Suchkommandos nur noch ein ausgeglühtes Wrack, falls sie überhaupt etwas vorfanden. Andere Berichte und Informationen gingen schlichtweg in der Datenflut unter, die auf das arkonidische Flottenkommando einströmte.

Als gesichert gilt jedoch, dass es am 20. Prago des Tedar 10.457 da Ark zu einem Aufeinandertreffen zwischen einem arkonidischen Kreuzer und einigen Einheiten der den Arkoniden bis dahin noch unbekannten Wasserstoffatmer kam. Der Leichte Kreuzer FALTRAN war unter dem Befehl von Mondträger Aktron unterwegs, um nahe den Iskolart-Dunkelwolken die Sonnensysteme zu erkunden. Während dieses Patrouillenflugs wurden mehrere Schiffe mit bislang unbekannter Formgebung geortet. Die ersten Funksprüche, die von der FALTRAN ausgingen, wurden von den Walzenschiffen nicht beantwortet. Nach den heutigen Erkenntnissen braucht man sich über die Reaktion der Wasserstoffatmer nicht zu wundem; ein hochnäsiger und arroganter Arkonide – da kann man sich lebhaft vorstellen, wie der abgesetzte Funkspruch lautete.

Die Ortung meldete kurz darauf, dass in den Walzen die Energieanlagen hochgefahren wurden. Das dann folgende Feuergefecht führte dazu, dass von den drei unbekannten Schiffen zwei durch gut gezielte Salven komplett vernichtet wurden, während das dritte stark beschädigt wurde. Eiligst wurde eine Entermannschaft zusammengestellt, die den Raumer untersuchen sollte. Die ersten Erkenntnisse, die hinübergefunkt wurden, besagten, dass die Insassen ein Gemisch aus Wasserstoff, Ammoniak und Methan atmen mussten. Aus diesen Stoffen setzte sich jedenfalls die »Luft« an Bord des fremden Raumers zusammen. Überlebende hatte es nicht gegeben.

Die Walzenraumer weckten die Aufmerksamkeit der übergeordneten arkonidischen Flottenstelle, immerhin befand sich das Iskolart-System in den gleichnamigen Dunkelwolken im unsicheren Randgebiet des Tai Ark'Tussan, hatte aber wegen der an Hyperkristallfundstätten reichen Monde der Gasriesen eine wirtschaftlich und strategisch nicht zu unterschätzende Bedeutung. Es dauerte folglich nur zwei Pragos, bis am 22. Prago des Tedar ein Spezialkommando eintraf. Diese Spezialisten hatten es auf die Datenbestände und die Leichen an Bord des unbekannten Raumers abgesehen. Zwar konnten sie nur noch einen Teil des Datenmaterials bergen, doch reichte das aus. Die spärlichen Angaben versetzten die arkonidischen Flottenkommandeure in die Lage, das Sonnensystem, von dem aus die Unbekannten gestartet waren und auf dem sich somit ein Flottenstützpunkt oder eine Kolonie befinden musste, ausfindig zu machen.

Flug nach Enorketron: 1. Prago der Prikur 10.498 da Ark

Ich fühlte mich alles andere als wohl in meiner Haut. Die Besatzung des kleinen Raumschiffs war sich zweifellos nicht einig darüber, wie man mich behandeln sollte. Sie wussten buchstäblich nichts. Einerseits war ich in gewisser Weise ein Gefangener, andererseits hatte sich herumgesprochen, dass Zaroia mich mit »besonderer Aufmerksamkeit« behandelt hatte. Deshalb wagten die Männer es nicht, mich einfach einzusperren. Sie durften mir jedoch aus Sicherheitsgründen nicht den freien Zutritt zu allen Räumen gestatten. So hatten sie eine Kompromisslösung gefunden, mit der auch ich einverstanden war: Ich durfte die kleine Kabine nicht verlassen, konnte jedoch über den Bildschirm der internen Kommunikationsanlage alle Vorgänge verfolgen.

Ich legte gar keinen besonderen Wert darauf, ungehindert herumzuspazieren. Erstens hätte ich nichts unternehmen können, um meine Lage zu verbessern, zweitens schwelte in mir die Angst, erkannt zu werden. Obwohl es sich bei der Besatzung um Raumsoldaten handelte, die seit Jahren keinen Landurlaub mehr gehabt haben mochten, bestand immer die Gefahr, dass mich jemand doch entlarvte.

Orbanaschol III. hatte dafür gesorgt, dass mein Bild verbreitet wurde. Zum Glück war das Tai Ark'Tussan zu gewaltig, die Bedrohung durch die Methans zu aktuell und die Zahl der von der Orbanaschol-Clique aus eher unwichtigen Gründen Gesuchten viel zu groß, als dass ausgerechnet ich noch besondere Aufmerksamkeit hervorgerufen hätte. Denn wohlweislich hatte der Brudermörder der Öffentlichkeit natürlich verschwiegen, dass es sich bei mir um den Kristallprinzen des Reiches handelte, den rechtmäßigen Thronerben von Arkon. Nicht einmal Zaroia da Kentigmilan hatte mich erkannt – hoffte ich.

Der Kristallprinz lebt. Bring mir seinen Kopf! – So hatte die Anweisung an den Blinden Sofgart und seine Kralasenen wie auch die vertrauenswürdigen Geheimdienstmitarbeiter gelautet.

Sofgart war inzwischen tot, aber die übrigen Mörder meines Vaters lebten. Einer war der Kommandeur und Sonnenkur des Trantagossa-Systems. Mein Auftritt vor den Medien, damals am 24. Prago des Messon 10.497 da Ark auf Largamenia nach der erfolgreichen Aktivierung meines Extrasinns, war zweifellos längst in Vergessenheit geraten. Zwar mochten einige Milliarden Personen die plötzlich unterbrochene Sendung gesehen haben, aber die vorgelegten Beweise zählten wenig, weil Mascant Offantur höchstpersönlich, der Chef der ebenso gehassten wie gefürchteten *Tu-Gol-Cel*, meine Eröffnungen als Lüge abgestritten und mich als Schwindler hingestellt sowie die Beweise für gefälscht erklärt hatte.

Mehr noch als die Mitglieder des normalen TRC-Geheimdienstes waren die Männer der TGC in ihren dunkelroten Uniformen berühmt und berüchtigt für ihr skrupelloses Verhalten und ihre technisch perfektionierten Verhörmethoden. Seit Orbanaschol III. an der Macht war, hatte die TGC erhebliche Vollmachten erhalten. Das Akronym von *Tussan Goldan Celis* stand frei übersetzt für »die wachen Augen des Imperiums«, bezogen auf das aus den Heroen-Sagas überlieferte Ungeheuer Goldan mit seinen Hunderten überaus scharfsichtigen Augen. Meinen Oheim Orbanaschol verachtete ich abgrundtief und wünschte ihm den verdienten Tod, aber für Offantur, diese Bestie in Arkonidengestalt, empfand ich unstillbaren Hass. Orbanaschol hätte kein willführigeres Werkzeug finden können als ihn, den Beherrscher der »Politischen Geheimpolizei des Imperators«.

Wenn einer der Soldaten an Bord oder auf Enorketron Verbindungen zur Geheimpolizei hatte, war er meinem Konterfei vermutlich schon einmal begegnet. Hätte wenigstens die leiseste Aussicht bestanden, diese vertrackte Situation gleich hier und jetzt zu ändern … Aber ich war unbewaffnet und hatte keinerlei Ausrüstung mehr. Man hatte mir eine einfache Bordkombination ohne jedes Rangzeichen gegeben. Das Halfter am Gürtel, in dem normalerweise der Kombistrahler steckte, war leer. Die Tür zu meiner Kabine war verschlossen. Aber das alles hätte mich von einem Ausbruchsversuch nicht abgehalten. Der Grund dafür, dass ich widerstandslos den kommenden Ereignissen entgegensehen musste, war das, was sich auf dem Bildschirm abzeichnete.

Wir flogen tiefer ins Trantagossa-System hinein. Gerade war auf dem Bildschirm eine Raumplattform sichtbar geworden. Die drohenden Geschützmündungen waren in den Raum gerichtet – die Mannschaften, die dort Dienst taten, waren auf schnellstes Handeln trainiert. Diese Plattform war nicht das einzige Hindernis. Es gab viele dieser gigantischen, waffenstarrenden Wach- und Verteidigungsstationen. Darüber hinaus existierte ein dichtes Netz von Beobachtungssatelliten und Relaisstationen, deren Hauptaufgabe es war, jeden Angriff sofort zu erkennen. Selbstverständlich dienten viele dieser Stationen noch anderen Zwecken. Einige waren als Reparaturdocks ausgebaut, andere boten ganzen Werften Platz, wieder andere enthielten Spitalstationen für schwer Verletzte, die nicht sofort weitertransportiert werden konnten. Aber in erster Linie handelte es sich um Verteidigungsanlagen.

Trantagossa war gemeinsam mit den Hauptflottenstützpunkten Amozalan und Calukoma eins der Nervenzentren des Großen Imperiums. Unter anderen Umständen wäre ich stolz auf dieses System gewesen, denn die arkonidische Technik hatte wirklich Erstaunliches geleistet.

Zwölf Planeten umkreisten die gelbe Sonne. Alle waren sie mehr oder weniger komplett ausgebaut. Ob es sich nun um die äußeren Eisklumpen handelte, um den Gasriesen, der weiter innen seine Bahn zog, um den innersten Planeten, der eher einem ausgeglühten Mond glich, oder um die vergleichsweise freundliche Welt

Enorketron, die von zentraler Bedeutung für das System war – sie waren genau aufeinander abgestimmte Teile einer gewaltigen Kriegsmaschinerie. Hätte man die Hyperfunkwellen sichtbar machen können, die dieses System durcheilten, hätte sich der Raum des ganzen Systems als ein einziges Gewirr von Lichtfäden dargestellt. Auf Enorketron lief alles zusammen. Rund ein Drittel der riesigen Raumflotte, die das Große Imperium im Bereich der Hauptebene der Öden Insel gegen die Maahks aufbot, wurde von Trantagossa aus dirigiert. In diesem Sektor standen, wie ich wusste, dreißigtausend Einheiten aller Größen. Eineinhalb Milliarden Arkoniden lebten ständig in diesem System. Hinzu kamen die Besatzungen der Raumschiffe.

Die positronischen Anlagen auf Enorketron hatten gigantische Ausmaße angenommen. Die Vielzahl der Meldungen, die auf diesem Planeten innerhalb nur einer Tonta einliefen, hätte kein noch so genialer Stratege übersehen können. Viele der Befehle, die das Trantagossa-System verließen, entsprangen nicht dem Gehirn eines Arkoniden, sondern stellten das Ergebnis vielfältiger Berechnungen dar. Anders ließen sich die über einen weiten Raum verteilten Flottenverbände gar nicht mehr koordinieren.

Ein verrückter Gedanke durchzuckte mich: Wenn die Technik in dieser Richtung unaufhaltsam fortschritt, würden dann nicht eines Tages die Arkoniden selbst völlig überflüssig werden? Für Augenblicke stand ein grauenhaftes Bild vor meinen Augen. Raumschiffe durcheilten das Weltall, versehen mit ultimaten Waffen, bemannt von seelenlosen Maschinen, während die Arkoniden unter der Schirmherrschaft der KSOL-Gehirne nur noch ein faules Schmarotzerleben führten. Ich verscheuchte die unangenehme Vorstellung energisch. Noch war es nicht so weit. Trotz der ausgefeilten Technik waren die Maschinen nur unsere Diener.

Die Kommandeure der drei Hauptstützpunktsysteme verfügten über eine ungeheure Machtfülle. Ein Fingerschnippen von ihnen genügte, um ganze Planeten zum Untergang zu verurteilen. Und das brachte mich zu meinem ganz persönlichen Problem zurück. Der Herrscher über Trantagossa war Amarkavor Heng. Der Hass, den die bloße Nennung dieses Namens in mir ausgelöst hatte, drohte mich bedenkenlos vorwärts zu treiben. Hätte ich mich meinen Gefühlen überlassen, wäre ich nach der Landung blindlings losgestürmt, um die Rache zu vollziehen.

Auch ein Weg, Selbstmord zu begehen.

Ich ignorierte die Bemerkung meines Extrasinns, wusste selbst, wie schlecht meine Position war, und dachte: *Es gibt drei Möglichkeiten.*

Die erste hieß: Flucht. Es war ausgeschlossen, sich jetzt des Beiboots zu bemächtigen und damit dieses System zu verlassen. Sobald das Schiff ohne offizielle Genehmigung den Kurs änderte, würden es die gewaltigen Geschütze in eine verwehende Glutwolke verwandeln. Falls ich überhaupt eine Chance zum Entkommen hatte, lag sie auf Enorketron selbst. Bevor ich mich dort jedoch an Bord eines Raumschiffs schmuggeln konnte, das das Trantagossa-System verließ, musste ich zunächst der Überwachung entkommen.

Die zweite Möglichkeit: Ich wurde sofort nach der Landung dem Mascanten vorgeführt – und er erkannte mich nicht. In diesem Falle blieb mir eventuell ein Weg, den Tod meines Vaters zu rächen. Was danach kam, mochten die Götter wissen. Ich vertraute aber darauf, dass mir immer noch etwas einfallen würde.

Die dritte Möglichkeit: Heng erkannte mich. Und da boten sich die wenigsten Unsicherheiten. Die Frage war höchstens, ob er mich gleich töten ließ oder ob er mich an Orbanaschol auslieferte.

Meine Lage war also ziemlich unerfreulich. Zudem schützte mich derzeit nicht einmal die simpelste Biomaske vor der Entlarvung. Der inzwischen gewachsene Vollbart war als Tarnung nicht der Rede wert. Hilfe hatte ich ebenfalls nicht zu erwarten. Fartuloon konnte unmöglich wissen, wo ich mich befand. Die Ränke des varganischen Henkers, der Transmittertransport zur Welt des wahnsinnigen Kyriliane-Sehers, die Maahks, in deren Gefangenschaft ich geraten war – das alles hatte meine Spur verwischt. Irgendwie musste ich dem Bauchaufschneider ein Zeichen zukommen lassen. Aber wie? Gelang es mir, Heng zu töten, wäre das für die Mitstreiter auf Kraumon ein deutliches Signal gewesen …

Das ist im Augenblick unwichtig, wies mich der Extrasinn zurecht. *Erst muss es sich erweisen, was man auf Enorketron mit dir vorhat.*

Ich nickte deprimiert. Es hatte alles keinen Sinn. Nur die Zukunft konnte zeigen, ob es mir gelang, diese Falle lebend zu verlassen. Mein fotografisches Gedächtnis hatte zwar einige Namen von verdeckt arbeitenden Mitstreitern im Trantagossa-System geliefert, doch es würde mehr als schwer werden, mit diesen Kontakt aufzunehmen. Überdies stellte sich die Frage, ob ich ihre Tarnidentitäten gefährden durfte: Was wog mehr – langfristig sichergestellte Informationen oder der möglicherweise von vornherein zum Scheitern verurteilte Versuch, mir die Flucht zu ermöglichen? Denn um mir zu helfen, mussten sie ihre bisherige Rolle aufgeben. *Und es ist nicht mal sicher, ob sie mir überhaupt helfen können. Sie werden es natürlich versuchen. Aber dann?*

Ich seufzte. Wenig später tauchte ein Planet auf dem Bildschirm auf. Da wir ihn direkt ansteuerten, nahm ich an, dass es sich um Enorketron handelte. Ich sah die vielen Raumschiffe, die wie Schwärme von metallisch glänzenden Fischen über der Atmosphäre ihre Bahn zogen, und wieder einmal stieg tiefe Mutlosigkeit in mir auf. *Ich stolpere von einer Schwierigkeit in die nächste, ohne meinem Ziel näher zu kommen.*

Du bist selbst daran schuld, teilte der Logiksektor herzlos mit. *Viele dieser Abenteuer waren völlig überflüssig.*

Ich verzog das Gesicht und konzentrierte mich auf die wechselnden Bilder. Wir landeten auf einem Raumhafen, der sich fast von Horizont zu Horizont erstreckte. Zwischen den Landefeldern ragten Kuppeln auf, durch deren Tore die subplanetarischen Anlagen erreicht wurden. Auf Enorketron herrschte Hochbetrieb. Pausenlos stiegen Raumschiffe auf, Robotkommandos marschierten zwischen den Kuppeln. Gleiter rasten durch die Luft, Transporter brachten Ausrüstungen, Soldaten und Ersatzteile zu den wartenden Schiffen. Unser Beiboot erregte keine Aufmerksamkeit. Ich hörte über die Lautsprecher die Unterhaltung des Piloten mit einem Hafenbeamten und stellte fest, dass mich die Besatzung zweifellos möglichst schnell loswerden wollte. Aber bei dem hier herrschenden Betrieb war es kein Wunder, dass es doch eine ganze Weile dauerte, bis der Pilot sein Ziel erreichte.

»Wir schicken einen Gleiter«, versprach der Landefeldbeamte schließlich, nachdem sich der Pilot energisch auf die Befehle von Sonnenträgerin Zaroia da Kentigmilan berufen hatte.

Kurz darauf schoss ein Fahrzeug aus dem Tor der nächstgelegenen Kuppel und raste heran. Die Männer, die mich im Gleiter abholten, wirkten nervös und überlastet. Vermutlich hielten sie es für Zeitverschwendung, sich mit einem einzelnen Mann befassen zu müssen. Ich konnte es ihnen nicht verdenken. Bisher hatte ich nicht viel von dem Krieg gegen die Methans mitbekommen. Erst hier wurde mir das ganze Ausmaß der Auseinandersetzung richtig bewusst – selbst erleben war nun mal etwas anderes als aufgebauschte Trivid-Propaganda oder sterile und trockene Berichte unserer Informanten.

Die Fahrt war nur kurz, der Gleiter stoppte in einer Halle. Ich wurde ziemlich unhöflich aus dem Fahrzeug hinauskomplimentiert und einem bewaffneten Wachtposten übergeben, der mich wiederum bei seinem Vorgesetzten ablieferte. Ich hörte mir die Meldung an, die der Posten abgab, sah das Gesicht des Offiziers hinter dem mit Folien voll gepackten Tisch düster werden und ahnte, dass ich schlimmen Zeiten entgegenging. Der Name »Kentigmilan« hatte Gewicht, denn trotz seiner vielen Arbeit gab der Orbton die Meldung sofort weiter. Die Art, wie er das tat, sagte mir, dass er mit einer Dienststelle sprach, die ihm zwar übergeordnet war, aber ebenfalls nicht an der Spitze der hiesigen Organisation stand.

Geheimdienst! Eine Nebenstelle, die die Nachricht aufnimmt und weiterleitet. Es wird eine Weile dauern, bis alle Instanzen durchlaufen sind. Ich wusste, dass ich mich auf die lautlose Stimme des bei der ARK SUMMIA aktivierten Gehirnteiles verlassen konnte. Dort wurden Kleinigkeiten, die mir persönlich oft kaum auffielen, verarbeitet und ohne mein Zutun in einen logischen Zusammenhang gebracht.

Auf jeden Fall bedeutete die Auswertung, dass mir eine Galgenfrist blieb. Ich wurde zumindest nicht gleich zum Mascanten gebracht. Es schien sogar, als messe man mir nur wenig Bedeutung bei. Hätte mich nicht ausgerechnet Sonnenträgerin Zaroia mit der Überbringung der mir unbekannten persönlichen Botschaft beauftragt – deutlich spürte ich den kleinen Speicherkristall in der Brusttasche –, wäre ich wohl ohne weitere Umstände irgendwohin abgeschoben worden. Ich war mir inzwischen völlig sicher, dass die Frau auch den Befehl gegeben hatte, mich gründlich zu überprüfen – alleine schon, weil sie selbst herausfinden wollte, wer ich wirklich war.

Der Offizier beendete das Gespräch mit einer nur sparsam angedeuteten Ehrenbezeigung, dann drückte er auf einen Knopf. Er hatte bis jetzt noch kein Wort mit mir gesprochen. Während ich dastand und wartete, arbeitete er ungerührt weiter, kanzelte ein paar Leute ab, die offensichtlich notwendige Reparaturarbeiten nicht so schnell ausführten, wie er es wünschte, wühlte in den Folien und bot alles in allem den Anblick eines mit Arbeit total überhäuften Mannes. Endlich öffnete sich hinter mir eine Tür. Ich drehte mich um und sah einen jungen Mann von fast zwergenhafter Statur.

»Bring ihn nach Nummer zwölf!«, befahl der Offizier, ohne aufzublicken.

Der Zwergenhafte hielt die Tür auf und wandte sich mir mit einer spöttischen Geste zu. »Darf ich bitten?«

Ich folgte ihm schweigend. Wir passierten eine Gruppe von Arbeitsrobotern, die Kisten mit Ersatzteilen aufeinander stapelten. Der Hangar war bis auf den letzten Platz besetzt. Die Beiboote, die hier für ihren nächsten Start vorbereitet wurden, waren nicht eigentlich reparaturbedürftig. Sie wurden lediglich einer kurzen Überprüfung unterzogen. Verschleißteile einfacherer Bauweise wurden gleich ausgewechselt. Ich sah mich unauffällig um und stellte fest, dass die Beiboote kaum bewacht wurden; die Luken standen offen. Zwar wimmelte es von Robotern und Technikern, aber diese Leute waren unbewaffnet, und von den Robotern hatte ich ohnehin nichts zu befürchten. Sie folgten stur ihrer Programmierung. Eins der kleinen Raumschiffe wirkte äußerst verlockend. Es war fast neuwertig – jedenfalls wirkte es von außen so –, und ich überlegte, ob ich nicht die günstige Gelegenheit nutzen sollte. Mein Begleiter schien mir kein großes Hindernis zu sein …

Du würdest niemals ohne Starterlaubnis über die Atmosphäre hinauskommen, warnte der Extrasinn. *Es ist sinnlos.*

Das war mir klar. Aber vielleicht bot sich eine Chance, einen anderen Teil des Stützpunktplaneten anzufliegen und so meine Spur zu verwischen.

Auch für die Landung brauchst du eine Genehmigung. Und die würdest du zwar vermutlich bekommen, aber damit hättest du den Geheimdienst umgehend wieder im Nacken, weil du dich nicht korrekt ausweisen kannst. Hier gibt es keine abgelegenen Gegenden und verlassenen Gebirge, in denen du dich vorübergehend verstecken könntest.

Ich wusste, dass alles stimmte, und ließ den Gedanken an eine sofortige Flucht fallen. Wir durchquerten die riesige Halle und erreichten auf der gegenüberliegenden Seite eine Tür, die der

Zwerg mit Hilfe eines Impulsschlüssels öffnete. Er war sehr schweigsam. Zu gern hätte ich gewusst, was mich auf »Nummer zwölf« erwartete. Führte man mich in ein Gefängnis? Die Tür öffnete sich, vor mir lag ein kurzer und zudem schlecht beleuchteter Gang. Meine Befürchtung schien zuzutreffen. Arrestzellen waren selten komfortabel ausgestattet. Vor einer seitlichen Tür stand ein Wachtposten, der uns missbilligend entgegenblickte. Ich ahnte, dass sich der Mann schrecklich langweilte, denn ich sah weit und breit nichts, was eine Bewachung gerechtfertigt hätte.

»Dieser Mann soll hier warten«, sagte mein Begleiter.

»Worauf?«, kam die knurrige Reaktion.

Der Zwerg zuckte die Achseln und murmelte lakonisch: »Befehl vom Chef.«

Der Wachtposten brummte verächtlich und gab den Eingang frei. »Na, dann mal rein.«

Ich trat durch die Tür – und hielt unwillkürlich die Luft an. Eine Welle von Gestank schlug mir entgegen. Dazu kam ein unbeschreiblicher Lärm. In das Gewirr unzähliger Stimmen mischte sich lautes Schreien. Irgendwo sang jemand. Ein Mann hockte wenige Meter entfernt auf dem Boden, starrte vor sich hin und kicherte in regelmäßigen Abständen ohne jeden erkennbaren Grund. Ich bekam einen Stoß in den Rücken und taumelte vorwärts, direkt in das Chaos hinein, während sich hinter mir die Tür mit einem dumpfen Laut schloss. Verwirrt sah ich mich um.

Mindestens hundert Männer mussten in diesem Raum untergebracht sein. Viele von ihnen wiesen Verletzungen auf. Ein noch größerer Teil war zwar unverwundet, zeigte jedoch durch allerlei seltsame Verhaltensweisen das Vorhandensein schwerer psychischer Defekte. Ein Lager für Kranke? Raumsoldaten mit posttraumatischem Stress-Syndrom? Aber es waren weder Betten noch Bauchaufschneider oder auch nur Medoroboter zu sehen. Ich entdeckte einen freien Platz in der Nähe der Tür und setzte mich auf den kahlen Boden. Die Zustände an diesem Ort verwirrten mich. Es schien keinen anderen Ausgang zu geben als die Tür, durch die ich eingetreten war. Es blieb mir also nichts anderes übrig, als zu warten.

Ein Mann, der in der Nähe saß, erhob sich schwerfällig, kam zu mir herübergeschlendert und blieb bei mir stehen. »Neu hier?« Ich nickte, er setzte sich neben mich. »Der nächste Transport geht bald ab. Warum hast du keine Plakette? Ohne das Ding nehmen sie dich niemals mit.«

Erst jetzt bemerkte ich, dass alle anderen Männer farbige Abzeichen an ihren Kombinationen trugen. »Blau für Knochenbrüche, Rot für sonstige Verletzungen, Gelb für die Verrückten«, sagte mein Nachbar lakonisch. »Wozu gehörst du?«

Ich begriff schlagartig. Es war tatsächlich ein Wartesaal. Die leichten Krankheitsfälle wurden hierher gebracht, nachdem sie einer ersten Untersuchung unterzogen worden waren. Mir war zwar nicht klar, warum diese Männer nicht gleich in einem Lazarett abgeliefert wurden, aber das erschien jetzt erst einmal nebensächlich. Tatsache war, dass sich mir eine wunderbare Möglichkeit bot, unauffällig das Hangargelände zu verlassen. Voraussetzung dafür war allerdings, dass ich eine dieser Plaketten bekam. Da ich weder einen Knochen gebrochen hatte noch sonst eine Verletzung aufwies, blieb mir nur ein gelbes Abzeichen. Blitzschnell überlegte ich, dass die hier versammelten Kranken wahrscheinlich vor ihrer Einweisung in ein Lazarett noch einmal gründlich untersucht wurden. Stellte ich mich geschickt an, konnte ich in wenigen Tontas frei sein.

»Ich bin gesund«, sagte ich.

Mein neuer Bekannter lachte spöttisch auf. »Das sagen die anderen auch.«

Ich verbuchte den ersten Pluspunkt, da er mich erwartungsgemäß als geistig nicht voll zurechnungsfähig einstufte. Die Frage war nur, ob er mir auch bei der Beschaffung einer Plakette helfen konnte. »Aber bei mir stimmt alles«, erwiderte ich mit gespielter Empörung. »Sonst hätte ich doch auch so ein Abzeichen bekommen.«

Er grinste friedlich. Ich sah, dass er eine rote Plakette trug. Als er die Beine ausstreckte, wurde ersichtlich, warum. Die rechte Wade war blutverkrustet. Unter der transparenten Hülle eines aufgesprühten Verbandes zeichnete sich eine lange, vermutlich auch sehr tiefe Wunde ab.

»Armer Kerl. Ich weiß wenigstens, was mir fehlt. Muss ein scheußliches Gefühl sein ...« Ich gab keine Antwort, sondern starrte stur gegen die graue Wand. Er seufzte schwer. »Weißt du«, sagte er nach längerem Schweigen. »du bist mir sympathisch. Weiß selbst nicht, warum. Aber es geht mir einfach gegen den Strich, wenn einer wie du hier hängen bleibt, nur weil einer von den Dummköpfen da draußen vergessen hat, dir ein Abzeichen zu verpassen. Warte auf mich. Rühr dich nicht von der Stelle, hast du verstanden?«

Ich nickte zufrieden. Dem Mann fiel das Gehen sichtlich nicht gerade leicht. Dennoch bahnte er sich einen Weg durch eine diskutierende Gruppe von Soldaten, die alle an irgendeinem Teil ihres Körpers provisorische Verbände trugen, und erreichte die gegenüberliegende Wand. Ich sah, wie er in die Hocke ging und mit irgendjemandem redete. Kurz darauf kam er zurück und überreichte mir ein gelbes Abzeichen. »Da!«

»Aber ich bin nicht übergeschnappt«, protestierte ich schnell. »Ich soll hier nur warten.«

»Natürlich«, stimmte er freundlich zu. »Nur – da hat dich jemand versehentlich durch die falsche Tür geschickt. Hier kommst du ohne die Plakette nicht wieder hinaus. Wenn man merkt, dass du ohne so ein Ding herumläufst, schickt man dich noch mal zum Bauchaufschneider. Du hast doch schon eine Untersuchung hinter dir. War unangenehm, nicht wahr?«

Ich bejahte, ohne zu wissen, wovon er eigentlich sprach.

»Na also. Hast du das Abzeichen, kommt du mit dem nächsten Transport zum Lazarett. Da wirst du zwar auch noch mal untersucht, aber von einem Diagnoseroboter; das ist nicht schlimm. Der stellt dann fest, dass du gesund bist, und entlässt dich. Du sparst dir also auf jeden Fall eine Menge Unannehmlichkeiten. Leuchtet dir das ein?«

Er sprach mit mir, als sei ich ein Baby. Ich hütete mich, ihn von seiner einmal gefassten Überzeugung abzubringen, lächelte dümmlich, nickte und versank in Schweigen. Innerlich triumphierte ich. Zwar sagte ich mir, dass nun ein anderer sich noch einmal den Ärzten stellen musste, aber für mich ging es um einen zu hohen Einsatz, als dass ich darauf hätte Rücksicht nehmen können. Hatte ich ein bisschen Glück – beispielsweise, dass der Geheimdienst niemanden zur Überprüfung in diesen Raum schickte, bevor ich ihn mit den anderen Gezeichneten verlassen hatte –, lag die Freiheit zum Greifen nahe vor mir.

Ich hatte unbeschreibliches Glück. Die Tür des »Warteraums« öffnete sich schon wenige Zentitontas später. Der Posten, der hereinsah, war nicht der, der mich vorhin in Empfang genommen hatte. Ich stellte mich in die lange Reihe derer, die auf ihren Weitertransport warteten. Die gelbe Plakette leuchtete auf meiner Brust. Nacheinander verließen wir den ungemütlichen Saal. Ich stand bereits auf dem Flur, als ich hinter mir eine scharfe Stimme hörte. »Halt!«

Unwillkürlich drehte ich mich um, aber ich war nicht gemeint. Der Posten hielt einen der Soldaten am Arm fest und herrschte ihn an: »Warum trägst du keine Plakette?«

Der Soldat, ein schon älterer, hagerer Mann, starrte den Uniformierten an und begann unvermittelt zu toben. »Die Methans!«, heulte er und wand sich verzweifelt. »Sie kommen! Sie kommen!«

Der Posten versetzte ihm eine schallende Ohrfeige, das Geschrei des Mannes wurde zu einem grauenvollen Wimmern. Ein Schauer überlief mich bei dem Gedanken, dass dieser Mann meinetwegen noch länger leiden musste, dass er nicht sofort in die Hände erfahrener Bauchaufschneider kam. Bevor ich jedoch zu irgendeinem Entschluss kommen konnte, wurde ich weitergeschoben.

Wir verließen den Flur auf der dem Hangar entgegengesetzten Seite. Draußen warteten Transporter, neben denen Posten standen und die Kranken nach der Farbe ihrer Plaketten sortierten. Ich stieg gehorsam in den Gleiter, den man mir zuwies. Drinnen war es mehr als eng. Mindestens zwanzig Männer drängten sich in einem Raum zusammen, der normalerweise gerade für die Hälfte ausgereicht hätte. Und es kamen immer noch weitere hinzu. Als der Gleiter endlich losschwebte, kam ich mir vor, als sei ich in einen schlecht organisierten Tiertransport geraten.

Der Pilot schien das Wort »Rücksicht« noch nie gehört zu haben. Er flog, als sei er selbst nicht recht bei Trost, und weil dieses Gefährt nicht mit Andruckneutralisatoren ausgerüstet war, wurden wir bei jeder Kurve von einer Ecke in die andere geschleudert. Mir wurde übel bei dem Gedanken, dass man mit den anderen Verletzten möglicherweise genauso verfuhr. Allmählich kam ich zu der Überzeugung, dass es auf Enorketron ganz »besondere Methoden« gab, mit Kranken umzugehen. Gewissheit über diese Vermutung erhielt ich, als die Tür aufgerissen wurde. Wir befanden uns in einer kleinen Halle. Von einem Medoroboter, der die Ankömmlinge noch einmal untersucht hätte, war nichts zu sehen. Dafür war der Gestank, der hier herrschte, fast noch schlimmer als in dem Warteraum.

»Los, steigt schon aus, ihr faulen Kerle!«, brüllte der Fahrer. »Die nächste Fuhre wartet bereits.«

Ich kletterte mit den anderen hinaus. Viele meiner Leidensgefährten machten den Eindruck, als nähmen sie ihre Umgebung kaum wahr. Einer von ihnen summte unaufhörlich eine monotone Melodie vor sich hin. Ein anderer schien den Befehl des Piloten gar nicht gehört zu haben, drückte sich im hintersten Winkel des Gleiters gegen die Wand und stierte furchterfüllt nach draußen. Der Pilot schien an solche Hindernisse in seinem Arbeitsverlauf gewöhnt zu sein, kletterte in die Kabine und wollte den Soldaten herauszerren. Aber kaum hatte er den Mann berührt, als der arme Kerl zu toben begann und schlug, biss und kratzte, als ginge es um sein Leben.

Ich sah mich hastig um in der Hoffnung, jemanden zu entdecken, der in dieser Situation fachmännische Hilfe bringen konnte, aber außer ein paar bewaffneten Männern in gelben Uniformen, die gelangweilt neben einer Reihe von Türen lehnten, war niemand in Sicht. Dann zischte es im Innern des Gleiters, ich fuhr herum und erkannte, dass der Pilot das Problem bereits auf seine Weise gelöst hatte. Er trug den schlaffen Körper des Betäubten bis an den Rand der Ladefläche und warf ihn einfach hinaus. Mir stieg das Blut in den Kopf. Der Pilot konnte zwar nichts für die Zustände, die auf diesem Planeten herrschten, aber das war kein Grund, mit einem kranken Soldaten so umzugehen. Alle diese Männer hatten ihr Bestes getan – wenn sie über die Gräuel, die sie gesehen hatten, den Verstand verloren, hatten sie Anspruch darauf, dass ihnen nach besten Kräften geholfen wurde.

Bleib stehen, du Dummkopf!, warnte mich mein Extrasinn. *Kein Aufsehen!*

Ich biss die Zähne aufeinander. Es juckte in meinen Händen, am liebsten hätte ich mich auf den grobschlächtigen Kerl gestürzt, der jetzt mit zufriedenem Grinsen zu seiner Kabine zurückkehrte. Aber ich riss mich zusammen. Der Transporter raste davon, einer der Wachtposten gab seinen Kameraden ein Zeichen. Ich spürte den plötzlichen Sog, der mich nach oben riss, und begriff, dass diese Männer nicht die Absicht hatten, sich ähnlich wie der Fahrer persönlich irgendeiner Gefahr auszusetzen. Ein Antigravfeld trug uns der Decke entgegen, in der sich eine runde Luke geöffnet hatte.

Ein Mann, der ein Stück zur Seite getreten war und außerhalb des Feldes stand, wurde mit einem Warnschuss nach vorn getrieben und stieß einen wilden Schrei aus, als er die Waffe aufblitzen sah. Er schrie immer noch, als wir auf einer Plattform abgesetzt wurden. Sein Gesicht war verzerrt, der ganze Körper verkrampfte sich. Dann sah er die Wachen, die die Plattform umstanden, und wollte sich auf sie stürzen. Aber auch hier schien man nicht allzu sehr von Skrupeln geplagt zu sein – ein Paralysator zischte auf und erwischte den Mann mitten im Sprung.

»Noch einer da, der kein Hirn mehr im Kopf hat?«, fragte der Schütze zynisch.

Es wäre mir eine wahre Wonne gewesen, meine Faust in dieses grinsende Gesicht zu schlagen, aber noch hielt meine Selbstbeherrschung. Ich erinnerte mich an die Folterknechte des Blinden Sofgart, die sich an den Qualen ihrer Opfer geweidet hatten – diese Wachen schienen zu derselben Sorte zu gehören. Und dann dachte ich daran, dass Zustände wie diese ohne die Zustimmung oder doch zumindest Duldung des Kommandeurs unmöglich gewesen wären. Heng passte ohne Zweifel genau in das Bild, das ich bisher von den ergebenen Dienern und Speichelleckern Orbanaschols gewonnen hatte. Die hiesigen Verhältnisse verdeutlichten mehr als alles andere, wie sehr Unfähigkeit, Miss- und Vetternwirtschaft, Korruption und was die Sternengötter noch wissen mochten, zum Alltag der Orbanaschol-Clique geworden waren. Ich fröstelte.

»Vorwärts!«, befahl einer der Uniformierten und hob in einer drohenden Geste die Waffe.

Wir setzten uns in Bewegung und verließen die Plattform. Die beiden Betäubten blieben liegen. Als ich zurückblickte, sah ich einen Roboter, der sich die schlaffen Körper auflud und uns folgte. Wir wurden in einen langen Gang geführt, aus dem uns schon von weitem Schreie und Stöhnen entgegenschlugen. Der Gestank verstärkte sich. Auf der jetzt geöffneten Tür sah ich die Aufschrift »Beobachtungsstation«. Ich warf einen Blick nach vorne und sah die langen Reihen von vergitterten Käfigen, aus denen sich uns Arme entgegenstreckten. Unwillkürlich zuckte ich zurück, aber dann dachte ich an die Waffen, die auf uns gerichtet waren, und schritt verbissen weiter. Kurz darauf schlug eine schwere Käfigtür hinter mir zu.

Als alle Neuankömmlinge untergebracht waren, verließen die

Wachen mit offensichtlicher Erleichterung das makabre Gefängnis, die schrillen Schreie der hier eingesperrten Kranken verebbten langsam. Sie hatten wohl gehofft, endlich befreit zu werden. Ich sah mich in meiner Zelle um. Der Käfig maß in der Grundfläche drei mal drei Meter und war so hoch, dass ich gerade aufrecht darin stehen konnte. Die vordere Wand bestand aus Gitterstäben, die stabil genug wirkten, um selbst dem kräftigsten Arkoniden zu widerstehen. Eine kurze Untersuchung der in die Gitterwand eingelassenen Tür ergab, dass es hoffnungslos war, einen Ausbruchsversuch zu planen. Ohne Spezialgeräte bekam niemand ein solches Schloss auf.

Die drei anderen Wände versprachen auch nicht mehr Erfolg, bestanden aus hartem Plastikmaterial. Rechts war eine harte Pritsche fest in der Wand und am Boden verankert. Eine abgewetzte Decke von undefinierbarer Farbe lag darauf. In der gegenüberliegenden Ecke sah ich ein rundes Loch im Fußboden – der Gestank, der daraus aufstieg, machte mir klar, dass es sich dabei um die sanitäre Anlage dieser Luxusbehausung handelte. In der Mitte der Rückwand zeichneten sich die Umrisse zweier rechteckiger Klappen ab. Ich vermutete, dass in der einen zu bestimmten Zeiten die Verpflegung für den jeweiligen Käfiginsassen erschien, während die andere dazu diente, das schmutzige Geschirr aufzunehmen. In der Mitte der niedrigen Decke war eine Kamera eingebaut, die durch ein starkes Gitter vor mutwilliger Zerstörung geschützt war. Wenn man von dem Dreck absah, der alles zentimeterdick überzog, war das die gesamte Einrichtung.

Fürwahr, ein fürstliches Gemach, dachte ich ironisch. Ich hatte zwar schon Gefängnisse kennen gelernt, in denen es weit schlimmer aussah, aber wenn man bedachte, dass dies der Teil eines *Lazaretts* eines der drei wichtigsten Stützpunkte des Tai Ark'Tussan war … *Da war ich ja im Raumer der Maahks komfortabler untergebracht!*

Ich versuchte erst gar nicht, mir vorzustellen, wie wohl die Behandlungsräume aussahen. Nach allem, was ich bisher erfahren hatte, erwartete einen dort gewiss nichts Gutes. Durch das Gitter konnte ich eine Reihe von Käfigen auf der anderen Seite des Ganges überschauen. Die meisten Insassen lagen apathisch auf den Pritschen. Einer hatte die Hände um die Gitterstäbe gelegt und schaukelte mit verträumtem Gesichtsausdruck in monotonem

Rhythmus hin und her. Im Nachbarkäfig lag einer der Paralysierten. Der Roboter hatte ihn einfach auf dem Boden gelegt. Mir gegenüber saß ein Mann mittleren Alters auf dem Rand der Pritsche, hatte das Gesicht in den Händen vergraben und schien angestrengt nachzudenken.

Die grenzenlose Verzweiflung, die hier herrschte, war fast körperlich spürbar. Selten hatte ich mich in einer Umgebung befunden, die ein solches Maß an Hoffnungslosigkeit ausstrahlte. Irgendwo summte jemand vor sich hin. Der Mann, der schon im Transporter gesummt hatte? Ich wusste es nicht, aber ich spürte, wie die langsame, unendlich traurige Melodie an meinen Nerven zerrte. *Ich muss hier raus! Möglichst schnell!*

Wie lange wurden die Kranken in diesen Käfigen beobachtet? Warum überhaupt dieses unwürdige Verfahren, statt die bedauernswerten Männer mit den sonst üblichen Methoden zu untersuchen? Wer vor seiner Einlieferung in diese Beobachtungsstation noch nicht verrückt war, musste es zwangsläufig werden, blieb er nur lange genug in seinem Käfig. Ich sah misstrauisch zur Kamera hinauf. *Werden alle Zellen gleichzeitig beobachtet? Und anhand der Bilder entschieden, wer für welche Behandlung in Frage kommt?*

Wahrscheinlich, flüsterte mein Extrasinn. *Du hast nur eine Chance: Du musst dich völlig normal benehmen.*

Ich lachte verzweifelt auf. Wie benahm sich ein normaler Mann, der zu Unrecht in einen solchen Käfig gesperrt wurde? Mein Instinkt trieb mich dazu, an das Gitter zu stürzen und daran zu rütteln, zu schreien, bis jemand kam, dem ich alles erklären konnte. Zweifellos hätte ich mit diesem Verhalten lediglich erreicht, dass ich endgültig als übergeschnappt abstempelt wurde! Wartete ich dagegen geduldig, bis sich von selbst etwas ereignete, würde ein solches Verhalten möglicherweise als depressive Apathie ausgelegt werden, womit ich auch nichts gewonnen hatte. Ich saß also in der Falle. Gleichgültig, was ich tat, es konnte immer als eine Folge geistiger Verwirrung auslegt werden. Jetzt kam mir der Gedanke gar nicht mehr so schlau vor, meine Spur zu verwischen, indem ich mich freiwillig in dieses Lazarett begab.

Unsinn, behauptete der Logiksektor. *Wärst du in dem Warteraum geblieben, stündest du wahrscheinlich jetzt schon vor ein paar Geheimdienstlern. Die Verhörmethoden auf Enorketron dürften noch unangenehmer sein als der Aufenthalt in diesem Käfig.*

Das stimmte allerdings. Und auch wenn man mich wegen der fehlenden Plakette noch einmal zu einer Untersuchung geschickt hätte, wäre nicht viel gewonnen gewesen. Entweder wäre entdeckt worden, dass ich aus ganz anderen Gründen in den Wartesaal gebracht worden war, oder ich wäre als Simulant eingestuft worden. Dass mit solchen Drückebergern auf Enorketron nicht gerade glimpflich verfahren wurde, brauchte mir der Logiksektor gar nicht erst zu sagen. *Auf diesem verdammten Planeten scheint alles auf dasselbe hinauszukommen.*

Das Geräusch einer sich öffnenden Tür riss mich aus den fruchtlosen Grübeleien. Sofort setzte das ohrenbetäubende Geschrei der Kranken wieder ein. Die meisten versuchten, die Aufmerksamkeit der für mich noch unsichtbaren Besucher auf sich zu lenken. Sie beteuerten, gesund zu sein, und waren bemüht, sich gegenseitig zu überschreien. Andere wichen furchterfüllt in den hintersten Winkel ihres Käfigs zurück und starrten ängstlich auf die Gittertür. Ich trat ebenfalls an das Gitter, um zu sehen, was draußen vor sich ging. Ich hielt jedoch wohlweislich den Mund, denn mir war klar, dass lautstarker Protest völlig sinnlos war.

Es war ein seltsamer Zug. Zwei Männer in gelben Umhängen schritten voran, hielten Listen in den Händen. Ab und zu deuteten sie auf eine der Zellen. Augenblicke später zischte ein Paralysator. Der Arkonide, der die Waffe trug, verstand sein Geschäft und verfehlte nicht ein einziges Mal sein Ziel. Zwei Roboter, die ihm folgten, rissen die jeweilige Käfigtür auf, zerrten den Gelähmten heraus und verfrachteten ihn mit mechanischer Gleichgültigkeit auf die Plattform einer Antigravplatte, die ihnen folgte und den Abschluss der Prozession bildete.

Schwere Fälle, kommentierte mein Extrasinn überflüssigerweise. *Sie gehen kein Risiko ein.*

Die Methoden, die in diesem so genannten Lazarett zur Anwendung kamen, wurden mir immer rätselhafter. Es gab schließlich auch noch andere Mittel, jemanden zu betäuben, als einen Schuss aus einem Paralysator. Das Erwachen nach einer solchen Lähmung war überaus schmerzhaft; meiner Meinung nach war das Ganze für die Kranken eine einzige Quälerei. Die Nichtachtung, mit der mit diesen armen Kerlen umgegangen wurde, war mir unbegreiflich. Die seltsame Gruppe ging vorüber. Niemand beachtete mich, im Gegenzug verhielt ich mich still, um nicht am

Ende auch noch betäubt zu werden. Ich vermutete, dass die Kranken, die dicht an dicht auf der Fläche der Antigravplatte lagen, einer Schocktherapie unterzogen werden sollten.

Schließlich war die Ladefläche voll gepackt, die Tür auf der anderen Seite schloss sich krachend. Viele der Gefangenen hatten sich restlos verausgabt, Ruhe kehrte ein. Nur das monotone Gesumme des fremden Soldaten klang unverändert durch diesen Gang. Da ich nichts anderes tun konnte, legte ich mich auf die schmutzige Pritsche und versuchte zu schlafen. Es gelang mir erst, nachdem ich mit voller Konzentration mindestens ein Dutzend Dagor-Entspannungsübungen absolviert hatte.

Die Ungeduld in mir ließ sich nicht so leicht unterdrücken. Noch war meine Spur leicht zu verfolgen. Ich befürchtete jeden Moment, dass ich zu einem Verhör abgeholt wurde. Das Ergebnis einer solchen Befragung konnte ich mir nur allzu lebhaft vorstellen …

Ich fuhr schweißgebadet aus einem entsetzlichen Albtraum hoch. Im ersten Augenblick wusste ich kaum, wo ich mich eigentlich befand. Dann hörte ich das Kreischen der Kranken und sprang auf. Ich eilte an das Gitter und sah eine junge Arkonidin, die geradewegs auf meinen Käfig zusteuerte. Sie blieb stehen, sah mich zweifelnd an, biss sich auf die Unterlippe und zog dann entschlossen einen Impulsschlüssel aus der Tasche. Im Gegensatz zu den Männern schien sie an die Zustände in der Beobachtungsstation noch nicht gewöhnt zu sein. Ich sah es ihr an, dass ihr das Geschrei der Kranken auf die Nerven ging.

Die Tür schwang auf. Ich wusste nicht, was meine Besucherin mit mir vorhatte, blieb deshalb abwartend in der Mitte der Zelle stehen. Sie winkte mir ungeduldig zu. Ich sah, dass sie den Mund bewegte, aber bei diesem höllischen Krach verstand ich kein Wort. Immerhin hatte sie anscheinend vor, mich hier herauszuholen. Ich trat aus dem Käfig und blieb neben ihr stehen, während sie die Tür wieder ins Schloss drückte. Dann bedeutete sie mir, dass ich ihr folgen solle, und ging mit schnellen Schritten voran. Von beiden Seiten streckten sich uns Hände entgegen. Verzerrte Gesichter starrten durch die Gitter, verzweifelte Männer rüttelten an der Tür ihres Gefängnisses. Es war grauenvoll; ich verstand, dass meine Begleiterin schließlich zu rennen begann, sich durch die Tür am Ende des Ganges warf und schwer atmend an die Wand lehnte. Ich verhielt mich weiterhin abwartend, denn ich wollte meine unerwartete Chance nicht gefährden.

»Schrecklich«, flüsterte die junge Frau nach einer Weile, wischte Schweiß von der Stirn, erinnerte sich an mich und sah mich aufmerksam an. »Wie heißen Sie?«

»Vregh Brathon«, antwortete ich, ohne mit der Wimper zu zucken. Wieder dieser nachdenkliche Blick. Ich fragte mich, was sie wohl vorhatte. Sie war etwas jünger als ich, für eine Arkonidin ziemlich klein und zierlich, aber sie war von einer erstaunlich energischen Aura umgeben. Ihr schmales Gesicht war nicht unbedingt schön, aber auf seltsame Weise reizvoll. Und sie hatte faszinierende roséfarbene Augen. Das lange, schneeweiße Haar fiel in Wellen fast bis an den Gürtel ihrer gelben Kombination herab.

»Kommen Sie«, sagte sie nach einer Weile leise, drehte sich ohne ein weiteres Wort der Erklärung um und führte mich in einen kleinen Raum, der offensichtlich verschiedenen Zwecken diente. Einmal schien sie hier zu wohnen. Jedenfalls sah eine Ecke recht gemütlich aus. Über einem Bett hingen mehrere Bilder, die fast ausnahmslos idyllische Landschaften zeigten. Ein Regal enthielt Lese- und Akustikkristalle, auf einer Ablage unter dem kleinen Spiegel daneben entdeckte ich die rätselhaften Utensilien, ohne die Frauen anscheinend nicht auskamen. Die andere Hälfte des Raumes zeigte kühle Sachlichkeit. Die plastiküberzogene Liege, eine Vitrine mit Instrumenten und verschiedenfarbigen Medikamentenbehältern, der Schreibtisch mit einem Positronikterminal und dem Stapel säuberlich geordneter Folien deuteten darauf hin, dass hier gearbeitet wurde.

»Setzen Sie sich«, murmelte sie, nachdem sie die Tür hinter mir geschlossen hatte. Ich entdeckte einen Stuhl vor dem Schreibtisch und ließ mich vorsichtig darauf nieder. Sie nahm auf der anderen Seite Platz. Ich merkte, dass sie mich nicht aus den Augen ließ. Anscheinend wusste sie nicht, was sie von mir zu halten hatte. »Ich habe Sie zufällig über die Beobachtung gesehen«, begann sie, nachdem wir uns lange angeschwiegen hatten. »Sie machen nicht den Eindruck, als seien Sie krank.«

Ich lächelte, nickte langsam und blieb vorsichtig. »Ich fühle mich absolut normal.« Noch wusste ich nicht, worauf sie hinauswollte. *Versucht sie mir zu helfen, oder sieht sie in mir nur einen Simulanten, den sie irgendeinem Vorgesetzten servieren kann?*

»Sie haben Dagor-Entspannungsübungen durchgeführt. Ich habe Sie dabei beobachtet. Nur sehr wenige psychisch Erkrankte sind in der Lage, ein solches Maß an Konzentration aufzubringen, wie das bei Ihnen der Fall war.«

Ich schwieg. Noch immer war mir unklar, ob ich nicht schon mit einem Fuß in der nächsten Falle steckte, und fragte mich allen Ernstes, ob es nicht ratsam sei, ihr ein bisschen Theater vorzuspielen, damit sie mich wenigstens für teilweise übergeschnappt hielt.

Sie ist nervös, raunte mein Extrasinn. *Handelt gegen die Vorschriften. Du kannst sicher sein, dass sie dir helfen will.*

Ich seufzte lautlos. Wieder stand ich vor einem Problem, das sich durch Nachdenken allein nicht lösen ließ. Ich musste das Risiko eingehen. »Sie können mich Ihren Tests unterziehen. Dann werden Sie feststellen, dass ich gesund bin. Ich habe nur eine Frage: Was werden Sie in diesem Fall mit mir machen?«

Der Blick ihrer Augen veränderte sich. *Du hast einen Punkt gewonnen*, behauptete der Logiksektor. *Deine Fragestellung war richtig.*

»Ich werde versuchen, Ihnen zu helfen. Es wird nicht leicht sein, aber irgendwie werde ich es schaffen. Sie brauchen einen Passierschein, um aus diesem … Lazarett zu entkommen. Leider kann ich Sie nicht in frei zugängliche Abteilungen einschleusen. Alles, was ich tun kann, ist, Sie für geheilt zu erklären und Sie dann in das nächste Lager zu schicken.«

»Was geschieht dort mit mir?«

»Sie müssen dort lediglich warten, bis Sie für einen neuen Einsatz eingeteilt werden.«

Ich überlegte. Zwar hatte ich keine Lust, unter die Raumsoldaten zu gehen, denn erstens warteten andere Aufgaben für mich und zweitens würde die vorangehende Musterung zweifellos zeigen, dass über mich keine Unterlagen vorlagen. Der Name, den ich mir zugelegt hatte, war zwar sehr gebräuchlich, aber die arkonidischen Archive wurden hervorragend geführt. Aussehen, Individualschwingungen und sonstige in der Personalakte gespeicherten ID-Merkmale des echten, auf dem geheimnisvollen Mond gestorbenen Vregh Brathon entsprachen nicht meinen Werten. Trotzdem – es war immer noch besser, als in diesem Lakhros-Lazarett zu bleiben. Außerdem bot das neue Lager vielleicht eine Möglichkeit, endlich die Freiheit wiederzugewinnen.

»Welche Garantie habe ich, dass Sie nicht lügen?«

Sie zuckte hilflos die Achseln. »Sie sind sehr misstrauisch, nicht wahr?«

»Allerdings. Ich habe auch berechtigte Gründe, oder meinen Sie nicht?« Sie sah mich fragend an; ich hatte den Eindruck, als begriffe sie wirklich nicht. »Ich habe schon von Leuten gehört, die von freundlichen Helfern aus einer hoffnungslosen Lage befreit wurden. Als sie durch Zufall gefunden wurden, sahen sie nicht besonders appetitlich aus. Einige waren Opfer gefährlicher Experimente geworden. Anderen fehlten bestimmte lebenswichtige Organe. Und wieder andere fanden sich auf einem Sklavenmarkt wieder, wo sie in Ketten gefesselt den reichen Herrschaften zum Verkauf anboten wurden.«

Das Entsetzen in ihren Augen war nicht gespielt, das war mir klar. Aber ich war immer noch misstrauisch. Enorketron schien mir inzwischen genau die Sorte Planet zu sein, auf dem solche Verbrechen möglich waren – und zwar mit Billigung, wenn nicht gar sogar Beteiligung der höchsten Stellen.

»Vor wenigen Pragos noch hätte ich Sie gerade wegen dieser Erzählung für wahnsinnig gehalten«, presste sie nach einer Weile heraus. »Aber inzwischen habe ich genug Grausamkeiten gesehen, um Ihnen sogar zu glauben. Ich weiß nicht, wie ich Sie davon überzeugen kann, dass ich es ehrlich meine. Was immer ich auch sage – Sie können es in Zweifel ziehen.«

Ich musste flüchtig lächeln, als ich daran dachte, dass sie sich in genau demselben Dilemma befand, in dem ich kurz zuvor gewesen war, als ich mich fragte, welches Verhalten bei einem Käfiginsassen als normal gelten konnte. Das und die Erkenntnis, dass mir gar nichts anderes übrig blieb, zwangen mich, das Angebot der Arkonidin zu akzeptieren. Nur eine Frage quälte mich noch. »Warum wollen Sie mir helfen? Sie setzen doch damit Ihre eigene Sicherheit aufs Spiel.«

»Ich bin erst seit kurzer Zeit hier. Am Anfang hatte ich oft das Gefühl, dieses so genannte Lazarett sei nur ein Teil eines Alptraums. Ich konnte mir nicht vorstellen, dass Angehörige unseres Volkes so grausam handeln könnten. Sie haben nur einen kleinen Teil der Anlage gesehen. Die Behandlungsräume sind um vieles schlimmer! Dort kommen Methoden zum Einsatz, von denen ich dachte, es gebe sie seit Hunderten von Jahren nicht mehr. Die meisten Bauchaufschneider sind zu abgestumpft, um noch etwas zu unternehmen. Viele akzeptieren sogar alles, solange es ihnen selbst an nichts fehlt. Ich will nicht auch eines Tages so sein. Ich schäme mich vor mir selbst. Verstehen Sie das?«

O ja, ich verstand sehr gut. Sie versuchte, ihre Selbstachtung zurückzugewinnen, indem sie aktiven Widerstand leistete. Das war ein gutes und glaubhaftes Motiv für ihr Vorhaben. Aber warum gerade ich?

»Sie heißen nicht Vregh Brathon!«

Ich zuckte zusammen. Meine Gedanken überschlugen sich. Woran hatte sie erkannt, dass ich nur eine Rolle übernommen hatte? Wie viel wusste sie?

»Sagen Sie nichts! Je weniger ich über Sie weiß, desto weniger kann ich verraten. Sie gehören nicht hierher. Ich brauche keine Tests, um zu wissen, dass Sie normal sind. Sie sind auch kein einfacher Soldat. Ich habe ein gutes Gedächtnis für Gesichter. Ihres habe ich schon einmal gesehen – bei einer Übertragung *nach* den Abschlussfeierlichkeiten der ARK SUMMIA von Largamenia im vergangenen Jahr. Ich frage mich selbstverständlich, wie *Sie* in einen dieser entsetzlichen Käfige geraten sein sollen. Aber wenn Sie jetzt versuchen sollten, mir diesen Vorgang zu erklären, sähe ich mich gezwungen, mir die Ohren zuzuhalten.«

Sie weiß, wer du bist!, flüsterte mein Extrasinn aufgeregt, dem die besondere Betonung der Frau ebenso wenig entgangen war wie mir. *Sie weiß, dass die Zustände im Großen Imperium geändert werden müssen. Sie hat auch eine bestimmte Vorstellung davon, wie diese Änderung bewirkt werden soll. Wenn sie von dir keine Erklärungen fordert, dann nur, weil sie Angst davor hat, ungewollt dich und ihre eigenen Träume in Gefahr zu bringen. Du solltest ihr vertrauen.*

Ich nickte unwillkürlich. »Wie heißen Sie?«

Sie nannte nur ihren Vornamen, Dareena, das reichte. Sie erklärte mir, wie sie sich unser weiteres Vorgehen vorstellte, und ich merkte sehr deutlich, dass sie sich offenbar bereits gründlich Gedanken gemacht hatte. Jetzt erkannte ich auch, dass der von ihr gewählte Weg für einen wirklich Kranken nicht gangbar war. Während Dareena mir etwas zu essen brachte, dachte ich darüber nach, dass offensichtlich Frauen gegenüber besondere Vorsicht geboten war. Sie sahen einen Mann mit ganz anderen Augen und achteten mehr oder weniger unbewusst auf Kleinigkeiten, die einem Mann gar nicht aufgefallen wären. Es war kein Zufall, dass erst Zaroia da Kentigmilan und jetzt Dareena dahinter gekommen waren, dass ich mich hinter einer Maske verbarg. Ich fragte mich, was ich eigentlich falsch machte – und nickte über diesem Gedanken ein.

In den subplanetarischen Anlagen Enorketrons war es eigentlich unsinnig, den Rhythmus von Tag und Nacht beizubehalten. Die Beleuchtung auf den Gängen blieb immer gleich, aber dennoch herrschte nach Anbruch der Ruheperiode nur noch wenig Betrieb.

Dareena hatte mich für drei Tontas allein gelassen, musste ihren Dienst versehen. Als sie zurückkehrte, sah sie erschöpft aus; ich wusste, warum. Schweigend stürzte sie ein Getränk hinunter, das ich für sie aus dem Automaten gezogen hatte. Es dauerte einige Zentitontas, bis die belebende Wirkung einsetzte.

»Bis jetzt scheint niemand Verdacht geschöpft zu haben«, murmelte sie endlich. »Zum Glück geht es innerhalb der einzelnen Abteilungen ziemlich unorganisiert zu. Es wird Wert darauf gelegt, die eingelieferten Patienten so schnell wie möglich wieder abzuschieben. Hält sich ein Bauchaufschneider zu lange mit einem Kranken auf, bekommt er Minuspunkte. Anfänger wie ich müssen oft über die offizielle Zeit hinaus arbeiten, um nicht bestraft zu werden. Es wird also niemand etwas dabei finden, dass ich mir jemanden aus der Beobachtungsstation geholt habe.«

»Und die Leerzeit?«

Sie verstand, was ich meinte, lächelte fast spitzbübisch. »Der Kontrolleur, der für den Zellentrakt zuständig ist, ist sehr empfänglich für weibliche Reize. Ich hatte keine Mühe, ihn abzulenken. Bei der Gelegenheit habe ich mir erlaubt, die Eintragungen seines Vorgängers ein wenig abzuändern. Offiziell habe ich Sie erst vor halben Tonta aus dem Käfig geholt.«

Trotz der Gefühle, die ich immer noch für Ischtar empfand, versetzten mir Dareenas Worte einen Stich. Sie – beim munteren Geplänkel mit irgendeinem lüsternen Kerl; der Gedanke gefiel mir nicht. Überrascht stellte ich fest, dass ich eifersüchtig war. Dabei gab es beim besten Willen keinen Grund dafür. Erstens hatte ich keine Ansprüche auf sie, zweitens hatte sie es nur für mich getan ...

»Ich habe alles vorbereitet«, unterbrach sie meine Gedankengänge. »Es fehlt nur noch ein Stempel, und den kriegen wir leider nicht umsonst. Selbstverständlich werde ich keine echte Behandlung an Ihnen durchführen. Sie bekommen von mir ein Betäubungsmittel gespritzt, das etwa zwei Tontas lang vorhält. Die Wirkung setzt nach wenigen Zentitontas ein. Die Injektion muss ich Ihnen in diesem Raum geben. Wenn man zufällig mein Zimmer unter Beobachtung hält, ist sowieso alles verloren. Aber auf den Gängen sind die Spionaugen ständig in Betrieb, dort wäre es also noch gewagter.«

Ich wusste, worum es ging. Aus mir unerfindlichen Gründen war die Behandlung mit Elektroschocks für alle, die hier eingeliefert wurden, vorgeschrieben. Die Behandlung wurde bei vollem Bewusstsein vorgenommen. Wurde jedoch jemand nach dieser Prozedur aus dem Saal gerollt, ohne ohnmächtig zu sein, erregte das das Misstrauen der Wachen. Daher das Betäubungsmittel. Ich musste wach sein, wenn Dareena mich in den Behandlungsraum brachte. Die Prozedur wurde über die Spionaugen verfolgt. Da um diese Zeit relativ wenig Betrieb herrschte, war die Gefahr groß, dass wir beobachtet wurden. Ich musste also während der Prozedur das Bewusstsein verlieren.

»Fangen wir an.« Dareena stand auf. Während sie verschiedene Töpfe von ihrem Schminktischchen holte, zog ich mich aus. Sie musterte mich mit der kühlen Sachlichkeit einer Ärztin und versah mich dann systematisch mit jenen Spuren, die ein Patient nach einem Aufenthalt in diesem Lazarett aufzuweisen pflegte. Sie begann mit blauen Flecken am Kinn und endete mit dunklen Ringen um meine Fußknöchel. Als sie fertig war, sah ich tatsächlich aus, als sei ich kunstgerecht durch die Mangel gedreht worden. Selbst die dunklen Flecken, die unsachgemäß angeschlossene Elektroden hinterließen, waren vorhanden.

»Sie werden in dem neuen Lager während der ersten Zeit sehr zurückhaltend im Gebrauch von Wasser und Seife sein müssen. Es gibt dort nur Gemeinschaftsduschen; die Flecken sind abwaschbar.«

Ich schlüpfte in den abgetragenen, mattgelben Kittel, den sie mir zuwarf. Sie rollte geschickt meine Stiefel in die Kombination ein und befestigte das Bündel am Fußende einer primitiven Klappliege. Als ich auf dem Gefährt lag und sie die kalten Klammern der Fesseln um meine Hand- und Fußgelenke schloss, kam ich mir doch etwas merkwürdig vor und dachte: *Sie hat mich jetzt völlig in der Gewalt …*

Sie sah auf die Uhr. Noch zwei Zentitontas, dann mussten wir uns auf den Weg machen. Ich beobachtete sie und stellte mit Bewunderung fest, dass sie die Ruhe in Person war. Gelassen verfolgte sie die Digitalanzeige, nahm die Injektionspistole und setzte sie auf die Mikrotonta genau an. Die Tür öffnete sich. Ich hörte das laute Trampeln von Stiefeln und sah Dareenas Augen schmal werden. Dunkelrote Uniformen! Ich brauchte keine Phantasie, um zu wissen, dass diese Männer nicht zur Belegschaft des Lazaretts gehörten. Dareena reagierte mit ungeheurer Schnelligkeit, hatte sich völlig in der Gewalt. Ohne mit der Wimper zu zucken, blieb sie stehen und sah den Männern von der Geheimpolizei entgegen.

»Ist jemand ausgebrochen?«, erkundigte sie sich mit gut geheucheltem Interesse.

»Nein, im Gegenteil.« Einer der TGC-Beamten lachte und blieb direkt neben meinem Kopf stehen. »Ein Gefangener versucht, sich hier zu verstecken. Wir wollten ihn zum Verhör abholen, aber da hatte sich der Kerl schon abgesetzt. Er dachte wohl, in einem Lazarett hätte er ein angenehmeres Leben als bei uns.«

»Da wird er wohl eine bittere Enttäuschung erleben«, kommentierte Dareena trocken. »Wissen Sie schon, wo er gelandet ist?«

»Vermutlich sitzt er noch in der Beobachtungsstation, der Ärmste.« Der Mann grinste zynisch. »Ich möchte wetten, dass er einen Freudensprung macht, wenn wir ihn da herausholen.«

»Lasst euch Zeit. Dann spart ihr euch viel Arbeit. Wenn er lange genug da drin bleibt, wird er jede Frage beantworten.«

Der Uniformierte nickte anerkennend und legte die rechte Hand auf ihren Arm. »Wie ist es, wann hast du Dienstschluss? Muss doch sehr langweilig sein in diesem Irrenhaus. Ich habe eine Eintrittserlaubnis für das Kasino. Heute Abend gibt es ein erstklassiges Programm.«

»Da sage ich nicht nein.« Sie lächelte ihn strahlend an. »Mit dem hier bin ich in zwei Tontas fertig. Holst du mich ab?«

»Drei Tontas.« Er nickte und eilte seinen Kollegen nach, die inzwischen weitergegangen waren.

Als Dareena die Liege anschob, hatte ich das Gefühl, direkt auf einer Bombe zu sitzen. Das Betäubungsmittel wirkte bereits, ich kämpfte verzweifelt gegen die Müdigkeit an. Dareena beeilte sich nach besten Kräften. Halb im Traum merkte ich, dass sie an meinem Kopf herumhantierte. Sie bewegte einen Schalter. Die Elektroden erreichten mich nicht, ich spürte nichts weiter als eine dunkle Masse, die mich zu verschlingen drohte.

11.

Magantilliken: *Ein scharf gebündelter Impuls durchdrang das Nichts und traf auf das Bewusstsein des Henkers.* Geh!

Er zuckte wie unter einem Schlag zusammen. Die unwirkliche Blase, in der er körperlos schwebte, zerbarst. Lichtfetzen umwirbelten ihn, dann nahm ihn das vertraute, nebelhafte Etwas auf, in dem es weder Raum noch Zeit gab. Seine Reise zu einem neuen Körper begann. Diesmal war es anders als sonst, denn er hatte kein klares Ziel. Den Körper, den er in der langen Zeit der Benutzung voll akzeptiert hatte und mit dem ihn ein Band der Gewohnheit verflochten hatte, war zerstört. Es war beunruhigend, ohne Ziel zu sein, aber er vertraute auf seine Fähigkeit. In diesem Zustand spürte er die Annäherung an einen varganischen Körper wie einen Sog, der ihn unwiderstehlich mit sich riss.

Er wusste nicht, wie lange es dauerte, bis sich das deutliche Muster eines übernahmebereiten Pols abzeichnete. Er strebte darauf zu, ohne etwas von einer direkten Bewegung zu merken. Die Anziehungskraft des fremden Körpers wurde größer. Magantilliken erkannte, dass es mehrere waren, die ihm zur Auswahl standen. Drei schieden für seine Zwecke aus. Die Schwingungen, die er aus ihrer Richtung empfing, sagten ihm, dass es sich um Frauen handelte. Eine Übernahme der bewusstseinslosen Leiber wäre durchaus möglich gewesen, aber der Henker hatte eine klare Vorstellung davon, wie sein neuer Körper beschaffen sein sollte.

Je besser er die Muster erkennen konnte, desto klarer wurden die

Informationen. Er merkte, dass eins Zeichen des Verfalls aufwies. Er zögerte. Das war kein gutes Zeichen. Normalerweise waren die toten Körper für eine halbe Ewigkeit konserviert. Es musste äußere Ursachen geben. Der Stützpunkt, in dem diese Körper lagerten, war offensichtlich beschädigt. Das hieß, dass auch die technischen Einrichtungen mangelhaft sein mussten und fehlerhaft arbeiteten. Kein guter Start für die Fortsetzung der Jagd.

Aber es war zu spät, um sich aus dem Sog zu befreien. Er musste zumindest für kurze Zeit einen der Körper übernehmen, ehe er sein Bewusstsein an einen anderen Ort projizieren konnte. Bewusstseinsteleportation oder -projektion, Parapoltransmission des Geistes oder einfach Seelentransfer hatten sie vor langer Zeit den Prozess genannt, als die Varganen entdeckten, dass sie auf diese Weise rein geistig die Eisige Sphäre verlassen konnten. Zur Übernahme geeignet waren jedoch ausschließlich Körper der eigenen Spezies, Körper überdies, die gestorben, aber in ihren Konservierungs- und Sterilisationsbehältern völlig erhalten geblieben waren.

Magantilliken erinnerte sich nur vage an die Hintergründe, zu viel Zeit war vergangen. Schon in den Epochen lange vor dem letztlich verhängnisvollen Verlassen der Heimat und dem Übergang in den anderen Kosmos hatte sein Volk die Toten konserviert. Anfänglich aus rein religiösen Gründen, Mythen und Überlieferungen aus fernster Vergangenheit folgend, deren Ursprünge im Dunkel der Äonen verborgen waren. Aber auch in der Spätzeit, als längst Hochtechnologie die Zivilisation prägte, war der Einfluss der Mondschattenpriesterschaft und ihrer Lehren beträchtlich gewesen.

Und weiterhin wurden die Körper für die Ewigkeit präpariert, nun allerdings mit perfektionierten Verfahren, deren Einzelheiten nur die Mondschattenpriester kannten. Gleiches galt für die Droge, die den »sanften Tod« gewährleistete, die gezielte Lösung des Bewusstseins von der Hülle – umschrieben als »Freisetzung ins Kyriliane«. Denn was in den primitiven Epochen nur Glaube gewesen war, fand mit der Entwicklung und Kontrolle diverser Parafähigkeiten eine Bestätigung: Die rein körperliche Existenz war keineswegs alles! Die Macht des Bewusstseins dominierte die Materie.

Nachdem die Eisige Sphäre entstanden war, bildeten genau die konservierten Toten die einzigen Empfangspole, denn es gelang den Varganen trotz aller Bemühungen nicht, ihr Bewusstsein in die Körper lebender Wesen zu versetzen – seien diese nun Varganen oder An-

gehörige fremder Spezies. Überdies stellte sich heraus, dass ein Bewusstsein nicht unbegrenzt außerhalb der Eisigen Sphäre operieren konnte, sondern nach einer bestimmten Zeit zurückkehren oder den Körper wechseln musste. Später gelang es zwar, die Eisige Sphäre – ebenfalls für begrenzte Zeit – auch körperlich zu verlassen, aber die Übernahme toter Körper hatte ihre Vorteile, die Magantilliken zugute kamen, als er seinen Auftrag erhielt und die Rebellen zu jagen begann.

Mit etlichen hatte er sich vor ihrer Hinrichtung unterhalten. Die meisten Gespräche waren längst vergessen. In einigen waren jedoch Dinge erwähnt worden, die der Henker nie richtig hatte einordnen können. Manche Varganen wollten Spuren entdeckt haben, die scheinbar varganischer Natur waren, aber nicht von ihnen stammten. Die Silberkugeln, die beispielsweise im Dreißig-Planeten-Wall die Welten miteinander verbanden, schienen ein solcher Hinweis zu sein. Manche der Rebellen hatten sogar die Auffassung vertreten, dass die religiös verbrämten Mythen und Überlieferungen einschließlich des uralten Dogmas der Totenkonservierung damit zusammenhingen oder gar auf die »verschollenen Varganen« zurückgingen, wie Ischtar die Unbekannten angeblich nannte.

Weil jedoch die Konservierung Voraussetzung für eine erfolgreich angewandte Bewusstseinsprojektion war, stellte sich die Frage, ob ihre fernen Vorfahren wie auch die ihnen offenbar ähnelnden Unbekannten vielleicht schon einmal diese Fähigkeit gehabt und die Varganen in der Eisigen Sphäre sie nur wieder entdeckt hatten – begünstigt durch die Veränderungen, die mit dem Übergang zwischen den Existenzebenen sowie der Entstehung dieser Enklave selbst verbunden gewesen waren. Eine Frage, auf die Magantilliken keine Antwort wusste, zumal die neue Konditionierung seines Bewusstseins sie zugleich ins Unterbewusste abdrängte.

Er fand einen Körper, dessen Muster gesund und kraftvoll war, und wartete nicht länger. Sein Geist verband sich mit den vegetativen Strömungen. Der fast völlig fehlende Widerstand, den ihm der fremde Körper entgegensetzte, bewies dem Eindringling, dass er sich in einer sehr alten Anlage befand. Dieser Körper musste seit langer Zeit hier gelagert worden sein. Jahrhunderttausende!

Erst als Magantilliken sicher war, die volle Kontrolle über die neue fleischliche Hülle auszuüben, öffnete er die Augen. Der Schock traf ihn unvorbereitet und mit voller Wucht. Er befand sich nicht in einer varganischen Station, nicht auf einer der Versunkenen Welten. Die Geräte, die er ringsum entdeckte, waren ihm dennoch nur zu gut bekannt. Es gab keinen Zweifel: Er befand sich in einer Anlage jener Barbaren, die sich Arkoniden *nannten ...*

Enorketron: 2. Prago der Prikur 10.498 da Ark

Bher Gobon hatte noch nie an Schlaflosigkeit gelitten. Daher wunderte er sich maßlos darüber, dass er an diesem Abend keine Ruhe fand. Er überlegte, ob er ein Medikament einnehmen sollte, verzichtete jedoch darauf. Es war bereits sehr spät; nahm er jetzt ein Schlafmittel, würde er am nächsten Morgen nicht klar genug denken können. Er wälzte sich unruhig auf die andere Seite und versuchte herauszufinden, was ihn eigentlich am Schlafen hinderte. Er kam nicht darauf und ärgerte sich darüber. Ein Blick auf die Uhr zeigte ihm, dass er ebenso gut aufstehen konnte. Ihm blieben nur noch zwei Tontas, bis er seine Arbeit antreten musste.

Nachdem er gefrühstückt hatte, fühlte er sich etwas wohler. Er erinnerte sich daran, dass er noch mehr als eine Tonta hatte, und beschloss, die günstige Gelegenheit zu nützen. Die spartanisch eingerichtete Kabine, die er bewohnte, lag keine fünfzig Meter vom Labor entfernt. Wie alle Wissenschaftler auf Sohle dreiundzwanzig hatte auch Gobon einen Schlüssel zu diesem Raum.

Er pfiff leise vor sich hin, zog sich eine leichte Kombination an, verließ seine Kabine und schlenderte den leeren Gang entlang. Die Tür zum Labor schwang auf. In dem riesigen Vielzweckraum brannte wie üblich um diese Zeit nur die Notbeleuchtung. Bher Gobon ging in aller Ruhe an seinen Arbeitsplatz, schaltete die Lampe ein und musterte seinen Tisch. Wie konnte er diese Tontas am besten nützen? Ein paar Positronikformulare fielen ihm ein, die er gestern nicht mehr vollständig hatte ausfüllen können. Die Daten standen auf einem Notizzettel, er brauchte sie nur noch zu übertragen. Er suchte seine Aufzeichnungen zusammen, breitete die Folien vor sich aus und war wenig später völlig in seine Arbeit vertieft.

Magantillikens erste Reaktion war, den eben übernommenen Körper schleunigst zu verlassen und nach einem neuen Unterschlupf zu suchen. Ein solcher Wechsel war kein Problem. Er gab den entsprechenden Impuls ab – aber nichts geschah. Verblüfft wiederholte der Henker den Versuch, konzentrierte sich diesmal stärker. Vielleicht war dieser Körper daran schuld, oder es gab hemmende hyperphysikalische Einflüsse in der Umgebung.

Er schien Recht zu haben. Mit äußerster Willenskraft löste er sich von dem Körper. Aber dann geschah etwas, das ihm die Lage unmissverständlich verdeutlichte: Er stieß im Nichts auf eine Sperre! Sein Bewusstsein wurde zurückgeschleudert, als sei es auf eine unsichtbare Mauer geprallt. Es schnellte in den alten Körper, eine Welle von Schmerzen durchzuckte den Henker. Er fühlte, dass sich seine organische Hülle aufbäumte, und kämpfte verzweifelt, bis er die Kontrolle zurückgewonnen hatte. Dann blieb er ganz still liegen und dachte nach. Die Sperre konnte nur eine Bedeutung haben: Die Varganen selbst hatten ihm den Rückzug abgeschnitten, die Eisige Sphäre war für Magantilliken unerreichbar geworden.

Angst stieg in ihm auf. War er für immer verbannt? Was sollte werden, wenn die Energie, die die Varganen ihm mitgegeben hatten, verbraucht war? Hatten sie ihn damit quasi zum Tode verurteilt? Würde sein Bewusstsein erlöschen, irgendwo im Nichts zwischen den Existenzebenen und Universen verwehen? Der Henker starrte in den fremdartigen Raum. Die Schmerzen verebbten, seine Gedanken klärten sich. Sie würden ihn nicht für alle Ewigkeit ausschließen, denn damit hätten sie selbst das Projekt in Gefahr gebracht. Er musste seine Aufgabe lösen – sehr schnell lösen, ehe seine Lage hoffnungslos wurde.

Nachdem er zu dieser Erkenntnis gekommen war, richtete er seinen neuen Körper auf und sah sich um. Die Logik sagte ihm, was geschehen war. Die Arkoniden mussten einen der geheimen Stützpunkte gefunden haben. Sie hatten bestimmt nicht nur die Körper der Toten mitgenommen, sondern auch Teile der technischen Ausrüstung. Diese mussten sich irgendwo in der Nähe befinden. Fand er etwas Brauchbares unter dieser Beute, konnte er der kommenden Auseinandersetzung schon bedeutend gelassener entgegensehen.

Der Saal, in dem er sich befand, diente offensichtlich als Laboratorium. Magantilliken erblickte elf nackte Varganenkörper in seiner Nähe. Ausdehnung und Ausstattung des Labors deuteten darauf hin, dass hier nicht nur biologische Forschung betrieben wurde. Der Henker schwang sich lautlos von der harten Unterlage des Untersuchungstischs. Als er einen Blick zur Decke warf, entdeckte er mehrere winzige Kameras. Der Saal war nur schwach beleuchtet, zur Zeit waren auch keine Arkoniden anwesend. Vermutlich war es also Nacht. Es war nicht anzunehmen, dass die zwölf Leichen unter ständiger Beobachtung standen. Dennoch musste er schnell handeln, weil er nicht wusste, wie viel Zeit ihm noch blieb. Hatte er erst einmal Waffen, mochten die Forscher kommen …

Sein Weg führte ihn zwischen Geräten, Arbeitstischen und Versuchsanordnungen hindurch. Schon nach wenigen Metern durchschaute Magantilliken das Schema, nach dem dieser Raum eingerichtet war. Zielbewusst ging er in jenen Teil, in dem zweifellos technische Untersuchungen stattfanden. Er lächelte zufrieden, als er ein ganzes Sortiment varganischer Gerätschaften sah. Er suchte sich eine weit reichende Betäubungswaffe heraus, einen Stabstrahler und ein kleines, kastenförmiges Gerät, das von unschätzbarem Wert war: Damit konnte er jeden Schutzschirm neutralisieren, den es in einer arkonidischen Station geben mochte. Zusätzlich leistete das kleine Ding hervorragende Dienste, wenn es galt, Roboter zu irritieren oder positronische Sperren zu durchbrechen.

Nach einigem Suchen fand Magantilliken auch einen Armreifen, der ebenfalls einen ganzen Komplex von modularen Mikroaggregaten enthielt. Zwar war die Energiezelle leer, aber er fand schnell einen Ersatz. Er hatte jetzt die Möglichkeit, einen Individualschutzschirm aufzubauen, ein Antigravfeld zu projizieren und einiges mehr. Solcherart gerüstet, fühlte er sich bereits deutlich wohler. Das Einzige, was er sich noch besorgen musste, war Kleidung.

Bevor er sich jedoch daranmachte, auch dieses Problem zu lösen, untersuchte Magantilliken die restlichen Apparaturen. Er fand einige gefährliche Waffen, über deren Anwendung die Arkoniden anscheinend nicht Bescheid wussten. Er hielt es für nicht ratsam, diesen Fremden derartige Vernichtungsmittel in die Hand fallen zu lassen, und entfernte kurz entschlossen einige Verbindungen. Die Geräte waren fortan wertlos – dass einer dieser Barbaren die Schaltungen durchschaute, war kaum zu befürchten.

Gerade wollte Magantilliken sich auf den Weg zum Ausgang

begeben, als er das Geräusch einer sich öffnenden Tür hörte. Blitzschnell duckte er sich in den Schatten eines Tisches und spähte vorsichtig um die Ecke. Ein junger Arkonide betrat das Labor. Magantilliken befürchtete bereits, nun doch zu viel Zeit verschwendet zu haben, aber der junge Mann war ohne Begleitung und schloss die Tür. Ohne sich umzusehen, ging er zu einem Arbeitstisch.

Der Henker lächelte flüchtig. Damit war das Problem »Kleidung« gelöst. Er wartete, bis der Arkonide in seine Arbeit vertieft war, und huschte lautlos vorwärts. Er brauchte keine überflüssigen Kraftakte zu vollbringen, um den Fremden für einige Zeit handlungsunfähig zu machen; die Betäubungswaffe funktionierte lautlos und zuverlässig. Er entkleidete den schlaffen Körper, der zum Glück ungefähr dieselbe Größe hatte wie seine derzeitige fleischliche Hülle. Nachdem er sich angezogen hatte, hängte Magantilliken seine Geräte an den breiten Gürtel und schnallte ihn um. Den Impulsschlüssel für die Labortür nahm er ebenfalls an sich. Er sparte sich damit unnötige Arbeit.

Behutsam schob er die Tür auf und sah auf den Gang hinaus. Es war totenstill, nur die Notbeleuchtung verbreitete schwache Helligkeit. Die Ruheperiode war also noch nicht vorüber. Magantilliken brauchte nicht lange zu überlegen, um sich über sein Ziel klar zu werden. Der erste Schritt zum Erfolg bestand darin, dass er sich ein Raumschiff zu beschaffen hatte. Er erkannte schnell, dass er auf einem gut ausgerüsteten Planeten angekommen war. Hier ein brauchbares Fahrzeug zu finden sollte nicht schwer sein. Zielstrebig marschierte er los.

Amarkavor Heng war in der Zentrale geblieben, die dem Labor am nächsten lag. Der Gedanke an die geheimnisvollen Waffen der Fremden faszinierte ihn immer stärker. Er war sich fast sicher, dass sie ihm mehr Sicherheit geben konnten, wenn er sich nur geschickt genug anstellte. Diese Idee fraß sich so intensiv in seinen Überlegungen fest, dass er Ütr'angs Tod und die drohenden Gefahren vorübergehend fast vergaß. Die Hoffnung, schon in Kürze Ruhe finden zu dürfen, hielt ihn wach. Er benötigte ohnehin nur wenig Schlaf.

Gegen Morgen stand er auf, betrat die Hygienekabine und ließ sich von eifrigen kleinen Robotern waschen, massieren und mit wohlriechenden Essenzen einreiben. Diese Prozedur war der einzige Luxus, den er sich erlaubte. Nachdem seine mechanischen Diener auch sein Haar getrocknet und gebürstet hatten, betrat er frisch und duftend den nächsten Raum, in dem seine Kleidung bereitlag. Auch sie war makellos sauber, jedoch von schlichter Einfachheit. Heng schlüpfte in die weiche, zartblaue Uniform, die weder Rangabzeichen noch Orden trug, schloss die Magnetverschlüsse der anschmiegsamen Stiefel und schnallte den Waffengurt um.

Der nächste Punkt der streng geregelten Tagesordnung war das Frühstück. Heng wusste, dass andere Männer in seiner Position einen wahren Kult um den einfachen Vorgang der Nahrungsaufnahme veranstalteten. Möglicherweise hätte auch er dem Hang zur Schlemmerei nachgegeben, aber prunkvolle Tafeln ohne Gäste bereiten wohl niemandem ein besonderes Vergnügen. Zudem verband der Mascant aus Gründen der Zeitersparnis das Frühstück mit einer ersten Berichterstattung seiner Beobachtungsroboter. Während er eine dünne Konzentratscheibe verzehrte und synthetischen Fruchtsaft trank, hörte er sich die Zusammenfassung der Ereignisse im Trantagossa-System an, die während seines kurzen Schlafes stattgefunden hatten. Er nahm sich zum Abschluss eine süße, glasartig aussehende Frucht aus einer schmucklosen Schale und stellte zufrieden fest, dass im Augenblick relative Ruhe zu herrschen schien. Zwar waren einige kleinere Verschwörungen im Gange, aber es handelte sich um simple Fälle, die er getrost seinen Robotern überlassen konnte.

Der Abschluss des Berichts missfiel ihm jedoch. Durch eine Routineüberprüfung war herausgekommen, dass Vregh Brathon, jener junge Mann, den Zaroia da Kentigmilan für verdächtig hielt, dem Geheimdienst entwischt war. Kiran Thas, der TGC-Sektionschef, hatte zwar die sofortige Fahndung eingeleitet, den Ausreißer bisher jedoch nicht gefunden. Das wäre nicht weiter schlimm gewesen, wenngleich Amarkavor Heng sich argwöhnisch fragte, ob nicht auch Kiran Thas wieder einmal eine Ermunterung brauchte, um in Zukunft schneller und besser zu arbeiten. Der springende Punkt war vielmehr, dass Thas es unterlassen hatte, umgehend Meldung zu erstatten. Steckte er am Ende mit den Verschwörern unter einer Decke? Schützte er Brathon absichtlich – oder hatte er nur Angst, Heng könne ihn wegen seines Versagens bestrafen? Der Kommandeur beschloss, dieser Sache sofort auf den Grund zu gehen.

Handelte Thas einmal so, war es durchaus möglich, dass er schon früher wichtige Meldungen unterschlagen hatte. Er musste überprüft werden, schnell und gründlich. Heng wurde beinahe übel bei dem Gedanken, ein Verräter könnte bis in die gefährlich hohe Position des TGC-Sektionschefs vorgerückt sein, ohne dass er es bemerkt hatte. Eilig betrat er den Schaltraum, um alles in die Wege zu leiten. Aber er kam nicht mehr dazu, weil er das grelle Blinken der Warnlampe sah, noch ehe sein mechanischer Begleiter ihn darauf aufmerksam machen konnte. In höchster Hast lief Heng an seinen Platz. Der Roboter benötigte keine speziellen Befehle, stellte sofort die Sichtverbindung her. Ein Bildschirm zeigte das Großraumlabor auf Sohle dreiundzwanzig. Und was sich dort abspielte, ließ den Mascant Vregh Brathon und Kiran Thas augenblicklich vergessen.

Einer der Wissenschaftler lag am Boden, völlig unbekleidet. Heng war sofort klar, dass dieser Mann nicht freiwillig in diesem Zustand auf dem harten Boden lag, zumal er wirkte, als sei er bewusstlos. Heng mochte unter Verfolgungswahn leiden, aber gerade deshalb verstand er augenblicklich. Er gab dem Roboter den Befehl, die zwölf Leichen einzublenden. Seine Ahnung hatte ihn nicht getäuscht – einer der Körper *fehlte!*

Für Augenblicke war der einsame Mann unfähig, zu denken oder etwas zu tun, starrte auf die leere Fläche. In seinem Gehirn überstürzten sich die Gedanken. Es war sich absolut sicher, dass die Wissenschaftler keinen dieser Körper aus dem Labor entfernt hatten. Das hätte keinen Sinn ergeben, denn der Raum war optimal eingerichtet und bot jede Untersuchungsmöglichkeit. Aber wo war die Leiche dann geblieben?

Ütr'ang! Er starb, als die BARGONNA landete, hatte also doch eine Gefahr wahrgenommen, die zweifellos von diesem Schiff ausging. Und da er auf Amarkavor Hengs Sicherheit »eingestellt« gewesen war, bedeutete das nichts anderes, als dass die Leichen eine tödliche Gefahr für den Kommandeur darstellten. Die fehlende?

Heng wurde fast hysterisch vor Angst bei dem Gedanken, dass einer der Mörder sich bereits auf dem Weg zu ihm befand. Nur allmählich fielen ihm die unzähligen Sicherheitsvorkehrungen ein. Niemand würde es schaffen, bis zu ihm persönlich vorzudringen, solange er in seiner Aufmerksamkeit nicht nachließ. Er musste den Fremden finden, seinen Weg verfolgen. Im geeigneten Moment konnte er dann zuschlagen.

Aber zuerst wollte er die Wissenschaftler wecken. Es war unverantwortlich, dass sie mit diesen Körpern so unachtsam umgegangen waren. Amarkavor Heng dachte nicht einen Augenblick daran, dass diese Leute ebenso wenig wie er damit hatten rechnen können, dass eine Leiche plötzlich davonlief. Er dachte in seinem Wahn vielmehr daran, dass auch Barilla und seine Leute zu den allgegenwärtigen Feinden gehörten. Sie mussten bemerkt haben, dass wenigstens einer der Körper keineswegs tot war. Vielleicht hatten sie sogar alles eingefädelt, um mit einem geschickten Trick die Mörder in Amarkavor Hengs unmittelbare Nähe bringen zu können. So gesehen war diese Zentrale nicht mehr sicher genug.

Endlich raffte Heng sich dazu auf, etwas zu unternehmen. Er entwarf einige Pläne, ließ die Hälfte davon wieder fallen und hetzte seine Roboter für Zentitontas sinnlos hin und her. Dann stand sein Entschluss fest. Großalarm für den Geheimdienst! Seinen Verdacht gegen Kiran Thas hatte er zwar nicht vergessen, aber er hielt diese Episode im Augenblick für weniger wichtig, weil Thas nur einer von vielen Sektionschefs war. Dezentralisierung auch dieser Institution hielt Heng für das beste Mittel, Verschwörungen unter den Abwehrbeamten vorzubeugen.

Verhaftung aller Wissenschaftler auf Sohle dreiundzwanzig! Die Verhöre würden zeigen, wer schuldig war und wer nicht. Versiegelung des Labors und strenge Bewachung der Zugänge zu diesem Raum. Ständige Beobachtung der restlichen Körper durch die Überwachungskameras. Nur so ließ sich verhindern, dass sich ein weiterer Mörder auf den Weg machte. Und schließlich die konzentrierte Fahndung nach dem Fremden mit Hilfe aller geheimen Beobachtungsanlagen.

Mascant Heng hatte das Gefühl, alles Nötige veranlasst zu haben. Die unmittelbaren Auswirkungen seiner Befehle wartete er gar nicht erst ab. Der Boden in dieser Zentrale war ihm zu heiß. Steckten tatsächlich die Wissenschaftler hinter diesem Mordversuch, hatten sie mit ihren Geräten vielleicht auch schon einen Weg ausgetüftelt, bis an diesen Ort vorzudringen. Amarkavor Heng rannte zu einer der geheimen Transportröhren. Sein Ziel stand fest.

Als er eine halbe Tonta später die kleine Kabine verließ, stand er in einem Raum, der jenem aufs Haar glich, den er verlassen hatte. Aber zwischen ihm und der anderen Zentrale lagen nicht nur ein paar hundert Kilometer, sondern auch unzählige Todesfallen für alle, die ihm auf diesem Wege zu folgen versuchten. Und vor allem: Hier befand sich der Eingang zu jenem Fluchtschacht, der ihn schnell zu seinem sichersten Transportmittel brachte. Der Hangar, in dem das SKORGON permanent startbereit stand, lag in gerader Linie über Heng.

Magantilliken hatte keine Mühe, sich in dem Labyrinth Enorketrons zu orientieren. Er entdeckte einen Antigravschacht und ließ sich nach oben tragen. Ihm war klar, dass er an der Oberfläche am ehesten zu einem Raumer kommen konnte. Der Schacht endete, ehe der Vargane die subplanetarischen Anlagen verlassen hatte. Er sah sich kurz um und verglich das Schema der Gänge mit seinen bisherigen Kenntnissen. Dann wandte er sich zielstrebig in die richtige Richtung, stand wenig später vor dem Hauptschacht dieser Sektion und lächelte triumphierend.

Dann erst wurde er auf eine Kontrollanzeige seines Armreifens aufmerksam. Sie bewies ihm, dass es in der unmittelbaren Umgebung Spiongeräte gab. Er überlegte einen Moment und entschied, dass es besser war, sich der Fernbeobachtung zu entziehen. Der Henker hatte ganz entschieden etwas dagegen, dass sein Bild in irgendwelchen Beobachtungszentralen erschien. Eine kurze Schaltung löste das Problem. Jede Kamera, an deren Erfassungsbereich er kam, würde fortan für kurze Zeit nur verschwommene Bilder liefern. Selbstverständlich wusste Magantilliken, dass er auf diese Weise eine deutliche Spur hinterließ. Er würde jedoch die Störvorrichtung abschalten, sobald er in belebtere Teile der Anlage kam; das war schon wenig später der Fall. Er sah hinter einem Schachtausstieg einen gekrümmten Gang, hörte Geräusche und ging darauf zu, befand sich jetzt in einer der Freien Zonen, in denen jeder Arkonide innerhalb gewisser Grenzen tun und lassen konnte, was er wollte.

Magantilliken hielt sich nicht lange auf. Zielstrebig durchschritt er Gänge, kam an Verkaufsstellen und Frühstücksküchen vorüber und stellte mit Erleichterung fest, dass viele der Leute, die hier herumliefen, alles andere als reinrassige Arkoniden waren. In diesem Gewimmel fiel er nicht im Geringsten auf. Kurze Zeit später stand er vor einem weiteren Antigravschacht. Ein Übersichtsplan an der Wand zeigte dem Henker, dass er von hier aus direkt zur Oberfläche schweben konnte. Der Zugang zum Schacht war unbewacht, aber das hatte nicht viel zu bedeuten. Magantilliken hatte längst erkannt, dass er sich in einem sehr großen militärischen Stützpunkt befand. Er rechnete damit, dass es an der Oberfläche zahlreiche Wachtposten gab, die jeden Unbefugten am Betreten des Raumhafens hinderten.

Diese Ahnung bestätigte sich, als er den oberen Ausstieg erreichte. Am Rande einer kleinen Plattform standen mehrere Männer und bewachten eine breite Öffnung in dem Kuppelbau, durch die helles Tageslicht drang; Arkoniden in Uniform, entsicherte Waffen in der Hand. Das hätte den Varganen nicht gestört.

Schlimmer war, was er jenseits des Tores erkannte. Die Kuppel befand sich mitten auf einem gigantischen Landefeld. Bis zum Horizont waren Raumschiffe mit der für die arkonidische Bauweise typischen Ringwulst-Kugelform zu sehen. Manche wiesen deutlich sichtbare Schäden auf. Ein ständiges Kommen und Gehen herrschte zwischen den zahlreichen gleichartigen Kuppeln, überall waren bewaffnete Kommandos zu sehen. In geringem Abstand zum Ausstieg waren sogar Kampfroboter postiert.

Magantilliken ließ das Bild auf sich wirken und überlegte fieberhaft. Es wäre ihm mit seiner Ausrüstung nicht schwer gefallen, trotz der zahlreichen Hindernisse ein Raumschiff zu kapern, aber damit war offensichtlich noch nicht viel gewonnen. Der Zufall hatte ihn in einen der gigantischen Stützpunkte des arkonidischen Sternenreiches gebracht. Die kühle Logik sagte ihm, dass es zwischen den übrigen Planeten dieses Systems zahlreiche Wachvorrichtungen geben musste. Zwischen diesen musste er bei einem Versuch, das System zu verlassen, trotz seiner großartigen Ausrüstung hängen bleiben. Es war also sinnlos, diesen Weg fortzusetzen.

Die Wachen waren inzwischen auf ihn aufmerksam geworden. Es kümmerte ihn nicht, aber einer der Männer, die sich auf ihrem Posten offensichtlich langweilten, sprach ihn an. »Wohin willst du?«

»Ich wollte mich nur ein wenig umsehen«, sagte Magantilliken langsam, nachdem er festgestellt hatte, dass er nicht einfach wortlos ausweichen durfte, wollte er nicht noch mehr Argwohn auslösen.

Der Posten trat näher. »So etwas sehen wir hier nicht gerne. Verschwinde, Freundchen – und bleib in Zukunft gefälligst in deiner Abteilung, verstanden?«

Der Vargane drehte sich um und ließ sich in das abwärts gepolte Antigravfeld fallen. Er begriff, dass auf diesem Planeten eine sehr straffe Disziplin herrschte. Während er nach unten sank, fügte er die einzelnen Beobachtungen zu einem logischen Ganzen zusammen, wusste jedoch, dass ihm noch einige Steinchen fehlten, ehe er ein perfektes Bild erhielt. Er beschloss, sich die fehlenden Informationen schnell und möglichst unauffällig zu besorgen.

Magantilliken bemerkte, dass viele der im Schacht schwebenden Arkoniden einem bestimmten Ausstieg zustrebten, und nahm an, dass sie auf dem Wege zu den Mannschaftsquartieren waren. Das erschien ihm eine günstige Gelegenheit, ein geeignetes Opfer zu finden. Er schwang sich ebenfalls hinaus und erreichte eine von Leben überquellende Sektion. Die Gänge waren hier höher und breiter. Hinter offenen Türen sah der Vargane große Säle, in denen sich die Soldaten drängten. Musik erklang aus allen Richtungen. Er hatte offensichtlich einen Bezirk betreten, der der Unterhaltung diente. Es war nicht ganz das, wonach er gesucht hatte, aber er würde auch hier sein Ziel erreichen.

Er blieb an einer der Türen stehen und blickte in den fremdartigen Raum. Das Licht war gedämpft, die Decke verlor sich in der Dunkelheit. Im Mittelpunkt des Saales zuckten über eine schwarze, runde Fläche farbige Lichtstrahlen. Spärlich bekleidete Frauen tanzten zwischen den Mustern aus Licht zu einer eigenartig monotonen Musik. Im Hintergrund entdeckte Magantilliken zahlreiche dämmerige Nischen. Da die meisten Abteile von Pärchen besetzt waren, konnte sich der Henker in etwa vorstellen, um welche Art von Etablissement es sich bei diesem Raum handelte. Er wusste, dass sich Damen einer gewissen Kategorie oft völlig ungeniert über Staatsgeheimnisse unterhielten, die höheren Ortes nur hinter vorgehaltener Hand erwähnt wurden.

»Muss man hier Eintritt bezahlen?«, fragte er einen Soldaten, der neben ihm stehen geblieben war.

»Nein, der ist kostenlos.« Der Arkonide lachte anzüglich. »Dafür kassieren die Weiber horrende Preise. Nimm dich in Acht. Da ist schon mancher mit leeren Taschen wieder herausgekommen.«

Magantilliken nickte zufrieden. Die Auskunft war ausreichend. Er betrat den Saal und wandte sich einer leeren Nische zu. Als er sich in einen der weichen Sessel sinken ließ, leuchtete auf einem kleinen Glastisch zu seiner Rechten ein Holo auf. Er studierte die Aufschriften und fand schnell heraus, welchen Knopf er drücken musste, um eine der Frauen zu rufen. Da er kein arkonidisches Geld hatte, verzichtete er darauf, ein Getränk zu bestellen.

Die Gesellschafterin erschien schnell. Auf einen Arkoniden mochte sie durchaus anziehend wirken – für Magantilliken war sie nicht mehr als ein Werkzeug, dessen er sich bedienen wollte. Er sah den Ausdruck ihres Gesichts, als sie den leeren Tisch bemerkte, und deutete ihn sofort richtig. Sie war enttäuscht, dass er noch nichts bestellt hatte. Aber sie war professionell genug, um dennoch Platz zu nehmen. Nachdem Magantilliken einige Worte an sie gerichtet hatte, vergaß sie das Fehlen von Getränken …

Als er später den Saal wieder verließ, wusste er ziemlich genau über die Verhältnisse auf Enorketron Bescheid. Seine Informantin dagegen hatte keine Ahnung, was sie dem Fremden erzählt hatte, erinnerte sich zwar an ihn, hatte jedoch nur noch eine verschwommene Ahnung davon, mit ihm ein kurzes, fruchtloses Gespräch geführt zu haben.

Magantilliken kehrte zum Antigravschacht zurück. Eins war ihm nun klar: Um diesen Planeten verlassen zu können, war es nötig, den Kommandeur höchstpersönlich mit einem Besuch zu beehren: Mascant Amarkavor Heng hatte nicht nur die unumschränkte Befehlsgewalt, sondern auch das passende Fluchtfahrzeug.

Magantilliken nahm an, dass das SKORGON alle Sperren ohne Aufenthalt passieren durfte. Weil es sich bei Heng offensichtlich um einen krankhaft misstrauischen Mann handelte, würde er dafür gesorgt haben, dass dieses Raumschiff nur von einer einzelnen Person gesteuert werden konnte – von ihm selbst. Die Tatsache, dass Heng als unauffindbar galt, imponierte dem Henker wenig. Er war sicher, dass es ihm gelingen würde, diesen Arkoniden aufzuspüren. Mit den Sicherheitsvorkehrungen wurde er dank seiner Ausrüstung spielend leicht fertig. Nachdem er alles bedacht hatte, wusste er, wo er mit seiner Suche nach einem Zugang zu Hengs Reich zu beginnen hatte.

Amarkavor Heng schlug wütend mit der Faust auf die Lehne seines Sessels, als ihm klar wurde, dass sich der geheimnisvolle Fremde jeder Beobachtung entzogen hatte. Er war so spurlos verschwunden, als hätte er sich in Luft aufgelöst. Auch der Geheimdienst versagte kläglich. Heng biss die Zähne zusammen und bemühte sich, seiner wachsenden Angst Herr zu werden. Immer wieder sah er zu seinen Robotern hinüber in der Hoffnung, sie würden endlich doch etwas finden. Aber die Maschinen lieferten keine Ergebnisse.

Über verschiedene Bildschirme konnte Heng verfolgen, wie seine Untergebenen verschiedene Suchaktionen starteten. Er wusste, dass jeder Geheimdienstler inzwischen das Bild des Gesuchten kannte – zum Glück hatten die verräterischen Wissenschaftler wenigstens eine Fotografie der Leiche liefern können. Mehr hatte sich in dieser Richtung allerdings nicht ergeben. Die Verhöre liefen noch, aber es lag kein einziges Geständnis vor.

Heng wartete lange. Schließlich sah er ein, dass es sinnlos war, vor den Bildschirmen sitzen zu bleiben. Bevor er sich in seine Privaträume zurückzog, sorgte er dafür, dass alle ihm zur Verfügung stehenden Mittel auf die Suche nach dem Mörder konzentriert wurden.

12.

Aus: *Die Methans – Hintergründe, Fakten, Auswertungen*, hier: *Die Methankriege der Arkoniden; Kap. 1 – Iskolart-Schmach*, Felted Kilznew Agema. In: *The Cambridge History of Mankind*; Cambridge, Terra, 2994

Auf der arkonidischen Flottenbasis Edomskam des Iskolart-Systems – zum Schutz der Hyperkristallfundstätten errichtet – wurde eilig ein Einsatzgeschwader zusammengestellt. Unterdessen verbrachten die höheren Flottenoffiziere wertvolle Zeit damit, Kompetenzstreitigkeiten zu führen. Jeder wollte am Einsatz teilnehmen oder besser noch das Geschwader befehligen; ein Vermerk in der Personalakte würde die Aufstiegsmöglichkeiten innerhalb der Flotte natürlich verbessern.

Nach drei Pragos harten Ringens erhielt Sonnenträger Gordon den Befehl über den Verband. Dieser machte sich eilig auf den Weg, waren doch ein neues Sonnensystem und ein unbekanntes Volk zu unterwerfen und Ruhm und Ehre zu erringen. Schon am nächsten Prago – dem 26. Tedar 10.457 da Ark – brachen die arkonidischen Raumer überraschend aus dem Hyperraum hervor und näherten sich in schnellem Flug den Planeten des Sonnensystems. Aus den Antennen ließ Sonnenträger Gordon ununterbrochen einen automatischen Funkspruch abstrahlen: »Hier spricht Sonnenträger Gordon. Ich fordere Sie auf, sich dem Tai Ark'Tussan und seinem Höchstedlen, Imperator Gonozal dem Siebten, zu unterwerfen.«

Im Sonnensystem gab es tatsächlich einen Stützpunkt sowie eine kleine Kolonie der Kagaarer, eines der vielen Völker der Wasserstoffatmer. Bei den an den Funkgeräten sitzenden Kagaarern führte die Aufforderung der Arkoniden zweifellos zu einem müden Lächeln – falls sie lächeln würden. »So viel unsinniges Geschwafel habe ich noch nie in meinem Leben gehört«, kommentierte laut den Speicherdaten Grek 243, der Dienst habene Funkoffizier, die Funksprüche der Arkoniden. »Was glauben die eigentlich, wer wir sind? Schließlich haben wir ein eigenes Sternenreich mit Zehntausenden von Raumschiffen und Milliarden von Lebewesen.«

Das war den Arkoniden zu diesem Zeitpunkt unbekannt. Zwar hatten die Kagaarer längst Raumalarm gegeben, aber den Arkoniden war die Überraschung gelungen. Die von der FALTRAN vernichteten Raumschiffe waren mit einem längeren Forschungsauftrag gestartet. Das war auch der Grund, warum die Speicher dieser Schiffe nur mit relativ wenigen Daten und Informationen bestückt gewesen waren und niemand mit einer baldigen Rückkehr gerechnet hatte. Ganz zu schweigen davon, dass die Wahrscheinlichkeit dagegen sprach, dass ein Raumer bereits kurze Zeit nach dem Start von einem anderen Volk, das ebenfalls über die Raumfahrttechnologie verfügte, aufgebracht wurde.

Ich spürte einen abscheulichen Geschmack im Mund und bleierne Müdigkeit in jedem Muskel. Meine Zunge war dick und pelzig. Nur mit Mühe zwang ich die Augenlider auf. Direkt über mir schwebte Dareenas nervöses Gesicht zwischen verschwommenen Lichtern. Sie sagte etwas, aber ich verstand sie nicht. Dann berührte etwas Kaltes meinen rechten Oberarm. Ganz langsam wich die Betäubung. Während ich meine Beweglichkeit zurückgewann, kam die Erinnerung – und ich schrak zusammen.

Der Geheimdienst!

Dareena sah, wie ich die Lippen bewegte, aber meine ausgetrocknete Kehle produzierte keinen Laut. Sie legte mir hastig die Hand auf den Mund. Ich begriff, dass ich vorläufig nicht sprechen sollte. *Aber warum? Sind Beobachter in der Nähe?*

Ich drehte vorsichtig den Kopf und ignorierte das schmerzhafte Ziehen im Genick. Alles, was ich sah, war die Front einer Diagnosekammer. Ich blickte zur anderen Seite – ein kahler, unfreundlicher Raum. Außer Dareena war niemand zu sehen. Sie beugte sich noch tiefer herab und tat, als untersuche sie meinem Kopf. Scharf und beunruhigend drang ihr Flüstern an meine Ohren: »Wir haben es fast geschafft.«

Also hatten die Beamten mich doch noch nicht gefunden. Im Augenblick hätte ich ihnen nicht einmal davonlaufen können, denn ich fühlte mich total ausgelaugt. Dareenas Betäubungsmittel hatte unangenehme Nachwirkungen.

An der Diagnosekammer leuchtete ein blaues Licht auf, Dareena schob mich hinein. Das kam mir merkwürdig vor, denn in diesem Zustand würde mich wohl kaum jemand für gesund erklären. Aber ich hatte wieder einmal vergessen, dass ich mich auf Enorketron befand. Hier wurde alles anders gehandhabt. Das Gerät kümmerte sich um meine Gesundheit überhaupt nicht, sollte lediglich feststellen, ob ich normal reagierte. Ich hatte auf einige Tasten zu drücken, dann bombardierten mich Licht- und Geräuscheffekte. Nach fünf Zentitontas holte Dareena mich wieder heraus. Ich hätte sie gern gefragt, was für ein Test das eigentlich war. Aber sie gab mir durch eine unauffällige Geste zu verstehen, dass wir beobachtet wurden. Schweigend warteten wir eine Weile, dann summte es in der Wand, eine Karte rutschte in eine Auffangrille.

Dareena warf einen Blick darauf, nickte und schob mich weiter.

Auf dem Gang raunte sie mir zu: »Alles in Ordnung. Das ist der Passierschein.«

Der Rest ging wie von selbst. Sie fuhr mich zu einem Tor, an dem die gelb gekleideten Wächter dieser Station warteten. Sie warfen einen Blick auf den Passierschein. Einer verschwand in der Wachkabine. Ich sah, dass er einen Knopf drückte. Dann rollte das große Tor auf. Dareena schob mich hindurch, beugte sich etwas vor, ihre Lippen formten die Worte: »Viel Glück!«

Ehe ich begriff, dass dies der Abschied von der mutigen Bauchaufschneiderin war, schloss sich das Tor bereits hinter ihr.

»Ein Gelber«, hörte ich eine laute Stimme hinter mir. »Los, packt mal mit an. Der arme Kerl scheint einiges hinter sich zu haben.« Drei Männer in Uniformen hoben mich von der Klappliege und stellten mich vorsichtig auf die Beine. »Kannst du gehen?«

Ich nickte, denn meine Stimmbänder funktionierten noch immer nicht. Schon nach den ersten Schritten merkte ich, dass Dareenas Mittel trotz der Gegeninjektion weiterhin wirkte. Mit Unterstützung der drei Fremden kam ich bis zu einem Bett, dann schlief ich schon wieder ein.

»Frühstück!«, grollte eine Stimme neben meinem Ohr. Ich fuhr hoch, hatte keine Ahnung, wie lange ich geschlafen hatte. Die Ereignisse, die mich in diesen Raum geführt hatten, waren mir nur verschwommen in Erinnerung. Aber ich dachte jetzt bereits klar genug, um zu erkennen, dass Dareenas Plan ein voller Erfolg gewesen war. Ich begriff auch, dass die halbe Betäubung mir geholfen hatte, mich genau richtig zu verhalten.

Neben meinem Bett hockte ein bärtiges Individuum, das mich fast an Fartuloon erinnerte. Der Fremde hielt mir einen Becher mit Fruchtsaft und eine Schale mit Konzentratbrei unter die Nase. Obwohl das Zeug nicht unbedingt appetitanregend wirkte, lief mir beim bloßen Gedanken an Essen das Wasser im Mund zusammen. Mein Magen knurrte. Ich stürzte den Saft hinunter und atmete erleichtert auf, als ich endlich den Ekel erregenden Geschmack loswurde.

Der Bärtige blieb neben mir sitzen, sah mir zu und fragte nach einer Weile: »War's schlimm?«

»Ich bin froh, dass ich draußen bin.« Das entsprach der Wahrheit. Ich sah mich misstrauisch um. Mein Bett stand am Rande eines Schlafsaals. Die meisten Betten waren leer. Im Hintergrund standen mehrere Türen offen.

»Duschen, Aufenthaltsräume, andere Schlafsäle«, sagte der Bärtige, der meinem Blick gefolgt war. »Ich heiße Shelon. Wenn du dich fit genug fühlst, zeige ich dir die Anlage.«

Ich lächelte matt. »Der Ausgang interessiert mich am meisten.«

»Kann ich mir vorstellen. Aber es ist nicht ratsam, dort zu oft herumzulungern. Die Wachtposten verstehen wenig Spaß.«

Ich runzelte die Stirn. *Wieder Hindernisse! Wann, bei allen Dämonen der Galaxis, hört das endlich auf?* »Wie lange dauert es, bis sie einen hinauslassen?«

Shelon kratzte sich am Bart. »Kommt darauf an. Einen Prago oder auch mehr. Die Nachfrage ist unterschiedlich. Zwar ist der Verschleiß an Raumsoldaten hoch, und dieses Lazarett ist auch nicht geeignet, jede Menge Nachschub zu liefern, aber im Augenblick scheinen sich die Methans in unserem Sektor ganz gut zu benehmen. Du wirst dich in Geduld üben müssen.«

Geduld! Mir brennt die Zeit unter den Nägeln. Es war bereits ein Wunder, dass ich es bis hierher geschafft hatte. Der Geheimdienst konnte jeden Moment auf Dareena stoßen. Es gab Unterlagen darüber, dass sie mich »behandelt« hatte. Zwar war sie eine mutige und tapfere Frau, aber ich kannte die Verhörmethoden. Lange würde sie nicht Widerstand leisten können, das war klar. *Ich muss dieses Lager verlassen. Nicht morgen oder in einigen Pragos, sondern heute noch!*

»Gibt es denn nur einen Ausgang?«

Shelon blickte mich prüfend an und grinste. »Hast du es eilig? Warum eigentlich? Es ist gar nicht so schlecht hier. Du bekommst regelmäßig etwas zu essen, kannst dich ausschlafen, und im Aufenthaltsraum gibt es sogar ein ganz passables Unterhaltungsprogramm. Ich verstehe nicht, warum du dich darum reißt, möglichst schnell wieder in den Krieg zu ziehen.«

Vorsicht!, warnte mein Extrasinn. *Dieser Mann verfolgt einen Plan. Nimm dich in Acht.*

Ich schlug die Warnung in den Wind, denn meiner Meinung nach konnte es nur schlimmer werden. Kam ich nicht rechtzeitig aus dem Lager heraus, stand mir eine intensive Unterhaltung mit den Dunkelroten vom TGC bevor. *Was habe ich also zu verlieren?*

»Ich will nicht unbedingt in einen neuen Einsatz geschickt werden.«

Shelon wirkte zunächst verblüfft, dann nickte er und stand auf. »Ich zeige dir den Duschraum.«

Ich verstand. Auch hier war man vor heimlichen Lauschern nicht sicher. Ich schwang die Beine aus dem Bett und stellte fest, dass ich immer noch den lächerlichen gelben Kittel trug. Am Fußende des Bettes sah ich das Bündel mit meinen Sachen. Hastig kleidete ich mich an. Shelon beobachtete mich und schenkte besonders den von Dareena auf meine Haut geschminkten Flecken große Aufmerksamkeit. Wieder meldete sich mein Extrahirn mit einem mahnenden Impuls, aber ich ignorierte seinen Ratschlag.

Shelon schob sich zwischen den engen Reihen aus Betten entlang. Erneut fühlte ich mich an Fartuloon erinnert. Wahrscheinlich war diese Ähnlichkeit mit meinem Lehrmeister schuld daran, dass ich diesem Fremden instinktiv vertraute. Die Duschkabinen waren zwar ohne jeden Luxus, wirkten aber sehr sauber. Shelon zog mich in eine Ecke im hintersten Teil des Raumes.

»Hier sind wir sicher«, behauptete er. »Du hast also die Absicht, zu desertieren?«

»So habe ich es nicht ausgedrückt.« Die ständigen Warnungen des Logiksektors machten mich nervös und vorsichtig. Immerhin war es merkwürdig, dass ausgerechnet dieser Shelon über die Verteilung der Abhörgeräte informiert sein sollte.

»Lassen wir die Wortspielereien. Ich wüsste einen Weg, um an den Wachen vorbeizukommen. Aber es ist nicht ganz ungefährlich.«

Ich schwieg und beobachtete ihn.

»Was starrst du mich so an?«, fauchte er nach einer Weile. »Willst du nun hinaus oder nicht?«

»Also gut. Schieß los.«

»Ich habe schon lange auf eine solche Gelegenheit gewartet. Das Kriegsgeschäft liegt mir nicht. Früher arbeitete ich hier auf Enorketron in einem Reparaturtrupp. Zufällig hatte ich besonders oft in der Umgebung des Lazaretts zu tun. Deshalb kenne ich mich ganz gut aus.«

»Wenn es so ist – wie und weshalb wurdest du dann Soldat? Techniker werden in diesen Zeiten immer dringend gebraucht.«

»Bist du einer von den Schnüfflern?«

»Gibt es hier welche?«

Er lachte. »Du scheinst ziemlich naiv zu sein. Oder du warst noch nicht auf Enorketron! Im Lager sind immer auch ein paar Männer vom Geheimdienst. Sie hetzen die Leute auf; fällt einer auf ihr Geschwätz herein, denunzieren sie ihn. Die Kerle sind leider verdammt geschickt, dass ihnen niemals etwas zu beweisen ist.«

Ich akzeptierte diese Erklärung.

Und wenn Shelon damit eine Beschreibung seines eigenen Geschäftes gegeben hat?, meldete sich der Extrasinn aufdringlich.

Auf die Idee bin ich auch schon gekommen. Laut sagte ich: »Ich habe keine Verbindungen zum Geheimdienst. Du kannst das glauben – oder auch nicht. Aber ich will trotzdem mehr über dich wissen. Ich vertraue mein Leben nicht gern jemandem an, den ich nicht kenne.«

»Verständlich.« Er nickte. »Es ist ganz einfach. Ich war zu neugierig, kam durch einen Zufall dahinter, dass unser hoch geschätzter Kommandeur seine Augen und Ohren buchstäblich überall hat. Ich verfolgte die Wege, auf denen die Informationen weitergeleitet wurden, fand dabei etwas sehr Interessantes heraus. Der hochedle Heng begnügt sich nicht mit seinen eigenen Geräten, sondern er benutzt auch die Speicher der offiziellen Positroniken für seine Zwecke. Ich hielt das für gefährlich. Gesetzt den Fall, es findet ein Angriff auf das Trantagossa-System statt – und die zuständigen Positroniken arbeiten mit einem Bruchteil der vorgeschriebenen Kapazität. Das hieße, dass die Feinde ein leichtes Spiel hätten. Ich vertrat außerdem die Meinung, dass ein Mann, der über so großen Einfluss verfügt, sich lieber auf seine Arbeit konzentrieren sollte, statt Privatgespräche zu belauschen und überall nach Verrätern zu fahnden.«

»Das war eine ziemlich lange Rede. Und die Pointe deiner Geschichte?«

»Kannst du dir das nicht denken? Ich Trottel musste natürlich Meldung erstatten. Dabei geriet ich an den falschen Mann – und schon saß ich in der Falle. Man sperrte mich eine Weile ein, verhörte mich zwei Pragos lang und ließ dann einen Bauchaufschneider auf mich los, der mein Gedächtnis korrigieren sollte. Aber entweder war der Kerl total unfähig oder mit den hiesigen Zuständen ebenfalls nicht einverstanden. Man steckte mich in ein

Schlachtschiff und hoffte vermutlich, ich würde möglichst bald das Zeitliche segnen.«

Er redet zu viel, behauptete mein Extrasinn. *Sei vorsichtig!*

Ich hörte gar nicht hin. Zugegeben, in der Geschichte steckten einige Unwahrscheinlichkeiten, aber gerade deshalb erschien sie mir als durchaus glaubhaft, vor allem angesichts meiner eigenen Erlebnisse auf diesem Planeten. Shelon war kein Dummkopf. Er wusste, wie viele schwache Punkte in seinem Bericht steckten. Wäre er ein Spitzel, hätte er sich meiner Meinung nach von vornherein etwas Geschickteres ausgedacht.

»Bist du nun endlich zufrieden?«

Ich nickte. Mein Entschluss stand fest. Wenn Shelon mit einem Reparaturtrupp hier herumgekrochen war, kannte er viele Wege, die einem normalen Sterblichen verborgen blieben. Es war eine einmalige Chance, zu entkommen.

»Ich könnte dich jetzt natürlich auch einiges fragen«, murmelte er nachdenklich. »Aber das hat Zeit bis später. Ein Spitzel bist du nicht – ich rieche diese Kerle förmlich. Was hast du noch an Ausrüstung?« Ich wollte antworten, aber er winkte ab. »Entschuldige, die Frage ist überflüssig. Den Gelben nehmen sie sowieso alles ab. Nun, zum Glück habe ich ein paar Kleinigkeiten, die uns weiterhelfen können. Direkt unter diesem Raum führt ein Reparaturschacht entlang. Ein Zugang liegt im Fußboden der letzten Kabine. Als das Lager einrichtet wurde, hat man den wasserdichten Bodenbelag einfach darüber gerollt. Die Klappe hat einen ganz simplen Mechanismus und macht keine Probleme. Schwieriger ist es schon, den Schacht wieder zu verlassen. Aber meistens liegen da unten ein paar vergessene Werkzeuge herum. Es gibt sogar eine Notbeleuchtung.«

Inzwischen hatte ich ebenfalls den Eindruck, dass alles etwas zu glatt ging. Shelon war tatsächlich erstaunlich gut informiert – etwas zu gut. Ich überlegte, warum er nicht längst auf und davon war, wenn ein Ausbruch sich so leicht bewerkstelligen ließ. Aber ich wollte nicht noch mehr Fragen stellen, um ihn nicht unnötig zu verärgern. Immerhin stimmte ich nun dem Logiksektor zu und beschloss, extrem vorsichtig zu sein.

»Wann gehen wir?«, erkundigte ich mich.

»Wir müssen noch etwa eine Tonta warten. Die Duschen sind zwar immer geöffnet, aber Wasser gibt es nur zu bestimmten Zeiten. Jeder im Lager weiß das. Wenn die Hähne gesperrt sind, treibt sich verständlicherweise niemand hier herum.«

»Und die Kameras?«

»Hier im Duschraum gibt es nur sehr wenige. Außerdem glaube ich nicht, dass sie oft in Betrieb sind. Ich bin heute Nacht in das Lager gekommen. Vor einigen Tontas gab es in der Kabine da drüben einen Kampf zwischen zwei Soldaten. Hätte man das beobachtet, wären ganz sicher die Wachen aufgekreuzt. Sie lassen sich keine Gelegenheit entgehen, ihre Macht zu demonstrieren.«

Fällt dir nicht auf, wie geschickt er deine ungestellten Fragen beantwortet? Manchmal wünschte ich mir, den Extrasinn abschalten zu können.

»Wir sollten uns bis dahin draußen im Lager aufhalten«, schlug Shelon vor. »Niemand darf uns zusammen sehen. In genau einer Tonta treffen wir uns hier wieder.«

Der Logiksektor hatte es inzwischen aufgegeben, mich mit seinen pessimistischen Warnungen zu bombardieren. Vermutlich hielt er mich für unbelehrbar. Ich hatte inzwischen selbst eingesehen, dass Shelon verdächtig war, vertraute jedoch auf mein Glück und meine Kampferfahrung. Ob der Bärtige nun ein Verräter war oder nicht, spielte gar keine große Rolle. Mir kam es lediglich darauf an, das Lager zu verlassen, ehe mich der Geheimdienst abholte.

Als ich an unserem Treffpunkt ankam, war Shelon noch nicht da. Ich hockte mich nervös in eine Ecke, die von den Kameras schwer einsehbar war, und wartete ungeduldig. Als ich endlich Schritte hörte, schrak ich unwillkürlich zusammen. Ich sah um die Ecke und rechnete im Stillen bereits damit, die Dunkelroten zu sehen, aber es war tatsächlich Shelon. Er war allein.

»Bei den Gelben hat es eine Menge Aufregung gegeben«, sagte er. »Eine Bauchaufschneiderin wurde verhaftet. Es heißt, sie hätte einem Gefangenen zur Flucht verholfen. Einer, der dabei war, hat uns die Geschichte erzählt.«

Dareena! Sie hatten sie also doch erwischt. Ich ballte unwillkürlich die Hände. *Sie hat mir geholfen und erhält nun dafür die Rechnung. Ich kann nichts tun, um ihr zu helfen.* Ich bemerkte seinen interessierten Blick und riss mich zusammen. Ich wusste, dass er Verdacht geschöpft hatte. Er ahnte zumindest, dass ich etwas mit dem Schicksal der Frau zu tun hatte. Jetzt musste es sich erweisen, wie zuverlässig er war. Meldete er mich bei den Wachen, hatte er einige Vorteile zu erwarten.

Aber er wandte sich ab. »Fass mal mit an.«

Es war ein seltsames Gefühl. Der Duschraum war hell beleuchtet. Die Türen standen offen, nur die Trennwände der großen Kabinen schützten uns davor, bei unserer Arbeit gesehen zu werden. Ich drehte mich immer wieder misstrauisch um, sah jedoch niemanden. Shelon löste geschickt die Verbindung zwischen Bodenbelag und Wand. Ich hielt den bereits abgelösten Teil fest, damit er nicht zurückschlagen konnte, und bemerkte, dass das Lager noch ziemlich neu sein musste, weil die Klebekanten des Plastikmaterials noch ganz frisch wirkten.

Das kann auch daher kommen, dass er des Öfteren Männer in seine Falle lockt, mutmaßte der Extrasinn.

Inzwischen hatte der Bärtige es fast geschafft. Ein letzter Schnitt, dann schlug er den Belag zur Seite. Die Umrisse eines rechteckigen Schachtdeckels waren auf dem grauen Boden zu sehen. Der Eingang grenzte direkt an die Wand. Shelon schob das Messer in die schmale Ritze. Ein feines Klicken ertönte, der Deckel klappte nach unten weg. Ein kurzer, senkrechter Schacht; an der Wand gab es Halteklammern, in etwa drei Metern Tiefe erkannte ich im einfallenden Licht den Boden.

»Los, worauf wartest du noch?«, fauchte Shelon. »Du zuerst. Ich versuche, das Plastikzeug wieder zuzuziehen. Man braucht ja über unseren Fluchtweg nicht gleich zu stolpern.«

Wie praktisch das doch alles eingefädelt ist, lästerte der Extrasinn, während ich in den Schacht kletterte. Ich verzog unwillig das Gesicht. Hätte Shelon mich verraten wollen, wäre die Gelegenheit bereits vorher sehr günstig gewesen. Ich erreichte den Boden und blieb stehen. Als ich nach oben blickte, sah ich den Mann, der jetzt eine kleine Lampe eingeschaltet hatte. Er zog den Bodenbelag, so gut es ging, über die Öffnung und drückte die Klebestreifen gegen die Wand. Dann kletterte er etwas tiefer und stemmte den Schachtdeckel in seine Halterung. Mühsam stieg er vollends hinab, leuchtete eine Weile an der Wand herum und betätigte endlich einen kaum sichtbaren Kontakt. Kleine Leuchtplatten in beträchtlichem Abstand voneinander flackerten auf und spendeten dämmerige Helligkeit.

Er ging voran, ich folgte ihm. Der Gang war ziemlich groß, ich brauchte mich nicht zu bücken, um gehen zu können. Über uns zogen sich dicke Kabelbündel unter der Decke dahin. In den Wänden gab es zahllose Klappen, hinter denen wohl Kontrollmechanismen verborgen lagen. Die Luft war schal und abgestanden. Shelon beobachtete sorgfältig die rechte Wand, während wir vorwärts schritten. Nach etwa hundert Metern betätigte er wieder einen der kleinen Schalter. Die Notbeleuchtung flammte vor uns auf, während sie hinter uns erlosch. Kein Zweifel, der Bärtige kannte sich wirklich bestens aus. Und er handelte so umsichtig, als hätte er das Unternehmen vom ersten bis zum letzten Schritt durchgeplant.

Nach etwa zehn Zentitontas hörte ich ein rasch lauter werdendes Rauschen. »Was ist das?«

»Eine Abwasserleitung. Einen Kilometer weiter südlich liegt eine Aufbereitungsstation.«

Gleich darauf sah ich es selbst. In einer riesigen Röhre floss unter uns eine ekelhafte Brühe mit der Geschwindigkeit eines reißenden Flusses vorbei. Der Abwasserschacht war etwa zwanzig Meter hoch und wurde von dieser stinkenden Flüssigkeit knapp zur Hälfte ausgefüllt. Der Kabelschacht endete im oberen Teil der Röhrenwand. Eine schmale, glitschige Metallbrücke ohne Geländer führte zu einer Öffnung in der gegenüberliegenden Wand. Es waren vielleicht fünf Meter, die uns vom nächsten Gang trennten, aber das machte mir die wenigsten Sorgen. Gedachte Shelon mich auf eigene Faust zu stellen, bot sich ihm hier eine erstklassige Gelegenheit. Stand ich erst auf dem Steg, hatte er mich in seiner Gewalt. Aber der Bärtige dachte nicht daran, etwas gegen mich zu unternehmen. Er grinste, als er sah, wie skeptisch ich die wenig Vertrauen erweckende Brücke betrachtete.

»Wir fanden, ein Bad in der Brühe wäre nicht gerade verlockend«, murmelte er und drückte auf einen Knopf. Es knirschte leise über uns, dann senkte sich ein waagerecht hängendes Seil herab. In bequem erreichbarer Höhe blieb es über dem Steg hängen. Abermals ein Knirschen, das Seil straffte sich. »Kein komfortables Geländer, aber besser als gar keins. Ich gehe voran. Sobald ich drüben die Notbeleuchtung eingeschaltet habe, machst du hier das Licht aus. Verstanden?«

Ich nickte kurz, der Bärtige griff nach dem Seil. Noch immer war ich innerlich bis aufs Äußerste angespannt. Das war zweifellos die kritischste Phase dieser Flucht. Shelon ließ drüben die Lampen aufflammen und winkte mir zu. Ich biss die Zähne zusammen, drückte auf den Kontakt und trat auf den Steg hinaus. Unter mir gurgelte es. Das schwache Licht schuf düstere Reflexe auf die Oberfläche des Abwasserstroms. Der Boden unter meinen Füßen war glitschig, in der hohen Luftfeuchtigkeit hatten sich Schimmelrosen auf zahlreichen Dreckspritzern angesiedelt. Ein entsetzlicher Gestank drang aus der Tiefe herauf und betäubte mich fast. Ich sah nach vorn; Shelon streckte mir hilfreich die Hand entgegen. Aufatmend trat ich in die Sicherheit des Ganges und lehnte mich gegen die Wand, während der Mann mit ein paar Handgriffen das Seil wieder in der Dunkelheit verschwinden ließ. Mein Misstrauen war jetzt so gut wie erloschen. Ein Verräter handelte auf keinen Fall so, wie ich es jetzt bei Shelon erlebte.

Er hätte sich keinen Orden verdienen können, wärst du in den Abwässern ertrunken, bemerkte mein Extrasinn skeptisch.

Wir gingen noch eine Tonta lang durch ein Gewirr von Tunneln und Schächten. Obwohl ich wusste, dass jenseits dieser Wände bewohnte Abteilungen lagen, kam ich mir vor, als liefe ich durch eine verlassene Unterwelt. Als Shelon endlich vor einem seitlichen Ausgang stehen blieb, atmete ich erleichtert auf. Der Bärtige lauschte eine Weile angestrengt, auch ich spitzte die Ohren. Jenseits des schmalen Zuganges blieb es still. Allerdings hatte ich keine Ahnung, wie gut diese Tür isoliert war.

»Wo geht es da hin?«, fragte ich leise.

»In ein Magazin. Normalerweise arbeiten nur Roboter dort. Von diesem Lagerraum aus lässt sich mit etwas Glück leicht in die freien Zonen ausweichen.« Er beschäftigte sich mit dem Schloss, ich sah ihm aufmerksam zu. Obwohl ich ihm nicht mehr misstraute, blieb ich wachsam. Falls uns allerdings auf der anderen Seite ein ganzes Kommando von Geheimdienstleuten erwartete, würde mir auch die größte Aufmerksamkeit nichts nützen. Notfalls musste ich versuchen, in das Labyrinth von Kabelschächten zu fliehen. Ich glaubte, inzwischen genug gelernt zu haben, um auch allein vorwärts zu kommen.

Die Tür öffnete sich nahezu lautlos. Licht blendete im ersten Augenblick. Shelon huschte schnell um die Ecke, ich folgte hastig. Der Bärtige wies auf einen Stapel von Kisten. Ich ging in Deckung, während er sorgfältig den Eingang wieder verschloss. Es war tatsächlich ein Magazin, ich sah die schweren Laufschienen für die Verladeeinrichtungen über mir. Als ich um den Kistenstapel spähte, entdeckte ich auch ein paar Arbeitsroboter. Weiter vorne gab es einen Ausgang. Weil auch dort Leuchtplatten für Helligkeit sorgten, vermutete ich, dass wir uns immer noch in den subplanetarischen Anlagen befanden.

Shelon ließ sich neben mich auf den Boden sinken. »Hier sind wir fürs Erste sicher«, brummte er und sah auf seine Uhr. »Die Ruheperiode beginnt in drei Tontas. Vorher hat es wenig Sinn, das Magazin zu verlassen. Wir sollten uns etwas ausruhen.«

»Was machen wir, wenn uns die Roboter entdecken?«

»Die folgen stur ihrer Programmierung. Und wenn wirklich einer kommen …«

Ich bemerkte seine Handbewegung, mit der er in die Tasche griff.

Gefahr!, gellte mein Extrasinn.

Als Shelon den Impulsstrahler in Kleinstausführung auf mich richten wollte, war ich bereits um den Kistenstapel gerollt. »Gib dir keine Mühe«, hörte ich die spöttische Stimme. »Du entkommst mir nicht. Mein Chef wird mir einen langen Sonderurlaub spendieren.«

Ich lag hinter dem Kistenstapel und lauerte auf ein Geräusch, das mir seine Absichten verraten sollte. Zwar hatte der Spitzel des Geheimdiensts im Augenblick die Oberhand, aber das konnte sich schnell ändern. Immerhin war ich aus dem Krankenlager heraus, schon das allein war ein beachtlicher Vorteil. Shelon rührte sich nicht. Ich nahm an, dass er wartete, bis ich meinen Standort zu ändern versuchte. Zwischen mir und dem nächsten Kistenstapel lag ein breiter Gang. Es war unmöglich, die nächste Deckung zu erreichen, ohne dabei in das Schussfeld des Bärtigen zu kommen. Ich musste mir also etwas einfallen lassen, um diesen Kerl abzulenken, sah mir die Kisten an. Sie waren aufeinander gestapelt, aber selbst mit dem größten Kraftaufwand würde es mir nicht gelingen, diesen Stapel zum Einsturz zu bringen.

Die Arbeitsroboter waren weit entfernt. Auch von ihnen war keine ungewollte Hilfe zu erwarten. Plötzlich hörte ich ein leises

Geräusch. Es klang wie das zarte Summen eines kleinen Insekts. In das nachfolgende leichte Rascheln mischte sich der Impuls meines Extrasinns: *Funkgerät.*

Es kam nur dieses eine Wort, aber das reichte völlig. Ich spurtete los. Irgendwie schaffte ich die Entfernung zum nächsten Kistenstapel, ehe Shelon schießen konnte. Ich hörte sein unterdrücktes Fluchen. Mir war nicht ganz klar, warum er nicht längst die Initiative ergriffen hatte. Schließlich war ich unbewaffnet. Ich musste also dafür sorgen, dass er seine Waffe verlor; nur dann hatte ich eine Chance, ihn zu besiegen. Der Bärtige machte zwar den Eindruck, als verfüge er über einige Kraft, aber das schreckte mich nicht.

Ich sah mich um und stellte fest, dass sich meine Position kaum gebessert hatte. Zwar war ich nun weiter von Shelon entfernt, aber das bedeutete nicht viel. Immer noch war der Ausgang zu weit weg. Es nützte auch nichts, zu versuchen, dem Bärtigen einfach davonzulaufen. Er trug ein Funkgerät und hätte im Nu seine Spießgesellen auf meine Spur gehetzt. Eigentlich war es schon ein Wunder, dass er nicht längst Verstärkung angefordert hatte. Ich schob mich vorsichtig an den Rand des Kistenstapels und hielt Ausschau nach meinem Gegner. Von dem Mann war nichts zu sehen, er befand sich anscheinend noch dort, wo ich mich von ihm getrennt hatte. Jetzt hörte ich ein leises Murmeln, das aus seiner Richtung kam. Ich biss nachdenklich auf meiner Unterlippe herum. Alarmierte der Bursche jetzt seine Dienststelle, war ich verloren. *Es muss endlich etwas geschehen.*

Die Kisten reichten fast bis an die Wand. Ich untersuchte den Spalt und kletterte dann vorsichtig in ihm nach oben, indem ich mich mit Händen und Füßen gegen die Wand und den Rücken an die Kisten stemmte. Es war eine beschwerliche Kletterei. Als ich in etwa zehn Metern Höhe die Oberkante des Kistenstapels erreicht hatte, lief mir der Schweiß aus allen Poren. Ich zog mich über den Rand und blieb einige Augenblicke flach auf dem Rücken liegen. Dann erst schob ich mich vorwärts und sah nach unten. Meine Kletterei war nicht ohne Geräusche geblieben, aber Shelon hatte die falschen Schlüsse gezogen, dachte wohl, ich hätte mich hinter dem Stapel verbarrikadiert. Jedenfalls schlich er mit gezogener Waffe lautlos zwischen den beiden Stapeln auf meinen vorigen Schlupfwinkel zu. Ich musterte die Unterlage, auf der ich lag, und grinste zuversichtlich.

Shelon merkte, dass etwas nicht stimmte, blieb neben dem Spalt stehen und überlegte offensichtlich angestrengt. Er vermutete mich in diesem dunklen Zwischenraum. Jetzt streckte er die Hand vor, zögerte jedoch, in den Zwischenraum hineinzufeuern. »Komm raus!« Seine Stimme klang ziemlich nervös. »Du sitzt in der Falle, siehst du das nicht ein?«

Er will mich also lebend. Es gelang mir, die Klammern zu lösen, mit der die oberste Kiste des Nachbarstapels verankert war. Der Behälter bestand aus festem, sprödem Plastikmaterial – er würde einen Sturz aus dieser Höhe auf keinen Fall unbeschädigt überstehen. Ich hoffte, dass der Inhalt aus möglichst vielen kleinen Einzelteilen bestand, holte tief Luft und stemmte mich gegen das schwere Ding. Da der Behälter ziemlich glatt war und nur noch mit zwei Klammern an der Außenfläche hing, gelang es mir, ihn weit genug vorzuschieben. Noch eine letzte Anstrengung, dann krachte der Kasten nach unten. Shelon stieß einen Schrei aus, als er knapp neben ihm zu Boden donnerte.

Ich wartete seine weiteren Reaktionen nicht ab, sondern glitt in den Spalt, der den einzigen Weg nach unten bot. Bei der rasenden Rutschfahrt holte ich mir zwar ein paar schmerzhafte Abschürfungen, aber ansonsten kam ich heil unten an. Ein Hechtsprung brachte mich an den Rand der schmalen Öffnung, dann sah ich den Mann. Wäre die Situation nicht so bedrohlich gewesen, hätte ich den Lachreiz kaum unterdrücken können. So jedoch hatte ich keine Zeit, mich meiner Heiterkeit hinzugeben. Die Kisten enthielten anscheinend große Behälter mit Farbe. Stabil waren diese Dosen allerdings nicht, sonst wären nicht so viele von ihnen zerplatzt; Shelon sah aus, als hätte er mindestens den Inhalt von zehn abbekommen.

Obwohl die zähe Masse in sirupartigen Tropfen an ihm herunterrann, behielt er den Strahler in der Hand. Mit der Zielsuche hatte er Schwierigkeiten, weil ihm ein dicker Spritzer von der Stirn rann. In dem Bemühen, die Augen von der klebrigen Masse freizuhalten, verschmierte er das Zeug mit solchem Erfolg, dass er mit einem himmelblau gescheckten Gesicht ein fast psychedelisches Aussehen bot. Aus seinem schwarzen Bart rieselte es goldgelb, das rechte Ohr leuchtete in einem prächtigen Dunkelrot. Bevor er Zeit fand, seiner Verblüffung Herr zu werden, brachte ich ihn noch weiter aus dem Konzept. Weiterhin hielt er den Strahler fest umklammert; wegen der Farbe in seinem Gesicht mochte er ausgesprochen komisch wirken, aber er würde mich wohl kaum verfehlen. Eine fast unbeschädigte Büchse war ein geeignetes Wurfgeschoss.

Shelon wusste noch nicht genau, wo er mich jetzt zu suchen hatte, warf wiederholt einen Blick nach oben – als ich ihm die Dose an den Kopf schleuderte. Der Aufprall war nicht stark genug, um den Bärtigen zu Boden zu schicken. Leider zerplatzte die Büchse nicht, wie ich das erhofft hatte. Aber als sie zu Boden krachte, war das Maß ihrer Belastbarkeit doch überschritten. Eine Lache giftig grüner Farbe breitete sich aus, während Shelon einen Schritt nach vorne trat. Er rutschte aus und fiel rücklings auf den farbbespritzten Boden. Seine Selbstbeherrschung verhinderte, dass er den Abzug der Waffe zog, aber er zappelte Augenblicke hilflos wie ein festgeklebter Käfer auf dem Rücken. In dieser Zeit griff ich nach der nächsten Büchse. Diesmal zielte ich auf seine Hand. Die Dose traf, der Ministrahler rutschte davon.

Ich sprang vor, meine Faust traf das Kinn gerade in dem Augenblick, als er sich aufzurichten begann. In diesem einen Schlag lag all die Wut, die sich seit meiner Ankunft auf Enorketron in mir aufgestaut hatte – und so plumpste mein angeblicher Freund und Helfer umgehend wieder in den Farbenschlamm. Ich holte mir den Ministrahler, dann erst wandte ich meine Aufmerksamkeit wieder der Umgebung zu. Die Arbeitsroboter nahmen tatsächlich keine Notiz von dem, was sich im Hintergrund des Magazins abspielte. Dennoch hielt ich es für sicherer, möglichst schnell diesen Ort zu verlassen. Ich schleifte Shelon ein Stück von der Farbenpfütze weg und durchsuchte seine Taschen.

Einige Dinge würden mir bei der weiteren Flucht sicher von großem Nutzen sein: das Vielzweckwerkzeug, das mir bereits bekannt war, ein kleines Bildsprechgerät, eine mehrfach gefaltete Folie, die sich als Übersichtsplan für einen Teil der hiesigen Anlagen erwies, ein Rationspäckchen mit Nahrungskonzentraten, das sogar ein kleines Sortiment von Medikamenten enthielt, und ein paar andere Kleinigkeiten. Das Wichtigste jedoch war eine ID-Karte. Der Mikrochip diente auch als Zahlungsmittel. Ich öffnete das Rationspäckchen, stopfte mir einen Teil des Inhalts in den Mund und verstaute die Habe des Bärtigen in meinen Taschen.

Während ich kaute, riss ich den linken Kombinationsärmel ab, der wie durch ein Wunder einige farbfreie Flecken enthielt. Zuerst entfernte ich etliche Spritzer von meinen Stiefeln, wischte mir die Hände ab, fesselte den Mann und schlich mich dann zwischen den Kistenstapeln näher an den Ausgang heran. Shelon würde noch eine Weile brauchen, ehe er das Bewusstsein wiedererlangte; bis dahin wollte ich eine möglichst große Distanz zurückgelegt haben. Die Gelegenheit dazu bot mir ein leerer Behälter, der als übernächster in der Reihe derer stand, die zum Abtransport bestimmt waren.

Die Arbeitsroboter beachteten mich nicht, als ich den Kasten erkletterte, aber ich rechnete damit, dass es am Eingang Kontrollen gab. Der Behälter wurde programmgemäß davongerollt. Als ich nach einigen Zentitontas über den Rand blickte, befand ich mich auf einer vollrobotischen Bandstraße, ein Stück voraus war eine Verteilerscheibe. Außer mir schien es kein lebendes Wesen hier unten zu geben. Die Bandgeschwindigkeit sank, ich überlegte nicht lange. Immer noch bewegte sich der Behälter ziemlich schnell, aber ich schaffte es heil auf den Boden neben dem Transportband.

Als ich meinem seltsamen Beförderungsmittel nachblickte, merkte ich, dass ich durch mein schnelles Handeln einer ganzen Reihe von Unannehmlichkeiten aus dem Wege gegangen war. Der Kasten wurde auf der Verteilerscheibe herumgerissen und auf ein senkrechtes Band zugeschoben. Der Behälter schlug hart auf, stählerne Verankerungsklammern griffen nach ihm und hielten ihn fest. Wäre ich immer noch auf diesem Kasten gewesen …

Ich eilte neben dem Transportband bis zur Verteilerscheibe, zog den Übersichtsplan aus der Tasche und orientierte mich. Zu meiner Freude stellte ich fest, dass ich nur wenige Zentitontas zu gehen hatte, um eine der von ihm erwähnten Freien Zonen zu erreichen. Ich betrat einen nur schwach beleuchteten Gang und entfernte mich rasch von dem Gerumpel der Kisten und Container, die nach oben befördert wurden. Ab und zu warf ich einen Blick auf die Karte – ich kam meinem Ziel rasch näher. Damit war jedoch auch eine Gefahr verbunden: Ich wusste nicht, ob diese Anlage tatsächlich vollrobotisch arbeitete oder ob es nicht doch irgendwo arkonidisches Aufsichtspersonal gab. Wenn ja, würden diese Leute sicher einige unangenehme Fragen an mich richten, waren hier unten doch Besucher ganz gewiss nicht häufig.

Ich blieb also immer wieder stehen und lauschte, ohne jedoch verdächtige Geräusche zu hören. Unangefochten erreichte ich ein Schott, das laut Plan in einen abgelegenen Teil der Freien Zone führen sollte. Ich nickte zufrieden und wollte gerade den Öffnungsmechanismus betätigen, als mir das Bildsprechgerät einfiel. Ich hielt es für besser, mich zuerst davon zu überzeugen, dass der Geheimdienst nicht bereits über mich informiert war. Zweifellos war das Gerät auf die entsprechende Wellenlänge eingestellt. Wusste ich, dass ich draußen bereits erwartet wurde, konnte ich mein Vorgehen danach einrichten. Ich zog mich ein Stück zurück, damit ein zufällig in die Anlage kommender Kontrolleur nicht gleich über mich stolperte, fand eine geschützte Nische und ließ mich dort nieder. Erwartungsvoll schaltete ich das Gerät ein – und erstarrte. Von der kleinen Bildfläche blickte mir das Gesicht eines *Varganen* entgegen.

13.

Aus: *Die Methans – Hintergründe, Fakten, Auswertungen*, hier: *Die Methankriege der Arkoniden; Kap. 1 – Iskolart-Schmach*, Felted Kilznew Agema. In: *The Cambridge History of Mankind*; Cambridge, Terra, 2994

Auf dem einzigen Raumhafen des für Wasserstoffatmer typischen Riesenplaneten mit Dutzenden Monden schrillten die Alarmsirenen. Auch in der kleinen Kolonie, in der knapp 200.000 Kagaarer lebten, wurde Alarm ausgelöst. Sie hatten nicht damit gerechnet, dass hier ein Gegner auftauchen würde. Aus diesem Grund waren auch die Verteidigungsvorbereitungen noch nicht sehr weit fortgeschritten. Nur 22 Schiffe waren in diesem System stationiert – andere hatten Kurieraufgaben zu erfüllen oder Forschungstätigkeiten, die sie in weit entfernte Gebiete bringen sollten.

Was erschwerend ins Gewicht fiel, war die Unlogik der Angreifer. Mit logisch denkenden Lebewesen hätte es ja vielleicht zu einer Einigung kommen können, doch bei den Arkoniden schien derartige Logik nicht vorhanden zu sein. Tausende von Planeten waren von den Wasserstoffatmern besiedelt worden – es bestand also kein Grund, sich den Arkoniden zu unterwerfen.

Die Besatzungen eilten hektisch an Bord, Energieanlagen wurde hochgefahren, die Raumabwehr aktiviert und alles auf die Auseinandersetzung mit dem Gegner vorbereitet. Mit einem Blitzstart verließen die Raumschiffe ihre Landefelder. Die mit knapp dreißig Schiffen aufmarschierten Arkoniden waren zahlenmäßig in der Überlegenheit. Die Raumer der Kagaarer, die dem Gegner nicht nur zahlenmäßig unterlegen waren, sondern auch was die Technik und die Ausstattung betraf, konnten nur an einigen Stellen Widerstand leisten. Zwar wurden Arkonraumer beschädigt und einen Leichten Kreuzer mussten die Arkoniden sogar als Totalverlust abschreiben. Doch es gelang den Kagaarern nicht, den Gegner vom weiteren Einflug ins System abzuhalten. Bereits nach kurzer Zeit war absehbar, dass es nicht gelingen würde, die Kugelraumer entscheidend zu schwächen oder sie an der Besitzergreifung dieses Systems zu hindern.

So wurde auf dem Planeten alles für eine Evakuierung in die Wege geleitet. Auf zwei älteren Transportern wurden alle Kolonisten dicht gedrängt untergebracht, die den Raumhafen schnell genug erreichen konnten. Unter dem Schutz von mehreren Schwärmen Jägern starteten die Kommandanten einen Versuch, die beiden Raumer in Sicherheit zu bringen. Überraschenderweise gelang den Kagaarern dieses Vorhaben. Zwei Leichte Kreuzer der Arkoniden versuchten zwar, die Transporter abzufangen, doch durch kühne Gegenwehr der Jäger wurde ihr Angriff gestoppt.

Nachdem sie einen Teil der Kolonisten in Sicherheit gebracht hatten, versuchten auch die anderen Schiffe der Kagaarer, in den Hyperraum zu entkommen. Nicht allen gelang der Rückzug. Von den 22 Schiffen entkamen nur sechs der drohenden Vernichtung. Von den restlichen Raumern waren mehrere während des Gefechts explodiert, andere hatten schwerwiegende Beschädigungen, vor allem bei den Strukturkonvertern der Überlichttriebwerke.

Arkonidische Entermannschaften bereiteten sich auf das Übersetzen vor. Raumpanzer wurden angelegt, Energiemagazine überprüft und Schutzschirme aktiviert. Doch bereits das erste Team musste schwere Verluste hinnehmen. Die Kagaarer waren keineswegs gewillt, sich kampflos zu ergeben, obwohl oder gerade weil das Raumgefecht für sie ungünstig verlaufen war. Beim Versuch, eine Schleuse zu öffnen, explodierte eine Sprengladung der Kagaarer. Von den vierzehn Mitgliedern des Einsatzkommandos kamen elf durch die Explosion um oder starben durch rapiden Druckverlust, weil ihre Raumanzüge Beschädigungen aufwiesen.

Es dauerte einige Augenblicke, ehe ich mich gefangen hatte. Der Vargane war mir unbekannt. Aber wenn sein Konterfei auf diesem Bildschirm erschien, bedeutete das, dass der Geheimdienst sich in irgendeiner Weise mit ihm beschäftigte. Ich drehte den Ton lauter und hörte die stereotype Durchsage, die zweifellos von einer Automatik immer von neuem abgestrahlt wurde.

Was ich hörte, erfüllte mich zunächst mit Entsetzen. Der Bericht über die Flucht und die geheimnisvolle Herkunft des Fremden weckte eine Reihe von unangenehmen Erinnerungen, die alle mit einem Namen verbunden waren: *Magantilliken!* Um keinen anderen konnte es sich handeln. Ich reimte mir aus den Informationen der Suchmeldung zusammen, dass die Arkoniden eine noch halbwegs erhaltene Station der Varganen gefunden hatten. Die Körper mehrerer Toter sowie eine Anzahl unbekannter Geräte wurden in der Absicht nach Enorketron geschafft, sie hier in Ruhe zu untersuchen. Durch Umstände, die ich nicht kannte, hatte der varganische Henker ausgerechnet einen dieser Körper übernommen. Mir war rätselhaft, was er auf dieser übertechnisierten Welt suchte. Ischtar war nicht hier – was also wollte er auf Enorketron?

Dich vielleicht, bemerkte mein Extrasinn spöttisch.

Ich schüttelte den Kopf. *Er kann unmöglich wissen, dass ich ausgerechnet zu diesem Planeten gebracht wurde.* Das letzte Mal hatte ich ihn auf Zercascholpek gesehen, als er die Falle für Ischtar vorbereitet hatte, mit mir als Gefangenem in dem Vulkanbaum. Außerdem – so wichtig war ich für den Henker nun auch nicht. Ich hatte für ihn nur dann einen gewissen Wert, wenn er mich als Geisel gegen Ischtar benutzen konnte. Gerade das brachte mich auf einen verwegenen Gedanken: *Kann ich seine düsteren Pläne für meine eigenen Zwecke nutzen? Sein Auftauchen hier zeigt doch, dass Ischtar der Falle entronnen ist, ja sogar, dass sie ihn besiegt haben muss, weil er nun einen neuen Körper hat.*

Du kennst das Ausmaß seiner Parakräfte nicht, kritisierte meine innere Stimme. *Vielleicht kann er dich auf große Distanz anpeilen – und hat auf diese Weise deinen Aufenthaltsort gefunden?*

Möglich. Ich beschloss, nach dem Henker zu suchen, weil er sich auf Enorketron nicht lange aufhalten würde. Aus welchen Gründen er auch den neuen Körper beseelt hatte – sein Ziel lag letztlich an einer anderen Stelle der Öden Insel und hieß Ischtar. Um jedoch

Enorketron und auch das Trantagossa-System ungeschoren zu verlassen, war es nicht nur erforderlich, sich ein Raumfahrzeug zu beschaffen, sondern mussten auch die Abwehranlagen im Raum umgangen werden. *Hat der Vargane die nötigen Mittel, um dieses Ziel zu erreichen? Dass er dem Geheimdienst bis jetzt nicht ins Netz gegangen ist, beweist, dass er über eine varganische Ausrüstung verfügt.*

Du rennst in dein Verderben, stellte mein Extrasinn erstaunlich nüchtern fest. *Warum ausgerechnet Magantilliken? Du hast andere Chancen, das System zu verlassen.*

Ich ignorierte den Einwand, obwohl er berechtigt war. Mir ging es jedoch nicht nur um eine erfolgreiche Flucht – ich wollte auch möglichst schnell Ischtar, Fartuloon und die anderen Mitstreiter wieder finden. Mit Magantillikens Hilfe konnte mir das gelingen. Ich musste mich nur geschickt genug verhalten. Vielleicht konnte ich dem Henker einreden, die Varganin befinde sich auf Kraumon? War ich erst einmal in unserem Geheimstützpunkt, konnte ich immer noch weitersehen.

Du hast aus deinen bisherigen Begegnungen mit dem Henker anscheinend nicht viel gelernt.

Ich konzentrierte mich auf das Bild des Varganen und prägte es mir ein. Magantillikens neuer Körper war weniger Ehrfurcht gebietend als der alte. Dafür ging von dem Gesicht mit den etwas wulstigen Lippen ein Hauch von Brutalität aus. Der Durchsage entnahm ich, dass sich der Henker eine arkonidische Kombination angeeignet hatte, aber seine langen, goldenen Haare machten ihn unverkennbar – solange er sich nicht tarnte. Ich erfuhr auch, in welcher Gegend er zuletzt beobachtete wurde, und verglich die Angaben mit Shelons Übersichtskarte. Das Ergebnis überraschte mich, war ich doch nicht sonderlich weit von diesem Ort entfernt. Der Labortrakt war nur mit einer Nummernbezeichnung auf Sohle 23 verzeichnet.

Du wirst den Varganen nicht finden, raunte mein Logiksektor dennoch erbarmungslos.

Gerade diese Bemerkung bestärkte mich in meinem Entschluss. Ich stand auf und ging zum Schott. Als ich es öffnete, lag ein stiller, ebenfalls nur schwach beleuchteter Gang vor mir. Weiter vorn waren die Leuchtplatten heller. Ich hörte Geräusche, Stimmen, Musikfetzen, roch die Ausdünstungen vieler Personen und stapfte los. Kurz darauf stand ich am Eingang einer Trinkstube, in der die Luft zum Schneiden dick war.

Eine Traube angesäuselter Soldaten umlagerte den Ausschank. An einem Tisch an der rechten Seitenwand saß eine ältere Arkonidin. Trotz der halben Dunkelheit erkannte ich die Spuren, die das Leben in ihr Gesicht gegraben hatte. Ihre Augen blickten müde und hoffnungslos. In einem plötzlichen Entschluss ging ich zu ihr und setzte mich an den Tisch. Sie sah kurz auf, beachtete mich aber kaum. Ihre Glanzzeiten waren vorüber, sie hatte längst resigniert. Gerade deshalb erhoffte ich mir Hilfe von ihr. Ich schob Shelons kombinierte ID- und Kreditkarte in den Zahlschlitz und verlangte einen in dieser Umgebung ziemlich teuren Wein. Die Frau wurde nervös, betrachtete das Glas, sah mich ablehnend an.

»Trinken Sie!«, forderte ich sie auf.

»Kein Mann, der seine Sinne beisammenhat, würde mir das spendieren«, erwiderte sie eisig. »Es sei denn, dieser Mann will Informationen. Ich trinke nicht mit Schnüfflern. Heng soll sich seine dreckigen Kreaturen sonst wohin stecken.«

Ich konnte sie gerade noch am Arm festhalten. Sie blitzte mich zornig an, als ich sie auf die Sitzbank zurückzwang. »Es gibt noch einen Grund«, sagte ich leise mit einem Blick auf das Glas. »Ich brauche Hilfe. Kleidung, etwas Schminke – und ich bezahle. Allerdings lege ich Wert darauf, dass ich nicht sofort verraten werde!«

Sie blickte mich eine Weile an, nickte langsam. Dann sah sie auf, als sich ein älterer Mann von bulliger Gestalt wie ein Turm vor dem Tisch aufbaute.

»Alles in Ordnung«, murmelte sie und schwenkte die Hände. »Lass uns allein.«

Der Bullige verschwand, die Frau griff nach dem Glas. Sie stürzte den Inhalt hinunter, als handele es sich um Wasser, und nickte mir zu. »Komm. Wir unterhalten uns an einem anderen Ort weiter. Hier tauchen manchmal Spitzel auf – wenn sie dich erwischen, ehe du mir Geld geben konntest, habe ich nichts als Scherereien.«

Sie führte mich durch eine Vielzahl stinkender Gänge. Ich wunderte mich, dass es so unübersichtliche Schlupfwinkel auf Enorketron überhaupt gab, aber meine Begleiterin erklärte, dass es sich um eine der ältesten Anlagen handelte.

»Hier leben die Außenseiter.« Sie lachte bitter. »Frauen wie ich, die in den teuren Kasinos nicht mehr gefragt sind, Soldaten, die man auf den Schiffen nicht mehr haben will und deren Geld nicht ausreicht, sich eine Passage in ihre Heimat zu erkaufen. Heng duldet uns, obwohl er uns in seinem Verfolgungswahn misstraut. Er begnügt sich damit, uns zu überwachen, aber im Allgemeinen lässt er uns in Ruhe. Es ist billiger, uns hier verkommen zu lassen, als uns per Schiff abzutransportieren.«

Sie nannte sich Gajana, bewohnte ein winziges, trotz einiger Unzulänglichkeiten anheimelndes Zimmer in einem verschachtelten Wohnblock.

»Bist du auf der Flucht?«, fragte sie mich, als ich mich gesetzt hatte. Ich schwieg vorsichtshalber und sah mich aufmerksam um. »Hier gibt es keine Überwachungsgeräte. Aber wenn dir Fragen unangenehm sind, dann eben nicht. Mir ist es gleichgültig. Schminke, sagtest du, und Kleidung? Wahrscheinlich brauchst du auch eine unverfängliche ID-Karte, denn die da stammt von einem Geheimdienstler.«

Ich erschrak und fragte mich, woran sie das erkannt hatte. Sie lachte leise. »Freut mich, dass du einen von Hengs Schnüfflern hereingelegt oder beseitigt hast. Die Dusche ist da drüben.«

Erst als ich in den Spiegel blickte, wurde mit bewusst, dass ich mit den Flecken, die Dareena mir ins Gesicht geschminkt hatte, ziemlich merkwürdig aussah. Ich genoss die Wohltat, mich von dem heißen Wasser abspülen zu lassen. Als ich später den Wohnraum wieder betrat, fühlte ich mich schon bedeutend besser. Gajana hatte inzwischen eine neue Kombination bereitgelegt – ich fragte sie nicht, woher das Kleidungsstück stammte, während sie offensichtlich auch keine Lust hatte, darüber zu sprechen. Ich zog mich schweigend an.

»Vor einer Periode oder so habe ich diese ID-Karte aufgetrieben«, sagte sie gelassen. »Die Angaben stimmen ungefähr. Der Mann, dem das Ding gehörte, starb hier unten bei einer Prügelei. Einer genauen Prüfung wird sie nicht standhalten, aber solange du innerhalb der Freien Zonen bleibst, reicht es.« Ich steckte den Ausweis ein. Die Frau betrachtete mich aufmerksam. »Du erinnerst mich an jemanden. Muss lange her sein, aber … Ach, ist ja auch egal. Machen wir uns an die Arbeit.«

Sie holte einige dünne Streifen Bioplast und klebte sie mit geschickten Fingern über meine Jochbeine. Auch am Kinn machte sie sich zu schaffen. Anschließend holte sie eine Flasche mit einer scharf riechenden, fast farblosen Flüssigkeit.

»Es brennt ein bisschen«, warnte sie mich, dann tupfte sie das Zeug auf meine Haut. Als ich anschließend wieder in den Spiegel sah, blickte mir ein erstaunlich fremdes Gesicht entgegen. Die Flüssigkeit hatte jeden Unterschied zwischen Bioplast und natürlicher Haut perfekt verwischt. »Einem Feuer darfst du damit nicht zu nahe kommen«, kicherte Gajana. »Hier hast du das Lösungsmittel. Damit kannst du deine Maske innerhalb weniger Augenblicke beseitigen.«

Ich steckte auch die Flasche ein, verstaute meine wenigen Habseligkeiten in den Taschen und überlegte, ob ich etwas vergessen hatte. Mir fiel nichts ein, was ich unter den gegebenen Umständen noch unternehmen konnte. »Pass auf. Ich habe außer der ID-Karte nichts, was sich zu Geld machen ließe. Gibt es hier ein Kreditterminal?«

Gajana schüttelte den Kopf. »Es gibt zwar eins, aber wenn du Pech hast, hat der Besitzer die Karte inzwischen gesperrt, und man nimmt dich auf der Stelle fest. Dann war die ganze Arbeit umsonst.«

»Aber ich kann sonst nicht bezahlen«, protestierte ich.

Sie lächelte plötzlich. »Ich habe jungen Männern die Chronners haufenweise aus der Tasche gezogen und einige Reserven, selbst wenn es dir nicht so erscheinen mag. Auf deiner neuen Karte ist ein gültiger Barbetrag von einigen hundert Chronners gespeichert. Das reicht für ein paar Pragos. Wenn du bei Gelegenheit wieder einmal in diese Gegend kommst, kannst du dich ja revanchieren.«

»Warum tust du das?«, fragte ich verlegen. Es war mir tatsächlich rätselhaft, warum diese Frau mir in so selbstloser Weise half.

»Ich weiß es selbst nicht«, entgegnete sie fast ärgerlich. »Vielleicht ist es besser, du gehst, ehe ich zu eingehend darüber nachgedacht habe. Wenn du dich am Hauptgang nach rechts wendest, findest du eine Transportstation. Viel Glück!«

Während ich meinen Weg fortsetzte, dachte ich kurz darüber nach, wie seltsam das alles doch eigentlich war. Immer wieder traf ich auf Leute, die mir halfen – und auf solche, die gnadenlos gegen mich kämpften. Ein glücklicher Zufall hatte mich ausgerechnet zu dieser Frau namens Gajana geführt. Und eine Laune des Schicksals hatte auch dafür gesorgt, dass der varganische Henker ausgerecht auf diesem Planeten einen neuen Körper erhielt, wo er trotz unserer erbitterten Feindschaft meine beste Chance darstellte, die Freiheit wiederzugewinnen. *Das Schicksal*, dachte ich, *ist wirklich unberechenbar und launisch.*

Ich erreichte den Hauptgang und schüttelte die Überlegungen ab. Von jetzt an musste ich mich nur auf eins konzentrieren: auf die Suche nach Magantilliken, den es ebenfalls in das Labyrinth des Stützpunkts verschlagen hatte. Nur mit seiner Hilfe konnte es mir gelingen, Enorketron zu verlassen.

Ich verließ inmitten einer großen Zahl anderer Passagiere die bedrückende Enge einer Transportkapsel, beeilte mich, aus dem Strom von Arkoniden und Arkon-Kolonisten herauszukommen, der mich mit sich zu reißen drohte, und sah mich dann forschend um. Vor mir lag der Zugang zu einer Freien Zone – einem der wenigen Gebiete Enorketrons, die dem Privatleben vorbehalten blieben. Alle anderen Teile der riesigen Anlagen dienten ausschließlich militärischen Zwecken. Unter anderen Bedingungen wäre es durchaus interessant gewesen, diesen Stützpunkt aus der Nähe kennen zu lernen. Aber leider hatte ich bisher wenig Gelegenheit gehabt, meine Neugier zu befriedigen.

Mit Shelons Bildsprechgerätt informierte ich mich über den Fortgang der Fahndung. Der Geheimdienst setzte alles daran, den Varganen zu fangen – allerdings ohne den geringsten Erfolg. Magantilliken hatte sich scheinbar in Luft aufgelöst. Nur ein Zufall konnte mich auf seine Spur führen. Ich schlenderte über den Platz vor der Transportstation und musterte das Gewirr subplanetarischer Straßen, an die sich Massenquartiere und Vergnügungsstätten anschlossen. Die Oberfläche Enorketrons lag weit über mir. Dort oben gab es kaum anderes als gigantische Raumhäfen und die dazugehörigen technischen Anlagen.

Im Augenblick fühlte ich mich relativ sicher. Ich betrachtete das Treiben ringsum und überlegte, wo ich am ehesten etwas über Magantilliken erfahren würde. Ich nahm an, dass er sich irgendwie Informationen über Enorketron und das Trantagossa-System verschafft hatte. An wen konnte er sich gewendet haben? Bei jedem Soldaten, jeder Frau, deren Lachen aus den Trinkstuben drang, konnte es sich um die »Kontaktperson« des Henkers handeln. Allmählich begriff ich, wie wenig Aussichten ich hatte, zufällig den richtigen Weg zu finden. Gleichzeitig überfiel mich eine ungeheure Wut. Seit ich Kraumon verlassen hatte, um mich in die Gewalt des Henkers zu begeben und so das Leben Ischtars und unseres Sohnes Chapat zu retten, wurde ich wie ein Spielball zwischen den verschiedensten Mächten hin und her geschleudert. So konnte es nicht weitergehen. Ich musste endlich aus dieser Mühle von Schicksalsschlägen hinaus.

Wo soll ich anfangen?, richtete ich einen Gedanken an den Extrasinn. Aber ausgerechnet jetzt verhielt sich der Logiksektor schweigsam. *Dann eben nicht*, dachte ich grimmig – und hatte einen Einfall. *Magantilliken wird sich schon aus Vorsicht nicht an einen Offizier wenden. Ich vermute zwar, dass er die Möglichkeit hat, seinen Gesprächspartnern die Erinnerung an den Inhalt einer Unterhaltung zu nehmen, aber das dauert seine Zeit, und Offiziere laufen normalerweise nicht ohne ihre Waffe herum.*

Ich versuchte, mich systematisch in die Rolle des Henkers zu versetzen. Immerhin hatte ich dem hiesigen Geheimdienst gegenüber einen großen Vorteil: Ich kannte den Varganen von früheren Begegnungen. Wie auf den meisten vom Militär bestimmten Welten gab es auch auf Enorketron zahlreiche Bordelle unterschiedlicher Preisklasse. Männer, die für viele Votanii im Raum unter härtesten Bedingungen bestehen mussten, brauchten anscheinend ab und zu die Gelegenheit, sich gründlich auszutoben. Und so mancher plauderte in trauter Zweisamkeit Geheimnisse aus, die er besser für sich behalten hätte.

Magantilliken war zweifellos über diese Dinge informiert und konnte also sicher sein, dass eine dieser Frauen ihm alle Informationen zu liefern vermochte, die er sich wünschte. Allerdings würde er sich nicht an eine dieser Damen heranmachen, die nur mit den unteren Diensträngen Kontakt hatte und lediglich das übliche Raumfahrergarn zu hören bekam. Orbtonen trafen sich entweder in ihnen vorbehaltenen Kasinos oder suchten Etablissements oberhalb einer gewissen Preisgrenze auf.

Also klapperte ich verschiedene Lokale ab, von denen mir jedoch keins als wirklich vielversprechend erschien. Dann aber erreichte ich an einen Raum, der mich geradezu magisch anzog, denn hier waren alle Voraussetzungen gegeben. Eintrittsgeld brauchte nicht bezahlt zu werden. Aber allein die Innenausstattung machte mir klar, dass ein gewöhnlicher Soldat sich den Aufenthalt in diesem Lokal nicht erlauben durfte. Ich zögerte nicht länger, sondern trat ein. Um mir eine Gesellschafterin zu besorgen, brauchte ich nichts weiter zu tun, als einen Knopf zu betätigen. Ich bestellte ein ziemlich teures Getränk und schob jeden Gedanken an meine nicht gerade umfangreiche Barschaft zur Seite. Schon nach wenigen Zentitontas erschien eine junge Arkonidin am Eingang der Nische.

Ich hatte keinen genauen Plan. Es war auf jeden Fall aussichtslos, diese junge Dame schlichtweg zu fragen, ob sie den Varganen kannte. Aber ich vertraute auf den Zufall, der mir schon oft geholfen hatte. Nach einer absolut uninteressanten Unterhaltung wurde ich bereits weniger zuversichtlich.

Zeig ihr das Bild, meldete sich plötzlich das Extrasinn. Ich nickte. Enorketron war ein Planet, auf dem niemand nirgends vor Beobachtung sicher war. Mascant Heng litt unter Verfolgungswahn, seine Spionanlagen waren überall. Diese Fülle von Informationen über die Stimmung unter den Soldaten und der Bevölkerung wurde durch die Berichte von zahllosen Geheimdienstbeamten ergänzt. Die Spitzel mischten sich unter das Volk, gerade die Mädchen in diesem Lokal hatten zweifellos des Öfteren Gäste dieser Art. Meine neue Bekannte würde also kaum etwas dabei finden, wenn auch ich mich als Angehöriger dieser Lauschertruppe entpuppte.

»Entschuldige einen Moment«, lächelte ich sie freundlich an. »Die Pflicht ruft.«

Ohne weitere Umstände zog ich das kleine Gerät aus der Tasche. Auf einen Tastendruck hin erhellte sich der winzige Bildschirm. Das scharf geschnittene varganische Gesicht mit den wulstigen Lippen wurde weiterhin gezeigt. Ich hielt das Gerät so, dass meine Gefährtin es sehen musste. An der Art, wie sie überrascht die Luft durch die Zähne zog, erkannte ich, dass ihr dieses von langen, goldenen Haaren umrahmte Gesicht bekannt war.

Ich bemühte mich, nicht allzu interessiert zu wirken. »Kennst du den Burschen etwa?«

»Er war hier. In dieser Nische.«

»Hast du dich mit ihm unterhalten?« *Das wäre wohl dann des Zufalls wohl doch zu viel …*

»Nein. Aber das Mädchen, das bei ihm war, beschwerte sich hinterher über ihn. Er bestellte nicht einmal etwas zu trinken.«

»Sagte sie, worüber er mit ihr gesprochen hat?«

»Nur über ganz belanglose Dinge. Es gibt manchmal solche Gäste. Meistens sind es Soldaten, die zwar kein Geld haben, aber trotzdem einmal hier hereinschauen möchten.«

»Wie heißt du?«

»Thiendris.«

Ich merkte, dass sie plötzlich Angst vor mir hatte. Vermutlich rechnete sie damit, dass ich ihr Schwierigkeiten bereitete. »Gut, Thiendris. Dieser Fremde ist ein sehr gefährlicher Mann. Es kann sein, dass er in dem Gespräch seine weiteren Absichten zumindest angedeutet hat. Ich muss wissen, welche Fragen er gestellt hat. Gelingt es mir, einen Hinweis zu liefern, sollst auch du deinen Vorteil davon haben.«

Sie war jetzt viel zurückhaltender, aber das Angebot lockte. Sie überlegte kurz. »Ich kann Vreena holen. Ich weiß, dass sie dir alle Fragen so gut beantworten wird, wie sie nur kann.«

Ich versprach mir nicht viel von diesem Versuch, aber schaden konnte es auch nichts. Vreena kam und ließ sich von Thiendris kurz erklären, worum es ging. Ich beobachtete ihr Gesicht und wusste, dass meine Ahnung mich nicht getäuscht hatte. »Ich kann mich nicht genau daran erinnern, was der Fremde eigentlich wollte«, sagte sie schließlich achselzuckend. »Er redete alles Mögliche, das übliche Geschwätz eben. Mehr weiß ich nicht. Es kommen so viele Gäste ...«

Vreenas Erklärung war gut, aber in meinen Augen nicht glaubhaft. Ich war mir sicher, dass der Vargane sich nicht über Belanglosigkeiten unterhalten hatte. Sie selbst hatte den Inhalt des Gesprächs aber offenbar vergessen. *Suggestion? Ein Psychostrahler?* Die Frage war, wie ich den wirklichen Gesprächsstoff in Erfahrung bringen konnte. Hätte ich wirklich zum Geheimdienst gehört, wäre das kein Problem gewesen. So jedoch musste ich mir etwas einfallen lassen. »Die Gespräche in den Nischen werden doch sicher irgendwo aufgezeichnet?«

Thiendris nickte eifrig. »Ja. Aber nur Ihre Kollegen haben Zutritt zu diesem Raum. Ich kann Sie hinführen.«

Ich überlegte blitzschnell. Stand ich erst vor der fraglichen Tür, würde Thiendris von mir erwarten, dass ich mir mit einer Dienstplakette umgehend Eintritt verschaffte. Tat ich das nicht, musste sie misstrauisch werden. *Zu gefährlich!* Selbst hier durfte ich nicht sicher sein, dass nicht eine der reizenden jungen Frauen zu der Garde von Spitzeln gehörte. Ich schlug das Angebot also aus und sagte, ich würde das meinen »Kollegen« überlassen. »Wichtig ist ja nur, dass ich überhaupt einen Hinweis gefunden habe.«

»Dann kann ich jetzt gehen?«, fragte Vreena.

Ich winkte gnädig, Thiendris blieb. Da ich die kurze Rast dazu benutzen wollte, mich unauffällig weiter über die ziemlich seltsamen Verhältnisse auf Enorketron zu informieren, waren wir bald in ein lebhaftes Gespräch vertieft, bei dem ich selbst wenig redete, dafür jedoch umso aufmerksamer zuhörte. Erst nach einer ganzen Weile kam mir zum Bewusstsein, dass mich jede Zentitonta, die ich in dieser komfortablen Nische verbrachte, einen Teil meines Geldes kostete. So stand ich auf, um mich zu verabschieden. Und genau in diesem Moment sah ich Vreena – sie ging auf die Tür zu und begrüßte dort zwei Arkoniden, die zwar keine Uniform trugen, aber dafür ihre Impulsstrahler in der Hand hielten. *Das gilt mir!*

Ich hatte keine Ahnung, warum sie Verdacht geschöpft hatte; es war auch ziemlich egal. Ich wusste nur eins: Ich durfte mich auf nichts einlassen, was mich in Kontakt zu dem allgegenwärtigen Geheimdienst brachte. Ich sah mich kurz nach Thiendris um – sie war damit beschäftigt, ihr Glas zu leeren, und achtete nicht auf mich, schien mit der ganzen Aktion nichts zu tun zu haben. Aber sie würde mir kaum helfen, abgesehen davon, dass die Zeit sehr knapp war.

Im Raum herrschte nur schwaches Dämmerlicht. Grelle Lichtbahnen in verschiedenen Farben zuckten über den schwarzen Platz in der Mitte, auf dem eine Gruppe von Tänzerinnen ihre akrobatischen Verrenkungen vollführte. Hell war es lediglich am Eingang, da dort durch die offen stehende Tür Licht hereinfiel. Vreena zeigte jetzt in die Richtung der Nische, die beiden Männer setzten sich in Bewegung. Ich tat es ihnen nach. Da sie – um nicht unnötiges Aufsehen zu erregen – die Tanzfläche umgingen, blieb mir nur der Weg in die entgegengesetzte Richtung. Ich machte mir jedoch keine Hoffnung, dass etwa der Ausgang unbewacht geblieben war. In diesem Fall hätten sich die beiden getrennt, um mir keine Fluchtmöglichkeit zu lassen.

Nachdem ich fast ein Viertel der Tanzfläche passiert hatte, entdeckte ich zwischen zwei Nischen ein matt glimmendes Schild. Kurz entschlossen nutzte ich den Hinweis und stand gleich darauf in einem Waschraum. Auf den ersten Blick schien es, als hätte ich mich nun erst recht in eine hermetisch abgeschlossene Falle begeben, aber noch gab ich nicht auf. Ich erinnerte mich an Shelon und die Tatsache, dass es auf Enorketron nicht nur die offiziellen Gänge gab, sondern auch ein Gewirr von Reparaturschächten, die ziemlich leicht zugänglich waren.

Hastig sah ich mich um und entdeckte tatsächlich in einem Toilettenraum einen quadratischen Schachtdeckel. Shelons kleines Vielzweckwerkzeug steckte in meiner Tasche. Da es ihm gelungen war, mit diesem Ding den Verschluss eines ähnlichen Deckels zu öffnen, musste ich das wohl auch schaffen. Das Schloss widerstand mir nur wenige Augenblicke, der Deckel klappte nach unten weg. Ich sah metallene Sprossen in der Wand und kletterte in den Schacht. Den Deckel wieder zu schließen war gar nicht so einfach, aber endlich hörte ich ein leises Klicken. Ich überzeugte mich davon, dass die Falltür fest eingeklinkt war, dann stieg ich in der absoluten Dunkelheit abwärts, bis ich wieder festen Boden unter den Füßen hatte.

Nach kurzem Suchen hatte ich den Schalter für die Notbeleuchtung ertastet. Ich lauschte eine Weile mit angehaltenem Atem – oben blieb alles ruhig. Entschlossen drückte ich den Kontakt. Einzelne, weit voneinander entfernte Lampen flammten auf und spendeten ein trübes Licht. Ich rannte los.

14.

Aus: *Die Methans – Hintergründe, Fakten, Auswertungen*, hier: *Die Methankriege der Arkoniden; Kap. 1 – Iskolart-Schmach*, Felted Kilznew Agema. In: *The Cambridge History of Mankind*; Cambridge, Terra, 2994

Die Hiobsbotschaften rissen nicht ab. Auf einem Raumer war das arkonidische Kommando in einen Hinterhalt geraten. Die Kagaarer zündeten rücksichtslos eine Sprengladung nach der anderen, viele Ar-

koniden starben. Ein Walzenschiff eröffnete plötzlich mit Impuls- und Desintegratorgeschützen das Feuer auf einen arkonidischen Kreuzer, der seine Schutzschirme heruntergefahren hatte, um die Entermannschaften auszuschleusen. Schwer getroffen torkelte das Schiff aus seiner Bahn. Doch damit rissen die schlechten Nachrichten immer noch nicht ab. Nachdem ein arkonidisches Enterkommando einen Raumer betreten hatte, wurde das Schiff von seiner Mannschaft gesprengt.

Auf den arkonidischen Schiffen sahen sich die Orbtonen verstört an. So etwas hatten sie in ihrer Laufbahn noch nicht erlebt. Sonnenträger Gordon reagierte unverzüglich, beorderte sämtliche Enterkommandos zurück. Gleichzeitig ging an seine Schiffe der Befehl, Narkosestrahler einzusetzen. Doch zum Einsatz dieser Waffen war es bereits zu spät – innerhalb weniger Augenblicke wurden die restlichen Raumer der Kagaarer von ihren Mannschaften gesprengt. Nur schwer lösten sich die entsetzten Blicke der Arkoniden von den Wrackteilen, die durchs Weltall trieben.

»Explosionen auf dem Planeten!« Ein neuer Schreckensschrei gellte in der Zentrale des arkonidischen Flaggschiffs. Die Anlagen und Einrichtungen, die die Kagaarer errichtet hatten, wurden in einer Serie von Explosionen vernichtet. Auch dort waren nun keine Informationen mehr zu erhalten. Auf dem Gesicht von Sonnenträger Gordon erschienen tiefe Sorgenfalten. So einen Gegner hatte er bislang nicht erlebt. Er hatte noch nicht einmal von so einem Gegner gehört, der bedingungslos kämpfte und seinen eigenen Untergang dabei billigend in Kauf nahm.

Deshalb stellte er sich die Frage, was er bisher erreicht hatte. Eins seiner Schiffe musste als Totalverlust abgeschrieben werden, während vier weitere leichte oder schwere Beschädigungen davongetragen hatten. Beim Gegner waren immerhin 16 Raumer vernichtet worden – selbst gesprengt, wie sich Sonnenträger Gordon sofort verbesserte. Für den Sonnenträger war klar, dass dieses System keineswegs das Heimatsystem der Fremden war, sondern nur eine kleine Kolonie. Doch wo lag der Heimatplanet? Wo befanden sich die Hauptbasen und Flottenstützpunkte? Über wie viele Schiffe verfügte der Gegner?

Fragen, auf die er keine Antworten wusste. Es gab auch keine Möglichkeiten mehr, Antworten zu bekommen. Mit der Sprengung der Raumer und der Vernichtung der Stützpunkte waren alle Quellen beseitigt, die auf diese Fragen – in welcher Form und mit welcher Me-

thode auch immer – eine Antwort hätten liefern können. Ein bitterer Sieg für Arkons stolze Orbtonen. Die wenigen Daten, die den Speichern des ersten eroberten Schiffs entnommen worden waren, ließen keine Rückschlüsse auf die Kultur, die technischen und wirtschaftlichen Möglichkeiten dieser Fremdgas atmenden Spezies zu. Man tappte völlig im Dunkeln.

Kiran Thas hatte große Sorgen. Als einer von insgesamt 24 Sektionschefs, die auf Enorketron den Geheimdienst leiteten, hätte er im Augenblick viel darum gegeben, diesen Posten verlassen zu können. Es begann damit, dass sich ein junger Bursche namens Vregh Brathon mit unglaublichem Geschick dem Verhör entzog. Zwar hatte Thas die Verantwortlichen aufgespürt und sie auch bestraft, aber das änderte nichts an der Tatsache, dass Brathon unauffindbar blieb.

Der Leiter eines Hangars, der diesem Burschen durch seine Unaufmerksamkeit die Flucht in ein Lazarett ermöglicht hatte, tat jetzt auf einem sehr unangenehmen Posten Dienst, der Agent Shelon grübelte in einer Arrestzelle darüber nach, wie es möglich war, dass ein junger Bursche ihn – den trainierten Kämpfer – auf so schmähliche Weise hatte besiegen können. Die verräterische Bauchaufschneiderin, die Vregh Brathon aus einem Lazarett geschleust hatte, war besonders hart bestraft worden – sie befand sich jetzt auf einem Schlachtschiff, das bald Feindkontakt mit Methans haben würde …

Als hätte Kiran Thas nicht schon genug Scherereien, erwachte aus völlig unklaren Gründen die geheimnisvolle Leiche eine Nicht-Arkoniden zum Leben und floh aus dem Laboratorium. Mascant Heng hatte an diesem seltsamen Fremden mit den langen, goldenen Haaren ein besonderes Interesse, der wiedererwachte Tote sollte mit allen Mitteln gejagt und zur Strecke gebracht werden.

Thas seufzte vernehmlich. Ihm war nicht ganz klar, warum Heng so großen Wert auf die Ergreifung dieses Fremden legte. Gewiss – eine »Leiche«, die sich plötzlich davonmachte, war auf jeden Fall verdächtig. Aber er war der Meinung, dass dieses Problem sich früher oder später von selbst erledigen würde. Der Fremde hatte weder Geld noch gültige Papiere, würde dementsprechend zu gegebener Zeit in irgendeiner Weise auffallen und dann automatisch gefasst werden. Aber Hengs Befehle waren Gesetz, deshalb war Thas gezwungen, die Großfahndung einzuleiten, die er persönlich für überflüssig hielt. Ihm erschien das Problem des jungen Arkoniden als viel schwieriger.

Kiran Thas wusste besser als die meisten anderen Bewohner Enorketrons über Mascant Heng Bescheid. Ihm war seit langem klar, dass der Kommandeur unter Verfolgungswahn litt und Angst hatte, dass ihn jemand ermorden würde. Der Sektionschef wusste nicht, worauf das zurückzuführen war, er hatte auch keine Lust, in dieser Richtung irgendwelche Nachforschungen anzustellen. Kam Heng dahinter, dass er sich über die Vergangenheit des Kommandeurs den Kopf zerbrach, war Thas seines Lebens nicht mehr sicher.

Aber auch Brathon war für ihn eine Gefahr. Er maß diesem jungen Arkoniden keine große Bedeutung bei, aber er musste ihn fassen. Und zwar bald! War der rätselhafte Fremden erst geschnappt, würde Heng sich an den Gefangenen erinnern; er vergaß niemals einen Mann, auf den auch nur der Schatten eines Verdachts gefallen war. Er würde sich nach Brathon erkundigen; war der Kerl bis dahin noch nicht geschnappt, saß der Kopf des Sektionschefs bereits sehr locker …

Heng war ein überaus unangenehmer Vorgesetzter. Nicht nur, weil ihn nie jemand zu Gesicht bekam – wenigstens nicht persönlich –, sondern auch, weil er keinerlei Verständnis für Schwächen hatte. Ein simpler Fehler, wie er jedem einmal unterlaufen konnte, war für ihn bereits so etwas wie gezielte Sabotage. Ein Mann in der Stellung Kiran Thas', der sich zu viele Fehler erlaubte, wurde in den Augen des Kommandeurs zum Verräter. Und wie er mit solchen Leuten umsprang, wusste Kiran Thas sehr gut. Deshalb hatte er dafür gesorgt, dass die Suche nach Vregh Brathon fortgesetzt wurde, wenngleich nicht mehr so offensichtlich. Amarkavor Heng durfte auf keinen Fall den Eindruck gewinnen, die Fahndung nach der wiedererwachten Leiche verlaufe nachlässig.

Als Thas den Anruf bekam, war seine Stimmung auf den absoluten Nullpunkt gesunken. Aber dann erkannte er Vreenas Gesicht; augenblicklich wurde er munter. Sie hatte schon erstaunlich viele Informationen geliefert – sie war es auch, der der einzige konkrete Hinweis auf den Fremden zu verdanken war. Sie selbst hatte sich nicht daran erinnern können, was der Kerl eigentlich von ihr gewollt hatte. Auch die Aufzeichnung des Gesprächs brachte keine wirklichen Anhaltspunkte, denn der Mann hatte offensichtlich nur versucht, sich einen allgemeinen Überblick über die Verhältnisse auf Enorketron zu verschaffen. Niemand konnte sagen, was der Fremde aus den erhaltenen Informationen herausgelesen hatte. Selbst die Positronik, der Thas das Problem vorgelegt hatte, streikte und erteilte eine solche Vielfalt sich gegenseitig widersprechender Auskünfte, dass es sinnlos war, diesen Hinweisen nachzugehen.

»Hier ist ein Mann aufgetaucht«, sagte Vreena hastig. Sie schien es sehr eilig zu haben. »Ein Arkonide. Er hat mir seinen Namen noch nicht genannt, ich kann mich schlecht noch einmal an ihn heranmachen. Er ist bei Thiendris.«

»Was ist mit ihm?«

»Er hat sich nach dem Fremden mit den goldenen Haaren erkundigt und behauptet, zum Geheimdienst zu gehören; hat auch eins der tragbaren Funkgeräte. Aber er wusste noch nichts davon, dass das Gespräch zwischen dem Unbekannten und mir längst ausgewertet wurde.«

Thas rümpfte die Nase. »Das hat nichts zu sagen. In diesem Bezirk arbeiten so viele Leute – es kann durchaus sein, dass einer nicht auf dem Laufenden ist.«

»Thiendris sagte ihm, dass Aufzeichnungen gemacht werden«, fuhr Vreena unbeeindruckt fort. »Sie machte ihn darauf aufmerksam, dass er nur mit Hilfe seines Spezialausweises hineinkäme. Er ist nicht hingegangen, sondern meinte, er würde das seinen Kollegen überlassen. Ich weiß aber, dass er nicht versucht hat, seine Dienststelle zu benachrichtigen.«

Jetzt wurde Thas nachdenklich. Hinter diesem Hinweis mochte alles Mögliche stecken. Seltsamerweise fiel ihm schon wieder dieser Brathon ein. Der Kerl hatte Shelons Funkgerät mitgenommen. Das war natürlich noch kein Beweis dafür, dass der Fremde mit dem entflohenen Gefangenen identisch war, aber es war immerhin bedenklich, gab sich jemand als Angehöriger des Geheimdienstes aus. Dass der Mann in dem Lokal nicht zu Thas' Untergebenen gehörte, schien klar. Ein solcher hätte sich niemals derart nachlässig verhalten.

»Ich schicke ein paar Leute los. Wenn der Bursche von Bedeutung ist, bekommst du vielleicht schon bald deine Passage. Sorge dafür, dass der Vogel nicht davonfliegt, ehe wir ihn haben.« Er schaltete ab und sprach einige schnelle Anweisungen in ein Mikrofon. Ein Trupp von Männern in Zivil setzte sich zum Lokal in Marsch.

Kiran Thas lächelte flüchtig, als ihm wieder einmal zum Bewusstsein kam, dass er mit seiner erreichten Position eigentlich sehr zufrieden sein durfte. Dann fiel ihm der Mascant ein, und er unterdrückte jedes Gefühl, das nicht unmittelbar mit seiner Arbeit in Zusammenhang stand. Bei Heng konnte man nie sicher sein, ob er einen nicht gerade beobachtete …

Der Mascant hatte im Augenblick wahrhaftig andere Sorgen, als einen der Sektionschefs zu beobachten. Er hockte mit düsterem Gesicht in seinem Kontrollsessel und ließ sich von den Robotern immer wieder die wenigen Informationen vorspielen, die bisher über den Fremden hatten gewonnen werden können. Obwohl Heng sich einzureden versuchte, dass er sich in absoluter Sicherheit befand, wuchs seine Furcht mit jeder Zentitonta. Die letzten Nachrichten waren niederschmetternd.

Er hatte sich schon seit geraumer Zeit an dem Gedanken festgebissen, die Wissenschaftler hätten ihre Hände im Spiel und versuchten, ihn durch einen Mann, den sie als angebliche Leiche eingeschmuggelt hatten, zu ermorden. Die Verhöre waren beendet – und es stand fest, dass keiner der Forscher aus dem Großraumlabor auf Sohle dreiundzwanzig ein falsches Spiel trieb. Die »Leiche« war echt. Nicht nur die Aussagen der Wissenschaftler bewiesen das, sondern auch die Aufzeichnungen, die bei den Untersuchungen gemacht worden waren. Alle zwölf Körper, die das Forschungsschiff BARGONNA nach Enorketron gebracht hatte, hatten keinerlei Lebenszeichen aufgewiesen.

Die anderen elf Leichen waren weiterhin so leblos, wie das von Toten zu erwarten war – nur eine hatte sich auf rätselhafte Weise selbständig gemacht. Das Unbegreifliche dieses Vorgangs ließ Heng stets vorhandene Angst fast ins Unermessliche wachsen. Ein Wesen, das den Tod überwinden und dann spurlos verschwinden konnte, war durchaus Furcht einflößend. Für Heng war es eine Katastrophe; er war fest davon überzeugt, dass der Fremde all diese Dinge nur aus einem Grunde unternommen hatte: Es handelte sich um einen Mann, der den Auftrag hatte, ihn, den Kommandeur von Trantagossa, zu ermorden.

Die zahllosen Bildschirme, die die Wände des riesigen, kreisförmigen Raumes als buntes Mosaik überzogen, waren ohne Ausnahme in Betrieb. Roboter huschten umher und beobachteten alles, was in den Aufnahmebereich der Spionkameras geriet. Auch Heng selbst setzte sich immer wieder mit seinem fahrbaren Sessel in Bewegung, glitt die langen Kolonnen der Schirme entlang und starrte verzweifelt darauf in der Hoffnung, den Mörder zu entdecken. Er fand nichts. Auch die Warnanlagen, die das geheime System von Beobachtungszentralen und Verbindungsschächten umgaben, die das private Reich des von Angst getriebenen Mannes umfasste, meldeten keine Störungen.

Obwohl es somit als sicher erschien, dass der goldhaarige Fremde noch nicht versucht hatte, zu dem Kommandeur vorzudringen, fühlte sich der Mascant ungefähr so wohl wie ein Mann, der auf einer entsicherten Bombe saß. Er hielt permanent zwei Impulsstrahler in den Händen; wenn er gezwungenerweise etwas essen musste, ließ er sich von seinen Robotern füttern.

Wiederholt schaltete er den Schutzschirm ein, der ihn und den Sitzplatz umhüllte. Es gab keinen Zweifel: Amarkavor Heng hatte alles unternommen, um sich gegen den Angriff des Mörders abzusichern. Trotzdem hatte er Angst …

Magantilliken stand im schützenden Dunkel eines verlassenen Schachtes und wartete mit der Geduld eines lauernden Raubtiers auf seine Chance. Nachdem er sich davon überzeugt hatte, dass er sich nicht mit jedem beliebigen Raumschiff aus diesem Stützpunktsystem entfernen konnte, gab es für ihn nur eine logische Lösung: Er musste zu dem Beherrscher dieser Welt vordringen; alle anderen Wege würden nur Zeitverlust bedeuten, den sich der varganische Henker nicht leisten konnte. Die Varganen hatten ihm deutlich genug zu verstehen gegeben, was sie von ihm erwarteten. Erst wenn er wenigstens eins seiner Opfer gefunden und ausgeschaltet hatte – vordringlich natürlich Ischtar –, würde er sich in der Eisigen Sphäre mit neuer Energie versorgen können.

Die Situation war in den Augen des Henkers grotesk. Durch einen dummen Zufall hatte es ihn ausgerechnet in einen Körper verschlagen, der in die Hände der Arkoniden gefallen war. Er konnte zwar mit einiger Mühe sein Bewusstsein von dieser fleischlichen Hülle lösen, aber das nützte ihm nicht viel. Für eine längere Reise im körperlosen Zustand fehlte die Energie. Daher blieb ihm nichts anderes übrig, als sich nach einem Raumschiff umzusehen. Diese gab es auf Enorketron zwar in großer Zahl. Es wäre dem Henker auch nicht schwer gefallen, eins davon in seinen Besitz zu bringen. Aber das rigorose Kontroll- und Sicherungssystem zwischen den zwölf Planeten des Systems würde er nicht so einfach überwinden.

Um das SKORGON zu erhalten, musste er jedoch zuerst den Besitzer finden. Amarkavor Heng hielt sich verborgen – niemand hatte ihn in den letzten Jahren persönlich gesehen. Der Vargane hatte die Fakten zusammengezählt und war zu dem Schluss gekommen, dass in der Nähe des Labors, in dem er erwacht war, ein Zugang zu dem geheimnisvollen Reich des Kommandeurs existieren musste. Es würde nicht einfach sein, ihn zu finden. Im Augenblick durfte Magantilliken es nicht einmal wagen, seinen Standort zu verlassen, denn auf den Gängen im Labortrakt herrschte lebhafter Betrieb.

Das Labor selbst war hermetisch abgeriegelt. Vermutlich befürchtete man, auch die anderen Leichen könnten plötzlich wieder zum Leben erwachen. Überall standen bewaffnete Posten herum – einen davon konnte Magantilliken deutlich sehen, denn der Arkonide lehnte keine zwanzig Meter entfernt an der Wand. Es stand für den Henker jedoch fest, dass er an seinem derzeitigen Aufenthaltsort einigermaßen sicher war. Der Arkonide hatte seinen Posten bereits vor einer ganzen Weile eingenommen und sich seither kaum vom Fleck gerührt.

Der Vargane vergeudete die erzwungene Wartezeit keineswegs, sondern plante sein weiteres Vorgehen. Nebenher beobachtete er die Anzeigetafel eines kleinen, kastenförmigen Geräts, das er aus der Beute der Arkoniden mitgenommen hatte. Die Ortungsergebnisse waren bisher nicht sehr ergiebig gewesen. Immerhin hatte der Henker jedoch herausgefunden, dass es in einiger Entfernung jenseits des Labors Emissionen gab, die nur eine Ursache haben konnten: Dort wurde ein Schutzschirm projiziert. In einem Forschungsbereich mit Versuchen, die nicht immer ungefährlich sein mochten, war eine solche Sicherung nichts Besonderes. Allgemein waren sie in subplanetarischen Anlagen dagegen eher selten zu finden. Deshalb war sich Magantilliken keineswegs sicher, ob es sich nicht um eine für ihn bedeutungslose Anlage handelte. Also hatte er sich entschlossen, diesem Hinweis nachzugehen.

Die Wartezeit dehnte sich. Schließlich kam er zu der Überzeugung, dass er die Ausdauer der Arkoniden wohl doch unterschätzt hatte. Der Posten wurde abgelöst, ein anderer bezog Stellung. Der Henker wurde ungeduldig und überlegte, ob er einfach hinausgehen sollte – er verfügte über Waffen und Abwehrmöglichkeiten, die es ihm erlaubten, selbst durch konzentriertes Energiefeuer unangefochten hindurchzulaufen. Aber vorerst legte er noch großen Wert darauf, unentdeckt zu bleiben, wusste, dass er Amarkavor Heng nicht direkt hinter dem Schutzfeld antreffen würde. Der Weg zu diesem Mann würde zweifellos noch sehr lang sein – und sehr gefährlich. Machte er den geheimnisvollen Herrscher Enorketrons zu früh auf sich aufmerksam, würde ihm selbst seine varganische Ausrüstung nicht mehr helfen.

Magantilliken löste sich geräuschlos aus der engen Nische, die ihm bisher als Versteck gedient hatte, und schlich tiefer in den Gang hinein, überzeugt davon, dass sich das Großraumlabor umgehen ließ. Zunächst hatte er gedacht, er könne Zeit sparen, wenn er bis zum Abzug der Wachtposten wartete. Jetzt war er entschlossen, auch einen weiten Umweg in Kauf zu nehmen. Der Gang krümmte sich, der letzte Lichtschimmer verschwand. Magantilliken tastete sich in der Finsternis mit den Händen voran. Nach einiger Zeit stießen sie gegen einen Kontakt, er zuckte zurück. Licht flammte auf und zeigte ihm die Umgebung in erbarmungsloser Schärfe.

Der Henker überzeugte sich davon, dass die inzwischen zurückgelegte Entfernung ausreichte. Die Posten, die das Labor umstellt hielten, würden von den Vorgängen in diesem Teil des subplanetarischen Systems nichts bemerken. Anschließend vergewisserte er sich, dass es hier ausnahmsweise keine Spiongeräte gab. Er sah sich um und versuchte, den Verlauf des verlassenen Ganges in das bisher bekannte Schema einzuordnen. Es schien eine Gegend zu sein, die offenbar schon seit langer Zeit ungenutzt war. Staub bedeckte den Boden, die Belüftung funktionierte nicht mehr einwandfrei. Aber die Wände wiesen keine Zeichen von Verfall auf.

Der Vargane entdeckte eine Tür. Der Kontakt reagierte einwandfrei – dieser Sektor war also nicht von der Energieversorgung abgeschnitten. Der Raum hinter der Tür war leer. An den Wänden gab es Spuren, die bewiesen, dass dort Geräte gestanden hatten, irgendwann jedoch alles entfernt worden war. Auch hier gab es Staub und sonst nichts. Der Henker versuchte, eine Erklärung zu finden, weshalb ein absolut brauchbares Gangsystem aufgegeben worden war. Er wusste, dass es wesentlich ältere Anlagen gab, in denen immer noch Arkoniden untergebracht waren. Die Nähe der Laboratorien war seiner Meinung nach keine ausreichende Erklärung. Es gab nur einen logischen Grund: Jemand hatte es angeordnet. Jemand, der Wert darauf legte, dass ihm kein lebendes Wesen zu nahe kam. Jemand, dessen Misstrauen so weit reichte, dass er sich selbst hinter einem starken Schutzschirm noch bedroht fühlte.

Amarkavor Heng!

Magantilliken schloss die Tür, warf einen Blick auf den Boden und bemerkte, dass sich seine Spuren deutlich im Staub abzeichneten. Dem ließ sich abhelfen. Er schaltete das Antigravaggregat seines Armbandgeräts ein und schwebte gleich darauf einige Zentimeter über dem Boden dahin, kam mit beachtlicher Geschwindigkeit voran. Schon nach kurzer Zeit beschrieb der Gang einen scharfen Knick. Magantilliken entdeckte zwei Schalter und desaktivierte das Licht in dem Teil des Stollens, den er hinter sich gebracht hatte. Er wartete, bis sich seine Augen an die Dunkelheit gewöhnt hatten; erst als er sicher war, dass auch der Rest des Weges in totaler Finsternis lag, schaltete er die nächste Serie von Leuchtplatten an.

Er hatte sich nicht verrechnet. Der Gang führte ihn genau an sein Ziel. Während die Wachen draußen noch immer darauf warteten, dass die elf restlichen Leichen einen Ausbruchsversuch unternahmen, beschäftigte sich Magantilliken konzentriert mit einem Schott, das ihm für kurze Zeit den Weg versperrte. Als er die komplizierten Verriegelungen beseitigt hatte, war er nicht nur sicher, sondern er wusste, dass er einen großen Schritt weitergekommen war. Vor ihm lag ein kurzes Gangstück. Das Flimmern eines Energiefelds bewies, dass es weitere Räume gab. Diesen Schutzschirm musste Magantilliken durchdringen – das würde trotz der hervorragenden Ausrüstung nicht einfach werden, aber an diesem Ort würde ihn niemand stören.

15.

Aus: *Die Methans – Hintergründe, Fakten, Auswertungen*, hier: *Die Methankriege der Arkoniden; Kap. 1 – Iskolart-Schmach*, Felted Kilznew Agema. In: *The Cambridge History of Mankind*; Cambridge, Terra, 2994

Zutiefst beunruhigt übergab Sonnenträger Gordon das Kommando an seinen Stellvertreter, verbunden mit der Anweisung, eine Arkonbombe zu zünden. Sie sollte ein abschreckendes Beispiel für die Überlebenden und ihre anderen Angehörigen darstellen. Schon oft in der Geschichte des Großen Imperiums der Arkoniden hatte diese Methode Erfolg gehabt. Doch bei den Wasserstoffatmern erreichten sie genau das Gegenteil.

Zwei Pragos nach dem Abflug der Arkoniden näherte sich dem System ein Aufklärungsraumer der Kaagarer. Voll gestopft mit Ortungsanlagen, sondierte er das Weltall. Mehrere Male wurde das System intensiv abgesucht. Doch kein fremder Raumer war zurückgeblieben. Wenig später näherte sich das Schiff vorsichtig dem inneren Bereich des Systems. Wo sich vor kurzem der Planet befunden hatte, zeugten nur noch Asteroidenbrocken und Gaswolken davon, dass es an dieser Stelle eine Kolonie gegeben hatte.

Statt sich zu unterwerfen, wie es die Arkoniden angenommen hatten – schließlich hatte sich bisher jeder unterworfen oder war besiegt worden –, war jetzt der Kampfwille der Wasserstoffatmer so richtig entfacht. Nachdem die Überlebenden der Kolonie und die Besatzungen der sechs Schiffe, denen die Flucht gelungen war, andere Planeten erreicht hatten, wurde dort Großalarm ausgelöst. Die eigenen Systeme wurden auf einen möglichen Angriff vorbereitet. Raumschiffe begannen, Informationen über den Gegner zu sammeln. Es dauerte nicht lange, bis die Wasserstoffatmer genau wussten, mit wem sie es zu tun hatten.

Ein ausführlicher Bericht über die Ausdehnung und Struktur des Großen Imperiums, seine politische, wirtschaftliche und soziale Situation wurde der Führung überbracht. Die Neunväter der Hauptwelt Maahkoradan erkannten nach Prüfung von Altspeicherdaten, dass es sich hierbei um die Nachkommen ihrer alten Gegner handelte, mit denen die Wasserstoffatmer bereits vor vielen tausend Jahren einen erbitterten Krieg ausgetragen hatten. In ihren Augen war klar, dass es mit den Arkoniden niemals ein friedliches Übereinkommen geben konnte.

Bereits am 34. Prago der Prikur 10.457 da Ark wurde das Iskolart-System im Bereich der gleichnamigen Dunkelwolken erobert. Es war die erste Niederlage der Arkoniden. Die Auseinandersetzung um das Iskolart-System wurde seither im Allgemeinen als der Beginn des so genannten Methankrieges bezeichnet. Andere Berichte überschnitten sich – zumindest was ihre Terminierung anging. Es dürfte klar sein, dass das Gefecht des Leichten Kreuzers FALTRAN unter dem Befehl von Mondträger Aktorn nicht die einzige Auseinandersetzung war, die zu diesem Zeitpunkt mit Raumern der Maahks oder einem der anderen Völker stattgefunden hatte.

Nach diesen ersten Gefechten wurden von beiden Seiten Aufklärungsraumer ausgeschickt, die ebenfalls in dem einen oder anderen Raumsektor für Aufregung sorgten und zu Gefechten führten. Terminliche Verzögerungen führten dazu, dass diese Berichte vordatiert wurden oder dass sich Ungenauigkeiten einschlichen. Noch wusste niemand, dass sich der Methankrieg in abwechselnd kalten und heißen Phasen über Jahrtausende erstrecken sollte …

… war es bezeichnenderweise Kristallprinz Atlan da Gonozal, der die Iskolart-Schmach auswetzen sollte: Am 30. Prago der Coroma 10.512 da Ark kam es zu einer Schlacht, die in einigen Quellen als der eigentliche Auftakt der »heißen Kriegsphase« ab 10.512 da Ark bezeichnet wurde – unter dem Oberbefehl von Has'athor Atlan gelang es einem gemischten Verband, das Iskolart-System zurückzuerobern …

Während ich durch den Kabelschacht rannte, versuchte ich, die zurückgelegte Entfernung abzuschätzen. Ich durfte dieses Versteck nicht ausgerechnet auf einem Hauptgang verlassen, andererseits aber auch nicht aus der Freien Zone hinausgeraten. In regelmäßigen Abständen waren die Kontakte für die Notbeleuchtung angebracht. Jedes Mal, wenn ich stehen blieb und den nächsten Gangabschnitt in dämmerige Beleuchtung versetzte, lauschte ich zunächst angestrengt. Noch hörte ich nichts von meinen Verfolgern. Das wunderte mich. Die Männer konnten sich doch ausrechnen, wohin ich so plötzlich verschwunden war.

Vielleicht sind sie schlauer und wissen bereits, wo du gezwungener-

weise wieder auftauchen musst, meldete sich das Extrasinn pessimistisch.

Das war eine Möglichkeit, mit der ich zu rechnen hatte. Von nun an achtete ich besser auf die Wände und stellte bald fest, dass es tatsächlich nur wenige Ausgänge gab. Ich bemerkte aber auch, dass sich diese Türen voneinander unterschieden. Die meisten waren nicht anders beschaffen als die, durch die ich den Gang betreten hatte: Falltüren, zu denen über in die Wand eingelassene Sprossen hinaufgestiegen werden musste. Doch es gab auch in regelmäßigen Abständen seitliche Ausgänge.

Kellertüren. Im ersten Moment erschien mir der Gedanke absurd. Schließlich war alles, was unter der Oberfläche Enorketrons lag, ein gigantischer Keller. Dann aber besann ich mich darauf, dass es in der Freien Zone eine Vielzahl von Wohnblocks gab. Diese Anlagen waren nach einem bestimmten Prinzip angelegt: Von einem senkrechten Zentralschacht aus wurden Hauptgänge in das Gestein getrieben; von oben nach unten und durchnummerierte »Sohlen«, von denen aus waagrechte Seitenkorridore eine Vielzahl verzweigter Gänge ergaben. Sie lieferten den Grundriss des Straßensystems, an die sich die Aushöhlungen für Wohnblocks, Maschinenhallen und Ähnliches anschlossen. Erst später entstanden dann weitere senkrechte Verbindungen zwischen den verschiedenen Sohlen, wobei die Wohnanlagen in Gestein eingebettete Zellen für sich bildeten. Meistens waren sie zwar in den wichtigsten Funktionen an die Hauptversorgungsnetze angeschlossen, aber sie verfügten auch über eine Anzahl autarker Anlagen. Also konnten hier durchaus »Keller« vorhanden sein.

Ich versuchte, mir das Bild jenseits der Schachtwände auszumalen, und kam zu dem Schluss, dass ich mich vermutlich unter einem der subplanetarischen Straßentunnel bewegte. Die Falltüren endeten wohl eher selten innerhalb von Gebäuden. Vergnügungszentren wurden in militärischen Anlagen selten von vornherein eingeplant, sondern entwickelten sich allmählich, sobald das Angebot an freiem Raum ausreichend war. Durch die seitlichen Türen würde ich dagegen auf jeden Fall in Räume gelangen, in denen mein Erscheinen nicht sofort beobachtet werden konnte.

Nachdem ich schätzungsweise einen Kilometer zurückgelegt hatte, beschloss ich, die Entscheidung nicht länger hinauszuzögern. Ich blieb stehen, als ich mich in der Nähe der Grenze zwischen dem Wohngebiet und dem anschließenden Militärgelände befand. Die seitlichen Ausgänge waren mit Kodebezeichnungen versehen, die mir jedoch nichts sagten. Ich probierte mehrere Teile aus Shelons kleinem Werkzeugbündel aus, bis sich die Tür öffnete und ich in den dahinter liegenden Raum blicken konnte. Es war stockfinster. Ich hörte leises Summen wie von einem Elektromotor, ab und zu ein seltsames Stampfen und zwischendurch lautstarkes Gurgeln aus irgendwelchen Rohren. Ich zögerte noch, in diese Finsternis hineinzulaufen, denn ich hatte ja keine Lampe. Dann jedoch hörte ich weit entfernt das Trappeln vieler Schritte – und das gab den Ausschlag.

Hastig schaltete ich die Notbeleuchtung im Gang aus und betrat den dunklen Raum. Die Tür ließ sich nahezu geräuschlos schließen. Ich hoffte, dass meine Verfolger meine Spur nicht sofort entdecken würden. Führten sie Spürgeräte mit sich, die selbst nach Tontas noch meine Wärmespuren sichtbar machen konnten, würden sie mir sehr schnell auf den Fersen sein. Tiefe Finsternis umgab mich. Ich tappte vorwärts und streckte die Hände vor, um nicht plötzlich mit dem Kopf gegen ein Hindernis zu laufen. Schon nach wenigen Schritten stieß ich gegen ein heißes Rohr und verbrannte mir prompt die Finger. Lautlos vor mich hin fluchend, stolperte ich weiter und rannte Augenblicke darauf mit der Kniescheibe gegen eine harte Kante.

Das Bildsprechgerät, raunte der Extrasinn lapidar.

Darauf hätte ich auch selbst kommen können. Ich zog den kleinen Apparat hervor und schaltete ihn ein. Der winzige Bildschirm spendete zwar nur wenig Licht, aber es reichte, um wenigstens die am nächsten liegenden Hindernisse rechtzeitig zu erkennen. Ich dachte kurz daran, mit Hilfe des Geräts nach dem Lichtschalter zu suchen, verwarf diesen Gedanken jedoch sofort. Meine Verfolger konnten jeden Moment eintreffen – sahen sie dann die Festbeleuchtung, hätte ich mich ebenso gut gleich stellen können.

Mühsam suchte ich mir den Weg in dem Gewirr von Rohren und Kabeln. Hier unten herrschte eine bemerkenswerte Unordnung. Viele Leitungen hingen verbindungslos von der niedrigen Decke, Unrat bedeckte den Boden. Eins der Abflussrohre war undicht, das herabtropfende Wasser bildete eine große, stinkende Lache. Endlich erreichte ich die gegenüberliegende Wand. Nach längerem Suchen fand ich eine zweite Tür und atmete auf. Im Stillen hatte ich bereits damit gerechnet, dass ich in eine Sackgasse gelaufen war.

Der nächste Raum war ebenfalls dunkel, dafür aber einigermaßen sauber. Dem hallenden Geräusch nach zu urteilen, das meine Schritte verursachten, musste er eine beträchtliche Ausdehnung haben. Um auf keinen Fall den nächsten Ausgang zu verpassen, hielt ich mich an der Wand. Im schwachen Glimmen des Bildschirms sah ich einige Schaltpulte und Verteileranlagen – von hier aus wurden die einzelnen Wohnungen des Blocks mit den lebensnotwendigen Dingen wie Frischluft, Getränken und Speisen versorgt. Ich tappte weiter, glaubte plötzlich hinter mir Schritte zu hören und blieb stehen. Aber das Geräusch war verschwunden.

Echo, raunte der Logiksektor ärgerlich.

Dieser Gedanke war mir natürlich ebenfalls gekommen, aber ich blieb misstrauisch. Als ich weiterging, achtete ich genau auf jedes Geräusch. Bei den ersten zwei Schritten passierte gar nichts, dann war das »Echo« wieder da. Kein Zweifel: Jemand befand sich in diesem Raum. Ein echtes Echo kam nicht so langsam. Ich blieb wieder stehen und hielt den Bildschirm so, dass das Licht in die Richtung fiel, in der der Fremde stehen musste. Aber der schwache Dämmerschein reichte nicht weit, ich sah nichts. Eben wollte ich mich wieder abwenden in der Hoffnung, der Fremde würde mich in Ruhe lassen, bis ich den Ausgang gefunden hatte, als es geschah.

Ein Scharren hinter mir warnte mich, ich fuhr herum, sah eine dunkle Gestalt auf mich zufliegen und ließ das Bildsprechgerät fallen. Es gelang mir gerade noch, einen Schlag abzublocken. Dann warf sich der Angreifer mit der Wildheit eines wütenden Raubtiers auf mich. Ich wehrte mich nach besten Kräften. Die Tatsache, das das Gerät den Fall unbeschädigt überstanden hatte und nach wie vor einen schwachen Lichtschein verbreitete, rettete mir das Leben. Als ich das Vibratormesser in der Hand meines Gegners sah, wusste ich, dass ich keine Rücksicht nehmen durfte.

Ich wich dem ersten Stich erfolgreich aus. Als der Fremde erneut auf mich zuschnellte, hielt ich den kleinen Impulsstrahler, der ebenfalls aus Shelons Ausrüstung stammte, bereits in der Hand. Mein Warnschuss erreichte nicht die gewünschte Wirkung. Es schien, als stachele die Waffe diesen Gegner nur noch auf. Er hob die Hand, ich erkannte seine Absicht sofort. Ehe er das Messer nach mir werfen konnte, zielte ich auf seine Hand. Aber er schleuderte das gefährliche Messer so plötzlich und ohne Ansatz einer Bewegung, dass ich mich instinktiv zur Seite warf. Der Schuss löste sich und verfehlte sein eigentliches Ziel. Der dünne Energiestrahl durchdrang die Brust meines Gegners, aus der eine kalkig weiße Funkenkaskade sprühte und sofort wieder erlosch. Ich richtete mich auf, hörte keuchendes Atmen hinter mir; diesmal wartete ich nicht, bis ich über die Absichten meines neuen Feindes informiert wurde. Ich wirbelte herum und gab einen Schuss auf den Boden ab.

»Stehen bleiben!«, befahl ich heiser.

Aus der Dunkelheit drang ein höhnisches Gelächter, ich sprang ein Stück zur Seite, aus dem verräterischen Lichtkreis heraus. Ein Vibratormesser prallte hart auf den Boden, etwa zwei Meter hinter der Stelle, an der ich eben noch gestanden hatte. Die Klinge kratzte mit einem hässlichen Geräusch über den Boden und hinterließ eine lange Rille in dem harten Beton. Ich wartete bewegungslos auf die nächste Attacke. Es war totenstill in dem riesigen Raum. Ich atmete mit weit geöffnetem Mund, um meinem Gegner meinen Standort nicht zu verraten, aber er verhielt sich anscheinend genauso – und so stand die Partie vorläufig unentschieden.

Mir brannte die Zeit unter den Nägeln. Ich musste weiter, so schnell es ging, und es machte mich unsagbar wütend, dass ich hier unten in einen sinnlosen Kampf verwickelt wurde. Was waren das überhaupt für Leute? Was taten sie in dieser unwirtlichen Umgebung? Ein leises Rascheln kam von rechts. Ich rührte mich nicht und merkte, wie sich jemand näher schlich. Der Fremde bewegte sich nahezu lautlos, aber ich konnte dennoch mit Hilfe des Extrasinn ziemlich genau abzuschätzen, wie nahe er war.

Als ich ein etwas stärkeres Rascheln etwa zwei Schritte entfernt hörte, duckte ich mich. Der Körper des Fremden prallte gegen mich, aber seine Hände griffen ins Leere. Dafür packte ich ihn an den Beinen und versuchte, ihn in den matten Kreis dämmerigen Lichts zu schleifen. Er wehrte sich heftig, aber er hatte offensichtlich durch den Sturz eine Verletzung erlitten, denn ich wurde recht gut mit ihm fertig. Sobald ich ihn einigermaßen sehen konnte, ließ ich die Beine los und richtete dafür den Impulsstrahler auf ihn. Diese Sprache schien er sehr gut zu verstehen, denn er blieb bewegungslos liegen und starrte mich hasserfüllt an.

»Was machst du hier?«, fragte ich scharf.

»Das geht dich einen Dreck an«, fauchte er und spuckte nach mir.

»Warum habt ihr mich angegriffen?«

Er lachte; mir rann ein Schauer über den Rücken. Es war kein echtes Lachen. Ein Hauch von Wahnsinn schwang darin mit. *Das sind Ausgestoßene. Deserteure vielleicht oder Verbrecher.* Dieser Raum war ein gutes Versteck. Es kamen vermutlich nur selten Leute hierher. Wer es geschickt anstellte, konnte sich über die Versorgungsleitungen alles verschaffen, was er zum Überleben brauchte. »Ich habe euch nichts getan«, versuchte ich es noch einmal. »Und ich habe auch nicht die Absicht, dich zu töten oder zu verraten.«

Der Mann antwortete nicht. Ich überlegte verzweifelt, was ich nun mit ihm anstellen sollte. Vertrauen durfte ich ihm nicht. Sobald ich ihm den Rücken zuwandte, würde er mich angreifen. Vielleicht tatsächlich aus Angst, ich könnte ihn den Behörden ausliefern, vielleicht aber auch nur, weil er mir meine wenigen Besitztümer abnehmen wollte. Sagte ich ihm, dass ich mich ebenfalls auf der Flucht befand, würde er entweder kein Wort glauben oder mich bei der erstbesten Gelegenheit dem Geheimdienst melden in der Hoffnung, dadurch sein eigenes Los zu verbessern.

Es blieb mir nur eine Möglichkeit. Ein gezielter Dagorgriff ließ den Körper des Fremden förmlich in sich zusammensacken; einige weitere Schläge würden überdies die Muskeln von Armen und Beinen eine ganze Weile lähmen. Ich hob das für mich so wertvolle Funkgerät auf. Im matten Schein des Bildschirms sah ich mir meine beiden Gegner kurz an und empfand jetzt fast Mitleid. Sie mussten schon sehr lange hier unten dahinvegetieren; anscheinend war es doch nicht so leicht, an Nahrung heranzukommen.

Weiter!, mahnte der Logiksektor.

Ich riss mich zusammen, nahm meinen Weg wieder auf und fand nach einigem Suchen eine unverschlossene Tür. Ich fragte mich, warum die beiden Männer ihr unheimliches Versteck nicht längst verlassen hatten, schließlich musste es doch in dieser Gegend zahlreiche Möglichkeiten geben, erfolgreich unterzutauchen. Aber ich würde dieses Rätsel kaum lösen. Vielleicht hatten sie wirklich den Verstand verloren und kamen gar nicht mehr auf die Idee, um ein einigermaßen würdiges Dasein zu kämpfen.

Hinter der Tür lag ein unbeleuchteter Gang, aber über eine Rampe an seinem Ende drang Licht herein. Vorsichtig schlich ich weiter. Sah mich jetzt jemand, waren mir einige unangenehme Fragen sicher. Als Angehöriger einer Reparaturgruppe konnte ich mich schlecht ausgeben. Aber ich kam ungehindert bis an den Fuß der Rampe. Als ich nach oben blickte, sah ich eine hellblaue Saaldecke mit farbigen Ornamenten. Es war bedrückend still. Kein noch so winziges Geräusch verriet mir etwas über die Vorgänge jenseits der Rampe.

Lautlos kroch ich nach oben und hielt mich am Rand der steil ansteigenden Fläche. Sobald ich weit genug gekommen war, richtete ich mich auf und spähte über den Rand. In dem großen Saal standen in dekorativen Gruppen kostbare Sitzmöbel auf einem dicken, sehr weichen Teppich. An einigen Säulen rankten sich Schlingpflanzen, zwischen deren breiten, blaugrünen Blättern hellrote Blütentrauben leuchteten. Der Zugang zu der steilen Rampe war durch eine niedrige Brüstung vom übrigen Raum abgegrenzt, am entgegengesetzten Ende standen etwa zwei Dutzend metallisch schimmernde Gestalten. *Roboter!*

Ich zog hastig den Kopf ein und tastete nach meiner Waffe, bis mich der Extrasinn darauf hinwies, dass die Maschinenwesen vermutlich desaktiviert waren. Im ganzen Saal hielt sich kein lebendes Wesen auf – was also hätten die Roboter hier tun sollen? Vorsichtig arbeitete ich mich weiter nach oben. Ich wusste nicht, was für ein Raum das war und welchen Zwecken er diente, aber ich tippte darauf, dass er als Empfangssaal benutzt wurde. *Vielleicht werden hier bei passender Gelegenheit hohe Offiziere bewirtet?*

Ich schwang mich über die Brüstung, lief ein paar Schritte und duckte mich in den Schatten einer Sitzgruppe. Von hier aus konnte ich die Lage besser sondieren; es gab keinen Zweifel, dass die Roboter aktionsunfähig waren. Sie blickten genau in meine Richtung, doch keiner hatte auf mein Erscheinen reagiert. Dafür entdeckte ich neben ihnen die Front eines luxuriösen Getränkeautomaten – die Maschinen wurden anscheinend als Kellner eingesetzt, obwohl sie keine Verkleidung aufwiesen, sondern stählernen Skeletten glichen.

Und noch etwas sah ich: Hinter der Rampe bedeckte ein überdimensionaler Bildschirm die halbe Wand, jetzt grau und leer. Meine Vermutung schien zuzutreffen. Der Zufall hatte mich in einen Versammlungsraum für die Orbtonen Enorketrons geführt. Ich wunderte mich, wie einfach ich hierher hatte vordringen können, sagte mir dann aber, dass bei den entsprechenden Anlässen der Raum mit Sicherheit scharf bewacht wurde. Auf jeden Fall musste ich sehen, dass ich herauskam, ehe mich jemand hier fand.

Die Wände waren ebenso wie die Decke mit zahlreichen Verzierungen versehen. Erst nach längerem Suchen entdeckte ich eine Tür. Da es sich um einen relativ kleinen Eingang handelte, nahm ich an, dass es sich nicht um das Hauptportal handelte, durch das die hohen Herrschaften einzutreten pflegten. Eben wollte ich mich näher mit der kleinen Tür befassen, als mir die Arbeit abgenommen wurde. Heißer Schreck durchfuhr mich, weil durch die plötzlich entstandene Öffnung eine Anzahl geschäftig summender Maschinen schwebte. Instinktiv ging ich in Deckung. Gleich darauf lachte ich befreit, weil mir klar wurde, welchen Sinn diese Invasion hatte. Die Maschinen waren Reinigungsroboter, die emsig begannen, auch das kleinste Stäubchen vom Teppich zu entfernen.

Die Maschinen waren starr programmiert und schenkten mir keine Beachtung, als ich zwischen ihnen auf den Ausgang zuschritt. Ich hatte ihn fast erreicht, als ich hinter mir ein leises Summen hörte und unwillkürlich herumfuhr. Der Bildschirm war aktiviert worden. Aus verschwimmenden Nebeln formte sich zuerst ein seltsames Symbol, das nach wenigen Augenblicken von einem Gesicht ersetzt wurde. Der Mann, der starr und unbeteiligt auf mich herabblickte, war ein Arkonide. Sein Kopf schien fast nur aus Haut und Knochen zu bestehen, der Mund war schmal wie ein Messerrücken, die leicht gekrümmte Nase wirkte wie der scharfe Schnabel eines Raubvogels. Von Mund- und Nasenwinkeln gingen scharfe Linien aus. Ich las eine grenzenlose Verbitterung aus diesem Gesicht.

Amarkavor Heng!

»Als oberster Vertreter des Großen Imperiums heiße ich Sie auf Enorketron herzlich willkommen und …« Der Mann auf dem Bildschirm sprach weiter, mit monotoner, leiernder Stimme. Er wirkte völlig unbeteiligt, während er eine Ansprache an Leute hielt, die gar nicht vorhanden waren. Aber diese Rede plätscherte an mir vorüber und erreichte mich kaum.

Wut, Hass und Erschrecken mischten sich in mir und bannten

mich an meinen Platz. Es dauerte viel zu lange, bis mir zum Bewusstsein kam, dass dies keine direkte Verbindung war, sondern lediglich eine Aufzeichnung. Vielleicht abgespielt, um den Bildschirm zu überprüfen. Vermutlich stand eine Versammlung bevor – darauf wies auch die Anwesenheit der kleinen Roboter hin. Nur allmählich gelang es mir, meine Gefühle zu bändigen. Obwohl der Mann auf dem Bildschirm einer der fünf Mörder war, die meinen Vater getötet hatten, durfte ich hier nicht stehen bleiben und ihn anstarren. Weitere Vorbereitungen, um die Gäste gebührend zu empfangen, würden bald folgen.

Ich drehte mich abrupt um und trat durch die kleine Tür. Wie ich erwartet hatte, erreichte ich zunächst ein Magazin. Die Plätze der Reinigungsroboter waren leer. Dafür standen im Hintergrund fünf Kolonnen von jeweils zwölf Kampfrobotern, die noch nicht aktiviert worden waren. Ich beeilte mich, an ihnen vorbeizukommen; zweifellos Wächter, die für die Sicherheit der erlauchten Gäste zu sorgen hatten. Durch einen zweiten Ausgang kam ich in einen Wartungsraum, der zu meiner Erleichterung ebenfalls leer war, wenngleich aus einer Kabine murmelnde Stimmen drangen. Dort befanden sich die Männer, die die Einrichtungen des Saales überprüften.

Ich schlich weiter, in einen Gang hinein, bis ich eine unscheinbare graue Tür erreichte und sie aufstieß. Ich hatte mein Ziel erreicht: das Gewimmel einer Transportstation. Niemand beachtete mich, als ich mich unter die zahlreichen Leute mischte, die die Transportkapseln benutzen wollten. Ich dachte an die Geheimdienstbeamten und schob mich vorwärts. Ich drückte meine ID-Karte in den Schlitz und wartete neben etlichen anderen Passagieren. Die einschwebende Kapsel war fast voll. Ich war der Letzte, der hineingelassen wurde, dann schloss sich die Sperre. Während sich die Kapseltür qualvoll langsam schloss, sah ich hinter den Wartenden zwei dunkelrote Uniformen.

Die Männer der Geheimpolizei kamen zu spät. Die Kapsel setzte sich in Bewegung. Aber auch ich entfernte mich nun wieder vom Ziel meiner Suche. Noch immer wusste ich nicht, wie und wo ich Magantilliken finden sollte. Ich hatte nicht einmal eine Ahnung, wohin mich die Kapsel brachte.

Die Fahrt dauerte nur wenige Zentitontas. Ich benützte die Zeit, um mir den Kopf darüber zu zerbrechen, was der Vargane vorhaben mochte. Nach wie vor war ich überzeugt davon, dass er die ihm feindlich gesinnte Umgebung Enorketrons schleunigst verlassen wollte. Aber wie? Er brauchte ein Raumschiff. Auf der Oberfläche und in den unzähligen Hangars gab es davon genug. Mit seinen Mitteln fiel es dem Henker vermutlich nicht schwer, eins zu kapern. Das hatte er jedoch nicht getan, ja nicht einmal versucht. Ein solches Unternehmen wäre dem Geheimdienst nicht verborgen geblieben, ich hätte über das Nachrichtengerät davon erfahren.

Wieder versuchte ich mich in die Lage Magantillikens zu versetzen, der Extrasinn half mir mit seinen kurzen Hinweisen. Ein Raumschiff allein genügte nicht, um aus dem Trantagossa-System zu entfliehen. Das hatte ich schon bei meiner Ankunft feststellen müssen. Die überall im System verteilten Raumplattformen und Wachstationen ließen kein Schiff passieren, sofern nicht die ausdrückliche Genehmigung für den Flug vorlag. Ich wusste, dass Magantilliken aus dem Labor eine Anzahl von varganischen Geräten mitgenommen hatte. Da ich deren Wirkungskraft kannte oder zumindest abschätzen konnte, nahm ich an, dass der Henker alles andere als wehrlos war. Gegen die Übermacht im Raum jedoch würde er trotz allem nichts ausrichten können.

Es gibt ein Schiff, das überall unbehelligt passieren darf, meldete sich mein Extrasinn.

Ich nickte in Gedanken. *Das SKORGON!* Thiendris hatte mir einiges darüber erzählt, nachdem ich vorher nur ein paar rätselhafte Bemerkungen aufgeschnappt hatte. Amarkavor Heng hatte sich in seinen geheimen Zentralen verkrochen, verfügte aber anscheinend über die Möglichkeit, von dort aus alles und jeden zu beobachten. Aber das genügte ihm nicht. Ab und zu raste ein eiförmiger Flugkörper über Enorketron und durch das gesamte Trantagossa-System. Heng hatte den Befehl erteilt, dass er unter keinen Umstanden aufgehalten werden durfte. Deshalb nahmen viele Leute an, dass er mit Hilfe des Schiffes Inspektionen vornahm. Eine andere Meinung war, dass sich an Bord nur Roboter befanden. Gleichgültig, welche Behauptung nun zutraf: Das SKORGON musste dem Varganen als das beste Fluchtmittel erscheinen.

Er wird Heng persönlich aufsuchen und ihn zwingen, ihm das SKORGON zur Verfügung zu stellen, behauptete mein Logiksektor. Ich war überzeugt davon, dass diese Behauptung den Kern der Sache traf. Damit waren aber auch meine Fluchtchancen beträchtlich gesunken. Magantilliken mit seiner varganischen Ausrüstung mochte es schaffen, bis zu Heng vorzudringen. Ich dagegen würde mich schon beim geringsten Versuch in den engen Maschen des Sicherheitsnetzes verfangen. *Du musst Magantilliken auf dich aufmerksam machen.*

Das war eine logische Schlussfolgerung, aber die damit verbundenen Gefahren waren mir nur zu gut bewusst. Heng ließ sich auf keinen Fall die Chance entgehen, mich an Orbanaschol III. auszuliefern. Ich kannte die Parole, unter der die Jagd auf mich stattfand: »Bringt mir seinen Kopf!« Befand ich mich einmal in der Gewalt der Mörder, würde mir nichts und niemand mehr helfen können.

Du vergisst Magantilliken. Mit dir als Geisel kann er Ischtar fangen. Solange sie noch lebt, wird er dich auch gegen Heng beschützen.

Das hieß, den Gork mit dem Lakhrosar auszutreiben, aber es war immerhin eine Möglichkeit. Dass mir von den Varganen her Gefahr drohte, war schließlich ohnehin klar. Auf einen Todfeind mehr oder weniger kam es jetzt auch nicht mehr an. Hinzu kam der verlockende Gedanke, in Hengs Nähe zu kommen. Dennoch beabsichtigte ich, zuerst noch nach einem anderen Weg zu suchen. Das SKORGON befand sich in einem Hangar unter der Oberfläche Enorketrons, wurde zweifellos scharf bewacht – aber vielleicht gelang es mir trotzdem, an Bord des Raumschiffs zu gelangen.

In diesem Augenblick hielt die Transportkapsel mit einem spürbaren Ruck. Ich wurde von den übrigen Passagieren mitgerissen. Als ich draußen stand, stellte ich fest, dass ich wieder einmal Glück gehabt hatte. Ohne mein Zutun hatte ich einen Sektor erreicht, der meinem Vorhaben sehr entgegenkam; am anderen Ende der Plattform gab es einen Antigravschacht. Zielstrebig schritt ich darauf zu und hatte den obersten Ausstieg erreicht, als ein greller Blitz über den Himmel zuckte, nach langer Verzögerung gefolgt von einem dumpfen Grollen. *Eine Detonation!*

Was war geschehen? Ein schwer beschädigtes Raumschiff, das die Landung nicht mehr geschafft hatte? Ich merkte, dass die anderen Benutzer des Schachtes nicht weniger verwirrt waren. Auf allen Gesichtern entdeckte ich Bestürzung und Erstaunen. Dann erklang eine dröhnende Stimme, gefolgt von dem charakteristischen Sirenengeheul in an- und abschwellendem Rhythmus: »Raumangriff! Alle Mann auf Gefechtsstationen. *Maahk-Alarm!*«

16.

Aus: *Zahlen, Zenturien, Ziele und Zeugnisse – aus der Arbeit des Historischen Korps der USO*, Chamiel Senethi. In: *Kompendium von Sekundärveröffentlichungen diverser Archive*, hier: *Die Methankriege – Das Trantagossa-Fiasko*; Sonthrax-Bonning-Verlagsgruppe, Lepso, 1310 Galaktikum-Normzeit (NGZ)

17.000 Großkampfschiffe der Wasserstoffatmer materialisierten am 2. Prago der Prikur 10.498 da Ark, wie aus dem Nichts herbeigezaubert, mitten im Trantagossa-System. Die schwarzen Walzen verloren keine Zeit, schossen sofort aus allen Rohren. Binnen Zentitontas hatten sie einen beträchtlichen Teil der Raumplattformen und übrigen Stationen so weit beschädigt, dass ihnen aus dieser Richtung kaum noch eine Gefahr drohte. Die Art, in der dieser Angriff vorgetragen wurde, verriet überdeutlich, dass sich die Maahks schon lange auf diese Gelegenheit vorbereitet und ihre Aktionen genau geplant hatten.

Die Arkoniden erholten sich nur mühsam von dem ersten Schock, den ihnen die Tatsache versetzt hatte, dem Gegner plötzlich in einem der bestgehüteten Systeme des Großen Imperiums gegenüberzustehen. Niemand hatte mit einem solchen direkten Angriff zu rechnen. Ausrüstung und Ausstattung der Welten des Trantagossa-Systems allein sollten nach arkonidischer Vorstellung ausreichen, um jeden Angreifer ausreichend abzuschrecken. Darüber hinaus wurde der Weltraum in weitem Umkreis so sorgfältig überwacht, dass es ein Rätsel war, wie die Maahks derart überraschend hatten auftauchen können – ein Rätsel, das bald mit hartnäckigen Gerüchten über Verrat untermalt werden sollte.

Im Sektor von Trantagossa waren dreißigtausend arkonidische Einheiten unterschiedlichster Größe stationiert. Eigentlich hätte die-

se Anzahl ausreichen müssen, um bei fast doppelter Überlegenheit sehr schnell die Maahks zurückzuschlagen. Auf fatale Weise zeigten sich allerdings die Nachteile der überorganisierten Bürokratisierung und des insbesondere von Mascant Heng geschürten Misstrauens allem und jedem gegenüber: Im Trantagossa System durfte sich kein Schiff frei bewegen, Befehle und Bestätigungen waren unbedingte Voraussetzung.

Reaktionsschnelle Kommandanten, die sich ohne Zögern in den Kampf stürzen wollten, bezahlten ihr Verantwortungsbewusstsein mit dem Leben – und ihre Mannschaften starben mit ihnen. Denn die Wachstationen und planetaren Abwehrbatterien reagierten auf Maahkraumer und Arkonidenschiffe in einem entscheidenden Punkt gleich: Was sich unplanmäßig bewegte, wurde angegriffen – unabhängig davon, ob es Freund- oder Feindkode aufwies. Wer nicht registriert war, galt als Feind und wurde vernichtet.

Im Falle der Methans hatten die schweren Raumgeschütze allerdings nur bedingt Erfolg. Die Walzenschiffe verfügten über verbesserte Schutzschirme. Hinzu kam, dass die Maahks Verluste in Kauf nahmen, die jeden Admiral der arkonidischen Flotte zum sofortigen Rückzug veranlasst hätten. Die Maahks dagegen riskierten jederzeit die Vernichtung eines Raumers, sofern zwei andere dafür die betreffende Station oder einen angreifenden Kugelraumer ausschalten konnten.

Noch während die arkonidische Abwehrmaschinerie durch das Fehlen konkreter und flexibel erstellter Befehle gelähmt war, gelang es den Maahks, ihre Angriffsformationen so weit abzusichern und zu festigen, dass die ersten Walzenraumer in Richtung der Planeten in Marsch gesetzt werden konnten. Und während endlich die ersten Kampfraumer mit überall registrierter Legitimation von den Landeflächen aufstiegen oder die Orbitbahnen verließen, um den bedrängten Kampfstationen zwischen den Planeten zu Hilfe zu eilen, raste die erste Angriffswelle der Wasserstoffatmer auf eben diese Welten zu. Auch Enorketron wurde massiv attackiert. Drei Walzenraumer drangen sogar bis in die Atmosphäre vor und luden ihre »Geschenke« ab – thermonukleare Bomben, Selbstlenk-Marschflugkörper, Raketen und Torpedos, die nahezu ungehindert die Oberfläche erreichten und riesige Teile der Anlagen in feurige Krater verwandelten.

Die Abwehrforts des Planeten selbst reagierten auf den Nahangriff viel zu langsam, weil noch mit veralteten Zielsteuerungen ausgestat-

tet, die aus Gründen der »wirtschaftlichen Einsparung« – sprich: Korruption und Misswirtschaft der Orbanaschol-Administration einschließlich der Beteiligung von Mascant Amarkavor Heng! – nicht auf den neuesten Stand gebracht worden waren. Dass die Altanlagen überdies durch die von den Maahks emittierte massive Störstrahlung zu einem hohen Prozentsatz ausfielen, kam in dieser Situation noch erschwerend hinzu …

Als ich merkte, was vorging, war ich nur noch wenige Meter von der Oberfläche entfernt und wurde von einem wild um sich schlagenden Soldaten gegen die Wand gedrängt. Das war mein Glück. Instinktiv griff ich nach einer Haltestange, um zu warten, bis der Schacht wieder halbwegs frei war – und in diesem Moment kehrte plötzlich mein volles Gewicht zurück. Mir riss es fast den Arm aus den Gelenken, aber ich schaffte es, mich festzuhalten. Ich hörte die Schreie derer, die an mir vorbei in die Tiefe stürzten. Ich wusste, dass sich in regelmäßigen Abständen Prallfelder einschalteten, sobald Störungen im Antigravschacht auftraten. Diese fielen jetzt jedoch ebenfalls aus …

Verzweifelte Schreie drangen aus der Tiefe und vereinigten sich in wenigen Augenblicken zu einem Crescendo des Todes. Ich bemühte mich, nicht an das zu denken, was unter mir stattfand. Hunderte Arkoniden stürzten in die Tiefe, würden irgendwann aufschlagen und zerschmettert werden. Verzweifelt bemühte ich mich, das Grauen abzuschütteln und mich auf den einzigen Punkt zu konzentrieren, der mir helfen konnte. Ich musste hinauf. Ein anderer Weg blieb mir nicht. Die Haltestangen waren in regelmäßigem Abstand voneinander angebracht, hinzu kamen als dekorative Nischen angeordnete Notfallstiegen. Ausfälle wie den jetzigen gab es unter normalen Bedingungen nicht, dennoch hatten die Konstrukteure berücksichtigt, dass jemand gezwungen sein könnte, sich ohne die Unterstützung des tragenden Antischwerkraftfelds im Schacht fortbewegen zu müssen. Genau das aber musste ich jetzt. Ich erblickte die nächste Querstange einen guten Meter über meinem Kopf, nachdem ich mich in einem Klimmzug nach oben gezogen und die Stange unter die Achsel geklemmt hatte.

Bald würde die Kraft in meinen Armen erlahmen, die Stange

war rund und glatt. Irgendwie schaffte ich es, das rechte Bein über die Stange zu bringen. Der Zwischenraum zur Wand war ziemlich knapp, aber ich zwängte das Bein bis zum Knie hinein. Gut so – das zweite Bein. Dann ein Aufbäumen – meine Hände umklammerten den nächsten Stab. Jetzt war meine Position schon besser. Ich hatte Halt unter den Füßen. Dabei kam mir zum Bewusstsein, wie viel Glück ich wieder einmal gehabt hatte. In der Nähe des Ausstiegs waren die Stangen in kürzeren Abständen angebracht, um den Benutzern des Schachts im Fall von Stauungen die Möglichkeit zum Abbremsen zu geben. Immerhin war es trotz allem nicht gerade eine bequeme Leiter, die mich nach oben führte.

Nicht denken!, befahl ich mir und wünschte mir gleichzeitig, ich könnte die Ohren zustopfen. Das Geschrei aus der Tiefe war zu einem entsetzlichen Stöhnen herabgesunken. Von oben drang das Röhren von Triebwerken in den Schacht. Auch dort wurde geschrien. Ich hatte den Eindruck, als tobten auf der Oberfläche sämtliche Gorki des Unterreiches. Niemand kümmerte sich um die Verletzten und Toten, keiner kam auch nur auf die Idee, in den Schacht zu sehen, um Leuten wie mir aus der Klemme zu helfen. Als ich mich bei meiner kurzen Atempause umsah, entdeckte ich noch zwei andere Männer, die sich ebenfalls rechtzeitig festgehalten hatten. Auch sie bemühten sich verzweifelt, sich in Sicherheit zu bringen. *Nicht denken!*

Leichter gesagt als getan. Der nächste Schwung nach oben. Halt fassen, Ausschau halten nach der nächsten Stange und den Notstiegen – wie lang konnten fünf Meter sein? Ich hatte den Eindruck, als sei eine Ewigkeit vergangen, bis ich endlich unmittelbar unter der Schachtmündung hing und mich mit letzter Kraft hinaufzog. Der Boden war geriffelt, dennoch rutschten meine Finger immer wieder ab. Einen schrecklichen Moment lang hing ich mit einer Hand an der Kante mit der gelb-schwarzen Warnschraffur, tastete mit der anderen nach einem Halt und wusste, dass ich abstürzen musste, gelang es mir nicht, mich festzuklammern.

Mit den Füßen fand ich Widerstand, stütze mich ab. Ich fasste mit der Hand nach und biss die Zähne zusammen, als schartiges Metall in meine Finger schnitt. Dann endlich lag ich mit dem Oberkörper auf den Boden und rang nach Atem, ehe ich mich vollends hinaufziehen konnte.

Ein kurzer Blick überzeugte mich davon, dass hier von der ehemals straffen Disziplin der Soldaten von Enorketron nichts mehr zu bemerken war. Vor der Pfortenkuppel hasteten Männer hin und her, keiner von ihnen schien ein Ziel zu haben. Ein paar hundert Meter entfernt stiegen fette Rauchwolken auf. Ein Schlachtschiff am Horizont stand in Flammen. Ich erinnerte mich der beiden Männer im Schacht und sah mich hastig nach irgendeiner Möglichkeit um, ihnen zu helfen. In diesem Moment stürzte ein Soldat in die Kuppel. Sein Gesicht zeigte den Ausdruck der nackten Angst. Ich hielt ihn hastig am Arm fest, als er in den Schacht springen wollte.

»Außer Betrieb!«, schrie ich ihn an. »Wo gibt es hier ein Seil oder so etwas Ähnliches?«

Er starrte mich verständnislos an, riss sich los und rannte wie von Furien gehetzt wieder hinaus. Ich schickte ihm einen Fluch nach, entdeckte eine Kabelrolle in einer Nische. In fliegender Hast rollte ich ein ausreichendes Stück ab, durchschnitt das Kabel und wand das eine Ende um eine Metallstrebe, die mir fest genug erschien. Ein Luccot-Schuss mit stark gedrosselter Energie schweißte das Kabel fest. Ich rannte zum Schachtrand und blickte hinab. Der eine hatte es fast geschafft; hing zwei Meter unter mir, schien jetzt allerdings am Ende seiner Kräfte zu sein. Auf meinen Zuruf hin hob er den Kopf, sah das Kabel, ein verzerrtes Grinsen zeigte sich auf seinem Gesicht. Ich ließ mein improvisiertes Rettungsseil hinab, nach wenigen Augenblicke stand der Arkonide neben mir. Er begriff sofort, dass wir dem anderen so schnell wie möglich helfen mussten, denn dieser arme Kerl klammerte sich beträchtlich weiter unten fest und konnte sich kaum noch halten.

»Schlinge!«, stieß der Fremde keuchend hervor. Ich zog hastig die Waffe; während er das Kabel in die richtige Stellung brachte, schweißte ich das Ende zu einer Schlaufe zusammen und hoffte, dass diese behelfsmäßige Schlinge das Gewicht aushielt. Das Kabel war zu dick, um es einfach zu verknoten. Der andere beugte sich über den Schachtrand und rief den weiter unten erschöpft an einer Haltestange hängenden Mann an. »Keine Reaktion. Was jetzt?«

Ich streifte mir die Schlinge über. »Langsam runterlassen.«

Der Fremde verschwendete keine Zeit mit langen Fragen. Auf diese Weise kam ich ziemlich rasch bei dem hilflosen Mann an. Als ich neben ihm pendelte, drehte er mühsam den Kopf und wollte etwas sagen, aber dazu blieb keine Zeit – seine Hände waren weiß vor Anstrengung. Jetzt merkte ich auch, warum der Unbekannte nicht versucht hatte, sich selbst zu helfen: Das rechte Bein hing in einem merkwürdigen Winkel herab. Er musste es sich beim Aufprall gebrochen haben. Ich hielt mich an der Stange fest. Am einfachsten wäre es zweifellos gewesen, den Hilflosen zu packen und mich nach oben ziehen zu lassen. Aber der Mann, der das Seil hielt, war bereits ziemlich erschöpft; auch war es fraglich, ob meine provisorisch zusammengeschweißte Schlinge das doppelte Gewicht trug.

Verbissen bemühte ich mich, die Schlinge abzustreifen, ohne in die Tiefe zu stürzen. Mein Helfer am oberen Schachtrand verstand ohne jede Erklärung, was ich plante, ließ ein Stück Kabel nach. Der Verletzte gab einen dumpfen Schmerzenslaut von sich, als das stählerne Band sein rechtes Bein berührte, aber er bemühte sich trotz seiner Schmerzen, mir zu helfen, und schlüpfte mit dem linken Bein in die Schlinge. Endlich hatte ich es geschafft, dass der Mann nicht mehr abstürzen konnte, solange er nicht vollends die Nerven verlor.

»Festhalten!«, befahl ich und griff nach seiner Hand, die so fest um die Metallstange gekrampft war, dass er sie nur mühsam lösen konnte. Als er sie um das Kabel vor seiner Brust schloss, hatte er einen ziemlich sicheren Halt. Dennoch musste ich ihm auch beim Lösen der zweiten Hand helfen. Ich atmete auf, als der Verletzte endlich ganz am Seil hing und langsam nach oben schwebte. Da ich jedoch vermutete, dass die Kräfte des zuerst geretteten Mannes für zwei Manöver dieser Art kaum ausreichen würden, arbeitete ich mich lieber selbst weiter nach oben. Als ich wieder neben dem Schacht stand, fühlte ich mich ausgelaugt. Ich hatte zwei Männern helfen können – aber das dumpfe Stöhnen aus der Tiefe war noch immer nicht verstummt.

»Danke«, sagte der Mann, der mir über den Rand geholfen hatte.

»Was machen wir mit ihm?« Ich deutete auf den Verletzten, der inzwischen das Bewusstsein verloren hatte.

Der Fremde zuckte die Achseln. »Es wird wenig Zweck haben, jetzt nach einem Medoroboter zu rufen. Wir können ihn mitnehmen. Es gibt einen normalen Fahrschacht. Vielleicht nimmt ihn dort jemand mit nach unten.«

Wir packten den Bewusstlosen und machten uns ohne weitere Diskussionen auf den Weg. Der Fahrschacht war nicht weit entfernt, an seinem Eingang herrschte ein wildes Durcheinander. Ich hatte wenig Hoffnung, unseren Schützling in einem der zahlreichen Gleiter unterzubringen, aber mein Begleiter zückte plötzlich einen Dienstausweis, trat an den nächsten wartenden Gleiter heran und erreichte, dass der Pilot die hintere Tür öffnete. Wir legten den Bewusstlosen hinein, dann brauste das Fahrzeug davon. Der Mann war offensichtlich ein Offizier.

»Was haben Sie jetzt vor?«

»Keine Ahnung«, antwortete ich.

»Sind Sie keiner Einheit zugeteilt?« Ich schwieg, denn diese Frage war ziemlich verfänglich. »Im Augenblick ist das auch nicht von Bedeutung. Sie haben mir das Leben gerettet, so etwas vergesse ich nicht. Ich schlage vor, wir bleiben zusammen. In meiner Begleitung kommen Sie leichter durch die Sperren. Ich will mich zum nächsten Landefeld durchschlagen und Verbindung zu meiner Dienststelle aufnehmen. Kommen Sie mit?«

Ich überlegte nicht lange. Hier war der Aufenthalt zurzeit nicht ungefährlich für mich. Sobald sich die Lage auf der Oberfläche einigermaßen geklärt hatte, würden auch die Kontrollen wieder funktionieren. Bis dahin wollte ich diesen Ort verlassen haben. Der Geheimdienst suchte mich noch immer …

Mein Begleiter hieß Tharmiron Obos und war einer der leitenden Orbtonen in der Kontrollzentrale für das Landefeld sieben. Obwohl die Gefahr bestand, dass er von mir bereits gehört hatte, nannte ich den Namen, unter dem ich auf Enorketron angekommen war: Vregh Brathon. Wir erreichten nach einem kurzen Marsch über den Raumhafen einen Fahrschacht, durch den wir laut Tharmiron eine der Transportstationen erreichen sollten, in der die Kapseln der Röhrenbahnen hielten.

»Verdammte Methans!«, stieß er zwischen den Zähnen hervor, als wir in weitem Bogen das Wrack eines Leichten Kreuzers umgingen. »Ausgerechnet hier müssen diese Bestien auftauchen.«

Ich schwieg und überlegte, wie ich jetzt mein selbst gesetztes Ziel erreichen sollte. Irgendwie musste ich Magantilliken und das SKORGON erreichen – ob Tharmiron mir dabei helfen konnte?

Mir fiel ein, was Shelon über Amarkavor Heng erzählt hatte. Angeblich benutzte der Mascant einen Teil der Positroniken für seine privaten Zwecke, die in erster Linie darin bestanden, jeden in diesem System zu bespitzeln. Nach Shelons Meinung würden sich diese Separatschaltungen möglicherweise katastrophal auf die Verteidigung auswirken, sollte ein direkter Angriff auf das Trantagossa-System oder gar auf Enorketron stattfinden. Er war zwar keineswegs der Reparaturtechniker, als der er sich mir zunächst vorgestellt hatte, sondern gehörte dem Geheimdienst an, aber dennoch war nicht auszuschließen, dass der Bärtige in diesem Punkt die Wahrheit gesagt hatte.

»Ich verstehe nicht, wie es überhaupt so weit kommen konnte«, sagte ich vorsichtig. »Einer der drei Hauptstützpunkte – da sollten selbst die Maahks nicht weit kommen!«

Tharmiron reagierte bissig. »Stimmt – sollten. Aber hier ist so einiges nicht in Ordnung. Unser ehrenwerter Kommandeur hat seine eigene Meinung darüber, wie die offiziellen Mittel verwendet werden sollen. Schon seit einigen Jahren wird nur noch wenig getan, um die vorhandenen Einrichtungen zu verbessern. Bis jetzt habe ich den Mund gehalten, um meine Karriere nicht zu gefährden, aber ich bin fest entschlossen, eine entsprechende Meldung zu machen, falls ich diesen Angriff lebend überstehe. Selbst wenn ich bis zum Imperator persönlich vordringen muss! Nur weil der Kerl unter Verfolgungswahn leidet und ausschließlich mit seinem SKORGON umhergondelt, ist dieser Stützpunkt in Gefahr geraten.«

Ich horchte auf. »SKORGON?«

»Hast du noch nichts davon gehört? Hengs Privatschiff. Nicht groß, aber hervorragend ausgestattet. Wenigstens sagt man das. Die Leute, die das Ding gebaut haben, sind spurlos verschwunden, können also nichts darüber berichten. Aber der Kommandeur hat angeordnet, dass das SKORGON von der allgemeinen Raumüberwachung nicht verfolgt werden darf. Wer weiß, wie oft der Kerl damit in der Nähe des Systems herumgeschwirrt ist, ohne auch nur die einfachsten Sicherheitsvorschriften zu beachten.«

Wir kamen nicht dazu, unser Gespräch fortzusetzen, denn der Schachteingang lag vor uns. Auch hier stauten sich die Fahrzeuge. Für Fußgänger waren diese Wege gesperrt, aber bei der derzeitigen Lage kümmerte sich niemand mehr um solche Verbote. Tharmiron zog erneut seinen Ausweis, aber ich hielt ihn hastig am Arm fest.

»Weg damit!«, flüsterte ich scharf. Er sah mich verdutzt an, dann bemerkte auch er, was sich einige Meter vor uns abspielte. Einige Soldaten waren damit beschäftigt, einen Offizier zusammenzuschlagen. Im Gegensatz zu Tharmiron, der eine normale Kombination trug und daher nicht auffiel, trug sein bedauernswerter Kollege eine Uniform. Die Soldaten, deren Leben auf Enorketron nicht gerade rosig zu nennen war, sahen anscheinend eine günstige Gelegenheit, sich an denen zu rächen, die sie für die Missstände im Trantagossa-Stützpunkt für verantwortlich hielten.

»Verdammt!«, knirschte Tharmiron wütend. Ich zog ihn hastig fort. Gegen eine solche Übermacht war auch der tapferste Mann machtlos. »Ein paar Bomben – schon bricht alles zusammen.«

»Nicht alles. Aber wo so viel Zwang herrscht, stauen sich die Aggressionen.«

Wie zur Bestätigung startete ein Raumschiff unter ohrenbetäubendem Dröhnen. Ich sah ihm nach und glaubte, hoch oben am Himmel das Blitzen energetischer Entladungen zu sehen. Mir fiel ein, dass es möglicherweise ein Mittel gab, mich über den Verlauf der Kampfhandlungen zu informieren, und ich zog das Bildsprechgerät aus der Tasche. Tharmiron schnappte nach Luft, kannte diese Art von Geräten, die auf Enorketron nahezu ausschließlich vom Geheimdienst benutzt wurden. Mir war sofort klar, dass ich einen Fehler gemacht hatte. Er hatte sich nicht sehr freundlich über Heng geäußert, musste nun annehmen, seine aufsässige Rede vor einem der überall anwesenden Spitzel gehalten zu haben.

Das Gerät selbst löste erstaunlicherweise mein Problem. Ich hatte damit gerechnet, dass sich auch der Geheimdienst in dieser kritischen Situation voll in den Dienst der Verteidigung stellte, jedoch Hengs abartige Natur unterschätzt. Ihn schien es wenig zu kümmern, dass der Stützpunkt zusammengeschossen wurde, sondern er zitterte weiterhin vor möglichen Mördern: Magantillikens neues Varganengesicht erschien auf dem Bildschirm. Ich hoffte, Neuigkeiten über den Henker zu erfahren, und drehte den Ton auf höchste Lautstärke. Wir standen an der Kuppelwand, hinter der der Schacht begann. Da außer einem Roboter niemand in unmittelbarer Nähe war, brauchte ich nicht zu befürchten, dass noch andere Leute auf die Idee kämen, ich gehörte dem Heer der verhassten Spione an.

Enttäuscht vernahm ich, dass über den Verbleib des Henkers

nichts bekannt war; weiterhin wurde nach ihm gesucht. Tharmiron stieß ein wütendes Grunzen aus, ich verstand ihn nur zu gut. Statt sich um die Verletzten zu kümmern, an der Reorganisation der Streitkräfte mitzuarbeiten und ähnlich wichtige Aufgaben zu übernehmen, konzentrierten sich diese Kreaturen nach wie vor auf eine Gespensterjagd. Dann aber wechselte das Bild – plötzlich sah ich mein eigenes Konterfei auf dem Bildschirm.

»... erschien Vregh Brathon kurz vor dem Angriff in der Freien Zone der Sektion sieben. Da er sich intensiv nach dem von uns gesuchten Fremden erkundigte, wird angenommen, dass er mit der wiedererwachten Leiche in unmittelbarem Zusammenhang steht. Daher wird befohlen, ihn unverzüglich zu verhaften, sobald er irgendwo auftauchen sollte. Es ist anzunehmen, dass er sich nach Sektion acht ...«

Die leiernde Stimme aus dem Lautsprecher ging im Röhren eines Triebwerks unter. Als wir wieder einigermaßen hören konnten, hatte die Stimme das Thema gewechselt und befasste sich nunmehr mit irgendeiner obskuren Verschwörung. Der Alltag des Geheimdienstes von Enorketron schien durch den Angriff der Maahks nicht betroffen zu sein.

Tharmiron musterte mich misstrauisch. »Du siehst diesem Brathon ziemlich ähnlich.«

Ich grinste etwas unglücklich. *Auch ein Weg, meine Schwierigkeiten zu beseitigen*, dachte ich und fasste einen Entschluss, den mein Extrahirn zwar missbilligte, der mich jedoch mit Sicherheit endlich zu Magantilliken brachte. Ich tastete in der Tasche nach der kleinen Flasche. Tharmiron beobachtete mich aufmerksam, als ich etwas von dem Lösungsmittel über die Bioplaststreifen in meinem Gesicht verrieb. Das künstliche Gewebe löste sich, ich riss es achtlos ab. Die Haut darunter prickelte etwas. An Tharmirons Blick erkannte ich, dass er nun wusste, wen er vor sich hatte.

»Man sucht dich also. Ist es nicht sehr unklug, die Maske abzulegen? Ich werde dich auf keinen Fall verraten – schließlich wäre ich ohne dich vermutlich nicht mehr am Leben. Aber jeder Spitzel wird dich nun erkennen.«

»Genau das hoffe ich. Allerdings rechne ich damit, dass du mich höchstpersönlich beim Geheimdienst abliefern wirst.«

Er sah mich an, als glaube er, ich hätte den Verstand verloren. »Das kann nicht dein Ernst ...«

»O doch. Du wirst sogar gute Gründe haben, das zu tun. Einmal hast du so die Chance, deine Karriere erfolgreich fortzusetzen. Zweitens trägst du dazu bei, die Methans aus diesem System zurückzuschlagen und ihnen eventuell eine große Niederlage zu bereiten.«

Die Augen des jungen Offiziers wurden schmal. Wie alle Arkoniden, die an diesem Kampf teilnahmen, hatte er großen Hass entwickelt. Die Methans entscheidend schlagen zu können – das war bisher ein Wunschtraum geblieben. Er sah mich lange an und schwankte anscheinend zwischen der Meinung, ich sei übergeschnappt, und der Hoffnung, an meinen Behauptungen könne etwas Wahres sein. »Wie das?«

»Da du auf dem Landefeld sieben arbeitest, nehme ich an, dass du weißt, wie der Fremde hierher kam«, begann ich vorsichtig und hob das Bildsprechgerät. Ich bewegte mich auf trügerischem Boden. Es konnte durchaus sein, dass die Arkoniden varganische Waffen erbeutet hatten, die den Maahks Einhalt gebieten konnten. Ebenso gut war es möglich, dass sie außer den Toten und den kleinen Gegenständen, die Magantilliken an sich gebracht hatte, so gut wie nichts nach Enorketron gebracht hatten. Eins war allerdings von vornherein klar – Magantilliken würde nicht aus purer Freundlichkeit eingreifen. Selbst wenn ihm die entsprechenden Mittel zur Verfügung standen, das Trantagossa-System von den unerwünschten Eindringlingen zu befreien, musste er gezwungen werden, sie auch zu benutzen.

Ich glaubte jedoch, einen Weg zu kennen, den Henker in diesem Sinne zu beeinflussen. Magantilliken befand sich in einer Zwangslage – so viel hatte ich immerhin begriffen. Ich wusste um seine Fähigkeit, den Körper nach Belieben zu wechseln. Hätte er Enorketron auf diesem Wege verlassen, wäre seine »Leiche« zweifellos bereits gefunden worden. Da eine solche Meldung nicht eingetroffen war, musste er nach wie vor auf Enorketron sein. Die logische Schlussfolgerung war, dass der Henker seine Parafähigkeiten im Augenblick nicht voll nutzen konnte. Für diesen Fall hatte ich ihm ein lukratives Angebot zu machen. Allerdings war es notwendig, dass ich das Wagnis einging, mit Heng persönlich Verbindung aufzunehmen.

Tharmiron schnappte meinen Köder. »Mit der BARGONNA ... Ich gehörte zum Überwachungsteam bei den Entladearbeiten.«

»Waren nur die Leichen an Bord? Oder auch andere Geräte?«

»Ich weiß es nicht. Absolute Geheimhaltung und so. Aber da eine ganze Anzahl ziemlich großer Kisten von Bord geschafft wurde, nehme ich an, dass die Beute umfangreicher war. Wegen der zwölf Körper allein hätte Heng wohl kaum ein solches Theater veranstaltet.«

Ich nickte zufrieden. Ging ich davon aus, wie fremdartig die Geräte der Varganen waren, wusste vermutlich noch niemand, was die Gegenstände überhaupt darstellten, geschweige denn wie damit umzugehen war. »Ich habe diesen Fremden schon getroffen. Sein Volk verfügt über technische Mittel, die für uns fast unvorstellbar sind. Ich nehme an, dass sich unter der Beute auch Waffen befinden. Sie mögen dem äußeren Umfang nach klein sein, aber die könnten imstande sein, die Maahks vernichtend zu schlagen. Ich verstehe von der Technik der Fremden zu wenig, um damit umgehen zu können. Aber der Mann, der so plötzlich zum Leben erwacht ist, ist damit vertraut. Und ich habe die Mittel, ihn zu zwingen, dass er uns hilft. Ich weiß sogar ungefähr, wohin er gegangen sein dürfte. Wenn ich die Möglichkeit erhalte, mich mit ihm in Verbindung zu setzen, hat Trantagossa noch eine Chance.«

Tharmiron zögerte immer noch. Ich überlegte verzweifelt, welche Argumente ich noch vortragen konnte, ohne ihm zu viel über Magantilliken und die Varganen zu verraten – immerhin ich legte keinen Wert darauf, meine Artgenossen auf einige Dinge aufmerksam zu machen, die mir später zum Verhängnis wurden. *Falls es für dich ein Später gibt*, raunte mein Extrasinn säuerlich. *Du hast soeben den Kopf in die Schlinge gesteckt.*

In diesem Augenblick begann Tharmiron zu sprechen, und ich merkte, dass ich ihn falsch eingeschätzt hatte. »Ich weiß nicht, wer du wirklich bist, Vregh Brathon«, sagte er bedächtig. »Aber ich fürchte, du hast keine Ahnung, in welche Gefahr du dich begeben willst. Um das zu erreichen, was du angedeutet hast, genügt es nicht, dass ich dich zum Geheimdienst bringe. Die erforderlichen Befehle kann nur Heng persönlich erteilen. Er hält auf Enorketron alle Fäden in der Hand. Wie du siehst, interessiert ihn das Schicksal seines Stützpunkts wenig. Er bangt nur um sein Leben. Du willst mit ihm verhandeln. Aber du weißt nicht, wie Heng auf solche Vorschläge zu reagieren pflegt. Vielleicht gestattet er es tatsächlich, dass du den Fremden suchst. Möglicherweise erteilt er sogar die Erlaubnis, dass du mit ihm verhandelst. Aber schon beim Einsatz dieser Superwaffen wird es Schwierigkeiten geben. Heng wird automatisch annehmen, dass du einen Angriff auf sein Leben planst. Und selbst wenn er sein Misstrauen in diesem Fall überwindet – sobald die Lage geklärt ist, wird er sowohl dich als auch den Fremden aus dem Weg schaffen.«

»Das ist mir klar. Ich gehe das Risiko ein, weil ich erstens nicht tatenlos zusehen kann und will, wie die Maahks das Trantagossa-System in einen Trümmerhaufen verwandeln, und weil ich zweitens hoffe, mich ausreichend absichern zu können. Heng ist unberechenbar – ich werde ihm ganz bestimmt nicht blindlings vertrauen.«

»Kann sein. Aber ich bin schon seit einiger Zeit hier und weiß, wovon ich rede. Ich liefere einen Mann, dem ich mein Leben verdanke, nicht dem sicheren Tod aus.«

»Das ehrt dich. Aber wenn es nicht anders geht, werde ich dich dazu zwingen müssen.«

Er starrte auf den kleinen Strahler, der plötzlich in meiner Hand lag. »Lebensmüden Leuten kommt man mit Logik nicht bei«, murmelte er resignierend und schüttelte langsam den Kopf. »Also gut, gehen wir …«

Ich sah den winzigen Schatten, der über das Landefeld huschte und riss ihn zu Boden. Er reagierte sofort, drückte sich gegen die Kuppelwandung und schützte den Kopf mit den Armen. Der Blitz, der einen Augenblick später aufflammte, war so hell, dass ich ihn körperlich zu spüren glaubte. Das Krachen der Explosion zerriss mir fast die Trommelfelle, und die Hitzewelle, die über uns hinwegfegte, war fast unerträglich. Aber wir überlebten, das war die Hauptsache. Ringsum war das Chaos. Die Rakete der Maahks hatte ein gerade startendes Schiff aus der Bahn gerissen und beschädigt. Der Raumer heulte als riesenhaftes Geschoss über den Himmel, krachte zu Boden und löste eine neue Explosion aus. Trümmerstücke zischten in alle Richtungen. Als wir endlich aufzublicken wagten, hatten wir das Gefühl, im Lakhros gelandet zu sein.

Ich sah, dass Tharmiron die Lippen bewegte, aber ich hörte nichts. Er fasste meinen Arm und zog mich vorwärts. Wir stolperten um die Kuppel, der Eingang zum Fahrschacht war jetzt frei. Tote und Verletzte lagen zwischen den Trümmern zerdrückter Gleiter. Wir waren durch die Kuppel von der Druckwelle einigermaßen verschont geblieben, aber auf dieser Seite herrschte totale Zerstörung. Der Eingang zum Schacht war fast völlig versperrt. Stahlstreben hingen herab, dazwischen hatten sich Fahrzeuge verkeilt. Ein Gleiter hing dicht unter der Decke und brannte; glühende Trümmer regneten herab.

Tharmiron kümmerte sich um all das nicht, sondern zog mich verbissen vorwärts. Obwohl ich fürchtete, dass wir in den tiefer gelegenen Regionen kaum sicherer waren als auf der Oberfläche, folgte ich ihm. Die ersten hundert Meter waren die reinste Qual. Wir stolperten durch brennende und glimmende Trümmer. Die Rauchschwaden, die uns entgegentrieben, waren teilweise so dicht, dass wir uns an den Händen fassen mussten, um uns nicht zu verlieren. Wir husteten uns fast die Lunge aus dem Hals. Blind von Tränen, arbeiteten wir uns vorwärts, bis endlich der Rauch dünner wurde und die Brände hinter uns zurückblieben.

»Da unten ist … doch nichts mehr … zu holen«, keuchte ich, denn es war offensichtlich, dass die Bombe auch in den subplanetarischen Anlagen verheerende Zerstörungen angerichtet hatte.

Tharmiron antwortete nicht, schritt zielstrebig vorwärts. Ich wunderte mich, woher er die Kraft nahm, sich immer noch aufrecht und gerade zu halten. Ich selbst taumelte mehr, als ich ging. Zahllose Arkoniden hasteten an uns vorbei. Niemand schien noch zu wissen, wohin er sich wenden sollte. Viele der Männer und Frauen waren verletzt, manche hatten sich mit allen möglichen Gegenständen beladen, die sie zu retten hofften. Ich fühlte mich in einen Albtraum versetzt. Alles, was hier geschah, schien sinnlos. Die Leute, die nach oben flohen, mussten damit rechnen, den nächsten Angriffen zum Opfer zu fallen. Diejenigen, die ihr Glück in der entgegengesetzten Richtung suchten, mussten damit rechnen, dass dieses ganze Höhlensystem bei der nächsten starken Erschütterung in sich zusammenfiel.

Der Orbton ließ sich durch nichts beirren, drängte sich energisch vorwärts. Ich folgte ihm, denn ich nahm an, dass er mich geradewegs zu meinem Ziel führte. Ich hatte mich nicht geirrt. Er bog nach einiger Zeit in einen Seitengang ein und blieb endlich vor einem Schott stehen. »Willst du immer noch zu Hengs Schergen?«

Ich nickte. Er drückte auf einen Knopf, das Schott öffnete sich. Drei Männer in dunkelroten Uniformen blickten uns entgegen. Sie hielten Impulsstrahler in den Händen.

»Sieh mal an«, murmelte der Mann hinter dem Arbeitstisch und musterte mich aufmerksam. »Unser verloren gegangener Schützling kehrt ganz von selbst in das Nest zurück. Wozu sind Sie eigentlich so lange geflohen, wenn Sie sich jetzt selbst stellen?«

Ich ließ mich von dem heiteren Gesprächston nicht täuschen. Der hagere Mann mittleren Alters hieß Kiran Thas und war TGC-Sektionschef. Wer es so weit brachte, durfte nicht zimperlich sein.

»Sie sind also der gesuchte Vregh Brathon«, fuhr er fort und stützte sich mit den Unterarmen auf die Tischplatte. »Ich freue mich, Sie zu sehen. Ob diese Freude allerdings beiderseitig sein wird, muss sich noch erweisen. Zaroia da Kentigmilan hat empfohlen, Sie gründlich zu überprüfen. Wir werden Sie überprüfen, verlassen Sie sich darauf. Der Ihnen mitgegebene Speicherkristall war eine Finte, ihr Bericht liegt uns vor – und sie weiß genau, dass Mascant Heng *niemanden* persönlich empfängt.«

Tharmiron Obos trat einen Schritt vor und stand nun unmittelbar vor dem Tisch, hinter dem Thas in selbstgefälliger Pose hockte. »Passen Sie auf, Thas. Und hören Sie mir gut zu! Dieser Mann hat mir das Leben gerettet! Ich hätte ihn unter keinen Umständen hierher gebracht, wüsste ich nicht, dass er über wichtige Informationen verfügt. Wir haben Ihnen diese Geschichte bereits erzählt. Wenn Sie jetzt nicht sofort Ihre Pflicht tun und Brathon die Möglichkeit geben, sich mit dem geheimnisvollen Fremden in Verbindung zu setzen, bringe ich Sie vors Kriegsgericht. Die Auskünfte dieses Mannes können entscheidend dafür sein, ob Trantagossa zerstört wird oder nicht.«

Thas blickte den Offizier beinahe gleichgültig an. »Brathon wird zweifellos Gelegenheit bekommen, sich mit seinem seltsamen Freund zu unterhalten. Aber erst dann, wenn ich das für richtig halte. Vorher will ich noch ein paar Auskünfte von ihm haben. Zum Beispiel, woher er kommt und wer er wirklich ist.«

Tharmiron ballte die Hände zu Fäusten. »Draußen sterben Millionen! Und Sie vergeuden hier unten Zeit. Für Ihre Fragen haben Sie noch reichlich Gelegenheit, wenn der Kampf vorbei ist. Ich warne Sie – Sie machen sich mitschuldig am Untergang dieses Stützpunkts, wenn Sie nicht endlich etwas unternehmen!«

Ich sah die blitzschnelle Bewegung und stieß einen Warnschrei aus. Tharmiron warf sich zur Seite, aber es war zu spät. Aus der Vorderkante des Tisches hatte sich der Lauf eines Paralysators geschoben. Der Schuss traf den jungen Offizier voll, er ging sofort zu Boden. Mein Versuch, ihm zu Hilfe zu kommen, wurde von der Wache vereitelt, die hinter mir stand. »Keine Bewegung!«

Ich stand stocksteif da und überlegte fieberhaft, wie ich die Situation zu meinen Gunsten ändern könnte. Ich hatte selbstverständlich mit Schwierigkeiten und Misstrauen gerechnet, aber angesichts der kritischen Lage geglaubt, diese Hindernisse meistern zu können. Dass sich der Geheimdienst in einem solchen Maße über das Geschehen im System hinwegsetzen würde, hatte ich nicht erwartet. Tharmiron hatte mich gewarnt, auch das Extrahirn war mit meinem Vorhaben nicht einverstanden gewesen. Trotzdem hatte ich es gewagt. Und nun stand ich diesen Männern gegenüber, die sich in keiner Weise darum scherten, dass die Maahks angriffen.

»Bisher hat Ihr Komplize geredet«, wandte Thas sich an mich, als sei gar nichts geschehen. »Jetzt würde ich ganz gern auch von Ihnen etwas hören.«

»Was geschieht mit ihm?«

Die Frage passte dem Sektionschef nicht ins Konzept, aber er rang sich doch zu einer Antwort durch. »Unsere Lazarette kennen Sie ja. Wenn Tharmiron Obos dort wieder entlassen wird, werden einige Stücke in seiner Erinnerung fehlen. Er wird niemanden denunzieren, er wird auch in Zukunft nicht mehr über Probleme nachdenken, die ihn nichts angehen, sondern er wird ein folgsamer kleiner Raumsoldat sein – gesetzt den Fall, er überlebt die Operation.«

»Sie sind ein Monstrum. Sie passen genau zu Ihrem Kommandeur.«

»Was wollen Sie eigentlich? Er hat immerhin eine Chance, zu überleben. Das ist etwas, das Sie wohl kaum erhalten werden. Aber ich habe den Eindruck, ich verschwende tatsächlich meine Zeit, wenn ich mich jetzt mit Ihnen unterhalte. In einigen Tontas wird unser Gespräch sicher viel flüssiger und aufschlussreicher ausfallen.«

Er gab der Wache einen lässigen Wink mit der manikürten Rechten. Der Uniformierte, dessen Waffe während der gesamten Unterhaltung auf mich gerichtet geblieben war, versetzte mir einen Stoß. Ich stolperte zur Tür. In diesem Augenblick erhellte sich ein Bildschirm auf dem Arbeitstisch. Ich sah Amarkavor Heng und blieb unwillkürlich stehen. Thas war merklich blasser geworden, seine Selbstsicherheit schwand. Der Anblick des Mascanten fuhr ihm sichtlich in die Knochen.

»Vregh Brathon ist sofort zum Tor C zu bringen!«, dröhnte die Stimme Hengs durch den Raum. »Er ist dort unversehrt abzuliefern! Sie, Thas, bürgen mir dafür mit Ihrem Leben!«

17.

Aus: *Die Methans – Hintergründe, Fakten, Auswertungen*, hier: *Die Ursprünge und ihre Folgen*, Felted Kilznew Agema. In: *The Cambridge History of Mankind*; Cambridge, Terra, 2994

… stießen bereits um 50.300 vor Christus lemurische Siedler, die unter anderem das Tefa-System, die spätere Keimzelle des tefrodischen Reiches, kolonisiert hatten, in Andromeda auf die Wasserstoffatmer – und es kam zu ersten Auseinandersetzungen. In Andromeda war zu jener Zeit eine Vielzahl von Völkern und Kulturen beheimatet. Wo dies möglich war, schlossen die Lemurer Verträge und Übereinkommen. Das Volk, mit dem die Lemurer jedoch bald in massive Kämpfe verwickelt wurde, war das der Maahks – in unzählige Volksgruppen aufgespalten, hatten diese eine Vielzahl von Planeten besiedelt. Ihr Kernsiedlungsgebiet lag allerdings in erster Linie im Zentrumsbereich von Andromeda, von den Lemurern Karahol genannt, »Zweite Insel«.

Genau hier erfolgte jedoch in den nächsten Jahrzehnten die »Invasion« der Ersten Menschheit. Ihre Transportflotten, die im Sonnensechsecktransmitter des Zentrumskerns rematerialisierten, suchten verständlicherweise Planeten in der näheren Umgebung. Diese Ausbreitung und Vergrößerung des lemurischen Gebietes führte in kürzester Zeit zu einem ausgedehnten Krieg mit den Wasserstoffatmern. Zwar waren diese ebenfalls kulturell und technisch hoch entwickelt – ihre Raumschiffe durchflogen schließlich seit Jahrhunderten die Sterneninsel –, doch im Bereich der Waffen- und Schirmtechnologie waren sie den Lemurern deutlich unterlegen. Hinzu kam, dass es sich bei diesen um Wesen handelte, »kampferprobt« im Krieg gegen die Haluter, die nahezu durchgehend den Begriff »Frieden« nur dem Namen nach kannten.

Gerade die kriegserfahrenen Lemurer wussten auch, dass sie sich klare Ziele und somit wenige Gegner suchen mussten. Als die Lemurer 49.988 vor Christus während der 14. halutischen Großoffensive das Große Tamanium in der Milchstraße endgültig aufgaben und sich bis auf wenige Ausnahmen nach Andromeda zurückzogen, begann die massive Verdrängung der dort beheimateten Maahks und der anderen Gruppen dieses Volkes. In der heimatlichen Sterneninsel Apsuhol wurden unterdessen Tausende von Planeten in die Evakuierungsplanungen eingebunden. Als diese Menschenmassen den Sonnentransmitter benutzten und in Andromeda rematerialisierten, änderte sich dort schlagartig die Situation. Nicht nur einige Millionen Pioniere, Techniker und Wissenschaftler suchten nun Zuflucht, die mit dem einen oder anderen Planeten irgendwo in der Abgeschiedenheit in den Grenzbereichen von Andromeda zufrieden gewesen wären, sondern es kamen riesige Transportflotten und Evakuierungscontainer, die die Bevölkerung ganzer Planeten an Bord hatten.

Die Lemurer standen vor wahrhaft gigantischen Aufgaben, die alle Kräfte in Anspruch nahmen. In der heimatlichen Galaxis war den vorrückenden Halutern möglichst lange Paroli zu bieten, während sie gleichzeitig in Andromeda Planeten besiedeln und neue Gebiete sichern mussten. Die Eindringlinge eroberten deshalb systematisch den Zentrumskern und verdrängten die Wasserstoffatmer rücksichtslos aus ihrem angestammten Siedlungsraum. Diese verloren eine Raumschlacht nach der anderen und waren gezwungen, dem nachdrängenden Gegner auszuweichen und zunächst das Zentrum der Galaxis zu räumen. Aber auch andere geeignete Planeten, die sie während der Rückzugsgefechte besiedelt hatten, gingen in den folgenden Jahrhunderten verloren.

Etwa 400 Jahre nach dem Auftauchen der Lemurer bestand trotz der hohen Vermehrungsrate der Wasserstoffatmer die reale Gefahr der vollständigen Ausrottung. Lemurische Einsatzverbände durchstreiften längst die gesamte Galaxis und stellten gezielt die Flotten der Wasserstoffatmer zum Kampf, für die es immer schwieriger wurde, für die Überlebenden geeignete Planeten zu finden. Ein friedliches Übereinkommen mit den Lemurern war nicht möglich. Diese hatten sich einen scheinbar schwachen Gegner ausgesucht und bekämpften ihn mit allen Mitteln. Die Wasserstoffatmer sollten als abschreckendes Beispiel dienen, um die anderen Völker, die in Andromeda heimisch waren, wirkungsvoll einzuschüchtern. Es wundert nicht, dass diese tatsächlich in der Regel auf eine militärische Auseinandersetzung mit den eroberungswütigen Lemurern verzichteten und sich auf ihre bereits besiedelten Gebiete beschränkten.

Im Bereich der Waffentechnologie gelang den Wasserstoffatmern kein relevanter Durchbruch, mit dem sie den technologischen Vorsprung der Lemurer wenigstens zum Teil hätten wettmachen können. Die enorme Vermehrungsrate, normalerweise ein strategischer Vorteil, verlängerte eher die Auseinandersetzungen und verzögerte den Rückzug.

Magantilliken lächelte beinahe amüsiert, als er den dritten Schutzschirm durchschritten hatte. Dieser Amarkavor Heng hatte alle technischen Mittel seines Volkes ausgeschöpft, um jedem Unbefugten das Eindringen in sein geheimes Reich zu verwehren. Er hatte jedoch nicht mit den Errungenschaften der varganischen Technik gerechnet. Die Schutzschirme stellten für den Henker keine ernst zu nehmenden Hindernisse dar. Die Alarmvorrichtungen waren in seinen Augen vergleichsweise primitiv angelegt. Und die wachsamen Robotanlagen, deren positronische Sonden auf jede Unregelmäßigkeit reagierten, waren machtlos, wenn sie den Eindringling nicht aufspüren konnten.

Ähnlich war es bei den Verriegelungen der Schotten. Magantillikens hochwertige Geräte ertasteten die notwendigen Impulse, kopierten sie und strahlten sie erfolgreich ab. Widerstandslos öffnete sich ein Tor nach dem anderen. Die maschinellen Diener Hengs konnten die gefälschten Impulse des Henkers nicht von echten unterscheiden. Die Spionaugen, auf deren Installierung Heng auch in seinem eigenen Machtbereich nicht verzichtet hatte, traten hier nur dann in Tätigkeit, wenn die positronischen Sicherheitseinrichtungen Alarm gaben. Dieser Fall jedoch trat nicht ein, Magantilliken blieb völlig unbemerkt.

Er erreichte durch zahlreiche Gänge den Zugang zu einer Transportröhre. Hier trat erstmals ein etwas schwierigeres Problem auf, weil das Transportsystem auf Hengs Individualimpulse ausgerichtet war. Niemand außer ihm selbst konnte es benutzen, es sei denn, der Mascant hob über die Zentralschaltung die Kontrolle für begrenzte Zeit auf. Magantilliken überlegte kurz, ob er aus Gründen der Zeitersparnis eine Entdeckung in Kauf nehmen sollte, immerhin war er jetzt weit genug vorgedrungen, um einen solchen Schritt zu wagen. Die gewaltigen Ansammlungen empfindlichster technischer Einrichtungen jenseits der kahlen, schmucklosen Metallwände machten es seinem Gegner nahezu unmöglich, energetische Waffen konzentriert einzusetzen. Mit einem nicht allzu starken Beschuss jedoch wurde der Schutzschirm, den der Henker jederzeit aktivieren konnte, spielend leicht fertig.

Aber dann machte er sich doch an die Zeit raubende Arbeit, inzwischen ein ziemlich genaues Bild von Heng vor Augen. Dass sich der Arkonide hinter so vielen Abwehranlagen verschanzte, war Beweis dafür, dass er nicht zu den mutigsten Leuten gehörte. Bemerkte er, dass sich der Vargane auf dem Weg zu ihm befand, würde er zweifellos die Flucht ergreifen. Der Henker legte jedoch keinen Wert darauf, Heng um den halben Planeten zu jagen, außerdem fürchtete er, dass der Arkonide auf die Idee kommen könnte, sich mittels seines SKORGONS der Verfolgung zu entziehen. Das aber vertrug sich schlecht mit Magantillikens Plänen. Er atmete auf, als mit konzentrierter Arbeit endlich auch dieses Problem gelöst war. Der Impuls, der den Einstieg zur Röhrenbahn öffnete, war in Magantillikens Geräten gespeichert. Von nun an konnte er Hengs Transportsystem benutzen, wann immer er das wollte.

Die erste Fahrt war nur kurz. Die Tür fuhr auf, Magantilliken blickte in einen kreisförmigen Raum von etwa einhundert Metern Durchmesser. Über pultartigen Schalttafeln entlang der Wandrundung leuchteten zahllose Bildschirme. Die Roboter, die die Anlage überwachten, hatten den Eindringling noch nicht bemerkt. Magantilliken sorgte dafür, dass das so blieb. Unsichtbar für die positronischen Sensoren und Augen der Servomaschinen betrat er den Saal. Enttäuscht stellte er fest, dass sich Heng zurzeit nicht in dieser Zentrale aufhielt. Der Vargane entdeckte die Zugänge zu den Privatgemächern des Kommandeurs, aber auch dort hatte er keinen Erfolg. Als er nach dieser Suche in den Saal zurückkehrte, bemerkte er, dass sich inzwischen etwas verändert hatte.

Die riesige Fläche des Deckenbildschirms zeigte jetzt nicht mehr den Weltraum, sondern eine Raumplattform, die offensichtlich der totalen Zerstörung nahe war. Blasse Lichtstrahlen durchschnitten die Schwärze des Raumes und griffen nach der Station. In lautlosen Detonationen verwandelten sich die zahlreichen Aufbauten in sich rasch ausdehnende Glutbälle. Blitzschnell zerbrach das ganze Gebilde.

Magantilliken runzelte unwillig die Stirn, musste herausfinden, was dort vor sich ging. Er schritt an der langen Reihe der Bildschirme entlang, sammelte Fakten und Eindrücke, sah eine Außenaufnahme, die offensichtlich auf diesem Planeten entstanden war und eine fast komplett zerstörte Landefläche zeigte, und dann endlich ein Raumschiff mit markanter Form. Es war walzenförmig und wirkte drohend, sandte Energiestrahlen auf ungestüm angreifende Kugelraumschiffe und verfügte offenbar über für diese Primitiven bemerkenswert gute Schutzschirme, denn die Arkoniden erzielten trotz Einsatzes aller Mittel keinen ernsthaften Treffer.

Magantilliken wandte sich ab. Ein Problem war geklärt, aber ein anderes ersetzte es sofort. Der Henker wusste von dem erbitterten Krieg, den die Arkoniden gegen die Wasserstoffatmer führten. Ihn ging diese Auseinandersetzung nichts an. Er sah auch keinen Sinn darin, denn die Maahks konnten mit den Sauerstoffwelten der Arkoniden ebenso wenig anfangen, wie es in umgekehrter Richtung für die Wasserstoffplaneten galt. Obwohl er daher weder für die Arkoniden noch für die Maahks irgendwelche Sympathien hegte, hätte er Letzteren jetzt am liebsten den Hals umgedreht – bildlich gesprochen, denn die Maahks hatten gar keinen Körperteil dieser Art.

Die Auseinandersetzung im Trantagossa-System störte die Pläne des Henkers. Es galt nicht mehr, nur die arkonidischen Abwehranlagen zu überwinden, sondern auch zu verhindern, dass die Aggressoren das SKORGON angriffen. Magantilliken nahm an, dass Hengs Fluchtschiff mit hervorragenden Schutzschirmen ausgestattet war, somit also durchaus die Chance bestand, die feindlichen Reihen zu durchbrechen. Weil es eine Spezialkonstruktion war, würde er allein das Schiff vermutlich nicht auf Anhieb steuern können. Das hieß, dass er wahrscheinlich diesen Heng mitschleppen musste.

Der Henker verzog unwillig das Gesicht. Die Zwangsmaßnahme seiner Artgenossen, die ihm die Rückkehr in die Eisige Sphäre verweigerten, erschwerte es ihm, sein Ziel schnell und konsequent zu verfolgen. Er fand einen Bildschirm, der ihm Auskunft darüber gab, wo er den Heng antreffen konnte. Inzwischen nahm die Raumschlacht eine Entwicklung, die Magantilliken gar nicht gefiel. Enorketron wurde direkt angegriffen. Selbst wenn die Arkoniden es schafften, die Angreifer zu verjagen, bestand die Gefahr, dass die Maahks dem Henker gründlich die Pläne verdarben. Der Hangar für das SKORGON konnte noch so gut abgesichert sein, dennoch würde ein Zufallstreffer verheerende Folgen zeitigen. Magantilliken vertraute sich erneut der Röhrenbahn an. Diesmal dauerte die Fahrt etwas länger.

Auch für Amarkavor Heng kam der Angriff der Maahks völlig überraschend. Er hörte die Alarmsignale und eilte in die Zentrale. Als er dort eintraf, war der Kampf bereits in vollem Gange; wiederholt vollzogen ganze Raumschiffsgruppen Kurztransitionen, um die Distanzen zwischen den Planeten zu überbrücken. Sämtliche Welten wie auch die Sonne Trantagossa selbst erbebten unter den Schockwellen. Unter normalen Bedingungen waren Transitionen innerhalb von Sonnensystemen aus gutem Grund verboten – im Krieg dagegen waren die damit verbundenen Nebenwirkungen natürlich ein taktischer Vorteil für den Angreifer und wurden gezielt genutzt. Der Deckenbildschirm zeigte die Walzenraumer der Maahks und eine Anzahl von Kampfszenen, die dem Kommandeur einen gewaltigen Schrecken einjagten. Er hastete zu seinem Spezialsessel und rief durch einen Tastendruck einen der Roboter herbei. »Was ist geschehen?«

Nachdem die Maschine ihren Bericht heruntergeleiert hatte, saß Heng einige Augenblicke ganz still da. Ihm war klar, dass er vor einem Wendepunkt stand. Es ging nicht mehr nur um Verschwörungen und Mordversuche, sondern auch um seine Karriere. Wie sollte er dem Imperator des Großen Imperiums diesen Überfall erklären? Er überlegte eine Weile, bis ihm die Erleuchtung kam. Natürlich, so und nicht anders musste es sein. Jemand hatte sich mit den Maahks in Verbindung gesetzt und ihnen alles Wissenswerte über den Stützpunkt verraten. Jemand, der nichts anderes plante, als Heng zu schädigen.

Er knirschte erbittert mit den Zähnen. Wer konnte hinter diesem Verrat stecken? Es gab unzählige Verdächtige. Es blieb auch keine Zeit, jetzt alle entsprechenden Fakten den Positroniken zur Auswertung zu übergeben. Bis sie das umfangreiche Material durchsucht hatten, war das Trantagossa-System nur noch ein

Trümmerhaufen. Bei dieser Gelegenheit wurde sich Heng einmal mehr bewusst, dass er *keinem* organischen Wesen über den Weg trauen durfte. Jeder, dem er begegnete, konnte ein potenzieller Mörder sein. Er fluchte wütend vor sich hin und starrte zum riesigen Deckenschirm hinauf.

Die Schwärze des interplanetarischen Raumes wurde vom stechend hellen Filigrannetz unzähliger Energiestrahlen durchzogen. Noch hatten die Maahks völlig freie Bahn. Die Raumplattformen führten einen aussichtslosen Kampf gegen die Walzen, die zwar äußerlich plump wirkten, jedoch sehr geschickt manövrierten und wie mordgierige Insekten um einen hilflosen Tierkoloss ihre Opfer umschwirrten. Konzentrierte Sublicht-Angriffsflüge wechselten mit weiteren Transitionen.

Gegen seinen Willen wurde Heng von dem grausigen Schauspiel gefesselt. Die Alarmsirenen waren verstummt, seit er den Fuß in diesen Raum gesetzt hatte, die bedrückende Stille verlieh dem Geschehen auf den Bildschirmen etwas Unwirkliches. Erst nach mehreren Zentitontas kam dem Mann zum Bewusstsein, dass es so nicht weitergehen konnte. Mehr als die Hälfte der Raumplattformen war bereits zerstört. Viele der Relaisstationen, die der Nachrichtenübermittlung dienten, trieben als ausgeglühte Trümmer durch das Vakuum.

Wo blieben die arkonidischen Schlachtschiffe? Heng spürte eine leichte Bewegung neben sich und drehte langsam den Kopf zur Seite. Ein Roboter stand neben dem Sessel. Die roten Augenzellen glühten unheildrohend. Für einen Moment erlag Heng einer Täuschung seines überreizten Unterbewusstseins. Der ausdruckslose Arkonstahlschädel verwandelte sich in das Antlitz eines goldhäutigen Fremden, der ihn mordlüstern betrachtete. Mit einem Schrei fuhr der Mascant hoch – die Illusion erlosch. Er blitzte die Maschine zornig an. »Was willst du?«

Der Roboter reagierte nicht auf die wechselnden Launen seines Herrn. »Ein feindliches Raumschiff nähert sich Enorketron. Zwei weitere folgen. Der Registrierungsbefehl …«

Heng zuckte zusammen, hatte diesen Befehl fast vergessen. Schon vor Jahren hatte er dafür gesorgt, dass sich niemand in diesem System frei bewegen konnte, ohne die ausdrückliche Erlaubnis dazu zu haben. Die Gefahr, dass ein Raumschiff – von Mördern und Verrätern besetzt – von dem vorgeschriebenen Kurs abwich und das SKORGON angriff, erschien ihm als zu groß. Daher hatte Heng sich gründlich nach allen Seiten abgesichert. Im Rahmen dieser Maßnahmen hatte er sich auch die Freiheit genommen, seine Befehlsgewalt etwas zu weit auszudehnen.

Kein Schiff durfte den Planeten verlassen, ohne dass einwandfreie Unterlagen vorlagen. Und selbstverständlich durfte auch keins starten, solange der Verdacht bestand, ein Verräter befinde sich an Bord. Auf den Normalbetrieb des Stützpunkts wirkte sich dieser Befehl kaum negativ aus, vom bürokratischen Aufwand einmal abgesehen. Im Alarmfall jedoch – mit dem Heng niemals ernsthaft gerechnet hatte – musste er als Kommandeur persönlich bestimmte Sperren aufheben, damit eine wirkungsvolle Verteidigung anlaufen konnte.

Heng rollte eilig zu den Kontrollen, legte seine rechte Hand auf eine Sensorplatte und leitete den Identifizierungsvorgang ein. Netzhaut- und Irisprüfung und die Individualmusteranalyse folgten. Erst nach der Freigabe konnte er den Befehl erteilen, sofort und mit allen verfügbaren Kräften den Kampf gegen die Aggressoren aufzunehmen.

Die Positronik verarbeitete diese Anweisung blitzschnell, erstellte eine Situationsanalyse und leitete die ersten Einsatzbefehle weiter. An einer Stelle stieß der KSOL-Rechner auf Widerspruch. Eine gegenteilige Anweisung des Kommandeurs lag vor und musste zunächst überprüft werden. Eine Kontrolllampe flammte auf. Heng, der sich eben wieder der Betrachtung des grausigen Schauspiels widmen wollte, wurde jäh aus den Gedanken gerissen. Er musterte die Anzeigen und fand sehr schnell heraus, worum es ging. Die Sicherheitsorgane hatten noch immer den bisher vorrangigen Befehl, mit aller Kraft nach dem geheimnisvollen Fremden zu suchen, der sich irgendwo auf Enorketron herumtrieb. Da der Befehl von Heng persönlich kam, konnte auch nur er ihn wieder aufheben.

Nur kurze Zeit zögerte der Kommandeur. Er wusste ziemlich genau, welchen Ausgang der Kampf nehmen mochte, setzte er die Männer und Frauen des Geheimdienstes weiterhin für diese anscheinend aussichtslose Suche ein, deren Randbedingungen wichtige Ressourcen banden oder gar blockierten. Heng war sich darüber im Klaren, dass er alle Mittel einsetzen musste, wollte er diesen unverschämten Angriff der Maahks auf eins der Zentren des

Tai Ark'Tussan nicht zu einer absoluten Niederlage der Arkoniden werden lassen.

Aber etwas warnte ihn. Dieser Fremde war gefährlich. Schon die Tatsache, dass er noch immer nicht aufgespürt war, war bedenklich. Hinzu kam die beklemmende Erkenntnis, dass es sich bei dem Goldhaarigen um eine zum Leben erwachte Leiche handelte. Heng dachte an den Gefahrenspürer Ütr'ang, der sich im Augenblick der Landung der BARGONNA selbst getötet hatte. Er musste eine Bedrohung gespürt haben, die so schrecklich war, dass er lieber seinem Leben selbst ein Ende setzte, als das weitere Geschehen abzuwarten.

Und plötzlich hatte Heng eine Erleuchtung – jedenfalls glaubte er das. »Der Fremde ist an allem schuld!« Er war nicht nur ein gedungener Mörder, sondern auch ein Verräter. Die Rächer Gonozals, allen voran der Kristallprinz, mussten ihn geschickt haben. Er hatte nicht nur auf höchst ungewöhnliche Weise den Weg nach Enorketron gefunden, sondern gleichzeitig dafür gesorgt, dass Heng im gefährlichsten Moment abgelenkt wurde.

»So ist es!« Heng schnappte nach Luft, als ihm die Tragweite dieser »Erkenntnis« zum Bewusstsein kam. Der Mörder hatte den Methans genaue Anweisungen erteilt, arbeitete mit diesen Monstren zusammen. Indem sie ins Trantagossa-System einfielen, hoffte er, sich der Überwachung entziehen zu können. Heng stieß einen wütenden Laut aus. »Das Garrabospiel ist geschickt eingefädelt!«

Der Kerl hatte sich aus dem Laboratorium geschlichen und irgendwo Unterschlupf gefunden. Wahrscheinlich hatte er Verbündete unter den zahllosen Verrätern, mit denen Heng sich ständig herumschlagen musste. Deshalb also wurde bisher nicht entdeckt! Er wartete ganz ruhig ab wie die Spinne in einem gespannten Netz. Jetzt, da der Angriff der Maahks über das System hinwegrollte, würde er vermutlich bald aus seinem Versteck kommen, fest davon überzeugt, dass er, Heng, sich nunmehr ausschließlich mit der Koordinierung der Kampfhandlungen beschäftigte. So hoffte er, unbemerkt an sein Opfer heranzuschleichen. Das sollte ihm nicht gelingen. Er würde in die selbst gestellte Falle laufen. Amarkavor Heng würde Orbanaschol nicht nur den Verräter und Schuldigen an den Zerstörungen im Stützpunktsystem liefern, sondern über ihn auch einen direkten Hinweis auf den Aufenthaltsort des Kristallprinzen Atlan erhalten. Denn dieser steckte letztlich hinter allem. So musste es sein!

Der Mascant erteilte den Befehl, die Suche nach dem Fremden unter allen Umständen fortzusetzen. Dann lehnte er sich zurück und lachte schallend. Die Zeit der Ungewissheit und der ständigen Furcht würde bald weit hinter ihm liegen. Der Augenblick der Befreiung war nahe. Sobald Orbanaschol diesen Hinweis in der Hand hielt, würde er alles daransetzen, Atlan und seine Komplizen zu fassen. Er würde dafür sorgen, dass dieser Gefahrenherd ein für alle Mal ausgelöscht wurde. Und damit war Heng zumindest eine Sorge los. Ihm blieb das Lachen im Hals stecken, als er hinter sich das leise Gleiten eines Schotts hörte. Er fuhr herum – und dann traten ihm förmlich die Augen aus den Höhlen. Keine fünf Meter trennten ihn von seinem Mörder.

Magantilliken merkte, dass die Transportkapsel zum Stillstand kam, und hüllte sich vorsorglich in seinen Schutzschirm. Er rechnete zwar damit, einen Feigling anzutreffen – aber gerade diese Leute schossen bisweilen am schnellsten. Das Schott glitt mit einem leisen, schleifenden Geräusch zur Seite. Dahinter wurde ein Saal sichtbar, dessen Aussehen Magantilliken für den Bruchteil eines Wimpernschlags verwirrte, weil er glaubte, die Kapsel habe ihn genarrt und im Kreis herumgefahren. Dann erst entdeckte er Amarkavor Heng.

Der Arkonide saß in einem seltsamen Sessel, dessen Lehnen von Schaltern und Lampen übersät waren. Das leise Geräusch der sich öffnenden Tür ließ den Kommandeur herumfahren. Er starrte aus weit aufgerissenen Augen den Henker an, der gelassen einen Schritt in den Saal hineintrat. Dann brach ein entsetzter Schrei über die schmalen, blutleeren Lippen des Hageren, seine Hand ruckte hoch. Magantilliken lächelte verächtlich, als der Schuss des Impulsstrahlers seinen Schutzschirm traf. Unbeeindruckt ging er weiter.

Heng fingerte an den Schaltern auf der Sessellehne herum, der Sessel setzte sich in Bewegung. Magantilliken bemerkte alarmiert, dass sich der Arkonide in Richtung auf eine der Türen davonzumachen versuchte. Das musste er verhindern; eine Umjustierung eines Teils des kastenförmigen Geräteblocks brachte einen überraschenden Erfolg. Statt anzuhalten, wie der Henker es erwartet hatte, fiel nur ein Teil der Mechanik aus, die den Sessel vorwärts bewegte. Die Folge war, dass er sich mit wahnwitziger Geschwindigkeit im Kreis zu drehen begann. Heng hatte den ersten Schreck kaum verdaut und begann laut und anhaltend zu schreien.

Magantilliken verzog das Gesicht und tippte den Schalter an. Der Sessel hielt so plötzlich, dass Heng vornüberkippte, auf den Boden krachte und furchterfüllt zu dem Varganen heraufstarrte. Sein Gesicht hatte einen leicht grünlichen Schimmer angenommen, seine Todesangst war unverkennbar. Heng war fast so groß wie der Körper, in den Magantillikens Bewusstsein geschlüpft war. Er trug eine zartblaue Kombination, die sich eng an seinen Körper schmiegte. Gerade dadurch wirkte er auf den Varganen beinahe lächerlich.

Denn Heng war geradezu erschreckend dürr, erinnerte den Henker an eine bestimmte Art von langbeinigen Vögeln, die er einmal auf einem Planeten gesehen hatte. Auch der Kopf war schmal und knochig, der Hals lächerlich lang und dünn. Der Mascant beschränkte sich noch immer darauf, Magantilliken anzustarren, atmete keuchend, auf seiner Stirn sammelte sich der Schweiß.

»Aufstehen!«, befahl der Henker. Amarkavor Heng erhob sich unbeholfen, schlotterte am ganzen Leib. »Hören Sie auf zu zittern. Ich tue Ihnen nichts.«

Er seufzte abgrundtief, sah es an dem Blick, dass ihm der Hagere kein Wort glaubte. Er hatte zwar gewusst, dass Heng Angst hatte, aber dass diese Furcht ein solches Ausmaß erreichen könnte, hätte er nie geglaubt.

Amarkavor Heng löste endlich für einen Moment die Blicke von der imponierenden Gestalt und sah hilfeheischend zu den Robotern hinüber. Aber die Maschinen verrichteten unbeeindruckt ihre Arbeit – darauf waren sie fest programmiert. Doch wo waren jene, die als persönliche Wächter dienten? Starr vor Entsetzen entdeckte Heng sie endlich neben dem Schott, das zu seinen Privatgemächern führte. Keiner hob auch nur den kleinen Finger, um seinem Herrn zu Hilfe zu eilen. Nach geraumer Zeit erkundigte sich Heng mit schwacher Stimme: »Was haben Sie mit meinen Robotern gemacht?«

»Abgeschaltet. Natürlich nur die, die keine wichtigen Funktionen zu erfüllen haben.«

Darüber – fand Heng – konnte man geteilter Meinung sein. Jetzt, da der Mörder vor ihm stand, interessierte ihn die Flut von Informationen nicht im Geringsten. Wichtig waren einzig und allein jene maschinellen Diener, auf die er sich gewohnheitsmäßig verlassen hatte. »Warum bringen Sie mich nicht endlich um?«, brach es plötzlich aus dem total verängstigten Mann heraus. »Warum quälen Sie mich so? Sie haben Ihr Ziel erreicht und …«

Der Goldhaarige hob in einer unnachahmlich ruhigen Bewegung die Hand, Heng verstummte augenblicklich. »Warum sollte ich Sie töten?«

Heng starrte ihn verwirrt an. Der Schock und die Erkenntnis, dass er gegen diesen Fremden machtlos war, wirkten sich nachteilig auf sein Denkvermögen aus. Allmählich jedoch erwachte in ihm ein schwacher Hoffnungsschimmer. Vielleicht verfolgte dieser Fremde tatsächlich ganz andere Pläne. Lag ihm etwa daran, hier auf Enorketron die Macht zu übernehmen? Sollte er von innen her das Werk der Zerstörung beenden, das die Methans von außen begannen? War es so, führte der Weg zu diesem Ziel unweigerlich über den Mascanten, dessen kostbare Persönlichkeit also einen gewissen Wert hatte. Aber er durfte den Fremden nicht reizen, sonst brachte ihn der Kerl am Ende doch noch um.

Magantilliken wartete gespannt auf eine Antwort und sah, wie es hinter der Stirn des hageren Arkoniden arbeitete. Heng schien angestrengt nachzudenken. Dem Varganen war nicht klar, warum dieser Mann vor Furcht fast zerfloss. Er wusste, dass seine bloße Anwesenheit auf diesem Planeten einiges Aufsehen erregt hatte. Das war verständlich. Ein Körper, der scheinbar tot war, erwachte zum Leben. Für diese Primitiven musste das ein Furcht einflößender Vorgang sein. Aber das allein war mit Gewissheit nicht der Grund für das seltsame Verhalten des Arkoniden. Da Heng immer noch damit beschäftigt schien, den Schock zu überwinden, und keine Anstalten traf, dem Henker eine Antwort zu geben, ergriff der Vargane wieder das Wort: »Ich brauche das SKORGON.«

»Wozu?«

Magantilliken bedachte ihn mit einem teils verächtlichen, teils erstaunten Blick, begriff immer weniger, wie dieser Mann in seine derzeitige Position hatte kommen können. Die Schlussfolgerung, die sich aus der Forderung ergab, lag doch auf der Hand. »Um dieses System zu verlassen.«

Heng betrachtete ihn mit neuem Interesse. Er bemühte sich zwar, sich nichts anmerken zu lassen, der varganische Henker erkannte dennoch, dass der Arkonide nicht gewillt war, sein kostbarstes Gut einfach wegzuschenken. »Das SKORGON ist im Augenblick nicht raumtauglich«, log er und fügte eifrig hinzu: »Aber ich werde Ihnen selbstverständlich zu einem anderen guten Schiff verhelfen.«

Sollte er geglaubt haben, dem Varganen eine deutliche Reaktion zu entlocken, sah er sich getäuscht. Magantilliken heftete seine Augen nachdenklich auf die Reihe der Bildschirme. Auf seinem scharf geschnittenen Gesicht erschien plötzlich ein interessierter Ausdruck. Er trat einen Schritt näher an die Reihe der Schirme heran, Heng folgte ihm beinahe automatisch. Eine Spionkamera übertrug das Geschehen von Kiran Thas' Büro.

»Lassen Sie diesen Mann hierher bringen!«, befahl Magantilliken.

Heng versuchte, Zeit zu gewinnen. »Was wollen Sie von ihm?«, fragte er misstrauisch. »Er ist völlig unwichtig. Er heißt Vregh Brathon und …«

»Brathon?«, wiederholte Magantilliken amüsiert. »Bisher nannte er sich *Atlan!*«

Um Heng drehte sich alles mit rasender Geschwindigkeit. In seinen Ohren rauschte das Blut, das Herz schlug mit der Gewalt einer Trommel bis in seine Kehle. Aus weiter Ferne dröhnte Orbanaschols Stimme durch seine Gedanken. *»Bringt mir seinen Kopf!«*

Atlan! Der Kristallprinz! Natürlich! Jetzt wusste Heng endlich, an wen ihn dieser Brathon erinnerte! Der Schwindel ließ nach. Heng sah auf dem Bildschirm, wie Thas den Gefangenen mit einer ungnädigen Kopfbewegung entließ. Wie ein Rasender stürzte er zu den Kontrollen. Er wollte den Namen des Kristallprinzen in das Mikrofon schreien, aber dann begriff er, dass er Atlan nicht zu Gesicht bekommen würde, wurde dessen wahre Identität dem

TGC-Sektionschef bekannt. Atlans Kopf war von ungeheurem Wert. Die Prämie, die dem Überbringer winkte, war so hoch, dass auch der loyalste Untertan in seiner Treue wankend werden musste. Ein derart wertvoller Gefangener in den Händen der Verräter war für Heng eine unmögliche Vorstellung. Er riss sich zusammen und erteilte den Befehl, Brathon auf dem schnellsten und sichersten Weg zu einem der wenigen Zugänge zu seinem Schlupfwinkel zu bringen.

18.

Aus: *Die Methans – Hintergründe, Fakten, Auswertungen*, hier: *Die Ursprünge und ihre Folgen*, Felted Kilznew Agema. In: *The Cambridge History of Mankind*; Cambridge, Terra, 2994

Die logisch denkenden Maahks waren sich darüber im Klaren, dass sie gegebenenfalls Andromeda komplett räumen mussten, würde ihnen kein entscheidender Durchbruch in der Forschung gelingen. Ihr Kerngebiet in Andromeda war bereits verloren, und auch die neuen Siedlungen konnten vermutlich nur wenige Jahrzehnte gehalten werden. Somit standen sie vor der Frage, wie sie überleben konnten. Wie zuvor die Lemurer kamen auch sie auf die Idee, die alte Heimat zu verlassen und sich in einer anderen anzusiedeln. Sie wählten die Milchstraße, denn die Andromeda vorgelagerten Zwergnebel erschienen ihnen nicht sicher genug. Sie sollten damit Recht behalten, denn auch in diese Gebiete entsandten die Lemurer schon bald ihre Flotten.

Aber derart umfangreiche Evakuierungen erforderten immense Vorbereitungen. Die Planungen dauerten Jahre, denn jetzt standen die Wasserstoffatmer vor dem Problem, die enorme intergalaktische Entfernung zu überbrücken, mit Triebwerken, die für eine derartige Distanz nicht ausgelegt waren. Auf die Hilfsmittel der Lemurer, die Sonnentransmitter, konnten die Wasserstoffatmer aus nahe liegenden Gründen nicht zurückgreifen.

Reichten die Triebwerksleistungen für die gesamte Entfernung nicht aus, lag es also nahe, die Maschinen irgendwo während der Reise zu überholen, beschädigte und zerstörte Teile auszuwechseln und danach weiterzufliegen. Die Wartung sowie der Ein- und Ausbau von Triebwerksaggregaten konnten jedoch nicht einfach im freien Raum erfolgen. Stützpunkte mussten im intergalaktischen Leerraum eingerichtet werden. Wo die Wasserstoffatmer nicht das unwahrscheinliche Glück hatten, auf einen brauchbaren Planetoiden oder ein Leerraumsystem zu stoßen, wurden mit Hilfe von Flottentendern, Kriegs- und Hilfsschiffen riesige aus vorgefertigten Modulen zusammengestellte Basen errichtet, über die die Evakuierung erfolgen sollte. Diese Stützpunkte erhielten später von den Terranern den einprägsamen Namen Weltraumbahnhof.

So einfach diese Idee auch war, in der Umsetzung gab es gewaltige Schwierigkeiten. Die Vorbereitungen wurden überdies durch die vordringenden Lemurer massiv erschwert. Wiederholt mussten Industrieplaneten und Forschungsanlagen hektisch aufgegeben und gesprengt werden. Schließlich durften den Lemurern keinerlei Hinweise oder gar Informationen in die Hände fallen. Das gesamte Projekt wäre in höchster Gefahr gewesen. Mehrmals wurden die Wasserstoffatmer in ihren Anstrengungen um Jahre zurückgeworfen, aber trotz aller Rückschläge errichteten sie ein umfangreiches Netz von Weltraumbahnhöfen mit einigen Hauptstationen und einer Vielzahl von Ausweich- und Nebenstützpunkten.

Als 49.488 vor Christus die Evakuierung anlief, gab es zwei Ereignisse, die gravierende Auswirkungen haben sollten. Zum einen kam es zum eher zufälligen Zusammentreffen zwischen dem in die Vergangenheit verschlagenen terranischen Flottenflaggschiff CREST III und einigen Großraumern der Maahks bei einem Weltraumbahnhof. In dem anschließenden Kampf mit drei großen Raumschiffen der Maahks fanden deren bedeutendste Wissenschaftler und Mitglieder der technischen Elite den Tod. Zum anderen erfolgte in Andromeda eine Großoffensive der Lemurer gegen die letzten Planeten der Maahks, so dass die so sorgfältig geplante und vorbereitete Evakuierung aus den Fugen geriet. Alle Planungen mussten über den Haufen geworfen werden, da die Raumer, die die ausgewählte Bevölkerung an Bord nehmen sollten, teilweise im Anflug oder auf ihrem Weg zu den Weltraumbahnhöfen abgefangen und vernichtet wurden.

Die wenigen Raumschiffe, die schließlich doch die Weltraumbahnhöfe erreichten, tauschten eiligst die Triebwerksanlagen und flogen weiter in Richtung Milchstraße. Dort angekommen, ließen sich die Überlebenden auf mehreren geeigneten Planeten nieder, aber nach dem Gewaltflug waren die Raumschiffe technisch kaum noch zu gebrauchen. Von einer geordneten Evakuierung und Ansiedlung konnte ebenfalls nicht mehr die Rede sein. Als weiterer Faktor kam hinzu, dass in jener Zeit die kriegerischen Haluter noch nicht von den lemurischen Langzeitwaffen befriedet waren, sich dem neuen Ziel zuwandten und die Wasserstoffatmer weiter dezimierten. Mit ihrer Umsiedlung kamen sie, wie es ein terranischer Historiker einmal betont flapsig formulierte, vom »Regen in die Traufe« und erhielten von den Halutern »tüchtig eins auf den ohnehin schon ramponierten Sichelschädel«.

Die Verbindung zwischen den wenigen unbeschadeten Siedlungswelten riss schnell ab. Erst Jahrtausende später waren die überlebenden Wasserstoffatmer wieder in der Lage, Raumfahrttechnologie zu entwickeln und einzusetzen. Bedingt durch die unkoordinierte Besiedlung und die daraus resultierende unterschiedliche Entwicklung der Planeten über mehrere Jahrtausende hinweg, kam es zur Entwicklung von rund einhundert verschiedenen Volksgruppen.

Für einige Augenblicke schien die Szene zu erstarren. Thas starrte noch immer auf den Bildschirm, mein Bewacher war beim ersten Ton aus dem Lautsprecher stehen geblieben. Auch mir selbst war der Schrecken in die Glieder gefahren, aber dann überlegte ich, dass ich ja genau diese Situation hatte herbeiführen wollen. Es war mir nur ein Rätsel, welchem Umstand ich die plötzlich erwachte Aufmerksamkeit Hengs zu verdanken hatte.

Magantilliken hat sein Ziel erreicht, behauptete mein Extrasinn selbstsicher. *Einen so wichtigen Mann wie Thas wird Heng nicht unbeobachtet lassen. Dein Bild erschien zur richtigen Zeit auf dem richtigen Bildschirm. Der Henker hat dafür gesorgt, dass seine Geisel zu ihm gebracht wird.*

Stimmte das, hatte ich endlich doch wenigstens den ersten Teil meines Zieles erreicht. Thas hob langsam den Kopf, sah mich schweigend an und zuckte resignierend die Achseln. »Schade«, brummte er ärgerlich. »Du scheinst ein wichtiger Fang zu sein. Ich hätte deine kleinen Geheimnisse gerne selbst aus dir herausgeholt, aber offensichtlich will sich der Maacant selbst das Vergnügen nicht entgehen lassen.«

Er drückte auf einige Knöpfe auf seinem Arbeitstisch, kurz darauf erschienen mehrere Männer in dunkelroten Uniformen. Thas erwachte zu voller Aktivität, erteilte eine Reihe von Befehlen, deren Folge zunächst darin bestand, dass die Uniformierten in höchster Eile verschwanden. Als sie zurückkehrten, erkannte ich sie kaum wieder. Sie trugen jetzt Kombinationen, die aussahen, als hätten sie sie einigen der Flüchtlinge entwendet. Auch ihre Gesichter wirkten nicht mehr so gepflegt. Sie legten offenbar Wert darauf, draußen nicht identifiziert zu werden. Den Grund konnte ich mir denken.

Bei mir war keinerlei Maske notwendig, ich sah bereits abgerissen genug aus. Die fünf Männer nahmen mich in die Mitte und führten mich durch ein Gewirr von Korridoren, in denen es von Geheimdienstlern wimmelte. Vor einem Schott blieben wir stehen.

»Pass gut auf, Kamerad«, begann der Anführer der Gruppe grimmig. »Wir haben einen ziemlich langen Weg vor uns. Um dich ordnungsgemäß abzuliefern, müssen wir über die Oberfläche. Du weißt selbst, wie es draußen aussieht. Wenn wir dich fesseln und irgendeiner dieser verschreckten Kerlen dreht durch, werden wir erbarmungslos angegriffen. In diesem Fall stirbst du zuerst, ist das klar? Das Gleiche gilt auch für den Fall, dass du einen Fluchtversuch unternimmst und damit die Aufmerksamkeit auf uns lenkst. Du hast die Wahl. Benimmst du dich anständig, passiert dir vorläufig nichts. Andernfalls sag mir gleich Bescheid, dann wirst du paralysiert, in eine Kiste gesteckt, und wir transportieren dich als Gepäckstück.«

Ich nickte gleichmütig. Der unnötig lange Vortrag bewies mir, dass sich die Männer ihrer selbst nicht mehr so sicher waren, wie sie vorgaben. Sie standen in Hengs Diensten und hatten zum großen Teil durch ihr Verhalten die jetzige Krise heraufbeschworen. Jetzt rächte es sich bitter, dass sie brave Soldaten nicht anständig behandelt hatten. Ich hatte gar nicht die Absicht zu fliehen, aber das würden diese Männer wohl kaum verstehen. Das Schott glitt auf. Wir betraten einen nur schwach beleuchteten Gang. Ich hörte, wie sich die Tür hinter uns schloss, und drehte mich um. Von außen sah die Wand an dieser Stelle absolut unverfänglich aus.

Nach einem kurzen Marsch kamen wir in ein Gewirr von Korridoren, wir befanden uns in einer Freien Zone. Noch immer trafen wir keinen einzigen Arkoniden. Die Türen zu einigen Wohnungen standen offen. In den Räumen dahinter herrschte ein grauenvolles Durcheinander. Meine Bewacher kannten sich in diesem Gebiet gut aus, führten mich zielstrebig durch das Labyrinth zu einem kleinen Antigravschacht, der uns in die nächsthöhere Etage brachte. Und hier begannen die Schwierigkeiten.

Wir gerieten in einen Strom von Personen, in dem es schwer war, nicht getrennt zu werden. Einer der Männer blieb ständig in meiner Nähe. Immer wieder tastete er nervös in die Tasche, in der er seinen Impulsstrahler in Kleinausführung verbarg. Ich hoffte, dass er nicht die Nerven verlor, denn diese Menge war so verängstigt, dass der leiseste Anlass genügte, um den Gang in ein Schlachtfeld zu verwandeln. Mühsam drängten wir uns durch die dahinstampfende Menge, die an dem Schachtausgang vorbeizog. Kaum hatten wir das geschafft, waren wir im Strom eingekeilt. Uns blieb nichts anderes übrig, als uns treiben zu lassen. Wir schoben und wurden geschoben, eingezwängt zwischen Männern und Frauen, in deren Gesichtern die nackte Angst stand. Nur wenige dieser Flüchtlinge trugen mehr mit sich als das, was sie auf dem Leibe hatten.

Von vorn erklang lautes Geschrei. Ich reckte mich und versuchte, über die Köpfe der Masse hinwegzusehen, und erkannte den Grund für die Aufregung. Wir befanden uns in der Nähe einer Transportstation, die noch in Betrieb war. Die Aussicht, sich auf diesem Weg zu retten, peitschte die angsterfüllten Flüchtlinge auf. Wilde Kämpfe um einen Platz in den Kapseln brachen aus. Ich hörte das Zischen eines Paralysators.

»Da kommen wir doch unmöglich durch«, wandte ich mich an meinen Bewacher. Der Mann nickte grimmig und deutete mit dem Kinn zur rechten Seitenwand. Anscheinend gab es noch andere Wege, in die Transportstation zu gelangen. Der Mann drängte sich rücksichtslos durch die Menge, ich folgte ihm, so schnell es ging. Je näher wir der Wand kamen, desto leichter wurde es. Kurz vor uns weitete sich der Gang trichterförmig, der heiß umkämpfte Eingang lag in der Mitte der Stirnwand. Auf ihn konzentrierten sich die Flüchtlinge. Die anderen TGC-Leute erwarteten uns bereits. Ich wunderte mich flüchtig darüber, wie sie so schnell hierher gekommen waren, aber mir blieb wenig Zeit. Wenige Meter entfernt zweigte ein dunkler Gang ab, den niemand zu beachten schien. Die Aufmerksamkeit aller war nach vorne gerichtet, wo jetzt das Zischen der Paralysatoren heftiger wurde. Niemand sah uns nach, als wir den Hauptgang verließen.

»Dumme Essoya«, flüsterte einer der Geheimdienstler ärgerlich und wischte sich den Schweiß von der Stirn.

»Sei doch froh«, zischte ein anderer zurück. »Solange die sich da draußen prügeln, kommen sie wenigstens nicht auf dumme Gedanken.«

»Dafür haben sie aber auch kaum eine Chance, nach oben zu kommen«, wandte der Erste mürrisch ein. »Die paar Kapseln, die noch passieren können, reichen niemals aus.«

Betretenes Schweigen folgte, das der Anführer jedoch abrupt beendete. »Keine Diskussionen. Weiter!« Der dunkle Gang beschrieb nach wenigen Metern einen Knick. Als wir aus der Sichtweite der Flüchtlinge waren, erhellten tragbare Lampen die Umgebung. Das Schreien und Fluchen blieb allmählich zurück. Die Männer legten ein Tempo vor, das mir wegen meiner Erschöpfung Schwierigkeiten bereitete, aber darauf nahm niemand Rücksicht.

»Hier«, stieß der Anführer nach geraumer Zeit hervor und blieb so plötzlich stehen, dass ich förmlich in ihn hineinrannte. »Pass gefälligst auf!«, fauchte er mich an und wirbelte herum. »Licht!«

Die grellen Kegel der Scheinwerfer richteten sich auf die einförmig graue Wand. Der Anführer bückte sich und tastete über die glatte Fläche. Mit einem leisen Zischen öffnete sich ein verborgenes Schott. Dahinter lag ein senkrechter Schacht, der von matter, rötlicher Helligkeit erfüllt war.

»Probe!« Einer der Männer zog einen Lichtschreiber aus der Brusttasche und warf ihn in den Schacht. Der kleine Stab schwebte langsam nach oben. »Rein mit euch.«

Während wir uns dem Antigravfeld des kleinen Schachtes anvertrauten, dröhnten plötzlich Schritte durch den Gang. Der Anführer stieß einen wütenden Fluch aus, hangelte sich vorsichtig in die Öffnung und betätigte einen Kontakt. Das Schott schloss sich. »Schneller!«, befahl er nervös. »Da hat einer geredet. Verdammt, wenn diese Massen hier hereinströmen …«

Ich verstand, worauf sich die Macht des Geheimdienstes von Enorketron gründete. Es gab ein separates Labyrinth der Wege und Verbindungen; vermutlich existierten unzählige solcher Schächte, die immer noch in Betrieb waren. Zweifellos wurden ihre Generatoren nicht über das normale Energienetz gespeist, so dass sie selbst den Raumangriff gut überstanden. In mir brodelte es. *Warum werden diese Wege jetzt nicht geöffnet, damit sich all die Verzweifelten retten können?*

Die Oberfläche zu erreichen bedeutet noch lange nicht, dass sie in Sicherheit sind, erinnerte der Extrasinn. *Interessanter ist schon die Frage, warum der geheime Einstieg so schwer zu erreichen ist.*

Ich richtete eine entsprechende Frage an den neben mir schwebenden Mann.

»Ein Brand! Wir hätten mitten hindurchlaufen müssen.« Das hieß allerhand. Wenn die Zerstörungen bis in diese Tiefe hinabreichten – wie sah es dann erst oben aus?

»Hätten unsere Verbindungen nicht durch den Angriff gelitten, wärst du per Eilboten zu Heng geschickt worden«, fuhr der andere fort. »In diesem Sektor sind eine Reihe von Gängen eingestürzt, nur deshalb ist alles so schwierig.«

»Ruhe!«, fauchte der Anführer von unten.

Schweigend schwebten wir weiter. Nach einigen Zentitontas krachte es unter uns laut. Schreie waren zu hören, aber die Flüchtlinge waren noch zu tief unter uns, um eine Gefahr zu sein. Daher war ich überrascht, als ich sah, wie nervös meine Begleiter wurden. Als Augenblicke später ein Ausstieg erreicht war, wurde ich aus dem Schwerefeld gerissen; zwei Männer packten mich an den Armen und zogen mich, so schnell es ging, weiter. Wir hatten kaum zehn Meter zurückgelegt, als hinter uns ein leises Summen erklang. Ich erhielt einen Stoß in den Rücken, taumelte nach vorn und fiel. Fast gleichzeitig fauchte eine Glutwelle über uns hinweg. Glühende Fetzen von Plastikmaterial, die vom plötzlichen Luftzug über uns hinweggewirbelt wurden, brachten weiter vorn den Bodenbelag zum Glimmen. Nur allmählich trat Ruhe ein.

»Weiter!«, befahl der Anführer mit heiserer Stimme.

Ich warf einen kurzen Blick zurück und biss die Zähne zusammen. Dieser Schacht war eine Falle! Offensichtlich war das Schott mit einer Sicherheitsschaltung versehen gewesen. Wer es betätigte, ohne die geheimen Schaltungen genau zu kennen, leitete seine eigene Vernichtung ein. Das Tückische war, dass die irgendwo versteckten Waffen mit Verzögerung reagierten. Es mussten sich schon sehr viele Arkoniden im Schacht befunden haben, als die

Vernichtung über sie hereinbrach. Ich dachte erschüttert daran, dass auch diese Vorrichtungen ihre Existenz mehr oder weniger direkt dem Kommandeur des Stützpunkts verdankten, der in seinem Verfolgungswahn eine unerträgliche Atmosphäre des Misstrauens, Argwohns, der allgegenwärtigen Verdächtigungen von allem und jedem, der Furcht, Exzesse und Gewalt geschaffen hatte. Allmählich konnte ich es kaum noch erwarten, diesen Kerl zwischen die Finger zu bekommen.

Wir stolperten hustend und keuchend durch den stinkenden Rauch, der von den glimmenden Plastikflächen aufstieg. Die automatischen Löschanlagen berieselten uns mit klebrigem Schaum, der das Vordringen nicht gerade angenehmer gestaltete. Als dieser Teil des Weges hinter uns lag, sahen wir aus, als seien wir direkt aus einer Kläranlage gekrochen; wir stanken auch so ähnlich. Schließlich standen wir vor einer massiven Wand. Der Anführer bedeutete erneut einem Mann, den Lichtkegel der Lampe auf einen bestimmten Punkt zu richten. Ich wartete ungeduldig, bis ein verborgenes Schott aufzischte und ich in einen kleinen, leuchtend blauen Hangar blickte, der bis auf einen Gleiter leer war.

»Alles einsteigen«, knurrte der Anführer sarkastisch und setzte sich selbst hinter die Steuerarmaturen. Ich versank fast in den weichen Polstern. Mir wurde allmählich klar, dass es sich hier um keinen gewöhnlichen Fluchtweg aus den tiefer gelegenen Sektionen handelte. Wahrscheinlich war das ein Ausgang, der zum persönlichen Territorium von Kiran Thas gehörte. Seinen Bediensteten hätte der Sektionschef kaum ein so luxuriöses Gefährt bereitgestellt.

Er hält dich für sehr wichtig, raunte mein Extrasinn.

Falsch, gab ich in Gedanken zurück. *Er hat lediglich Todesangst vor seinem Chef. Heng würde ihn umbringen, wenn ich nicht heil abgeliefert werde.*

Inzwischen hatte sich ein weiteres Schott geöffnet, dahinter wurde ein Raumhafen sichtbar. Die Sonne war untergegangen, aber der Himmel glühte. Die Schlacht um Trantagossa war in vollem Gang, nicht wenige der beteiligten Raumschiffe schienen in der unmittelbaren Nähe Enorketrons zu kämpfen. Auf der Oberfläche des Planeten waren die Auswirkungen der gigantischen Schlacht bereits sehr deutlich zu bemerken. Rechts zeichnete sich eine dumpf glühende Halbkugel gegen den Horizont ab; einer der

Explosionskrater. Berücksichtigte ich, dass in einem ziemlich großen Bereich die wichtigsten Anlagen ausgefallen waren, kam ich zu dem Schluss, dass die Maahks ein bedeutendes Kraftwerk getroffen haben mussten. Dafür sprach auch die Tatsache, dass selbst auf der Landefläche mit Energie gespart wurde, wo immer es ging. Sonst war das ganze Areal zweifellos hell ausgeleuchtet – jetzt durchdrangen nur wenige Scheinwerfer die unwirkliche Dämmerung des von Energiestrahlen durchzuckten Nachthimmels.

Der Gleiter löste sich fast lautlos vom Boden und schwebte durch die Hangaröffnung. Der Mann am Steuer fluchte leise. Einmal ragte die gewaltige Silhouette eines Schlachtkreuzers wie ein glatt polierter Berg im Zwielicht auf. Wir hatten das Schiff kaum umfahren, als dessen Triebwerke plötzlich zu dröhnen begannen. Ein Warnschrei durchdrang den ohrenbetäubenden Lärm, ich klammerte mich fest. Wie ein Geschoss raste der Raumer im Alarmstart in den Himmel. Der Sog wirbelte den Gleiter davon, aber der Pilot verstand sein Handwerk, fing uns schon nach wenigen Augenblicken wieder ab und ließ sich dann in einigen saftigen Flüchen darüber aus, was er von diesem Unternehmen hielt.

»Wir sind bald da«, murmelte mein Nebenmann nach einiger Zeit. »Regt euch doch nicht unnötig auf. Den Kerl erwartet schließlich kein schönes Schicksal.«

Unwilliges Knurren antwortete ihm, dann wurde der Gleiter erneut aus der Bahn gerissen, als keine fünfhundert Meter ein verirrter Strahlschuss die Oberfläche Enorketrons traf. Der Pilot zog den Gleiter verzweifelt hoch. Nur knapp entkamen wir der Druckwelle, die sich parallel zum Boden ausdehnte. Hinter uns flog irgendetwas in die Luft. Glühende Trümmerstücke jaulten an den Fenstern vorbei. Es gab einen heftigen Ruck, dann rasten wir der Oberfläche entgegen.

»Mist!«, schrie der Pilot unbeherrscht auf und hämmerte auf die Kontrollen. Der Gleiter reagierte nicht und drehte sich ein paarmal um seine Längsachse. Obwohl sich die automatischen Sicherheitsgurte längst um unsere Körper geschlossen hatten, wurden wir brutal durchgerüttelt. In einem Übelkeit erregenden Karussell drehten sich abwechselnd die an vielen Stellen brennende Oberfläche und der unheimliche Himmel an den Fenstern vorbei. Ich sah den Boden mit irrsinniger Geschwindigkeit auf uns zurasen und schloss im Stillen mit meinem Leben ab.

Aber wir hatten Glück. Hinter uns fand eine weitere Explosion statt, deren Druckwelle uns abbremste und nach oben drückte. Das bedeutete eine Galgenfrist, die der Pilot geschickt nützte. Zwar stotterten die Triebwerke und setzten für bange Augenblicke aus, aber es gelang ihm, uns aus der Nähe des Gefahrenherds zu bringen. Einer der heranrasenden Trümmerbrocken musste das Fahrzeug empfindlich beschädigt haben, lange würde er sich nicht mehr in der Luft halten. Der Pilot tat das einzig Mögliche. In einem steilen Gleitflug näherten wir uns einem Teil der Landefläche, der von der Zerstörung weitgehend verschont geblieben war. Die Triebwerke heulten auf, als ihnen das Letzte an Leistung abverlangt wurde, dann rutschte der Gleiter Funken sprühend und schlingernd über den Boden, genau auf eine Pfortenkuppel zu.

»Festhalten!«, schrie der Pilot und bemühte sich, das Kreischen zu übertönen, das durch unsere Bauchlandung entstand. Die halbkugelige Wandung wuchs drohend vor uns auf. Die Bremswirkung reichte nicht ganz, um das Fahrzeug rechtzeitig zum Stillstand zu bringen. Wir krachten in die Wand, aber zum Glück entstand kein wirklich großer Schaden. Der Gleiter allerdings war nun Schrott; wir lösten hastig die Sicherheitsgurte und verließen die traurigen Überreste. Nach allen Seiten sichernd, sahen sich meine Begleiter um, die kleinen Impulsstrahler schussbereit in ihren Händen. Sie schienen auch hier mit Flüchtlingen zu rechnen.

Als keine Bewegung zu entdecken war, zeigte der Anführer mit der Waffe auf eine schmale, dunkle Öffnung, die sich wenige Meter vor uns in der metallischen Wand befand. Zwei der Männer setzten sich in Bewegung, ich bekam wieder einen Stoß von meinem persönlichen Wächter. Obwohl mir diese Behandlung gar nicht gefiel, setzte ich mich folgsam in Trab. Ein Blick nach hinten überzeugte mich davon, dass die beiden restlichen Männer rückwärts gehend unseren Abzug sicherten. Ein kurzer Halt folgte, als wir den Eingang erreichten. Dann kam von drinnen eine halblaute Stimme. »Alles in Ordnung.«

Ich wartete nicht erst auf die nächste »Ermunterung«, sondern ging vor meinem persönlichen Wächter her. In der Kuppel war es stockfinster, nur die Handlampen der beiden Geheimdienstler schnitten scharfe Lichtkegel in die Dunkelheit. Ich hatte den unbestimmten Eindruck, mich im oberen Teil eines sehr großen Raumes zu befinden. Das Licht strich über ein hässliches Metallgeländer, wie es zur Abgrenzung von Galerien in großen Werkräumen verwendet wurde.

»Schacht ist ausgefallen«, meldete eine lakonische Stimme.

Mein Begleiter fluchte leise und schubste mich wütend vor sich her. Ich stolperte über ein vergessenes Werkzeug. Unsere Schritte dröhnten auf den metallenen Gitterplatten wie Paukenschläge. Ich fragte mich, wo es hier einen Zugang zu Hengs Zentrale geben sollte, aber selbst mein Extrasinn äußerte darüber keine Vermutungen. Wir erreichten die schmale Lichtinsel, in der sich die beiden Männer der Vorhut aufhielten. Die Lampen richteten sich auf den oberen Abschnitt einer Treppe. Die Stufen bestanden aus engmaschigen Metallgittern, genau wie das Geländer von einer Öl- und Dreckkruste überzogen.

»Wir gehen voran«, bestimmte einer der beiden. Inzwischen war auch die Nachhut zu unserer Gruppe gestoßen. »Immer Absatz für Absatz. Wir müssen sichergehen, dass uns niemand erwartet.«

»Dann hätte er uns längst erledigen können«, knurrte mein Wächter ungehalten. »Worauf wartet ihr noch? Ich will es endlich hinter mir haben.«

Der Abstieg dauerte fast eine Tonta. Die Treppe schien gar kein Ende zu haben. Die Umständlichkeit der Geheimdienstler brachte mich fast zur Raserei. Sie hielten tatsächlich auf jedem Treppenabsatz an und vergewisserten sich, dass sich in unserer Umgebung nichts rührte. Sie hatten anscheinend völlig vergessen, dass sich jemand, der unter uns in der Halle lauerte, durch ein solches Verhalten von einem Angriff nicht würde abhalten lassen. Immerhin kamen sie auf die nicht ganz unvernünftige Idee, meinem Begleiter den Gebrauch der Lampe zu untersagen. Wir erhielten genug Licht von der Vorhut, um uns orientieren zu können, aber wir mussten uns vorsichtiger bewegen, so dass sich unsere Ankunft am Ziel weiter verzögerte.

»Ende«, gab endlich eine halblaute Stimme unter uns bekannt. Ich atmete auf – und hielt dann entsetzt den Atem an. Ein blassgrüner Lichtfinger griff aus der Dunkelheit nach einem der beiden Männer. Er brach augenblicklich zusammen, die Lampe rollte über den schmierigen Boden. Der andere hatte sich mit einem Hechtsprung in Sicherheit gebracht, jedoch vergessen, seinen Scheinwerfer abzuschalten. Diese Unvorsichtigkeit kostete auch ihn das Leben.

Zum Glück reagierten die beiden Geheimdienstler über uns schnell genug. Der letzte schwache Lichtschimmer verschwand wie weggewischt, gleichzeitig raste ein Impulsstrahl in die Richtung, in der sich der Schütze befinden musste. Ich lauschte. Aber entweder hatte der Schütze rechtzeitig seine Stellung gewechselt, oder er war so schnell gestorben, dass er keinen Schrei mehr hatte ausstoßen können.

Über mir entstand ein leises Kratzen. Es war nur ein schwaches Geräusch, aber in der bedrückenden Stille glich es einem Gongschlag. Schon der nächste Augenblick bewies mir, dass wir es mit einem ungewöhnlichen Gegner zu tun hatten. Der Desintegratorschuss blitzte auf, mit einem Schrei kippte der Mann über uns über das Geländer. Ich hörte den dumpfen Aufprall etwa fünf Meter tiefer und schauderte. Innerhalb weniger Wimpernschläge war die Schar meiner Begleiter auf zwei zusammengeschrumpft.

Heißer Atem traf mich im Nacken. Mein Bewacher hatte sich ebenfalls auf die schmutzigen Stufen geduckt. Ich fühlte mehr, als dass ich es hörte, wie er nach seiner Waffe tastete, und bekam seine Hand zu fassen. Er wehrte sich, aber weil er es nicht wagte, ein lautes Geräusch zu verursachen, schaffte ich es, ihm den Strahler zu entwinden. Ich spürte, wie er angstvoll zur Seite rückte, und grinste matt, längst von einer ganz bestimmten Ahnung über die Natur unseres Gegners heimgesucht. Ich schob mich vorsichtig näher an das Geländer heran und tastete nach dem Verlauf der dünnen Metallstangen. Als ich sicher sein konnte, auf kein Hindernis mehr zu treffen, schleuderte ich den Strahler in die Tiefe. Die Waffe löste sich noch vor dem Aufprall in einen kleinen Glutball auf, einen Augenblick später starb der vorletzte meiner Begleiter.

Wenn ich mich nicht geirrt hatte, musste bald etwas passieren. Und es geschah! Übergangslos flammte grelles Licht auf. Für einige Atemzüge war ich so geblendet, dass ich kaum etwas erkennen konnte. Dann schlug der Arkonide an meiner Seite mit einem entsetzten Stöhnen die Hände vor das Gesicht. Nun erkannte ich auch, welchem Zweck die Halle diente. Mehrmals hatte ich im Licht der Lampen in einiger Entfernung zur Treppe eine mattgraue Wand gesehen. Jetzt zeigte sich, dass es sich keineswegs um die Begrenzung der Halle gehandelt hatte.

Die Scheinwerfer an der weit entfernten Decke des Hangars zeigten jede Einzelheit des etwa sechzig Meter hohen und vierzig

Meter dicken Körpers. Er war eiförmig, hatte keinen Ringwulst, sondern nur in die Hülle eingelassene Impulsdüsenöffnungen in Äquatorhöhe und ruhte auf zwölf großen, beinahe plump wirkenden Landetellern. Auf der Wölbung des unteren Drittels zeichneten sich die Umrisse eines großen Schleusenschotts ab. Die mattgraue Hülle war von zahlreichen Kuppeln und antennenförmigen Auswüchsen bedeckt. Das ganze Gebilde atmete eine schwer fassbare Aura der Drohung und der Macht aus.

Das SKORGON!

Nur mühsam schüttelte ich die Überraschung ab. Geräusche drangen aus der Tiefe herauf, ich blickte nach unten. Jetzt sah ich den so treffsicheren Feind ganz deutlich: Drei Roboter strebten sternförmig dem Fuß der Treppe entgegen, ihre Waffenarme waren erhoben. Trotz der Helligkeit war das Flimmern vor den Abstrahlöffnungen deutlich zu erkennen. Ich hatte also richtig vermutet.

Bilde dir nicht zu viel darauf ein, spöttelte mein Extrasinn. *Dazu bedurfte es keines besonderen Scharfsinns.*

Ich verzog das Gesicht. Der bei der ARK SUMMIA aktivierte Gehirnteil hatte eine ganz persönliche Taktik entwickelt, mein Selbstbewusstsein zu stärken. Dann fielen mir die vier Toten ein, eiskalte Wut erfüllte mich. Der Plan war so simpel und gleichzeitig so mörderisch, dass es mich schüttelte. Heng persönlich hatte sich dieses Verfahren, eventuelle Mitwisser zu beseitigen, ausgedacht. Er hatte natürlich gewusst, dass mich die Geheimdienstler durch diese Halle bringen würden. Da ich als Gefangener die Treppe hinunterstolperte, war nicht anzunehmen, dass ich eine Waffe trug. Die Roboter brauchten also nur die Strahlungsquellen anzupeilen. Heng hatte allerhand riskiert, immerhin hätte ich mir eine Waffe aneignen können. Ihm selbst wäre es zweifellos sehr lieb gewesen, mich als Leiche zu besichtigen; ich zweifelte jedoch daran, dass Magantilliken sich damit zufrieden gegeben hätte. Für den Henker hatte ich nur dann einen Wert, wenn ich gesund und munter blieb.

Der Mann neben mir atmete zischend ein, ich schrak zusammen. Dieses Problem hatte ich fast vergessen. Hengs brutaler Schachzug bewies, dass er niemanden mit dem Wissen um den Standort des SKORGONS in die zweifelhafte Freiheit Enorketrons entließ. Die Frage war jetzt, wie die Roboter reagierten. Sie

hatten fünf Stahlungsquellen vernichtet und wussten zweifellos, dass nur ein lebender Organismus weitergeleitet werden durfte. Wussten sie auch, wer von uns der Richtige war?

»Kommen Sie herab!«, befahl eine metallische Stimme.

Ich erhob mich resignierend. Gleichgültig was jetzt geschehen mochte, ich musste dem Befehl Folge leisten. Wenn ich mich mit den Maschinen anlegte, zog ich auf jeden Fall den Kürzeren. Mein Begleiter hingegen zögerte. In seinen Augen flackerte panische Furcht, er hatte das grausame Spiel inzwischen ebenfalls durchschaut. Sein Leben war keinen halben Skalitos mehr wert, lieferte er sich den Robotern aus. Ich überlegte, ob ich ihn irgendwie retten konnte. Es gab kaum noch eine Chance. Es sei denn, die Roboter hielten als Folge ihrer Einsatzprogrammierung die Vernichtung der Waffen für gleichbedeutend mit dem Tod ihrer Träger.

Kurz entschlossen schritt ich nach unten. Der Mann vom Geheimdienst folgte mir nicht. Entweder hatte er denselben Gedanken wie ich, oder die Furcht bannte ihn an seinen Platz. Die Treppenstufen schienen sich ins Unendliche auszudehnen, als ich den starrenden Waffenarmen immer näher kam. Jeder Schritt hallte wie ein Glockenschlag durch die unwirkliche Stille der Halle. Dreck blätterte unter meinen Füßen ab und fiel nach unten. Die letzte Stufe. Mir kam kurz der Gedanke, dass ich mich geirrt haben könnte. Bei den Zwischenfällen während des Flugs mochte der Pilot die Orientierung verloren haben. Waren wir an einem ganz anderen Ort erwartet worden? Hatten diese Roboter vielleicht den Befehl, jeden Eindringling zu töten?

Dann wärst du nicht mehr am Leben.

Ich erreichte den Boden des Hangars und blieb stehen. Die Roboter rührten sich nicht, starrten mich mit ihren roten Sehzellen völlig unbeteiligt an und schienen vorübergehend jedes Interesse an mir verloren zu haben. Es dauerte einige Zentitontas, bis eine der drei Maschinen ihren Waffenarm senkte.

»Folgen Sie mir!«, befahl der Roboter lakonisch, drehte sich abrupt um und stampfte davon. Ich ging hinter ihm her auf die dunkle Öffnung in der Wand zu. Ich hatte sie noch nicht erreicht, als hinter mir Waffen zischten. Ich fuhr herum. Die beiden verbliebenen Maschinen hatten den Treppenabsatz unter Feuer genommen, auf dem ich den letzten meiner Begleiter wusste. Sie schossen, bis das Metall in quirlende Staubwolken verwandelt war. Als

die Desintegratoren erloschen, drehten auch sie sich um und entfernten sich in entgegengesetzten Richtungen. Ihre harten Schritte riefen hallende Echos hervor. In einiger Entfernung blieben sie regungslos an der Wand stehen, die Waffenarme richteten sich starr zum Boden. Die Falle war erneut hergerichtet.

Ich durchschritt die Öffnung, gleichzeitig erlosch hinter mir das Licht. Im ungewissen rötlichen Dämmerschein des vor mir liegenden Korridors erkannte ich die Rückfront des Roboters, der mit gleichmäßiger Geschwindigkeit vor mir ging. Die Maschine drehte sich nicht ein einziges Mal um, wusste genau, dass ich ihr folgte.

19.

Aus: *Die Methans – Hintergründe, Fakten, Auswertungen*, hier: *Die Ursprünge und ihre Folgen*, Felted Kilznew Agema. In: *The Cambridge History of Mankind*; Cambridge, Terra, 2994

Ein Großteil der technischen Kenntnisse war verloren gegangen; der Rest war über die einzelnen Planeten verstreut. Mit diesen Mosaiksteinen, die sie nicht verstanden, mühten sich die Wissenschaftler ab. Auf den Planeten, die von der Volksgruppe der Maahks besiedelt worden waren, befanden sich die meisten Informationen. Die Maahks waren es dann auch, die später als Erste die Raumfahrttechnologie wieder nutzten und in der Lage waren, mit ihren Artgenossen Kontakt aufzunehmen. Mit jedem neu aufgefundenen Planeten erhielten sie ein weiteres Mosaiksteinchen, doch waren sich alle Wissenschaftler darin einig, dass enorm viel Wissen verloren gegangen war.

Wieder einmal entwickelten sich die Maahks zur bestimmenden Volksgruppe der Wasserstoffatmer. Die körperlichen Unterschiede waren minimal, so dass später die Arkoniden den Begriff Maahk auch für alle anderen »Methans« verwendeten. Doch auch bei den Maahks war ein Großteil der technologischen Kenntnisse, insbesondere im Bereich der Raumfahrttechnik, in Vergessenheit geraten. So wurde beispielsweise auf Transitionstriebwerke zurückgegriffen, die leichter zu warten und nicht so reparaturanfällig wie die zuvor verwendeten Halbraumtriebwerke waren.

Vielleicht wäre dennoch ein rascher Aufstieg möglich gewesen, hätte es dann nicht einen weiteren massiven Rückschlag gegeben: Genau wie die Arkoniden wurden die Wasserstoffatmer von den gewaltigen Hyperstürmen der »Archaischen Perioden« für Jahrtausende an jeder überlichtschnellen Raumfahrt gehindert und fielen auf etlichen Welten sogar bis in tiefste Primitivität zurück, weil ihnen nicht die Möglichkeiten zur Verfügung standen, mit denen andere Spezies jene Epoche relativ unbeschadet überstanden – sie hatten weder systemumspannende Schutzfelder wie die Akonen im Blauen System noch die Paratrontechnologie der Haluter.

Interessanterweise hatten jedoch alle Volksgruppen ein ausgesprochen klares Bild von ihrer Geschichte, obwohl die technischen Details verloren gegangen waren. Mit der Wiederentdeckung der Raumfahrttechnologie und dem Auffinden immer weiterer Volksgruppen nach Abklingen der Hyperstürme konnten sie auch endlich ihre enorme Überbevölkerung in den Griff bekommen, die inzwischen alle Planeten plagte. Die Erforschung der umliegenden Gebiete und die Besiedlung geeigneter Welten wurden intensiviert – und so begannen sich die Wasserstoffatmer langsam, aber beharrlich von den Andromeda zugewandten Ausläufern der Sterneninsel unterhalb der Milchstraßenhauptebene auszubreiten.

Gerade nach den nicht vergessenen traumatischen Erlebnissen in Andromeda waren sie äußerst vorsichtig, was ihre Expansion anging. Das Weltall bot vielfältige Gefahren, und im Zuge ihrer Expansion stießen sie auch das eine oder andere Mal auf Raumer unbekannter Völker. Doch diese Zusammentreffen konnten die Wasserstoffatmer entweder erfolgreich bestehen, oder sie hatten keine weiteren Auswirkungen.

Die Forschung nahm bereits in diesen Jahrtausenden einen breiten Raum ein. Gerade die Nachteile, die die Wasserstoffarmer durch die mangelnde Schirm- und Waffentechnologie zu spüren bekommen hatten, sollten für zukünftige Zeiten ausgeschlossen werden. Aufwendige Forschungseinrichtungen wurden auf entlegenen Planeten errichtet und gewaltige Geldmittel bereitgestellt. Auch der Ausbau der Kriegsflotte wurde vorangetrieben. Depotplaneten wurden angelegt, während sich Flottenstützpunkte unterschiedlichster Größe auf allen besiedelten Planeten befanden.

Der schließlich ausbrechende Methankrieg erforderte eine enge Abstimmung unter den einzelnen Volksgruppen wie auch später mit vielen verbündeten nichthumanoiden Lebensformen. Es lag nahe, dass erneut die Maahks die Koordination übernahmen, da sie bereits zahlenmäßig stärker als alle anderen zusammen waren. Leider waren die bisherigen Planungen und Überlegungen überholt. Flotten, die Zehntausende von Raumschiffen zählten, benötigten ganz andere Basen als die bereits zur Verfügung stehenden Geschwader und Verbände.

Die Wasserstoffatmer machten sich daher daran, über ihr gesamtes Herrschaftsgebiet verteilt Stützpunkte zu errichten. Darüber hinaus wurde die Aufklärung intensiviert, so dass sie bald darangingen, in noch unbekannten Sternensektoren geheime Basen anzulegen. Sie gingen davon aus, dass die Auseinandersetzungen mit den Arkoniden mehrere Jahrzehnte, wenn nicht Jahrhunderte oder gar mehr andauern würden. Im Laufe dieser Zeit konnte es vielfältige Veränderungen geben, so dass im Bedarfsfall diese Stützpunkte zur Verfügung standen.

Gerade diese enorme Vorratshaltung der Maahks mit ihren Depotplaneten machte sich später bemerkbar. Im Gegensatz zu den Arkoniden brauchten sie ihren Schiffsneubau nicht zu erhöhen, sondern nur die Schiffe »auszumotten«. Dies hatte zwar den Nachteil, dass irgendwann in diese Schiffe neue Waffensysteme eingebaut werden mussten, doch die schiere Masse an kampffähigen Raumern sollte diesen Nachteil wettmachen.

»Was werden Sie unternehmen, wenn Atlan hier ist?« In den vergangenen Zentitontas hatte Heng sich seine Selbstsicherheit mühsam zurückerkämpft. Der seltsame Fremde schenkte ihm nur wenig Aufmerksamkeit. Er war dem Arkoniden unheimlich, der gleichzeitig jedoch wider Willen fasziniert war. Der Fremde saß in einem Sessel, den die Dienstroboter herbeigeschafft hatten. Seine Haltung war entspannt, als gäbe es nichts, was ihm in dieser Umgebung gefährlich werden könnte.

Heng hatte bereits mehrere Versuche unternommen, sich mit seinem seltsamen Gast zu unterhalten. Dieser reagierte nicht, sondern beschränkte sich darauf, die Bildschirme zu betrachten. Ab und zu glitt ein verächtliches Lächeln über seine scharfen Züge. Die wulstigen Lippen kräuselten sich spöttisch, wenn Kampfszenen zu sehen waren, in denen Arkoniden auf Arkoniden schossen. Aber er machte auch nicht den Eindruck, als sympathisiere er mit den Methans. Ihm schien dieser entsetzliche Kampf gleichgültig zu sein. Heng wurde durch diese Haltung verunsichert und sagte sich ein um das andere Mal, dass auch das Leben des Fremden davon abhing, dass die Arkoniden die Methans in Schach hielten. Brachen die Maahks endgültig durch, konnte auch das SKORGON nicht starten.

»Warum antworten Sie nicht?«, fuhr der Kommandeur ärgerlich auf, weil ihn der Goldhaarige nicht einmal eines Blickes würdigte. Die Nichtachtung, die er ihm angedeihen ließ, machte ihn wütend, trieb ihn sogar fast zur Weißglut.

»Sobald Atlan hier ist, werden wir starten.«

»Warum sind Sie so versessen darauf, den jungen Mann in die Hand zu bekommen?«, stieß Heng umgehend nach, ehe der Fremde wieder in sein Schweigen versinken konnte.

»Das geht Sie nichts an.«

Heng knirschte mit den Zähnen. »Überlassen Sie ihn mir. Ich brauche ihn.«

»Ach nein, was Sie nicht sagen. Zufällig ist es bei mir genauso. Warum also wollen Sie ihn haben?«

Heng begann aufgeregt einen Bericht, der andere hörte gelangweilt zu und hob ärgerlich die Hand, als Heng nicht aufhören wollte zu reden. Der Mascant verstummte augenblicklich. Mehr denn je war die Angst um sein Leben die stärkste Triebkraft seiner Handlungen. »Können wir uns nicht einigen?« Er versuchte es noch einmal. »Sobald Sie Atlan nicht mehr brauchen, überlassen Sie ihn mir. Ich gebe Ihnen dafür das SKORGON. Das ist doch ein fairer Handel, nicht wahr?«

Die mühelose, fließende Bewegung, mit der sich der Fremde erhob, ließ Heng vor Schreck förmlich zusammenschrumpfen. Wie ein Turm stand die mächtige Gestalt vor dem zitternden Arkoniden. »Wenn Sie jetzt nicht augenblicklich mit Ihrem Geschwätz aufhören, drücke ich Ihnen Ihre dünne Kehle so lange zusammen, bis kein Ton mehr herauskommt. Nehmen Sie sich in Acht. Benehmen Sie sich anständig, lasse ich mich vielleicht dazu hinreißen, Ihnen Ihr lächerliches Leben zu schenken. Wo bleibt dieser Atlan?«

»Ich weiß es nicht.«

»Dann stellen Sie es fest!«

Die ohnehin harte Stimme hatte einen so eisigen Klang, dass Heng unwillkürlich zurückschreckte. »Die Verbindungen sind zum Teil zerstört«, hauchte er ängstlich. »Der Angriff …«

Abermals wurde ihm mit einer heftigen Handbewegung das Wort abgeschnitten.

Der Vargane zog sich wieder an seinen Platz zurück. Innerlich war er durchaus nicht so gelassen, wie er sich gab. Im Gegenteil – er war sogar ziemlich nervös, dachte an das SKORGON. Während der Wartezeit hatte er sich lange genug mit den Kontrollanlagen im Saal beschäftigen können. Er bezweifelte stark, dass er imstande sein würde, das Raumschiff selbst zu fliegen. Mit ausreichend Zeit wäre es ihm natürlich gelungen, sich in die Technik und Steuerung einzuarbeiten, aber diese Zeit hatte er nicht. Atlan konnte eine Hilfe sein – aber er würde vielleicht nicht ausreichen.

Dem Henker blieb keine Wahl, musste auch Heng zwingen, mit ihm den Planeten zu verlassen. Das jedoch bescherte etliche Schwierigkeiten. Der Mascant war darauf aus, Atlan zu töten, hatte sich in diese Idee so verrannt, dass es schwer fallen würde, ihn zur Ruhe zu zwingen. Magantilliken hatte grundsätzlich nichts dagegen einzuwenden, dass sich die Arkoniden gegenseitig abschlachteten. Zur Erfüllung seines Auftrags aber musste er Atlan wenigstens so lange beschützen, bis er Ischtar gefangen hatte.

Heng spürte einen schwachen Triumph. Der Fremde hatte sein Manöver nicht durchschaut. Der Arkonide wusste, dass er nicht viel gewonnen hatte, indem er Zeit herausschlug, aber er hoffte verzweifelt, dass ihm doch noch ein Ausweg einfiel. Einstweilen wartete dieses Goldhaar noch scheinbar unberührt. Atlan befand sich auf dem langen Weg zur Zentrale, obwohl Heng ihn durch den Fluchtschacht hätte schicken können, der die direkte Verbindung zum Hangar herstellte. Aber das wäre zu schnell gegangen. Er hätte selbstverständlich dem Fremden auch mitteilen können, dass Atlan seinen Weg direkt am SKORGON vorbei nehmen musste – und dann wären sie jetzt schon an Bord des Raumschiffs gewesen.

Hengs einzige Hoffnung war, dass der Fremde allmählich ungeduldig zu werden begann. Vielleicht gelang es ihm, diesem Kerl die lange Wartezeit so zu vergällen, dass er darauf verzichtete, Atlan mitzunehmen. Sollte er doch das SKORGON nehmen und endlich auf Nimmerwiedersehen verschwinden …

Heng schrak zusammen, als der Fremde plötzlich aufsprang und auf die Reihe der Bildschirme zuging. Die Roboter hatten den Befehl, den Gefangenen auf einem möglichst umständlichen Weg in die Zentrale zu bringen. Der unheimliche Besucher hatte offenbar nicht viel Ahnung von der arkonidischen Technik, denn Heng war überzeugt davon, dass er die vorgenommenen Schaltungen nicht hatte interpretieren können. Aber er hatte einen winzigen Punkt vergessen. Das Schicksal wollte es, dass ihm ausgerechnet sein eigenes Sicherheitsbedürfnis zum Verhängnis würde. Überall in den geheimen Anlagen befanden sich Spionkameras, die sich einschalteten, sobald ein anderer als Amarkavor Heng persönlich in ihren Erfassungsbereich geriet. Bei dem Fremden hatten diese Geräte versagt; dieser Umstand war schuld, dass Heng die kleinen Kameras schlicht vergessen hatte.

Jetzt war auf einem der Bildschirme klar und deutlich das Bild Atlans erschienen, der hinter einem Roboter einen rötlich beleuchteten Gang durchschritt. Heng schrak zusammen, sagte sich aber, dass der Fremde die Bedeutung dieses Vorgangs kaum erkennen würde. Er war mit den subplanetarischen Anlagen nicht vertraut, so dass die Koordinaten, die automatisch in den unteren Bildrand eingeblendet wurden, für ihn nichts sagend bleiben mussten. Als er sich jedoch mit wütend verzogenem Gesicht umdrehte, erkannte Heng entsetzt, dass er immer noch dazu neigte, diesen Gegner zu unterschätzen. Der Fremde tat einen Schritt auf Heng zu, der die weiteren Folgen gar nicht erst abwartete. Flink glitt er zum Schaltpult, drückte eine Taste und wollte dem Roboter eben befehlen, Atlan zum SKORGON zurückzubringen, als er eine schwere Hand im Nacken spürte.

»Noch ein Fehler in dieser Art, dann hast du Gelegenheit, den Zustand kennen zu lernen, vor dem du dich am meisten fürchtest.«

Hengs Finger schwebte zitternd über die Taste, zu verängstigt, um auch nur die leiseste Bewegung zu wagen. Aus der Stimme des Fremden klang unverhohlene Wut. Die Millitonta dehnte sich quälend langsam. Eine Ewigkeit schien zu verstreichen, ehe der

Goldhaarige die Hand von der dürren Schulter des Arkoniden nahm.

»So«, sagte er grimmig. »Und jetzt zur Sache. Atlan und der Roboter bleiben dort stehen, wo sie sich jetzt befinden. Ich weiß, dass der Fluchtschacht nur wenige Meter entfernt endet. Für dumm lasse ich mich so leicht nicht verkaufen, Heng. Sie gehen voran – und falls Sie die Absicht haben sollten, einen Ihrer kleinen Tricks einzusetzen, lassen Sie den Gedanken bitte fallen. Meine Waffe ist auf Sie gerichtet. Beim kleinsten Verdacht schieße ich. Vielleicht ziehe ich es aber auch vor, Ihnen persönlich den Hals zu brechen.«

Heng wankte gebrochen auf das Schott zu. Seine Hoffnungen zerrannen. Dieser Gegner verwirrte ihn; er glaubte auch den Grund zu kennen. Seit vielen Jahren hatte sich kein lebendes Wesen mehr in seiner unmittelbaren Nähe befunden. Selbst Ütr'ang war weit entfernt in einer Spezialkabine untergebracht gewesen. Heng war an den Umgang mit lebenden Personen nicht mehr gewöhnt, war seinen Untergebenen nur überlegen, solange er sie aus der Entfernung beobachten und manipulieren konnte. In der Gesellschaft seiner Roboter fühlte er sich unüberwindlich, er hatte sich im Laufe der Zeit zu sehr daran gewöhnt, dass alles, was er anordnete, auch befolgt wurde.

Der Fremde brachte Hengs Weltbild durcheinander, weil er sich nicht im Geringsten um die Wünsche und Vorstellungen des Arkoniden kümmerte und auch keinen Funken Respekt empfand. Heng herrschte über Trantagossa nicht durch seine überragende Persönlichkeit, sondern durch genau das Gegenteil. Indem er sich für alle seine Untertanen unsichtbar machte und nie an die Öffentlichkeit trat, hatte er eine Legende der Unnahbarkeit und der Macht aufgebaut, die der Wirklichkeit nicht standhielt. Er hatte nicht das Format, das er zu haben glaubte. Vielleicht war er einmal imstande gewesen, diese Fähigkeiten zu entwickeln. Aber seit dem Mord an Gonozal VII. hatte er sich von diesem Weg Schritt für Schritt weiter entfernt.

Jetzt kämpfte er gegen sich selbst an, als er das Schott öffnete. Ganz langsam begriff er, was er zu tun beabsichtigte. Ihm wurde schwindelig, verließ er doch den Posten, auf dem er gerade jetzt hätte bleiben müssen. Trantagossa befand sich in höchster Gefahr, aber er als Kommandeur war unfähig, dem Kampf eine Wendung zu geben. Stattdessen schlug er sich mit diesem Fremden herum, den er – wie er nun klar erkannte – nur durch sein Versagen an diesen Ort gelockt hatte. Er hätte die Bekanntschaft dieses Gegners nie gemacht, wäre nicht das SKORGON der einzige Fluchtweg gewesen.

Er musste etwas unternehmen. Etwas, das ihn rehabilitierte. Ein arkonidischer Mascant, der in einer solchen Situation versagte, konnte nirgends mit Verständnis rechnen. Am allerwenigsten bei Orbanaschol. Der Weg zum SKORGON war frei. Der Schacht war in düsteres Glühen gehüllt, überwand einen Höhenunterschied von fast dreitausend Metern. Der Hangar befand sich weit über ihnen. Heng setzte den Fuß auf die Plattform und spürte den Sog des Kraftfeldes, der ihn nach oben riss.

Die Perspektive verzerrte sich. Eben noch hatte er auf der Plattform gestanden und nach oben geschaut. Jetzt glaubte er, mit dem Kopf voran mit beachtlicher Geschwindigkeit in eine bodenlose Tiefe zu stürzen. Nur für einen Augenblick fiel Heng der Täuschung zum Opfer, dann hatte er sich daran gewöhnt. Schließlich benutzte er nicht zum ersten Mal diesen Schacht. Er drehte sich im Flug und sah den Fremden in geringer Entfernung folgen. Ein verwegener Gedanke durchzuckte das Gehirn des Kommandeurs. Ging es schief, brach er sich gemeinsam mit dem anderen den Hals. Und schöpfte der Fremde rechtzeitig Verdacht, würde er sich zweifellos rächen. Aber wenigstens konnte Heng dann vor sich selbst bestehen.

Er versuchte zu schätzen, wie lange der Flug noch dauerte – etwa zwei Zentitontas Zeit. Er begann sich bereits Gedanken darüber zu machen, wie es weitergehen sollte, hatte er den Feind ausgeschaltet. Der Kristallprinz wartete im Gang. Atlan – auf einem Silbertablett serviert! Heng verzog sein hageres Gesicht zu einem bösen Grinsen und tastete unauffällig nach der Waffe, die er immer noch hatte. Der Fremde hatte es nicht für nötig gehalten, ihn zu entwaffnen. Für seinen Schutzschirm waren die schwachen Energiestrahlen kein Problem. Aber Atlan war ungeschützt.

Der »Boden« des Schachts kam näher. Heng entdeckte die Zeichen an der Wand und hielt sich bereit. Es musste alles sehr schnell gehen. Der Fremde durfte nicht gewarnt werden, denn seine Reflexe waren extrem gut. Der Arkonide sah sich vorsichtig um und stellte zufrieden fest, dass der Gegner etwas zurückgeblieben war. Er machte sich keine Gedanken darüber, warum sich das gravomechanische Kraftfeld nicht in gleicher Weise wirkte, dachte nur an seinen Plan – und der erschien ihm nun sogar wesentlich erfolgversprechender. Der Abstand zwischen ihm und dem Goldhaarigen war eine zusätzliche Sicherheit. Heng wusste, dass der Fluchtschacht exakt gepolt war; bisher hatte er ihn nur zu Trainingszwecken benutzt – der Ernstfall war vor diesem unglückseligen Prago nie eingetreten.

Die Beschleunigung hielt bis zum letzten Moment an. Erst wenige Meter vor dem Ende des Schachtes wurde Heng ziemlich rau gebremst. Er kannte die ungeheure Kraft, die nach ihm griff, stellte sich hervorragend darauf ein, entspannte den Körper so vollkommen, dass das Bremsfeld ihm nicht einmal einen blauen Flecken bescherte. Er kannte auch die Markierung, an der er sich auf die nächste Richtungsänderung einzurichten hatte, und schwang sich geschickt herum. Der Sog des seitlichen Traktorfeldes packte ihn und riss ihn auf die Wand zu. Noch während er auf das Schott zuschoss, krümmte er sich zusammen und streckte die Beine, sobald er die entstandene Öffnung passiert hatte. Seine Füße fanden Halt. Mit einem mächtigen Schwung warf Heng seinen dürren Körper aus dem Bereich des Feldes und rollte sich geschickt ab. Direkt vor ihm waren die Kontrollen. Er sprang hoch, schlug mit der Faust auf einen Knopf und zog gleichzeitig mit der anderen Hand die Waffe.

Als er herumwirbelte, sah er Atlan keine zehn Meter entfernt neben dem Roboter an der Wand stehen. Heng grinste verzerrt, er hatte es geschafft. Der Fremde würde nicht von dem Prallfeld aufgefangen werden, sondern die Beschleunigung blieb bestehen und schleuderte ihn gegen die Stirnwand des Schachts, wo er ohne Zweifel zerdrückt wurde. Atlan, die wertvollste Beute der ganzen Öden Insel, stand hilflos da und wartete auf sein Ende. Der Mascant gestattete sich ein fast übermütiges Lachen. Letztlich war er doch klüger als alle seine raffinierten Gegner. Er hatte gesiegt. Vorsichtig umging er das Zugfeld und hob die Waffe. Die Augen des jungen Arkoniden weiteten sich kaum merklich, als er den Tod so dicht vor sich sah. Heng genoss den Augenblick seines großen Triumphes – und schoss.

Magantilliken beobachtete Heng misstrauisch. Erst als sich der Arkonide bedenkenlos dem Schacht anvertraute, folgte er ihm, rechnete jedoch jeden Augenblick damit, dass Heng ihn in eine Falle zu führen versuchte. Er bemerkte, dass der Mascant nach seiner Waffe tastete, er sah auch den vorsichtigen Blick, mit dem Heng sich davon überzeugte, dass Magantilliken ihm folgte. Dann entdeckte er die Markierungen an der Wand und sagte sich, dass dieser Kerl etwas plante.

Er durchdachte blitzschnell die Möglichkeiten, die sich dem Arkoniden auf der Grundlage der Eigenheiten dieses Schachtes boten, der selbst nichts als eine schier endlose Röhre mit spiegelglatten Wänden war. Eingebaute Waffen schien es nicht zu geben. Magantilliken vermutete, dass solche Vorrichtungen auch kaum einen Sinn hatten. Die automatischen Systeme konnten ein Objekt zwar erfassen und vernichten, aber es bestand die Gefahr, dass dabei der Falsche getroffen wurde. Heng war viel zu feige, ein solches Risiko auf sich zu nehmen.

Die einzige Waffe waren die gravomechanischen Felder selbst – jene, die diese rasende Fahrt zu bremsen hatten, mussten beträchtlich sein. Versagten sie, würde jeder Passagier von den starken Zugfeldern am Ende des Schachts zerschmettert werden. Der Henker nahm eine Schaltung an seinem Armbandgerät vor und überzeugte sich davon, dass der Schutzschirm auf volle Stärke geschaltet war. Gleichzeitig sorgte er dafür, dass er mit einem einzigen Hebeldruck ein Kraftfeld errichten konnte, das ausreichend stark dem Sog des Schachts entgegenwirken konnte. Vorsichtshalber testete er die Wirkung. Heng bemerkte nichts davon, dass Magantilliken seine rasende Fahrt für einen winzigen Augenblick aufhob, sondern konzentrierte sich jetzt voll auf die Wandmarkierungen – für Magantilliken ein sicheres Zeichen dafür, dass die Entscheidung bevorstand.

Die Bestätigung erhielt er, als Heng kurz darauf brutal gebremst wurde. Die schnellen, erstaunlich geschickten Manöver, mit denen er die Wirkung der nun wirksamen neuen Felder unterstützte, sagte dem Henker genug. Der Mascant verschwand in der seitlichen Schachtöffnung. Magantilliken reagierte sofort, das eigene Feld entstand. Er erreichte den Punkt, an dem Heng abgefangen worden war, doch jetzt existierten die Prallfelder nicht mehr. Auch die Projektoren, die den Arkoniden durch die Öffnung gezogen hatten, waren abgeschaltet worden.

Magantilliken verzog abfällig das Gesicht. Dieser Wicht wagte es also doch! Er bremste seine Geschwindigkeit so weit, dass er sich nicht mehr vor Knochenbrüchen zu fürchten brauchte. Zwar vermochte das kleine Gerät die Kraft des Sogs nicht völlig aufzuheben, aber das war auch gar nicht notwendig. Durch geschickte Schaltungen, die seinen Fall einseitig bremsten und dann beschleunigten, zielte er genau auf den Ausgang. Er würde etwas hart landen, aber das bereitete ihm im Augenblick die geringsten Sorgen, weil er inzwischen wusste, mit welcher Hartnäckigkeit Heng den Gedanken verfolgte, Atlan in die Finger zu bekommen. Ihm war es egal, ob er den jungen Arkoniden tot oder lebendig bei seinem Imperator ablieferte. Magantilliken dagegen brauchte Atlan lebend. Nur so würde es ihm gelingen, Ischtar schnellstens in eine Falle zu locken. Hatte er sie getötet, würde ihm sicher die Rückkehr in die Eisige Sphäre gestattet werden. Und das war ein Ziel, das der Vargane unbedingt erreichen musste.

Die Öffnung. Er flog hindurch. Noch während er hastig das Kraftfeld abschaltete, das ihn jetzt gewichtslos machte, sah er Heng wenige Schritte entfernt. Der Mascant konzentrierte sich voll auf Atlan, der sich jetzt von der Wand abgestoßen hatte und dem hageren Arkoniden entgegenblickte. Heng konnte von der Ankunft des Henkers nichts bemerkt haben, denn alles geschah völlig geräuschlos. Magantilliken begriff die Situation sofort und wusste, dass ihm keine Zeit mehr blieb, den Einsatz der Waffe auf technischem Wege zu verhindern. Sein Gewicht kehrte zurück, er fühlte den Boden unter seinen Füßen. Wie ein bronzehäutiges Raubtier hechtete er in einem weiten Sprung vorwärts. In dem Augenblick, als er die Schultern des Kommandeurs packte, löste sich der Schuss.

20.

Aus: *Die Methans – Hintergründe, Fakten, Auswertungen*, hier: *Die Ursprünge und ihre Folgen*, Felted Kilznew Agema. In: *The Cambridge History of Mankind*; Cambridge, Terra, 2994

War die Raumflotte der Wasserstoffatmer zuvor hauptsächlich ein-

gesetzt worden, neue Welten zu erforschen und einen gewissen Schutz gegen ungebetene Gäste zu gewährleisten, musste sie nun innerhalb kürzester Zeit auf Kriegsniveau heraufgefahren werden. Mit Beginn des Methankrieges änderte sich somit die Aufgabenstellung. Die Maahks versuchten sich umgehend auf den neuen Gegner einzustellen, der in den ersten Jahren schnell und vor allem hart reagierte.

In der Zeit nach den ersten Zusammenstößen zwischen Raumern der Arkoniden und Völkern der Methans verstärkten beide Seiten ihre Aufklärungstätigkeit. Zunächst galt es, Informationen über den zukünftigen Gegner zu erlangen. Ein Gegner, der überlichtschnelle Raumschiffstechnologie beherrschte, verfügte meist auch über ein beeindruckendes Waffenarsenal. Aber auch andere Faktoren auf strategischem Gebiet waren zu erkunden: Anzahl und Ausstattung der Stützpunkte, Werftkapazität, Flottenstruktur und Einsatzkonzeption.

Die Erkundungen, die die Arkoniden einleiteten, lieferten allerdings nur äußerst dürftige Ergebnisse. Über Jahrzehnte ließ die Menge der verwertbaren Informationen sehr zu wünschen übrig. Als Hauptnachteil erwies sich vor allem, dass die Angreifer aus Nebelsektorbereichen der Öden Insel vordrangen, die sich weit außerhalb der Grenzen des Tai Ark'Tussan befanden und nahezu komplett unerforscht waren.

Auch die Maahks machten sich ihre Gedanken über die zukünftige Kriegführung. Noch waren ihre Werften nicht in der Lage, den ungeheuren Bedarf an Kriegsschiffen zu decken, die langfristig benötigt wurden, um Arkon wirkungsvoll entgegentreten zu können. Sollte man abwarten, den Arkoniden Zeit zur Vorbereitung geben, sich sogar aus den vorgeschobenen Positionen zurückziehen, oder sollte man stattdessen mit den vorhandenen Streitkräften vorpreschen und sich auf den Feind werfen?

In diesem Fall würde man seine Streitkräfte binden, wertvolle Rohstoff- und Industriesysteme einnehmen können und – was viel wichtiger für die Strategen der Maahks war – den Arkoniden schwerwiegende Personalverluste zufügen, die nur schwer zu ersetzen waren. Die Maahks entschieden sich für die letzte Lösung, als die Misswirtschaft in der Herrschaftszeit des Imperator Orbanaschol III. offenkundig wurde. Sie wollten sich den Arkoniden stellen – und so wurden überall Schiffe zusammengezogen und an die zukünftigen Fronten verlegt.

Zu den Hauptaufgaben der Flottenverbände zählte weiterhin der

Schutz der geheimen Industrieplaneten. Wie bereits erwähnt, hatten die Wasserstoffatmer nie die Kriegsschiffsproduktion vernachlässigt. Angesichts der Erfahrungen, die sie in der fernen Vergangenheit gemacht hatten, waren sie dazu übergegangen, geheime Stützpunkte anzulegen, die ausschließlich für die Kriegsschiffsproduktion vorgesehen waren. Jede Kolonie war für mehrere dieser Planeten verantwortlich, die von schweren Kriegsschiffen und raumgestützten Abwehrstellungen geschützt wurden. Auf diesen Planeten wurden die Raumschiffe in automatischen Bandstraßen produziert. Nach Fertigstellung wurden sie von Überführungskommandos entweder auf spezielle Welten gebracht und dort eingemottet oder zu den Hauptbasen geflogen und umgehend mit frisch ausgebildeten Mannschaften versehen.

Dieses Verfahren bot mehrere Vorteile, da Reserven an einsatzfähigen Schiffen gebildet und andererseits die wichtigen Maahkwelten durch Kriegsschiffe geschützt wurden, selbst wenn die Ausbildung der Mannschaften noch nicht abgeschlossen war. Der Schutz dieser Welten sollte keineswegs vernachlässigt werden; der der geheimen Industrieplaneten bezog sich nicht nur auf das betreffende System, sondern erstreckte sich stets auch auf den umliegenden Sektor. Die Maahks ließen sich einiges einfallen, um den Standort angemessen zu tarnen und zu verschleiern. Es gab beispielsweise stets eine Reihe von Ausweichzielen, auf die mehr als einmal die arkonidischen Flotten hereinfielen.

Als vorrangige Aufgabe galt der unbedingte Schutz der eigenen Hauptwelten. Die Vermehrung der Maahks und der anderen Völker ging inzwischen so rasant vor sich, dass ein Schutz aller Welten, auf denen Wasserstoffatmer lebten, ausgeschlossen war. Aus diesem Grund hatten sich die Neunväter darauf verständigt, nur die wirklich wichtigen Hauptwelten, die auch über eine angemessene Industrie verfügten, entsprechend zu schützen.

Priorität hatte die Erforschung der Galaxis. Eine Reihe von Spezialschiffen, vom kleinen Spezialraumer bis hin zu den großen Schlachtschiffen, war ständig mit der Vermessung, Erkundung und Erforschung der Milchstraße beschäftigt. An Bord dieser Schiffe war die Bewaffnung eingeschränkt, Forschungseinrichtungen nahmen den Platz ein. Seit Ausbruch der Kämpfe mit den Arkoniden musste jedoch die Erforschung drastisch zurückgefahren werden, stattdessen trat immer mehr die Aufklärung von Systemen in den Vordergrund, die von Arkoniden besiedelt waren. Viele Schiffe waren deshalb unterwegs, um diese Systeme ausfindig zu machen. Insbesondere hatten es die Maahks bald auf kleine und nur unzureichend geschützte Kolonialwelten abgesehen.

Wie der arkonidische Geheimdienst herausfand, war die Aufgabenstellung der Flotten der Maahks kombiniert mit ihrer Bezeichnung. Kein anderes Volk wäre auf die Idee gekommen, die Aufgabenstellung der Flotte in die Bezeichnung einzufügen. So gab es Verteidigungsflotten, deren Aufgabengebiet unschwer zu erraten war, die entsprechend ihrer Hauptwelt bezeichnet und durchnummeriert wurden, wie auch die in gleicher Weise gebildeten Angriffsflotten.

Der vor allem der Walzenbauweise und ihren Einsatzmöglichkeiten geschuldeten starren Taktik der Maahks stand eine enorme strategische Flexibilität gegenüber. Flotten wurden je nach Bedarf auseinander gerissen, neu zusammengestellt, nur um kurz darauf erneut geteilt zu werden. Diese Flexibilität war auf die Erfahrungen aus den Kämpfen gegen die Lemurer zurückzuführen, wo die Wasserstoffatmer oftmals nur mit zusammengewürfelten Verbänden gekämpft hatten.

Während der Methankriege zeigten die Maahks, dass sie überholte Einsatzkonzeptionen schnell »über Bord werfen« konnten. Waren ihre Verbände und Geschwader zu Beginn des Methankrieges konzentriert, also schwerpunktmäßig eingesetzt worden, gingen ihre Flottenbefehlshaber später dazu über, die Verbände breit zu streuen und die Arkoniden an möglichst vielen Stellen zu treffen. Diese Strategie ermöglichte es ihnen, die arkonidischen Kolonialwelten zu überfallen und zu verwüsten. Tauchten größere arkonidische Verbände auf, versuchten die Maahks das Gefecht abzubrechen, um kurz darauf in einem anderen Sonnensystem die Arkoniden erneut zu bekämpfen.

Ähnlich wie bei ihren Gegnern war auch die Flotte der Maahks nach Geschwadern organisiert. Entsprechend dem relevanten Raumschiffstyp wurden die einzelnen Geschwader eingeteilt und durchnummeriert. So fanden sich Kreuzer-, Schlachtkreuzer- und Linien-Geschwader, aber auch schnelle Verbände mit leichteren Schiffen, zu denen die Aufklärungs-Geschwader sowie die leichten und schweren Trägergeschwader zählten, die verschwenderisch mit Jägern und ihren Transportschiffen ausgestattet waren.

Zuerst war ich verblüfft, als der Roboter urplötzlich stehen blieb, als sei er gegen eine Mauer gerannt. Dann drehte sich die Maschine langsam um und sagte mit ihrer blechernen Stimme: »Sie werden angewiesen, hier zu warten.«

Ich zuckte die Achseln und wollte mich einfach auf den Boden setzen. Aber damit war die Maschine nicht einverstanden.

»Mein Befehl lautet, dass wir stehen bleiben sollen, wo wir uns zum Zeitpunkt der Information befanden«, sagte er kategorisch und verlieh diesen Worten Nachdruck, indem er den Waffenarm leicht anhob. Zähneknirschend blieb ich stehen. Zum Glück hatte der Blechkopf nichts dagegen, dass ich mich gegen die Wand lehnte. Was hatte dieser Aufenthalt nun wieder zu bedeuten?

Magantilliken will möglichst schnell das System verlassen, sagte der Extrasinn. *Es wäre unlogisch, dich erst in die Zentrale zu schaffen, wenn du jetzt schon fast neben dem SKORGON stehst.*

Es wäre noch logischer, mich gleich an Bord zu bringen, dachte ich ärgerlich zurück.

In diesem Fall wäre die Gefahr gegeben, dass du einen Fluchtversuch wagst. Der Roboter hat reine Wachfunktionen – er würde dich an Bord des Schiffes zwar nicht aus den Augen lassen, aber er versteht nichts von der Technik. Spezielle Befehle wären notwendig. Sie zu geben erfordert ebenfalls Zeit. Es ist anzunehmen, dass du dich jetzt an einem Ort befindest, den auch Magantilliken und Heng passieren müssen, um zum Hangar zu gelangen.

Wieso Heng?

Der Henker wird ihn ebenfalls als Geisel mitnehmen. Schon für den Fall, dass er selbst mit der Technik des Raumschiffs Probleme hat.

Das klang einleuchtend. Eigentlich hätte ich auch von selbst darauf kommen können, aber ich war ziemlich erschöpft. Ich hoffte nur noch auf eins: dass Magantilliken mir nach dem Start erlaubte, mindestens einmal um die Uhr zu schlafen. Nur mühsam hielt ich mich auf den Beinen, verwünschte den Roboter bis in die letzte Ecke der Sterneninsel. Aber das half auch nicht viel. Selbst als ich ihm einen wütenden Vortrag darüber hielt, wie viel Rost sich in seinem KSOL-Gehirn angehäuft haben musste, gestattete er mir nicht, mich zu setzen, sondern ließ meine Beschimpfungen wortlos über sich ergehen. Erschöpft gab ich auf. Es machte keinen

Spaß, jemanden anzuschreien, der darauf überhaupt nicht reagierte.

Der spöttische Kommentar des aktivierten Gehirnteils zu meinen überflüssigen Anstrengungen blieb erstaunlicherweise aus. Ich starrte missmutig vor mich hin und fragte mich, wie lange ich hier warten musste. Dann zischte etwas. Hastig drehte ich den Kopf in die Richtung, aus der das Geräusch kam. Der Roboter hatte nichts dagegen einzuwenden, wachte lediglich darüber, dass ich meine Füße auf dem richtigen Fleck behielt. Ein Schott hatte sich in der Wand geöffnet; ebenso die Nische mit den Kontrollen dicht daneben. Trotz meiner Erschöpfung begriff ich, dass dies der Eingang war, durch den meine Todfeinde kommen mussten.

Wie ein Geschoss wurde eine Gestalt herankatapultiert. Der Arkonide – kein anderer als Heng! – schien es äußerst eilig zu haben und bewegte sich mit einer Geschwindigkeit, die ich diesem dürren Kerl niemals zugetraut hätte. Kaum berührte er den Boden, als er auch schon auf die Schalttafel zuflog, die Faust auf einen Knopf schlug und herumwirbelte. Ich blickte genau in die glühende Mündung eines Impulsstrahlers.

Heng schien den Augenblick sehr zu genießen. Hätte ich es nicht schon lange vorher begriffen, wäre mir durch sein Verhalten spätestens jetzt klar geworden, dass er einen ausgeprägten Hang zum Sadismus hatte. Er ließ sich Zeit mit dem Schuss, der ihm bei Orbanaschol nicht nur eine Menge Geld, sondern mit Sicherheit auch eine Beförderung einbringen würde. Mit langsamen Schritten, die er selbst vermutlich für würdevoll hielt, stakste er heran. Die Waffe lag schussbereit in seiner Hand.

Ich empfand eine unglaubliche Wut. Bis hierher hatte ich mich durchgeschlagen, war in alle möglichen gefährlichen Situationen geraten und hatte doch immer wieder einen Ausweg gefunden. Jetzt schien mich mein Glück endgültig im Stich zu lassen. Es war sinnlos, einen Ausfall zu versuchen. Der Roboter bewachte mich. Sobald ich mich bewegte, würde der tödliche Strahl seinen Waffenarm verlassen. Blieb ich aber stehen, war ich ebenfalls verloren. Bei jedem Schritt, den Heng zurücklegte, rechnete ich mit dem Ende.

Und dann flog eine zweite Gestalt aus der Schottöffnung. Ich wusste sofort, wer es war, ahnte überdies, dass Heng mit diesem Gegner nicht mehr gerechnet hatte. Magantilliken schnellte von hinten auf den Kommandeur los, packte ihn an den Schultern und riss ihn um ein winziges Stück nach hinten. Der Schuss fuhr etwa einen Meter über meinem Kopf in die Wand.

Stehen bleiben!, gellte die Gedankenstimme des Logiksektors. Im letzten Augenblick unterdrückte ich die instinktive Reaktion, zur Seite zu springen, stieß mich lediglich von der Wand ab, so dass ich nun frei stand. In meinem Rücken spürte ich die Hitze, die die Wand ausstrahlte, verbunden mit dem Gefühl, langsam geröstet zu werden.

Magantilliken handelte schnell und umsichtig, er wusste, dass er die Hilfe Hengs beim SKORGON benötigte. Er hatte aber auch nicht die Absicht, mich als Geisel zu verlieren. Sein eiserner Griff hielt Heng im Nacken fest, seine Rechte umfasste das Handgelenk des Kommandeurs. Obwohl sich der Vargane scheinbar überhaupt nicht anstrengte, stieß der Mascant ein unterdrücktes Stöhnen aus. Seine Finger öffneten sich, der Strahler polterte auf den metallenen Boden.

»Komm her!«, befahl der Henker mit harter, klirrender Stimme.

»Das geht nicht«, antwortete ich wütend. »Dieser Roboter schießt, sobald ich mich bewege.«

Magantilliken boxte seinem Opfer auffordernd in den Rücken, woraufhin sich Heng sehr beeilte, den Befehl aufzuheben. Mein spontaner Eindruck war, dass er mit dem Henker schon etliche Überraschungen erlebt hatte. Weiterhin umspannte die Pranke des Henkers Hengs Hals, er zitterte am ganzen Leib, während ich mich aufatmend von der pflichteifrigen Maschine entfernte. Nach einigen Schritten stand ich Amarkavor Heng endlich von Angesicht zu Angesicht gegenüber. Der Hass, den ich empfand, drohte meine Selbstbeherrschung hinwegzuspülen. Das Verlangen, ihn zu töten, war nicht nur auf den feigen Mord an meinem Vater zurückzuführen. Was ich hier auf Enorketron erlebt hatte, wog alleine schon schwer genug.

Reiß dich zusammen!, befahl mein Extrasinn energisch. *Jetzt ist für solche Anfälle nicht die richtige Zeit. Erstens wird Magantilliken es nicht zulassen, dass du ihn umbringst, und zweitens kann er jederzeit den Roboter wieder auf dich hetzen.*

Ich ballte die Hände zu Fäusten und blieb stehen. Aber meine Augen mussten wohl die Gefühle verraten haben. Heng drückte sich ängstlich gegen den Varganen. Dieser Anblick gab mir meine

Fassung zurück. Heng war bis in den letzten Winkel seines Körpers mit Angst erfüllt. Flüchtig dachte ich daran, dass die Angst in den mehr als fünfzehn Arkonjahren seit dem 17. Tarman 10.483 da Ark eigentlich auch eine Art Strafe für einen Mord war, bis ich mich an die Männer erinnerte, die im Hangar kaltblütig ermordet worden waren, die letzten in einer vermutlich unabsehbaren Menge, die dieser Mörder auf dem Gewissen hatte …

»Gehen wir«, knurrte Magantilliken und ließ Heng los. »Und keine Dummheiten mehr, verstanden?«

Der Mascant zuckte zusammen. Ich selbst bewunderte den Henker fast um seine unerschütterliche Ruhe. Der Vargane verlor kein einziges Wort darüber, dass Heng versucht hatte, ihn zu töten.

Während wir den Weg zum Hangar zurücklegten, hatte ich Gelegenheit, den neuen Magantilliken eingehender zu betrachten. Sein Gesicht kannte ich bereits. Der neue Körper, den er sich zugelegt hatte, wies keine großen Unterschiede zu der ersten Existenzform auf, in der ich diesem Mann begegnet war. Nur die Arme waren etwas länger, die Brust womöglich noch breiter. Unter der eng anliegenden arkonidischen Kombination, die er während seiner Flucht einem Wissenschaftler entwendet hatte, zeichneten sich deutlich die kräftigen Muskeln ab. Sonst bot er das typische Bild eines Varganen. Bronzefarbene Haut, langes, goldenes Haar, goldene Augen. Er war so selbstsicher, dass es bereits arrogant wirkte. Den Begriff »Furcht« schien er nur vom Hörensagen zu kennen.

»Vorsicht!«, warnte ich. »Da draußen warten Roboter. Sie haben meine fünf Begleiter umgebracht.«

Heng schleuderte mit seinen Blicken eine wahre Flut von Blitzen auf mich ab. Zweifellos hatte ich wieder einmal richtig getippt. Magantilliken lächelte verächtlich, griff nach einem Kästchen, das an seinem Gürtel hing, und veränderte eine Einstellung. Dann betätigte er einen Kontakt, das Schott zischte zur Seite, Licht flammte auf. Ich suchte nach den beiden Robotern. Die Maschinen standen immer noch auf ihren Positionen und rührten sich nicht, als wir den Hangar betraten. Vor uns erhob sich das SKORGON. Heng schien jetzt endlich begriffen zu haben, dass ein Kampf gegen den Varganen so gut wie sinnlos war, und drückte auf einen Kontakt neben dem Schott. Die seitlich angebrachte Hauptschleuse des eiförmigen Raumers öffnete sich, eine Rampe wurde ausgefahren.

»Bitte, bedienen Sie sich«, sagte Heng mit einer Stimme, aus der tiefste Erschöpfung und Niedergeschlagenheit klangen. Er wollte sich umdrehen, aber Magantilliken hielt ihn am Arm fest. »Was wollen Sie noch? Sie haben Ihr Ziel erreicht!«

»Nicht ganz. Vorerst habe ich nur ein Raumschiff. Ich brauche aber auch einen Piloten.«

Heng erbleichte. Ich wunderte mich darüber, denn ich konnte mir nicht vorstellen, dass er diese Möglichkeit noch nicht in Betracht gezogen hatte. Doch dann sagte ich mir, dass er trotz der Schicksalsschläge, die ihm der Henker zweifellos versetzt hatte, immer noch zu stark in seinem festgefahrenen Denkschema steckte. Es war für ihn unvorstellbar, dass jemand einen Mann wie ihn so einfach entführte.

Der Vargane verzog abfällig das Gesicht; das sagte genug, was er von Heng hielt. »Los!« Er versetzte dem Mann einen Schlag in den Rücken, der den Arkoniden auf das SKORGON zutaumeln ließ, und sagte an mich gewandt: »Sie auch!«

»Ich werde Ihnen ewig dafür dankbar sein, dass Sie so freundlich sind, mich von dieser Welt fortzubringen«, antwortete ich spöttisch und tat, als wolle ich mich verbeugen. Magantilliken sah mich nur starr an.

Ich zuckte die Achseln und folgte Heng, der an Bord des SKORGONS sichtlich auftaute und die Vorzüge des Raumers anpries. Er hatte allen Grund, darauf stolz zu sein. Wie er beiläufig berichtete, hatten seine Leute Jahre gebraucht, um den Raumer auf den jetzigen Stand zu bringen. Der größte Teil des Volumens wurde von den technischen Einrichtungen beansprucht, aber es gab auch mehrere sehr komfortable Kabinen. Ich bemerkte den zufriedenen Blick des Henkers und ahnte, dass er uns während der Schlafperioden einzeln einschließen würde, weil er sonst Mord und Totschlag riskierte. Die Zentrale lag im Bugdrittel. Heng führte uns auf dem schnellsten Weg dorthin. Ich hielt die Luft an, als er die hervorragende Ausstattung erläuterte.

Die positronischen und ortungstechnischen Einrichtungen beeindruckten. Die leistungsstarken Triebwerke mussten dem Eiraumer eine bemerkenswerte Beschleunigung und Beweglichkeit verleihen. Die Waffensysteme übertrafen jedes gleich große Schiff, während die Schutzschirme in einer solchen Stärke mehrfach gestaffelt projiziert werden konnten, dass wir uns selbst vor den Maahks nicht zu fürchten brauchten, solange sich nicht ein Dutzend der Riesenwalzen gleichzeitig mit uns befasste. Magantilliken verlor kein Wort über das SKORGON; an die varganische Technik gewöhnt, betrachtete er dieses Schiff vermutlich als einen besseren Einbaum. Ich dagegen spielte unwillkürlich mit dem Gedanken, den Raumer in meinen Besitz zu bringen. Er würde eine großartige Bereicherung des kleinen Verbands bedeuten, den wir inzwischen auf Kraumon zusammengestellt hatten.

Optimist!, raunte der Logiksektor, aber ich hörte gar nicht hin, sondern beobachtete Heng. Er hatte sich immer noch nicht mit seinem Schicksal abgefunden, sah aber wohl ein, dass er sich vorläufig dem Varganen beugen musste. Er drückte einige Tasten, die aufleuchtenden Bildschirme und Holos vermittelten uns einen Eindruck davon, wie es über dem Hangar und in der Umgebung Enorketrons aussah.

Ich erschrak, als ich das Ausmaß der Raumschlacht zum ersten Mal auf diesem Weg sah. Im Trantagossa-System wimmelte es von Walzenraumern. Die Wasserstoffatmer wussten, dass Enorketron der wichtigste der zwölf Planeten war, und griffen rücksichtslos an. Gegen die Walzenschiffe wirkten Leichte und Schwere Kreuzer beinahe unbedeutend. Ich hatte den Eindruck, dass die Methans hier erstmals neue und stärkere Schirmfelder einsetzten. Dennoch kamen auch sie nicht ohne Opfer davon. Hunderte Walzenraumer trieben als ausgeglühte Wracks im All. Meine Artgenossen wehrten sich verbissen. Die Einspielungen – Heng übernahm sie über ein Schaltsystem von seiner Zentrale unter dem Hangar – zeigten auch Enorketron selbst. Hier hatten die Zerstörungen ein Ausmaß erreicht, das schon jetzt einen Schluss zuließ: Gleichgültig, wie dieser Kampf ausgehen mochte, Enorketron würde für Jahrzehnte nicht mehr in der bisherigen Form genutzt werden können.

»Starten Sie endlich!«, grollte die Stimme des Henkers durch die mit Kontrollen voll gestopfte Zentrale.

Heng zuckte zusammen. Auch er hatte mit einer Art grausiger Faszination auf die Bilder gestarrt. Obwohl wir Feinde waren, glaubte ich seine Gefühle zu kennen. Das Zentrum seiner Macht zerfiel. Einige seiner Schlupfwinkel, von denen aus er jeden einzelnen seiner Untertanen hatte beobachten können, waren bereits der allgemeinen Zerstörung zum Opfer gefallen. Brände tobten durch die subplanetarischen Anlagen und verschlangen Dinge, deren Wert sich in trockenen Ziffern kaum noch ausdrücken ließ. *Es wird lange dauern*, durchzuckte es mich, *bis auch nur die Toten identifiziert und gezählt sind …*

Es war weit mehr als nur ein Stützpunkt, den die Maahks hier und jetzt zu vernichten versuchten. Einer der wichtigsten Eckpfeiler des Großen Imperiums schwankte, die Folgen dieser verheerenden Schlacht ließen sich im Augenblick noch nicht einmal annähernd abschätzen. Heng löste seine Blicke von den Schirmen und Holos und wandte sich seiner Arbeit zu. Die Kuppel des Hangars öffnete sich. Rücksichtslos fuhr der Arkonide die Triebwerke hoch. Wie ein Geschoss schnellte sich das SKORGON in die Lufthülle Enorketrons, dem freien Raum entgegen, in dem die entfesselten Gewalten tobten.

Niemand würde einen so kleinen Raumer sonderlich beachten. Aber die Situation in der Zentrale erzeugte ein ungutes Gefühl: drei Männer, jeder der Todfeind des anderen. Mir kam es vor, als hörte ich das leise Ticken einer Zeitbombe. *Lange geht das ganz sicher nicht gut. Klar ist, dass mir keine Erholungsreise bevorsteht …*

Epilog

1189. positronische Notierung, eingespeist im Rafferkodeschlüssel der wahren Imperatoren. Die vor dem Zugriff Unbefugter schützende Hochenergie-Explosivlöschung ist aktiviert. Fartuloon, Pflegevater und Vertrauter des rechtmäßigen Gos'athor des Tai Ark'Tussan. Notiert am 33. Prago des Ansoor, im Jahre 10.498 da Ark.

Bericht des Wissenden. Es wird kundgegeben: Das Wechselbad der Gefühle, zwischen wilder Hoffnung und bodenloser Resignation schwankend, will kein Ende nehmen! Dennoch haben weder ich noch die anderen, allen voran die Varganin, die Hoffnung aufgegeben, obwohl es am 21. Prago des Ansoor in jeder Hinsicht katastrophal ausgesehen hatte.

Wenige Tontas nach dem Vulkanausbruch war die Sicht von Bord des Varganenschiffs aus auf den Schauplatz klar und ungehindert gewesen. Dort auf dem Fleck hatte ich gestanden, der nun von einer leicht gewellten Schicht langsam erkalteter Lava bedeckt wurde. Mit finsterem Gesicht starrte ich auf den Bildschirm, der die Landschaft zeigte. Wir befanden uns an Bord des Oktaeders im Orbit. Gerade noch im letzten Augenblick hatte es die Varganin geschafft, Ra und mich anzupeilen und uns mit Traktorstrahlen an Bord des Beiboots zu holen. Ohne ihr Eingreifen wären wir mit Sicherheit erstickt, das wusste ich genau. Ich wusste aber auch, dass ohne die Unbesonnenheit der Frau der Vulkan vermutlich gar nicht erst ausgebrochen wäre.

»Das habe ich natürlich nicht gewollt«, hatte sie leise gesagt.

Ich antwortete: »Dass die wenigen Spuren, die wir hatten, jetzt hoffnungslos verschüttet sind, wäre noch zu verschmerzen. Aber …«

Ischtar biss sich auf die Lippen. Der Text auf der Bildfläche war kurz, knapp und niederschmetternd. Wahrscheinlichkeit für Aufenthalt Atlans in der Station der Roboter: 85,23 Prozent. Wahrscheinlichkeit für Überleben Atlans: null Prozent!

»Das ist jedoch nur die halbe Auswertung«, behauptete ich. »Was besagt die Auswertung des angemessenen Hyperenergieschocks?«

»Transmitteraktivität.«

»Und?«

»Endpunkt der Verbindung ist ein 4837 Lichtjahre entferntes System. Eindeutig Helpakanor. Dorthin wurde der Kyriliane-Seher verbannt; von dort kamen zweifellos auch die Roboter.«

»Und wie groß ist die Wahrscheinlichkeit, dass Atlan vor *dem Vulkanausbruch dorthin abgestrahlt wurde?«*

»Fünfzig Prozent.«

»Besser als nichts. Worauf warten wir noch?«

Wir hatten ein Ziel, doch um ganz sicherzugehen, wollte Ischtar noch die Toten Augen befragen. Der Erfolg war mäßig, kostete uns mit großer Wahrscheinlichkeit aber jene entscheidende Tonta, in der noch ein Abflug möglich gewesen wäre. So traf uns der mit ungestümer Wucht losbrechende Hypersturm mit aller Kraft. Selbst der übergeordnete Schutzschirm von Ischtars Varganenraumer bot nur noch einen Teilschutz, doch ohne ihn hätten wir vermutlich gar nicht überlebt – im letzten Augenblick gelang es, den Schweren Kreuzer der FARNATHIA an das Oktaeder anzukoppeln und in den Wirkungsbereich des Felds einzubeziehen. Mit dieser »doppelten Last« war an einen Abflug aber erst recht nicht zu denken, zumal die FARNATHIA den Gewaltflug nach Zercascholpek hinter sich hatte und ohnehin der Überholung bedurfte.

Uns blieb nichts anderes übrig, als das Abflauen des Hypersturms abzuwarten – was erst am 29. Prago des Ansoor der Fall war. Merkwürdige Reaktionen der Toten Augen, die durch die freigesetzten Kräfte des Hypersturm aufgeladen wurden, brachten Ischtar zu der Vermutung, dass genau das die Falle Magantillikens gewesen sein musste: Er hatte ihre Reaktion vorausgesehen und einkalkuliert, dass sie diese Gebilde in ihre Gewalt bringen würde. Ausreichend aufgeladen, hätte ein paranormaler Impuls genügt, um die Augen zu zünden.

»… doch dazu kam der Henker nicht mehr.« Die Varganin seufzte. »Es sieht ganz so aus, als hätten ihm seine Auftraggeber selbst einen Strich durch die Rechnung gemacht und vorzeitig dafür gesorgt, dass er zur Eisigen Sphäre zurückkehren musste.«

Zum Kyriliane-Seher selbst, in dessen Gewalt sich Atlan vermutlich befand, konnte oder wollte Ischtar nichts sagen. Auch nicht, als wir endlich das Helpakanor-System erreichten – der gesuchte Planet umkreiste als dritter von dreien eine gelbe Sonne, die überdies in

5,215 Milliarden Kilometern Distanz einen Weißen Zwerg als Begleiter hatte.

Die FARNATHIA war von Ischtars Raumer – sie nannte ihn aus unerfindlichen Gründen MONDSCHATTEN – »huckepack« mitgenommen worden. Während dort die anstehenden und mit Bordmitteln durchführbaren Reparaturen weiterliefen, mussten wir erkennen, dass wir zu spät gekommen waren: Zwei riesige Krater und die analysierten Explosionsreste besagten unzweifelhaft, dass der Stützpunkt des rätselhaften Sehers wie auch sein zweifellos nicht mehr flugfähiges Raumschiff vernichtet worden waren.

»Maahks!«, behauptete Ischtar nach Auswertung aller Ortungs- und Tastungsdaten. »Es sieht ganz so aus, als hätten sie varganische Technik geborgen, danach aber erst die Station des Sehers entdeckt. Vrentizianex hat den Angriff nicht überlebt!«

»Und Atlan?«

Sie antwortete nicht, sondern zog sich abermals mit den Toten Augen zurück. Ich wusste nicht, ob es an der Aufladung dieser Gebilde durch den Hypersturm oder am Tod ihres ursprünglichen »Besitzers« lag – die Varganin ließ sich jedenfalls für viele Tontas nicht blicken. Als sie schließlich wieder die Zentrale betrat, wirkte sie verunsichert.

»Atlan scheint zu leben«, sagte sie leise. »Die Bilder bleiben jedoch unklar. Es könnte sein, dass er ein Gefangener der Maahks ist. Leider mischen sich immer wieder Impressionen einer Welt in die Eindrücke, die ich aus lange zurückliegender Zeit zu kennen glaube, jedoch noch nie persönlich besucht habe: Vassantor. Durchaus möglich, dass die Maahks dorthin geflogen sind.«

»Distanz?«, wollte ich wissen.

»6528 Lichtjahre.«

Da es sonst keine Hinweise gab, folgten wir dieser vagen Spur – wieder einmal von unbändiger Hoffnung erfüllt. Kurz vor der Ankunft wurden am Ziel Transitionsschocks angemessen. Doch wieder einmal kamen wir zu spät. Die Kampfspuren auf dem Irrläufermond Vassantor waren ebenso unübersehbar wie die im Weltall; aus ihnen ließ sich allerdings grob der Verlauf des Geschehens rekonstruieren. Begegnung von Arkoniden und Maahks, Kampf, Überlebende, die den Leka-Diskus zu starten versuchten, dann die Ankunft eines arkonidischen Schiffs und schließlich ein Raumgefecht mit Maahks.

Die wichtigste Frage war: Hatte Atlan zu den Überlebenden gehört?

Wiederum »befragte« die Varganin die Toten Augen. Das Ergebnis fiel noch vager als vor dem Flug hierher aus. Vermutlich verloren diese Gebilde langsam ihre »seherische Kraft« oder wie immer man es nennen wollte. Ischtar behauptete zwar wiederum, dass Atlan noch lebte, doch ihren Augen sah ich an, dass da sehr viel Wunschdenken beteiligt war. Wir hatten Anlass zur Hoffnung, mehr jedoch nicht.

Eine Auswertung der Transitionserschütterungen der am Raumgefecht beteiligten Schiffe lieferte leider keine eindeutige Spur. Der Arkonraumer war ohne Zweifel entkommen, doch in größerer Distanz überlagerten massive Strukturschocks jene des einzelnen Schiffes.

»Da bewegen sich ganze Flotten«, sagte Ischtar leise. »Vor allem Maahks. Sie verlassen ihren Stützpunkt Skrantasquor; wenn mich nicht alles täuscht, stoßen sie Richtung Trantagossa vor. Sieht ganz nach einem Angriff aus.«

Trantagossa – dort war einer der Gonozal-Mörder Befehlshaber. Sosehr ich Amarkavor Heng auch den Tod und eine empfindliche Niederlage wünschte, um die betroffenen Arkoniden in diesem System tat es mir Leid. Fieberhaft überlegte ich, ob und wie ich am besten unsere dort stationierten Mittelsmänner informieren und warnen konnte, und kam zu dem Schluss, dass ich schnellstens zurück nach Kraumon musste. Nur von dort aus standen mir alle benötigten Möglichkeiten zur Verfügung.

»Und was geschieht jetzt?«, wollte Ra unterdessen wissen. »Wie soll es weitergehen?«

»Ich bleibe hier«, murmelte Ischtar; sie wandte uns den Rücken zu, unfähig, uns in die Augen zu sehen.

»Ich bleibe bei Ischtar«, sagte Ra.

Ich grinste humorlos, hatte mit keiner anderen Reaktion des Barbaren gerechnet.

»Und was wirst du tun?« Auch Ra machte einen niedergeschlagenen Eindruck, zeigte sich aber bei weitem nicht so betroffen wie Ischtar. Ich konnte ihm keinen Vorwurf machen, dass er naturgemäß über Atlans Schicksal nicht ganz unglücklich sein konnte.

»Ich fliege mit der FARNATHIA nach Kraumon«, sagte ich ruhig.

»Was willst du dort?«, erkundigte sich die Varganin zweifelnd.

»Ich bin ausgezogen, um den rechtmäßigen Kristallprinzen auf den Thron zu setzen. Noch haben wir Hoffnung, dass Atlan überlebt hat. Aber mein Auftrag endet nicht einmal mit seinem Tod. Solange ein Mörder und Tyrann das Tai Ark'Tussan beherrscht, werde ich weiter-

kämpfen. Atlan würde an meiner Stelle nicht anders handeln.« Ich zwang mich zu einer fast schon unnatürlichen Ruhe, dachte an meine OMIRGOS-Kristalle und einige andere Dinge, die ich nutzen wollte. »Ischtar kann weiterhin die Toten Augen befragen. Vielleicht geben sie weitere Hinweise. Sicher ist es dir möglich, deine auf Kraumon verbliebenen Beiboote zu erreichen? Gut. Informiere uns, sobald du etwas herausfindest.«

»Das werde ich.«

So brachen wir auf und befinden uns auf dem Flug nach Kraumon.

An Bord der MONDSCHATTEN: 1. Prago der Prikur 10.498 da Ark

In der Zentrale war es sehr ruhig. Nur das leise Arbeitsgeräusch der Geräte und der Klimatisierung war zu hören. Mit leeren, ausdruckslosen Augen saß Ischtar vor den im Antigravfeld schwebenden Toten Augen und konzentrierte sich; mit immer geringerem Erfolg, je mehr Zeit verstrich. Einige Schritte entfernt ging Ra unruhig auf und ab; er war gereizt, ballte die Hände und knurrte wiederholt dumpf.

Seit Fartuloon das Doppelpyramidenschiff verlassen hatte, kämpfte der Barbar. Er kämpfte um die Frau, die er liebte. Für ihn mochte der Sachverhalt klar sein. Atlan war zumindest verschollen, wenn nicht gar tot, als Nebenbuhler fiel er also aus. Was lag näher, als dass Ischtar sich wieder ihm zuwandte. Indes hatte sich Ra geirrt. Atlans Schicksal bestimmte das ganze Denken und Fühlen der Varganin, dass sie auf das fast verzweifelte Bemühen, wieder ihre Gunst zu gewinnen, überhaupt nicht reagierte. Ra war dadurch nur noch gereizter geworden.

Er hatte es nie verwunden, dass sie Atlan vorgezogen hatte. Die Tatsache, dass sie ein Kind von seinem Nebenbuhler hatte, hatte Ra fast um den Verstand gebracht. Mehrfach war er mit Atlan aneinander geraten, einige Male sehr handfest. Die Vorstellung, in seinem Kampf um Ischtars Gunst nicht einmal einem Toten gewachsen zu sein, machte dem Barbaren zu schaffen. Sie überstieg sein Begriffsvermögen, das auf einfache Werte ausgerichtet war. Kompliziertes kannte Ra nur im technischen Bereich.

»Lass doch diese verdammten Augen«, brummte er und hielt für einen Augenblick in seiner steten Wanderung inne.

Ischtar schüttelte nur stumm den Kopf. Seit die FARNAITHA abgeflogen war, starrte die Varganin fast ohne Pause auf die Toten Augen.

»Dann nicht.« Ra wandte sich ab und ging in die Messe. Während er sich aus den Vorräten eine sehr reichlich bemessene Mahlzeit zusammenstellte, kam ihm ein Gedanke. Der Barbar lächelte, lehnte sich an eine Wand, hing seinen Gedanken nach und ging seine Pläne in allen Einzelheiten durch. »So geht es auch nicht«, murmelte er und machte ein finsteres Gesicht. »Aber irgendwie ...«

Mit verbissener Wut stopfte er Nahrung in sich hinein. Es war klar, dass er nur aß, um etwas zu tun zu haben, um seine Gedanken wenigstens für kurze Zeit ablenken zu können. »Verfluchter Atlan«, knurrte er mit vollem Mund. »Verfluchter ...«

Die Bemerkung tat ihm sofort Leid. Da er sich nicht anders zu helfen wusste, nahm er das Glas und donnerte es gegen die Wand. Selbst das war nicht von Erfolg gekrönt; das Material überstand völlig unbeschadet den Aufprall. Ra fühlte sich von der Situation überfordert. Als beim besten Willen kein Krümel Essbares mehr in ihn hineinpassen wollte, ging er in die Zentrale zurück. Seine Hoffnung, es habe sich etwas verändert, wurde enttäuscht. Ischtar saß wie festgewachsen vor den Toten Augen des Kyriliane-Sehers.

»Wenn du weiterhin diese Klumpen anstarrst«, prophezeite Ra, »werden deine Augen bald ebenso tot sein wie die von diesem Unaussprechlichen.«

»Diese Augen konnten alles sehen.« Sie merkte nicht, wie sehr sich Ra darüber freute, dass er endlich wieder wenigstens einer Antwort gewürdigt wurde. »Sie haben unendlich viel gesehen, diese Augen. Und sie werden Atlan sehen, bald ...«

Ra ballte die Hände. »Atlan ist tot, und keine Macht der Galaxis kann ihn ins Leben zurückrufen, selbst du nicht.«

Ischtar schrie gellend auf. »Ra! Ra! Ich sehe ihn!«

Sein dunkles Gesicht verfärbte sich, wurde grau. Mit allen Zeichen äußerster Erregung trat er näher und starrte ebenfalls auf die Toten Augen. »Tatsächlich«, stöhnte er. Zu erkennen war nicht viel, dass aber die dargestellte Person Atlan war, war nicht zu leugnen. Deutlich war das charakteristische Profil des Kristallprinzen zu erkennen. »Er ist es!«

»Ein Raumschiff!«, keuchte Ischtar atemlos, als weitere Bilder hinzukamen. »Hoffentlich zeigen die Augen noch mehr, einen Planeten, die galaktische Position …«

Ihre Augen weiteten sich, als sie auf die weißgelben, von feinen Äderchen durchzogenen Gebilde starrte, die abrupt von dem Hieb eines Flottenmessers in der Mitte gespalten waren. Ein helles Sekret tropfte von Ras Hand, die das Messer umklammert hielt und wieder und wieder zustach und erst abließ, als Ischtars Schrei in seinen Ohren gellte. Schrill brüllend, den Mund weit geöffnet, stand Ischtar vor ihm, eine Gestalt gewordene Rachegöttin. Ihre Hand fuhr zum Oberschenkel, zog die Stabwaffe und betätigte den Auslöser. Ra wehrte sich nicht, wich nicht aus. Der Strahl traf ihn, er brach geräuschlos zusammen. Neben ihm prallte dumpf die Waffe, die Ischtars Hand entglitten war, auf den Boden der Zentrale.

Mit zuckenden Lippen starrte Ischtar auf die Augen des Kyriliane-Sehers, die nun für immer zerstört waren und sich in einer grellen Leuchterscheinung auflösten. Niemals wieder würden sie Bilder zeigen. Der letzte Kontakt zu Atlan war abgerissen. Ischtar wandte sich ab, starrte auf Ra und die neben ihm liegende Waffe. Sie war auf Paralyse gestellt gewesen. Ein Zufall; es hätte ebenso gut eine tödliche Strahlwirkung sein können …

Schmerzhaft klang das Summen der Geräte in Ischtars Ohren, sonst war alles still. Es war, als sei die Zentrale des Oktaeders zum Grab geworden, so still war es.

ENDE

Atlan

Zyklus »Die Zeitabenteuer«

Band 1: An der Wiege der Menschheit
ISBN 3-8118-1500-8

Band 2: Säulen der Ewigkeit
ISBN 3-8118-1501-6

Band 3: Karawane der Wunder
ISBN 3-8118-1502-4

Band 4: Hüter des Planeten
ISBN 3-8118-1503-2

Band 5: Strafkolonie Erde
ISBN 3-8118-1504-0

Band 6: Wolken des Todes
ISBN 3-8118-1505-9

Band 7: Söldner für Rom
ISBN 3-8118-1506-7

Band 8: Ritter von Arkon
ISBN 3-8118-1507-5

Band 9: Herrscher des Chaos
ISBN 3-8118-1508-3

Band 10: Balladen des Todes
ISBN 3-8118-1509-1

Band 11: Kontinente des Krieges
ISBN 3-8118-1510-5

Band 12: Samurai von den Sternen
ISBN 3-8118-1511-3

Band 13: Die letzten Masken
ISBN 3-8118-1512-1

Zyklus »Die Arkon-Trilogie«

Band 14: Imperator von Arkon
ISBN 3-8118-1513-X

Band 15: Monde des Schreckens
ISBN 3-8118-1514-8

Band 16: Juwelen der Sterne
ISBN 3-8118-1515-6

Zyklus »Der Kristallprinz«

Band 17: Der Kristallprinz
ISBN 3-8118-1516-4

Band 18: Die Folterwelt
ISBN 3-8118-1517-2

Band 19: Piraten der Sterne
ISBN 3-8118-1518-0

Band 20: Flucht ins Chaos
ISBN 3-8118-1519-9

Band 21: Der Weltraumbarbar
ISBN 3-8118-1520-2

Band 22: Ring des Schreckens
ISBN 3-8118-1521-0

Band 23: Die Goldene Göttin
ISBN 3-8118-1522-9

Zyklus »Die Varganen«

Band 24: Die letzten Varganen
ISBN 3-8118-1523-7

Band 25: Attacke der Maahks
ISBN 3-8118-1524-5

ÜBERSICHT
Atlans Odyssee in den Bänden 24 und 25
Kraumon – Sogantvort
Zercascholpek – Helpakanor – Vassantor – Trantagossa

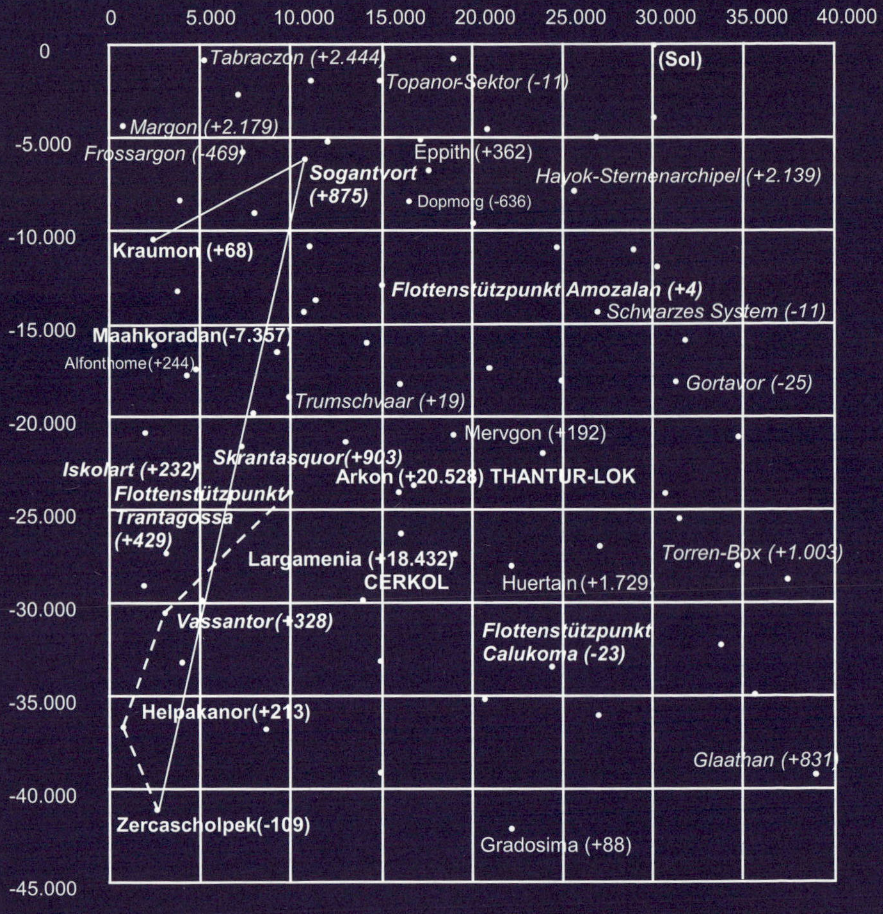

ÜBERSICHT TAI ARK'TUSSAN
um 10.500 da Ark

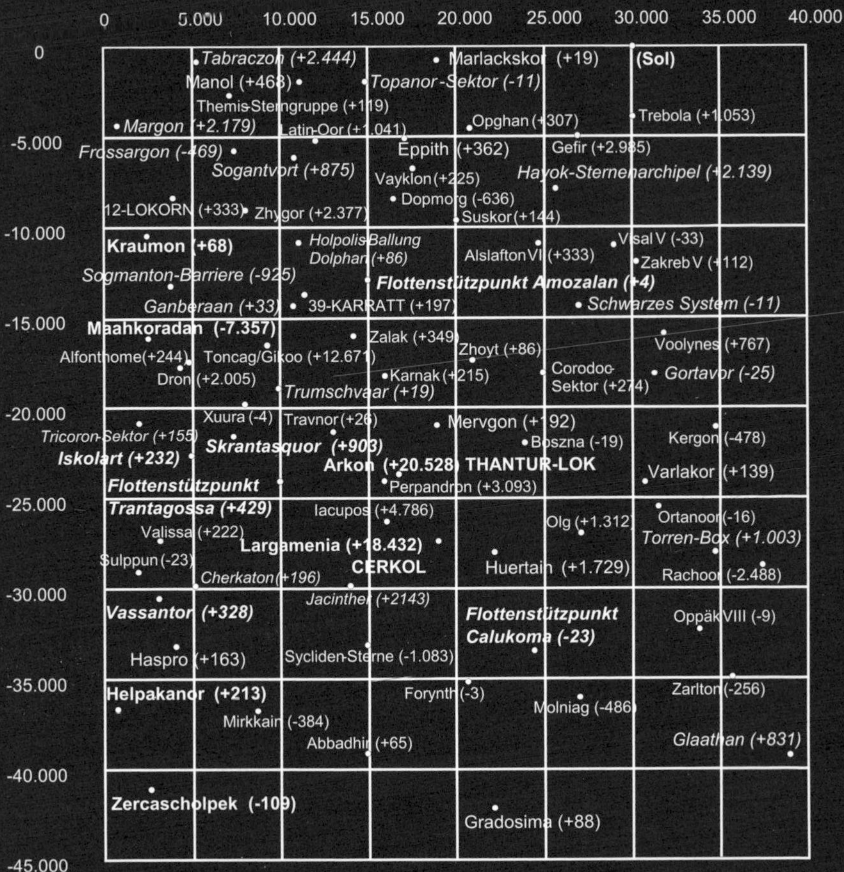